Reader's Digest
Auswahlbücher

Reader's Digest Auswahlbücher

Verlag DAS BESTE

Stuttgart · Zürich · Wien

Die Kurzfassungen in diesem Buch erscheinen
mit Genehmigung der Autoren und Verleger
© 1988 by Verlag DAS BESTE GmbH, Stuttgart
Alle Rechte, insbesondere das der Übersetzung,
Verfilmung und Funkbearbeitung, im In- und
Ausland vorbehalten
588
PRINTED IN GERMANY
ISBN 3 87070 309 1

Inhalt

EIN MANN VON EHRE

**Eine Kurzfassung des Buches von
JEFFREY ARCHER**

**Nach der Übersetzung von
Heinrich Rast**

Illustrationen von John Raynes

*Alex Romanow ist ein Spitzenagent des KGB –
athletisch, kaltblütig, skrupellos, ein Profi auf dem
Gebiet der Menschenjagd. Der Mann, den er zur
Strecke bringen soll, ist dagegen ein eher friedliebender
junger Engländer, den eine mysteriöse Erbschaft in die
Schweiz geführt hat. Keine Frage eigentlich, wer bei
dieser Konstellation den kürzeren ziehen muß – zumal
der Engländer Adam Scott nicht einmal genau weiß,
warum er von Geheimdienstleuten durch halb Europa
gejagt wird.*

  *Scott ahnt freilich, daß seine prekäre Lage mit der
russischen Ikone zusammenhängt, die er als Erbstück im
Safe einer Genfer Bank vorfand. Doch erst als er den
wahren Wert des Heiligenbildes entdeckt, begreift er, wie
wenig es sich die Supermächte leisten können, ihn
entkommen zu lassen.*

KREML, MOSKAU
19. Mai 1966

„Es IST eine Fälschung!" sagte der sowjetische Generalsekretär, ohne den Blick von dem exquisiten kleinen Gemälde zu wenden, das er in der Hand hielt.

„Unmöglich", erwiderte sein Kollege vom Politbüro. „Die Zarenikone vom heiligen Georg mit dem Drachen hängt seit über fünfzig Jahren unter strengster Bewachung im Winterpalais in Leningrad!"

„Sehr richtig, Genosse Zaborski", sagte der alte Herr und erhob sich. „Dann haben wir eben seit fünfzig Jahren eine Fälschung bewacht. Allem Anschein nach hatte der Zar das Original schon längst weggeschafft, als die Rote Armee den Winterpalast stürmte."

Der kleingewachsene Chef des Staatssicherheitsdienstes rutschte nervös auf seinem Stuhl hin und her, während das Katz-und-Maus-Spiel weiterging. Nach all den Jahren an der Spitze des KGB hatte Zaborski auf der Stelle erfaßt, wem diesmal die Rolle der Maus zufiel, als um vier Uhr morgens das Telefon geklingelt hatte und ihm ausgerichtet worden war, Generalsekretär Breschnew fordere ihn dringend auf, sich bei ihm im Kreml zu melden – und zwar sofort.

„Wie können Sie so sicher sein, daß es eine Fälschung ist, Leonid Iljitsch?"

„Weil, mein lieber Zaborski, während der letzten achtzehn Monate das Alter sämtlicher Kunstschätze im Winterpalast mit Hilfe der Radiokarbonmethode bestimmt worden ist. Und dabei stellte sich heraus, daß dieses Bild, das wir für eines der Meisterwerke unserer Nation hielten, fünfhundert Jahre später als Rubljows Original gemalt worden ist."

„Aber von wem und zu welchem Zweck?" fragte der Chef des KGB ungläubig.

„Von den Experten hörte ich, daß es sich wahrscheinlich um die Arbeit eines Hofmalers handelt, der nur wenige Monate vor der Revolution den Auftrag erhalten hatte, die Kopie anzufertigen. Es hat den

Kustos des Winterpalastes schon immer beunruhigt, daß bei diesem Bild die traditionelle Silberkrone des Zaren fehlt, die bei allen anderen Meisterwerken auf der Rückseite des Rahmens angebracht ist", erklärte Breschnew.

„Aber was hat der Zar dann bloß mit dem Original gemacht?" murmelte der KGB-Chef, fast so, als richte er die Frage an sich selbst.

„Das möchte ich auch gern wissen", sagte Breschnew und stützte die Hände rechts und links von dem kleinen Bild auf, das noch immer vor ihm lag. „Und Sie, Genosse, sind ausersehen, die Antwort auf diese Frage zu finden."

„Haben Sie irgendwelche Anhaltspunkte, von denen ich ausgehen kann?"

„Sehr wenige", gab der Generalsekretär zu und schlug eine Akte auf. Er las laut vor: „Zur Zeit der Revolution betrachtete Zar Nikolaus II. Rubljows Meisterwerk als einen Passierschein, der ihm den Weg in die Freiheit und in den Westen sichern sollte. Anscheinend ließ er eine Kopie anfertigen, die er an der Wand seines Arbeitszimmers zurückließ, dort, wo ursprünglich das Original gehangen hatte."

Der Chef des KGB sah verwirrt drein. Er zerbrach sich den Kopf darüber, aus welchem Grund Breschnew wollte, daß der Staatssicherheitsdienst sich mit dem Diebstahl eines Kunstwerks befaßte. „Und wie wichtig ist es, daß wir das Original finden?" fragte er in der Hoffnung, einen weiteren Hinweis zu erhalten.

Leonid Breschnew blickte starr auf den KGB-Chef hinunter. „Nichts könnte wichtiger sein, Genosse", lautete die unerwartete Antwort. „Und ich stelle Ihnen sämtliche Mittel zur Verfügung, personeller wie finanzieller Art, die Sie für nötig erachten, um die Zarenikone ausfindig zu machen."

„Aber wenn ich Sie beim Wort nehme, Genosse Generalsekretär", stammelte der KGB-Chef und bemühte sich, seinen Unglauben zu verbergen, „gebe ich vielleicht weit mehr aus, als das Bild wert ist."

„Das ist gar nicht möglich", versetzte Breschnew. Er legte eine kleine Pause ein, um die Wirkung seiner nachfolgenden Worte zu steigern. „Es geht mir nämlich nicht um die Ikone selbst. Mit dem Erlös aus dem Verkauf eines solchen Kunstwerkes hätte Zar Nikolaus nur ein paar Monate seinen gewohnten Lebensstil finanzieren können. Nein, nicht die Ikone selbst, sondern das, was er – wie wir glauben – in der Ikone versteckt hat, hätte ihm und seiner Familie Sicherheit bis ans Ende ihrer Tage garantiert."

„Was, um alles in der Welt, könnte so viel wert sein?" fragte der KGB-Chef.

„Erinnern Sie sich, Genosse, was der Zar Lenin versprach, wenn er ihn am Leben ließe?"

„Ja, aber es hat sich doch herausgestellt, daß das ein Bluff war, weil überhaupt kein Dokument in der . . ." Er hielt inne.

Breschnew lächelte triumphierend. „Verstehen Sie jetzt, Genosse? Das Dokument war tatsächlich die ganze Zeit über in der Ikone verborgen; nur hatten wir das falsche Exemplar." Der Parteichef reichte seinem Kollegen ein Blatt Papier. „Das ist die schriftliche Aussage des Zaren, in der er angibt, was wir in der Ikone finden würden. Es wurde aber in der Ikone damals nichts gefunden – woraus Lenin folgerte, daß es sich nur um einen lächerlichen Bluff des Zaren handelte, um seine Familie vor der Hinrichtung zu retten."

Zaborski las mit Bedacht die handgeschriebene Aussage durch, die der Zar wenige Stunden vor seiner Hinrichtung unterzeichnet hatte. Seine Hände begannen zu zittern, auf seiner Stirn bildeten sich Schweißperlen. Er sah zu dem kleinen Gemälde hinüber, das, kaum größer als ein Buch, noch immer mitten auf dem Schreibtisch des Parteichefs lag.

„Seit Lenins Tod", fuhr Breschnew fort, „hat niemand der Behauptung des Zaren Glauben geschenkt. Heute aber bestehen kaum noch Zweifel, daß wir, falls wir das Original des Kunstwerks aufspüren können, auch in den Besitz des versprochenen Dokuments gelangen."

„Und angesichts der Autorität derer, die es unterzeichnet haben, könnte niemand unseren rechtmäßigen Anspruch in Frage stellen", sagte Zaborski.

„Ich bin zuversichtlich", antwortete Breschnew, „daß wir die Vereinten Nationen und den Internationalen Gerichtshof auf unserer Seite hätten, sollten die Amerikaner uns unser Recht bestreiten wollen. Ich fürchte nur eins – daß die Zeit gegen uns arbeitet."

„Wieso?" fragte der Chef des Staatssicherheitsdienstes und stand von seinem Stuhl auf.

„Werfen Sie doch mal einen Blick auf das Ablaufdatum in der Erklärung des Zaren. Dann werden Sie verstehen, wie wenig Zeit uns bleibt, unseren Teil des Abkommens zu erfüllen."

Zaborski blickte auf das Datum: 20. Juni 1966.

Er reichte Breschnew das Schriftstück zurück, während ihm die Ungeheuerlichkeit der Aufgabe bewußt wurde, die ihm sein Vorgesetzter gestellt hatte.

Breschnew setzte seinen Monolog fort. „Wie Sie also sehen, Genosse Zaborski, bleibt uns bis zu dem Stichtag nur ein Monat. Wenn es Ihnen jedoch gelänge festzustellen, wo die Ikone geblieben ist, könnten wir Präsident Johnsons gesamte Verteidigungsstrategie mit einem Schlag durchkreuzen. Dann wären die Vereinigten Staaten nur noch ein Bauer auf dem russischen Schachbrett. "

2

APPLESHAW, ENGLAND
Juni 1966

„UND meinem geliebten einzigen Sohn, Captain Adam Scott, vermache ich den Betrag von fünfhundert Pfund. "

Der alte Advokat hinter dem riesigen Schreibtisch der Kanzlei hob den Kopf und blinzelte über seine Lesebrille hinweg dem gutaussehenden jungen Mann vor ihm zu. Adam machte dies ganz nervös; ungeduldig fuhr er sich durch sein dichtes schwarzes Haar. Aber Mr. Holbrooks Blick war bereits wieder zu den Papieren zurückgekehrt, die vor ihm lagen.

„Und meiner geliebten Tochter Margaret Scott vermache ich den Betrag von vierhundert Pfund. "

Angesichts dieser Mitteilung konnte Adam ein leichtes Grinsen nicht zurückhalten. Selbst in seinem Letzten Willen hatte sich Vater keinesfalls als Anhänger der Gleichberechtigung erwiesen.

„Dem Sportverein Hampshire", leierte Mr. Holbrook weiter, „fünfundzwanzig Pfund. Der Pfarrgemeinde von Appleshaw zehn Pfund. Meiner geliebten Frau Susan schließlich vermache ich unser Haus und den Rest des Vermögens. "

Bei diesem Satz hätte Adam am liebsten laut aufgelacht; er bezweifelte, daß der Rest mehr als nochmals tausend Pfund betrug.

Mr. Holbrook blickte erneut kurz auf und räusperte sich plötzlich so feierlich, als bliebe zu verkünden, wer den van Gogh oder die Habsburgdiamanten geerbt hatte. Die drei hinterbliebenen Mitglieder der Familie Scott saßen schweigend da.

Was kann er jetzt wohl noch zu sagen haben? fragte sich Adam.

„Außerdem hinterlasse ich meinem Sohn", Mr. Holbrook legte eine Pause ein, „den beiliegenden Briefumschlag. Ich hoffe nur, daß er ihm mehr Glück bringen wird als mir. Sollte er sich entschließen, den Umschlag zu öffnen, dann nur unter der Bedingung, daß er niemals einen anderen Menschen etwas über seinen Inhalt wissen läßt. "

Adam schaute zu seiner Mutter hinüber; sie schien erschrocken. War es Angst oder Sorge, die sich in ihrem Gesicht spiegelte? Wortlos überreichte Mr. Holbrook dem einzigen Sohn des Colonels den vergilbten Briefumschlag.

Alle blieben sitzen, während Mr. Holbrook die dünne Mappe mit der Aufschrift COLONEL GERALD SCOTT schloß, sich von seinem Stuhl erhob und langsam auf die Witwe zutrat. Er schüttelte ihr die Hand und nahm ihren Dank entgegen.

Sie verließen die Kanzlei. Sobald Adams Mutter und Schwester im Fond des kleinen Morris Minor Platz genommen hatten, klemmte Adam sich hinter das Lenkrad. Er hatte kaum die Zündung betätigt, als seine Mutter nüchtern feststellte: „Von dem Wagen werden wir uns auch trennen müssen. Bei den heutigen Benzinpreisen kann ich mir das Auto nicht mehr leisten."

„Darüber sollten wir uns ein andermal Gedanken machen", meinte Margaret tröstend. Um rasch das Thema zu wechseln, wandte sie sich an Adam: „Ich frage mich bloß, was in dem Briefumschlag ist."

„Zweifellos detaillierte Instruktionen, wie ich meine fünfhundert Pfund anlegen soll", sagte ihr Bruder scherzend, um die Stimmung aufzuhellen.

Das Gesicht seiner Mutter nahm den gleichen ängstlichen Ausdruck an wie zuletzt in der Kanzlei. „Ich habe euren Vater angefleht, diesen Umschlag zu vernichten", bekannte sie fast flüsternd.

Adam spitzte die Lippen, als ihm aufging, daß es sich offenbar um *den* Briefumschlag handelte – das Kuvert, auf das sein Vater damals, vor vielen Jahren, angespielt hatte, als Adam Zeuge der einzigen erbitterten Auseinandersetzung zwischen seinen Eltern geworden war, die er je erlebt hatte. An die zornigen Worte des Vaters konnte er sich allzugut erinnern; es war wenige Tage nach dessen Rückkehr aus Deutschland gewesen.

„Ich muß ihn aber öffnen! Siehst du das denn nicht ein?" hatte Vater mit Nachdruck erklärt.

„Niemals", hatte die Mutter erwidert. „Nach all den Opfern, die ich dir gebracht habe, bist du mir wenigstens das schuldig."

Seit der Auseinandersetzung waren über zwanzig Jahre vergangen, und das Thema war nie wieder berührt worden. Er selbst hatte den Vorfall nur ein einziges Mal im Gespräch mit seiner Schwester erwähnt, aber auch sie hatte über den Anlaß der elterlichen Auseinandersetzung nicht das mindeste gewußt.

Nach kurzer Fahrt auf der kurvenreichen Landstraße hielt Adam an, sprang aus dem Wagen und stieß das Gittertor auf, hinter dem zwischen gepflegten Rasenstücken ein Weg zu einem kleinen, strohgedeckten Haus führte.

„Solltest du nicht nach London zurückkehren?" erkundigte sich Adams Mutter, kaum daß sie das Wohnzimmer betreten hatten.

„Ich habe keine Eile, Mutter."

„Ganz wie du willst, mein Lieber. Nur brauchst du dir um mich keine Gedanken zu machen", versicherte sie ihm. Sie schaute zu ihrem hochgewachsenen Sohn auf, der sie so unglaublich an Gerald erinnerte. Das gleiche dunkle Haar, die gleichen tiefbraunen Augen, das gleiche offene, ehrliche Gesicht; er hatte sogar die gleiche freundliche Art gegenüber jedem Menschen, mit dem er zu tun hatte. Vor allem aber hatte Adam ein ausgeprägtes Gefühl für Anstand und Ehre vom Vater übernommen – jene Ideale, denen sie ihre momentane betrübliche finanzielle Lage zu verdanken hatten. „Außerdem habe ich ja Margaret, die sich um mich kümmert", fügte die Mutter hinzu. Adam drehte sich zu seiner Schwester um; er überlegte, wie sie jetzt wohl zurechtkommen würde.

Margaret hatte sich vor kurzem mit einem Börsenmakler verlobt und würde gewiß bald ihr eigenes Leben führen wollen. Das kleine Haus, das ihr Verlobter sich mit einer ersten Anzahlung gesichert hatte, lag Gott sei Dank nur zwanzig Kilometer von Appleshaw entfernt.

Nach dem Tee und einem langen traurigen Monolog der Mutter über die Tugenden ihres leidgeprüften Mannes räumte Margaret das Geschirr weg und ließ Mutter und Sohn allein.

„Ich hoffe nur, daß du eine gute Stellung finden wirst – nachdem du die Offizierslaufbahn aufgegeben hast", erklärte Adams Mutter leicht nervös, weil sie sich erinnerte, welche Schwierigkeiten Adams Vater nach dem Abschied vom Militär gehabt hatte.

„Es wird schon werden, Mutter", antwortete er. „Das Außenministerium hat mich zu einem zweiten Vorstellungsgespräch eingeladen."

„Nun ja, mit den fünfhundert Pfund, die du geerbt hast, stehst du ja vielleicht nicht mehr gar so unter Druck", meinte sie. Adam quittierte es mit einem gutmütigen Lächeln. Wann hatte sie wohl das letztemal einen Tag in London verbracht und gesehen, wie teuer das Leben dort war?

Sie blickte hinüber zur Uhr auf dem Kaminsims. „Du solltest dich wirklich auf den Weg machen, mein Lieber", mahnte sie. „Wenn ich daran denke, daß du mit dem Motorrad im Dunkeln unterwegs sein könntest, werde ich ganz unruhig."

Adam stand auf und gab ihr einen Kuß auf die Wange. „Ich rufe dich morgen an", versprach er. Auf dem Weg zur Haustür steckte er den

Kopf in die Küche und rief seiner Schwester zu: „Mach's gut, ich gehe jetzt! Ich schicke dir einen Scheck über fünfzig Pfund mit der Post."

„Wieso?" fragte Margaret und blickte erstaunt vom Spülbecken auf.

„Nimm's als meinen Beitrag zur Gleichberechtigung der Frau." Er konnte die Küchentür gerade noch rechtzeitig zuknallen, um dem Geschirrtuch zu entkommen, das auf ihn zuflog.

Adam brachte sein Motorrad auf Touren und fuhr in Richtung London, wo er in der Ifield Road ein kleines Apartment bewohnte. Er hatte sich entschlossen, den Briefumschlag erst in der Abgeschiedenheit seines Zimmers zu öffnen. So aufregend war sein Leben in letzter Zeit nicht gewesen, um auf einen kleinen feierlichen Akt zu verzichten. Und er hatte schließlich schon seit vielen Jahren darauf gewartet, das Geheimnis des Briefumschlags zu erfahren, den er nun geerbt hatte.

Die Geschichte der Familientragödie hatte Adam von seinem Vater oft genug gehört – „Es geht eben darum, ob du ein Mann von Ehre bist oder nicht", hatte der Colonel jedesmal zum Schluß gesagt und das Kinn vorgestreckt. Rund zwanzig Jahre lang hatte Vater verächtliche Bemerkungen von Männern hinnehmen müssen, die ihm nicht das Wasser reichen konnten; Männer, die sorgsam darauf bedacht waren, möglichst selten mit ihm zusammen gesehen zu werden. Miese Kerle mit miesem Charakter. Adam hatte seinen Vater viel zu gut gekannt, um es für möglich zu halten, daß an dem Verdacht des ungeheuerlichen Verrats, von dem gemunkelt wurde, auch nur das Geringste dran sein konnte.

Während der Fahrt auf dem Motorrad fühlte Adam mit einer Hand nach dem Brief in der Innentasche seines Jacketts – wie ein kleiner Junge, der am Tag vor seinem Geburtstag das Päckchen abtastet, um an der Form den Inhalt zu erraten. Was immer in dem Umschlag stecken mochte – Adam war fest überzeugt, daß es jetzt nach Vaters Tod niemand etwas nützen würde. Trotzdem war er unvermindert neugierig.

Was er im Lauf der Jahre an Einzelheiten erfahren hatte, war wenig genug: 1946, ein Jahr vor seinem fünfzigsten Geburtstag, hatte Vater um seinen Abschied ersucht. Die *Times* hatte den Colonel als brillanten Taktiker gewürdigt, der im Krieg höchste Tapferkeit bewiesen habe. Sein Abschied sei eine persönliche Entscheidung, die den Korrespondenten der *Times* überrascht, seine nächsten Angehörigen erstaunt, sein Regiment schockiert hatte; alle, die ihn kannten, hatten erwartet, daß er innerhalb weniger Monate zum General befördert würde. Der Colonel erklärte auf Fragen lediglich, er habe genug vom

Krieg, es sei an der Zeit, endlich einmal, bevor es zu spät sei, Geld zu verdienen, damit seine Frau und er für den Lebensabend versorgt seien. Damals schon stießen solche Aussagen meist auf Skepsis; und ihre Glaubwürdigkeit wurde dadurch nicht eben erhärtet, daß der Colonel es nur zum Geschäftsführer des Golfclubs von Appleshaw brachte.

Nur dank der Großzügigkeit seines inzwischen verstorbenen Großvaters hatte Adam auf dem berühmten Internat Wellington College bleiben und der Familientradition entsprechend danach eine militärische Laufbahn einschlagen können. Nach erfolgreichem Schulabschluß bekam Adam einen Platz an der Königlichen Militärakademie in Sandhurst, wo er sich mit großem Fleiß dem Studium der Militärgeschichte, Taktik und Strategie widmete. Am erfolgreichsten war er allerdings bei sportlichen Wettkämpfen im Geländelauf. Zwei Jahre lang sahen keuchende Kadetten bei diesen Rennen immer nur seine Fersen.

Adam verließ Sandhurst als neuntbester Absolvent, wurde aber wegen seiner Führungsqualitäten und seines vorbildlichen Verhaltens außerhalb des Hörsaals mit dem *Sword of Honour* ausgezeichnet. Von diesem Zeitpunkt an war er fest überzeugt, daß er in die Fußstapfen seines Vaters treten und eines Tages das Kommando des Royal-Wessex-Regiments übernehmen würde.

Das Regiment nahm den Sohn seines früheren Befehlshabers auf, sobald er das Offizierspatent erhalten hatte. Von den Mannschaften wurde Adam bald hoch geschätzt, und bei Fronteinsätzen in Malaysia zeigte sich auch, daß er die Tapferkeit seines Vaters geerbt hatte. Doch als das Verteidigungsministerium die Namen der Offiziere veröffentlichte, die zum Captain befördert wurden, befand sich kein Adam Scott auf der Liste. Lieutenant Scott mußte sich eingestehen, daß es ihm nicht gestattet werden würde wiedergutzumachen, was seinem Vater vorgeworfen worden war – was auch immer dies gewesen sein mochte.

Zum Captain wurde Adam erst befördert, nachdem er sich im malaiischen Dschungel hervorgetan hatte, beim Nahkampf gegen die chinesischen Soldaten, die in unaufhörlichen Wellen angriffen. Dann nahmen ihn die Kommunisten gefangen und steckten ihn in ein Lager, wo er grausame Qualen durchlitt, auf die ihn die gründlichste Ausbildung nicht hätte vorbereiten können. Acht Monate später gelang ihm die Flucht. Bei der Rückkehr zu seiner Einheit erfuhr er, daß ihm „posthum" die höchste Tapferkeitsauszeichnung verliehen worden war.

Im Alter von neunundzwanzig Jahren legte Adam dann sein Stabs-
examen ab, wurde anschließend jedoch nicht in die Generalstabs-
akademie aufgenommen. Danach gab er endgültig jede Hoffnung auf,
einmal Regimentskommandeur zu werden. Er reichte einige Wochen
später seinen Abschied ein.

Die Nachricht seiner Mutter, der Vater habe nur noch wenige
Wochen zu leben, war somit in Adams letzte Monate beim Regiment
gefallen. Adam beschloß, dem Todkranken seinen Abschied vom
Militär zu verschweigen. Damit hatte sein Vater nun wenigstens ster-
ben können, ohne erfahren zu müssen, wie sehr der geheimnisvolle
Makel auch das Leben seines Sohnes geprägt hatte.

Beim Erreichen der Londoner Vororte mußte Adam erneut an die
drängende Frage denken, wie er Arbeit finden sollte. Sicher, das
Außenministerium hatte ihn zu einem zweiten Vorstellungsgespräch
gebeten; aber die Mitbewerber, die er beim ersten Termin kennengelernt hatte, waren beeindruckende Leute, und im Unterschied zu
ihnen hatte er kein Universitätsstudium vorzuweisen.

Adam tastete noch einmal nach dem Brief in der Innentasche seines
Jacketts, als er mit seinem Motorrad in die King's Road einbog, und
ertappte sich bei dem lieblosen Wunsch: Hoffentlich ist Lawrence
noch nicht von der Arbeit in seiner Bank zurück. Nicht daß Adam sich
hätte irgendwie beklagen können, im Gegenteil: Es war außerordentlich großzügig von seinem alten Schulfreund gewesen, ihm in seiner
Wohnung für nur vier Pfund pro Woche ein so hübsches Zimmer
unterzuvermieten.

Adam stellte sein Motorrad auf dem Gehsteig ab. Er würde es verkaufen müssen, wenn er den Posten im Außenministerium nicht
bekam. Auf der Treppe nahm er drei Stufen auf einmal, erreichte im
Nu den fünften Stock, und als er den Schlüssel ins Schloß steckte, rief
von drinnen eine Stimme: „Die Tür ist offen!"

„Mist!" brummte Adam leise.

„Wie war's?" fragte Lawrence, als Adam ins Wohnzimmer trat.

„In Anbetracht der Umstände ganz erträglich", antwortete Adam.

Lawrence hatte den Anzug, den er bei der Arbeit in der Bank trug,
bereits gegen Blazer und Flanellhose vertauscht. Ein wenig kleiner
und gedrungener als Adam, mit blondem Haar und einer beeindruck-
end hohen Stirn, schien er mit seinen wachsamen Augen jede Situation gleich zu erfassen.

„Wie du weißt, habe ich deinen Vater bewundert", sagte Lawrence.
Adam hatte Lawrence seinem Vater vorgestellt, und die beiden hatten
sich sofort angefreundet.

„Mit deiner Erbschaft kannst du dich jetzt wahrscheinlich in den Ruhestand zurückziehen", meinte Lawrence dann in etwas leichterem Tonfall.

„Nur wenn die zwielichtige Bank, bei der du arbeitest, aus fünf-hundert Pfund fünftausend machen kann."

„Mal sehen, was sich ausrichten läßt", erwiderte Lawrence.

Adam schaute mit einem freundlichen Lächeln zu ihm hin. Obwohl er Lawrence fast um einen Kopf überragte, erinnerte er sich noch gut an die Zeit im Wellington College, als Lawrence ihm wie ein Riese vorgekommen war.

„Schon wieder zu spät dran, Scott", pflegte Lawrence zu sagen, wenn Adam im Korridor der Schule an ihm vorbeihastete, und Adam hatte den Tag herbeigesehnt, an dem auch er einmal alles so überlegen im Griff haben würde. Oder war Lawrence einfach von Natur aus so perfekt? Seine Anzüge wirkten stets frisch gebügelt, seine Schuhe frisch poliert und jedes einzelne Haar lag genau an seinem Platz. Und dabei machte Lawrence den Eindruck, als koste ihn das alles keinerlei Mühe.

Adam hörte die Badezimmertür aufgehen. Er warf Lawrence einen fragenden Blick zu.

„Das ist Carolyn", flüsterte Lawrence. „Sie wird über Nacht blei-ben . . ., glaube ich."

Eine große, bildschöne Frau trat ein, der Adam ein schüchternes Lächeln zuwarf. Wie machte Lawrence das bloß?

„Hättest du nicht Lust, mit uns essen zu gehen?" fragte Lawrence, während er einen Arm um Carolyns Schultern legte. „Ich habe da ein neues italienisches Restaurant in der Fulham Road entdeckt."

„Vielleicht komme ich später nach", meinte Adam. „Ich muß mir noch ein paar Dokumente von heute nachmittag ansehen."

„Na schön, dann komm, wenn du ausgerechnet hast, daß die Erbschaft für einen Teller Spaghetti reicht", erklärte Lawrence mit einem Lachen. Er zwinkerte Adam zu und verließ mit Carolyn die Wohnung.

Adam blieb regungslos stehen, bis keine Schritte mehr vom Trep-penhaus zu hören waren. Erst dann zog er sich zufrieden in sein Zim-mer zurück und schloß von innen ab. Er ließ sich in einen Sessel fallen und nahm den Umschlag, den ihm sein Vater hinterlassen hatte, aus der Jackettasche. Das Kuvert gehörte zu jener schweren, teuren Sorte Briefpapier, die Pa immer verwendet hatte.

Behutsam öffnete Adam das Kuvert und entnahm ihm einen Brief in der unverkennbaren Handschrift des Vaters und ein zweites, kleineres Kuvert; es war offensichtlich älteren Datums; das Papier war vergilbt, es war in einer ihm unbekannten Schrift adressiert an „Colonel Gerald Scott". Adam legte es neben sich auf das kleine Tischchen, entfaltete den Brief seines Vaters und begann zu lesen.

Mein lieber Adam!
Im Laufe der Jahre wirst Du viele Erklärungen für meinen plötzlichen Abschied vom Regiment gehört haben. Die meisten waren sicherlich absurd und einige verleumderisch, aber im Interesse aller Beteiligten habe ich es vorgezogen, meine Meinung für mich zu behalten. Doch glaube ich, Dir eine ausführliche Erklärung zu schulden, und dazu soll dieser Brief dienen. Wie Du weißt, war ich vom Februar 1945 bis Oktober 1946 – unmittelbar vor meinem Abschied vom Dienst – in Nürnberg stationiert. Dort war mir das Kommando über jene britische Abteilung übertragen worden, in deren Aufgabenbereich die Bewachung der hohen Nazis fiel, die auf ihren Kriegsverbrecherprozeß warteten. Ich lernte die Gefangenen recht gut kennen, und nach etwa einem Jahr waren mir einige von ihnen nicht mehr ganz so unerträglich.

Unter den hohen Nazis, mit denen ich täglich Kontakt hatte, befand sich auch Reichsmarschall Göring, den ich allerdings von Anfang an verabscheute. Ich fand ihn arrogant, hochfahrend, und er schien sich für die Barbarei, die er unter dem Deckmantel des Krieges begangen hatte, nicht im mindesten zu schämen.

Am Abend vor seiner Hinrichtung bat Göring mich um eine persönliche Unterredung. Es war ein Montag, und ich kann mich an jedes Detail erinnern, als hätte das Gespräch erst gestern stattgefunden. Sein Gesuch wurde mir übermittelt, als ich die Wache von dem russischen Major Wladimir Koski übernahm. Koski übergab mir das Schreiben persönlich. Sobald ich die Wachmannschaft inspiziert hatte, suchte ich zusammen mit dem diensthabenden Korporal den Reichsmarschall in seiner Zelle auf. Göring stand neben seinem Bett und salutierte, als ich eintrat.

„Sie haben um meinen Besuch gebeten?" fragte ich. Ich konnte es nie über mich bringen, ihn mit Rang und Namen anzureden.

„Ja", antwortete er. „Nett von Ihnen, daß Sie gekommen sind, Colonel. Ich möchte nur meinen letzten Wunsch äußern. Könnte der Korporal uns wohl einen Augenblick allein lassen?"

Da ich annahm, daß es sich um eine höchst private Angelegenheit handle, bat ich den Korporal, draußen zu warten. Als die Tür wieder geschlossen war, überreichte Göring mir den Briefumschlag, der sich jetzt in Deinen Händen befindet. Er sagte nur: „Seien Sie so gut, und öffnen Sie ihn erst morgen nach meiner Hinrichtung." Und er fügte noch hinzu: „Ich kann nur hoffen, daß es Sie für jegliche Vorwürfe entschädigen wird, die Ihnen später gemacht werden könnten." Ich konnte damals nicht wissen, worauf er anspielte. In den letzten Tagen ihres Lebens hatten sich mir viele Gefangene anvertraut; und einige standen eindeutig am Rande des Wahnsinns. Allerdings klangen die letzten Worte, die Göring dann noch an mich richtete, kaum wie die eines Verrückten. Er sagte schlicht: „Seien Sie versichert: Es ist ein Meisterwerk." Er zündete sich eine Zigarre an, so wie jemand, der es sich nach einem guten Essen gemütlich macht. Jeder von uns hatte seine eigene Theorie darüber, wer ihm die Zigarren hereinschmuggelte.

Ich steckte den Brief in meine Rocktasche und kehrte in mein Büro zurück, um meinen Tagesrapport zu schreiben. Den Briefumschlag behielt ich in der Tasche meiner Uniformjacke, mit dem festen Vorsatz, ihn gleich nach Görings Hinrichtung am nächsten Morgen zu öffnen. Ich prüfte eben noch einmal die Tagesbefehle, als der Korporal, ohne anzuklopfen, zu mir ins Zimmer stürzte. „Göring!" schrie er völlig außer sich, „Göring!" Das panische Entsetzen, das ihm im Gesicht geschrieben stand, ersparte mir jede Frage. Wir rannten zur Zelle des Reichsmarschalls zurück.

Göring lag, das Gesicht nach unten, auf seinem Feldbett. Ich drehte ihn um. Er war bereits tot. In dem darauffolgenden Durcheinander habe ich Görings Brief völlig vergessen. Die Autopsie, die einige Tage danach durchgeführt wurde, ergab, daß der Reichsmarschall an Zyankalivergiftung gestorben war.

Da ich Göring als letzter allein gesehen hatte, wurde mein Name in Zusammenhang mit seinem Tod gebracht. An solchen Anschuldigungen ist selbstverständlich nicht das geringste wahr, aber die ständigen Verdächtigungen kränkten mich dermaßen, daß ich den einzigen ehrenhaften Ausweg darin sah, sofort meinen Abschied einzureichen, um nicht weiter Schande über mein Regiment zu bringen. Als ich dann gegen Ende des Jahres nach England zurückkehrte und mich endgültig entschloß, die Uniform an den Nagel zu hängen, stieß ich wieder auf den Briefumschlag. Und als ich Deiner Mutter den genauen Hergang des Vorfalls schilderte, flehte sie mich an, das Kuvert zu vernichten; sie war der Ansicht, daß die ganze Sache unserer Familie schon genug Unheil gebracht habe, und selbst wenn das Kuvert irgendeinen Hinweis enthielte, wer Göring zum Selbstmord verholfen hatte, nützte das ihrer Meinung nach auch niemandem mehr. Ich erklärte mich schließlich bereit, ihren Wunsch zu respektieren.

Obwohl ich den Brief nie geöffnet habe, brachte ich es aber doch nicht über mich, ihn zu vernichten, da ich Görings Worte mit dem Hinweis auf ein Meisterwerk nicht vergessen konnte. Und so versteckte ich den Brief schließlich zwischen meinen Ausweispapieren. Da die vermeintlichen Sünden der Väter auch den Kindern angerechnet werden, sollten Dich Bedenken dieser Art nicht beeinflussen. Und falls aus dem Inhalt dieses Briefes Gewinn gezogen werden kann, so bitte ich Dich nur um eines: Laß ihn vor allem Deiner Mutter zugute kommen.

Solltest Du den Umschlag aber öffnen und erfahren, daß er Dich nur in eine unehrenhafte Sache verwickeln könnte, dann vernichte ihn, und verschwende keinen weiteren Gedanken daran. Ich bin fest überzeugt, daß ich es Dir überlassen kann, die richtige Entscheidung zu treffen.

Dein Dich liebender Vater
Gerald Scott

Adam las den Brief ein zweites Mal und war von dem Vertrauen gerührt, das der Vater ihm entgegengebracht hatte. Nachdem er ihn noch ein drittes Mal durchgelesen hatte, faltete er ihn ordentlich zusammen und steckte ihn wieder in den Umschlag.

Er nahm das zweite Kuvert vom Tischchen und schlitzte es behutsam auf. Einen Augenblick zögerte er, bevor er zwei gänzlich vergilbte Blätter herauszog. Das eine schien eine Art Dokument zu sein, das andere ein Brief mit dem Namen des Reichsmarschalls Hermann Göring unter dem Wappen des Dritten Reiches. Adams Hände begannen schon beim Lesen der ersten Zeilen zu zittern: *Sehr geehrter Herr Oberst Scott!*

Der Brief war auf deutsch geschrieben.

Als die schwarze Tschaika-Limousine auf den Roten Platz hinausfuhr, standen die zwei Kreml-Wachtposten stramm und präsentierten das Gewehr. Mit einem Antippen der Krempe seines Filzhuts erwiderte Zaborski den Gruß; in seinen Gedanken war er jedoch ganz woanders. Er hatte eine erste Entscheidung zu treffen, und sie war zweifelsohne auch die wichtigste: Welchem seiner führenden Mitarbeiter sollte er die Aufgabe anvertrauen, die Suche nach der Zarenikone zu leiten?

Daß überhaupt nur zwei Kandidaten in Frage kamen, hatte für den Chef des Staatssicherheitsdienstes bereits wenige Augenblicke nach dem Abschied von seinem Vorgesetzten festgestanden. Doch für welchen der beiden, Waltschek oder Romanow, sollte er sich entscheiden. Für Breschnew mußte die Sache bis spätestens 20. Juni abgeschlossen sein, und da war keine Zeit zu verlieren. Also mußte er seine Entscheidung treffen, bevor er sein Büro erreichte.

Vor dem Sitz des KGB blieb der Wagen ruckartig stehen. Der Fahrer lief um das Auto herum und öffnete für seinen Chef den hinteren Wagenschlag, aber Zaborski rührte sich nicht. Er, der sonst nie seine Meinung änderte, hatte ebendies während der Fahrt zum Dserschinskiplatz bereits zweimal getan.

Sein beruflicher Instinkt riet ihm zu Juri Waltschek. Mit seiner langsamen, aber sehr systematischen und zuverlässigen Vorgehensweise war er ein volles Jahrzehnt erfolgreich als Agent im Außendienst tätig gewesen, bevor er sich schließlich auf einen Schreibtischposten zurückgezogen hatte.

Alex Romanow, der erst vor kurzem Abteilungschef geworden war, hatte dagegen im Außendienst immer wieder Ansätze zu wahrer Brillanz gezeigt, sie aber oft genug durch mangelndes persönliches Urteilsvermögen zunichte gemacht. Mit seinen neunundzwanzig Jahren war er nicht nur der jüngste, sondern fraglos auch der ehrgeizigste unter den Favoriten des KGB-Vorsitzenden.

Zaborski stieg aus, ging zum Tor, das bereits für ihn geöffnet war, und begab sich gemessenen Schrittes über den Marmorfußboden zu den Fahrstühlen. Am Lift warteten schweigend einige Männer und Frauen, die aber keine Anstalten machten, dem KGB-Chef zu folgen, als er den kleinen Fahrstuhl betrat, der ihn zu seinem Büro hinauffuhr. Als er im obersten Stockwerk angekommen war, hatte er sich entschieden: Waltschek war der richtige Mann.

Ein Sekretär half ihm aus dem langen schwarzen Mantel und nahm ihm den Hut ab. Zaborski trat entschlossen an seinen Schreibtisch. Die zwei angeforderten Akten lagen schon für ihn bereit. Er setzte sich und begann mit der Lektüre von Waltscheks Akte. Erneut sah er sich gezwungen, sein Urteil zu revidieren. Er klappte die Akte zu und wandte sich an seinen Sekretär, der diensteifrig neben ihm stand: „Holen Sie Romanow."

GENOSSE ROMANOW lag flach auf dem Rücken, den linken Arm unter dem Kopf, die Rechte seines Gegners an seiner Kehle.

Ein Assistent eilte auf die beiden zu und beugte sich flüsternd zum Trainer, der daraufhin widerstrebend seinen Schüler losließ. Leicht benommen richtete sich Romanow auf, verneigte sich vor seinem Lehrer, zog ihm mit einer einzigen raschen Bewegung des linken Fußes und des rechten Arms urplötzlich die Beine unter dem Leib weg, so daß der Mann im Nu flach auf dem Boden der Sporthalle lag, und eilte ins Büro zum Telefon.

Die junge Frau, die ihm den Hörer reichte, ignorierte er. „Ich dusche nur noch schnell, dann bin ich gleich bei ihm" war alles, was sie ihn sagen hörte. Sie fragte sich oft, wie Romanow wohl unter der Dusche aussähe. Wie alle Frauen hier hatte sie ihn in der Sporthalle immer wieder bewundert. Über einen Meter achtzig groß, mit langem blondem Haar – er sah aus wie ein Filmstar aus dem Westen. Und dann diese durchdringend blauen Augen ...

ZABORSKI hatte Romanows Personalakte inzwischen zum zweitenmal aufgeschlagen, um erneut alle Details zu prüfen.

> Alexander Petrowitsch Romanow, geboren am 12. März 1937 in Leningrad. Vollmitglied der Partei seit 1958. Vater: Peter Nikolajewitsch Romanow, diente 1942 an der Ostfront, lehnte es nach seiner Heimkehr im Jahre 1945 ab, der Kommunistischen Partei beizutreten. Aufgrund verschiedener Berichte über staatsfeindliche Aktivitäten, die von seinem Sohn geliefert wurden, zu zehn Jahren Gefängnis verurteilt. Am 20. Oktober 1948 im Gefängnis gestorben.
>
> Großvater: Nikolai Alexandrowitsch Romanow, Großkaufmann und einer der reichsten Grundbesitzer von Petrograd. Am 11. Mai 1918 erschossen bei dem Versuch, vor den Truppen der Roten Armee zu fliehen.

Den Romanowschen Ehrgeiz hatte Alex, wie der jüngste Sproß der Familie sich gern nennen ließ, ganz sicher geerbt. Mit neun Jahren war

er der Pionierorganisation der Partei beigetreten, mit vierzehn gehörte
er bereits zur Parteielite und wurde Komsomolmitglied. Mit sechzehn
gewann er die Leninmedaille für Sprache und den Jugendsportpreis
der Turner, und man sorgte dafür, daß er auch die Universität besuchen durfte. Als Student zeichnete er sich weiterhin in mehreren
Fremdsprachen aus. Er spezialisierte sich auf Englisch, Französisch
und Deutsch.

Romanow hatte damals auch mit Feuereifer sein Training als Turner fortgesetzt, bis der Trainer über einen seiner Berichte mit dicken
Lettern schrieb: „Zu groß, um für olympische Wettkämpfe ernsthaft
in Betracht gezogen zu werden." Romanow wechselte zu Judo über
und wurde bereits zwei Jahre später, 1958, für die Comecon-Spiele in
Budapest nominiert. Nach seinem Sieg bei den sowjetischen Meister-
schaftskämpfen in Moskau verpaßte ihm die westliche Presse
uncharmanterweise den Beinamen „die Axt".

Als Romanow sein Universitätsstudium nach fünf Jahren mit Aus-
zeichnung abgeschlossen hatte, trat er in den diplomatischen Dienst
ein. Zaborski erreichte in der Akte nun die Stelle, die seine erste
Begegnung mit dem selbstsicheren jungen Mann vermerkte. Der
KGB konnte alljährlich die jungen Leute, die ihm außergewöhnlich
begabt erschienen, vom diplomatischen Dienst abwerben. Romanow
drängte sich als Kandidat natürlich geradezu auf, zumal er sich nie
etwas anderes gewünscht hatte, als KGB-Offizier zu werden.

Zaborski las die Kommentare, die er während der letzten acht Jahre
selbst der Akte hinzugefügt hatte. Romanow hatte nach seiner erfolgreichen Agententätigkeit den Rang eines Majors erreicht. Zwei rote
Punkte neben seinem Namen markierten hervorragend ausgeführte
Einsätze.

Romanows größten Erfolg bedeutete jedoch die Rekrutierung eines
Agenten im britischen Außenministerium, dessen anschließender
Aufstieg in London Romanows eigene Karriere nur noch gefördert
hatte. Schließlich war Romanows Ernennung zum Abteilungschef ein
logischer Schritt gewesen, aber Zaborski spürte, daß dem jungen
Mann jetzt der Nervenkitzel des Außendienstes fehlte.

Der KGB-Vorsitzende wandte sich der letzten Seite zu, der
Beschreibung von Romanows Charakter: „Ehrgeizig, raffiniert,
skrupellos, aber nicht immer zuverlässig."

In diesem Moment klopfte es laut und energisch an die Tür.
Zaborski schloß die Akte, dann drückte er auf einen Knopf unter dem
Schreibtisch. Mit einem leisen Klicken sprang die Tür auf, und
Alexander Petrowitsch Romanow trat ein.

„Guten Morgen, Genosse Vorsitzender", sagte der elegante junge Mann, der nun vor seinem Vorgesetzten strammstand. Zaborski schaute zu dem Agenten auf. Ihn durchzuckte ein Anflug von Neid – er beneidete Romanow um die Gaben, mit denen die Götter einen so jungen Menschen so reichlich bedacht hatten.

„Sie haben mich gerufen?" fragte Romanow.

Der Vorsitzende nickte. „Der Generalsekretär hat uns mit einer außerordentlich heiklen Aufgabe betraut, die für den Staat von enormer Wichtigkeit ist." Zaborski legte eine Pause ein. „Sie ist so heikel, daß Sie nur mir persönlich Bericht erstatten werden. Sie können sich Ihre Mitarbeiter selbst auswählen, und wir werden Ihnen alle erforderlichen Mittel zur Verfügung stellen."

„Ich fühle mich sehr geehrt", erwiderte Romanow. Es klang ungewöhnlich aufrichtig.

„Geehrt werden Sie erst", erwiderte der Vorsitzende, „wenn es Ihnen gelingt, die Zarenikone aufzustöbern."

ADAM nahm die Bibel vom Bücherbord, die ihm seine Mutter zur Konfirmation geschenkt hatte, steckte das Kuvert zwischen die Seiten der Offenbarung und stellte die Bibel auf das Bord zurück. Dann schlenderte er in die Küche, briet sich ein Spiegelei und wärmte den Rest der Bohnen vom Vortag auf. Nachdem er das karge Mahl beendet hatte, kehrte er in sein Zimmer zurück und legte sich nachdenklich aufs Bett. Ob der Inhalt des vergilbten Briefumschlags endlich die Unschuld seines Vaters beweisen würde?

Als die alte Wanduhr in der Diele zehnmal schlug, schwang Adam die langen Beine über den Bettrand und nahm noch einmal die Bibel vom Wandregal. Mit einigem Bangen zog er den Briefumschlag heraus. Er knipste die Leselampe auf dem Schreibtisch an, faltete die zwei Blätter auseinander und breitete sie vor sich aus.

Das eine Schriftstück war offenbar ein persönlicher Brief Görings an Adams Vater, während das andere, ältere, eher wie ein offizielles Dokument aussah. Adam legte dieses zweite Papier zur Seite und ging den Brief Zeile für Zeile durch. Er verstand auch jetzt kein Wort.

Nach kurzem Überlegen riß Adam ein unbeschriebenes Blatt von einem Notizblock, den er auf Lawrence' Schreibtisch fand, und begann in seinem Zimmer, den Text von Görings Brief abzuschreiben. Nur die Anrede und die schwungvolle Unterschrift des Reichsmarschalls ließ er weg. Er überprüfte seine Abschrift sorgfältig, dann steckte er das Original wieder in den verblichenen Umschlag. Das Dokument war nicht so leicht zu kopieren wie der Brief, weil die

Handschrift krakelig und klein war. Es war eine mühselige Arbeit, die
erstaunlich viel Zeit in Anspruch nahm. Adam schrieb jedes Wort in
Blockbuchstaben ab, und wenn er nicht ganz sicher war, ob er es richtig entziffert hatte, malte er die möglichen anderen Buchstaben als
Alternative darunter; so hoffte er, auf Anhieb jede denkbare Übersetzung parat zu haben.

Er war eben fertig damit, als er einen Schlüssel im Schloß hörte und
gleich darauf die Stimmen von Lawrence und seiner Freundin. Schnell
knipste er das Licht aus und tastete sich zu seinem Bett.

DAS erste, was Romanow unternahm, nachdem er das Büro des
Vorsitzenden verlassen hatte, war eine Fahrt zur Universität, wo er
mit größter Sorgfalt ein Team von zwölf Wissenschaftlern zusam-
menstellte. Die Historiker und Kunstexperten hatten ihre Instruktionen kaum erhalten, da machten sie sich auch schon in Zweiergruppen
an die Arbeit. Alle vier Stunden war Schichtwechsel, damit die Nachforschungen Tag und Nacht vorangetrieben werden konnten. Wie
erhofft, ließen die ersten Ergebnisse nicht lange auf sich warten. Die
Wissenschaftler hatten bald herausgefunden, daß sich die Ikone auf
jeden Fall bis zum Dezember 1914 in den Privaträumen des Zaren im
Winterpalast befunden hatte. Andächtig betrachtete Romanow eine
Fotografie des exquisiten kleinen Gemäldes. Die Gestalt des heiligen
Georg war mosaikartig aus winzigen Teilchen in Blau und Gold
zusammengesetzt, während der Drache in Feuerrot und Gelb leuchtete. Romanow konnte gut verstehen, daß dieses kleine Meisterwerk
so viele Menschen beeindruckt, ja ergriffen hatte. Er beschäftigte sich
intensiv und in allen Details mit der Geschichte der Ikone. Warum sie
von solcher Wichtigkeit für den Staat war, konnte er aber auch danach
noch immer nicht begreifen. Vielleicht wußte nicht einmal Zaborski
Bescheid.

Ein Jahr nach der Revolution hatte ein Diener des Zaren vor Gericht
ausgesagt, daß die Zarenikone im Jahr 1915, nach einem Besuch des
Großherzogs Ernst Ludwig von Hessen, einige Tage lang verschwunden gewesen sei. Für dieses vorübergehende Verschwinden
hatten die Untersuchungsrichter damals wenig Interesse aufgebracht,
da die Ikone ja im Arbeitszimmer des Zaren gehangen hatte, als der
Winterpalast gestürmt wurde. Was sie eher beschäftigte, war die
Frage, warum der Großherzog von Hessen inmitten des erbitterten
Krieges zwischen dem deutschen Kaiserreich und Rußland den Zaren
überhaupt besucht hatte. Ursprünglich war angenommen worden,
der Großherzog von Hessen habe seiner Schwester Alexandra, der

Zarin, einen Privatbesuch abgestattet. Inzwischen waren die Historiker zu der Ansicht gelangt, er habe damals beabsichtigt, einen Waffenstillstand zwischen Deutschland und Rußland auszuhandeln.

Es gab keine Beweise, daß der Zar im Namen seines Volkes Versprechungen gemacht hatte, doch war der Großherzog anscheinend nicht mit leeren Händen nach Deutschland zurückgekehrt. Wie aus den Prozeßakten des Gerichts hervorging, hatte ein anderer Palastdiener Weisung erhalten, die Zarenikone in Musselin zu wickeln und sie dem Reisegepäck des Großherzogs beizufügen. Allerdings vermochte keiner der Diener dem Gericht zufriedenstellend zu erklären, wie die Ikone einige Tage danach wieder an ihren angestammten Platz im Arbeitszimmer des Zaren gelangt war.

Der von Romanow eingesetzte Forschungsbeauftragte hatte seine Schlußfolgerung dick mit roter Tinte unterstrichen: „Allem Anschein nach hat der Zar das Original durch eine Kopie ersetzen lassen, nachdem er die echte Ikone seinem Schwager, dem Großherzog, zur Aufbewahrung übergeben hatte."

Aber warum, fragte sich Romanow, hat der Zar, der doch einen Palast voller Goyas, Tizians und Rubens hatte, sich die Mühe gemacht, eine einzige kleine Ikone hinauszuschmuggeln? Und warum will Breschnew sie so dringend zurückhaben?

Romanow wies die Wissenschaftler an, ihre Bemühungen auf das großherzogliche Haus von Hessen zu konzentrieren, um so vielleicht herausfinden zu können, was später mit der Ikone geschehen war. Innerhalb von zehn Tagen besaßen die Wissenschaftler über den Großherzog und seine Familie an Information mehr, als jeder Professor in einem ganzen Leben hätte sammeln können. Doch sämtliche Spuren endeten in einer Sackgasse: Nach dem Tod des Großherzogs war das Bild in den Besitz seines Sohnes übergegangen, der bei einem Flugzeugabsturz ums Leben kam, und danach war von der Ikone nie mehr etwas gehört worden.

In der dritten Woche seiner Nachforschungen kam Romanow widerstrebend zu der Erkenntnis, daß über die Ikone nichts Neues mehr in Erfahrung zu bringen sei. Er bereitete eben seinen Schlußbericht an Zaborski vor, als ein Mitglied des Forschungsteams, Genossin Petrowa, auf einen Artikel der Londoner *Times* vom Mittwoch, dem 17. November 1937, stieß. Er hatte folgenden Wortlaut:

Der Großherzog von Hessen und vier Mitglieder seiner Familie kamen heute morgen ums Leben, als ein Flugzeug der Sabena auf dem Flug von Frankfurt nach London im dichten Nebel über belgischem Gebiet abstürzte. Der Großherzog befand sich gerade auf dem Weg nach England, um der Vermählung seines jüngeren Bruders, Prinz Louis, beizuwohnen.

Den nächsten Absatz hatte Anna Petrowa dick umrandet:

Einige der persönlichen Habseligkeiten des Großherzogs, einschließlich mehrerer Hochzeitsgeschenke für Prinz Louis und seine Braut, wurden kilometerweit um die Absturzstelle des Flugzeugs verstreut. Die deutsche Regierung hat heute vormittag mitgeteilt, daß ein hochrangiger deutscher General mit der Leitung einer Suchaktion betraut wurde, um die Bergung aller Familienbesitztümer zu gewährleisten.

Romanow ließ die junge Wissenschaftlerin zu sich rufen. Als Anna Petrowa wenige Minuten später eintrat, war ihr nicht anzumerken, wie beeindruckt sie von ihrem gegenwärtigen Chef war. Daß es ihr schwerfallen würde, in den Kleidern, die sie sich leisten konnte, Eindruck auf ihn zu machen, war ihr sofort klar, auch wenn sie ihre hübschesten Sachen trug und die Frisur, die sie bei einer Schauspielerin namens Mia Farrow in einem der wenigen amerikanischen Filme gesehen hatte, die von der Zensur freigegeben worden waren. Sie hoffte, daß Romanow es merken würde.

„Bitte forsten Sie alle Ausgaben der *Times* vom 17. November 1937 bis zum 16. Mai 1938 durch", wies Romanow sie an. „Und falls Sie auf etwas stoßen, aus dem hervorgehen könnte, was die Bergungsmannschaft gefunden hat, überprüfen Sie auch die deutsche und die belgische Presse des gleichen Zeitraums." Er entließ sie mit einem freundlichen Lächeln.

Es waren keine vierundzwanzig Stunden vergangen, als Genossin Petrowa wieder in Romanows Büro auftauchte – ohne sich die Mühe zu machen anzuklopfen. Romanow, der ob solcher Unartigkeit leicht die Augenbrauen gehoben hatte, verschlang den Artikel, den sie in einer Berliner Zeitung vom Samstag, dem 19. Januar 1938, ausgegraben hatte.

Die Untersuchungen über den Absturz des Flugzeugs, das die großherzogliche Familie von Hessen nach London hätte bringen sollen, sind inzwischen abgeschlossen. Alle persönlichen Besitztümer der Familie, die in der Nähe des Wracks gefunden wurden, wurden dem Großherzog, Prinz Louis, übergeben.

Wie zu erfahren ist, war Prinz Louis insbesondere über den Verlust eines Familienerbstücks betrübt, das ihm sein Bruder, der verstorbene Großherzog, als Hochzeitsgeschenk zugedacht hatte. Es handelt sich um ein Gemälde, das als „Zarenikone" bekannt ist und aus dem Besitz seines Onkels, des Zaren Nikolaus II., stammte. Wenngleich nur eine Kopie von Rubljows Meisterwerk, galt die Ikone vom heiligen Georg mit dem Drachen doch als eines der schönsten Beispiele künstlerischen Schaffens im frühen 20. Jahrhundert, die nach der Revolution aus Rußland zu uns gelangt sind.

Romanow schaute zu der jungen Wissenschaftlerin auf. „Von wegen zwanzigstes Jahrhundert", sagte er stirnrunzelnd. „Das war das Original aus dem fünfzehnten Jahrhundert, und kein Mensch hat es erkannt – vielleicht nicht einmal der alte Großherzog selbst. Der Zar hatte bestimmt andere Pläne für die Ikone, falls ihm die Flucht gelungen wäre."

Romanow starrte auf das Foto oberhalb des Zeitungsartikels. Es zeigte den jungen Großherzog, der dem General als Leiter jener Suchaktion, welche der großherzoglichen Familie zahlreiche Besitztümer hatte zurückerstatten können, dankbar die Hand schüttelte. „Hat er wirklich alles zurückgegeben?" fragte Romanow laut.

„Wie meinen Sie das?" wollte die junge Wissenschaftlerin wissen.

Romanow winkte ab und hielt den Blick unverwandt auf das verblichene Vorkriegsfoto der beiden Männer gerichtet. Obwohl der General nicht namentlich genannt wurde, hätte jedes Schulkind in Deutschland das breite, ausdruckslose Gesicht mit dem massigen Kinn und dem kalten Blick sofort erkannt.

Romanow hob den Kopf und blickte die junge Wissenschaftlerin durchdringend an. „Den Großherzog können Sie jetzt vergessen, Genossin Petrowa. Konzentrieren Sie Ihre Bemühungen auf Reichsmarschall Hermann Göring."

ADAM wachte auf, sprang aus dem Bett und lief zum Schreibtisch: Alles lag noch genauso da, wie er es hingelegt hatte.

Es war zehn vor sieben. Obwohl Adam sich so fit fühlte wie in seinen besten Tagen beim Militär, absolvierte er jeden Morgen unerbittlich ein hartes Trainingsprogramm. Er wollte sich in Topform präsentieren, falls das Außenministerium ärztliche Untersuchungen wünschte. In Sekundenschnelle war er in ein T-Shirt und in Shorts geschlüpft und hatte seine Laufschuhe zugeschnürt.

Auf Zehenspitzen schlich er aus der Wohnung und jagte keuchend zum Themseufer hinüber, lief vom Embankment über die Albertbrücke durch den Battersea-Park und wieder zurück über die Chelseabrücke. Eine einzige Frage ging ihm die ganze Zeit durch den Kopf: Sollte das, nach zwanzig Jahren Klatsch und boshaften Anspielungen, endlich die Chance sein, den Namen seines Vaters reinzuwaschen? Wieder daheim, traf er auf Lawrence. Von Carolyn war nichts zu hören und zu sehen. Lawrence, ausgesprochen elegant in einem grauen Nadelstreifenanzug, machte sich eben in der Küche das Frühstück.

Adam ging duschen und gesellte sich dann zu seinem Freund. Lawrence saß jetzt am Küchentisch und löffelte Frühstücksflocken, während er gleichzeitig mit dem Zeigefinger in der *Financial Times* die Spalte mit den ausländischen Wechselkursen entlangfuhr.

Adam blickte auf die Uhr: schon zehn nach acht. „Wirst du nicht zu spät im Büro sein?" fragte er.

„Mein lieber Junge", entgegnete Lawrence, „ich bin doch kein Lakai in einer Bank, wo die Kunden sich an Geschäftszeiten halten. Aber um halb zehn sollte ich dann schon an meinem Schreibtisch sitzen", räumte er ein. „Bedauerlicherweise schickt man mir keinen Chauffeur."

Adam begann sein eigenes Frühstück vorzubereiten. „Ich könnte dich mit dem Motorrad hinbringen."

„Stell dir mal vor, wie es aussähe, wenn ein Mann in meiner Position auf einem Motorrad vor der Barclays Bank vorfährt!" wehrte Lawrence ab, stand auf und holte seinen zusammengerollten Schirm vom Hutständer.

Adam räumte das Geschirr ab und begann zu spülen; er konnte sich wenigstens im Haushalt nützlich machen, solange er arbeitslos war. Da er bis zu dem Vorstellungsgespräch im Außenministerium am Nachmittag nichts vorhatte, blieb ihm Zeit genug, sich um den Brief zu kümmern, der auf dem Tisch in seinem Zimmer lag – der Brief des Reichsmarschalls Göring.

„Haben Sie irgendeinen Hinweis gefunden, daß Göring die Ikone vielleicht für sich behalten hat?" fragte Romanow hoffnungsvoll die junge Wissenschaftlerin.

„Nein, nur Dinge, die ohnehin auf der Hand liegen", antwortete Anna Petrowa lässig.

Romanow wollte die junge Frau schon für diese Unverschämtheit zurechtweisen, entschloß sich dann aber dieses eine Mal zur Nachsicht. Die Genossin Petrowa hatte sich immerhin als die weitaus findigste Kraft seines Forschungsteams erwiesen.

„Und die wären?" erkundigte sich Romanow.

„Es ist allgemein bekannt, daß Hitler Göring die Aufsicht über sämtliche erbeuteten Kunstwerke des Dritten Reichs übertrug. Da der

Führer jedoch eine besondere Auffassung von Qualität hatte, wurden viele dieser Meisterwerke als ‚entartet' abklassifiziert. Hitler gab Befehl, sie zu vernichten. Unter diesen zur Verbrennung bestimmten Werken befanden sich auch Bilder von Meistern wie van Gogh, Manet, Monet –"

„Sie wollen mir doch nicht einreden, daß Göring die Zarenikone gestohlen haben könnte", sagte Romanow und richtete den Blick zur Decke, „nur um sie dann zu verbrennen?"

„Aber nein. So dumm war Göring nicht. Er hat, wie wir heute wissen, nicht immer jeden Befehl seines Führers befolgt. In Berlin und Düsseldorf ließ er Werke von weniger bekannten deutschen Künstlern verbrennen, die auf dem freien Markt ohnehin höchstens ein paar hundert Mark erzielt hätten. Aber die Meisterwerke, die Werke der wahren Genies, wurden diskret über die Grenze geschafft und in den Tresoren von Schweizer Banken deponiert."

„Es besteht also durchaus noch eine Möglichkeit, daß Göring die Ikone gefunden ..."

„... und dann in eine Schweizer Bank geschafft hat", ergänzte Anna Petrowa. „Wenn es doch nur so einfach wäre, Genosse Major! Leider hat Göring eine ganze Reihe von Decknamen benutzt."

„Dann werden wir diese eben herausfinden müssen", betonte Romanow. „Sind inzwischen eigentlich alle vermißten Bilder gefunden worden?"

„Über siebzig Prozent. Es gibt jedoch immer noch viele, deren Verbleib ungeklärt ist. Ich bin mir aber sicher, daß sich eine erkleckliche Anzahl noch heute in Gewahrsam der Schweizer Banken befindet."

„Wieso sind Sie da so sicher?" wollte Romanow wissen.

„Weil die Schweizer Banken Wertgegenstände nur dann zurückgeben, wenn sie vom rechtmäßigen Besitzanspruch einer Nation oder einer Einzelperson überzeugt sind. Bei der Zarenikone gab es keinen Eigentumsnachweis. Der letzte offizielle Eigentümer war Zar Nikolaus II. Und der hatte, wie jeder gute Russe weiß, keine überlebenden Nachkommen."

„Also muß ich Görings Spuren folgen, indem ich mich direkt an die Banken wende", schloß Romanow. „Weiß man, wie sich die Banken bisher in ähnlichen Fällen verhalten haben?"

„Das ist von Bank zu Bank verschieden", erklärte Anna Petrowa. „Manche Banken warten zwanzig Jahre oder noch länger und versuchen dann, durch intensive Nachforschungen oder über Annoncen den Eigentümer oder seine nächsten Verwandten zu ermitteln. Bei

Juden, die unter dem Naziregime ums Leben gekommen sind, ist es
oft unmöglich gewesen, einen rechtmäßigen Eigentümer aufzuspüren. Da haben die Banken, wie ich vermute, die deponierten Werte
einfach behalten. Typisch Kapitalismus."

„Was Sie da behaupten, ist unfair und außerdem falsch, Genossin",
widersprach Romanow, der froh war, endlich mit eigenen Informationen auftrumpfen zu können. „Kunstschätze, deren Besitzer sich
nicht ermitteln lassen, überlassen die Banken nämlich dem Schwei-
zerischen Roten Kreuz zur Versteigerung."

„Wenn die Zarenikone versteigert worden wäre, hätten wir das
doch durch einen unserer Agenten erfahren."

„Sehr richtig", bestätigte Romanow. „Ich habe ganz Europa von
weiß Gott wie vielen Agenten durchkämmen lassen, um die Ikone
aufzuspüren. Unsere Leute haben praktisch mit jedem Kunsthändler
und Hehler von Format gesprochen, und wir haben trotzdem keinen
einzigen Hinweis erhalten."

„Das kann doch nur heißen, daß skrupellose Bankiers die Ikone pri-
vat veräußert haben, nachdem sie sich überzeugt hatten, daß niemand
einen Anspruch erheben würde."

„Da befinden Sie sich schon wieder auf dem Holzweg."

„Aber wieso denn?" fragte die junge Wissenschaftlerin.

„Aus einem einfachen Grund, Genossin. Die Schweizer Banken
verdienen bei ihren Geschäften mit ehrlichen Leuten so viel Geld, daß
es gar nicht in ihrem Interesse liegen kann, sich auf krumme Touren
einzulassen. Ausnahmen sind selten. Deshalb vermute ich", schloß
Romanow, „daß das Original nicht, wie alle Welt glaubt, seit zwanzig
Jahren im Winterpalast hängt, sondern im Tresor einer Schweizer
Bank liegt und darauf wartet, daß jemand Anspruch darauf erhebt."

„Eine recht kühne Vermutung."

„Dessen bin ich mir durchaus bewußt", erwiderte Romanow
scharf. „Aber vergessen Sie bitte nicht, daß viele Schweizer Banken
eine Frist von fünfundzwanzig Jahren vorschreiben, bevor sie einen
Safe öffnen, manche warten sogar dreißig Jahre. Und einige sehen
überhaupt keine zeitliche Begrenzung vor, wenn eine ausreichende
Summe hinterlegt wurde, um die Safemiete abzudecken."

„Weiß der Himmel, auf wie viele Banken das zutrifft", meinte Anna
Petrowa mit einem Seufzen.

„Weiß der Himmel", bekräftigte Romanow, „aber bis morgen früh
um neun wissen auch Sie es hoffentlich. Und dann werde ich wohl
dem einzigen wirklichen Bankexperten hierzulande einen Besuch
abstatten müssen."

„Soll ich mich gleich an die Arbeit machen, Genosse Major?" fragte die Wissenschaftlerin.

Romanow lächelte. Er schaute in die grünen Augen des Mädchens. Sie war wirklich ganz zauberhaft. Er beugte sich vor, bis ihre Lippen sich fast berührten.

„Du wirst dich morgen sehr früh an die Arbeit machen müssen, Anna. Für den Augenblick jedoch reicht es, wenn du das Licht ausknipst. "

4

ZUR nochmaligen Durchsicht der beiden Dokumente brauchte Adam nur wenige Minuten. Er schob die Originale in den vergilbten Briefumschlag zurück, den er dann wieder in die Bibel auf dem Bücherbord steckte. Anschließend schnitt er seine Abschrift von Görings Brief behutsam in drei Streifen, die er in ein unbeschriebenes Kuvert steckte.

Wie konnte er sich von Brief und Dokument eine Übersetzung beschaffen, ohne unnötig Neugier zu wecken? Es bei der deutschen Botschaft, der deutschen Fremdenverkehrszentrale oder der Deutschen Presse-Agentur zu versuchen kam nicht in Frage; offizielle Stellen würden wahrscheinlich unliebsame Fragen stellen.

Adam zog sich an und schlug in der Diele im Telefonbuch nach. Er brummte zufrieden. Auf ein „Deutsches Übersetzungsbüro für technische Texte" folgte ein vielversprechender Eintrag. Die Adresse lautete Bayswater House, 35 Craven Terrace, W 2.

Mit den drei Teilen des Briefes in der Innentasche seines Jacketts verließ Adam kurz vor zehn die Wohnung. Er bummelte die King's Road entlang, genoß die Morgensonne und nahm dann die U-Bahn nach Paddington. Von dort marschierte er in Richtung Craven Terrace. Wenige Minuten später erreichte er das Ende der kurzen Gasse, wo ihm ein gelb-grünes Schild entgegenleuchtete: GERMAN YMCA – CHRISTLICHER VEREIN JUNGER MÄNNER.

Er öffnete das Hoftor und ging mit festem Schritt durch die Eingangstür des Gebäudes. In der Vorhalle sprach ein Portier ihn an. „Kann ich Ihnen helfen?"

Er suche einen jungen Mann namens Hans Kramer, erklärte Adam betont militärisch.

„Den Namen habe ich nie gehört, Sir", antwortete der Portier, der beim Anblick von Adams Regimentskrawatte fast strammstand. Mit nikotingebräuntem Zeigefinger suchte er die Listen im Buch auf seinem Pult ab. „Ist nicht eingetragen, Sir", sagte er. „Aber versuchen Sie's doch mal im Aufenthaltsraum oder im Spielzimmer", schlug er vor und deutete mit dem Daumen zu einer Schwingtür.

Adam bedankte sich, durchquerte forsch die Halle, trat durch die Schwingtür und sah sich im Raum um. An den Tischen lungerte eine Handvoll Studenten herum, die deutsche Zeitungen und Illustrierte lasen. Er wußte nicht so recht, wo er anfangen sollte, bis er ein intelligent und fleißig aussehendes Mädchen entdeckte, das mit einem *Time*-Magazin in einer Ecke saß. Auf dem Titelblatt prangte das Bild Leonid Breschnews. Adam schlenderte zu dem Mädchen hinüber und setzte sich auf den Stuhl neben es. „Entschuldigen Sie, aber könnten Sie mir vielleicht helfen?" wandte er sich an sie. „Ich hätte gern etwas übersetzt."

Sie legte die Zeitschrift beiseite. „Ich kann's ja mal versuchen. Haben Sie den Text da?"

„Hoffentlich ist er nicht zu schwierig", meinte Adam, während er den Briefumschlag aus der Tasche zog, den ersten Absatz von Görings Brief herausnahm und das Kuvert wieder einsteckte. Er schlug ein kleines Notizbuch auf und blickte das Mädchen erwartungsvoll an.

Sie las den Absatz zwei-, dreimal durch und schien zu zögern.

„Ist etwas nicht in Ordnung?"

„Es ist nur ein bißchen altmodisch", erwiderte sie und konzentrierte sich angestrengt auf das Schriftstück. „Ich weiß nicht, ob ich's ganz wortgetreu hinkriege."

Sie las Satz für Satz vor, zuerst auf deutsch und dann in englischer Übersetzung, so langsam, als habe sie Mühe, die einzelnen Wörter in ihrer Bedeutung zu erfassen.

„*Im Laufe ... des letzten Jahres haben wir einander ... sehr gut ...*, nein, nein", korrigierte sie sich, „es muß heißen: *recht gut kennengelernt.*" Adam schrieb jedes Wort mit.

„*Sie haben nie verborgen ...*, nein, besser wäre vielleicht: *Sie haben nie ein Hehl aus Ihrer Abneigung gegen die Nationalsozialistische Partei gemacht.*" Das Mädchen hob den Kopf und sah Adam verwirrt an.

„Der Text stammt aus einem Buch", versicherte er, was sie nicht sonderlich zu überzeugen schien, aber sie fuhr fort: „*Dennoch sind Sie mir immer ...*, nein: *jederzeit mit der Höflichkeit eines Offiziers und Gentlemans begegnet.*"

Damit brach der Text auf dem Stück Papier ab, was das Mädchen völlig perplex machte. „Soll das alles sein?" fragte sie. „Das ergibt doch keinen Sinn."

„Nein, das ist alles", erwiderte Adam und nahm ihr das Stückchen Papier rasch aus der Hand. „Vielen Dank", fügte er hinzu. „Es war sehr liebenswürdig von Ihnen, mir zu helfen."

Er verabschiedete sich und war erleichtert, daß sie nur resigniert die Achseln zuckte und sich wieder ihrem *Time*-Magazin zuwandte.

Adam ging hinüber ins Spielzimmer, wo ihm gleich ein Junge in einem T-Shirt auffiel, der sichtlich gelangweilt einen Tischtennisball auf der Platte hüpfen ließ.

„Spielen Sie mal gegen mich?" fragte der Junge, allerdings ohne große Hoffnung.

„Aber sicher", meinte Adam, zog das Jackett aus und griff nach dem Tischtennisschläger auf seiner Seite des Tisches.

Zwanzig Minuten lang mußte er sich gewaltig anstrengen, um so schlecht zu spielen, daß er am Ende knapp verlor. Als er seinem Gegner gratulierte, war er überzeugt, das Vertrauen des jungen Mannes gewonnen zu haben.

„Ein famoses Match", sagte der Deutsche. „Sie sind ein guter Spieler."

Adam brachte ein erfreutes Lächeln zustande. „Dürfte ich wohl um einen Gefallen bitten?" fragte er.

„Geht's um Ihre Rückhand?" wollte der junge Mann wissen.

„Nein, nein", erwiderte Adam. „Ich hätte nur gern einen kurzen Absatz vom Deutschen ins Englische übersetzt." Er reichte ihm den Mittelteil des Briefes.

Der junge Mann warf einen Blick darauf und schaute dann Adam ebenso verwirrt an wie das Mädchen zuvor.

„Es ist aus einem Buch und wirkt daher vielleicht ein wenig aus dem Zusammenhang gerissen", erläuterte Adam.

„Also gut, ich will's versuchen." Der junge Deutsche wandte sich eben wieder dem Text zu, als das Mädchen, das den ersten Teil übersetzt hatte, ins Spielzimmer trat und direkt auf die beiden zuging.

„Ich bin kein guter Übersetzer. Und der Text ist schwer", erklärte der junge Mann. „Meine Bekannte könnte das sicher besser, ich werde sie mal fragen. Kannst du das hier bitte für den Herrn ins Englische übersetzen?" wandte er sich an sie und reichte ihr den Zettel, worauf das Mädchen ausrief: „Ich hab doch gewußt, daß es nicht der ganze Text gewesen sein konnte!"

„Bitte bemühen Sie sich nicht", unterbrach Adam sie und nahm den Zettel an sich. „Und vielen Dank für das Match", sagte er zu dem Jungen.

Im nächsten Augenblick war er draußen.

„Haben Sie ihn gefunden, Sir?"

„Wen gefunden?" fragte Adam zurück.

„Diesen Hans Kramer", antwortete der Portier.

„Ach so. Ja, danke", sagte Adam. Auf dem Weg zur Straße sah Adam noch, daß der Junge und das Mädchen ihm folgten. Adam lief die Straße hinunter und winkte einem Taxi.

„Wohin soll's denn gehen?" erkundigte sich der Fahrer.

„Zum Royal Lancaster Hotel."

Durch das Rückfenster des Taxis sah Adam noch seinen Tischtennispartner im Gespräch mit dem Portier, das Mädchen neben ihnen zeigte auf das Taxi.

Adam wurde erst ruhiger, als das Taxi um die Ecke bog und das Mädchen, der Junge und der Portier aus dem Blickfeld verschwunden waren. Wenig später drückte er dem Fahrer vor dem Royal Lancaster Hotel ein Geldstück in die Hand. Er sah auf die Uhr: halb eins. Bis zu dem Gespräch beim Außenministerium blieb noch reichlich Zeit für ein Mittagessen.

ROMANOW blickte angestrengt auf die Liste der vierzehn Banken, von denen eine möglicherweise im Besitz der Zarenikone war. Die Namen sagten ihm überhaupt nichts. Sie gehörten zu einer ihm fremden Welt, in der er sich ohne den Rat eines Fachmanns nicht zurechtfinden konnte. Er schloß die oberste Schublade seines Schreibtisches auf. In dem roten Büchlein, das nur die höchsten KGB-Beamten besaßen, waren viele Namen durchgestrichen oder überschrieben. Funktionäre kamen und gingen, aber Alexei Poskonow war seit fast einem Jahrzehnt der Präsident der Nationalbank geblieben. Romanow suchte die Nummer des Privatanschlusses und ließ sich verbinden – es schien eine Ewigkeit zu dauern, bis Poskonow sich meldete.

„Genosse Romanow, was kann ich für Sie tun?"

„Ich muß Sie dringend sehen", sagte Romanow.

„Tatsächlich?" Die rauhe Stimme am anderen Ende der Leitung klang nicht sonderlich beeindruckt. Romanow hörte das Rascheln von hastig umgeblätterten Seiten. „Ich könnte am Dienstag, sagen wir um halb zwölf?"

„Es ist dringend", wiederholte Romanow.

„Es mag Sie vielleicht überraschen, aber ich leite die Nationalbank, was so manche eigenen Probleme mit sich bringt", gab Poskonow zurück. „Na schön. Vielleicht kann ich Sie heute um Viertel vor vier einschieben. Für fünfzehn Minuten." Und schon war die Verbindung unterbrochen.

Romanow machte sich daran, sämtliche Fragen zu notieren, auf die er eine Antwort brauchte. Er durfte nicht eine einzige Minute der ihm eingeräumten Viertelstunde vergeuden.

Eine Stunde später bat er um eine Unterredung mit dem Chef des KGB. Diesmal ließ man ihn nicht warten.

„Sie wollen die Kapitalisten mit ihren eigenen Waffen schlagen, wie?" bemerkte Zaborski, als Romanow sein Vorhaben umrissen hatte. „Passen Sie bloß auf! In dem Spiel haben die mehr Erfahrung!"

„Das mag schon sein", sagte Romanow. „Aber wenn sich die Ikone im Westen befindet, bleibt kaum eine andere Wahl, um sie in die Hände zu bekommen."

„Schon möglich", bemerkte der KGB-Chef. „Keine Sorge, Sie bekommen von mir jede erforderliche Unterstützung – obgleich ich zugeben muß, ein Ansuchen dieser Art ist bisher noch nie an mich gestellt worden."

„Dürfte ich erfahren, warum die Ikone so wichtig ist?" erkundigte sich Romanow.

Der Chef des KGB runzelte die Stirn. „Ich bin nicht befugt, diese Frage zu beantworten. Da Genosse Breschnews Mangel an Begeisterung für die schönen Künste hinlänglich bekannt ist, können Sie sich jedoch selbst ausrechnen, daß es uns eigentlich nicht um das Gemälde geht." Er erhob sich von seinem Schreibtisch und trat zur Wand, um ein Blatt vom Kalender zu reißen. „Und uns bleiben nur noch zehn Tage, um das verdammte Ding zu finden."

PUNKT Viertel vor vier wurde Romanow ins Zimmer des Präsidenten der Nationalbank geführt. Die Üppigkeit des Raums traf ihn im ersten Augenblick wie ein Schock. Rote Samtvorhänge, Marmorfußboden und zierliche französische Möbel hätte er in der Vorstandsetage der Bank von England vermutet, nicht aber hier – Geld, mußte sich Romanow wieder einmal klarmachen, regiert die Welt, selbst die kommunistische. Der gebeugte alte Herr mit dem schütteren grauen Haar und dem Walroßschnurrbart – Romanow musterte ihn scharf – steuerte das gesamte Staatsvermögen.

„Was kann ich für Sie tun, Genosse Romanow?" fragte der Bankier seufzend, als habe er es mit einem lästigen Kleinkreditkunden zu tun.

„Ich benötige auf der Stelle hundert Millionen amerikanische Dollar in Gold", erklärte Romanow ruhig.

Der gelangweilte Gesichtsausdruck des Bankiers war schlagartig verschwunden. Poskonow sank in seinen Sessel zurück, schnappte nach Luft, holte eine kleine Schachtel aus der Schublade und steckte sich eine weiße Pille in den Mund. Er schien sich erst wieder beruhigt zu haben, als eine volle Minute verstrichen war.

„Haben Sie den Verstand verloren, Genosse?" wollte der alte Herr wissen. „Sie platzen hier herein und fordern ohne Erklärung hundert Millionen Dollar von mir. Darf ich Sie fragen, was Sie zu diesem grotesken Verhalten veranlaßt?"

„Es handelt sich um eine Staatsangelegenheit", erwiderte Romanow. „Und ich will's gleich vorweg sagen: Ich habe die Absicht, diese Summe in gleichen Teilen auf verschiedene Nummernkonten in der Schweiz einzuzahlen."

„Wer hat Ihre Forderung autorisiert?" fragte der Bankier kühl.

„Der Generalsekretär der Partei."

Poskonow holte tief Luft. Dann stand er wortlos auf, ging um den Schreibtisch herum auf Romanow zu, führte ihn zu einem bequemen Sessel unter dem Erkerfenster und setzte sich ihm gegenüber.

„Ich habe noch Ihren Großvater gekannt", begann er in ruhigem, sachlichem Ton. „Als junger Praktikant bin ich ihm zum erstenmal begegnet. Er ist mir gegenüber sehr liebenswürdig gewesen. Aber er war genauso ungeduldig wie Sie. Ebendeshalb war er wohl der beste Pelzhändler in Rußland."

Romanow lachte. Er hatte seinen Großvater nicht gekannt, und die wenigen Bücher, in denen er erwähnt wurde, waren vor langer Zeit vernichtet worden. Von seinem Reichtum und seiner gesellschaftlichen Stellung wußte er durch die Erzählungen des Vaters – Romanow hatte die Information als Belastungsmaterial an die Behörden geliefert, die sie zur Vernichtung seines Vaters verwendeten.

„Sie müssen meine Neugierde verzeihen, Major, aber wenn ich Ihnen hundert Millionen Dollar in Gold aushändigen soll, wüßte ich schon ganz gerne, was mit dem Geld geschieht. Ich habe bisher immer angenommen, Summen dieser Größenordnung könne sich nur der CIA ohne weitere Erklärung verschaffen."

Romanow lachte aufs neue und berichtete dann dem Präsidenten der Nationalbank von der Fälschung der Zarenikone, deren Original er nun wiederfinden müsse. Er reichte dem alten Herrn die Liste mit den Namen der vierzehn Schweizer Geldinstitute, die der Bankier aufmerksam studierte, während Romanow ihm in wenigen Worten seine weiteren Pläne erläuterte.

Sobald Romanow geendet hatte, ließ der alte Mann ein gereiztes Brummen vernehmen. „Korrigieren Sie mich, falls ich Sie in einem Punkt mißverstanden haben sollte", sagte er dann, während er sich eine Zigarette ansteckte. „In einer von diesen vierzehn Banken vermuten Sie die echte Zarenikone. Bei jeder dieser Banken soll ich auf Ihren Wunsch große Goldmengen deponieren – damit erhoffen Sie unmittelbar Zugang zum Bankchef zu gewinnen. Den ködern Sie dann mit dem Versprechen, ihm die Verwaltung über die gesamten hundert Millionen zu übertragen, sofern er zur Kooperation bereit wäre."

„Genau", bestätigte Romanow. „Bestechung zieht im Westen doch wohl immer."

„Was betrachtet Ihrer Meinung nach eine Schweizer Privatbank als viel Geld?"

Romanow überlegte. „Zehn Millionen? Zwanzig Millionen?"

„Auf die Moskauer Narodny-Bank mag das zutreffen", widersprach Poskonow. „Die Banken, mit denen Sie ins Geschäft kommen wollen, haben allesamt mehrere Kunden mit Einlagen über hundert Millionen. Deshalb müssen wir das Problem von einer anderen Seite her angehen. Zum Mäusefangen braucht man Speck."

„Was soll Schweizer Bankiers denn reizen können, wenn sie nicht einmal mit hohen Geldsummen zu gewinnen sind?"

„Vielleicht der simple Hinweis, daß ihre Bank für kriminelle Handlungen mißbraucht wurde", erwiderte Poskonow. „Lassen Sie es mich erläutern. Warum erklären wir den vierzehn Bankvorständen nicht einfach, wir hätten nach intensiven Nachforschungen Grund zu der Annahme, einer der wertvollsten Kunstschätze unseres Volkes sei durch eine Kopie ersetzt und das Original in ihrer Bank deponiert worden? Um keinen diplomatischen Zwischenfall zu verursachen – Schweizer Bankiers versuchen dergleichen um jeden Preis zu vermeiden –, würden sie sich dann möglicherweise bereit erklären, all jene Gegenstände in ihren Tresoren zu überprüfen, auf die seit über zwanzig Jahren kein Anspruch mehr erhoben worden ist."

Romanow schaute dem alten Mann offen ins Gesicht. Allmählich begann er zu verstehen, warum dieser Bankier alle politischen Säuberungswellen überlebt hatte. „Darf ich Ihnen meine Hochachtung aussprechen, Genosse Poskonow?"

„Aber nicht doch. Jeder von uns hat doch seine kleinen Spezialtalente. Gestatten Sie mir, die Direktoren der Banken auf dieser Liste anzurufen. Ich werde ihnen nur die Wahrheit sagen – nämlich, daß ich den Verdacht hege, die Zarenikone befinde sich ausgerechnet in ihrer Bank. Die meisten werden abgeneigt sein, das Meisterwerk zu behalten, wenn sie sich damit eines Verbrechens gegen einen souveränen Staat schuldig zu machen glauben."

„Ich muß Sie noch einmal darauf hinweisen, wie dringend die Sache ist", betonte Romanow.

„Ganz wie der Großvater", wiederholte Poskonow. „Also gut. Mit den Schweizern, die telefonisch erreichbar sind, werde ich noch heute sprechen. Sie können sich darauf verlassen: Sobald ich etwas Neues weiß, werde ich Sie sofort benachrichtigen."

„Danke", sagte Romanow und erhob sich, um sich zu verabschieden. „Sie haben mir einen großen Dienst erwiesen."

Der Präsident der Nationalbank schloß hinter seinem Besucher die Tür. Selbst wenn der Generalsekretär persönlich den Befehl erteilt hätte, dachte er, die hundert Millionen in Gold hätte ich überhaupt nicht liefern können. Ich habe zur Zeit wahrscheinlich nicht mal Gold im Wert von zehn Millionen Dollar in den Tresoren, weil ich auf Anweisung des Generalsekretärs nämlich jede verfügbare Unze Gold auf dem Luftweg zu einer New Yorker Bank transferiert habe. Natürlich hat der CIA bereits eine Stunde nach Eintreffen des Goldes Bescheid gewußt. Über siebenhundert Millionen Dollar in Gold lassen sich nicht leicht verstecken, auch in Amerika nicht.

Mit diesen Gedanken ging er an seinen Schreibtisch zurück und blickte nochmals auf die Namen der vierzehn Banken. Er wußte sofort, wen er anrufen mußte.

ADAM schlenderte am Hyde Park Hotel vorbei auf den Royal Thames Yacht Club zu – einen eher ungewöhnlichen Ort für ein Vorstellungsgespräch, wie er meinte. Aber im Zusammenhang mit dieser Bewerbung beim Außenministerium war bisher alles irgendwie merkwürdig gewesen.

Er traf ein paar Minuten zu früh ein und nahm den Lift hinauf in den sechsten Stock. Ihm folgte ein etwa gleichaltriger Mann mit Brille, der, seinem Körperumfang nach zu urteilen, bei keiner Mahlzeit auf die Nachspeise verzichtete. Keiner sprach ein Wort.

„Mein Name ist Wainwright", beschied der stattliche Herr dem Mädchen am Empfang.

„Ja, Sir", erwiderte das Mädchen. „Sie kommen ein bißchen zu früh, aber nehmen Sie doch bitte dort drüben Platz." Sie wies auf eine Sitzgruppe in der Ecke und lächelte Adam zu.

„Scott", stellte Adam sich vor.

„Schließen Sie sich bitte dem anderen Herrn an. Sie kommen aber vor ihm dran."

Adam ließ sich neben Wainwright nieder, der bereits das Kreuzworträtsel im *Daily Telegraph* auszufüllen begonnen hatte.

Er wandte sich an seinen Mitbewerber. „Sie sprechen nicht zufällig Deutsch?"

„Deutsch, Französisch, Italienisch und Spanisch", antwortete Wainwright selbstgefällig.

„Könnten Sie mir vielleicht einen Absatz aus einem deutschen Brief übersetzen?"

„Mit Vergnügen, mein Bester." Wainwright beobachtete erwartungsvoll, wie Adam den mittleren Absatz des Briefes aus dem Umschlag zog. „Lassen Sie mal sehen." Er griff nach dem Stückchen Papier. „Na, das ist aber eine echte Herausforderung! Sagen Sie, mein Lieber, Sie gehören nicht zufällig zu der Einstellungskommission?"

„Aber nein", wehrte Adam lächelnd ab. „Wir beide befinden uns in der gleichen Situation – nur daß ich eben nicht Deutsch, Französisch, Italienisch und Spanisch sprechen kann."

Wainwright war spürbar erleichtert. „Also, dann will ich es mal versuchen", meinte er. Adam zückte sein kleines Notizbuch.

„Es kann Ihnen nicht entgangen sein, daß ich von einem der Wachtposten regelmäßig mit einem . . . Vorrat, ja, einem Vorrat an Havannazigarren versorgt worden bin. Eine der wenigen Annehmlichkeiten, die mir in meiner Haft zugestanden – nein: *genehmigt* oder noch besser: *zugebilligt wurden.* Ich übersetze so wörtlich wie möglich", fügte Wainwright erklärend hinzu. *„Die Zigarren dienen allerdings auch einem anderen Zweck",* fuhr er offensichtlich mit großem Vergnügen fort. *„Eine enthielt eine Kapsel mit . . ."*

„Mr. Scott, die Kommission bittet Sie herein", sagte die Empfangsdame.

„Soll ich das hier fertigmachen, mein Guter, während Sie drinnen fertiggemacht werden?" Wainwright zeigte auf den Zettel.

„Gerne", erwiderte Adam. „Wenn es Ihnen nicht zuviel Mühe bereitet."

„Weniger als das Kreuzworträtsel", meinte Wainwright und schob die Zeitung zur Seite.

WÄHREND Alex Romanow voll Ungeduld auf Nachrichten des Präsidenten der Nationalbank wartete, studierte er noch einmal die Berichte des Forschungsteams und überprüfte alle neuen Informationen der Agenten im Außendienst. Nachdem Poskonows Anruf endlich gekommen war, wurde Romanow sofort zur Bank gefahren und dort unverzüglich ins elegante Dienstzimmer geleitet.

Poskonow empfing ihn an der Tür. „Sie haben sich gewiß schon gefragt, ob ich Sie vergessen habe", meinte er und führte Romanow zu dem bequemen Sessel im Erker. „Aber ohne positive Nachrichten hätte ich nur Ihre kostbare Zeit verschwendet."

Poskonows Sekretär brachte zwei Gläser, eine eisgekühlte Flasche und Kaviar.

Romanow wartete schweigend.

„In den letzten beiden Tagen habe ich mit den Direktoren von zwölf Banken auf Ihrer Liste sprechen können", hob Poskonow an, während er zwei Wodka eingoß. „Es wird Sie freuen zu erfahren, daß sie zur Kooperation mit uns bereit sind. Fünf haben bereits zurückgerufen: Vier, um mitzuteilen, daß sie bei sorgfältiger Überprüfung auf nichts gestoßen seien, was auch nur entfernt einer Ikone ähnelt."

„Und der fünfte?" wollte Romanow wissen.

„Der könnte vielleicht schon den Durchbruch für uns bedeuten", fuhr Poskonow fort und wies auf die Akte vor sich. „Es handelt sich um Herrn Dieter Bischoff von Bischoff et Compagnie, einen ehrenwerten Mann, mit dem ich in der Vergangenheit wiederholt zu tun hatte. Er erwähnte da eine Sache, die der Bank im Jahr 1938 übergeben worden ist. Daß es sich dabei um eine Ikone handelt, steht außer Zweifel. Bischoff hat nur keine Möglichkeit herauszufinden, ob es die ist, die wir suchen."

Romanow sprang erregt auf. „Dann sollte ich wohl am besten hinfahren und selbst nachsehen. Ich könnte heute noch fliegen."

Der Präsident der Nationalbank bedeutete ihm, sich zu setzen.

„Die Maschine, die Sie nehmen, fliegt erst um 16 Uhr 45 vom Flughafen Scheremetjewo ab. Ich habe vorsichtshalber bereits zwei Plätze für Sie gebucht."

„Zwei?" fragte Romanow.

„Es liegt doch auf der Hand, daß Sie die Begleitung eines Experten brauchen – es sei denn, Sie verstünden von Ikonen erheblich mehr als vom Bankgeschäft", betonte Poskonow. „Im übrigen habe ich für morgen vormittag zehn Uhr einen Termin bei Herrn Bischoff für Sie arrangiert – natürlich nur unter der Voraussetzung, daß Sie nichts Dringlicheres in Moskau zurückhält, Genosse!"

Romanow mußte lächeln.

„Ihrer Akte entnehme ich, daß Sie bisher nie in der Schweiz eingesetzt worden sind", sagte der alte Herr. „Ich darf Ihnen daher vielleicht empfehlen, in Zürich im Hotel Sankt Gotthard abzusteigen. Und damit wären meine bescheidenen Ermittlungen vorläufig abgeschlossen. Im Moment kann ich Ihnen nur noch viel Glück wünschen."

„Danke", sagte Romanow. „Und lassen Sie mich hinzufügen, wie sehr ich Ihre Gründlichkeit zu schätzen weiß."

„Es war mir ein Vergnügen, Genosse. Sagen wir, daß ich Ihrem Großvater noch einen Gefallen schulde, und vielleicht kommen Sie eines Tages drauf, daß Sie mir einen schulden. Dabei wollen wir es belassen."

Romanow zerbrach sich vergeblich den Kopf, was der alte Herr mit dieser rätselhaften Bemerkung gemeint haben könnte, während er die breite Marmortreppe hinabeilte.

KAUM wieder am Dserschinskiplatz angelangt, ging Romanow zu seinem Vorgesetzten und erstattete Bericht über die Unterredung mit dem Nationalbankchef.

„Dem Himmel sei Dank", stieß Zaborski hervor. „Wir haben nur noch neun Tage Zeit, und jetzt haben Sie mir wenigstens etwas in die Hand gegeben, worüber ich mit dem Generalsekretär sprechen kann, wenn er mich um ein Uhr nachts anruft."

Romanow lächelte.

„Viel Glück, Genosse. Wir werden unsere Botschaft in der Schweiz informieren, sie wird Ihnen in allem zur Verfügung stehen. Hoffen wir, daß Sie das Kunstwerk wieder an seinen Platz im Winterpalast zurückbringen können."

„Wenn es sich in dieser Bank befindet, werden Sie es morgen abend haben", versprach Romanow.

In Romanows Büro wartete schon die Genossin Petrowa auf ihn. „Du hast mich rufen lassen, Genosse?"

„Ja. Wir fliegen nach Zürich." Romanow sah auf die Armbanduhr. „In drei Stunden. Flug und Hotel sind schon gebucht."

„Auf Herrn und Frau Schmidt, nehme ich an", sagte seine Geliebte.

5

VOLLER Zuversicht verließ Adam das Sitzungszimmer, nachdem ihn der Leiter der Einstellungskommission am Schluß des Gesprächs gefragt hatte, ob er einer gründlichen ärztlichen Untersuchung in der folgenden Woche zustimme. Im Vorraum gab Wainwright ihm das Zettelchen zurück, das Adam dankend in seinem Jackett unterbrachte, wobei er so tat, als handle es sich um einen eher belanglosen Text.

„Wie war's, alter Knabe?" fragte Wainwright besorgt.

„Für einen Mann, der Deutsch, Französisch, Italienisch und Spanisch beherrscht, dürfte es eigentlich kein Problem sein", versicherte ihm Adam. „Ich wünsche Ihnen jedenfalls alles Gute."

Adam fuhr mit dem Lift ins Parterre und beschloß dann, zu Fuß nach Hause zu gehen. An einer Ecke in Knightsbridge weckte ein

Schild mit der Aufschrift „Deutscher Feinkostladen" seine Aufmerksamkeit. Er blieb stehen und musterte das hübsche junge Mädchen, das mit fröhlicher Miene hinter der Kasse am Eingang saß. Kurz entschlossen marschierte er in den Laden und direkt auf das Mädchen zu. „Darf ich Sie fragen, ob Sie Deutsch sprechen", wandte er sich an sie.

„Die meisten Leute aus Mainz sprechen Deutsch", antwortete sie mit einem verschmitzten Lächeln.

„Da haben Sie gewiß recht", erwiderte Adam. Er fühlte sich von dem Mädchen, das er auf etwa zwanzig schätzte, und von seiner ganzen freundlichen Art auf der Stelle angezogen. Ihr glänzendes dunkles Haar war mit einer dicken roten Schleife zu einem Pferdeschwanz gebunden; die Rundungen unter dem weißen Pullover und die schlanken Beine hätten wohl jeden Mann zu einem zweiten Blick verführt. „Würden Sie mir vielleicht den Gefallen tun, einen kurzen Text für mich zu übersetzen?"

„Mal sehen. Zumindest kann ich's ja mal versuchen."

Adam reichte ihr den Umschlag mit dem letzten Teil des Briefes. Sie überflog den Text. „Der Stil ist ein bißchen altmodisch", meinte sie plötzlich ernst. „Ich brauch dazu vielleicht ein bißchen Zeit."

„Macht nichts. Ich gehe einstweilen einkaufen", sagte er und begann, die langen Reihen der Regale gemächlich entlangzuwandern. Nach und nach legte er eine kleine Salami, eine Dose Frankfurter Würstchen, Sauerkraut und deutschen Senf in den Einkaufskorb und warf gelegentlich einen Blick zur Kasse. Da das Mädchen immer wieder von Kunden unterbrochen wurde, verstrichen beinahe zwanzig Minuten, bis Adam sie endlich das Stückchen Papier beiseite legen sah. Er eilte daraufhin gleich zur Kasse und breitete seine Einkäufe aus.

„Ein Pfund, zwei Shilling", sagte sie. Als Adam ihr zwei Pfundnoten reichte, gab sie ihm mit dem Wechselgeld auch den Zettel zurück. „Nur eine Rohübersetzung, aber der Sinn wird, glaube ich, einigermaßen deutlich."

„Ich weiß gar nicht, wie ich Ihnen danken soll", erklärte Adam.

„Sie könnten mich zum Beispiel einladen, Ihre Würstchen mit Ihnen zu teilen", antwortete das Mädchen lachend.

„Eine gute Idee", sagte Adam. „Kommen Sie doch heute zu mir zum Abendessen."

„Nein, das war doch nicht ernst gemeint", protestierte sie.

„Von mir schon." Adam strahlte sie an. Er nahm sich einen Faltprospekt vom Ladentisch, kritzelte Namen, Adresse und Telefonnummer drauf und streckte dem Mädchen den Prospekt hin.

„Was ist das?" fragte das Mädchen verlegen.

„Auf der Innenseite finden Sie meinen Namen und die Adresse. Sagen wir um acht Uhr. Was auf der Speisekarte steht, wissen Sie ja bereits."

Das Mädchen lachte. „Ich werde es mir überlegen."

Fröhlich vor sich hin pfeifend ging Adam hinaus. Zu Hause angekommen, legte er die Lebensmittel in den Kühlschrank und zog sich auf sein Zimmer zurück, um die drei Teile des Göring-Briefes zusammenzufügen. Er holte sein Notizbuch aus der Tasche und begann, die Übersetzungen der Reihe nach abzuschreiben: nach dem Absatz, den das Mädchen im YMCA geliefert hatte, denjenigen in Wainwrights Handschrift und zuletzt den Teil des Briefes in der Übersetzung der hübschen Mainzerin. Daraufhin las er den kompletten Brief ganz langsam ein zweites Mal.

Nürnberg, den 15. Oktober 1946

Sehr geehrter Herr Oberst Scott!

Im Laufe des letzten Jahres haben wir einander recht gut kennengelernt. Sie haben nie ein Hehl aus Ihrer Abneigung gegen die Nationalsozialistische Partei gemacht. Dennoch sind Sie mir jederzeit mit der Höflichkeit eines Offiziers und Gentlemans begegnet.

Es kann Ihnen nicht entgangen sein, daß ich von einem der Wachtposten regelmäßig mit einem Vorrat an Havannazigarren versorgt worden bin – eine der wenigen Annehmlichkeiten, die mir in meiner Haft zugebilligt wurden.

Die Zigarren dienen allerdings auch einem anderen Zweck: Eine enthielt eine Kapsel mit einer kleinen Menge Gift, genug, um zu gewährleisten, daß ich dem Scharfrichter entkommen werde.

Ich bedaure einzig, daß Sie als der für die Bewachung verantwortliche Offizier möglicherweise für etwas zur Rechenschaft gezogen werden, mit dem Sie nie etwas zu tun hatten. Zur Entschädigung lege ich diesem Brief ein auf den Namen Emmanuel Rosenbaum ausgestelltes Dokument bei, das Ihnen aus sämtlichen finanziellen Schwierigkeiten helfen sollte, denen Sie sich in nächster Zukunft gegenübersehen könnten. Sie brauchen nichts weiter zu tun ...

„Jemand zu Hause?" rief Lawrence laut durch die Wohnung. Adam faltete die Papierstückchen rasch zusammen und konnte sie gerade noch zum Originalbrief in die Bibel auf dem Bücherbrett schieben, bevor Lawrence den Kopf ins Zimmer streckte.

Er begrüßte Lawrence und ging mit ihm zusammen in die Küche, wo er die Lebensmittel aus dem Kühlschrank holte.

„Wen hast du denn heute abend zu Gast?" fragte Lawrence verwundert, als die deutschen Delikatessen aufgetischt wurden.

„Ein reizendes Mädchen aus Deutschland, hoffe ich", antwortete Adam.

„Was heißt: Du hoffst?"

„Na ja, protokollgerecht ist meine Einladung nicht gerade gewesen, und deshalb bin ich mir nicht ganz sicher, ob die Betreffende auch wirklich kommt."

„Da bleib ich besser in der Nähe für den Fall, daß sie dich sitzenläßt. Dann mußt du das alles wenigstens nicht alleine essen. Wo hast du denn dein deutsches Fräulein aufgegabelt?"

„Sie arbeitet in einem Lebensmittelgeschäft in Knightsbridge. Im übrigen weiß ich nicht einmal, wie sie heißt. Aber ich hoffe doch sehr, daß ich das alles heute abend herausfinden werde."

Um Punkt acht war der Tisch gedeckt – nur das Wasser für die Würstchen mußte noch erhitzt werden. Um halb neun gab Adam es auf, Lawrence und sich etwas vorzumachen. Enttäuscht häufte er Frankfurter, Salat, in Folie gebackene Kartoffeln und Sauerkraut auf die zwei Teller und setzte sich Lawrence gegenüber, der bereits den Wein einschenkte.

„Ach, meine Liebe, Sie sehen in diesem Tweedjackett wirklich entzückend aus", flötete Lawrence, und Adam wollte sich eben durch einen Schlag mit dem Schöpflöffel rächen, als es an der Wohnungstür klopfte. Adam sprang auf, um zu öffnen. Vor der Tür stand ein Mann, gut einen Meter neunzig groß, mit Schultern wie ein Preisboxer, und neben ihm, vergleichsweise winzig, das Mädchen, das Adam eingeladen hatte.

„Das ist mein Bruder Jochen", erklärte das Mädchen. Wie hübsch die junge Mainzerin in der dunkelblau gemusterten Bluse und dem blauen Rock aussah.

„Herzlich willkommen", sagte Adam, der sich mühsam von seinem Staunen erholte.

„Jochen hat mich nur hergebracht."

„Ja, natürlich", meinte Adam. „Kommen Sie doch auf ein Glas Wein herein, Jochen."

„Nein, danke. Ich habe selbst eine Verabredung. Aber ich werde Heidi um elf Uhr abholen. In Ordnung?"

„Aber sicher", beteuerte Adam. Jetzt wußte er wenigstens, wie die junge Deutsche hieß.

Der Riese bückte sich, gab seiner Schwester einen Kuß, schüttelte Adam die Hand und ließ die beiden allein.

„Tut mir leid, daß ich mich verspätet habe", erklärte Heidi.

„Das macht doch nichts", versicherte Adam, während er sie in die

Wohnung führte. „Das ist übrigens Lawrence Pemberton, mit dem ich die Wohnung hier teile."

„Brauchen in England auch die Männer einen Anstandswauwau?"

Beide lachten. „Nein, ganz im Gegenteil", widersprach Lawrence. „Ich bin schon auf dem Sprung. Wie Sie sehen, ist der Tisch nur für zwei gedeckt. Ich werde etwa um elf zurück sein, Adam – nur um mich zu vergewissern, daß dir auch nichts passiert ist." Er lächelte Heidi zu und hatte die Tür hinter sich zugezogen, ehe Adam und sein Gast Einwände erheben konnten.

„Jetzt esse ich also endlich mal meine eigenen Würstchen", sagte Heidi lachend, und die fröhliche Stimmung dauerte den ganzen Abend über an. Heidi erzählte von ihrem Leben in Deutschland und dem Job in dem Feinkostladen, den sie während der Semesterferien angenommen hatte. Sie studierte an der Universität in Mainz.

„Der Englandaufenthalt soll mir bei meinem Sprachstudium helfen. Meine Eltern haben mir jedoch nur erlaubt herzukommen, weil mein Bruder schon in London ist", erklärte sie.

„Wie lange bleiben Sie denn noch in London?" erkundigte sich Adam.

„Zwei weitere Monate. Falls ich die Arbeit an der Kasse so lange aushalte."

„Hoffentlich halten Sie die ganzen zwei Monate durch", meinte Adam mit einem Lächeln.

„Das hoffe ich auch", entgegnete sie lächelnd.

Adam und Heidi waren beim Geschirrspülen, als Jochen Punkt elf wieder auftauchte.

„Vielen Dank für einen wirklich interessanten Abend", meinte sie zu Adam.

„Man sagt nicht: interessant", schaltete sich Jochen ein. „Reizend, angenehm, schön, unterhaltsam. Aber nicht: interessant."

„All das trifft auf diesen Abend zu", versicherte Adam, „aber interessant war er auch. Darf ich morgen in Ihrem Laden noch ein paar Würstchen kaufen?"

„Ich würde mich freuen", erwiderte Heidi. „Aber halten Sie diesmal nicht meine Kundschaft mit Übersetzungswünschen auf. Sie haben mir übrigens nie gesagt, warum Sie diesen seltsamen Text übersetzt haben wollten. Ich wüßte zu gern, wer dieser Rosenbaum ist und was er wem vermacht hat!"

„Das nächste Mal vielleicht", sagte Adam. Er wirkte plötzlich ein wenig verlegen.

„Und nächstes Mal können Sie meine Schwester selbst nach Hause bringen", erklärte Jochen, während er zum Abschied Adam die Hand schüttelte.

Nachdem Heidi gegangen war, setzte sich Adam noch einmal an den Tisch und leerte versonnen das letzte Glas Wein. Einen so reizenden, angenehmen, schönen, unterhaltsamen und interessanten Abend hatte er seit langem nicht erlebt.

Es WAR schon völlig dunkel geworden, als sich die schwarze Limousine vom Flughafen kommend dem Züricher Stadtzentrum näherte. Kurz vor dem Hotel St. Gotthard teilte Romanow dem Fahrer mit: „Ich werde am Dienstag mit der Vormittagsmaschine nach Moskau zurückfliegen. "

Jacques Pontin, der Geschäftsführer des St. Gotthard, erwartete seine russischen Gäste schon zur Begrüßung am Eingang, meldete dann Romanow und dessen Begleiterin persönlich an der Rezeption an und rief einen jungen Hoteldiener in grüner Livree. „Suite 702 und Zimmer 704", sagte er mit einem Blick aufs Gepäck und wandte sich wieder Romanow zu. „Ich wünsche Ihnen einen angenehmen Aufenthalt und hoffe, daß er Ihnen viel Erfolg bringt. Bitte wenden Sie sich jederzeit an mich, falls Sie irgend etwas brauchen. "

Oben im siebten Stock führte der Hoteldiener die russischen Gäste einen langen Korridor entlang zu einem Eckapartment und forderte sie nach dem Aufschließen höflich auf, vor ihm einzutreten. Die Suite entsprach Romanows Erwartungen – sie war um Klassen besser als die Angebote der nobelsten Leningrader oder Moskauer Hotels.

„Sie wohnen hier, gnädige Frau", erklärte der Hoteldiener Anna Petrowa, während er die Zwischentür zum angrenzenden Zimmer aufschloß, das kleiner, doch von der gleichen unaufdringlichen Eleganz war. Dann zog er sich mit einer leichten Verbeugung zurück.

Während Anna Petrowa in ihr Zimmer ging, um auszupacken, verschwand Romanow im Bad, drehte das heiße Wasser auf und legte sich genüßlich in die marmorne Wanne. Wieder im Schlafzimmer, hörte er das Prasseln der Dusche im Bad nebenan. Er schlich zur Tür und drückte sie vorsichtig auf: Anna stand unter den dampfenden Wasserstrahlen. Er lächelte, als er die deutlichen Umrisse ihres Körpers sah, zog sich lautlos über den dicken weichen Teppich zurück und schlüpfte erwartungsvoll zwischen die Laken in Annas Bett.

Adam stellte die eisige Dusche ab und begab sich Minuten später angezogen in die Küche, um mit Lawrence zu frühstücken. Lawrence war jedoch schon im Aufbruch begriffen. Er faltete die Zeitung zusammen und griff nach seiner Aktenmappe. „Der Schah von Persien möchte finanzielle Probleme mit mir erörtern", meinte er augenzwinkernd. „Tut mir leid, daß du deinen Toast alleine essen mußt, aber ich darf Seine Kaiserliche Hoheit nun mal nicht warten lassen." Sprach's und überließ Adam seinem Schicksal.

Adam kochte sich ein weiches Ei und machte sich über ein paar Scheiben Toast her, bevor er sich in der Zeitung über die Kämpfe in Vietnam und über Präsident Johnsons geplante Fernostreise informierte. Er spülte ab und begab sich dann zu seinem Schreibtisch.

Wie könnte er sich eine Übersetzung des offiziellen Dokuments beschaffen, ohne Argwohn zu erwecken? Nach einer Weile holte er die Bibel vom Regal und nahm den Brief heraus, den er am Vorabend gelesen hatte.

Der letzte Absatz gab ihm nach wie vor Rätsel auf. Er las Heidis Übersetzung noch einmal gründlich durch:

> Sie brauchen nichts weiter zu tun, als sich bei der Adresse einzufinden, die auf dem beigelegten Dokument oben rechts angegeben ist, und einen Nachweis mitzubringen, daß Sie Colonel Gerald Scott sind. Ihr Paß dürfte genügen. Daraufhin wird Ihnen ein Vermächtnis übergeben werden, das ich Ihnen unter dem Namen Emmanuel Rosenbaum hinterlassen habe. Ich hoffe, es bringt Ihnen Glück.

Es war Adam völlig schleierhaft, worin dieses Vermächtnis bestehen konnte, ganz zu schweigen davon, welchen Wert es haben mochte.

Mɪᴛ energischem Winken hielt Romanow ein Taxi an. „Zu Bischoff und Compagnie", sagte er, während er auf Anna Petrowa wartete, die ihm nachkeuchte. Sie hatten das Hotel auf Umwegen verlassen, um den CIA-Agenten abzuschütteln, den Romanow in der Halle entdeckt hatte.

Das Taxi schlängelte sich durch den morgendlichen Stoßverkehr und hielt schließlich vor einem großen Granitquaderbau. Romanow ging auf die imposanten Glastüren zu, deren schmiedeeiserne Schutzgitter dem Astwerk eines Baumes nachgestaltet waren. Neben ihnen entdeckte er, unauffällig in den Stein gemeißelt und mit Gold ausgelegt, die Inschrift Bɪsᴄʜᴏғғ & Cɪᴇ.

Romanow drehte den schweren schmiedeeisernen Türknauf und trat mit seiner Begleiterin in ein geräumiges Vestibül, in dem zur Linken hinter einem ganz für sich stehenden Schreibtisch ein elegant gekleideter junger Mann saß.

„Wir haben eine Verabredung mit Herrn Bischoff", erklärte Romanow dem Empfangsangestellten.

Der junge Mann prüfte die Namensliste vor ihm: „Herr Romanow, nicht wahr? Fahren Sie bitte mit dem Aufzug in den fünften Stock. Herrn Bischoffs Sekretärin wird Sie dort empfangen."

Herrn Bischoffs Sekretärin erwies sich als eine gepflegte Dame in einem schicken grauen Schneiderkostüm. Sie führte den russischen Besuch durch einen mit Gemälden geschmückten Korridor in ein geräumiges Zimmer. „Herr Bischoff wird gleich dasein", sagte sie und ließ die beiden allein.

Romanow sah sich im Raum um; er wurde beherrscht von einem prachtvollen ovalen Tisch im Stil Ludwigs XIV. mit acht geschnitzten Mahagonistühlen. Der Gedanke, daß ihm ein Leben in solch luxuriösem Ambiente wohl immer versagt bleiben werde, versetzte Romanow einen Stich.

Die Tür öffnete sich. Ein Mann Mitte der Sechzig trat ein; ihm folgten drei weitere Herren in Grau.

„Welche Ehre für unsere kleine Bank, Herr Romanow", begann Herr Bischoff mit einer Verneigung und schüttelte dem Russen die Hand, worauf Romanow seine Assistentin vorstellte, die mit der gleichen höflichen Verneigung und dem gleichen Händedruck bedacht wurde.

„Darf ich Ihnen meinerseits meinen Sohn und zwei meiner Partner vorstellen – Herr Müller und Herr Weißkopf." Die drei Herren verbeugten sich gleichzeitig, blieben jedoch stehen, als Bischoff am Tischende Platz nahm. Auf seinen Wink setzten Romanow und Anna sich neben ihn.

„Würden Sie mir wohl erlauben, einen Blick in Ihren Paß zu werfen?" fragte Bischoff. Romanow zog den kleinen blauen Paß aus der Innentasche und reichte ihn dem Bankier, der das Dokument eingehend begutachtete, bevor er es für tadellos befand. „Danke", sagte er und reichte den Paß seinem Besitzer zurück.

Auf eine Handbewegung Herrn Bischoffs verließ sein Sohn den Raum. „Nur einen Augenblick, bitte. Mein Sohn wird die Ikone bringen, die sich bei uns in sicherem Gewahrsam befindet. Darf ich Ihnen inzwischen einen Kaffee anbieten? Russischen", fügte er hinzu.

„Ja, bitte", sagte Anna Petrowa, die ein wenig eingeschüchtert wirkte. Sekunden später schon war Herrn Bischoffs Sekretärin mit dem Kaffee zur Stelle. Romanow nahm ihn dankend entgegen, blieb dann aber stumm, bis Bischoff junior mit einer kleinen Kassette in der Hand zurückkehrte, die er seinem Vater übergab.

„Ich muß Sie auf die Möglichkeit hinweisen", erklärte der alte Herr in vertraulichem Ton, „daß diese Ikone nicht derjenigen entspricht, die Ihre Regierung sucht."

„Ich verstehe", sagte Romanow.

„Dieses hervorragende Beispiel russischer Kunst befindet sich seit 1938 in unserer Obhut. Damals wurde es auf den Namen eines gewissen Emmanuel Rosenbaum in der Bank deponiert."

Die beiden Besucher sahen sich entgeistert an.

„*Newosmoschni*", flüsterte Anna ihrem Chef zu. „Er hätte doch nie einen –"

„Der Name ist vermutlich genau aus diesem Grund gewählt worden." Verärgert über ihre Unvorsichtigkeit, schnitt Romanow Anna grob das Wort ab. Er wandte sich wieder dem Bankier zu. „Darf ich die Ikone sehen?"

Herr Bischoff stellte die Kassette auf den Tisch. Die drei Männer in Grau traten einen Schritt vor. „Das Schweizer Gesetz schreibt drei Zeugen vor, wenn wir ein Schließfach auf den Namen eines anderen öffnen", erläuterte der alte Herr.

Romanow nickte.

Herr Bischoff zog einen Schlüssel aus der Tasche und machte sich daran, die Metallkassette aufzuschließen, während sein Sohn sich vorbeugte und mit einem anderen Schlüssel ein zweites Schloß öffnete. Nach dieser kleinen Zeremonie drückte Herr Bischoff den Deckel der Kassette auf und drehte sie so, daß seine Gäste hineinsehen konnten. Romanow griff ins Kästchen und hob die Ikone heraus. Es war ein wunderschönes Bild: eine kleine, rechteckige Holztafel voller winziger Farbtupfen in Rot, Gold und Blau, aus denen sich mosaikartig die Figur eines Mannes zusammensetzte, auf dessen Schultern die Kümmernisse der ganzen Welt zu lasten schienen, obwohl das Gesicht bei aller Traurigkeit auch heitere Gelassenheit ausstrahlte.

Romanow schwieg beeindruckt, so daß Anna schließlich das Wort ergriff: „Ganz eindeutig ein Meisterwerk. Es stammt auch ohne Zweifel aus dem fünfzehnten Jahrhundert. Wie Sie aber erkennen können, stellt es keineswegs den heiligen Georg mit dem Drachen dar. Die Ikone zeigt den heiligen Petrus – Sie erkennen es an dem Schlüssel in seinen Händen –, und gemalt hat sie Dionissi im Jahre 1471. Zweifelsohne ist sie eines der schönsten Beispiele seines Schaffens."

„Gehört diese Ikone dem russischen Volk?" fragte Romanow, der wenigstens einen Lohn für all seine Mühe erhoffte.

„Nein, Genosse Major", erwiderte die Wissenschaftlerin mit Bestimmtheit. „Sie gehört den Bayerischen Staatsgemäldesammlungen, aus denen sie seit dem Tag, an dem Hitler zum Reichskanzler ernannt wurde, verschwunden ist."

Bischoff kritzelte etwas auf ein Blatt Papier, das vor ihm lag. Zumindest eine Bank in München würde in Zukunft mit ihm gerne ein Geschäft abschließen.

Romanow legte die Ikone widerstrebend wieder in die Kassette, und nachdem Bischoff senior seinen Schlüssel im Schloß gedreht hatte, schloß Bischoff junior seinerseits ab und verließ mit dem nicht beanspruchten Schatz und den beiden anderen Herren den Raum.

Romanow, der jetzt wenigstens einen von Görings Decknamen zu kennen glaubte, wollte sich schon erheben, als der alte Bankier ihn bat: „Dürfte ich Sie wohl ein paar Minuten vertraulich sprechen? Die Angelegenheit ist sehr heikel, deshalb wäre es Ihnen vielleicht angenehmer, wenn Ihre Kollegin uns einen Augenblick allein ließe."

„Das wird kaum nötig sein", lehnte Romanow ab. Er konnte sich nicht vorstellen, daß der Bankier ihm etwas zu sagen haben könnte, das er nicht ohnehin mit Anna Petrowa besprechen müßte.

„Ganz wie Sie wünschen", meinte Herr Bischoff. „Ich glaube möglicherweise den wahren Grund zu kennen, warum Sie zu Beginn Ihrer Ermittlungen ausgerechnet unsere Bank ausgesucht haben."

„Ich habe mir Ihre Bank nicht ausgesucht", korrigierte ihn Romanow. „Sie ist eine von . . ." Er hielt inne.

„Ich verstehe", sagte Herr Bischoff leicht verwirrt. „Gestatten Sie mir einige Fragen?"

„Wenn es sein muß", erwiderte Romanow, der bereits ungeduldig wurde; er wollte so rasch wie möglich weg.

„Sie sind Alexander Petrowitsch Romanow, der Sohn von Peter Nikolajewitsch Romanow?"

„Ja."

„Und Enkel des Grafen Nikolai Alexandrowitsch Romanow?"

„Wollen Sie mir Unterricht über meine Ahnentafel erteilen?" fragte Romanow sichtlich irritiert.

„Nein, ich wollte mir nur meiner Sache sicher sein und halte es nun wirklich für klüger, wenn Ihre Kollegin uns für einen Augenblick allein ließe", bat der alte Herr noch einmal fast schüchtern.

„Auf keinen Fall. In der Sowjetunion sind wir alle gleich", verkündete Romanow großspurig.

„Selbstverständlich." Herr Bischoff warf einen raschen Blick auf Anna, ehe er fortfuhr: „Sie sind das einzige überlebende Kind Ihres Vaters?"

„So ist es", bestätigte Romanow.

„In diesem Fall ist meine Bank im Besitz ..." Herr Bischoff zögerte, während er eine Akte aufschlug und sich umständlich eine goldumrandete Halbbrille aufsetzte – eine kleine Zeremonie, die er so lang wie möglich hinzog.

„Sprechen Sie nicht weiter", bat Romanow leise.

Bischoff blickte auf. Anna Petrowa, die auf die Kante ihres Stuhls gerutscht war, genoß jeden Augenblick des Schauspiels, das sich da vor ihr entfaltete.

Romanow wandte sich ihr zu. „Warten Sie bitte draußen auf mich", sagte er kurz.

Anna Petrowa verzog schmollend die Lippen, ging dann aber doch widerstrebend hinaus.

Herr Bischoff wartete, bis sie die Tür hinter sich geschlossen hatte, dann schob er die Akte über den Tisch. Oben auf der ersten Seite, dreimal unterstrichen, prangte der Name seines Großvaters. Die Zahlenreihen, die unter dem Namen ausgedruckt waren, bedeuteten Romanow nichts.

„Wie Sie sehen, haben wir die Anweisungen Ihres Großvaters befolgt und sein Vermögen nur in grundsoliden Werten investiert."

„Was bedeutet die Zahl ganz unten auf der Seite?" wollte Romanow wissen.

„Sie beziffert den Gesamtwert Ihrer Aktien, Wertpapiere und Barmittel auf dem Stand von heute morgen neun Uhr. Seit Ihr Großvater im Jahre 1916 das Konto bei unserer Bank eröffnet hat, ist es an jedem Montag auf den neuesten Stand gebracht worden."

Romanow war sprachlos.

„Es wird Sie vielleicht interessieren, daß es außerdem eine Reihe von Safes gibt, deren Inhalt uns nicht bekannt ist. Ihr Vater, der mir kurz nach dem Krieg einmal einen Besuch abgestattet hat, versicherte mir, er werde bald wiederkommen, aber wir haben nie mehr etwas von ihm gehört. Die Nachricht von seinem Tod haben wir mit großem Bedauern aufgenommen. Vielleicht ziehen auch Sie es unter den gegebenen Umständen vor, den Inhalt der Safes ein anderes Mal in Augenschein zu nehmen", fügte der Bankier hinzu.

„Ja", sagte Romanow leise. „Könnte ich vielleicht heute nachmittag noch einmal kommen?"

„Die Bank steht Ihnen stets zu Diensten, Euer Exzellenz", erwiderte Herr Bischoff.

Seit der Revolution hatte in Rußland niemand mehr einen Romanow mit diesem Titel angesprochen. Alex Romanow saß eine Weile schweigend da. Schließlich erhob er sich und schüttelte Bischoff die

Hand. „Ich bin am Nachmittag wieder da", versprach er, bevor er zu seiner Begleiterin hinausging und das Gebäude verließ.

Alex Romanow war so überwältigt von dem, was er eben erfahren hatte, daß er unter den Wartenden an der Straßenbahnhaltestelle gegenüber den Mann nicht bemerkte, dem er zuvor im Hotel so geschickt entkommen war.

DER Pastor ließ sich am Tisch unter dem dunklen Holzkreuz nieder und studierte stumm das Dokument. Er hatte Adam gleich nach den ersten Worten in die Abgeschiedenheit seines kleinen Büros hinter der Deutschen Lutherischen Kirche gebeten.

Ohne den Blick von dem Blatt zu heben, erklärte er nach längerer Zeit: „Das ist, wenn ich mich nicht irre, ein Depotschein. Roget et Compagnie – offenbar eine Schweizer Bankgesellschaft mit Sitz in Genf – sind im Besitz eines Gegenstandes, der hier als Zarenikone bezeichnet wird. Es scheint", fuhr er fort, „daß der Besitzer dieses Dokuments bei der betreffenden Bank Anspruch auf besagte Ikone vom heiligen Georg mit dem Drachen erheben kann, die ein gewisser Emmanuel Rosenbaum 1938 dort deponiert hat. Ich muß zugeben", fügte der Pastor hinzu und schaute zum erstenmal auf, „daß ich so etwas noch nie zu Gesicht bekommen habe." Er gab Adam die zusammengefaltete Kopie zurück.

„Danke", sagte Adam. „Sie haben mir sehr geholfen. Vielleicht können Sie mir noch sagen, ob Ikonen wertvoll sind."

„Ich wage dazu keine Meinung zu äußern, aber die Auktionshäuser Sotheby oder Christie wären dazu sicher bereit."

„Dann werde ich denen mal einen Besuch abstatten", erklärte Adam und bedankte sich nochmals.

„Aber nicht doch", wehrte der Pastor ab. „Es war mir ein Vergnügen, Ihnen behilflich zu sein. Einmal was anderes als Frau Gerbers Eheprobleme oder eine Diskussion über die Größe der Kürbisse, die der Kirchenvorsteher zieht."

ADAM fuhr mit dem Bus bis Hyde Park Corner und marschierte ein Stück weit Piccadilly entlang. Sotheby, so hatte er irgendwo gelesen, befand sich in der Bond Street.

Als er an den Nobelgeschäften Gucci und Cartier vorüberkam, begann er sich schon zu fragen, ob ihn vielleicht sein Gedächtnis im Stich gelassen hatte, doch dann entdeckte er auf der gegenüberliegenden Straßenseite den gesuchten goldenen Schriftzug.

Etwas zögernd betrat Adam das Gebäude. Eingeschüchtert von der vornehmen Umgebung, kam er sich vor wie ein kleiner Junge am ersten Schultag.

„Wo kann ich etwas schätzen lassen?" erkundigte er sich bei einem Mann in einem langen grünen Mantel, auf den der Name SOTHEBY gestickt war.

„Den Korridor entlang, Sir, dann sehen Sie linker Hand gleich die Dame am Annahmeschalter."

„Kann ich Ihnen behilflich sein, Sir?" fragte die junge Frau, als Adam an den Schalter trat.

„Ich weiß nicht so recht", setzte Adam an. „Ich brauche ein Gutachten über eine Ikone."

„Haben Sie das Stück mitgebracht, Sir?"

„Nein, es befindet sich zur Zeit noch im Ausland."

„Können Sie irgendwelche näheren Angaben machen? Name des Künstlers, Datierung, Format. Oder, was noch besser wäre, haben Sie eine Fotografie des Objekts bei sich?"

„Nein", antwortete Adam hilflos. „Ich kenne nur das Motiv der Darstellung. Aber ich habe ein Dokument, das sich auf das Bild bezieht", fügte er hinzu. Er reichte ihr den Depotschein, den er schon dem Pastor gezeigt hatte.

„Sehr aufschlußreich ist das nicht gerade", meinte das Mädchen. „Aber ich werde Mr. Sedgwick fragen, den Leiter unserer Abteilung für griechische und russische Ikonen. Vielleicht kann er Ihnen weiterhelfen."

„Danke", sagte Adam und betrachtete während seines Wartens auf Mr. Sedgwick aufmerksam die Bilder an der Wand – Fotos von Kunstobjekten, die bei den letzten Versteigerungen unter den Hammer gekommen waren, darunter auch ein Gemälde von Picasso, das für vierzehntausend Pfund verkauft worden war.

„Ein wundervolles Beispiel für den Pinselstrich des Künstlers", sagte eine Stimme hinter ihm. Adam wandte sich um und sah vor sich einen hoch aufgeschossenen, leichenblassen Mann, an dem der Anzug wie auf einem Kleiderbügel hing.

„Mein Name ist Sedgwick", verkündete er.

„Scott." Adam reichte ihm die Hand.

„Nun, Mr. Scott, setzen wir uns doch dort drüben in die Nische, und Sie erzählen mir, wie ich Ihnen behilflich sein kann."

„Ich bin nicht sicher, ob Sie mir helfen können", gestand Adam und nahm gegenüber von Mr. Sedgwick Platz. „Es geht darum, daß mir eine Ikone vererbt wurde, die vielleicht – jedenfalls hoffe ich es – einen gewissen Wert besitzt."

„Ein vielversprechender Anfang", meinte Sedgwick, zog eine Brille aus der Brusttasche und klappte sie auseinander. „Eine Fotografie dieser Ikone haben Sie nicht, wie ich höre?"

„Leider nein", gab Adam zu. „Um ganz ehrlich zu sein: Ich habe sie noch nie zu Gesicht bekommen. Ich weiß nur, daß sie als Zarenikone bezeichnet wird; sie zeigt den heiligen Georg mit dem Drachen."

„Wie merkwürdig", sagte Sedgwick. „Vor einer Woche etwa hat sich noch jemand nach ebendieser Ikone erkundigt, wollte uns aber seinen Namen nicht hinterlassen."

„Es hat noch ein anderer nach der Zarenikone gefragt?"

„Ja, ein Herr aus Rußland, wenn ich mich nicht irre." Sedgwick klopfte sich mit der Brille aufs Knie. „Der Herr wollte wissen, ob die Ikone jemals durch unsere Hände gegangen sei. Ich setzte ihm dann auseinander, daß Rubljows Meisterwerk sich wie eh und je im Winterpalast befindet, wo es von jedermann besichtigt werden kann. Ein Original aus dem Winterpalast läßt sich übrigens stets mit Sicherheit daran erkennen, daß in die Rückseite des Rahmens die Silberkrone des Zaren eingelassen ist. Haben Sie Unterlagen, die sich auf Ihre Ikone beziehen?" erkundigte sich Sedgwick.

„Nur eine Abschrift des Depotscheins, der mir in dem Testament vermacht wurde", sagte Adam und reichte dem Experten das Papier.

Mr. Sedgwick studierte das Blatt eingehend. „Ausgezeichnet, ganz ausgezeichnet", meinte er schließlich. „Anscheinend sind Sie Besitzer einer Kopie der Zarenikone vom damaligen Hofmaler. Sie werden sie jedoch persönlich abholen müssen, soviel steht fest."

„Aber lohnt das Bild diese Mühe überhaupt?" fragte Adam. „Können Sie mir ungefähr sagen, wieviel es wert ist?"

„Es ist schwierig, genaue Angaben zu machen, ohne es tatsächlich gesehen zu haben", erklärte Sedgwick und reichte Adam das Dokument zurück.

„Also, wie hoch ist die Mindestsumme, die ich dafür bekommen könnte?"

Mr. Sedgwick runzelte die Stirn. „Zehn", sagte er, „vielleicht fünfzehn. Zwanzig wäre die absolute Höchstgrenze."

„Zwanzig Pfund?" sagte Adam, unfähig, seine Enttäuschung zu verbergen. „Es tut mir leid, daß ich Ihre Zeit vergeudet habe, Mr. Sedgwick."

„Aber nein, Mr. Scott. Sie verstehen mich falsch. Ich meinte zwanzigtausend Pfund."

„Noch etwas Kaviar, Genosse?" erkundigte sich Anna Petrowa, die Romanow beim Mittagessen gegenübersaß.

Romanow runzelte die Stirn. Auf seine Behauptung, bei der Mitteilung von Herrn Bischoff habe es sich um eine streng vertrauliche Information gehandelt, die er nur auf höchster Ebene weitergeben dürfe, hatte seine Begleiterin nur mit einem wissenden Lächeln reagiert, und genausowenig hatte sie ihm eine dringende Verabredung auf dem Konsulat am Nachmittag abgenommen.

Anna streckte Romanow einen gestrichen vollen Löffel Kaviar entgegen, als ginge es darum, ein widerspenstiges Baby zu füttern.

„Danke, nein", erklärte Romanow gereizt. Er verlangte die Rechnung und zahlte kommentarlos.

„Wir treffen uns dann später hier im Hotel", sagte er schroff.

„Aber gewiß", erwiderte Anna Petrowa, während sie in ihrem Kaffee rührte. „Um wieviel Uhr darf ich dich denn erwarten?"

„Nicht vor sieben", antwortete er und ließ sie ohne ein weiteres Wort allein zurück.

Um genau drei Uhr saß Romanow wieder in dem Geschäftszimmer der Bank Herrn Bischoff und seinem Sohn gegenüber.

„Wir haben fünf Safes, die seit dem Besuch Ihres Vaters im Jahre 1945 nicht mehr geöffnet worden sind", begann der Bankier. „Sollten Sie den Wunsch hegen, den Inhalt zu inspizieren ..."

„Wozu sonst wäre ich denn wieder hergekommen?" fragte Romanow, den der gemessene Tonfall ungeduldig machte.

„Ja, allerdings", sagte Bischoff, als habe er die Unhöflichkeit überhaupt nicht bemerkt. „Dann brauchen wir jetzt nur noch Ihre Unterschrift unter eine Verzichtserklärung. Es handelt sich nur darum, den Vorgang vor dem Schweizer Gesetz rechtsgültig zu machen – eine reine Formalität."

Herr Bischoff schob ein Blatt Papier mit über zwanzig kleingedruckten Klauseln über den Tisch. Romanow kritzelte mit dem ihm hingereichten goldenen Füllhalter seine Unterschrift zwischen die zwei Kreuze. Er versuchte gar nicht zu ergründen, was er da unterschrieb. Wenn sich diese Leute die Hinterlassenschaft seines Großvaters bis heute nicht angeeignet hatten, würden sie dies auch nicht ausgerechnet jetzt versuchen.

„Darf ich Sie höflich bitten, mir zu folgen", bemerkte Herr Bischoff und übergab das Blatt Papier seinem Sohn, der auf der Stelle den Raum verließ. Er führte Romanow schweigend auf den Korridor, von wo sie mit dem Privatlift des Bankdirektors in den Keller hinunterfuhren.

Wären die Stahlgitter nicht auf Hochglanz poliert gewesen, so wäre sich Romanow, als die Türen des Aufzugs sich öffneten, fast wie in einem Gefängnis vorgekommen. Auf der anderen Seite des Gitters sprang beim Anblick des Bankiers ein Mann dienststeifrig hinter seinem Schreibtisch auf, um mit einem langschäftigen Schlüssel von innen das Schloß aufzuschließen. Romanow folgte Bischoff durch die offene Tür, die hinter ihnen gleich wieder abgeschlossen wurde. Der Wächter führte sie durch einen Gang, der – ähnlich wie ein Weinkeller – alle paar Meter Temperatur- und Feuchtigkeitsmeßgeräte aufwies. Am Ende des Ganges wartete vor einer gewaltigen, kreisrunden Stahltür Bischoff junior. Auf ein Nicken des alten Herrn hin steckte der Junior einen Schlüssel in ein Schloß und drehte ihn. Nachdem sein Vater vorgetreten und ein weiteres Schloß geöffnet hatte, stießen die beiden gemeinsam die gut zwanzig Zentimeter dicke Tür auf, machten aber keine Anstalten, den Tresorraum zu betreten.

„Wie gesagt, gehören Ihnen fünf Safes, nämlich Nummer 1721 bis 1725." Herr Bischoff zog einen Umschlag aus der Tasche und fügte hinzu: „Der Schlüssel, den Sie hier drin finden, öffnet alle fünf Fächer." Romanow nahm das Kuvert entgegen und wandte sich dem gewölbten Raum zu, der offen vor ihm lag.

„Sobald wir den Tresorraum verlassen haben", verkündete der Senior, „schließen wir die Tür hinter uns zu. Wenn Euer Exzellenz wieder heraus möchten, brauchen Sie uns nur durch einen Druck auf den roten Knopf hier an der Seitenwand zu rufen. Ich muß Sie aber darauf aufmerksam machen, daß der Tresorraum um fünf Uhr automatisch abgeschlossen wird und vor neun Uhr am nächsten Morgen nicht wieder geöffnet werden kann. Um Viertel vor fünf ertönt ein Warnsignal." Romanow blickte auf die Uhr an der Wand: siebzehn Minuten nach drei. Die zwei Herren Bischoff verabschiedeten sich mit einer Verbeugung.

Romanow wartete ungeduldig, bis sich die riesige Tür geschlossen hatte, und schaute sich dann, endlich allein, in dem Gewölbe um. Er schätzte, daß etwa zwei- bis dreitausend Fächer in die vier Wände eingelassen sein mußten. Vermutlich, überlegte Romanow, befand sich allein in diesem einen Tresorraum mehr an Privatvermögen, als die meisten Länder der Erde im Staatsschatz besaßen.

Er überprüfte die Nummern seiner eigenen Schließfächer und beschloß, mit einem der kleinen Fächer zu beginnen. Es war voller

Papiere. Schon bei einem raschen Durchblättern erkannte er, daß es sich um Besitzurkunden für ausgedehnte Ländereien in Böhmen und Bulgarien handelte – einst Millionen wert, heute Eigentum sozialistischer Staaten. Im nächsten Fach fand Romanow Schuldverschreibungen von Firmen, die einst von seinem Großvater geleitet worden waren. Enttäuscht wandte er sich dem dritten Fach zu, das nur ein einziges Dokument enthielt – das Testament seines Großvaters, der, wie Alex im Nu erkannte, alles seinem Sohn hinterlassen hatte, so daß nun er selbst der rechtmäßige Erbe von allem war – und von nichts.

Romanow war bestürzt. Er ließ sich auf die Knie nieder, um die großen Safes zu untersuchen, die beide geräumig genug schienen, um ein Cello aufnehmen zu können. Nach einem kurzen Zögern öffnete er den ersten Safe, zog den riesigen Behälter heraus und spähte gespannt hinein.

Das Fach war leer. Wahrscheinlich stand es seit über fünfzig Jahren leer.

Der Behälter des fünften Safes, den Romanow nach dem Aufschließen fast schon verzweifelt herauszog, war in zwölf gleich große Fächer unterteilt. Romanow wollte seinen Augen nicht trauen, als er den Deckel des ersten Faches abgenommen hatte: Da lagen vor ihm Edelsteine, so groß, so mannigfaltig und farbenprächtig, daß ihr Anblick jedermann den Atem verschlagen hätte. Fast zärtlich hob Romanow den Deckel des zweiten Faches: Es war bis zum Rand gefüllt mit unglaublich exquisiten Perlenketten.

Für die restlichen zehn Fächer brauchte Romanow noch eine ganze Stunde. Nach dem letzten, das – beinahe enttäuschend – nur Goldmünzen enthielt, fühlte er sich völlig erschöpft. Er schaute zur Uhr an der Wand: halb fünf. Schnell begann er damit, die Fächer wieder zu verschließen. Ein prachtvolles Schmuckstück aber mußte er einfach herausnehmen, weil er sich davon nicht lösen konnte.

Nachdenklich hielt er die lange, massive Goldkette mit dem schweren goldenen Medaillon in der Hand. Er betrachtete das eingravierte Porträt seines Großvaters und das Bild seiner Großmutter auf der Rückseite des Medaillons – eine so bezaubernd wirkende Frau, daß an ihr jedes Schmuckstück dieses Schatzes bestens zur Geltung gekommen sein mußte.

Romanow brachte es nicht über sich, die Kette wieder im Safe zu verschließen, und legte sie sich schließlich um den Hals; das Medaillon baumelte auf seiner Brust. Ein letzter Blick, und er steckte es unter sein Hemd, bevor er das Fach abdeckte, den Behälter hineinschob und den Safe verschloß.

Wäre Poskonow nicht gewesen, überlegte Romanow, dann hätte er von dem Vermögen nie etwas gehört. Oder war es purer Zufall, daß der alte Fuchs ihn ausgerechnet zuerst zu dieser Bank geschickt hatte? Geheimdienstoffiziere, die an Zufälle glaubten, wurden nicht alt. Ein falscher Schachzug nur, und er würde seinem Vater und Großvater in den staatlich verordneten Tod folgen. Bei seiner nächsten Begegnung mit dem alten Bankier würde er seine ganze Geschicklichkeit aufbringen müssen, sonst hatte er keine Chance – und gewiß nicht mehr die Wahl zwischen einer Machtstellung daheim oder Reichtum im Westen.

„Sobald ich die Zarenikone gefunden habe, werde ich mich entscheiden", sagte er laut.

Er zuckte zusammen, als das durchdringende Schrillen des Warnsignals an sein Ohr drang. Ohne sich noch einmal umzusehen, schritt er zur Tür und drückte auf den roten Knopf. Die schwere Stahltür sprang sogleich auf und gab den Blick auf zwei recht besorgt wirkende Herren Bischoff frei.

„Wir begannen uns allmählich wegen der Zeit Sorgen zu machen", meinte der Senior. „Sie haben hoffentlich alles zu Ihrer Zufriedenheit vorgefunden."

„Ja, ganz und gar", bekundete Romanow. „Was geschieht aber, falls ich in absehbarer Zeit nicht wiederkommen kann?"

„Das spielt überhaupt keine Rolle", antwortete Bischoff senior. „Die Safes werden bis zu Ihrem nächsten Besuch nicht wieder angerührt."

„Welche Temperatur herrscht im Tresorraum?"

„Zehn Grad Celsius", entgegnete der Bankier, den die Frage merklich verblüffte.

„Sind die Fächer luftdicht?"

„Selbstverständlich", erwiderte Bischoff. „Und wasserdicht. Das soll aber nicht heißen, daß der Keller je überflutet worden wäre", fügte er mit völlig ernster Miene hinzu.

„Alles im Tresorraum Aufbewahrte ist vor jeder Nachforschung sicher?"

„So sicher, wie es nur sein kann", erklärte der Bankier mit Bestimmtheit.

„Hervorragend", meinte Romanow, während er auf den kleineren Herrn Bischoff herabblickte. „Dann werde ich morgen vormittag möglicherweise noch einmal vorbeikommen, um selbst ein Paket zu deponieren."

„Könnten Sie mich bitte mit Mr. Pemberton verbinden?" fragte Adam.

Lange Pause. „Bei uns arbeitet kein Mr. Pemberton, Sir."

„Ich spreche doch mit der Barclays Bank in der City?"

„Ja, Sir."

„Mr. Lawrence Pemberton. Er arbeitet ganz bestimmt bei Ihnen."

Eine noch längere Pause. „Ach ja", kam es zu guter Letzt durch die Leitung. „Jetzt habe ich die Abteilung, in der Mr. Pemberton arbeitet. Ich werde nachfragen, ob er da ist." Adam hörte das Klingeln des Telefons im Hintergrund.

„Anscheinend befindet er sich zur Zeit nicht an seinem Schreibtisch, Sir. Möchten Sie eine Nachricht hinterlassen?"

„Nein, danke." Adam legte auf. Er blieb still sitzen und dachte nach. Für die Ausführung seines Planes fehlten ihm noch einige Informationen, die Lawrence als versierter Bankangestellter ihm sicherlich ohne Mühe geben konnte.

Noch während Adam überlegte, drehte sich ein Schlüssel im Schloß, und Lawrence trat ein.

„Wie eröffnet man ein Schweizer Bankkonto?" schoß Adam gleich los.

„Wenn man außer dem Arbeitslosengeld der nächsten Woche nichts zu bieten hat, dürfte das einigermaßen schwer sein", neckte Lawrence.

„Auch wenn es dich überrascht – meine Frage war völlig ernst gemeint."

„Na schön", sagte Lawrence nun in sachlichem Tonfall. „Bei einer Schweizer Bank kann eigentlich jeder ein Konto eröffnen, sofern der Betrag, den er zu deponieren hat, den Aufwand für die Bank lohnt. Unter zehntausend Pfund lohnt es sich aber bestimmt nicht."

„Und was muß man tun, um das Geld von einem solchen Konto wieder zurückzubekommen?"

„Das kann man telefonisch oder persönlich erledigen. Das Risiko einer Anweisung per Telefon gehen aber wahrscheinlich nur wenige Kunden ein, es sei denn, sie wohnen in einem Land mit äußerst großzügigen Steuergesetzen."

„Was geschieht, wenn die Bank nach dem Tod eines Kunden nicht weiß, wer der rechtmäßige Eigentümer des Guthabens ist?"

„Da unternehmen die Banken selbst gar nichts. Wenn aber jemand Anspruch darauf erhebt, muß er sich als rechtmäßiger Erbe des hinterlegten Guthabens ausweisen können mit den korrekten Unterlagen wie einem Testament und einem Personalausweis."

„Wenn mir also ein Onkel in Argentinien eine Million Pfund in

EIN MANN VON EHRE

Gold auf einer Schweizer Bank vermacht hätte und ich die gesetzlich vorgeschriebenen Dokumente besäße, brauchte ich nur persönlich hinzugehen und das Gold einzufordern?"

„So ist es", antwortete Lawrence. „Nach geltendem Gesetz müßtest du das Gold allerdings dann mitnehmen und der Bank von England zum von ihr festgesetzten Preis verkaufen. Und von dieser Summe wäre natürlich Erbschaftssteuer zu bezahlen."

„Schade, daß ich keinen argentinischen Onkel habe", meinte Adam.

„Es muß ja kein Onkel in Argentinien sein", tröstete Lawrence, der längst hellhörig geworden war.

Adam bedankte sich für die Auskunft und verschwand auf sein Zimmer. Allmählich nahm die Sache Konturen an. Er besaß den Depotschein des Bankhauses Roget & Cie. für eine Ikone, die seinem Vater zugedacht gewesen war; als Beweis dafür, daß er dieses Stück Papier geerbt hatte, brauchte er noch eine Abschrift des Testaments, und damit konnte er dann Anspruch erheben auf die wertvolle – oder aber auch fast wertlose – Kopie der Zarenikone.

Nach der Rückkehr ins Hotel traf Romanow Anna Petrowa lesend auf ihrem Zimmer an.

„Ich hoffe, dein Nachmittagsausflug hat sich als nützlich erwiesen", sagte sie leicht süffisant.

„Und ob, meine Kleine! Was hieltest du von einem gemütlichen Abendessen auf meinem Zimmer, bei dem ich dir alles erzähle?"

„Gute Idee!" rief die Wissenschaftlerin versöhnt. „Darf ich das Menü zusammenstellen?"

„Aber gerne", antwortete Romanow und reichte ihr die Speisekarte vom Nachttisch.

Anna Petrowa machte sich sogleich ans Auswählen und bewies dabei so viel Geschmackssicherheit, daß Romanow beeindruckt war, als das Mahl serviert wurde.

Als Vorspeise gab es Lachs in Dillsauce, dazu eine halbe Flasche Chablis Premier Cru 1958. Zwischen den einzelnen Bissen beschrieb Romanow seine Erbschaft, und mit jedem neuen Schatzstück, das er erwähnte, wurden die Augen der Wissenschaftlerin größer.

Romanow unterbrach seine Schilderung nur einmal, als ein Kellner den Servierwagen mit dem silbernen Tablett hereinrollte und gebratenen Lammrücken mit Zucchini und winzigen neuen Kartoffeln präsentierte. Er reichte dazu einen kostbaren Rotwein, einen Gevrey-Chambertin.

Zum letzten Gang, einem schaumigen Himbeersoufflé, konnte nach Ansicht Anna Petrowas nur der allerbeste Château d'Yquem passen, unter dessen Einfluß sie dann allerdings russische Volkslieder anzustimmen begann – was Romanow unter den gegebenen Umständen als ziemlich unpassend empfand.

Annas Hand zitterte sichtlich, als sie sich den letzten Tropfen Wein eingoß.

Romanow mahnte, es sei an der Zeit, sich schlafen zu legen. Am nächsten Morgen mußten sie ja die erste Maschine nach Moskau erreichen. Er rollte den Servierwagen in den Korridor und hängte an den Türgriff draußen das Schild BITTE NICHT STÖREN.

„Ein denkwürdiger Abend!" rief Anna und schleuderte mit einem wonnigen Lächeln die Schuhe von den Füßen. Dann knöpfte Romanow sein Hemd auf, und es verschlug ihr vor Überraschung den Atem.

„Wie prachtvoll!" flüsterte sie ehrfürchtig.

Romanow hielt das goldene Medaillon in die Höhe. „Wertloser Plunder im Vergleich zu den Schätzen, die ich in der Bank gelassen habe", versicherte er.

„Genosse Geliebter", flötete Anna mit kindlich hoher Stimme, als sie Romanow zum Bett zog, „weißt du überhaupt, wie sehr ich dich anbete?"

„Hm", meinte Romanow abwartend.

„Wenn diese Goldkette bloß wertloser Plunder ist, erlaubst du mir dann, sie gelegentlich zu tragen?"

„Gelegentlich?" fragte Romanow und schaute Anna tief in die Augen. „Warum denn nicht für immer, meine Süße?" Und ohne ein weiteres Wort nahm er die Kette von seinem Hals und zog sie ihr über den Kopf.

Anna betastete voll Bewunderung die dicken goldenen Ringe, aus denen die Kette zusammengesetzt war. Romanow hielt die Kette immer noch fest.

„Du tust mir weh, Alex", sagte sie mit einem kleinen Lächeln. „Bitte, laß los!" Doch Romanow zog die Kette nur noch ein wenig enger.

„Ich bekomme kaum Luft", keuchte Anna. „Bitte hör auf!" Aber Romanow spannte die Kette immer mehr.

„Du würdest doch von meinem unverhofften Reichtum niemand etwas erzählen, nicht wahr, meine Süße?"

„Nein, nie, Alex. Niemand. Du kannst dich darauf verlassen", würgte sie verzweifelt hervor.

„Kann ich da völlig sicher sein?" fragte er plötzlich mit einer Spur von Drohung in der Stimme.

„Ja. Ja. Natürlich. Bitte! Hör auf!" Sie piepste nur noch. Ihre zarten Hände krallten sich in das blonde Haar ihres Chefs, aber Romanow drehte die schwere Goldkette enger und enger. „Du wirst doch verstehen, daß ich absolut sicher sein muß", erklärte er. Anna Petrowa hörte ihn nicht. Sie hatte aufgehört zu atmen.

WÄHREND seines morgendlichen Laufs am Ufer der Themse grübelte Adam darüber nach, was er noch zu erledigen hatte.

Falls er am Mittwoch morgen von Heathrow abflog, konnte er am selben Abend oder spätestens am Donnerstag zurück in London sein. Vor dem Abflug nach Genf gab es noch einige Dinge zu erledigen.

Er blieb vor seinem Wohnblock auf dem Gehsteig stehen und kontrollierte seinen Puls, ehe er die Treppe zur Wohnung hinauflief.

„Drei Briefe für dich", verkündete Lawrence. „Kein einziger für mich. Zwei der Briefe sehen übrigens amtlich aus, dem Umschlag nach zu urteilen."

Adam nahm die Briefe entgegen und ließ sie auf dem Weg zur Dusche aufs Fußende seines Bettes fallen. Sobald er wieder angezogen war, machte er sich daran, sie zu lesen. Das weiße Kuvert öffnete er zuerst: Heidi dankte ihm kurz für den Abend und hoffte, ihn irgendwann einmal wiederzusehen. Er lächelte, riß einen der beiden amtlich aussehenden Umschläge auf, der eine weitere Mitteilung des Außenministeriums enthielt: Er wurde ersucht, sich am kommenden Montag um drei Uhr nachmittags zu einer ärztlichen Untersuchung in der Harley Street Nummer 122 einzufinden.

Schließlich teilte seine Bank ihm noch mit, von der Kanzlei Holbrook sei ein Scheck über fünfhundert Pfund für ihn eingetroffen. Damit sei sein Konto ausgeglichen, und er habe nunmehr ein Guthaben über 272 Pfund, 18 Shilling und 4 Pence.

Adam gesellte sich zu Lawrence in die Küche. „Und was hast du heute vor?" fragte er.

„Ich dürfte dir's eigentlich nicht erzählen", betonte Lawrence verschmitzt. „Der Präsident der Bank von England hat meine Stellungnahme zu der Frage erbeten, ob wir das Pfund gegenüber dem Dollar von zwei achtzig auf zwei vierzig abwerten sollen."

„Und was meinst du dazu?"

„Ich habe ihm gleich auseinandergesetzt, der einzige Zweivierziger, den ich gelten lasse, sei die Buslinie zwischen Golders Green und Edgware. Wenn ich mich jetzt aber nicht auf die Socken mache, verpasse ich noch meinen geliebten Vierzehner", erwiderte Lawrence mit einem Blick auf die Uhr. Adam lachte, während Lawrence mit seiner Aktenmappe verschwand.

Der gute Lawrence hatte sich seit der gemeinsamen Zeit am Wellington College sehr verändert, überlegte er. Damals war ihm Lawrence so ernst und zielstrebig vorgekommen, als sei er für Höheres bestimmt. Daß er einmal als Wertpapierexperte bei der Barclays Bank enden würde, hätte niemand für möglich gehalten. Seine Mitstudenten in Oxford hatten teils scherzend, teils überzeugt behauptet, Lawrence würde eines Tages Minister werden. War es möglich, daß sie alle sich in Lawrence getäuscht und ihn weit überschätzt hatten?

Adam machte sich ein Spiegelei mit Speck. Dann kritzelte er eine kurze Nachricht an seine Schwester und legte ihr einen Scheck über fünfzig Pfund bei.

Mr. Holbrook konnte sein Erstaunen über den Anruf des „jungen Mr. Scott" um halb zehn nicht verbergen. Aber Mr. Holbrooks Stimme klang noch erstaunter, als er Adams Anliegen vernahm. Trotzdem versprach er, bereits am Nachmittag eine Abschrift des Testaments auf die Post zu geben.

Was Adam sonst noch brauchte, ließ sich per Telefon nicht anfordern, daher schloß er die Wohnung zu und fuhr mit dem Bus zu seiner Bank. Vor dem Wechselschalter reihte er sich in eine Schlange ein.

„Ich hätte gerne fünfzig Pfund in Schweizer Franken, fünfzig Pfund in bar und hundert Pfund in Reiseschecks", sagte er, als er endlich an die Reihe kam.

Das Mädchen tippte einige Zahlenreihen in eine große Maschine ein. Wenn man den Scheck an seine Schwester berücksichtigte, verblieben auf Adams Konto klägliche zwanzig Pfund. Er hoffte sehnlichst, daß das Außenministerium den Lohn wöchentlich auszahlte, sonst mußte er sich auf einen weiteren kargen Monat gefaßt machen. Außer natürlich ...

Adam unterschrieb in Gegenwart der Kassiererin die Reiseschecks, worauf sie ihm noch die Schweizer Franken und fünfzig Pfund in bar aushändigte.

Eine weitere Busfahrt brachte ihn zum Büro der British Airways, wo er einen Flug nach Genf buchte.

Adam zahlte bar und kehrte mit dem Ticket in der Tasche heim, um eine Kleinigkeit zu essen. Am Nachmittag rief er Heidi an, die einwilligte, ihn um acht Uhr im Restaurant „Chelsea Kitchen" zum Abendessen zu treffen.

Romanow wurde durch das Klingeln des Telefons geweckt.

„Ja?“

„Guten Morgen, Genosse Romanow, hier spricht Melinak, der Zweite Botschaftssekretär.“

„Guten Morgen, Genosse. Was kann ich für Sie tun?“

„Es handelt sich um Genossin Petrowa. Haben Sie etwas von ihr gehört, seit Sie sie als vermißt gemeldet haben?“

„Nein“, antwortete Romanow. „Sie hat letzte Nacht auch nicht in ihrem Bett geschlafen.“

„Oje“, sagte der Zweite Sekretär. „Ihr Verdacht, daß sie sich vielleicht in den Westen abgesetzt hat, muß dann wohl ernsthaft in Betracht gezogen werden.“

„Ich fürchte, ja“, bekräftigte Romanow, „und ich werde meinem Vorgesetzten in Moskau ausführlich Bericht erstatten müssen. Ich werde darauf hinweisen, daß Sie alles darangesetzt haben, um mir in dieser schwierigen Situation beizustehen, Genosse Zweiter Sekretär.“

„Danke, Genosse Major.“

„Und verständigen Sie mich bitte unverzüglich, wenn Sie einen Hinweis erhalten, der uns auf ihre Spur führen könnte.“

„Selbstverständlich, Genosse Major.“

Romanow legte auf und ging in Annas Badezimmer hinüber. In der Wanne lag ihr gekrümmter Leichnam. Romanow warf ein Handtuch über den Kopf der Toten und schloß von außen ab. In seinem Badezimmer verbrachte er anschließend ungewöhnlich lange Zeit unter der Dusche.

Nachdem er auf seinem Zimmer gefrühstückt hatte, griff Romanow zum Telefon, um Jacques Pontin, den Geschäftsführer des Hotels, anzurufen.

„Guten Morgen, Herr Romanow.“

„Guten Morgen. Es gibt da ein Problem, bei dem Sie mir vielleicht helfen könnten. Ich habe hier oben einen wertvollen Gegenstand, den ich in meiner Bank deponieren möchte, und es wäre mir sehr unangenehm ...“

„Ich verstehe vollkommen“, sagte der Hotelmanager. „Wie kann ich Ihnen behilflich sein?“

„Ich brauche zum Transport einen großen Behälter.“

„Wäre ein Wäschekorb groß genug?“

„Ideal. Aber haben die Körbe einen festen Deckel?“

„Ja, gewiß“, antwortete Pontin. „Sie müssen häufig durch Aufzugsschächte in den Keller hinunterbefördert werden.“

„Genau das richtige“, entschied Romanow.

„Ich lasse Ihnen sofort einen bringen", versprach Pontin. „Außerdem werde ich einen Hoteldiener schicken, der Ihnen helfen kann. Dürfte ich vielleicht noch vorschlagen, daß der Korb mit dem Lastenaufzug im hinteren Trakt des Hotels nach unten gebracht wird? So würden Sie beim Verlassen des Hotels nicht bemerkt."

„Sehr umsichtig", lobte Romanow.

„Werden Sie mit dem Auto abgeholt?"

„Nein", sagte Romanow, „ich –"

„Dann werde ich ein Taxi rufen. Wann soll es dasein?"

„In spätestens einer halben Stunde. Und wenn Sie mir die Rechnung vorbereiten ließen – damit ich dann keine Zeit verliere."

„Selbstverständlich, Herr Romanow."

Er legte auf. Solch erstklassigen Service hätte er am liebsten nach Moskau exportiert. Romanow führte noch zwei kurze Ortsgespräche, dann hörte er es leise an die Tür klopfen. Im Korridor stand ein junger Hoteldiener mit einem großen Wäschekorb.

Romanow zog den Korb ins Zimmer. „Bitte kommen Sie wieder, wenn das Taxi da ist", sagte er. Der junge Mann verneigte sich wortlos.

Romanow schloß die Tür ab, dann rollte er den Wäschekorb in Anna Petrowas Zimmer. Er löste die Lederriemen und klappte den Deckel auf.

Im Badezimmer hob er Anna Petrowas steifen Körper hoch, schleppte den Leichnam zum Korb und stopfte ihn hinein. Anschließend leerte er sämtliche Schubladen und warf Annas Habseligkeiten in den Korb. Er zog ihr die goldene Kette vom Hals, legte ein Handtuch des Hotels über die Leiche und besprühte sie großzügig mit dem Parfüm, das als Aufmerksamkeit des Hauses im Badezimmer gestanden hatte. Schließlich schnürte er den Deckel fest zu und rollte den ächzenden Korb neben die Tür zum Korridor.

Romanow begann seinen eigenen Koffer zu packen und war gerade fertig, als es klopfte. Er ließ den Hoteldiener herein, der sogleich den Wäschekorb fortzerren wollte, doch der riesige Behälter ließ sich erst durch einen kräftigen Fußtritt Romanows in Bewegung setzen. Keuchend und schwitzend rollte der Hoteldiener den Korb den Korridor entlang, Romanow schlenderte mit seinem Koffer in der Hand nebenher. Am Ende des Korridors überwachte Romanow, wie der Korb vorsichtig in den Lastenaufzug gerollt wurde, bevor er selbst hineintrat.

Als sich die Türen im Erdgeschoß öffneten, stellte er mit Erleichterung fest, daß draußen vor dem Hintereingang Jacques Pontin bereits neben einem großen Mercedes auf ihn wartete. Taxifahrer und Hoteldiener hoben den Wäschekorb hoch und zwängten ihn in den Kofferraum.

„Dürfen wir Ihre Rechnung ans Konsulat schicken, Herr Romanow?" fragte der Hotelmanager.

„Ja, das wäre mir recht ..."

„Ich hoffe, daß alles zu Ihrer vollen Zufriedenheit ausgefallen ist", fügte Jacques Pontin hinzu, während er die hintere Tür des Mercedes aufhielt.

„In jeder Hinsicht", betonte Romanow.

„Sehr gut. Und Ihre junge Kollegin reist gemeinsam mit Ihnen ab?" Romanow schüttelte den Kopf. „Sie ist bereits zum Flughafen gefahren."

„Ah ja. Bitte richten Sie ihr meine besten Grüße aus."

„Ganz bestimmt", versprach Romanow. Damit glitt er auf den Rücksitz und überließ es Jacques Pontin, die Wagentür zu schließen.

Im Büro der Swissair wurde Romanows Koffer zum Einchecken übernommen. Nach wenigen Augenblicken konnte er seinen Weg zur Bank fortsetzen, wo der junge Herr Bischoff ihn in Begleitung eines zweiten graugekleideten Herrn im Vestibül empfing.

„Wie nett, Sie so bald wiederzusehen", grüßte der Juniorchef der Bank zuvorkommend. Der Taxifahrer wartete neben dem offenen Kofferraum, aus dem Bischoffs kräftig gebauter Begleiter den Wäschekorb mit einem Schwung heraushob, als handele es sich um eine Hutschachtel. Romanow zahlte das Taxi und folgte Herrn Bischoff zum Lift.

„Nach Ihrem Anruf haben wir gleich alles für Ihr Depot vorbereitet", erklärte der Bankier. „Mein Vater kann zu seinem großen Bedauern leider nicht selbst anwesend sein. Er hat eine vor langem getroffene Verabredung mit einem anderen Kunden und bittet Sie um Verständnis." Romanow winkte beschwichtigend ab.

Der Aufzug fuhr direkt ins Kellergeschoß, wo der Wächter den großen Stahlkäfig aufschloß. Romanow ging ruhigen Schrittes mit den beiden Bankleuten den Korridor entlang; der Riese mit dem Korb folgte ihnen auf dem Fuße.

Einer der Teilhaber – Romanow erkannte ihn vom Vortag wieder – erwartete sie vor der Tür des Tresorraums. Herr Bischoff nickte, woraufhin sein Partner einen Schlüssel ins obere Schloß der Tresortür steckte, Herr Bischoff das zweite Schloß öffnete und beide gemeinsam die schwere Tür aufdrückten. Der Träger stellte den Wäschekorb neben Romanows fünf Safes auf den Boden.

„Werden Sie Hilfe brauchen?" fragte Herr Bischoff und überreichte seinem russischen Kunden den Safeschlüssel in einem versiegelten Kuvert.

„Nein, danke", versicherte Romanow, entspannte sich jedoch erst, als sich die schwere Tür von außen schloß und seine Schweizer Helfer nicht mehr zu sehen waren.

Er schaute auf den großen Safe, der, wie er wußte, leer war. Romanow hatte ihn größer in Erinnerung gehabt. Schweißperlen traten ihm auf die Stirn, während er ihn aufschloß, den Behälter herauszog und den luftdichten Deckel abhob. Es würde knapp werden. Romanow schnallte den Wäschekorb auf und nahm bis auf die Leiche alles heraus. Dann beugte er sich vor und hob Anna Petrowas Leiche an der Taille empor. Langsam ließ er sie in den Behälter fallen, mußte dann aber ihre Gliedmaßen ziemlich grob zurechtrücken, um das Fach überhaupt wieder schließen zu können; wäre Anna auch nur ein paar Zentimeter größer gewesen, hätte sich absolut nichts machen lassen.

Romanow stopfte die Habseligkeiten des Mädchens zwischen Körper und Wand; nur das mit Parfüm besprühte Handtuch ließ er im Wäschekorb zurück. Er setzte den Deckel wieder auf, schob den nunmehr luftdichten Behälter an seinen Platz zurück und schloß ab. Erleichtert warf er den Deckel des Wäschekorbs zu und rollte den Korb zum Eingang des Tresorraums, wo er auf den kleinen roten Knopf drückte.

„Sie haben hoffentlich alles in bester Ordnung vorgefunden?" erkundigte sich der junge Herr Bischoff, nachdem er die Tür zu den Safes im Tresorraum abgeschlossen hatte.

„Ja, vielen Dank", erwiderte Romanow. „Wäre es Ihnen möglich, den Wäschekorb zum Hotel Sankt Gotthard zurückbringen zu lassen?"

„Selbstverständlich." Der Bankier gab dem hünenhaften Träger einen Wink.

„Und ich kann mich absolut darauf verlassen, daß die Safes in meiner Abwesenheit von niemand angerührt werden?" erkundigte sich Romanow im Korridor.

„Absolut, Euer Exzellenz", bestätigte der junge Herr Bischoff fast gekränkt. „Wenn Sie wiederkommen, werden Sie alles genauso vorfinden, wie Sie es verlassen haben."

Nun ja, nicht ganz, dachte Romanow bei sich.

Am Haupteingang des Bankhauses verneigte sich Bischoff junior. „Wir würden uns freuen, Sie bei Ihrem nächsten Besuch in Zürich wieder bei uns begrüßen zu dürfen, Euer Exzellenz."

„Danke", entgegnete Romanow, schüttelte dem jungen Mann die Hand und schritt zum Straßenrand, wo der dunkle Wagen des Konsulats wartete, der ihn zum Flughafen bringen sollte. Da fiel ihm eine Gestalt auf, und er fluchte laut. Diesmal hatte er den Agenten bemerkt, den er tags zuvor im Hotel umgangen hatte.

DER KGB-Chef studierte den Bericht auf seinem Schreibtisch; einiges davon kam ihm reichlich seltsam vor. Er blickte zu Romanow auf. „Sie suchten Bischoff et Compagnie auf, weil diese Leute behaupteten, eine Ikone aus dem fünfzehnten Jahrhundert zu besitzen, auf welche die Beschreibung jener Ikone passen könnte, hinter der wir her sind?"

„Ganz richtig, Genosse."

„Aber dann stellte sich heraus, daß die Ikone gar nicht den heiligen Georg mit dem Drachen zeigt, sondern den heiligen Petrus."

„Das bestätigt auch Genossin Petrowa in ihrem Bericht."

„Ach ja, die Genossin Petrowa", sagte Zaborski, und sein Blick kehrte zu dem Blatt Papier auf dem Schreibtisch zurück. „Und stimmt es, daß die Genossin Petrowa am Abend desselben Tages eine Verabredung mit Ihnen hatte, die sie aus unerfindlichen Gründen nicht einhielt?"

„Es ist mir völlig unerklärlich", bestätigte Romanow. „Sie erschien auch nicht am nächsten Morgen zum Frühstück. Und als ich ihr Zimmer betrat, waren ihre Sachen verschwunden."

„Weshalb Sie davon überzeugt waren, sie sei übergelaufen."

„Jawohl, Genosse Vorsitzender."

„Die Schweizer Polizei", fuhr Zaborski fort, „kann aber keine Spur von ihr entdecken. Ich frage mich daher die ganze Zeit, warum sie abgesprungen sein sollte. Ihre nächsten Familienangehörigen leben in Moskau. Allesamt Staatsangestellte, und dieser Ausflug mit Ihnen war keineswegs Anna Petrowas erste Reise in den Westen."

Romanow gab keine Stellungnahme ab.

„Vielleicht ist Anna Petrowa deshalb verschwunden, weil sie uns etwas hätte sagen können – etwas, das Sie uns nicht wissen lassen wollten."

Ein kalter Schauer lief Romanow den Rücken hinunter, während er sich fragte, wieviel Zaborski tatsächlich wußte. „Vielleicht", fuhr Zaborski fort, „hätte die kleine Petrowa uns sagen können, weshalb Sie es für angebracht hielten, Bischoff et Compagnie ein zweites Mal aufzusuchen." Er legte eine Pause ein. „Ich werde eine Untersuchung über das rätselhafte Verschwinden der Genossin Petrowa einleiten müssen. Denn, Genosse Romanow, spätestens als Sie die Bank zum drittenmal aufsuchten, wußte jeder zweitklassige Agent von Moskau bis Istanbul, daß wir hinter etwas her sind."

Romanow blieb stumm. Allmählich gelangte er zu der Überzeugung, daß Zaborski bluffte und sich nur auf Vermutungen stützte. Hätte er nämlich die Wahrheit geahnt, wäre dieses Gespräch im Keller erfolgt, wo die Vernehmungen mit wesentlich unfeineren Methoden durchgeführt wurden.

„Der Generalsekretär hat mir mitgeteilt, daß er von Ihren jüngsten Ermittlungen nicht eben beeindruckt ist", fuhr Zaborski fort. „Aber er will nichts anderes, als daß die Zarenikone gefunden wird, und aus diesem Grund, Genosse, hat er beschlossen, daß es im Augenblick keine Untersuchung geben wird. Sollten Sie aber jemals wieder so unverantwortlich handeln, werden Sie sich nicht nur einer Untersuchung, sondern auch einem Gerichtsverfahren stellen müssen, und wir alle wissen, wie es dem letzten Romanow, dem der Prozeß gemacht wurde, erging! Habe ich mich klar ausgedrückt, Genosse?" schnauzte er.

„Vollkommen klar, Genosse Vorsitzender", entgegnete Romanow, machte auf dem Absatz kehrt und verließ den Raum.

Der Chef des KGB wartete, bis sich die Tür geschlossen hatte, dann blickte er von neuem auf die Akte. Was hatte Romanow vor? Rasch drückte er auf einen Knopf in der kleinen Konsole, die neben ihm stand. „Lassen Sie Major Waltschek holen!" befahl er.

„KAVIAR würde mich ja schon mal interessieren. Ich habe noch nie welchen gegessen", gestand Adam und blickte das schöne Mädchen an, das ihm gegenüber am Tisch saß.

„Nur keine Angst, ich kann mir absolut nicht vorstellen, daß Kaviar jemals auf der Speisekarte dieses Schuppens hier stehen wird", neckte ihn Heidi. „Andererseits – sollten Sie tatsächlich bald stolzer Besitzer der Zarenikone sein, das heißt, wenn Rosenbaum ..."

Adam legte einen Finger an die Lippen. „Niemand außer Ihnen weiß davon, nicht einmal Lawrence."

„Das ist auch gar nicht so unklug", flüsterte Heidi. „Er erwartet ohnedies nur, daß Sie all das Geld, das Sie aus dem Verkauf der Ikone bekommen, in seiner langweiligen Bank anlegen."

„Eins ist ja komisch", fiel Adam ein, „das erste Mal, als ich Lawrence in der Bank anrief, hat ihn die Telefonistin zunächst gar nicht finden können."

„Was ist daran so ungewöhnlich?"

„Es klang so, als hätte sie noch nie von ihm gehört."

„Eine Bank dieser Größenordnung hat bestimmt mehr als tausend Angestellte. Da kann man jahrelang herumlaufen und wird selbst dann nicht alle Mitarbeiter kennen."

„Vermutlich haben Sie recht", sagte Adam, während der Kellner die Teller abräumte und zwei Tassen Kaffee brachte.

„Wann wollen Sie denn nach Genf fliegen?" fragte Heidi.

„Am Mittwoch, in aller Frühe. Ich hoffe, noch am selben Abend wieder hierzusein."

„Ich finde es nicht gerade sehr romantisch, daß Sie sich ausgerechnet meinen einzigen freien Tag aussuchen, um wegzufliegen."

„Dann kommen Sie doch mit", schlug Adam vor, beugte sich über den Tisch und nahm ihre Hand.

„Es könnte sich aber herausstellen, daß das viel bedeutsamer wird, als gemeinsam Würstchen zu essen!"

„Das will ich auch hoffen! Außerdem könnten Sie mir sehr nützlich sein. Ich spreche nämlich weder Deutsch noch Französisch, und ich bin noch nie in der Schweiz gewesen."

Heidi nippte an ihrem Kaffee. „Die meisten Schweizer sprechen ganz gut Englisch", sagte sie, „und sollte es Probleme mit der Bank geben, können Sie sich ja mit Lawrence in Verbindung setzen."

„Es wäre doch nur für einen Tag! Überlegen Sie mal!"

„Allmählich glaube ich, daß Sie es wirklich wollen." Zum erstenmal schien Heidi den Vorschlag ernsthaft zu erwägen. „Gut, ich komme mit", sagte sie nach einer Weile. „Unter einer Bedingung allerdings."

„Getrennte Flugzeuge?" fragte Adam mit einem Grinsen.

„Nein. Aber wenn sich herausstellt, daß die Ikone nichts wert ist, müssen Sie mich das Geld für mein Ticket zurückzahlen lassen."

„Ich nehme Ihre Bedingung an!" Adam beugte sich zu Heidi hinüber und küßte sie zärtlich auf die Lippen. „Wenn es aber länger als einen Tag dauert", meinte er schließlich, „was würdest du dann sagen?"

„Ich würde auf getrennten Hotelzimmern bestehen", erwiderte Heidi, „wenn der Schweizer Franken nicht gar so hoch stünde . . ."

„Wie war Zürich?" fragte Poskonow, während er sich eine Zigarette anzündete.

„Wie ein polnischer Traktor", antwortete Romanow. „Die Teile, die funktionierten, waren bestens."

„Daraus schließe ich, daß einige Teile insofern nicht funktioniert haben, als sie die Zarenikone nicht zum Vorschein brachten", bemerkte der Präsident der sowjetischen Nationalbank trocken.

„So ist es. Wenn auch Bischoff sich als ausgesprochen hilfsbereit erwies. Es wurde mir wirklich jeder Wunsch erfüllt."

„Ein guter Mann, dieser Bischoff", erwiderte Poskonow. „Nicht zuletzt deshalb habe ich Sie zuallererst zu ihm geschickt."

„Gab es auch noch einen anderen Grund, weshalb Sie mich zuerst zu ihm geschickt haben?"

„Genau fünf andere Gründe", antwortete Poskonow vielsagend. „Aber mit denen wollen wir uns erst beschäftigen, wenn wir Ihre Ikone gefunden haben. Ich habe zwei Generationen Romanows überlebt, ich möchte nicht gern noch eine dritte überleben. Belassen wir es vorläufig dabei; wir werden sicher zu einem Einvernehmen kommen, sobald Sie nicht mehr im Scheinwerferlicht stehen."

Romanow nickte

„Im übrigen wird es Sie freuen zu hören, daß ich während Ihrer Abwesenheit nicht untätig war."

Der Bankier bedeutete seinem Besucher, sich zu setzen. Dann schlug er seine Akte auf, die seit ihrem letzten Zusammentreffen an Umfang gewonnen hatte. „Zunächst", begann er, „haben Sie mir eine Liste von vierzehn Banken gegeben. Zwölf davon haben bis jetzt bestätigt, daß sie nicht im Besitz der Zarenikone sind. Die beiden anderen haben jede Art der Zusammenarbeit abgelehnt."

„Wieso erstreckt sich Ihr Einfluß nicht auch auf sie?"

„Weil andere Interessen einen stärkeren Einfluß ausüben. Wenn zum Beispiel ihre Einlagen hauptsächlich von Amerikanern stammen, werden sie nicht zu bewegen sein, mit der Sowjetunion zu verhandeln. Und da bei ihnen genau dies der Fall ist, besteht auch noch eine Chance, daß sich die Ikone im Besitz einer der beiden Banken befindet. Weil sie das aber Mütterchen Rußland gegenüber niemals zugeben würden, weiß ich wirklich nicht so recht, zu welchem Schritt ich Ihnen nun raten soll."

Der Bankier lehnte sich zurück und wartete, bis Romanow die Neuigkeiten verdaut hatte. „Sie sind ungewöhnlich schweigsam", bemerkte er, nachdem er sich eine neue Zigarette angezündet hatte.

„Sie haben mich auf eine Idee gebracht", erwiderte Romanow. „Möglicherweise ist es aber nur ein Schuß ins Dunkle."

„Egal, was es ist, ich glaube, daß Sie dies hier brauchen werden." Poskonow entnahm der Akte ein einzelnes Blatt Papier und reichte es Romanow. Darauf war vermerkt: *Daumier & Cie., Zürich (abgelehnt); Roget & Cie., Genf (abgelehnt).*

„Zweifellos werden Sie bald wieder in die Schweiz reisen."
Romanow sah dem Bankier fest in die Augen.

Der alte Mann erwiderte den Blick. „Ich würde Ihnen nicht empfehlen, bei dieser Gelegenheit Bischoff et Compagnie noch einen Besuch
abzustatten, Alex! Und vergessen Sie nicht: Mich kriegt man nicht so
leicht los wie Anna Petrowa", fügte er hinzu.

7

DER Mann – er sah ziemlich alt aus – stellte sich an das Ende der Warteschlange vor dem Taxistand am Züricher Flughafen. Es war schwer
abzuschätzen, wie groß er war, denn er ging stark gebeugt und wirkte
gebrechlich. Der weite Mantel reichte beinah bis zum Boden, und die
Finger, die gerade noch aus den Ärmeln ragten, steckten in grauen
Wollfäustlingen. Mit einer Hand umklammerte der Mann den Griff
eines kleinen Lederkoffers, der die Initialen E.R. trug. Man hätte sich
bücken oder selbst sehr klein sein müssen, um das Gesicht des alten
Mannes zu erkennen – ein Gesicht, dessen dominierendes Merkmal
eine Nase war, die Cyrano de Bergerac noch geschmeichelt hätte. Der
Greis schlurfte langsam vorwärts, bis er endlich an die Reihe kam, in
ein Taxi zu steigen. Mit heiserer Stimme teilte er dem Fahrer mit, er
wünsche zum Bankhaus Daumier & Cie. gefahren zu werden.

Als der alte Mann an seinem Bestimmungsort ankam, kramte er
eine Weile in seinem Portemonnaie nach Münzen, um das Taxi zu
bezahlen. Dann schob er sich langsam auf den Gehsteig hinaus, wo er
stehenblieb und die Marmorfassade der Bank anstarrte. Ein Bedienste-
ter in einer eleganten blauen Uniform öffnete die Tür und deutete auf
eine junge Dame, die hinter dem Empfangspult saß. Der Alte schlurfte
hinüber und sagte in gestelztem Deutsch: „Ich bin gekommen, um mit
Herrn Daumier zu sprechen. Mein Name ist Emmanuel Rosenbaum."

„Herr Daumier befindet sich im Augenblick in einer Besprechung",
erwiderte das Mädchen, „aber ich werde nachfragen, ob vielleicht
einer seiner Partner verfügbar ist." Nach einem Telefongespräch
führte sie ihn in ein kleines Zimmer mit zwei Sesseln. Rosenbaum
nahm Platz, und es verging einige Zeit, bevor ein Mann eintrat, dessen
Jugendlichkeit den Greis sichtlich überraschte.

„Ich bin Wilfried Präger", stellte sich der junge Mann vor, „einer
der Teilhaber dieser Bank."

„Setzen Sie sich, bitte, setzen Sie sich", erwiderte Rosenbaum. „Ich
kann nicht so lange zu Ihnen aufsehen." Der junge Mann nahm in dem

zweiten Sessel Platz. „Mein Name ist Emmanuel Rosenbaum. Ich habe 1938 ein Päckchen bei Ihnen deponiert und bin gekommen, um es abzuholen."

„Haben Sie einen Identitätsnachweis oder einen Beleg unserer Bank bei sich?"

„Gewiß", antwortete der alte Mann und reichte ihm seinen Paß sowie einen Depotschein, der schon so oft gefaltet und wieder auseinandergefaltet worden war, daß er beinah nur noch aus losen Teilen bestand.

Der junge Mann musterte beide Dokumente sorgfältig. Den israelischen Paß erkannte er sofort. Alles schien in Ordnung zu sein. Er führte Herrn Rosenbaum in ein anderes Zimmer, welches größer und gemütlicher möbliert war. Innerhalb weniger Minuten kehrte er mit einem Mann zurück, den er als Herrn Daumier vorstellte.

„Ich glaube nicht, daß wir einander je begegnet sind, Herr Rosenbaum", sagte der Bankpräsident höflich. „Sie hatten seinerzeit wohl mit meinem Vater zu tun."

„Nein, nein", erwiderte Rosenbaum. „Mit Ihrem Großvater, Alfred Daumier. Ich traf Ihren Vater nur einmal, und es hat mir sehr leid getan, als ich von seinem frühen Tod erfuhr."

Ein Ausdruck von Ehrfurcht spiegelte sich in Daumiers Augen. „Sie haben außer Ihrem Paß nicht vielleicht noch einen anderen Identitätsnachweis?" fragte er höflich.

Emmanuel Rosenbaum hob den Kopf und drehte mit müdem Blick sein Handgelenk nach oben. An der Innenseite des Armes war die Nummer 712 910 eintätowiert.

„Ich bedauere außerordentlich", sagte Daumier sichtlich verlegen. „Ich benötige bloß ein paar Minuten, um Ihnen Ihre Kassette zu bringen."

Die beiden Männer ließen Rosenbaum allein. Wenige Minuten später kehrten sie mit einer flachen Kassette von etwa sechzig Zentimeter Länge zurück, die sie auf den Tisch in der Mitte des Zimmers stellten. Während der andere Teilhaber als Zeuge fungierte, öffnete Herr Daumier das obere Schloß. Dann überreichte er Rosenbaum einen Schlüssel und sagte: „Wir lassen Sie jetzt allein. Wenn Sie wünschen, daß wir wiederkommen sollen, drücken Sie bitte einfach auf den Knopf unter dem Tisch."

„Danke", erwiderte Rosenbaum und wartete, bis sich die Tür hinter den beiden Männern geschlossen hatte. Dann drehte er den Schlüssel im Schloß und drückte den Deckel auf. In der Schatulle lag ein Päckchen, etwa fünfundvierzig mal dreißig Zentimeter groß, in Musselin gewickelt und fest verschnürt. Rosenbaum verstaute das Päckchen sorgfältig in seinem alten Koffer. Hierauf drückte er auf den Knopf unter dem Tisch, und innerhalb von Sekunden betraten Herr Daumier und der Juniorpartner wieder das Zimmer.

„Ich hoffe, daß Sie alles so vorgefunden haben, wie Sie es zurückgelassen hatten, Herr Rosenbaum", meinte der Präsident. „Es ist seither schließlich einige Zeit vergangen."

„Es war alles in Ordnung." Diesmal brachte der alte Herr ein Nikken zustande.

„Darf ich vielleicht noch eine ganz nebensächliche Angelegenheit erwähnen?" fragte Herr Daumier.

„Ich bitte darum", erwiderte der alte Mann.

„Beabsichtigen Sie, das Schließfach weiterhin zu benützen? Der Betrag, den Sie für die Begleichung der Depotgebühr hinterlegt haben, ist nämlich seit kurzem aufgebraucht."

„Nein, ich werde es nicht mehr benötigen."

„Es ist nur eine kleine Summe offen. Aber in Anbetracht der Umstände verzichten wir gerne darauf."

„Das ist sehr freundlich von Ihnen."

Herr Daumier verneigte sich. Der Juniorpartner begleitete den Kunden zum Eingangstor, half ihm in ein Taxi und wies den Fahrer an, Herrn Rosenbaum zum Flughafen zu bringen.

Dort angekommen, stellte der alte Herr erfreut fest, daß die Wartehalle ziemlich leer war. Er schlurfte quer durch das Gebäude in eine Ecke, ließ sich auf eine bequeme Sitzbank nieder und vergewisserte sich, daß ihn die anderen Passagiere in der Halle nicht beobachten konnten.

Schließlich öffnete er den alten Koffer und zog das Paket heraus. Ungeduldig nestelte er an den Knoten, bis sie sich endlich lockerten und er die Musselinhülle von seiner Beute streifen konnte.

Rosenbaum starrte auf ein Meisterwerk: „Die Kornfelder" von Vincent van Gogh, ein Gemälde, das – wovon er allerdings nichts wissen konnte – seit 1938 aus dem Wiener Kunsthistorischen Museum verschwunden war.

Emmanuel Rosenbaum begann wild drauflos zu fluchen – was gar nicht zu ihm paßte. Vorsichtig packte er das Bild wieder ein, legte es in den Koffer zurück und begab sich schleppenden Schrittes zum Swissair-Schalter, wo er die Hosteß bat, ihm einen Platz in der Maschine nach Genf zu buchen. Mit ein bißchen Glück konnte er Roget & Cie. noch vor Geschäftsschluß erreichen.

Die Linienmaschine der BEA landete an diesem Vormittag mit einigen Minuten Verspätung um elf Uhr fünfundzwanzig auf dem Genfer Flughafen. Ein leichter Sprühregen fiel auf die Gangway. Adam knöpfte seinen Regenmantel auf und versuchte, ihn schützend über Heidi zu halten, dann liefen sie über das Vorfeld zur Ankunftshalle. „Wie gut, daß ich daran gedacht habe, den Mantel mitzunehmen", sagte er.

„Der sieht ja mehr nach einem Zelt als nach einem Mantel aus", meinte Heidi belustigt.

„Das ist mein alter Militärregenmantel", erklärte er. „Hat Platz für Landkarten, Kompasse, ja sogar für eine ganze Biwakausrüstung."

„Adam, wir sind hier nicht auf einem Überlebensmarsch. Wir wollen doch nur ein wenig in Genf umherspazieren, und das mitten im Sommer!"

Er lachte. „Ich werde dich an diese Worte erinnern, wenn es zu gießen beginnt."

Der Bus, der zwischen Flughafen und Stadt verkehrte, benötigte nur zwanzig Minuten bis ins Zentrum von Genf. Sie gelangten an den prachtvollen, spiegelglatten See mit den im Hintergrund aufragenden majestätischen Bergen. Der Bus fuhr am Ufer entlang; gegenüber der mächtigen Fontäne, deren Strahl mehr als hundertzwanzig Meter emporschießt, hielt er an.

„Ich fühle mich wie auf einem Tagesausflug", sagte Heidi, als sie aus dem Fahrzeug stiegen. Zu ihrer Erleichterung hatte der Nieselregen aufgehört.

„Zunächst müssen wir herausfinden, wo unsere Bank ist", erklärte Adam, „damit wir irgendwo in der Nähe zu Mittag essen können. Und dann holen wir unsere Beute ab."

„Und wie packt ein guter Soldat eine derart anspruchsvolle Aufgabe an?" erkundigte sich Heidi.

„Ganz einfach! Wir statten der nächstbesten Bank einen kurzen Besuch ab und fragen dort nach dem schnellsten Weg zu Roget et Compagnie."

„Also los, setzen wir deinen Schlachtplan in die Tat um", meinte Heidi und wies auf die *Banque Populaire* auf der anderen Seite der Promenade.

Sie überquerten die Straße, und Heidi fragte den Türsteher der Bank nach dem Weg zu Roget & Cie. Sie folgten den Angaben des Mannes, doch es war gar nicht so einfach, Roget & Cie. zu finden. Schließlich entdeckte Heidi das diskrete, in Stein gemeißelte Schild neben einem hohen Tor aus Schmiedeeisen und Spiegelglas.

„Sieht eindrucksvoll aus", murmelte Adam. „Aber rein können wir erst nach der Mittagspause. Gehen wir also erst einmal essen."

Da die Sonne sich zwischen den Wolken hervorstahl, entschieden sie sich für ein Straßencafé mit Blick auf den See. Sie bestellten Salat und eine Käseplatte und teilten sich eine halbe Flasche Weißwein. Adam genoß Heidis Gesellschaft so sehr, daß er anfing, ihr Geschichten aus seiner Militärzeit zu erzählen. Sie mußte ihn schließlich unterbrechen, als es fast zwei Uhr war. Widerstrebend verlangte er die Rechnung.

Erneut machten sie sich auf den Weg zur Bank. Adam stieß das schwere Tor auf, trat zögernd ein und sah sich in der düsteren Halle um.

„Dort drüben", meinte Heidi und zeigte auf eine Frau, die hinter einem Schreibtisch saß.

„Guten Tag! Mein Name ist Adam Scott. Ich möchte etwas abholen, das mir testamentarisch vermacht wurde", erklärte Adam auf englisch.

Die Frau lächelte. „Haben Sie mit jemandem von unserem Haus einen Termin vereinbart?" erkundigte sie sich.

„Nein", erwiderte Adam. „Ich wußte nicht, daß das nötig ist."

Die Dame griff zum Telefon und führte ein kurzes Gespräch auf französisch. Dann bat sie Adam und Heidi, in den vierten Stock hinaufzufahren.

Als die beiden aus dem Lift traten, wurden sie zu Adams Überraschung von einem Mann in Empfang genommen, der offenbar nicht älter war als er selbst.

„Guten Tag, mein Name ist Pierre Neffe. Ich bin einer der Teilhaber dieser Bank", stellte sich der junge Mann in perfektem Englisch vor. Er führte sie in ein kleines, exquisit möbliertes Zimmer. „Womit kann ich Ihnen dienen?"

„Mein Vater", begann Adam, „ist vor einem Monat gestorben. Er vermachte mir einen Depotschein für etwas, das Sie – wie ich glaube – seit 1938 in Verwahrung haben. Einer Ihrer Kunden hatte es ihm geschenkt ..." Adam zögerte. „Ein gewisser Emmanuel Rosenbaum."

„Verfügen Sie über ein Dokument, das sich auf dieses Geschenk bezieht?"

„Selbstverständlich", sagte Adam und begann, in der Landkartentasche seines Trenchcoats zu wühlen. Dann reichte er dem jungen Bankier den Depotschein von Roget & Cie. Monsieur Neffe studierte ihn und nickte. „Dürfte ich wohl Ihren Paß sehen, Mr. Scott?"

„Aber sicher", entgegnete Adam, kramte noch einmal in seinem Trenchcoat und reichte Monsieur Neffe den Paß.

„Wenn Sie mich bitte einen Augenblick entschuldigen." Der junge Mann erhob sich und ließ die beiden allein.

„Was haben sie jetzt wohl vor?" erkundigte sich Heidi.

„Sie überprüfen, ob mein Depotschein echt ist. Seit 1938 sind immerhin etliche Jahre vergangen."

Die Minuten verstrichen. Adam fühlte sich zunehmend enttäuscht, und schließlich gelangte er zu der Überzeugung, daß sich das gesamte Unternehmen als reine Zeitverschwendung erweisen würde.

Endlich kehrte Monsieur Neffe zurück, zusammen mit einem anderen Herrn, den er als Monsieur Roget vorstellte.

„Guten Tag", sagte Monsieur Roget und gab Adam und Heidi die Hand. „In unseren Akten befindet sich ein Brief von Herrn Rosenbaum, mit der klaren Anweisung, daß der Safe von niemand anderem als" – er sah auf ein Blatt Papier, das er mitgebracht hatte – „Colonel Gerald Scott geöffnet werden darf."

„Das ist mein Vater", antwortete Adam. „Wie ich jedoch Monsieur Neffe bereits erklärt habe, ist er letzten Monat verstorben und hat mir das Depot vererbt."

„Ich will gerne glauben, was Sie sagen", entgegnete Monsieur Roget, „wenn Sie mir gestatten, einen Blick auf die Kopie der Sterbeurkunde sowie auf das Testament zu werfen."

Adam lächelte stolz, weil er so vorausblickend gewesen war. Er kramte noch einmal in seinem Mantel und förderte schließlich ein großes braunes Kuvert zutage. Diesem entnahm er die Kopie der Sterbeurkunde seines Vaters, das Testament sowie einen Brief mit der Aufschrift „An alle Beteiligten" und reichte alles Monsieur Roget, der die drei Dokumente langsam durchlas. Monsieur Roget flüsterte Monsieur Neffe etwas ins Ohr.

„Wir haben da noch ein kleines Problem, Mr. Scott", sagte er daraufhin.

„Nämlich?" fragte Adam nervös.

„Herrn Rosenbaums Konto ist um hundertzwanzig Franken überzogen, und den Vorschriften unseres Hauses gemäß müssen alle Außenstände beglichen sein, bevor ein Safe geöffnet werden darf."

Adam atmete erleichtert auf, zog seine Brieftasche hervor, unterzeichnete einen Reisescheck und übergab ihn Monsieur Roget.

„Und nun", sagte Monsieur Roget, „benötigen wir noch Ihre Unterschrift auf dem Entlastungsformular für die Bank."

Er händigte Adam ein langes Formular aus, das eine Unzahl von

Paragraphen in kleingedrucktem Französisch enthielt. Adam warf nur einen Blick darauf, dann gab er es Heidi, die es Absatz für Absatz sorgfältig durchlas. Schließlich blickte sie auf und nickte zustimmend. Adam unterzeichnete schwungvoll auf der dafür vorgesehenen Linie.

„Somit wären alle Formalitäten erledigt", verkündete der Bankier. „Jetzt müssen wir nur noch Ihre Kassette holen."

„Ich könnte mir durchaus vorstellen, daß sie leer ist", meinte Adam, sobald er und Heidi allein waren.

„Genausogut kann sie randvoll mit Golddublonen sein."

Als die beiden Bankleute wenige Minuten später zurückkehrten, trug Monsieur Neffe eine flache Metallkassette, die etwa dreißig mal fünfundzwanzig Zentimeter groß und ungefähr zehn Zentimeter hoch war. Adam war von den eher bescheidenen Ausmaßen enttäuscht, ließ sich aber nichts anmerken. Inzwischen machte Monsieur Roget sich daran, das obere Schloß mit dem Bankschlüssel zu öffnen; dann reichte er Adam ein kleines, vergilbtes Kuvert mit einem Wachssiegel, auf das Unterschriften gekritzelt waren. „Was immer sich in dieser Kassette befindet, gehört Ihnen, Mr. Scott. Lassen Sie uns bitte wissen, wann Sie fertig sind. Bis dahin warten wir draußen auf dem Korridor."

Die beiden Männer verließen den Raum.

„So mach doch endlich!" sagte Heidi. „Ich kann es kaum erwarten!"

Adam riß den Briefumschlag auf. Ein Schlüssel fiel heraus. Nervös bewegte er ihn in dem Schloß hin und her, bis es endlich aufschnappte; dann drückte er den Deckel auf.

In der Kassette lag ein kleines, flaches Päckchen, das in Musselin gehüllt und mit einem Bindfaden fest verschnürt war. Die Knoten ließen sich nicht so einfach lösen, so daß Adam schließlich ungeduldig wurde und die Schnur herunterriß. Vorsichtig entfernte er den Musselin. Ungläubig starrten Heidi und Adam auf das Meisterwerk.

Die Schönheit des in Gold, Rot und Blau gehaltenen kleinen Gemäldes verschlug ihnen die Sprache. Keiner von ihnen hatte erwartet, daß die Ikone so atemberaubend sein würde: Der heilige Georg, hoch über dem Drachen stehend, ein mächtiges Schwert in der Hand, das er dem Ungetüm mitten ins Herz stieß.

„Großartig!" stammelte Heidi, die als erste die Sprache wiederfand.

„Ich wünschte, mein Vater hätte es zu sehen bekommen. Vielleicht hätte es sein ganzes Leben verändert."

„Vergiß nicht, daß er wollte, daß dein Leben dadurch verändert würde", entgegnete Heidi.

Schließlich drehte Adam die Ikone um und entdeckte an ihrer

Rückseite eine in das Holz eingelassene kleine silberne Krone. Er
betrachtete sie eingehend und versuchte sich zu erinnern, was Mr.
Sedgwick vom Auktionshaus Sotheby über dieses Zeichen gesagt
hatte.

Heidi überprüfte, ob sich nicht noch etwas in der Kassette befand.
Dann drückte sie den Deckel zu, und Adam verschloß das Kästchen
wieder. Er wickelte den Musselin um das kleine Gemälde, verschnürte
das Päckchen sorgfältig und verstaute es in der Kartentasche seines
Trenchcoats.

Adam ging zur Tür und öffnete sie.

Die beiden Bankleute traten unverzüglich ein. „Ich hoffe, daß Sie
vorgefunden haben, was Ihnen versprochen wurde", sagte Monsieur
Roget.

„Ganz gewiß", sagte Adam. „Aber ich werde die Kassette nun nicht
mehr benötigen", fügte er hinzu und gab den Schlüssel zurück.

„Wie Sie wünschen", erwiderte Monsieur Roget. „Wenn Sie mich
nun bitte entschuldigen wollen – ich möchte mich von Ihnen verabschieden. Monsieur Neffe wird Sie hinausbegleiten." Er reichte Adam
die Hand und verneigte sich andeutungsweise vor Heidi.

„Ich hoffe, daß Sie noch einen angenehmen Aufenthalt in unserer
Stadt verbringen werden", erklärte Monsieur Neffe, während der
Aufzug gemächlich abwärts fuhr.

„Ich fürchte, er wird sehr kurz sein", antwortete Adam. „Um siebzehn Uhr müssen wir bereits wieder am Flughafen sein!"

Der Aufzug blieb im Erdgeschoß stehen, und Monsieur Neffe begleitete Adam und Heidi durch die Halle. Die Eingangstür wurde für
sie geöffnet, doch sie traten beide zur Seite, um einem alten Mann Platz
zu machen, der langsam hereingeschlurft kam. Die meisten Leute hätten wohl nur seine riesige Nase angestarrt, aber Adam fiel vor allem
der durchdringende Blick des Mannes auf.

Der Alte langte bei der Dame am Empfang an und erklärte: „Ich bin
gekommen, um Monsieur Roget zu sprechen."

„Wen darf ich melden, bitte?"

„Emmanuel Rosenbaum."

Die Dame nahm den Telefonhörer ab und führte ein kurzes Gespräch auf französisch. Nachdem sie aufgelegt hatte, sagte sie: „Würden Sie bitte in den vierten Stock hinauffahren, Monsieur?"

Der Alte stieg in den Fahrstuhl, und oben angelangt, führte ihn eine
weitere Dame in das Empfangszimmer. Er mußte nicht lange warten,
bis Monsieur Roget eintrat.

„Ich freue mich, Ihre Bekanntschaft zu machen, Monsieur Rosenbaum", sagte der Bankier mit einem freundlichen Lächeln. „Aber ich fürchte, Sie haben Mr. Scott soeben verpaßt."

„Mr. Scott?" stammelte der alte Mann überrascht.

„Ja, er ist erst vor wenigen Minuten gegangen, aber wir haben die Anweisungen in Ihrem Brief genau befolgt."

„Meinem Brief?" fragte Rosenbaum.

„Gewiß", antwortete der Bankier und schlug zum zweitenmal an diesem Tag eine Akte auf, die seit mehr als zwanzig Jahren niemand mehr angerührt hatte. Dann reichte er dem alten Herrn den Brief.

Emmanuel Rosenbaum zog eine Brille aus der Brusttasche, klappte sie langsam auseinander und machte sich daran, den Brief zu lesen.

> 12. September 1946
>
> Sehr geehrter Monsieur Roget!
> In Ihrem Gewahrsam befindet sich eine kleine Ikone, die den heiligen Georg mit dem Drachen darstellt. Ich übertrage das Eigentum an diesem Gemälde einem Offizier der britischen Armee, Colonel Gerald Scott. Sorgen Sie bitte dafür, daß Colonel Scott meinen Safeschlüssel unverzüglich erhält, wann immer er kommt.
> Vielen Dank für Ihre Unterstützung in dieser Angelegenheit.
> Ihr ergebener
> Emmanuel Rosenbaum

„Und Colonel Scott hat den Inhalt des Safes heute abgeholt?"

„Nein, nein, Monsieur Rosenbaum! Der Colonel ist erst vor kurzem verstorben und hat den Inhalt des Safes seinem Sohn Adam Scott vermacht. Monsieur Neffe und ich haben alle Dokumente überprüft, und es bestand für uns keinerlei Zweifel, daß alles seine Richtigkeit hatte." Der Bankier zögerte. „Ich hoffe, daß wir auch in Ihrem Sinne gehandelt haben, Monsieur Rosenbaum."

„Ja, selbstverständlich", erwiderte der alte Herr. „Ich bin nur gekommen, um mich zu vergewissern, daß meine Wünsche auch respektiert wurden."

Monsieur Roget war erleichtert; er lächelte. „Ich sollte Ihnen vielleicht noch mitteilen, daß auf Ihrem Konto ein kleines Defizit entstanden war. Monsieur Scott hat es jedoch bereits beglichen."

„Ich stehe also in Mr. Scotts Schuld. Können Sie mir sagen, wie hoch der Betrag war?"

„Hundertzwanzig Franken."

„Dann muß ich ihm diese Summe möglichst rasch zurückerstatten", entgegnete Rosenbaum. „Wissen Sie zufällig, unter welcher Adresse ich ihn erreichen kann?"

„Nein, ich bedaure." Eine Hand berührte Monsieur Rogets Ellbogen, und Monsieur Neffe beugte sich zu ihm und flüsterte ihm etwas
ins Ohr.

„Offenbar", ergänzte Monsieur Roget, „hatte Mr. Scott vor, rasch
nach England zurückzukehren. Er sagte, er müsse um siebzehn Uhr
am Genfer Flughafen sein."

Der alte Herr hievte sich aus dem Sessel hoch. „Sie haben mir sehr
geholfen, meine Herren", sagte er, „und jetzt möchte ich Ihre Zeit
nicht länger in Anspruch nehmen."

„FLUG BEA eins-sieben-eins, Ihre Plätze sind vierzehn a und b",
sagte der Mann hinter dem Abfertigungsschalter. „Finden Sie sich in
etwa zwanzig Minuten bei Ausgang neun ein. Ich wünsche Ihnen
einen angenehmen Flug." Er händigte ihnen die Bordkarten aus.

Adam und Heidi gingen auf die Rolltreppe zu, die hinauf zur
Abflughalle führte. „Da wir nun schon einmal in der Schweiz sind,
möchte ich unbedingt eine hübsche Bonbonniere mit Kirschwasser-
pralinen für meine Mutter kaufen", sagte Adam.

Heidi zeigte auf einen Verkaufsstand, dessen Regale von üppig ver-
zierten Bonbonnieren geradezu überquollen. Adam suchte eine große,
mit Goldfolie überzogene Schachtel Pralinen aus, die das Mädchen
hinter dem Ladentisch in Geschenkpapier verpackte und in eine Plastiktüte steckte.

Adam sah auf die Uhr. „Jetzt reicht die Zeit gerade noch, um ein
paar Flaschen Wein im Duty-free-Shop zu kaufen."

„Ich möchte mir noch gern die neue Ausgabe des *Spiegel* besorgen,
bevor wir durch den Zoll gehen", meinte Heidi.

„In Ordnung", erwiderte Adam. „Versuchen wir's doch bei dem
Zeitungskiosk dort drüben in der Ecke."

„Ein Aufruf für Passagier Mr. Scott! Mr. Adam Scott wird gebeten,
zum BEA-Schalter im Erdgeschoß zu kommen!" dröhnte es aus der
Lautsprecheranlage.

Adam und Heidi sahen einander verwundert an. „Die haben uns
sicher die falschen Plätze zugewiesen", meinte Adam achselzuckend.
Sie fuhren mit der Rolltreppe wieder ins Erdgeschoß zurück und gingen hinüber zu dem Mann, der ihnen die Bordkarten ausgestellt hatte.

„Sie haben mich ausrufen lassen", sagte Adam. „Mein Name ist
Scott."

„Ja", erwiderte der Mann. „Wir haben eine dringende Nachricht für
Sie." Er warf einen Blick auf den Notizblock, der vor ihm lag. „Bitte
rufen Sie Monsieur Roget unter der Nummer 27 12 78 an." Er riß das

Stück Papier ab und reichte es Adam. „Die Telefonzellen sind dort drüben."

„Danke!" Adam las die Nachricht genau durch, aber sie enthielt keinen Hinweis darauf, warum Monsieur Roget ihn so dringend sprechen wollte.

„Was soll das Ganze?" fragte Heidi betroffen. „Jetzt ist es wohl ein bißchen zu spät, um die Ikone zurückzuverlangen."

„Keine Angst, ich werde das gleich herausfinden." Adam hielt ihr die Plastiktüte hin. „Hier, nimm das, ich bin gleich wieder da!"

„Ich sehe unterdessen nach, ob es auf dieser Etage einen Zeitungskiosk gibt", erklärte Heidi und griff nach der bunten Plastiktüte mit der Bonbonniere.

„Gut! Dann treffen wir einander in ein paar Minuten hier wieder."

„ROGET ET COMPAGNIE. Womit kann ich Ihnen behilflich sein?"

„Adam Scott am Apparat. Monsieur Roget hat um meinen Rückruf gebeten", antwortete Adam.

„Einen Moment, bitte. Ich frage nach, ob er erreichbar ist."

Adam wandte sich rasch um; er wollte sehen, ob Heidi bereits zurückgekehrt war. Da er sie nirgendwo entdeckte, vermutete er, sie suche noch immer nach der Zeitschrift. Dann bemerkte er einen alten Mann, der mit schlurfenden Schritten die Halle durchquerte. Adam hätte schwören können, daß er ihn irgendwo bereits gesehen hatte.

„Mr. Scott?"

Adam lehnte sich wieder in die Kabine. „Ja, Monsieur Roget, Sie wollten mich sprechen?"

„Ich Sie sprechen?" Der Bankier schien verblüfft. „Ich verstehe nicht . . ."

„Am BEA-Schalter wurde die Nachricht für mich hinterlassen, ich solle Sie anrufen. Und zwar dringend."

„Da muß ein Irrtum vorliegen. Ich habe keine Nachricht für Sie hinterlassen. Aber da Sie nun schon anrufen: Es wird Sie vielleicht interessieren, daß Monsieur Emmanuel Rosenbaum uns einen Besuch abgestattet hat, unmittelbar nachdem Sie weggegangen waren."

„Emmanuel Rosenbaum?" erwiderte Adam. „Aber ich nahm doch an, er sei . . ."

„ENTSCHULDIGEN Sie, junge Frau, könnten Sie mir behilflich sein?"

Heidi sah zu dem alten Mann auf, der sie auf englisch angesprochen hatte.

„Ich versuche, ein Taxi zu bekommen, und ich bin schon spät dran.

Aber meine Augen sind längst nicht mehr so gut wie früher, fürchte ich."

Heidi legte den *Spiegel* in das Regal zurück. „Die Taxis stehen gleich dort vor den Doppeltüren. Kommen Sie, ich bringe Sie hin."

„Wie freundlich von Ihnen", erwiderte der Alte. „Ich hoffe nur, Ihnen nicht zu große Umstände zu machen."

„Aber nein, keineswegs!" Heidi faßte ihn am Arm und führte ihn behutsam nach draußen.

„SIND Sie sicher, daß es Rosenbaum war?" fragte Adam beunruhigt.

„Ganz sicher", lautete die Antwort des Bankiers.

„Und er schien erfreut, daß ich die Ikone habe?"

„Ganz gewiß. Seine einzige Sorge war, wie er Ihnen die hundertzwanzig Franken zurückerstatten könnte. Ich vermute, er wird vielleicht versuchen, sich mit Ihnen in Verbindung zu setzen."

„*Letzter Aufruf für Flug BEA 171 nach London, Ausgang 9.*"

„Ich muß jetzt los", sagte Adam hastig. „Mein Flugzeug startet in ein paar Minuten."

„Also dann, guten Flug!" erwiderte der Bankier.

Adam bedankte sich und legte auf. Er rannte zum BEA-Schalter und stellte überrascht fest, daß Heidi noch nicht da war. Hastig sah er sich im ganzen Erdgeschoß um und suchte nach einem Zeitungsladen.

Dann entdeckte er Heidi. Sie begleitete den alten Mann, der ihm schon zuvor aufgefallen war; gerade half sie ihm durch die automatischen Türen.

Adam beschleunigte seine Schritte. Das Ganze kam ihm ziemlich merkwürdig vor! Als er die automatischen Türen erreicht hatte, mußte er warten, bis sie wieder auseinanderglitten. Jetzt sah er Heidi bei einem Taxi stehen. Eben hielt sie die Tür des Wagens für den alten Mann auf.

„Heidi!" Der alte Herr drehte sich plötzlich um, und wieder sah sich Adam dem Mann gegenüber, dem er, so fiel ihm jetzt ein, bereits in der Bank begegnet war. „Herr Rosenbaum?" rief er. In diesem Moment stieß der Alte Heidi mit einer flinken Armbewegung auf den Rücksitz des Taxis, sprang zu ihr hinein und schlug die Tür zu.

Einen Augenblick blieb Adam wie gelähmt stehen. Dann aber stürzte er auf das Taxi zu und bekam gerade noch den Türgriff zu fassen, als das Fahrzeug losfuhr. Adam konnte nicht Schritt halten und wurde zu Boden geworfen. Im Fallen sah er noch den Ausdruck auf Heidis Gesicht; sie wirkte wie versteinert. Er starrte auf das Nummernschild des davonfahrenden Autos: GE-125 konnte er gerade noch

entziffern, und zumindest wußte er, daß es sich um einen dunkelblauen Mercedes handelte. Verzweifelt blickte er sich nach einem anderen Taxi um.

In diesem Augenblick hielt ein VW Käfer auf der anderen Straßenseite. Eine Frau stieg aus und ging nach vorne, um den Kofferraum zu öffnen; ein Mann, der auf dem Beifahrersitz gesessen hatte, gesellte sich zu ihr und hob ein Gepäckstück heraus, bevor seine Begleiterin den Deckel des Kofferraums wieder zuschlug.

Mit einer Umarmung verabschiedeten sich die beiden voneinander auf dem Gehsteig. Adam sprintete über die Straße, riß die Tür des Wagens auf und sprang hinein. Der Schlüssel steckte noch im Zündschloß. Adam drehte ihn, legte einen Gang ein und setzte den Wagen rasant zurück. Das Pärchen starrte ungläubig auf das Auto. Adam bremste abrupt ab, wechselte aus dem Rückwärtsgang in den ersten Gang und brauste mit dröhnendem Motor davon.

Einen Augenblick sah er noch im Rückspiegel das gestikulierende Pärchen, dann wandte er seine Aufmerksamkeit den Wegweisern zu. Er steuerte den Wagen in Richtung Stadtzentrum. Aufgeregt kontrollierte er Kennzeichen und Passagiere jedes blauen Taxis, an dem er vorüberfuhr, konnte aber keine Spur von Heidi entdecken.

Nach etwa einem Kilometer erblickte er in beträchtlicher Entfernung einen Mercedes auf der Überholspur. Adam trat das Gaspedal voll durch und verkürzte den Abstand, während er krampfhaft darüber nachdachte, warum der alte Mann Heidi überhaupt in seine Gewalt gebracht hatte. War er tatsächlich Rosenbaum? Aber Rosenbaum war doch damit einverstanden gewesen, daß Adam die Ikone behielt; zumindest hatte der Bankier dies behauptet! Es ergab alles keinen Sinn.

Beim nächsten Kreisverkehr lagen nur noch drei Wagen zwischen dem VW und dem Mercedes. Eine rote Ampel, eine rote Ampel muß her! ging es Adam durch den Kopf, doch die nächsten drei Ampeln blieben hartnäckig grün. Als endlich eine auf Rot wechselte, sprang Adam aus dem Wagen und rannte auf das Taxi zu. Die Ampel schaltete jedoch wieder auf Grün, und der Mercedes brauste davon. Voller Zorn sprintete Adam zum Volkswagen zurück und brachte ihn eben noch über die Kreuzung, bevor die Ampel wieder rot wurde. Das fehlgeschlagene Manöver hatte ihn wertvolle Sekunden gekostet, und als er nun besorgt nach vorne blickte, konnte er das Taxi nur noch weit in der Ferne ausmachen.

Adam war keineswegs bereit aufzugeben, und allmählich arbeitete er sich wieder näher heran. Die beiden Wagen erreichten die Avenue de France, die parallel zum See verläuft, und jetzt mußte Adam verstärkt auf den dichten Verkehr achten. Plötzlich bog der Mercedes links ab und fuhr eine kleine Anhöhe hinauf. Adam riß das Lenkrad herum und schaffte es eben noch, die Abzweigung zu erwischen.

Das Taxi war nur wenige hundert Meter vor ihm. Wieder holte Adam ein wenig auf, dann bremste der Mercedes plötzlich ab und hielt mit quietschenden Reifen am Straßenrand. Adam stieg mit aller Macht auf die Bremse und brachte den VW dicht hinter dem Taxi zum Stehen. Blitzschnell sprang er aus dem Auto und spurtete auf den Mercedes zu. Fast im selben Moment sah er den alten Mann auf der anderen Seite aus dem Fahrzeug springen und mit einem Köfferchen und Heidis Einkaufstüte in der Hand durch eine Seitenstraße davonrennen.

Adam riß die hintere Wagentür auf und starrte auf Heidi. „Ist alles in Ordnung?" rief er. Heidi gab keine Antwort. Adam legte seine Arme um ihre Schultern und sah ihr in die Augen – keine Reaktion. Behutsam strich er ihr über das Haar, und in diesem Augenblick fiel ihr Kopf schlaff auf seine Schulter, als wäre sie eine Stoffpuppe. Adam überlief es kalt. Er begann am ganzen Leib zu zittern. Er blickte nach vorn zu dem Taxifahrer. Seine Arme hingen kraftlos herunter, der Oberkörper war über das Lenkrad gesunken.

Adam wehrte sich gegen die schreckliche Erkenntnis, daß beide tot waren. Er hielt Heidi noch immer in den Armen, und als er über sie hinweg aus dem Wagen schaute, bemerkte er, daß der alte Mann die Kuppe der Anhöhe erreicht hatte. Glaubte er immer noch, daß dieser Mann wirklich alt war? Das war er offensichtlich nicht, sondern jung und bestens durchtrainiert.

Plötzlich verwandelte sich Adams Angst in grenzenlosen Zorn. Er ließ Heidi los, sprang aus dem Auto und begann den Hügel hinaufzulaufen, hinter dem Mörder her. Er rannte, so rasch er konnte, aber der Trenchcoat behinderte ihn, und als Adam die Anhöhe erreichte, lief der Mörder gut hundert Meter vor ihm im Zickzack über eine Hauptverkehrsstraße. Im nächsten Moment sprang er auf eine vorbeifahrende Straßenbahn auf und blickte vom Trittbrett auf Adam zurück. Mit einer Hand hielt er herausfordernd die Plastiktüte hoch. Sein Rücken war nicht mehr gekrümmt, die ganze Erscheinung nicht mehr schwach und gebrechlich. Adam blieb mitten auf der Straße stehen und sah hilflos der Straßenbahn nach, bis sie seinem Blickfeld entschwand.

Hinter ihm ertönten Sirenen, vermutlich von Krankenwagen, die so rasch als möglich zur Unfallstelle gelangen wollten. Unfall! sagte

Adam zu sich. Sie werden bald draufkommen, daß es Mord war. Er bemühte sich, die wahnwitzigen Ereignisse der letzten halben Stunde zu begreifen, doch nichts ergab einen Sinn. Gedankenverloren faßte er seitlich an seinen Mantel und tastete nach dem Päckchen, in dem sich die Zarenikone befand. Der Mörder hatte dies alles doch nicht wegen zwanzigtausend Pfund inszeniert und schließlich zwei unschuldige Menschen umgebracht, die ihm zufällig über den Weg gelaufen waren! Warum bloß war die Ikone so wichtig? Wie hatte der Experte von Sotheby nur gesagt? „Es hat sich noch jemand nach dem Bild erkundigt. Ein Herr aus Rußland ...“ In Adams Kopf begann sich alles zu drehen. Wenn dieser Herr tatsächlich Emmanuel Rosenbaum gewesen war, wenn er tatsächlich wegen dieser Ikone zwei Morde begangen hatte – dann war ihm am Ende nichts in die Hände gefallen als eine große Schachtel Schweizer Pralinen!

Adam hörte Trillerpfeifen hinter sich. Er war erleichtert, daß Hilfe nahte, doch als er sich umwandte, erblickte er zwei Polizisten, die ihre Pistolen auf ihn gerichtet hatten. Instinktiv begann er zu laufen, erreichte ein Seitengäßchen und rannte hinein. Sobald er am anderen Ende angelangt war, steuerte er auf eine Einbahnstraße zu. Sie war völlig verstopft von Autos, und er konnte sich rasch und gefahrlos durch die langsam dahinrollende Kolonne der entgegenkommenden Fahrzeuge schlängeln.

Nach wenigen Minuten hatte Adam seine Verfolger abgeschüttelt, aber er rannte trotzdem weiter, ständig die Richtung wechselnd, bis er glaubte, wenigstens drei Kilometer zurückgelegt zu haben. Schließlich bog er in eine wenig belebte Straße ein; und als er sie ungefähr bis zur Hälfte durchlaufen hatte, leuchtete ihm ein Neonschild entgegen, welches ein HOTEL MONARCHE anpries. Das Gebäude sah eher nach einer einfachen Pension aus. Adam blieb im Schatten der Häuser stehen, wartete und holte tief Luft. Nach etwa drei Minuten ging sein Atem wieder ruhig, und er schritt geradewegs in das Hotel.

8

EMMANUEL ROSENBAUM stand nackt in seinem Hotelzimmer und betrachtete sich im Spiegel. Was er sah, gefiel ihm gar nicht. Als erstes nahm er das Gebiß heraus. Man hatte ihn gewarnt, daß sein Zahnfleisch noch tagelang schmerzen werde. Danach löste er die große Knollennase sorgfältig Schicht um Schicht ab, voller Bewunderung für die Geschicklichkeit und Kunstfertigkeit dessen, der ein derartiges

Monstrum geschaffen hatte. Die Nase würde viel zu auffällig sein, hatte er sich beschwert. Dafür würde sich niemand an anderes erinnern können, hatten die Fachleute dagegengehalten.

Er begann die zerfurchte Stirn zu bearbeiten, und mit den Falten schwanden auch die Jahre. Als nächstes kamen die schlaffen roten Wangen an die Reihe, und zum Schluß beseitigte er das Doppelkinn. Der Schweizer Bankier wäre höchst erstaunt gewesen, hätte er gesehen, wie mühelos sich die unauslöschliche Nummer an der Innenseite des Armes durch kräftiges Reiben mit einem Bimsstein entfernen ließ. Noch einmal prüfte er eingehend sein Spiegelbild. Mit dem kurzgeschnittenen Haar, das scheinbar ergraut war, würde er wohl länger zu tun haben.

Augenblicke später stand er unter der warmen Dusche und rieb das Haar bis zu den Wurzeln gründlich mit den Fingern durch. Schwarzes, klebriges Wasser lief ihm wie Sirup über Gesicht und Körper und verschwand schließlich im Abfluß. Es brauchte eine halbe Flasche Shampoon, bis das Haar wieder seine natürliche Farbe angenommen hatte.

In einer Ecke des Zimmers lagen der lange, ausgebeulte Mantel, der abgetragene Anzug, der schwarze Schlips, das nicht mehr ganz weiße Hemd, die Wollfäustlinge und der israelische Paß: Stunden der Vorbereitung, abgetan in wenigen Minuten. Ihn schmerzte der Rücken von alldem Bücken und Krümmen. Mit einigen Rumpfbeugen und dreißig Liegestützen brachte er sich wieder in Schwung.

Hierauf ging er erneut ins Badezimmer und duschte noch einmal – diesmal kalt. Erleichtert zog er schließlich ein frisch gebügeltes, cremefarbenes Seidenhemd und einen neuen zweireihigen Anzug an.

Bevor er seine Anrufe tätigte – einen nach London, zwei nach Moskau –, bestellte er sich das Abendessen aufs Zimmer; er hatte keine Lust zu erklären, wieso der Mann, der sich an der Rezeption angemeldet hatte, um dreißig Jahre älter war als jener, der jetzt allein in seinem Zimmer saß. Wie ein hungriges Tier riß er an einem Steak, verschlang es und stürzte den Wein hinunter. Lange starrte er die bunte Plastiktüte an, aber er verspürte nicht den geringsten Wunsch, sein Mahl mit Schweizer Pralinen zu beschließen. Und wieder stieg die Wut in ihm hoch bei dem Gedanken, daß der Engländer ihn übertölpelt hatte.

Dann blieb sein Blick an dem kleinen Lederkoffer haften, der neben dem Bett auf dem Boden lag. Er öffnete ihn und nahm die Kopie der Ikone heraus, die er auf Zaborskis Wunsch immer bei sich trug, damit jeder Zweifel ausgeschlossen war, sobald er auf das Original des heiligen Georg mit dem Drachen stieß.

Kurz nach elf schaltete er den Fernseher ein und sah sich die Spätnachrichten an. Offenbar stand noch kein Foto des Verdächtigen zur Verfügung, wohl aber ein Bild dieses idiotischen Taxifahrers, der so langsam gefahren war, daß es ihn das Leben kostete, und ein Foto der hübschen kleinen Deutschen, die versucht hatte, sich zur Wehr zu setzen. Der Nachrichtensprecher berichtete, die Polizei suche nach einem Engländer, dessen Name nicht bekannt sei. Romanow lächelte bei dem Gedanken, daß die Polizei überall nach Scott fahndete, während er selbst in einem Luxushotel saß und ein Steak verzehrte. Im Gegensatz zur Schweizer Polizei benötigte Romanow keine Fotografie des Engländers. Das Gesicht dieses Kerls würde er nie mehr vergessen. Und außerdem hatte ihm sein Kontaktmann in England, ein Mann mit dem Decknamen „Mentor", in einem einzigen Telefongespräch weit mehr über Captain Scott erzählt, als die Schweizer Behörden in einer ganzen Woche herausfinden würden.

ADAM lag reglos auf einem schäbigen schmalen Bett und versuchte, all die Teilchen, aus denen sich dieses unheimliche Puzzle zusammensetzte, in eine sinnvolle Ordnung zu bringen. Wenn Göring die Ikone seinem Vater vermacht hatte und Görings Deckname Emmanuel Rosenbaum gewesen war, dann gab es keinen Emmanuel Rosenbaum, jedenfalls keinen echten. Aber er war einem begegnet. Rosenbaum! Dieser angeblich alte Mann hatte bei dem Versuch, die Zarenikone in seinen Besitz zu bringen, sogar zwei Morde begangen. Adam beugte sich zur Seite, knipste die Lampe auf dem Nachttischchen an, zog das Päckchen aus der Manteltasche, wickelte es vorsichtig aus und hielt die Ikone unter das Licht. Der heilige Georg starrte ihn an – er sah nicht mehr großartig aus, wie Adam fand, eher vorwurfsvoll. Adam hätte die Ikone Rosenbaum ohne Zögern ausgehändigt, wenn er damit Heidis Leben hätte retten können.

Er grübelte weiter, und um Mitternacht wußte er, was getan werden mußte. Trotzdem wartete er noch bis kurz nach drei, dann glitt er leise aus dem Bett, öffnete die Tür, blickte prüfend den Korridor entlang und schlich sich geräuschlos die Treppe hinab. Draußen auf der Straße ließ sich nirgends auch nur die leiseste Bewegung erkennen. Adam hielt sich im Dunkel der Hausschatten, bis er die Telefonzelle an der Ecke erreicht hatte. Er steckte eine Münze in den Schlitz und wartete auf die Vermittlung.

„Ich möchte ein R-Gespräch nach London anmelden", erklärte er mit Nachdruck. Er nannte Namen und Nummer.

„In Ordnung", antwortete die Stimme. „Ihr Name?"

„George Cromer", entgegnete Adam.

„Und der Anschluß, von dem aus Sie sprechen?"

„Genf, Nummer 27 19 82." Die letzten drei Ziffern vertauschte er: Es war durchaus denkbar, daß die Polizei in dieser Nacht alle Anrufe nach England abhörte.

In eine Ecke der Telefonzelle gepreßt, wartete Adam, bis die Verbindung hergestellt wurde. Bitte, wach doch auf! flehte er innerlich. Nach einer schier endlosen Zeitspanne wurde am anderen Ende der Leitung abgenommen, und Adam erkannte die vertraute Stimme seines Freundes.

„Wer spricht dort?" fragte Lawrence. Er klang verärgert, aber völlig wach.

„Nehmen Sie ein R-Gespräch von einem Mr. George Cromer aus Genf an?" fragte die Vermittlung.

„George Cromer? Lord Cromer, der Präsident der Bank von England? Ja, selbstverständlich."

„Ich bin's, Lawrence", meldete sich Adam.

„Gott sei Dank. Wo bist du?"

„Ich bin noch in Genf, aber ich weiß nicht, ob du mir glauben wirst, was ich dir jetzt erzählen werde. Paß auf: Während wir am Genfer Flughafen darauf warteten, daß unsere Maschine für den Rückflug nach London aufgerufen wurde, hat ein Mann Heidi in ein Taxi gezerrt und umgebracht, noch bevor ich sie und ihren Mörder einholen konnte. Und zu allem Unglück glaubt die Schweizer Polizei, daß ich der Mörder sei."

„Jetzt beruhige dich mal, Adam! Das weiß ich alles schon. Die Abendnachrichten haben davon berichtet, und die Polizei war bereits hier, um mich zu befragen. Wahrscheinlich hat dich Heidis Bruder identifiziert."

„Was soll das heißen – er hat mich identifiziert? Ich bin's doch nicht gewesen! Du weißt doch, daß ich so etwas nie tun könnte. Es war ein Mann namens Rosenbaum, nicht ich, Lawrence!"

„Rosenbaum? Adam, wer ist Rosenbaum?"

Adam versuchte, in ruhigem Ton zu sprechen. „Heidi und ich kamen heute morgen nach Genf, um etwas abzuholen, das mir mein Vater in seinem Testament vermacht hat; es war in einer Bank deponiert: ein Bild, wie sich herausstellte. Und als wir zum Flughafen zurückkehrten, schnappte sich dieser Rosenbaum Heidi, da er glaubte, sie hätte das Bild bei sich – was aber überhaupt keinen Sinn ergibt, denn diese verdammte Ikone ist nur zwanzigtausend Pfund wert."

„Ikone?" wiederholte Lawrence.

„Ja, eine Ikone, die den heiligen Georg mit dem Drachen darstellt",

erwiderte Adam. „Doch das ist unwesentlich. Das Wesentliche ist –"
„Jetzt hör mir bitte ganz genau zu!" unterbrach ihn Lawrence,
„denn ich werde kein einziges Wort wiederholen. Halte dich bis zum
Morgen versteckt, und dann stell dich auf unserem Konsulat. Sei nicht
vor elf dort, da ich jede Minute brauchen werde, um alles zu organisieren und dafür zu sorgen, daß das Personal des Konsulats entsprechend
vorbereitet ist."

„Aber . . .", begann Adam.

„Keine Erläuterungen! Sieh zu, daß du um elf auf dem Konsulat
bist. Und jetzt legst du besser auf", empfahl Lawrence. „Elf Uhr, und
komm ja nicht zu spät."

„Schön", erwiderte Adam, „und . . ."

Aber aus dem Hörer tönte nur noch ein lautes Tuten. Ein Glück, daß
es Lawrence gibt, überlegte Adam. Den Lawrence von früher, der
nicht lange Fragen zu stellen brauchte, sondern die Antworten schon
zu ahnen schien.

Vorsichtig spähte Adam die Straße entlang und stahl sich schnell
zum Hotel zurück. Kurz nach halb vier lag er wieder im Bett. Er konnte nicht schlafen. Rosenbaum, Heidi, der Taxifahrer, der russische
Herr, der bei Sotheby nachgefragt hatte – so viele Teile eines Puzzles,
und nichts paßte zusammen.

Was ihn aber am allermeisten beunruhigte, das Gespräch mit Lawrence – war das der gute alte Lawrence?

AN DIESEM Donnerstagmorgen trafen zwei Polizisten um zwanzig
nach sieben beim Hotel Monarche ein. Sie waren müde, schlecht
gelaunt und hungrig. Seit Mitternacht hatten sie dreiundzwanzig
Hotels im Westen der Stadt erfolglos durchsucht. Sie hatten über tausend Anmeldescheine überprüft und sieben unschuldige Engländer
geweckt, auf die die Beschreibung von Adam Scott nicht im entfernte-
sten paßte.

Jetzt blieben noch drei Hotels zu überprüfen, ehe sie nach Hause
gehen konnten. Als die Pensionswirtin sie sah, kam sie auf sie
zugewatschelt, so rasch sie konnte. Sie haßte die Polizei. Im vergangenen Jahr war ihr zweimal eine Geldbuße aufgebrummt worden, und
einmal hatte man ihr sogar mit einer Gefängnisstrafe gedroht, weil sie
nicht jeden Gast polizeilich gemeldet hatte. Mühsam versuchte sie sich
nun zu erinnern, wer am Vorabend ein Zimmer genommen hatte.
Acht Leute hatten sich eingetragen, aber nur zwei hatten bar bezahlt:
der Engländer, der kaum ein Wort redete, Pemberton war der Name,
den er auf den Anmeldeschein geschrieben hatte, und Maurice, der

jedesmal mit einem anderen Mädchen auftauchte, wann immer er sich in Genf aufhielt. Sie hatte beide Anmeldungen verschwinden lassen und das Geld eingesteckt. Maurice und das Mädchen waren um sieben gegangen, aber der Engländer war noch in seinem Zimmer und schlief.

„Wir müssen Ihre Anmeldescheine für die letzte Nacht überprüfen, Madame."

„Selbstverständlich, Messieurs", antwortete sie mit freundlichem Lächeln und reichte ihnen die sechs Scheine, die sie noch besaß.

„Ist heute nacht ein Engländer hiergewesen?"

„Nein", sagte die Wirtin bestimmt.

„Wir müssen auch Ihre unbelegten Zimmer kontrollieren. Ihrer Konzessionsurkunde entnehme ich, daß das Hotel über zwölf Gästezimmer verfügt", fuhr der Polizist fort. „Sechs müßten also frei sein."

„Die sind auch frei", antwortete die Wirtin.

„Wir müssen sie uns trotzdem ansehen", beharrte der andere Beamte.

Schweren Herzens griff die Frau nach ihrem Schlüsselbund und watschelte auf die Treppe zu, die sie zu erklimmen begann, als handle es sich um eine Steilwand des Mount Everest. Nacheinander öffnete sie die Zimmer sechs, sieben, neun, zehn und elf. In dem Augenblick, da die Polizisten Zimmer Nummer zwölf betraten, so wußte sie, wäre sie ihre Konzession los. Zögernd drehte sie den Schlüssel im Schloß. Die beiden Polizisten traten ein, während sie im Flur stehenblieb für den Fall, daß es Schwierigkeiten mit dem Gast geben sollte.

„Danke, Madame", sagte der erste Polizist, als er wieder auf den Flur heraustrat. „Entschuldigen Sie bitte, daß wir Sie belästigt haben!" Dann hakte er das Hotel Monarche auf seiner Liste ab.

Während die beiden Beamten die Treppe hinabstiegen, betrat die Wirtin völlig verblüfft Zimmer Nummer zwölf. Das Bett war unberührt.

„Wo kann er denn nur stecken?" murmelte sie.

DIE letzte Stunde hatte Adam hinter einem verlassenen Waggon auf einem Abstellgleis kauernd verbracht, etwa einen halben Kilometer vom Hotel entfernt.

Er hatte die Fahrgäste beobachtet, die sich früh am Morgen auf dem Weg zum Arbeitsplatz scharenweise in die Züge drängten. Um zwanzig nach acht glaubte Adam, nun seien genug Menschen in der Stadt unterwegs, damit er nicht mehr auffiele. Er vergewisserte sich, daß die Ikone an ihrem Platz war, verließ sein Versteck und mischte sich unter die Passanten. Bei einem Kiosk blieb er kurz stehen und kaufte sich einen Stadtplan von Genf und eine Straßenkarte der Schweiz.

Gut zwei Stunden hatte er totzuschlagen, bevor er sich auf dem Konsulat melden konnte. Das Gebäude, das er sich als nächste Zufluchtsstätte ausgesucht hatte, lag, auch wenn er es sehen konnte, verhältnismäßig weit entfernt, und er wählte einen Weg, auf dem er jederzeit in dichten Menschentrauben untertauchen konnte. Es kostete ihn beträchtliche Zeit, aber seine Einschätzung der Lage erwies sich als goldrichtig: Er erreichte den Haupteingang der Kirche, als eben Scharen von Gläubigen nach der Frühmesse ins Freie strömten.

Im Innern des Gotteshauses fühlte Adam sich sicher. Langsam wanderte er durch das Seitenschiff auf die Kapelle zu, ließ ein paar Münzen in einen der Opferstöcke fallen und zündete eine Kerze an. Dann kniete er nieder, ohne aber auch nur eine Sekunde lang die Augen zu schließen. Nach etwa zwanzig Minuten stellte Adam beunruhigt fest, daß sich nur noch eine Handvoll Personen in der Kirche befanden. Einige schwarzgekleidete alte Frauen in der ersten Reihe ließen die Rosenkranzperlen gleichmäßig durch die Finger gleiten, und ein paar Touristen verrenkten sich die Hälse, um die Balkendecke des Hauptschiffes zu bewundern.

Adam erhob sich langsam, schaute sich vorsichtig um und setzte sich dann an den äußeren Rand einer Bankreihe. Er senkte den Kopf und begann das Vaterunser vor sich hin zu murmeln, während er den Stadtplan von Genf öffnete, um ihn genauer zu studieren. Als er bei „und erlöse uns von dem Bösen" angekommen war, hatte er das britische Konsulat ausfindig gemacht: Es lag an einer kleinen quadratischen Parkanlage. Er schätzte die Entfernung von der Kirche bis dorthin auf zwei Kilometer. Adam wartete noch dreißig Minuten geduldig ab, dann stand er auf und ging unmittelbar hinter einer Gruppe von Touristen zum Portal. Sie boten ihm genügend Sichtschutz, als sie auf den Platz hinausspazierten. Adam verbarg sich im Schatten der Markise eines Gemüseladens und ging dann unter Arkaden an drei Seiten des Platzes entlang, um dem Polizisten in der nördlichen Ecke auszuweichen. Schließlich bog er in eine Einbahnstraße ein. Zwei uniformierte Polizisten kamen um die Ecke und schritten direkt auf ihn zu. Adam stürzte blindlings in das nächste Geschäft und stellte sich so, daß man ihn vom Gehsteig aus nicht sehen konnte.

„Bonjour, Monsieur", sagte eine junge Dame zu Adam. „Womit kann ich dienen?"

Adam blickte sich um. Rund um ihn standen Kleiderpuppen in Schlüpfern und Büstenhaltern.

„Ich suche ein Geschenk für meine Frau."

Das Mädchen lächelte. „Wie wär's mit einem Slip?" schlug sie ihm in unbeholfenem Englisch vor.

„Das wäre genau das richtige. Haben Sie einen in Burgunderrot?" Er drehte sich halb um und beobachtete, wie die Polizisten vorbeischlenderten.

„Ich denke schon, aber ich muß erst im Lager nachsehen."

Adam hatte die nächste Straßenecke erreicht, lange bevor die Verkäuferin mit „genau dem richtigen" zurückkam.

Die folgenden drei Kreuzungen brachte er ohne Zwischenfall hinter sich, aber er spürte, wie sein Herz pochte. Er konnte bereits die Grünfläche vor dem Konsulat sehen, die auf seinem Plan nur ein winziger grüner Klecks gewesen war. Auf der anderen Straßenseite sah er die britische Flagge über einem blaugestrichenen Tor flattern.

Adam überquerte die Straße und blieb am Rand des kleinen Parks stehen, nur fünfzig Meter vom Hort der Sicherheit entfernt. Ein Polizist marschierte offensichtlich ziellos auf und ab; wahrscheinlich war er nur da, weil hier mehrere Konsulatsgebäude dicht nebeneinanderlagen. Adam beobachtete ihn genau. Bis zum französischen Konsulat brauchte der Polizist zwei Minuten, dann drehte er um und spazierte gemütlich zurück. Hinter einem Baum an der Ecke des kleinen Parks suchte Adam Deckung; auf der anderen Straßenseite erspähte er nur wenige Meter vom Konsulat entfernt einen weiteren Baum, der ihn notfalls vor den Blicken des herannahenden Polizisten abschirmen würde. In unauffälligem Tempo, nicht zu schnell und nicht zu langsam, wären die letzten dreißig Meter wohl in knapp zehn Sekunden zu schaffen. Er wollte nur warten, bis der Polizist möglichst weit entfernt war.

Adam blickte zum Erkerfenster im ersten Stock hinauf und sah dort zwei Männer auf den Park herabschauen, ganz als ob sie dringend jemand erwarteten. Lawrence hatte es also geschafft: In wenigen Augenblicken müßte Adam in Sicherheit sein.

Adam setzte sich genau in dem Augenblick in Bewegung, als hinter ihm die Uhr der Kirche elfmal schlug. Der Polizist hatte nur noch wenige Schritte bis zum entlegensten Punkt seiner Wegstrecke zurückzulegen.

Adam überquerte gemessenen Schritts die Straße. In der Mitte bei den Straßenbahnschienen mußte er stehenbleiben, um ein Auto vorbeizulassen. Der Polizist drehte sich eben um und nahm seinen Kontrollgang zurück in Adams Richtung auf.

Ein paar Sekunden lang blieb Adam reglos stehen, dann ging er

gemessenen Schritts auf das Eingangstor des Konsulats zu. Ein großer, athletisch gebauter Mann mit blonden Haarstoppeln trat heraus,
um ihn zu begrüßen.

Adam hätte ihn nicht erkannt – wären nicht diese Augen gewesen!

9

DOWNING STREET 10, LONDON
16. Juni 1966

ALS Sir Morris Youngfield sich vom Premierminister verabschiedete,
zerbrach er sich noch immer den Kopf darüber, wieso der Besitz einer
Ikone – welcher Art auch immer – derart wichtig sein konnte.

Sir Morris verließ das Haus Downing Street 10 und marschierte
eilends zum Dienstgebäude des Außenministeriums. Als er dort sein
Büro betrat, war Tessa, seine Sekretärin, eben dabei, einige Unterlagen für ihn vorzubereiten.

„Wir müssen sofort eine Sitzung des Führungszirkels einberufen",
sagte er zu der Frau, die ihm seit vierzehn Jahren treu diente. „Und bitten Sie Commander Bush, sich unserem Team anzuschließen."

Tessa zog die Augenbrauen hoch, aber Sir Morris ignorierte ihren
stummen Kommentar, da er wußte, daß er in dieser Angelegenheit
ohne die Mitarbeit der Amerikaner auf keinen grünen Zweig kommen
würde. Noch einmal dachte er über die Instruktionen des Premiermi-
nisters nach. Harold Wilson hätte nicht erst darauf hinweisen müssen,
daß Lyndon Johnson ihn nicht eben oft über den Atlantik hinweg
anrief, um ihn um Hilfe zu ersuchen. Aber warum denn ausgerechnet
wegen einer russischen Ikone, die den englischen Nationalheiligen
darstellte?

WÄHREND Romanow auf ihn zuging, tat Adam einen Schritt rückwärts, von den Schienen weg, damit die Straßenbahn vorbeifahren
konnte.

Als sie vorüber war, war Adam verschwunden. Romanow hatte für
diesen Amateurtrick nur ein Knurren übrig; er rannte der Straßenbahn
die zwanzig Meter nach, die sie bereits zurückgelegt hatte, und sprang
zum Erstaunen der Fahrgäste auf. Dann musterte er ihre Gesichter,
Reihe um Reihe.

Adam wartete, bis die Straßenbahn weitere zwanzig Meter entfernt
war, bevor er hinter dem Baum hervortrat. Er stieß einen leisen Fluch

aus. Der Polizist war nur wenige Schritte vom Konsulat entfernt. Adam blickte zurück zur Straßenbahn; aus der Gegenrichtung fuhr eine andere herbei. Zu seiner Verzweiflung sah er, wie sein Verfolger mit der Behendigkeit eines Meisterturners von einer Plattform zur anderen sprang. Da der Polizist nur noch wenige Meter von der Tür des Konsulats entfernt war, blieb Adam keine andere Wahl, als seinen Plan aufzugeben und wieder in die Richtung zu rennen, aus der er gekommen war. Nach fünfzig Metern wagte er einen Blick über die Schulter. Niemand hätte einem hilflosen Greis unähnlicher sein können als dieser Mann, den er nur unter dem Namen Emmanuel Rosenbaum kannte und der jetzt hinter ihm hersprintete.

Adam sprang zwischen Autos und Busse, drängte sich durch das Gewühl der Fußgänger und versuchte auf diese Weise, den Abstand zu seinem Verfolger zu vergrößern. Bei der ersten Querstraße sah er, wie eine rundliche Dame aus einer Telefonzelle trat. Blitzschnell änderte er die Richtung und stürzte in die leere Zelle. „Rosenbaum" schoß wie der Blitz um die Straßenecke und war bereits fünfzehn Meter an der Telefonzelle vorbei, als Adam wieder herausstürzte und die Straße nun in der Gegenrichtung hinunterlief. Adam wußte, daß ihm mindestens fünf Sekunden blieben, bevor sein Kontrahent erkennen würde, was passiert war. Er wandte sich nach rechts, lief drei Stufen hinauf, stieß eine Schwingtür auf und stand vor einem kleinen Kassenschalter, hinter dem eine junge Frau mit einem Bündel Karten saß.

„*Deux Francs, Monsieur*", sagte sie. Adam nahm schnell zwei Franken aus der Tasche und machte sich auf den Weg durch einen langen finsteren Gang und eine weitere Schwingtür. Er blieb stehen und wartete, bis sich seine Augen an die Dunkelheit gewöhnt hatten. Es war die erste Vorstellung an diesem Tag. Das Kino war beinahe leer. Adam wählte einen Sitz am Ende einer Reihe, die von beiden Ausgängen gleich weit entfernt war.

Er starrte auf die Leinwand, dankbar, daß der Film eben erst begonnen hatte, denn er brauchte Zeit, um sich einen Plan zurechtzulegen. Wann immer die Leinwand hell genug war, studierte er seine Karte. Er schätzte, daß die nächstgelegene Grenze, die zu Frankreich, bei Ferney-Voltaire nur dreizehn Kilometer entfernt lag. Von dort könnte er über Dijon nach Paris fahren und dann spielend leicht nach Hause gelangen.

Nachdem er so seine Route festgelegt hatte, beschäftigte er sich mit dem nächsten Problem – nämlich, wie er reisen sollte. Er beschloß, alle öffentlichen Verkehrsmittel zu meiden und statt dessen ein Auto zu mieten. Während der Pause bis zum nächsten Film blieb er sitzen und prüfte die Routen nochmals nach. Als der Löwe von Metro-Goldwyn-Mayer auf der Leinwand erschien, faltete Adam die Karte zusammen und verließ das Kino durch jenen Ausgang, der in den vergangenen Stunden am wenigsten benutzt worden war.

SIR MORRIS betrat das Zimmer und stellte fest, daß die übrigen Mitglieder des Führungszirkels bereits versammelt waren.

Er blickte die um den Tisch sitzenden Männer an, allesamt speziell für diese Aufgabe ausgewählte Geheimdienstleute. Zu seiner Linken das alte Schlachtroß Alec Snell, der länger als jeder andere im Außenministerium gedient hatte und nun nervös an seinem Schnurrbart zupfte. Neben Snell saß Brian Matthews, ein kluger Kopf und überaus ehrgeizig. Ihm gegenüber war Commander Bush plaziert, der als Vertreter des CIA an der Sitzung teilnahm. Nach fünf Jahren an der amerikanischen Botschaft in London hielt er sich für britischer als die Briten. Am unteren Ende des Tisches schließlich saß Sir Morris' Stellvertreter, von dem manche behaupteten, er sei eigentlich ein wenig zu jung für seine Stellung. Allerdings hatten alle außer Tessa vergessen, daß Sir Morris diese Stellung im gleichen Alter innegehabt hatte.

Sobald Sir Morris am oberen Ende des Tisches Platz genommen hatte, verstummten die Teilnehmer der Sitzung.

„Meine Herren", begann er – die Anwesenheit von Tessa nahm er fast nie zur Kenntnis –, „der Premierminister hat uns seinen uneingeschränkten Segen erteilt. Wir haben keine Zeit zu verlieren. Unserem Team wurde ein Verbindungsmann des CIA, Commander Ralph Bush, beigeordnet. Ich bin hoch erfreut, daß die amerikanische Botschaft gerade ihn entsandt hat."

Der Mann zu Sir Morris' Rechten verneigte sich leicht. Er war eins fünfundsiebzig groß, hatte breite, muskulöse Schultern, einen gepflegten schwarzen Bart und sah vom Scheitel bis zur Sohle wie ein Seemann aus. Tatsächlich war Bush im Zweiten Weltkrieg Kommandant verschiedener Torpedoboote gewesen.

„Aus den letzten Berichten, die ich erhalten habe", fuhr Sir Morris fort, während er die Mappe vor sich aufschlug, „geht hervor, daß Scott das Konsulat heute vormittag offenbar nicht erreicht hat." Er zog eine vor ihm liegende Notiz zu Rate. „Wie wir inzwischen erfuhren, hat Scott gestern die Bank Roget et Compagnie aufgesucht, um das Vermächtnis eines gewissen Emmanuel Rosenbaum abzuholen. Weitere Nachforschungen ergaben, daß ein Herr Rosenbaum gestern vormittag in Zürich eingetroffen und gleich am Nachmittag nach Genf weitergereist ist. Das alles wäre nicht sonderlich bedeutsam, hätte Rosenbaum das Flugzeug nach Zürich nicht in" – Sir Morris konnte der Versuchung nicht widerstehen, eine kurze dramatische Pause einzulegen – „Moskau bestiegen. Ich halte daher die Vermutung für naheliegend, daß Rosenbaum, wer immer er auch sein mag, für den KGB arbeitet. Rätselhaft ist mir allerdings noch immer, weshalb Rosenbaum wegen einer relativ unbedeutenden Ikone zwei unschuldige Menschen getötet hat. Dies ist – soweit ich es überblicke – der letzte Stand der Dinge. Aber vielleicht hat jemand von Ihnen etwas Neues herausgefunden?" Sir Morris wandte sich an seinen Stellvertreter.

Lawrence Pemberton blickte auf. „Seit unserer Zusammenkunft heute morgen, Sir Morris", begann er seine Ausführungen, „habe ich mit Scotts Schwester, seiner Mutter und der Anwaltskanzlei in Appleshaw gesprochen, die das Testament seines Vaters vollstreckte. Im Verlauf all dieser Gespräche hat sich herausgeschält, daß Scott nichts wirklich Bedeutendes geerbt hat – außer einem Kuvert, das, wie seine Mutter sagte, einen Brief von Reichsmarschall Hermann Göring enthielt." Die Neuigkeit löste lautes Gemurmel in der Runde aus.

„Haben Sie eine Ahnung, worum es in Görings Brief geht?" fragte Sir Morris.

„Nur zum Teil, Sir! Einer der Kandidaten, die sich bei uns im Außenministerium bewarben, ein gewisser Nicholas Wainwright, wurde von Scott gebeten, etwas für ihn zu übersetzen, von dem wir nun annehmen, daß es sich um einen Absatz des Briefes handelte. Mr. Wainwright fragte später die Prüfungskommission, ob diese Übersetzung ein Teil seines Tests gewesen sei." Lawrence hielt kurz inne. „Wainwrights Erinnerung bestätigt, was auch wir vermutet haben", setzte er dann hinzu. „Wir müssen daher annehmen, daß das Päckchen, welches Scott abholte, jene Ikone enthält, die Göring seinem Vater vermacht hat. Sie zeigt den heiligen Georg mit dem Drachen."

„Der heilige Georg mit dem Drachen?" rief Matthews. „Das ist doch die Ikone, die der KGB schon seit zwei Wochen fieberhaft sucht! Und meine Leute plagen sich die ganze Zeit, herauszufinden, weshalb."

„Und was haben sie herausgefunden?" erkundigte sich Sir Morris.

„Sehr wenig", gab Brian Matthews zu. „Nur, daß der Leiter der mit der Suche nach der Ikone betrauten KGB-Abteilung Alex Romanow ist ..."

Snell stieß einen leisen Pfiff aus: „Die führen also ihre Elite ins Feld."

Eine lange Pause trat ein, bis Sir Morris sich äußerte: „Eines ist absolut klar: Wir müssen die ersten sein, die an Scott herankommen."

„Was, meinen Sie, wäre die Folge, wenn es Romanow gelänge, Scott vor uns aufzuspüren?" fragte Matthews.

„Ein Zivilist gegen einen der skrupellosesten Agenten der Sowjetunion? Ich bitte Sie!" erwiderte Commander Bush.

Lawrence neigte sich zu dem Amerikaner hinüber. „Ich kenne Adam beinah mein ganzes Leben lang. Wenn Romanow an Scott gerät, wäre er gut beraten, daran zu denken, daß Adam in Malaysia mit der Tapferkeitsmedaille ausgezeichnet wurde."

„Gegen Romanow räume ich ihm trotzdem nicht eben große Chancen ein", meinte Matthews.

„Weil Sie Adam Scott nicht kennen!" rief Lawrence.

Matthews senkte den Blick; er wollte einen Zusammenstoß mit seinem unmittelbaren Vorgesetzten vermeiden. Pemberton war nun mal sein Boß – und dabei zehn Jahre jünger als er. Allein sie beide waren in die engere Wahl gekommen, und wieder hatte man einen „Oxford-Mann" zum Abteilungsleiter gemacht. Matthews wußte, daß er, was das Außenministerium betraf, die falsche Universität besucht hatte. Er hätte sich an den Rat seines Vaters halten und zur Polizei gehen sollen. Dort gab es keine Klassenschranken.

„Dürfen wir vielleicht erfahren", schaltete sich Snell ein, wobei er Bush ins Visier nahm, „weshalb eine verhältnismäßig unbedeutende Ikone sowohl für die Sowjets als auch für die Vereinigten Staaten von so großer Wichtigkeit ist?"

„Das fragen wir uns genauso wie Sie", erwiderte der Amerikaner. „Alles, was wir den gegenwärtigen Informationen hinzufügen können, ist, daß die Sowjets vor zwei Wochen Goldbarren im Wert von mehr als siebenhundert Millionen Dollar in New York deponiert haben – und das ohne jede Erklärung."

„Halten wir uns an das, was wir tatsächlich wissen", mahnte Sir Morris und wandte sich wieder an seinen Stellvertreter. „Wie sieht unser weiteres Vorgehen aus?"

Lawrence knüpfte ein rotes Band auf, das um eine Mappe mit der Aufschrift SOFORTMASSNAHMEN geschlungen war. „Momentan haben wir siebzehn Agenten in Genf, und die Amerikaner fliegen heute weitere zwölf ein. Da sowohl die Sowjets als auch die Schweizer jeden Winkel der Stadt durchsuchen, wird Scott vermutlich sehr bald jemandem zwischen die Finger geraten. Eines unserer größten Probleme besteht darin, daß die Schweizer Behörden nicht mit uns kooperieren wollen. In ihren Augen ist Scott nur ein ganz gewöhnlicher Krimineller auf der Flucht. Wir haben deshalb begonnen, selbst alle Orte zu überprüfen, an denen Scott sich aufhalten könnte: Hotels,

Pensionen, Restaurants, Flughäfen, Autovermietungen, und wir halten ständigen Kontakt mit jedem einzelnen unserer Agenten in Genf. Sollte Scott plötzlich wiederauftauchen, werden wir ihm, wie ich hoffe, sofort zu Hilfe kommen können."

Lawrence blickte auf und sah, daß ein Mitglied des Teams alle Einzelheiten mitschrieb. „Außerdem wird jeder Anruf an die Barclays Bank, der aus Genf kommt, von der Post abgefangen. Sollte Scott noch einmal versuchen, mich in der Bank oder in meiner Wohnung zu erreichen, wird das Gespräch automatisch hierher durchgestellt."

„Weiß er, daß Sie für den Geheimdienst arbeiten?" fragte Snell.

„Nein. Aber es wird nicht mehr lange dauern, bis er draufkommt, daß meine Beschäftigung bei der Bank nur Fassade ist. Nach unserem Gespräch gestern nacht ist er garantiert mißtrauisch geworden."

DIE Türen des Kinos öffneten sich auf einen bevölkerten Gehsteig, und Adam reihte sich in den Strom der Passanten ein, die nun zum Abendessen nach Hause eilten. Nachdem er drei Straßenzüge hinter sich gebracht hatte, entdeckte er auf der anderen Straßenseite das Firmenzeichen einer Autovermietung. Unbehelligt überquerte er die überfüllte Kreuzung, aber kaum am gegenüberliegenden Gehsteig angekommen, blieb er wie angewurzelt stehen. Vor ihm in der drängenden Menge stand ein Mann in einem Regenmantel, der sich unentwegt umschaute und dabei etwas in ein Sprechfunkgerät murmelte. Ganz sicher ein Agent. Aber stand er hier für Rosenbaum auf Posten, für die Schweizer Polizei, oder war er gar einer von Adams Landsleuten? Adam wußte nicht, wie er es hätte herausfinden können, und bog daher schleunigst in eine Seitenstraße ein. Beinah hätte er einen Zeitungsjungen umgerannt. DOPPELMORD: DER GESUCHTE ENGLISCHE SOLDAT IMMER NOCH IN GENF, verkündete die Schlagzeile. Im Eiltempo überquerte Adam eine weitere Straße und blieb hinter einer Marmorstatue in der Mitte eines kleinen Rasengevierts stehen. Aufmerksam betrachtete er das Hotelgebäude vor sich, mußte sich aber eingestehen, daß es als Versteck unbrauchbar war. Er wollte sich eben davonmachen, als ein großer, leerer Reisebus vorfuhr. Eine elegante blaue Beschriftung an der Seitenwand des Busses verkündete: THE ROYAL PHILHARMONIC ORCHESTRA.

Adam sah einige Musiker mit Instrumentenkästen aus dem Haupttor des Gebäudes kommen und in den Bus steigen. Während immer weitere Orchestermitglieder aus dem Hotel strömten, mischte Adam sich unter sie und ging dann schnell durch das offene Portal ins Hotel. In der überfüllten Halle fiel ihm ein Kontrabaß ins Auge, der an einer

Wand lehnte. Er warf einen Blick auf das Namensschildchen am Hals des unhandlichen Instrumentenkastens: *Robin Beresford* stand darauf.

Adam trat an die Rezeption. „Geben Sie mir bitte schnell meinen Zimmerschlüssel!" sagte er zu dem Hotelangestellten. „Ich habe meinen Geigenbogen vergessen, und jetzt halte ich alle auf."

„Selbstverständlich, Sir. Welche Zimmernummer?" fragte der Mann.

„Ich glaube 312, aber ich kann mich auch irren."

„Wie ist Ihr Name, Sir?"

„Beresford – Robin Beresford."

Der Angestellte reichte ihm den Schlüssel Nr. 612. „Sie haben sich nur um drei Stockwerke geirrt", war sein einziger Kommentar.

„Danke", antwortete Adam. Er ging forschen Schrittes zum Lift und fuhr hinauf zum sechsten Stock. Zu seiner Erleichterung war dort auf dem Gang niemand zu sehen. Rasch lief er zu Zimmer 612.

Während er den Schlüssel umdrehte und die Tür aufstieß, rief er mit dem besten französischen Akzent, den er zustande brachte: „Zimmerservice!"

Da niemand antwortete, trat er ein und schloß die Tür hinter sich zu. In einer Ecke war ein Koffer abgestellt – verschlossen. Adam überprüfte das Namensschildchen. Offensichtlich hatte Mr. Beresford nicht einmal Zeit zum Auspacken gehabt. Adam sah sich im Zimmer genau um, aber außer einem Blatt Papier auf dem Beistelltischchen hatte der Hotelgast keine Spuren hinterlassen. Es war ein auf Schreibmaschine getippter Reiseplan:

> Europatournee: Genf, Frankfurt, Berlin, Amsterdam, London. Genf: 17.00 mit dem Bus zur Konzerthalle, 18.00 Probe, 19.30 Konzert, 22.00 Zugabe.
> Programm: Mozart, Drittes Hornkonzert, erster Satz; Brahms, Zweite Symphonie; Schubert, Unvollendete.

Adam sah auf die Uhr: Wenn Robin Beresford die Unvollendete fertiggespielt hatte, würde er, Adam, längst über der Grenze sein; dennoch hielt er es für sicherer, bis zum Einbruch der Dunkelheit im Zimmer 612 zu bleiben.

Er nahm den Hörer vom Telefon neben dem Bett und wählte die Nummer des Zimmerservice. „Beresford, Zimmer 612", meldete er sich und bestellte ein Abendessen. Im Badezimmer fand er neben dem Waschbecken ein kleines Plastiketui mit der Aufschrift: „Mit besten Empfehlungen. Die Direktion." Adam entdeckte darin Seife, eine winzige Zahnbürste, Zahnpasta sowie einen Wegwerfrasierer.

Er hatte sich eben rasiert, als er ein Klopfen an der Tür hörte. Jemand rief: „Zimmerservice!" Blitzschnell seifte Adam sein Gesicht von neuem ein und zog den vom Hotel bereitgestellten Morgenmantel an, bevor er öffnete. Der Kellner deckte den Tisch, ohne Adam sonderlich zu beachten. Als er fertig war, sagte er: „Würden Sie bitte die Rechnung unterschreiben, Sir?"

Er reichte ihm einen Zettel, den Adam mit „Robin Beresford" unterzeichnete; dann legte er fünfzehn Prozent des Betrages als Trinkgeld dazu.

Der Kellner bedankte sich und verließ das Zimmer. Ausgehungert stürzte Adam sich auf das Essen: Zwiebelsuppe, Rumpsteak mit grünen Bohnen und Kartoffeln und zum Abschluß Vanilleeis.

Aber bei allem Appetit wollte das Essen ihm doch nicht so recht schmecken. Er konnte sich mit den Ereignissen der letzten Zeit noch immer nicht abfinden. Hätte er Heidi doch nicht gedrängt, ihn auf dieser unsinnigen Reise zu begleiten! Vor einer Woche noch hatte sie von seiner Existenz keine Ahnung gehabt – und jetzt war er an ihrem Tod schuld. Er würde ihren Eltern erklären müssen, welch entsetzliches Schicksal ihre einzige Tochter erlitten hatte. Aber erst einmal mußte er für sich selbst eine Erklärung für all diese Vorgänge finden.

Mit einem Seufzen beendete er seine Mahlzeit, dann legte er sich auf das Bett und ließ in Gedanken die Ereignisse der letzten vierundzwanzig Stunden an sich vorüberziehen.

„Scott ist im Besitz einer Ikone, die den heiligen Georg mit dem Drachen darstellt. Aus unseren alten Akten geht jedoch hervor, daß genau diese Ikone vernichtet wurde, als das Flugzeug des Großherzogs von Hessen im Jahre 1937 über Belgien abgestürzt ist."

„Das mag ja durchaus in Ihren Akten in Washington stehen!" erwiderte Bush am anderen Ende der Leitung. „Was aber, wenn sich herausstellt, daß die Information falsch ist und Göring die Ikone zwar gefunden, dem Großherzog jedoch nicht zurückgegeben hat? Und wenn die Sowjets jetzt entdeckt haben, daß das Original der Ikone noch existiert?"

„Genau darum geht es! Sie müssen sich diesen Scott unbedingt schnappen, bevor es die Russen tun – oder gar das britische Außenministerium."

„Aber ich gehöre doch zum Team des Außenministeriums!"

„Allerdings, und wir wünschen, daß die Briten dies ruhig auch weiterhin glauben ..."

„,Und wer hat in meinem Bettchen geschlafen?' fragte der siebente Zwerg."

Adam fuhr aus seinen Träumen empor. Vor ihm stand eine junge Frau und blickte auf ihn herab. Mit der einen Hand umklammerte sie den Hals eines Kontrabasses, in der anderen hielt sie den Bogen. Sie war beinah einen Meter achtzig groß und wog sicher beträchtlich mehr als Adam. Ihr langes, schimmerndrotes Haar bildete einen so krassen Gegensatz zu ihrer übrigen Erscheinung, daß es aussah, als hätte ihr Schöpfer oben angefangen und dann rasch das Interesse verloren. Sie trug eine weiße Bluse und einen schwarzen, wallenden Rock, der etwa zwei Zentimeter über dem Boden endete.

„Wer sind Sie?" fragte Adam erschrocken.

„Jedenfalls nicht Schneewittchen", gab die junge Frau zurück. „Wesentlich interessanter wäre es für mich zu erfahren, wer Sie sind!"

Adam zögerte. „Selbst wenn ich es Ihnen sagte – Sie würden mir ja doch nicht glauben."

„Warum sollte ich Ihnen nicht glauben? Sie sehen weder wie Prinz Charles aus noch wie Elvis Presley – also spucken Sie endlich Ihren Namen aus!"

„Ich bin Adam Scott."

„Soll ich jetzt in Entzücken geraten oder laut schreiend davonrennen?"

Adam wurde klar, daß diese junge Frau seit mindestens zwei Tagen weder ferngesehen noch Zeitung gelesen haben konnte. Er änderte seine Taktik. „Ich habe geglaubt, Robin Beresford sei in diesem Zimmer einquartiert", erklärte er keck.

„Das habe ich auch geglaubt, bis ich Sie auf meinem Bett sah."

„Sind Sie etwa Robin Beresford?"

„Für jemanden, der eben erst aufgewacht ist, sind Sie ganz schön helle!"

„Aber wieso heißen Sie Robin?"

„Ist ja nicht meine Schuld, daß mein Vater unbedingt einen Jungen haben wollte", erwiderte sie. „Aber Sie haben mir noch immer nicht erklärt, was Sie auf meinem Bett suchen."

„Besteht die Chance, daß Sie mir fünf Minuten zuhören, ohne mich ständig zu unterbrechen?" fragte Adam.

„Gewiß, aber bemühen Sie sich erst gar nicht, mir ein Märchen aufzutischen."

„An Ihrer Stelle würde ich mich setzen", erwiderte Adam. „Es wird um einiges länger dauern als die durchschnittlichen Kontrabaßstellen in einer Symphonie."

„Ich bleib lieber stehen, wenn es Sie nicht stört", antwortete Robin.
„Wenigstens bis zur ersten Lüge. "

„Wie Sie wollen! Womit soll ich also anfangen? Mit der guten oder mit der schlechten Nachricht?"

„Zuerst die schlechte!"

„Die Schweizer Polizei will mich festnehmen und . . ."

„Weswegen?" unterbrach ihn Robin.

„Mord!"

„Und wie lautet die gute Nachricht?" fragte sie.

„Ich bin unschuldig!"

ROMANOW stand im Büro des sowjetischen Konsuls in Genf; er musterte schweigend die Agententruppe, welche kurzfristig eingeflogen worden war: Sie alle waren langjährige treue Diener des Staates, aber nur einen, Waltschek, kannte er persönlich, und der arbeitete zu eng mit Zaborski zusammen, als daß er tatsächlich vertrauenswürdig hätte sein können.

„Genossen", begann Romanow, nachdem alle Platz genommen hatten, „ich brauche Sie wohl nicht daran zu erinnern, daß wir eine Aufgabe vor uns haben, die für unser Vaterland von höchster Bedeutung ist. Daher werden wir Genf auch weiterhin schärfstens überwachen – für den Fall, daß Scott sich noch immer irgendwo in der Stadt versteckt hält. Ich persönlich glaube, daß er noch in Genf ist und, wie alle Amateure, bis zur Dunkelheit oder vielleicht sogar bis zur Morgendämmerung warten wird, bevor er versucht, sich über die nächste Grenze aus dem Staub zu machen. Höchstwahrscheinlich versucht er nach Frankreich zu fliehen, so hätte er nämlich den Vorteil, nur eine Grenze passieren zu müssen, um an die Küste zu gelangen. Sollte er versuchen, mit dem Flugzeug zu entkommen, wird er rasch merken, daß wir den Flughafen ebenso wie die Bahnhöfe überwachen. Aber ich halte es für wahrscheinlicher, daß er alles daransetzen wird, sich mit einem Auto davonzumachen. Erwarten Sie nur bitte nicht, daß Scott einfach wie ein Tourist in der Gegend umherläuft. Prägen Sie sich das Foto, das Sie erhalten haben, gut ein! Und seien Sie auch darauf gefaßt, daß er versuchen wird, uns in irgendeiner Verkleidung zu entkommen." Romanow machte eine Pause, um seine Worte wirken zu lassen. „Derjenige von Ihnen, der mir die Zarenikone bringt, braucht sich um seine Zukunft keine Sorgen mehr zu machen", versprach er. Auf den Gesichtern der Männer erschien erstmals ein hoffnungsvoller Ausdruck, als Romanow die Kopie der Ikone aus der Manteltasche hervorholte und sie hoch über seinen Kopf hielt, damit alle sie sehen konnten. „Wenn Sie das Original dieses Bildes finden, ist Ihre Aufgabe erfüllt. Fotografien gibt es keine! Und vergessen Sie nicht, Genossen", fügte er hinzu, „daß es nur einen einzigen Unterschied zwischen dieser Ikone und jener gibt, die Scott in seinem Besitz hat: In die Rückseite des Rahmens der echten Ikone ist eine kleine silberne Krone eingelassen. Wenn Sie diese Krone sehen, dann wissen Sie, daß es sich um das verschwundene Meisterwerk handelt."

Romanow blickte auf die schweigenden Männer. „Denken Sie daran: Scott ist gut, aber der von euch, der ihn erwischen will, bevor ich ihn mir schnappe, muß schon sehr gut sein."

10

„SIE machen wirklich Sachen, Scott, also ich muß schon sagen!" erklärte Robin, nachdem sie Adams Geschichte angehört hatte. „Entweder sind Sie der reinste Lügenbaron, oder ich habe meinen Riecher für Schwindler verloren. Darf ich die Ikone mal sehen?"

Adam sprang vom Bett und zog das Päckchen mit der Zarenikone aus der Tasche seines Mantels. Er reichte ihr das kleine Kunstwerk.

Eine Zeitlang starrte Robin wortlos auf das Antlitz des heiligen Georg. „Großartig!" sagte sie schließlich. „Ich kann jeden verstehen, der es besitzen möchte. Aber kein noch so schönes Bild könnte je die Tragödie wert sein, die Sie miterlebt haben."

„Ich finde es auch unerklärlich", erwiderte Adam. „Aber Rosenbaum – oder wie auch immer er in Wirklichkeit heißt – hat zwei Morde begangen, um dieses Stück in seine Hände zu bekommen. Und er hat mich fest davon überzeugt, daß ich der nächste auf seiner Liste bin, zumindest solange sich die Ikone in meinem Besitz befindet."

Robin drehte das Bild um. „Was bedeutet das?" fragte sie und zeigte auf die zierliche silberne Krone, die in das Holz eingelassen war.

„Wie mir ein Experte von Sotheby erklärte, beweist dies, daß die Ikone einmal einem Zaren gehört hat. Er versicherte mir auch, daß diese Krone den Wert des Stücks beträchtlich steigert."

„Aber doch nicht so sehr, daß es einen Mord rechtfertigen würde!" rief Robin und gab Adam die Ikone zurück. „Ich möchte wirklich gern wissen, welches Geheimnis uns der heilige Georg noch vorenthält!"

Adam zuckte die Achseln. Die gleiche Frage hatte er sich seit Heidis Tod immer wieder gestellt. Er steckte den schweigsamen Heiligen wieder in den Trenchcoat.

„Wie hätten Ihre weiteren Pläne ausgesehen, wenn ich Sie nicht hier gestört hätte?" erkundigte sich Robin. „Abgesehen davon, das Bett zu machen."

Adam lächelte. „Ich hatte vor, meinen Freund Lawrence noch einmal anzurufen. Falls er mir nicht hätte helfen können, wäre es meine Absicht gewesen, ein Auto zu mieten und zu versuchen, über die Schweizer Grenze nach Frankreich und von dort nach England zu gelangen. Ich bin überzeugt, daß sowohl Rosenbaum und seine Leute als auch die Schweizer Polizei die Flughäfen und Bahnhöfe genau überwachen."

„Das wird sich Rosenbaum zweifelsohne ebenfalls überlegt haben, wenn er nur halb so klug ist, wie Sie behaupten", antwortete Robin. „Also wird es wohl das beste sein, wenn wir versuchen, mit Ihrem Freund Lawrence Verbindung aufzunehmen. Vielleicht hat er eine brauchbare Idee." Sie ging hinüber zum Telefon. „Sobald ich Ihren Freund an der Strippe habe, gebe ich Ihnen den Hörer, und niemand weiß, wer der Anrufer ist."

Adam nannte ihr die Privatnummer von Lawrence, und Robin bat das Mädchen in der Zentrale, die Verbindung herzustellen.

Adam schaute auf die Uhr: elf Uhr vierzig. Sicher würde Lawrence jetzt zu Hause sein ... Das Telefon hatte noch nicht zweimal geklingelt, als Robin eine Männerstimme vernahm. Sofort gab sie den Hörer an Adam weiter.

„Lawrence, ich bin's!"

„Wo bist du?"

„Noch immer in Genf."

„Die Leute im Konsulat haben dich heute morgen um elf erwartet."

„Rosenbaum ebenfalls."

„Wie sieht dieser Rosenbaum aus?"

„Er ist ein etwa eins achtzig großes, blondes, blauäugiges Scheusal, das offensichtlich fest entschlossen ist, mich umzubringen."

Lawrence schwieg eine Zeitlang. „Und du hast immer noch unseren englischen Schutzheiligen bei dir?"

„Ja! Was zum Teufel soll daran bloß so wichtig –"

„Leg auf, und ruf mich in drei Minuten noch einmal an."

Die Verbindung brach ab. Adam konnte die plötzliche Änderung im Verhalten seines alten Freundes beim besten Willen nicht begreifen. Was war ihm in den drei Monaten, die er nun bei Lawrence wohnte, entgangen?

„Alles in Ordnung?" unterbrach Robin seine Gedankengänge.

„Ich glaube schon", erwiderte Adam ein wenig verwirrt.

Drei Minuten später hob Robin wieder den Hörer ab und gab erneut die Nummer von Lawrence durch. Gleich beim ersten Klingeln war dieser wieder am Apparat.

„Gib nur Antwort auf meine Fragen!" sagte Lawrence.

„Nein, ich werde dir deine Fragen nicht beantworten", widersprach Adam heftig, der sich über Lawrence' Benehmen mehr und mehr ärgerte. „Bevor du noch irgend etwas aus mir herauskriegst, möchte ich, daß du mir ein paar Fragen beantwortest! Hab ich mich klar ausgedrückt?"

„Ja." Lawrence' Stimme klang etwas freundlicher.

„Wer ist Rosenbaum?"

Lawrence schwieg.

„Du erfährst von mir nichts mehr, wenn du nicht endlich mit der Wahrheit herausrückst!" sagte Adam bestimmt.

„Deiner Beschreibung nach habe ich Grund zu der Annahme, daß Rosenbaum ein russischer Agent ist, dessen richtiger Name Alex Romanow lautet."

„Ein russischer Agent? Aber weshalb um alles in der Welt sollte ein russischer Agent unbedingt meine Ikone haben wollen?"

„Ich weiß es nicht", antwortete Lawrence. „Wir hoffen vielmehr, daß du es uns sagen kannst."

„Wer ist wir?"

Wieder blieb es still am anderen Ende der Leitung.

„Wer ist wir?" wiederholte Adam. „Du glaubst doch nicht im Ernst, daß ich dir weiterhin dein Märchen von der Barclays Bank abnehme?"

„Ich arbeite im Außenministerium", sagte Lawrence. „Ich bin die Nummer zwei in einer kleinen Abteilung, die sich mit ..." Er zögerte.

„Spionage ist wohl der übliche Ausdruck", antwortete Adam. „Wenn ihr meine Ikone so dringend haben wollt, dann tu endlich was, damit ich lebendig aus diesem Schlamassel herauskomme!"

„Wo bist du jetzt?"

„Im Hotel Richemond."

„Du hast dich doch hoffentlich nicht auf deinen Namen eingetragen?"

„Nein, auf den einer Bekannten."

„Gut. Verlaß das Zimmer nicht bis sieben Uhr früh, dann ruf noch einmal unter dieser Nummer an. Bis dahin habe ich Zeit genug, um alles in die Wege zu leiten."

„Sonst kannst du nichts für mich tun?" fragte Adam, aber das Gespräch war bereits unterbrochen.

„Es sieht so aus, als würden Sie mich heute nacht nicht mehr los", sagte Adam zu Robin, während er den Hörer auflegte.

„Dasselbe könnte auch ich sagen", erwiderte sie und verschwand im Badezimmer. Adam tigerte im Zimmer auf und ab, ehe er das Sofa als Nachtlager ausprobierte. Schnell stellte er fest, daß es zu kurz war. Als Robin in einem himmelblauen Pyjama wieder auftauchte, hatte Adam sich für den Fußboden als Schlafplatz entschieden.

„Nicht eben ein Luxuslager!" meinte Robin. „Aber der britische Geheimdienst hat mich nicht rechtzeitig davon verständigt, daß ich ein Doppelzimmer nehmen sollte." Sie kletterte ins Bett und knipste das Licht aus.

Adam fiel in einen unruhigen Schlaf. Mehrmals wachte er auf, und in seinem Kopf drehten sich dann immer wieder die gleichen Fragen: Warum war die Ikone so wichtig? Wieso wußte Lawrence soviel darüber? Und das Dringendste: Wie zum Teufel konnte er lebend aus diesem Hotel herauskommen?

ROMANOW wartete geduldig, bis endlich der Hörer abgenommen wurde. „Ja", sagte eine Stimme, die er sofort erkannte.

„Wo ist er?" fragte Romanow.

Mentor gab ihm nicht mehr als vier Worte zur Antwort, bevor er wieder auflegte ...

EINE Stunde bevor Adam Lawrence wieder anrufen sollte, schreckte er aus dem Schlaf. Beinah vierzig Minuten blieb er reglos auf dem Boden liegen; nur Robins regelmäßiger Atem erinnerte ihn daran, daß er nicht allein war. Plötzlich hörte er vom Korridor her Schritte. Jemand näherte sich dem Zimmer! Eine Zeitung wurde unter der Tür durchgeschoben, und zu Adams Erleichterung entfernten sich die Schritte wieder. Er ging zur Tür und brauchte sich nicht einmal zu bücken, um festzustellen, daß es seine Fotografie war, die da auf der Titelseite der internationalen Ausgabe der *Herald Tribune* prangte.

Robin schlief noch, und Adam nahm leise den Telefonapparat ins Badezimmer. Die Schnur war gerade lang genug, daß er die Tür hinter sich schließen konnte. Dann wählte er die Vermittlung und gab Lawrence' Nummer an. Als abgenommen wurde, fragte Adam sofort: „Bist du's, Lawrence?"

„Ja!"

„Mittlerweile ist alles noch schlimmer geworden. Ich bin zwar immer noch in meinem Versteck hier im Hotel, aber mein Foto ziert die Titelseite der Zeitung."

„Ich weiß", sagte Lawrence. „Wir haben versucht, es zu verhindern, aber die Schweizer gingen nicht darauf ein."

„Dann kann ich mich ihnen ja gleich stellen", meinte Adam. „Verdammt noch mal, ich bin unschuldig!"

„Tu das nicht, Adam! Ich weiß genau, wie dir zumute ist, aber deine einzige Chance besteht darin, meine Anweisungen buchstabengetreu zu befolgen und jedem anderen Menschen, mit dem du in Kontakt kommst, zu mißtrauen."

„Ich höre!" antwortete Adam.

„Präge dir alles gut ein, was ich sage, denn ich werde es nur einmal erklären. Die Mitglieder des Royal Philharmonic Orchestra befinden sich im selben Hotel wie du. Heute vormittag um zehn Uhr reisen sie nach Frankfurt weiter. Verlaß dein Zimmer fünf vor zehn, schließ dich den Musikern unten in der Halle an, und sieh zu, daß du zum Eingang kommst, wo der Bus des Orchesters geparkt sein wird. Auf der anderen Straßenseite wird dich einer unserer Wagen erwarten: ein schwarzer Mercedes. Ein Mann in einer grünen Chauffeurslivree wird den Wagenschlag für dich aufhalten. Wir haben bereits dafür gesorgt, daß zu diesem Zeitpunkt kein anderes Fahrzeug auf dieser Straßenseite parken kann. Steig einfach ein und warte! Auf dem Rücksitz neben dir wird noch ein anderer Mann sitzen, und du wirst dann auf das Konsulat und somit in Sicherheit gebracht. Muß ich irgend etwas wiederholen?"

„Nein", antwortete Adam, „aber –"

„Viel Glück!" sagte Lawrence und legte auf.

Um sieben Uhr dreißig hatte Adam bereits geduscht und war rasiert, während Robin nach wie vor in tiefem Schlaf lag. Es war zehn vor acht, als sie endlich aufwachte. Sie blinzelte Adam zu, dann erschien ein breites Grinsen auf ihrem Gesicht. „Sie haben mich also nicht im Schlaf ermordet . . ."

„Wenn ich es getan hätte, hätten Sie jedenfalls nichts gemerkt", erwiderte Adam.

„Hätten Sie nicht schon längst in London anrufen sollen?"

„Hab ich bereits getan."

„Und wie sieht der Schlachtplan aus?" fragte sie und rieb sich die Augen, während sie auf das Badezimmer zusteuerte.

„Ich reise mit Ihnen ab", sagte Adam.

„Die meisten meiner nächtlichen Bekanntschaften bleiben nicht so lange", bemerkte sie trocken und zog die Badezimmertür hinter sich zu.

Adam lachte und wandte sich dann der Zeitungslektüre zu.

„Heißt das, daß wir auch in Frankfurt ein Zimmer teilen werden?" fragte Robin etwas später, als sie die Badezimmertür wieder öffnete – als wäre das Gespräch nie unterbrochen worden.

„Nein! Sobald wir aus dem Hotel sind, begleite ich Sie zu Ihrem Bus und verlasse Sie dort; dann gehe ich zu einem Auto, das auf der anderen Straßenseite auf mich wartet."

„Das klingt schon eher so, wie ich es von den Männern in meinem Leben gewohnt bin", erwiderte sie. „Aber wenigstens bleibt uns noch Zeit für ein Abschiedsfrühstück", fügte sie hinzu und griff nach dem Telefon. „Ich bin ganz wild auf Eier mit Speck. Und Sie?"

Adam gab keine Antwort. Er hatte begonnen, alle paar Augenblicke nervös auf die Uhr zu sehen. Fünfzehn Minuten später kam der Kellner und servierte das Frühstück; Adam versteckte sich währenddessen im Badezimmer. Als er wieder herauskam, zeigte er keinerlei Interesse an dem Essen, also verzehrte Robin allein die riesige Eierportion und den Großteil der Toastschnitten. Neun Uhr war vorüber. Ein Hausdiener holte den Frühstückswagen ab, und Robin begann zu packen.

„Ich trage Ihnen die Baßgeige, wenn Sie wünschen", bot ihr Adam an.

„Das möchte ich sehen!" antwortete Robin. Adam ging auf das Rieseninstrument zu, das in seinem Kasten an der Wand lehnte, und wollte es hochheben. Er versuchte es von allen Seiten, aber alles, was er fertigbrachte, war, den Kontrabaß für einen Augenblick vom Boden hochzustemmen. Robin trat neben ihn. Mit einem einzigen Schwung hatte sie das Instrument geschultert und perfekt ausbalanciert.

„Alles eine Frage der Geschicklichkeit, mein starker Held", sagte sie. „Wenn man bedenkt, daß ich Ihnen gestern abend all diese Geschichten geglaubt habe – wie Sie der gesamten Schweizer Polizei entwischt sind, nur um eine Nacht mit mir zu verbringen!"

Adam quittierte es mit einem Lachen. Er nahm seinen Trenchcoat und prüfte, ob die Ikone noch in der Tasche steckte.

Robin sah ihn an. „Keine Angst", sagte sie sanft. „In ein paar Minuten ist alles überstanden." Dann entdeckte sie die Zeitung auf dem Fußboden. „An Ihrer Stelle würde ich klagen!"

„Weshalb?" fragte Adam.

„Sie sehen in Wirklichkeit viel besser aus als auf dem Bild." Adam lächelte und trat auf sie zu. Er schaffte es mit knapper Not, seine Arme um Robins stattliche Gestalt zu legen und sie an sich zu drücken.

„Danke für alles", sagte er. „Aber jetzt müssen wir gehen."

„Sie erinnern mich immer mehr an einen meiner Liebhaber", stellte Robin düster fest.

Adam nahm Robins Koffer, während sie die Tür öffnete und in den Korridor spähte. Zwei ihrer Kollegen warteten beim Aufzug. Robin und Adam gesellten sich zu den beiden Musikern. Diese musterten Adam neugierig, und Robin zwinkerte ihnen verschwörerisch zu. Adam drückte sich, hinter der Baßgeige verborgen, in die Ecke, während der Aufzug ins Erdgeschoß fuhr. Die Türen glitten auf, und Robin wartete, bis ihre beiden Kollegen ausgestiegen waren, dann gab sie Adam auf dem Weg durch die Hotelhalle Deckung, so gut sie konnte. Sein Blick konzentrierte sich auf den Eingang des Hotels. Er sah den Bus, der fast die ganze Straße ausfüllte, und ein paar Orchestermitglieder, die bereits hineinkletterten.

„O Gott, das habe ich ganz vergessen", sagte Robin. „Ich soll doch den Kontrabaß hinten im Gepäckraum verstauen."

„Tun Sie es später", zischte Adam. „Gehen Sie weiter, bis Sie die Bustür erreichen." Dann entdeckte er das Auto auf der anderen Straßenseite. Ihm wurde beinahe schwindlig vor Erleichterung. Der Wagenschlag wurde für ihn aufgehalten. Auf dem Rücksitz saß ein Mann, genau wie Lawrence es versprochen hatte. Irgendwo in der Ferne schlug es zehn. Der Mann in der Chauffeurslivree, die Mütze tief ins Gesicht gezogen, stand neben der offenen Wagentür.

Adam blickte zu dem Mann hin, dessen Augen den Hoteleingang scharf musterten.

Die Uniform paßte ihm überhaupt nicht!

„In den Bus!" stieß Adam hastig hervor.

„Mit dem Ding da? Die bringen mich um!" erwiderte Robin.

„Wenn Sie es nicht tun, bringt er mich um!"

Robin gehorchte trotz der feindseligen Bemerkungen der Kollegen, die ihr entgegenschollen, als sie sich mit dem Kontrabaß mühsam durch den Mittelgang zwängte. Adam allerdings war auf diese Weise gegen alle Blicke von der anderen Straßenseite aus abgeschirmt. Ihm war so flau, daß er glaubte, sich gleich übergeben zu müssen.

Er ließ sich auf den Platz neben Robin fallen; der Kontrabaß lehnte zwischen ihnen.

„Welcher ist es?" fragte sie flüsternd.

„Der in der Chauffeursuniform."

Robin warf rasch einen Blick aus dem Fenster. „Er mag vielleicht ein schlechter Mensch sein, aber er sieht verdammt gut aus", stellte sie ohne jegliche Logik fest.

„Wir sind vollzählig!" rief ein Mann von vorne. „Ich habe zweimal durchgezählt. Allem Anschein nach haben wir sogar eine Person zuviel."

O Gott, ging es Adam durch den Kopf, er wird mich aus dem Bus werfen!

„Das ist mein Bruder!" rief Robin nach vorne. „Er fährt bloß ein Stückchen mit uns."

„Ach so, dann ist ja alles in Ordnung", sagte der Manager. „Los, fahren wir!" wies er den Fahrer an.

„Er schaut jetzt zum Bus her", stellte Robin fest. „Aber ich glaube nicht, daß er dich sehen kann. Nein, keine Sorge, jetzt konzentriert er sich wieder ganz auf den Hoteleingang."

„Ich wußte gar nicht, daß Sie einen Bruder haben", erklärte der Tourneeleiter, der plötzlich neben ihnen stand. Der Bus rollte langsam durch die enge Straße.

„Ich auch nicht – bis heute morgen", murmelte Robin. Sie blickte den Tourneeleiter an. „Ich habe ganz vergessen, Ihnen zu sagen, daß er vielleicht zur selben Zeit in der Schweiz sein wird wie das Orchester. Hoffentlich macht das keine Schwierigkeiten?"

„Aber nein, keineswegs", antwortete der Manager.

„Adam, das ist Stephen Grieg, unser Mann für alle Fälle."

„Sind Sie auch Musiker?" erkundigte sich Mr. Grieg.

„Er hat überhaupt kein Gehör", mischte sich Robin ein. „Genau wie unser Vater."

„Um wieviel Uhr kommen wir in Frankfurt an, Stephen?" rief von vorn eine Stimme.

„Sie entschuldigen mich", sagte der Manager und ging wieder nach vorne.

„Darf man erfahren, was der nächste Punkt auf deiner Tagesordnung ist, Bruderherz?" fragte Robin, sobald Stephen Grieg außer Hörweite war.

Adam lächelte. „Ich glaube, daß Rosenbaum noch mindestens eine, höchstens aber zwei Stunden in Genf bleiben wird. Mit etwas Glück hole ich somit einen Vorsprung von hundert Kilometern heraus." Er entfaltete die Landkarte und zeichnete mit dem Finger die Straße nach, auf der der Bus fuhr.

„Das heißt, daß du den Züricher Flughafen erreichen könntest, bevor er eine Möglichkeit findet, dich einzuholen", stellte Robin fest.

„Vielleicht", antwortete Adam. „Aber das wäre zu riskant. Wer immer auch Rosenbaum sein mag", fuhr er fort und verschwieg absichtlich den richtigen Namen, „zumindest wissen wir mittlerweile mit Bestimmtheit, daß eine ganze Organisation hinter ihm steht. Wir

müssen daher davon ausgehen, daß er vor allem anderen die Flughäfen überwachen läßt. Und vergiß nicht, daß die Schweizer Polizei ebenfalls noch immer nach mir Ausschau hält."

„Dann fahr doch bis Frankfurt mit uns", schlug Robin vor.

„Auch das scheint mir zu riskant. Weil Rosenbaum, sobald er Zeit gefunden hat, alles genau durchzudenken, sich nur an eine einzige konkrete Sache erinnern wird – nämlich an den Bus. Wenn er einmal festgestellt hat, in welche Richtung wir fahren, kommt er uns bestimmt nach."

Robins Blick kehrte auf die Landkarte zurück. „Du mußt dich also entscheiden, wann und wo du aussteigst."

„Ja", flüsterte Adam. „Höchstens hundertfünfzig Kilometer kann ich wohl riskieren, viel mehr nicht."

Robins Finger fuhr auf der Karte die Straße entlang. „Ungefähr hier", sagte sie. Ihr Finger hielt bei der Stadt Solothurn inne. „Aber wie kommst du weiter, sobald du aus dem Bus gestiegen bist?"

„Zu Fuß oder per Anhalter – eine andere Wahl bleibt mir nicht. Aber ich muß ein längeres Straßenstück finden, das ich überblicken kann, ohne selbst gesehen zu werden. Vielleicht habe ich Glück, und es kommt ein Auto mit englischem Kennzeichen vorbei, ein Tourist."

„Man hat dir bei der Armee immerhin ein paar Tricks beigebracht", meinte Robin. „Aber wie willst du mit deinem Paß über die Grenze kommen?"

„Das ist eines der vielen Probleme, für die ich noch keine Lösung gefunden habe."

Robin verstummte für einen Augenblick. „Wirst du wieder mit Lawrence Verbindung aufnehmen?" fragte sie schließlich.

„Ja. Ich muß ihm mitteilen, was heute morgen vorgefallen ist, denn allem Anschein nach gibt derjenige, mit dem er zusammenarbeitet, Informationen an Rosenbaum weiter."

„Könnte es Lawrence selbst sein?"

„Niemals!"

„Deine Loyalität ist ja rührend", bemerkte Robin. „In Wirklichkeit willst du einfach nicht zur Kenntnis nehmen, daß Lawrence es sein könnte. Ich an deiner Stelle würde jedenfalls achtgeben, ihm nicht zuviel zu verraten."

Nach dieser Mahnung verfielen sie beide in Schweigen. Adam studierte die Landkarte und prüfte die verschiedenen Routen, die er einschlagen konnte, sobald er den Bus verlassen hatte.

„Ich hab's", sagte Robin plötzlich.

„Was hast du?" fragte Adam und sah von der Landkarte auf.

„Wie wir das Problem mit dem Paß lösen", murmelte sie. „Jedesmal, wenn wir an eine Grenze kommen, vergleichen die Beamten immer nur die Zahl der Personen im Bus mit der Anzahl der Pässe. Sie machen sich nicht die Mühe, die einzelnen Ausweise zu kontrollieren. Wenn du mir also deinen Paß gibst, bevor du den Bus verläßt, tausche ich ihn gegen den Paß desjenigen Kollegen aus, der dir am ähnlichsten ist. Keiner wird etwas merken, bis wir Sonntag abend wieder zu Hause in London sind."

„Keine schlechte Idee, sofern es jemanden gibt, der mir wenigstens entfernt ähnlich sieht."

„Schauen wir mal, was sich machen läßt", überlegte Robin. Sie richtete sich auf und ließ ihren Blick langsam von einem zum anderen der vor ihr Sitzenden wandern. Als sie alle genau gemustert hatte, erschien ein kleines Lächeln auf ihrem Gesicht.

„Es gibt zwei in unserer Gruppe, die dir leidlich ähnlich sehen. Der eine ist etwa fünf Jahre älter, der andere gut zehn Zentimeter kleiner als du. Gib mir deinen Paß!"

Adam reichte ihn ihr und beobachtete, wie sie nach vorne ging und sich neben den Manager setzte, der sich mit dem Fahrer über den geeignetsten Ort für die Mittagsrast beriet.

„Ich muß etwas in meinem Paß nachsehen", unterbrach Robin das Gespräch.

„Die Pässe sind alle in einer Plastiktüte unter meinem Sitz", sagte Stephen Grieg und nahm die Diskussion mit dem Fahrer wieder auf.

Robin bückte sich und begann in den Pässen zu wühlen, als suche sie ihren eigenen. Sie holte die Reisedokumente der beiden Kollegen heraus, die sie als mögliche Doppelgänger für Adam ins Auge gefaßt hatte, und verglich die Fotografien. Der kleinere Mann sah Adam auf seinem Paßfoto überhaupt nicht ähnlich. Das Foto des Älteren dagegen konnte man bei flüchtigem Betrachten für Adams Bild halten. Robin schob Adams Paß unter die übrigen Pässe, verstaute alles wieder in der Plastiktüte und legte sie unter den Sitz des Managers.

Erleichtert kehrte sie an ihren Platz zurück. „Wirf mal einen Blick auf dein Ebenbild", sagte sie, während sie Adam den Paß zusteckte.

Aufmerksam studierte er das Foto. „Nicht schlecht", befand er. „Aber was geschieht, wenn ihr nach London zurückkehrt und man dahinterkommt, daß ein Paß ausgetauscht wurde?"

„Du wirst lange vor uns in England sein", erwiderte Robin. „Dort steckst du den Paß in ein Kuvert und schickst ihn an das Royal Philharmonic Orchestra in der Wigmore Street, und ich werde schon dafür sorgen, daß man dir deinen zurückgibt."

Sollte ich jemals heil nach London zurückkehren, gelobte Adam im stillen, werde ich unbedingt dem Förderverein des Royal Philharmonic Orchestra beitreten – auf Lebenszeit! „Ich wünschte bloß, ich könnte dich für den Rest der Reise bei mir behalten", sagte er zu Robin.

Robin lächelte. „Unsere weiteren Stationen sind Frankfurt, Berlin, Amsterdam – nur für den Fall, daß es dir langweilig werden sollte." Sie schrieb die Namen ihrer künftigen Hotels auf einen Zettel und gab ihn Adam. „Darf ich noch einen letzten Blick auf die Ikone werfen?" fragte sie dann.

Er zog das Bild aus seinem Trenchcoat, wobei er sorgfältig darauf achtete, daß niemand anders es bemerkte. Robin blickte nachdenklich in die Augen des heiligen Georg. „Gestern nacht lag ich eine Weile wach und hab mir die ganze Zeit den Kopf darüber zerbrochen, welches Geheimnis diese Ikone bergen könnte. Ich habe mich gefragt, ob die silberne Krone an der Rückseite ein Indiz dafür ist, daß es sich um Rubljows Original handelt und nicht, wie man dich glauben machen will, um eine Kopie."

„Das habe ich mir auch überlegt", gab Adam zu. „Aber auch das liefert noch keine ausreichende Erklärung dafür, warum Rosenbaum blindwütig mordet, um sie in die Hand zu bekommen."

„Vielleicht ist es gar nicht die Ikone, hinter der alle her sind, sondern etwas anderes. Etwas, das in oder hinter dem Gemälde versteckt ist."

„Das hab ich schon untersucht", erklärte Adam. „Ich bin überzeugt, daß dies hier ein Stück massives Holz ist."

„Da bin ich aber anderer Ansicht", antwortete Robin und begann das Holz überall abzuklopfen, wie der Arzt die Brust eines Patienten. „Ich habe mein ganzes Leben lang mit Musikinstrumenten zu tun gehabt und oft zugesehen, wie sie gebaut werden. Und ich sage dir: Diese Ikone ist nicht massiv, selbst wenn ich keine Ahnung habe, wie ich das beweisen soll. Falls in der Ikone etwas versteckt ist, dann sicher nicht mit der Absicht, daß es von solchen Laien, wie wir es sind, entdeckt wird."

„Deine Phantasie möchte ich haben", sagte Adam.

„Die ist angeboren", erklärte Robin und gab Adam die Ikone zurück. „Laß es mich wissen, wenn du je dahinterkommen solltest, was im Inneren des Bildes steckt", fügte sie hinzu.

Adam nickte und verstaute die Ikone wieder in der Manteltasche.

„Zwei Kilometer bis Solothurn!" meinte Robin und deutete auf einen Wegweiser am Straßenrand. Adam knöpfte den Trenchcoat zu. „Ich bring dich zur Tür", sagte sie.

Gemeinsam bahnten sie sich durch den Gang den Weg nach vorne.

Adam bat den Fahrer, ihn kurz vor dem nächsten Ort aussteigen zu lassen.

„Ist gut", erwiderte der Chauffeur, ohne sich umzudrehen.

„Sie verlassen uns schon?" fragte Stephen Grieg.

„Leider ja! Und danke fürs Mitnehmen."

Der Fahrer hielt den Bus auf einem Rastplatz an, drückte auf einen Knopf, und die hydraulische Tür öffnete sich. „Mach's gut, Robin", sagte Adam und drückte ihr einen brüderlichen Kuß auf die Wange.

„Mach's ebenfalls gut, Brüderchen", erwiderte sie. „Grüß Mutter von mir." Sie lächelte und winkte ihm zu. Die Tür schloß sich mit einem Ruck, und der Bus rollte auf die Fahrbahn zurück.

Adam war wieder auf sich allein gestellt.

11

PROFESSOR BRUNWELD wurde mitten in der Nacht aus dem Bett geholt und in aller Stille zum Pentagon eskortiert. Man wollte seine Expertenmeinung hören, hatte man ihm zu verstehen gegeben.

Sobald der Geschichtsprofessor das Dokument ausgehändigt bekommen hatte, ließ man ihn allein. Man wollte nur eine einzige Frage beantwortet haben.

Länger als eine Stunde studierte er die Klausel, dann rief er seine Gesprächspartner wieder zu sich. Seiner Meinung nach, erklärte er ihnen, sei das Dokument echt, und falls die Sowjets noch im Besitz ihrer ebenfalls im Jahre 1867 ausgestellten Kopie seien, dann saßen die Vereinigten Staaten tief in der Patsche.

Professor Brunweld begann den Ernst der Lage zu begreifen, als man ihn höflich, aber bestimmt bat, das Pentagon bis Montag nicht zu verlassen. Das überraschte ihn nicht, nachdem er das Datum des Vertrages gesehen hatte.

ROMANOW wußte, daß er es nicht riskieren konnte, noch viel länger neben dem Auto stehenzubleiben. Seine Aufmachung war viel zu auffällig; jeder, der aus dem Hotel kam, mußte auf ihn aufmerksam werden. Er wartete noch drei Minuten, dann warf er die Chauffeursmütze auf den Rücksitz und wies Waltschek an, das Auto loszuwerden und zum sowjetischen Konsulat zurückzukehren.

Waltschek nickte. Früh am Morgen hatte er Romanows Befehl ausgeführt und die beiden britischen Agenten getötet. Danach hatten er und Romanow in einem Punkt jedoch von ihrem Plan abweichen müssen – nach Waltscheks vergeblichem Versuch, die Uniform des toten Chauffeurs zuzuknöpfen, die er angezogen hatte. Romanow glaubte die Andeutung eines Grinsens auf Waltscheks Gesicht zu sehen, als er erkannte, wer die Rolle des Chauffeurs würde übernehmen müssen.

Jetzt drückte Romanow sich in den Schatten des Gebäudes gegenüber dem Hotel und wartete noch eine halbe Stunde – dann war er überzeugt, daß der Plan von London her vermasselt worden war. Er hielt ein Taxi an und wies den Fahrer an, ihn zum sowjetischen Konsulat zu fahren. War es tatsächlich möglich, daß Scott ihn zum zweitenmal abgehängt hatte? Zaborski würde wieder eine sehr überzeugende Erklärung von ihm verlangen ...

Irgend etwas war vor dem Hotel geschehen, das nicht so richtig gepaßt, das ihn irritiert hatte. Immer wieder ließ er die letzte dreiviertel Stunde vor seinem inneren Auge ablaufen, aber einzelne Szenen blieben weiterhin unscharf.

Als er sein Büro im Konsulat betrat, wartete Waltschek dort schon auf ihn. „Sagen Sie mir, was Sie gesehen haben, als wir vor dem Hotel warteten", wies Romanow ihn an. „Können Sie sich an irgend etwas erinnern, das ungewöhnlich war?"

„Eigentlich nicht. Es gab nichts Besonderes", antwortete Waltschek. „Beim Hotel kamen und gingen die Leute – aber, davon bin ich überzeugt, Scott war nicht darunter."

„Wie schön für Sie, daß Sie sich dessen so sicher sind", sagte Romanow spöttisch und bohrte dann weiter: „Wieviel Uhr war es genau, als ich Ihnen die Weisung gegeben habe, zum Konsulat zurückzufahren?"

„Das muß sieben Minuten nach zehn gewesen sein. Ich weiß es so genau, weil ich auf meine Uhr sah, als der Bus losfuhr."

„Der Bus?" fragte Romanow.

„Ja, der Bus, der mit Musikinstrumenten beladen wurde. Er fuhr um –"

„Die Instrumente, das war's!" rief Romanow. „Jetzt fällt mir wieder ein, was mich gestört hat. Cellos, Geigen – und ein Kontrabaß, der nicht im Gepäckfach verstaut wurde." Waltschek blickte verwirrt drein, sagte aber nichts. „Rufen Sie sofort im Hotel an, und erkundigen Sie sich, wer in diesem Bus war und wohin er fährt."

Während Waltschek eilends den Raum verließ, sah Romanow auf die Uhr: elf Uhr fünf. Er drückte auf den Knopf der Gegensprechanlage neben dem Telefon. „Ich brauche ein schnelles Auto und, was noch wichtiger ist, einen erstklassigen Fahrer!"

Waltschek kehrte in dem Augenblick zurück, als Romanow den Hörer auflegte. „Der Bus wurde vom Royal Philharmonic Orchestra gemietet, das sich auf Europatournee befindet. Das nächste Reiseziel ist Frankfurt."

ADAM hatte ständig das Terrain mit den Augen des Berufssoldaten sondiert, und nun entfernte er sich langsam von dem Dorf. Die Straße schien wie ausgestorben, nur ein kleiner Junge schoß neben einem einzelnstehenden Haus einen Plastikfußball gegen eine Böschung, die ihm als Tor diente. Er wandte sich um, als er Adam sah, und spielte ihm den Ball zu. Adam beförderte ihn mit dem Fuß zurück, der Junge fing den Ball mit den Händen. Ein breites Lächeln erschien auf seinem Gesicht, verschwand dann aber, als er sah, wie Adam rasch weiterging und die Anhöhe emporeilte. Auf der einen Seite der Straße befand sich eine tiefe Schlucht; jenseits, in der Ferne, erhoben sich bewaldete Hügel. Auf der anderen Straßenseite breiteten sich grüne Wiesen aus, auf denen Kühe mit Glocken um den Hals zufrieden wiederkäuten. Adam ging die Straße hinauf bis zu einer Kehre, von der aus er beinahe einen Kilometer überblicken konnte, ohne selbst gesehen zu werden. Innerhalb der nächsten zwanzig Minuten fuhren zahlreiche Wagen in Richtung Lausanne vorbei, und voller Optimismus versuchte Adam sie anzuhalten, aber vergeblich.

Um zwanzig nach elf gelangte Adam zur Überzeugung, daß es für ihn gefährlich wäre, noch länger an der Straße zu verweilen. Er begriff, daß ihm keine andere Wahl blieb, als seinen Weg zu Fuß durch die Schlucht fortzusetzen. Achselzuckend machte er sich daran, einen der steilen Pfade hinabzuklettern, in der Hoffnung, bald auf eine Straße jenseits der Schlucht zu stoßen, die auf der Karte deutlich eingezeichnet war.

„SCHNELLER", sagte Romanow zu dem Fahrer des Konsuls. „Wir müssen sie vor der Grenze einholen." Nachdem die drei Männer hundert Kilometer zurückgelegt hatten, begannen sie nach dem Bus Ausschau zu halten, der irgendwo vor ihnen sein mußte, aber erst nach weiteren dreißig Kilometern deutete Waltschek nach vorne und rief: „Das müssen sie sein, dort, etwa einen Kilometer vor uns auf dem Hügel!"

„Drängen Sie ihn von der Straße", erwiderte Romanow. Der Konsulatswagen setzte zum Überholen an und scherte, sobald er vorbei war, so knapp vor dem Bus nach rechts, daß der Busfahrer scharf abbremsen und seitlich am Fahrbahnrand anhalten mußte.

Romanow stürzte aus dem Wagen und rannte zum Bus. Noch im Laufen bemühte er sich festzustellen, ob jemand auszusteigen versuchte. Er hämmerte ungeduldig gegen die Tür, bis diese vom Fahrer geöffnet wurde. Entschlossen sprang er in den Bus, zog einen Ausweis aus der Brusttasche, fuchtelte damit vor dem Gesicht des erschrockenen Fahrers herum und brüllte: „Kriminalpolizei! Wer ist hier der Verantwortliche?"

Stephen Grieg stand auf. „Ich bin der Manager des Orchesters, und ich –"

„Als Sie heute morgen Genf verließen – haben Sie da einen zusätzlichen Passagier mitgenommen?"

„Nein", antwortete Grieg. „Außer Sie zählen Robin Beresfords Bruder mit."

„Robin Beresfords Bruder?" wiederholte Romanow und zog fragend die Augenbrauen hoch.

„Ja", antwortete der Manager. „Adam Beresford. Aber er hat uns nur bis in die Gegend von Solothurn begleitet. Im ersten Dorf vor der Stadt ist er ausgestiegen!"

„Wer von Ihnen ist Robin Beresford?" fragte Romanow und starrte in das Meer von Männergesichtern vor ihm.

„Ich!" kam eine hohe Stimme von hinten.

Romanow ging durch den Bus, sah den Kontrabaß und wußte, daß er auf der richtigen Spur war. Er starrte auf die kräftig gebaute Frau, die hinter dem monströsen Instrument saß.

„Ihr Bruder heißt Adam?"

„Ja", erwiderte Robin.

„So ein Zufall! Der Mann, den ich suche, heißt ganz zufällig auch Adam."

„Ein ziemlich häufiger Name", versetzte Robin. „Haben Sie nie das erste Kapitel der Bibel gelesen?"

„Er ist etwa ein Meter achtzig groß, hat dunkles Haar, dunkle Augen und ist schlank und durchtrainiert. Mit der Ähnlichkeit zwischen Ihnen beiden ist es nicht weit her", meinte Romanow düster und musterte Robin von oben bis unten.

Robin warf ihr rotes Haar zurück, stand aber nicht auf. Romanow erkannte an der Nervosität, die sich auf den Gesichtern der Umsitzenden abzeichnete, daß der beschriebene Mann in dem Bus gewesen sein mußte.

„Wohin wollte Ihr Bruder, nachdem er ausgestiegen war?" fragte Romanow, während er mit seinem Ausweis wie mit einem Gummiknüppel gegen seine andere Hand klopfte.

„Keine Ahnung", erwiderte Robin, noch immer mit dem Ausdruck desinteressierter Höflichkeit.

„Ich gebe Ihnen eine letzte Chance, die Sache gütlich mit uns zu regeln: Wohin wollte Ihr Bruder?"

„Und ich sage Ihnen zum letzten Mal: Ich weiß es nicht!"

„Wenn Sie sich weigern, meine Fragen zu beantworten, muß ich Sie festnehmen."

„In wessen Auftrag?" fragte Robin ruhig.

„Im Auftrag der Kriminalpolizei", gab Romanow bestimmt zurück.

„Dann werden Sie mir gewiß gerne Ihre Dienstmarke zeigen."

„Werden Sie nicht unverschämt!" sagte Romanow scharf.

„Sie sind unverschämt", entgegnete Robin und stand auf. „Sie fahren wie ein Verrückter vor unseren Bus, dann platzen Sie hier herein wie ein Gangster aus Chicago und behaupten, Sie wären von der Kriminalpolizei. Ich habe keine Ahnung, wer Sie sind, aber wenn Sie es wagen, mich anzurühren, sind vierzig Mann in diesem Bus zur Stelle und schlagen Sie zu Brei", erklärte sie mit immer lauter werdender Stimme. „Selbst wenn es Ihnen gelingen sollte, aus dem Bus lebend herauszukommen – wir sind Mitglieder des Royal Philharmonic Orchestra aus Großbritannien und somit Gäste der Schweizer Regierung. In wenigen Augenblicken, sobald wir die Grenze passiert haben, werden wir Gäste der deutschen Regierung sein. Sie sind also drauf und dran, in der gesamten europäischen Presse Schlagzeilen zu machen. Der Begriff ‚diplomatischer Zwischenfall' wird durch Sie eine völlig neue Bedeutung erhalten." Sie beugte sich vor und fuhr fort: „Daher sage ich Ihnen, wer immer Sie auch sind, und so damenhaft, wie es mir nur möglich ist: Hauen Sie ab!"

Romanow starrte Robin ein paar Augenblicke an, dann wich er langsam zurück; Robins Blick blieb unentwegt auf ihn geheftet. Kaum daß Romanows Fuß wieder die Straße berührte, schloß der Busfahrer die Tür, dann legte er rasch den ersten Gang ein und setzte die Fahrt fort.

Alle Orchestermitglieder drehten sich um und bereiteten Robin jene Art von Ovation, die sie normalerweise dem Auftritt des Dirigenten vorbehielten.

Während der Beifall verklang, sank Robin auf ihren Sitz. Plötzlich zitterte sie am ganzen Leib. Sie wußte nur allzu gut, daß kein einziger der vierzig Männer auch nur einen Finger gegen Rosenbaum erhoben hätte ...

Sir Morris blickte in die Runde. Alle Mitglieder des Führungszirkels waren um den Tisch versammelt, obwohl er sie erst vor wenigen Minuten verständigt hatte. „Lassen Sie uns den letzten Bericht hören", wandte er sich an Lawrence, der wieder am anderen Ende des Tisches saß.

„Ich fürchte, wir haben die Sache nicht sehr geschickt angepackt, Sir", begann Lawrence. „Zwei unserer erfahrensten Agenten wurden ausgewählt, um Scott wie geplant beim Hotel Richemond abzuholen und in das britische Konsulat zu bringen. Niemand in unserem Genfer Büro weiß genau, was passiert ist. Unsere Leute sind jedenfalls nie vor dem Hotel angekommen, sie wurden seither auch nicht mehr gesehen."

„Wissen wir wenigstens ungefähr, wo Scott jetzt stecken könnte?" fragte Matthews.

„Auch in dem Punkt haben wir eine Niete gezogen", mußte Lawrence zugeben. Matthews grinste über seine Verlegenheit. „Wir sind sicher, daß er mit diesem Mädchen in den Bus gestiegen ist. Aber er war nicht mehr drinnen, als wir das Fahrzeug an der Grenze erwarteten. Das Orchester soll in etwa einer Stunde in seinem Hotel in Frankfurt eintreffen, dann werden wir mehr erfahren."

„Und was tun wir inzwischen?" wollte Sir Morris wissen.

„Wir haben ein wachsames Auge auf Romanow. Einer von unseren alten Hasen erkannte ihn, obwohl er sein Haar jetzt ganz kurz geschnitten trägt."

„Glauben Sie, daß Scott Sie wieder kontaktieren wird?" fragte Snell.

„Das ist so gut wie sicher – falls er noch lebt."

„Wenn sich Romanow noch in Genf aufhält, dann muß Scott am Leben sein", bemerkte Bush. „Denn sobald der Russe die Ikone hat, wird er sich sofort in den Osten absetzen."

„Das sehe ich ganz genauso", pflichtete ihm Lawrence bei. „Wir haben deshalb auch einige Leute am Flughafen stehen, die alle Maschinen in die Sowjetunion unter die Lupe nehmen. Ich schlage vor, daß wir uns morgen früh um sieben Uhr wieder versammeln – vielleicht nimmt Scott bis dahin wieder mit mir Kontakt auf."

Adam rutschte und stolperte die letzten Meter den Abhang hinunter; schließlich landete er mit einem heftigen Ruck auf dem Hinterteil. Seine Hände waren an mehreren Stellen aufgeschürft und blutig, die Hose zerrissen. Er blieb still sitzen, während er sich bemühte, wieder zu Atem zu kommen, und blickte noch einmal hinauf zu der Straße.

Für eine Strecke, die ein Stein in drei Sekunden hinabzurollen vermag, hatte er beinahe eine Stunde benötigt. Er sah das Tal vor sich und schätzte, daß die Hügelkette auf der anderen Seite etwa drei Kilometer entfernt war. Wenigstens würde er dort laut Karte wieder auf eine Straße stoßen. Seiner Berechnung nach würde er für die Strecke bis zur Straße etwa zwanzig Minuten brauchen. Er vergewisserte sich, daß die Ikone an ihrem Platz war, dann marschierte er los.

SEIT Romanow in Schmach und Schande aus dem Bus geworfen worden war, hatte er kaum einen Ton von sich gegeben. Er wußte, daß die Rothaarige seinen Bluff durchschaut hatte, und er wußte ferner, daß er sich keinen diplomatischen Zwischenfall leisten konnte. Zweifelsohne würde dem Vorsitzenden davon berichtet werden.

Solothurn lag etwa vierzig Kilometer entfernt, in jener Richtung, aus der sie gekommen waren. Der Fahrer hätte die Strecke bis zu dem Dorf, in dem Scott den Bus verlassen hatte, in zwanzig Minuten bewältigt. Doch Romanow bestand darauf, das Tempo zu verlangsamen, sobald ihnen ein Wagen entgegenkam. Eingehend musterten sie die Insassen eines jeden Fahrzeugs für den Fall, daß es Scott gelungen sein sollte, ein Auto anzuhalten.

Schließlich erreichten sie das vom Orchestermanager erwähnte Dorf vor Solothurn und fuhren langsam hindurch. Romanow befahl dem Fahrer, den Wagen am Ortsausgang stehenzulassen. Sie trennten sich, um jeder für sich nach Hinweisen zu suchen, welche Richtung Scott eingeschlagen hatte. Keiner der Einheimischen, die sie befragten, hatte an diesem Morgen jemand bemerkt, der Scott ähnlich sah. Romanow begann schon zu überlegen, auf welche Grenze er nun lossteuern sollte, als er bemerkte, wie sein Fahrer einem kleinen Jungen dessen Fußball zurückkickte. Romanow eilte hinzu und wollte ihm schon einen Verweis erteilen, als sich der Junge umdrehte und den Ball ihm selbst zuspielte. Als er ihn aufhob, sah er den Jungen hoffnungsvoll lächeln. Romanow hielt den Ball hoch über dem Kopf. „Hast du heute vormittag einen fremden Mann hier gesehen?" fragte er ihn auf deutsch.

„Ja!" rief der Junge. „Aber der hat nicht mit mir gespielt . . ."

„Und wohin ist er gegangen?"

„Den Hügel hinauf", lautete die Antwort.

Zur großen Enttäuschung des Kindes ließ Romanow den Ball fallen und begann zu rennen. Waltschek und der Fahrer folgten ihm.

„Nein, nein!" rief der kleine Junge und lief hinter ihnen her. Romanow blickte zu ihm zurück. Der Junge deutete hinüber zur Schlucht.

Romanow wandte sich rasch an den Fahrer. „Holen Sie den Wagen, ich brauche das Fernglas und die Karte!" Wenige Augenblicke später hielt der Mercedes neben Romanow. Der Fahrer reichte ihm das Fernglas, während Waltschek auf der Kühlerhaube eine Landkarte ausbreitete. Romanow stellte den Feldstecher ein und begann die Hügel in der Ferne abzusuchen. Es dauerte einige Minuten, bis das Fernglas auf einen hellen Punkt gerichtet blieb, der eben den am weitesten entfernten Hügel hinaufkletterte.

„Das Gewehr!" befahl er.

Waltschek eilte zum Kofferraum und holte ein Scharfschützengewehr mit Zielfernrohr heraus. Er baute die lange, schlanke Waffe zusammen und prüfte, ob sie geladen war.

Zufrieden hob er das Gewehr und suchte das Gelände ab, bis er Scott im Fadenkreuz hatte. Romanow verfolgte im Feldstecher Adams Schritte, Waltscheks Arm bewegte sich, dem Tempo des Flüchtenden angepaßt, mit.

„Knallen Sie ihn ab!" sagte Romanow.

Waltschek war dankbar für den klaren, windstillen Tag. Er hielt das Fadenkreuz des Zielfernrohrs auf Adams Rücken gerichtet, wartete, bis dieser drei weitere Schritte gemacht hatte, und zog langsam den Abzug durch.

Adam hatte die Anhöhe fast erreicht, als ihn die Kugel traf. Sie durchschlug seine Schulter. Mit einem Aufschrei stürzte er zu Boden. Romanow lächelte und senkte das Fernglas.

ADAM wußte genau, was seine Schulter getroffen hatte und woher der Schuß gekommen war. Instinktiv ließ er sich bis zum nächsten Baum rollen. Dann setzte der Schmerz ein. Obwohl das Geschoß wegen der Entfernung viel von seiner Kraft verloren hatte, brannte die Wunde höllisch. Schon begann Blut durch den Trenchcoat zu sickern. Adam wandte sich um, sah aber niemand. Er wußte jedoch, daß Romanow noch dort drüben stehen mußte und daß er darauf wartete, einen zweiten Schuß abzufeuern.

Mühsam drehte er sich wieder um und blickte hinauf, zum Kamm des Hügels. Nur noch dreißig Meter, und er befände sich hinter dem Hügel und in Sicherheit. Aber dazu mußte er den Scheitelpunkt passieren – was bedeutete, daß er einige Sekunden lang völlig ungeschützt blieb. Und selbst wenn er es schaffen sollte, konnte Romanow ihn mit dem Wagen in dreißig Minuten einholen.

Dennoch, es war die einzige Chance. Langsam, ganz langsam, kroch er den Hang hinauf, dankbar für die Bäume, die er immer noch als Deckung benutzen konnte. Nachdem er zehn Meter hinter sich gebracht hatte, hielt er inne.

Man kann ein Gewehr nicht ewig in Anschlag halten, überlegte er. Langsam zählte er bis zweihundert.

„Iᴄʜ vermute, daß er versuchen wird, das letzte Stück zu rennen", sagte Romanow zu Waltschek. „Das heißt, Sie haben etwa drei Sekunden Zeit. Ich rufe, sobald er sich bewegt." Er hielt das Fernglas auf die Bäume gerichtet. Plötzlich sprang Adam auf und sprintete los. Romanow brüllte: „Jetzt!" Waltschek zielte, so gut es ging, und drückte ab, als Adam eben über die Kuppe des Hügels hechtete. Die zweite Kugel pfiff haarscharf an seinem Kopf vorbei.

Romanow schaute durch das Fernglas und stieß einen wilden Fluch aus: Waltschek hatte sein Ziel verfehlt. Er wandte sich der Landkarte auf der Kühlerhaube zu. Die beiden anderen traten neben ihn. „Diese Straße da könnte er in etwa zehn Minuten erreichen", sagte er und legte den Finger mitten auf eine kleine rote Linie, die zur französischen Grenze führte. „Es sei denn, die erste Kugel hat ihn ernsthaft verwundet. Dann wäre es denkbar, daß er länger braucht. Wie lange benötigen Sie bis zu diesem Grenzübergang?" fragte er den Fahrer.

Der Mann beugte sich über die Landkarte. „Etwa fünfundzwanzig, höchstens dreißig Minuten, Genosse Major", lautete die Antwort.

Romanow wandte sich um und blickte nochmals zu den Hügeln hinüber. „Dreißig Minuten, Scott, so lange hast du noch zu leben . . . "

Aᴅᴀᴍ lief in gleichmäßigem Tempo auf die Straße zu. Er wäre gerne stehengeblieben, um die Wunde zu untersuchen, aber er mußte damit warten, bis er die Straße erreicht hatte. Die Kugel hatte seine Schultermuskulatur verletzt. Er war froh, als er merkte, daß das Blut nur einen kleinen Fleck auf dem Trenchcoat hinterlassen hatte. Adam faltete sein Taschentuch und schob es zwischen Hemd und Wunde; er wußte, daß er es nicht riskieren konnte, ein Krankenhaus aufzusuchen. Vorausgesetzt, daß er vor Einbruch der Nacht eine Apotheke fand, würde er mit der Verletzung wohl allein fertig werden.

Ein Blick auf die Karte zeigte ihm, daß es bis zur französischen Grenze nicht mehr allzu weit war. Verzweifelt winkte er jedem Auto zu. Unglücklicherweise fuhren weit weniger Autos in Richtung französische Grenze als zuvor auf der Straße Richtung Lausanne, und keiner nahm Notiz von seinen Bemühungen. Er fürchtete schon, bald wieder den Schutz der Wälder aufsuchen zu müssen, als ein gelber Citroën wenige Meter vor ihm am Straßenrand anhielt.

Als Adam den Wagen erreichte, hatte die Frau auf dem Beifahrersitz das Fenster bereits heruntergelassen. Der Fahrer beugte sich herüber, musterte Adam eingehend und meinte dann in breitestem Dialekt der Grafschaft Yorkshire: „Wir sind unterwegs nach Dijon. Hilft Ihnen das was?"

„O ja, sehr", erwiderte Adam.

„Dann setzen Sie sich hinten zu meiner Tochter!"

Adam kam der Aufforderung nach. Als der Citroën losfuhr, sah er vorsichtig aus dem Rückfenster; zu seiner Beruhigung war die Straße hinter ihnen völlig leer.

„Ich heiße Jim Hardcastle", stellte sich der Mann vor, dessen breites Grinsen sich für alle Zeiten in sein pausbäckiges rotes Gesicht eingeprägt zu haben schien. Sein dunkles, rötlichbraunes Haar war glatt zurückgekämmt und mit Brillantine festgeklatscht. „Und das ist Betty, meine Frau Gemahlin", sagte Jim und deutete auf die Frau neben sich. Betty wandte Adam das Gesicht zu: Sie war ebenso rotbackig und hatte das gleiche zuvorkommende Lächeln wie ihr Mann. „Und neben Ihnen sitzt unsere Linda", fügte Jim Hardcastle hinzu.

Das Mädchen mochte etwa siebzehn, achtzehn Jahre alt sein. Sie war keinesfalls unattraktiv, wußte aber offensichtlich noch nicht so recht mit Make-up umzugehen: Der dunkle, viel zu üppig aufgetragene Lidschatten und der rosa Lippenstift waren wenig vorteilhaft.

„Und wie heißen Sie, mein Junge?" wollte Mr. Hardcastle wissen.

„Dudley Hulme", antwortete Adam, indem er sich den Namen, der in seinem neuen Paß stand, zu eigen machte. „Sind Sie auf Urlaubsreise?" fragte er und versuchte, den pochenden Schmerz in der Schulter zu ignorieren.

„Wir verbinden das Geschäftliche mit dem Vergnügen", entgegnete Jim. „Ich bin nämlich im Senfgeschäft, Exportdirektor der Firma Colman, und jetzt sind wir auf dem Weg zur Jahreskonferenz des ISV. Sie haben vielleicht schon von uns gehört?" Adam nickte verständnisvoll. „Internationaler Senfverband", fügte Jim hinzu.

Adam hätte beinah laut aufgelacht, aber der Schmerz in der Schulter half ihm, ein ernstes Gesicht zu wahren.

„In diesem Jahr wurde ich zum Präsidenten des ISV gewählt, der Höhepunkt meiner Karriere in der Senfbranche, gewissermaßen. Heute abend werde ich eine Begrüßungsrede an die Delegierten aus aller Welt halten."

„Ist ja hochinteressant!" stieß Adam hervor und zuckte zusammen, als der Wagen über ein Schlagloch holperte.

„Allerdings", setzte Jim seine Erläuterungen fort. „Die Leute haben ja keine Ahnung, wie viele verschiedene Senfsorten es gibt." Er machte eine kurze Pause und sagte dann: „Einhundertdreiundvierzig! Aber an unsere britische Qualität kommt keiner heran, das können Sie mir glauben. Ist in Ihrer Branche wahrscheinlich genauso ... Übrigens, in welcher Sparte arbeiten Sie denn?"

„Ich bin in der Armee", beschied ihm Adam.

„Was um alles in der Welt hat ein britischer Soldat in der Schweiz verloren, noch dazu als Anhalter?"

„Kann ich ganz im Vertrauen mit Ihnen sprechen?"

„Aber klar!" antwortete Jim. „Wir Hardcastles können die Klappe halten."

„Ich bin Captain in einem Eliteregiment, zur Zeit auf NATO-Truppenübung", begann Adam. „Ich wurde an der italienischen Küste bei Brindisi abgesetzt, mit einem falschen Paß und zehn englischen Pfund, und bis Samstag nacht Punkt zwölf muß ich zurück in Aldershot in der Kaserne sein." Als er den beifälligen Ausdruck sah, der nun auf Jims Gesicht erschien, hatte er das Gefühl, daß sogar Robin stolz auf ihn gewesen wäre.

„Ich habe gleich gewußt, daß Sie Offizier sind, als Sie das erste Mal den Mund aufmachten", erklärte Jim. „War selbst im letzten Krieg Sergeant beim Nachschub. Aber sagen Sie – was ist so schwierig daran, nach England zurückzukommen?"

„Die Grenzpolizei wurde benachrichtigt, daß acht britische Offiziere versuchen, nach England zu gelangen, und den Schweizern wäre es eine Wonne, uns daran zu hindern. Letztes Jahr haben es nur zwei von zwölf Offizieren bis zurück in die Kaserne geschafft", ergänzte Adam, der allmählich in Fahrt kam.

„Diese Schweizer!" schnaubte Jim verächtlich. „Die drücken sich vor jedem Krieg – sie sind nur darauf aus, beide Seiten gleichzeitig zu rupfen. Die kriegen Sie nicht, mein Junge, glauben Sie mir! Dafür werde ich schon sorgen!"

„Wenn Sie mich heil über die Grenze bringen, Mr. Hardcastle, schaffe ich es auch bis Aldershot, dessen bin ich mir sicher."

„Sie sind schon so gut wie dort, mein Junge!"

DAS Lämpchen der Benzinuhr leuchtete rot auf. „Wie viele Kilometer können wir jetzt noch fahren?" fragte Romanow.

„Ungefähr zwanzig, Genosse Major", erwiderte der Wagenlenker.

„Dann schaffen wir es also noch bis zur französischen Grenze. Fahren Sie schneller!"

„Jawohl, Genosse Major", sagte der Fahrer. Offenbar war es nicht der geeignete Moment, um darauf hinzuweisen, daß das Benzin nur noch rascher ausgehen werde, wenn er ständig mit Vollgas fuhr.

Der Mercedes brauste mit hundertsechzig Stundenkilometern dahin, aber Romanow beruhigte sich erst wieder, als er ein Schild mit der Aufschrift „Staatsgrenze 5 km" erblickte. Aber dann begann der Motor plötzlich zu stottern, der Wagen wurde langsamer und rollte aus. Ohne auch nur einen Blick auf den Fahrer zu werfen, sprang Romanow aus dem Wagen und rannte los. Bis zur Grenze waren es noch gut drei Kilometer ...

„Ich hab da eine Idee", sagte Jim. Eben fuhren sie an einem Schild vorbei, das darauf hinwies, daß es nur noch zwei Kilometer bis zur Grenze waren.

„Und welche, Sir?" fragte Adam, dessen Wunde an der Schulter nun stetig pochte.

„Sobald wir unsere Pässe vorweisen müssen, legen Sie den Arm um Linda und fangen an, mit ihr zu schmusen. Den Rest überlassen Sie mir."

Linda wurde purpurrot. Adam sah das junge Mädchen an, das in seinem Minikleidchen dasaß und ihn anstarrte. Es war ihm peinlich, in welch unangenehme Situation sie von ihrem Vater gebracht worden war.

„Keine Widerrede, Dudley", fuhr Jim voll Zuversicht fort. „Ich verspreche Ihnen, daß mein Plan klappt."

Als sie die Grenze erreichten, sah Adam, daß es auf der Schweizer Seite zwei Kontrollposten gab. Die eine Fahrspur, auf der soeben ein lautstarker Streit zwischen einem Zollbeamten und einem wütenden Lastwagenfahrer im Gang war, wurde von den übrigen Fahrern gemieden. Jim fuhr jedoch direkt hinter den wild gestikulierenden Franzosen. „Geben Sie mir Ihren Paß, Dudley", sagte er.

Adam reichte ihm den Paß des Geigers.

Die wütende Streiterei vor ihnen dauerte an. Adam blickte unentwegt aus dem Rückfenster, er erwartete jeden Augenblick, daß Romanow auftauchte. Als er sich wieder umdrehte, stellte er zu seiner Erleichterung fest, daß der Lastwagen vor ihnen angewiesen wurde, an die Seite zu fahren und zu warten.

Jim fuhr rasch auf den Grenzposten zu. „Fangt mit der Schmuserei an, ihr beiden!" befahl er.

Adam gehorchte, nahm Linda in die Arme und küßte sie mechanisch, während er mit einem Auge weiterhin nach Romanow Ausschau hielt.

„Frau, Tochter und künftiger Schwiegersohn", sagte Jim leichthin und reichte die vier Pässe hinaus. „Was war denn da eigentlich los, Inspektor?"

„Nichts, was Sie betrifft, keine Sorge", entgegnete der Beamte und blätterte in den Pässen. „Ich hoffe, es hat Ihnen keine Unannehmlichkeiten bereitet."

„Aber nein", antwortete Jim. „Die beiden da hinten haben nicht mal was mitgekriegt!" Er deutete über seine Schulter und lachte.

Der Zollbeamte zuckte die Achseln, sagte *„Allez!"*, während er die Pässe zurückreichte, und winkte den Citroën weiter.

„Einen Verstand, so scharf wie Senf, heißt es von mir zu Hause in Hull!" tönte Jim und blickte triumphierend über die Schulter zu Adam. „Sie können jetzt aufhören, Dudley, danke!"

Adam spürte, daß Linda ihn nur widerwillig freigab. Sie warf ihm einen schüchternen Blick zu, dann wandte sie sich an ihren Vater: „Aber wir haben doch noch die französische Grenze vor uns, nicht wahr?"

„Wir wurden bereits angewiesen, nach ihm Ausschau zu halten, und ich versichere Ihnen, daß er hier nicht durchgekommen ist", beteuerte der Oberinspektor der Zollwache. „Aber wenn Sie sich selbst überzeugen wollen, werde ich Sie nicht aufhalten."

Romanow schritt rasch von einem Beamten zum anderen und zeigte jedem eine Vergrößerung von Adams Foto, aber keiner von ihnen konnte sich an jemand erinnern, der ihm ähnlich gesehen hatte.

Waltschek kam einige Minuten später nach und bestätigte, daß Scott in keinem der Autos saß, die auf die Abfertigung warteten. Er berichtete auch, daß der Mercedes zur Grenztankstelle geschoben wurde. „Dann haben Sie wohl doch recht gehabt", bestätigte Romanow dem Oberinspektor verdrießlich. „Aber wäre es möglich, daß ich einen Ihrer Beamten übersehen habe?"

„Das glaube ich kaum – es sei denn, daß ein paar von ihnen eben Pause machen. Die finden Sie dann in der Imbißstube, hundert Meter weiter auf den französischen Grenzposten zu."

Tatsächlich trafen Romanow und Waltschek in der Imbißstube vier Zollbeamte an. Zwei spielten Billard, die anderen beiden saßen an einem Ecktisch und tranken Kaffee.

Die beiden Russen traten an die Theke. Waltschek besorgte Romanow eine Tasse Kaffee und ein Sandwich; Romanow nahm beides an den Tisch mit, an dem die Zollbeamten saßen. Er ließ sich nieder und schob das Foto von Scott über den Tisch.

„Haben Sie diesen Mann heute gesehen?"

Keiner der beiden zeigte ein Zeichen des Erkennens, sie setzten ihr Gespräch einfach fort. Romanow schlürfte seinen Kaffee und bemerkte dabei, wie der Blick des jüngeren der beiden immer wieder zu dem Foto zurückkehrte. Er fragte ihn noch einmal, ob er Scott gesehen habe.

„Nun – könnte sein", erwiderte der Beamte ein wenig verlegen.

„Wie lange ist es her?" fragte Romanow ebenso leise wie bestimmt. Der Beamte zögerte. „Zwanzig Minuten, vielleicht dreißig."

„Was für ein Auto?"

Wieder ein Zögern. „Ich glaube, es war ein gelber Citroën."

„Weitere Insassen?"

„Ja, drei. Sah aus wie eine Familie. Mutter, Vater, Tochter. Er saß mit der Tochter hinten. Der Vater sagte, sie seien verlobt."

Romanow stellte keine weiteren Fragen mehr.

„Wo wollen Sie denn abgesetzt werden?" fragte Jim, als sie Dijon erreicht hatten.

„Irgendwo in der Nähe des Zentrums, wenn es Ihnen recht ist."

„In Ordnung. Melden Sie sich einfach, wenn Sie aussteigen wollen", antwortete Jim.

„Wie wär's da vorne an der Ecke?" fragte Adam wenig später.

„Na gut", erwiderte Jim traurig, weil er einen dankbaren Zuhörer verlor. Widerwillig fuhr er den Wagen an den Straßenrand.

Adam küßte Linda auf die Wange und kletterte aus dem Fond des Wagens. Dann schüttelte er Mr. und Mrs. Hardcastle die Hand.

„Hat mich wirklich sehr gefreut, Ihre Bekanntschaft zu machen", erklärte Jim. „Also dann: Viel Glück!"

Adam blickte dem Wagen nach, bis er verschwunden war. Er lächelte und versuchte zu winken; dann bog er um die Ecke und ging rasch eine Seitenstraße hinunter. In kürzester Zeit befand er sich im Stadtzentrum, wo er nach einer Apotheke zu suchen begann. Adam mußte nur fünfzig Meter weit gehen, bis er einen Laden mit dem grünen Kreuz über der Tür entdeckte. Zögernd trat er ein und musterte die Regale. „Sprechen Sie Englisch?" fragte er den Apotheker.

„So halbwegs, hoffe ich", lautete die Antwort.

„Ich brauche ein Fläschchen Jodtinktur, eine Mullbinde und starkes Heftpflaster. Ich bin gestürzt und habe mir die Schulter aufgeschürft."

Der Apotheker stellte rasch das Gewünschte zusammen, ohne allzu großes Interesse zu zeigen. „Macht dreiundzwanzig Franc", verkündete er.

„Nehmen Sie auch Schweizer Franken?"

„Selbstverständlich."

„Gibt es hier in der Nähe ein Hotel?" fragte Adam.

„Gleich um die Ecke, auf der anderen Seite des Platzes."

Adam dankte, bezahlte mit den Schweizer Banknoten und verließ die Apotheke. Das Hotel „Frantel" befand sich, wie versprochen, ganz in der Nähe. Adam warf sich den Mantel über die blutbefleckte Schulter und schritt durch das Foyer, als wäre er ein Hotelgast, der für mehrere Tage hier abgestiegen war. Er folgte den Schildern, die den Weg zur Toilette wiesen. Dort schloß er sich ein und ließ den Trenchcoat zu Boden fallen.

Er verschnaufte ein paar Minuten, ehe er sich langsam bis zur Taille auszog. Dann ließ er das Waschbecken mit warmem Wasser vollaufen.

Zwanzig Minuten später hatte er die Wunde an seiner Schulter versorgt. Adam fühlte sich zusehends besser. Er hob mit der rechten Hand den Mantel auf und versuchte, ihn sich wieder über die Schulter zu werfen. Durch den Schwung fiel die Ikone aus der Kartentasche auf den gefliesten Boden. Das Geräusch beim Aufschlag war so hart, daß Adam befürchtete, sie könnte entzweigebrochen sein. Besorgt starrte er hinunter, dann sank er in die Knie.

Die Ikone lag aufgeschlagen da wie ein Buch.

12

ALS Adam eine Stunde später wieder das Hotel Frantel betrat, hätte kaum einer der Gäste den Mann wiedererkannt, der sich zuvor am Nachmittag eingeschlichen hatte.

Er trug ein neues Hemd, eine neue Hose, eine neue Krawatte und einen zweireihigen Blazer. Sogar den Trenchcoat hatte er weggeworfen, da die Ikone haargenau in die Tasche des Blazers paßte.

Adam buchte ein Einzelzimmer auf den Namen Dudley Hulme; wenige Minuten später fuhr er mit dem Aufzug in den dritten Stock.

Lawrence hob ab, noch bevor Adam das zweite Klingeln hörte. „Wo bist du?" waren seine ersten Worte.

„Ich stelle hier die Fragen", erwiderte Adam. „Dir muß doch mittlerweile klargeworden sein, daß jemand in eurem sogenannten Team in direkter Verbindung zu den Russen steht. Es waren Romanow und seine Freunde, die mich vor dem Hotel in Genf erwarteten – und nicht deine Leute."

„Darüber sind wir uns inzwischen auch im klaren."

„Wir?" fragte Adam. „Wer ist wir? Seit auf mich geschossen wurde, fällt es mir nämlich ziemlich schwer dahinterzukommen, wer auf meiner Seite steht."

„Geschossen?" fragte Lawrence.

„Ja, dein Freund Romanow hat heute auf mich geschossen und mich an der Schulter getroffen. Bei unserer nächsten Begegnung werde ich jedoch dafür sorgen, daß er getroffen wird, und dann wird es nicht nur die Schulter sein!"

„Es wird kein nächstes Mal geben", antwortete Lawrence, „weil wir dich nämlich rausholen. Wenn du mir bloß verraten würdest, wo du steckst!"

Adam dachte an Robins Mahnung, nicht zuviel zu verraten, und vermied es daher, Lawrence seinen genauen Aufenthaltsort mitzuteilen. Es entstand eine lange Pause, bevor er sagte: „Ich bin in Dijon."

„Gib mir deine Nummer, und ich ruf dich in einer Stunde zurück."

„Nein", antwortete Adam. „Ich rufe dich in einer Stunde wieder an."

„Adam, du mußt Vertrauen zu mir haben!"

„Seit ich weiß, was es ist, hinter dem ihr alle her seid, kann ich es mir nicht mehr leisten, irgendeinem zu vertrauen."

Adam legte den Hörer auf und starrte auf die Ikone, die offen auf dem Bett lag. Es war nicht das offizielle Aussehen des Dokuments, das ihn beunruhigte. Es war das Datum – 20. Juni 1966 –, das sich wie ein Todesurteil las.

„GUTE Nacht, Sir", sagte der Portier, als der hohe Staatsbeamte das Außenministerium verließ. „Ist wieder spät geworden", fügte er teilnahmsvoll hinzu.

Der Beamte erwiderte den Gruß des Portiers, indem er kurz seinen zusammengerollten Schirm hochhob; es war spät geworden, aber zumindest waren sie Scott nun wieder auf der Spur. Allmählich bekam er Hochachtung vor diesem Mann.

Er marschierte in flottem Tempo los und stoppte dann ein vorbeifahrendes Taxi. „Dillon's Buchhandlung, Malet Street", gab er dem Fahrer an, bevor er hinten einstieg. Er gestattete sich ein gequältes Lächeln, als er an die Bereitwilligkeit dachte, mit der Sir Morris' Team seinem Vorschlag zugestimmt hatte. Der von ihm unterbreitete Plan hatte zwei Vorteile: Erstens ließ er ihnen genügend Zeit, um ihre besten Leute in Stellung zu bringen, und zweitens bot er die Möglichkeit, Scott in einem verlassenen Schlupfwinkel aus der Schußlinie zu halten. Pemberton hatte sich bereit erklärt, an seinem Schreibtisch auszuharren, bis alles arrangiert war. Diesmal, so glaubten sie, konnte nichts schiefgehen.

„Acht Shilling, der Herr", sagte der Taxifahrer, als der Wagen vor der Buchhandlung hielt. Der Beamte reichte das Geld nach vorne und gab noch eine Münze als Trinkgeld dazu. Sobald das Taxi um die Ecke verschwunden war, bog er in eine Seitenstraße ein. Über ein paar Steinstufen stieg er zu einer Souterrainwohnung hinab. Er steckte einen Schlüssel ins Schloß, machte auf, trat ein und zog die Tür hinter sich zu.

In den nächsten zwanzig Minuten erledigte er zwei Telefonate – ein Auslandsgespräch, ein Ortsgespräch – und nahm im Anschluß daran ein Bad. Eine knappe Stunde später trat er in einem saloppen braunen Anzug und einem offenen rosa Hemd mit Blumenmuster wieder auf die Straße hinaus. Der Scheitel in seinem Haar befand sich nun auf der anderen Seite. Zu Fuß kehrte er zu Dillon's Buchhandlung zurück, wo er wieder ein Taxi anhielt.

„Middlesex-Krankenhaus, bitte", wies er den Fahrer an. Er blickte auf die Uhr: beinahe zehn nach acht. Mittlerweile hatte Scott wohl sämtliche Instruktionen erhalten, überlegte er. Armer Kerl! Andererseits, wenn Scott dieses Kuvert nicht geöffnet hätte, wäre die Ikone bei ihrem rechtmäßigen Besitzer gelandet.

Der Beamte ließ sich vor dem Krankenhaus absetzen und schlenderte langsam hinein. Er studierte die Übersichtstafel an der Wand, als suche er eine bestimmte Abteilung, dann trat er wieder auf die Straße hinaus. Vom Middlesex-Krankenhaus zur Charlotte Street brauchte er zu Fuß immer rund drei Minuten. Dort drückte er auf eine Hausklingel neben einer kleinen Gegensprechanlage.

„Sind Sie Mitglied?" fragte eine Stimme mißtrauisch.

„Ja, das bin ich!"

NACH einer Stunde rief Adam erneut an und hörte aufmerksam zu, was Lawrence ihm zu sagen hatte.

„Einmal riskiere ich es noch", versprach Adam seinem Freund. „Aber wenn Romanow diesmal wieder auftaucht, übergebe ich ihm persönlich die Ikone und mit ihr dieses Territorium, das so wertvoll erscheint, daß keine Geldsumme, die die Amerikaner dafür bieten könnten, hoch genug wäre, um es zurückzukaufen."

Nachdem Adam aufgelegt hatte, hörten Lawrence und Sir Morris das auf einem Tonband festgehaltene Gespräch immer wieder von neuem ab.

„Ich glaube, Territorium ist das Schlüsselwort", sagte Sir Morris.

„Schon möglich", meinte Lawrence. „Nur: Welches Territorium könnte sowohl für die Amerikaner als auch für die Russen so wertvoll sein?"

Sir Morris gab dem Globus, der neben seinem Schreibtisch stand, einen leichten Stoß, so daß er sich langsam zu drehen begann.

„WAS bedeutet dieses Summen?" fragte Romanow. „Geht etwa schon wieder das Benzin aus?"

„Nein", erwiderte der Chauffeur. „Das ist ein neues Rufsystem, das in alle Wagen des Konsulats eingebaut wurde. Es bedeutet, daß ich rückfragen soll."

„Drehen Sie um, und fahren Sie zu der Tankstelle zurück, an der wir vorhin vorbeigekommen sind", sagte Romanow leise, während er ungeduldig gegen das Armaturenbrett trommelte. Er befürchtete, daß es in einer Stunde völlig dunkel sein würde. Sie waren gut neunzig Kilometer gefahren, und weder er noch Waltschek hatten einen gelben Citroën ausfindig machen können.

An der Tankstelle rannte Romanow sogleich zur Telefonzelle. „Sie wollten mich sprechen?" fragte er, als sich der Zweite Sekretär des sowjetischen Konsulats in Genf meldete.

„Wir haben einen weiteren Anruf von Mentor bekommen", berichtete der Zweite Sekretär. „Wie weit sind Sie von Dijon entfernt?"

DER Beamte des britischen Außenministeriums tastete sich durch das schummrig beleuchtete Clublokal, bis er bei einem Eckpfeiler einen unbesetzten Tisch fand. Auf einem kleinen Lederhocker nahm er Platz und wartete nervös, bis ihm das gewohnte Glas Whisky mit Eis gebracht wurde. Seine Augen gewöhnten sich allmählich an das schwache Licht, das eine rote Leuchtstoffröhre über der Bar ausstrahlte. Er sah überall nur die gleichen bekannten Gesichter, die ihm erwartungsvoll entgegenblickten; doch er wollte etwas Neues.

Der Eigentümer des Clubs brachte ihm seinen Drink und setzte sich auf den Hocker ihm gegenüber. Der Beamte konnte sich nie überwinden, dem Mann in die Augen zu sehen. „Ich habe da jemand, der Sie sehr gerne kennenlernen würde", flüsterte der Clubinhaber. „Er lehnt an der Musikbox dort in der Ecke. Der Große, Schlanke. Und jung ist er auch." Der Beamte schaute zu dem dröhnenden Automaten hinüber. Ein angenehmes neues Gesicht – der Junge lächelte ihm zu. Er lächelte nervös zurück.

„Schön!" Er trank einen Schluck Whisky.

Der Clubinhaber ging zur Musikbox, um mit dem jungen Mann zu sprechen. Der Junge stellte sein Glas ab, zögerte einen Moment, schlenderte dann durch das Lokal und ließ sich auf dem Hocker nieder. „Ich heiße Pierre", stellte er sich vor. „Wollen Sie tanzen?"

„Es IST dringend", sagte der Anrufer. „Scott befindet sich in Dijon. Er ist dahintergekommen, was in der Ikone steckt. Er hat Pemberton mitgeteilt, er verfüge über ein so wertvolles Territorium, daß kein Betrag, den wir dafür bieten könnten, hoch genug wäre, um es zurückzukaufen."

„Was bedeutet das für uns?" fragte Commander Bush.

„Daß wir uns schnellstens auf den Weg nach Dijon machen müssen, um uns die Ikone vor den Engländern oder den Russen zu schnappen."

„Ja, Sir! Was aber machen wir mit Scott, wenn wir die Ikone haben?"

„Wir sind nur an der Ikone interessiert. Wenn wir die haben, können wir auf ihn verzichten."

ADAM schaute auf die Uhr: ein paar Minuten nach sieben. Es war Zeit aufzubrechen. Er hatte beschlossen, Lawrence' Anweisungen nicht ganz wörtlich zu befolgen. Er hatte vor, auf sie zu warten – und nicht, wie Lawrence es plante, umgekehrt. Adam schloß die Zimmertür ab und begab sich nach unten zur Rezeption, wo er die Rechnung beglich.

Er marschierte zu einer der Ausfallstraßen und gelangte von dort per Anhalter zum Ort des vereinbarten Treffens, einige Kilometer außerhalb der Stadt. Er ließ sich absetzen und blickte erneut auf die Uhr: noch anderthalb Stunden, bis sie eintreffen sollten. Bis dahin würde es bestimmt stockfinster sein. Er begab sich geruhsam zum Flugfeld hinüber und inspizierte die ausgebrannten Gebäude entlang der Straße. Es war alles genau so, wie Lawrence es beschrieben hatte – wie eine Geisterstadt.

Adam blickte zur anderen Seite des Flugfeldes und entdeckte ein ideales Versteck, wo er abwarten konnte, wie sich die Dinge entwickkeln würden.

LIEUTENANT ALAN BANKS von der britischen Luftwaffe war dankbar für den hellen Mondschein in dieser Nacht, auch wenn er die kleine Beaver, vollbeladen mit Soldaten, schon unter wesentlich schlechteren Bedingungen gelandet hatte. Banks zog eine Schleife über dem Flugfeld und prüfte die beiden Landebahnen. Der Flugplatz war bereits so lange außer Betrieb, daß keines der einschlägigen Handbücher einen detaillierten Bodenplan enthielt.

„Auf der Nord-Süd-Bahn ist die Landung einfacher!" rief Banks zum Captain der Eliteeinheit hinüber, der mit seinen fünf Mann im hinteren Teil des Flugzeugs kauerte. „Wie nahe soll ich an den Hangar heranfahren?" Er deutete aus dem Fenster.

„Halten Sie einen beträchtlichen Abstand, auf jeden Fall ein paar hundert Meter", kam es zurück. „Wir wissen nicht, was uns erwartet."

Die sechs Mann der Einheit lugten vorsichtig aus den Seitenfenstern. Sie hatten den Auftrag, einen Engländer namens Scott aufzunehmen, der auf sie warten würde, und möglichst rasch wieder zu verschwinden. Es klang alles ganz einfach – aber so einfach konnte es auch wieder nicht sein, sonst hätte man nicht Männer wie sie herbeordert.

Banks steuerte die Beaver in einem Bogen südwärts und senkte die Nase der Maschine. Beim Anblick der ausgebrannten Spitfire am Ende der Rollbahn mußte er lächeln: So eine Maschine hatte sein Vater im Zweiten Weltkrieg geflogen, und die da unten hatte es leider nicht mehr bis nach Hause geschafft. Zuversichtlich ließ er die kleine Maschine tiefer sinken, und nach dem Aufsetzen hüpfte und holperte sie dahin, da die Landebahn voller Schlaglöcher war.

Lieutenant Banks brachte die Maschine etwa zweihundert Meter vom Hangar entfernt zum Stehen. Er schaltete den Motor ab und ließ die Lichter erlöschen. Das Surren ging in ein unheimliches Flüstern über. Sie waren um einiges zu früh dran.

Vom Cockpit der Spitfire, etwa vierhundert Meter von der Beaver entfernt, beobachtete Adam mißtrauisch das Geschehen. Er ließ die kleine Maschine ohne Nationalitätskennzeichen keinen Moment aus den Augen. Er wartete auf irgendeinen Hinweis, wer die Besatzung sein könnte. Minuten vergingen, und schließlich sah Adam, wie auf der ihm abgewandten Seite des Flugzeugs sechs Männer ausstiegen und sich flach auf die Landebahn warfen – sie trugen Kampfanzüge einer britischen Eliteeinheit, doch Adam, dem die Erinnerung an Romanows Chauffeursuniform noch im Magen lag, war so rasch nicht zu überzeugen.

Die sechs Soldaten auf dem Boden verfluchten den Mond und die offene Fläche vor ihnen. Der Captain hob die Hand! Sie begannen auf den Hangar zuzurobben, wo Scott – wie Pemberton erklärt hatte – warten sollte.

Mit jeder Bewegung wurden sie zuversichtlicher: Pembertons

Warnung vor einem Feind, der sie möglicherweise erwartete, war offenbar grundlos gewesen.

Endlich schob sich eine Wolkenbank vor den Mond. Das gesamte Flugfeld lag im Schatten. Der Captain vergewisserte sich: noch fünf Minuten bis zum vereinbarten Treffen! Er erreichte die Tür des Hangars als erster, schob sie mit der Hand auf und zwängte sich durch den Spalt hinein. Die Kugel traf ihn mitten in die Stirn, noch ehe er sein Gewehr hochreißen konnte.

„Vorwärts, Leute!" brüllte der stellvertretende Offizier. Mit einem Satz waren die anderen auf den Beinen und liefen schießend auf das Gebäude zu, um Deckung zu suchen.

Als Adam den schottischen Akzent hörte, sprang er aus dem Cockpit und rannte über das Flugfeld auf die Beaver zu, deren Propeller schon zu rotieren begann. Er sprang auf die Tragfläche und kletterte neben dem verblüfften Piloten in die Kanzel.

„Ich bin Adam Scott, der Mann, den Sie abholen sollen!" schrie er.

„Lieutenant Banks, alter Junge", erwiderte der Pilot. „Wir sollten starten. Mein Auftrag lautet, Sie heil nach England zurückzubringen!"

„Warten Sie noch! Vielleicht schaffen es Ihre Leute noch bis zum Flugzeug."

„Tut mir leid! Ich habe den Befehl, Sie hier herauszuholen. Die Kameraden müssen schon auf sich selber aufpassen."

Mit einem Male hörte die Schießerei auf. Die Übung von zahllosen Nachtmärschen ermöglichte Adam, den Mann zu erspähen, der in der Dunkelheit auf sie zugerannt kam.

„Los", rief Adam, „starten Sie!" Der Pilot drückte den Steuerknüppel nach vorne, und die Beaver rollte langsam über die holprige Piste. Eine Salve von Schüssen peitschte durch die Nacht. Als sich der Pilot umwandte, sah er einen hochgewachsenen Mann, dessen blondes Haar im Licht des Mondes leuchtete.

„Schneller, Mann, schneller!" brüllte Adam.

„Ich bin schon auf Vollgas", sagte der Pilot, als das Feuer von neuem eröffnet wurde. Die Kugeln schlugen in den Rumpf der Maschine ein. Eine dritte Salve peitschte durch die Finsternis, doch inzwischen war das Flugzeug schneller als der Schütze. Adam stieß einen Freudenschrei aus, als es abhob.

Romanow hatte sich umgedreht. Er blickte zurück und feuerte auf jemand, der keine britische Uniform trug.

„Wohin jetzt?" fragte Adam, und eine grenzenlose Erleichterung durchflutete ihn.

„Ich hatte gehofft, nach England! Aber die richtige Antwort lautet wohl: so weit wir es schaffen. Schauen Sie auf die Benzinuhr." Alan Banks deutete auf eine kleine weiße Nadel, die fast auf „Leer" stand. „Die verdammten Kugeln haben mir den Tank durchsiebt."

Wenige Augenblicke später setzte der Motor aus.

„Ich werde auf einem Feld landen müssen. Ein Glück nur, daß die Nacht klar und mondhell ist."

Plötzlich begann die Beaver jäh zu sinken. „Ich versuch's auf dem Feld dort drüben", sagte der Pilot und deutete auf ein großes Stück Land westlich der Maschine. „Festhalten!" rief er, als das Flugzeug unaufhaltsam sank. Adam klammerte sich mit den Händen an seinen Sitz und schloß die Augen.

Die Räder berührten die braune Erde. „Verdammter Morast!" fluchte der Pilot. Die Räder fanden in dem weichen Boden keinen Halt. Das Flugzeug kippte plötzlich vornüber. Es dauerte ein paar Sekunden, ehe Adam begriff, daß er noch am Leben war, aber mit dem Kopf nach unten in seinem Sicherheitsgurt hing.

Er umklammerte mit den Füßen den Steuerknüppel und stützte sich an der Seitenwand ab. Dann öffnete er den Gurt und fiel herunter, gegen das Dach des Flugzeugs. Er rappelte sich mühsam hoch und stellte erleichtert fest, daß er sich nichts gebrochen hatte. Da vom Piloten nichts zu sehen war, kletterte Adam aus dem Flugzeug, froh, daß er wieder festen Boden unter sich spürte. Er suchte eine Weile herum, bis er etwa zehn Meter vor der Maschine Alan Banks reglos auf dem Rücken liegen sah.

„Sind Sie verletzt?" fragte Adam.

„Nein, alles in Ordnung. Ich bin wohl glatt aus der Maschine hinausgeschleudert worden. Tut mir leid wegen der Landung, alter Junge! Ich gestehe, daß es nicht eben eine Meisterleistung war. Das müssen wir irgendwann noch mal probieren."

Adam brach in lautes Lachen aus. „Können Sie gehen?"

„Ich denke schon", antwortete Alan und stemmte sich behutsam hoch. „So ein Mist!" stöhnte er dann. „Es ist zwar nur der Knöchel, aber ein rasches Tempo kann ich sicher nicht mithalten. Sie sollten sich ohne mich auf die Socken machen. Diese schießwütige Bande dürfte höchstens dreißig Minuten hinter uns sein. Wer sind eigentlich diese Kerle?"

„Sowjets", erwiderte Adam. Trotzdem begann er sich zu fragen, ob es nicht noch einen zweiten Feind gab. Instinktiv griff er nach der Ikone. Er atmete erleichtert auf. Sie war noch an ihrem Platz. „Welche Richtung werden Sie einschlagen?" fragte er den Piloten.

Der Flieger blickte zum Sternbild des Großen Bären hinauf. „Ich marschiere Richtung Osten, was mir in diesem speziellen Fall besonders angebracht scheint. Daher gehen Sie am besten nach Westen, alter Junge. War nett, Sie kennenzulernen!" Und mit diesen Worten humpelte er davon.

„Ich weiß nicht, wie lange ich es noch schaffe, Genosse Major!"
„Versuchen Sie durchzuhalten, Waltschek!" erwiderte Romanow. „Das Flugzeug muß ganz in der Nähe sein. Ich habe es doch abstürzen sehen.

„Ich glaube Ihnen ja, Genosse, aber lassen Sie mich doch bitte in Frieden am Straßenrand sterben! Ersparen Sie mir die Tortur, noch länger im Auto durchgerüttelt zu werden."
Romanow warf einen Blick auf seinen Kollegen. Waltschek hatte einen Bauchschuß abbekommen. Seine Hände waren mit Blut beschmiert, und er preßte sie krampfhaft gegen den Bauch, wie ein kleines Kind, dem übel geworden ist. Der Fahrer war tödlich getroffen worden, als er feige zu fliehen versucht hatte.

Bei Waltschek dagegen lag der Fall ganz anders. Seinen Mut konnte niemand in Frage stellen. Er hatte es zunächst mit den Engländern aufgenommen, die auf ihn zugerobbt waren, dann mit den Amerikanern, die wie die Hunnen herbeigestürmt kamen. Romanow war Mentor zu Dank verpflichtet – er hatte dafür gesorgt, daß sie als erste an Ort und Stelle gewesen waren. Allerdings mußte er Mentor möglichst rasch warnen: Auch die Amerikaner hatten einen Informanten im britischen Geheimdienst. Dennoch empfand Romanow eine gewisse Befriedigung – er hatte die Amerikaner so hervorragend getäuscht, daß sie das Feuer auf die Briten eröffnet hatten.

„Durchhalten, Genosse, durchhalten!" wiederholte Romanow. „Wir können nicht mehr weit von Scott entfernt sein."
Romanow entdeckte vor sich eine Lücke zwischen den Bäumen. Er lenkte den Wagen von der Straße in den Waldweg, fuhr ins Gebüsch hinein, schaltete die Scheinwerfer aus, lief um das Auto herum und öffnete die Beifahrertür.

Waltschek schaffte nur zwei oder drei Schritte, dann sank er zu Boden, die Hände gegen die Eingeweide gepreßt. Romanow beugte sich hinab und half Waltschek, sich ein wenig aufzurichten und den Oberkörper gegen den Stamm eines großen Baumes zu lehnen.

„Verlieren Sie keine Zeit mit mir, Genosse Major! Gehen Sie, solange Scott noch in Reichweite ist."

„Und wenn die Amerikaner Sie finden, werden sie Sie vielleicht zum Reden bringen ..."

„Bestimmt nicht, Genosse! Das wissen Sie selbst am besten."
Romanow richtete sich auf. Die Kugel aus seiner Waffe schlug direkt durch Waltscheks Schläfe. Über sein Opfer gebeugt, blieb Romanow stehen, bis er ganz sicher sein konnte, daß der Agent tot war. Auch wenn Waltschek vermutlich geschwiegen hätte – jetzt war nicht der Zeitpunkt, unnötige Risiken einzugehen.

ADAM lag flach auf dem Bauch, gegen den Boden des leeren Lastkahns gepreßt. Der Kahnführer stand hinter dem Ruder und zählte zum zweitenmal die dreihundert Schweizer Franken. Es war mehr, als er normalerweise in einem ganzen Monat verdiente.

Der Kahn glitt in gleichmäßiger Fahrt den Kanal hinab. Adam horchte besorgt nach verdächtigen Geräuschen, aber da war nur das sanfte Plätschern des Wassers gegen den Schiffsrumpf. Das Licht des Vollmonds schien auf die Ufer zu beiden Seiten des Kanals. Adam beobachtete den Treidelpfad. Ihm wurde bald klar, wie langsam der Kahn sich fortbewegte. Aber obwohl es ihn den Rest seines Geldes gekostet hatte, dankte er seinem Schutzengel, daß ihm auf diese Weise die Flucht gelungen war.

Das ölverschmierte Gesicht des Kahnführers sah kaum sauberer aus als seine Arbeitskluft, die er allem Anschein nach nie auszog. Der Mann lächelte, nahm beide Hände vom Ruder, preßte sie zusammen und legte sie sich seitlich an den Kopf, um Adam zu verstehen zu geben, daß er schlafen sollte.

Adam schüttelte nur den Kopf. Mitternacht war bereits vorüber, und er wollte den Kahn lange vor Anbruch der Morgendämmerung verlassen.

Schließlich gewann aber doch die Müdigkeit die Oberhand. Gegen die Bordwand gelehnt, rollte er sich zusammen, den Kopf auf ein paar alte Tauenden gebettet. Die Augen fielen ihm zu, ohne daß er dagegen etwas hätte unternehmen können.

„DIE Russen waren in der Lage, an Scott heranzukommen, obwohl wir keine Sitzung des Führungszirkels einberufen haben", sagte Sir Morris erregt.

„Falls Scott noch lebt", nahm Lawrence den Gedanken auf, „wird ihn keine Macht der Welt mehr davon überzeugen können, daß wir unschuldig sind."

„Ja, wenn nicht wir schuld sind – wer dann?" fragte Sir Morris. „Offensichtlich hat sich jemand derart verzweifelt bemüht, unseren nächsten Schachzug herauszufinden, daß er innerhalb der letzten

Stunden ein unglaubliches Risiko eingegangen ist. Es sei denn, Sie
waren es", fügte er hinzu.

„Selbst wenn ich es wäre", entgegnete Lawrence, „würde das nicht
erklären können, weshalb auch die Amerikaner dort aufgetaucht sind.
Haben Sie Bush informiert?"

„Nein", erwiderte Sir Morris. „Allerdings habe ich dem Premierminister Bericht erstattet. Natürlich wußte ich, daß der Premierminister den amerikanischen Präsidenten benachrichtigen würde. Trotzdem verwundert mich, wie weit die Amerikaner gingen, ohne die
Aktion mit uns abzusprechen. Aber, und das scheint mir wesentlich
wichtiger: Glauben Sie, daß Scott noch am Leben ist?"

„Ja", antwortete Lawrence. „Wir müssen annehmen, daß jener
Mann, der über das Flugfeld zur Maschine lief, Scott gewesen ist. Die
französische Polizei hat uns informiert, daß unsere Maschine zwanzig
Kilometer nördlich von Dijon über einem Feld abgestürzt ist. Aber
weder Scott noch der Pilot wurden an der Unglücksstelle gefunden."

„Und wenn der Bericht über die Vorfälle auf dem Flugfeld den Tat-
sachen entspricht", sagte Sir Morris, „dann ist Romanow entkommen, und die Russen haben uns gegenüber einen mehrstündigen Vorsprung."

„Sieht ganz danach aus."

„Halten Sie es für möglich", fragte Sir Morris, „daß die Russen
Scott eingeholt haben und im Besitz der Ikone sind?"

„Ja, Sir, das scheint mir leider durchaus möglich", entgegnete Lawrence. „In jedem Fall gibt es zu denken, daß der KGB in allen wichtigen Zeitungen Europas und wahrscheinlich auch der USA ganze Seiten für Inserate reserviert hat."

„Und jetzt sagen Sie mir nur noch, daß die Sowjets eine westliche
Werbeagentur angeheuert haben, die ihnen die Anzeigen texten soll",
knurrte Sir Morris.

„Das wird nicht nötig sein", entgegnete Lawrence. „Diese
Geschichte, fürchte ich, wird auch so überall die Titelseiten füllen."

Das hartnäckige Pochen in seiner Schulter war schuld, daß Adam
ziemlich bald wieder aufwachte. Der Kahn hatte sich plötzlich um
neunzig Grad gedreht und glitt ostwärts. Adam warf dem Kahnführer
einen Blick zu und bat ihn durch Zeichen, näher ans Ufer heranzufah-
ren, damit er von Bord aus an Land springen könnte. Der alte Mann
zuckte nur die Achseln und tat, als verstehe er nicht.

Adam blickte über die Bordwand: Trotz des Zwielichts der frühen
Morgenstunde war das Flußbett einigermaßen gut zu sehen. Ent-

schlossen nahm er die Ikone aus der Tasche des Blazers und hielt sie hoch über seinen Kopf. Er stellte sich auf den Rand des Kahns und sprang ins Wasser. Seine Füße trafen hart auf den Grund des Kanals. Der Aufprall nahm Adam den Atem, obwohl ihm das Wasser nur bis zur Taille reichte.

Adam watete auf das nächstgelegene Ufer zu und kletterte auf den Treidelpfad hinauf. Völlig durchnäßt lief er eine Stunde lang nach Westen, bis er etwa einen Kilometer entfernt ein Licht sah.

Beim Näherkommen stellte er fest, daß es sich bloß um ein kleines Bauernhaus handelte. Ein schmaler, gepflasterter Pfad führte zu einer Holztür, die halb offenstand. Adam betätigte den Türklopfer und stellte sich unter die Lampe am Eingang, damit man ihn im Dämmerlicht gleich sehen konnte.

Die Tür wurde von einer etwa dreißigjährigen Frau mit rosigen Wangen und einer stattlichen Figur geöffnet. Sie trug ein einfaches schwarzes Kleid und eine Schürze. Sie konnte ihre Überraschung nicht verbergen – sie hatte den Postboten erwartet, aber der kam nie in einem blauen Blazer und in einer triefnassen grauen Hose.

Adam lächelte. „*Anglais*", erklärte er, „Engländer", und fügte gestenreich hinzu: „Ich bin in den Kanal gefallen."

Die Frau brach in schallendes Gelächter aus und winkte ihn in die Küche. Beim Eintreten sah er einen Mann, der sich offensichtlich eben zum Melken umgezogen hatte und in das Lachen einstimmte, als er Adam erblickte – es war ein warmes, freundliches Lachen.

Die Frau bemerkte, daß Adam den blitzblanken Boden mit kleinen Wasserlachen übersäte, holte ein Handtuch von dem Trockengestell über dem Herd und sagte, indem sie auf Adams Hose zeigte: „*Enlevez-moi ça* – ziehen Sie das aus!"

Adam schlüpfte aus Schuhen und Socken, aber die Bauersfrau machte so lange Zeichen, bis er auch die Hose ausgezogen hatte; sie rührte sich erst von der Stelle, als er schließlich auch Hemd und Unterwäsche abgelegt und das Handtuch um seine Taille geschlungen hatte. Sie hob sämtliche Kleidungsstücke außer dem Blazer auf und trug sie zum Spülbecken, während Adam sich zum Trocknen an den Herd stellte.

Der Bauer winkte ihn zu sich an den Tisch und goß für den Gast und für sich selbst je ein großes Glas Milch ein. Adam knotete das Handtuch fester, hängte den Blazer über die Lehne des Stuhls, der neben dem Herd stand, und ließ sich neben dem Bauern nieder. Ein köstlicher Duft stieg aus der Pfanne, in der die Bäuerin von dem großen Stück Speck im Kamin eine dicke Scheibe briet.

Gleich darauf stellte sie einen großen Teller mit brutzelndem Speck und Eiern vor ihn hin. „*Mangez!*" forderte sie ihn auf.

„*Merci, merci*", bedankte sich Adam, während die Bäuerin eine dicke Schnitte von einem riesigen Brotlaib säbelte.

Er machte sich gierig über das Essen her; es war seine erste Mahlzeit seit dem umfangreichen Abendessen, das er sich auf Robins Kosten bestellt hatte.

Der Bauer ging hinaus, um sich im Stall ans Melken zu machen, und Adam schob sich den letzten Bissen in den Mund. Fast schon automatisch griff er in die Tasche seines Blazers, um sich zu vergewissern, daß die Ikone noch da war. Er zog sie heraus und betrachtete den heiligen Georg und den Drachen. Dann drehte er sie zögernd um und drückte einmal fest auf die Silberkrone, woraufhin die Ikone wie ein Buch auseinanderklappte. Innen kamen zwei winzige Scharniere zum Vorschein.

Adam schaute zur Bäuerin hinüber, die neben dem Herd ein Bügelbrett aufstellte, ohne für Adams Entdeckung das geringste Interesse zu zeigen. Sein Blick kehrte zu der geöffneten Ikone zurück, die flach vor ihm auf dem Tisch lag. Die gesamte Innenseite des Bildes war mit einer pergamentenen Urkunde bedeckt, die auf das Holz geklebt war. Die in schwarzer Tinte hingekritzelten Unterschriften am unteren Ende sowie die Siegel verliehen ihr das Aussehen eines offiziellen Dokuments. Es hatte ihn zunächst überrascht, daß der Text in französischer Sprache niedergeschrieben war, doch erinnerte er sich beim Anblick des Datums am Schluß – 20. Juni 1867 –, daß die meisten internationalen Abkommen noch lange nach Napoleon auf französisch abgefaßt worden waren. Er las das Schriftstück ein weiteres Mal langsam durch.

Sein Französisch war nicht gut, so daß er nur einige einzelne Wörter übersetzen konnte. Unter die Wörter *Etats Unis* – die Vereinigten Staaten also – hatte William Seward seine Unterschrift schwungvoll quer über ein Wappen mit einem doppelköpfigen Adler gesetzt. Daneben hatte Alexander Michailow unterzeichnet, unter einer Krone, die das genaue Abbild des silbernen Ornaments auf der Rückseite der Ikone war. Es handelte sich eindeutig um eine Art Abkommen zwischen den Russen und den Amerikanern, das im Jahre 1867 besiegelt worden war.

Adam suchte nach weiteren ihm begreiflichen Wörtern, um so vielleicht die Bedeutung des Dokuments entschlüsseln zu können. In einer Zeile war die Rede von *Sept millions deux cent mille dollars d'or (7,2 millions)* – „sieben Millionen zweihunderttausend Dollar in Gold" – in einer anderen von *Sept cent douze millions huit cent mille dollars d'or (712,8 millions) le 20 Juin 1966* – also: „siebenhundertzwölf Millionen achthunderttausend Dollar in Gold am 20. Juni 1966".

Sein Blick blieb am Kalender haften, der an einem Nagel an der Wand hing. Heute war Freitag, der 18. Juni 1966. Drei Tage noch, dann verlor das Dokument seine Rechtsgültigkeit. Kein Wunder, überlegte Adam, daß die beiden mächtigsten Nationen der Welt sich so verzweifelt bemühten, es in die Hand zu bekommen.

Wie war die Ikone nur in Görings Besitz geraten? Als der Reichsmarschall sie Adams Vater vermacht hatte, konnte er sich ihrer Bedeutung nicht im mindesten bewußt gewesen sein; hätte er nämlich die geradezu ungeheuerliche Wichtigkeit ihres Inhalts gekannt, wäre es ihm ein leichtes gewesen, mit einer der beiden Großmächte um seine Freilassung zu feilschen ...

„*Voilà, voilà*", sagte die Bäuerin und legte die trockenen Socken, Unterwäsche und Hose vor Adam hin. Er klappte rasch die Ikone zu und zog sich an.

Da ihm nichts einfiel, womit er der Bäuerin für ihre Gastfreundschaft und ihr spontanes Vertrauen danken konnte, ging er zu ihr, nahm sie zart an den Schultern und küßte sie einfach auf die Backen. Sie überreichte ihm errötend eine kleine Plastiktüte, in der er drei Äpfel, Brot und ein großes Stück Käse entdeckte. Adam bedankte sich und schritt zur Tür, zurück in eine völlig andere Welt.

13

WEISSES HAUS, WASHINGTON
18. Juni 1966

„WO BEFINDET sich unsere Ausfertigung des Vertrages im Augenblick?" wollte der Präsident wissen.

„Irgendwo in den Kellergewölben des Pentagon", antwortete der Außenminister. „Seit der Konferenz von Jalta hat unsre Kopie das Tageslicht nicht mehr gesehen. Wir haben über fünfzig Jahre lang geglaubt, die russische Kopie sei im Verlauf der Revolution vernichtet worden. Innerhalb des letzten Monats muß Breschnew jedoch irgendwie zu der Überzeugung gekommen sein, daß die russische Kopie nur verlegt wurde."

„Ich will, zum Teufel, nicht der erste Präsident in der Geschichte der USA sein, der amerikanisches Territorium zurückgibt, statt neues zu gewinnen! Welche rechtlichen Schritte können wir in dieser Angelegenheit unternehmen?"

„Gar keine! Abraham Brunweld, der führende Experte für Dokumente dieser Epoche, hat bestätigt, daß die Bestimmungen dieses Pachtvertrages mit neunundneunzigjähriger Laufzeit für beide Seiten bindend sind. Der Vertrag wurde für Rußland von Alexander Michailow und für die USA von dem damaligen Außenminister William Seward unterzeichnet."

„Und die Vereinbarung hat heute noch Gültigkeit?" wandte sich der Präsident an seinen Justizminister.

„Selbstverständlich, Sir", erwiderte dieser. „Allerdings nur unter der Voraussetzung, daß die andere Seite ihr Original vorlegen kann. In dem Fall bliebe den Vereinten Nationen und dem Internationalen Gerichtshof in Den Haag nichts anderes übrig, als die Forderung der Sowjets zu unterstützen."

„Es gibt einen Präzedenzfall in dieser Sache", warf der Außenminister ein. „Die Briten werden 1997 wegen Hongkong ein ähnliches Problem mit Rotchina haben. Sie haben sich jedoch damit bereits abgefunden und der Regierung in Peking zu verstehen gegeben, daß sie zu einer Einigung bereit sind."

„Bleibt mir denn gar keine Alternative?" fragte der Präsident sichtlich erregt.

„Abgesehen von einer militärischen Aktion, durch die wir die Sowjets an der Einforderung ihres rechtmäßigen Anspruchs hindern – nein", antwortete der Außenminister.

„Der eine Präsident Johnson kauft also im Jahre 1867 den Russen Land ab, und der andere muß es ihnen 1966 wieder verkaufen. Warum haben Seward und der damalige Präsident nur einer so schwachsinnigen Idee zugestimmt?"

Der Justizminister nahm seine Brille ab. „Der Kaufpreis für das betreffende Stück Land belief sich damals auf sieben Komma zwei Millionen Dollar, und der Rückkaufpreis wurde auf das Neunundneunzigfache festgesetzt – in Zahlen ausgedrückt: siebenhundertzwölf Komma acht Millionen Dollar in Gold. Seward war stolz darauf, daß er in der Rückkaufklausel einen derart hohen Betrag ausgehandelt hatte. Er hatte damals jeden Grund zur Annahme, daß es unmöglich sein würde, die Summe für den Rückkauf je aufzubringen. In Wirklichkeit ist der jetzt anstehende Preis infolge der jahrzehntelangen Inflation geradezu niedrig, wie sich zeigt: Die Russen haben den gesamten Betrag bereits bei einer New Yorker Bank deponiert."

„Kein Wunder. So viel machen heute allein die jährlichen Einnahmen aus dem Erdölgeschäft dort aus", erklärte der Präsident. „Und von dem militärischen Chaos, das hierzulande ausbrechen wird, wenn die Sowjets tatsächlich ihre Kopie des Vertrages in die Hände bekommen, möchte ich gar nicht reden. Was unternehmen derzeit die Briten in dieser Sache?"

„Wie üblich, *Mr. President*, lassen sie sich nicht in die Karten schauen. Angeblich befindet sich gegenwärtig ein britischer Staatsbürger im Besitz des Dokuments, und unsere englischen Kollegen scheinen insgeheim noch immer davon auszugehen, daß sie vor den Sowjets an ihn und die Ikone herankommen."

„Das heißt also, wir sitzen herum und warten, bis die Sowjets von ihrer New Yorker Bank siebenhundertzwölf Millionen Dollar in Gold ins US-Schatzamt transferieren?"

„Die Sowjets müssen gleichzeitig vor Montag nacht null Uhr ihr Original des Abkommens an mich abliefern", erwiderte der Außenminister. „Und dazu verbleiben ihnen nur noch sechzig Stunden Zeit."

DIE Tür des Bauernhauses schloß sich hinter Adam, vor ihm lagen die Randbezirke einer kleinen Stadt. In dieser Herrgottsfrühe erschien es ihm ungefährlich, im Laufschritt auf das Stadtzentrum zuzueilen. Als die Frühschichtarbeiter in den Straßen auftauchten, beschloß er jedoch, sich erst einmal nach einem Versteck umzusehen, wo er seine nächsten Schritte in Ruhe überlegen konnte. Vor einem mehrstöckigen Parkhaus blieb er stehen: Ein geeigneterer Ort ließ sich kaum finden.

Er lief die Treppe ins Tiefgeschoß bis ganz nach unten, da er annahm, daß die unterste Etage sich zuletzt mit Wagen füllen würde. In der hintersten Ecke parkten zwei Autos, die, der dicken Staubschicht nach zu urteilen, hier schon seit einiger Zeit stehen mußten. Er kontrollierte die Türen beider Wagen. Sie waren abgeschlossen. Hinter einem der Wagen kauernd, überlegte Adam, wie er bis Einbruch der Dunkelheit die Küste erreichen könnte.

Er war tief in Gedanken versunken, als er plötzlich ein scharrendes Geräusch vernahm. Alarmiert schaute er sich im Tiefgeschoß um. Aus dem Dunkel tauchte ein Mann auf, der eine halbvolle Plastikmülltonne hinter sich herschleifte – ein alter Mann in einem schmutzigen braunen Mantel, der fast bis zum Boden reichte. Fieberhaft überlegte Adam, was er tun sollte, falls der Mann zu ihm herüberkäme – bis er erleichtert erkannte, wie alt und gebeugt dieser war. Der Alte blieb stehen, hob eine leere Zigarettenpackung vom Boden auf und warf sie in die Mülltonne. Zufrieden, seine Aufgabe erledigt zu haben, zerrte er daraufhin die Mülltonne zum Ausgang. Schon zwei Minuten später war der alte Mann jedoch zurück und ging zur Wand gegenüber, wo er eine Tür öffnete, die Adam gar nicht bemerkt hatte. Er zog den langen braunen Mantel aus, schlüpfte in einen grauen und ging davon. Adam sah den Alten durch den Ausgang verschwinden. Wenige Augenblicke später schlug eine Tür zu.

Adam wartete noch ein Weilchen, ehe er aufstand und sich an der Wand entlang zu der kleinen Tür schlich. Er öffnete sie, nahm den langen braunen Mantel vom Nagel, zog ihn an und hastete zu seinem Versteck hinter dem geparkten Wagen zurück. Als das erste Auto des Tages einfuhr, kauerte er sich wieder in die Ecke. Innerhalb der nächsten Stunde wurden etliche Autos im Tiefgeschoß abgestellt, deren Besitzer jedoch, wie Adam verärgert feststellen mußte, die Wagentüren sorgsam verschlossen, ehe sie mitsamt den Schlüsseln verschwanden.

In der Ferne schlug es zehn Uhr. Es hatte keinen Sinn, hier noch länger Zeit zu vertrödeln. Entschlossen kroch Adam hinter dem Wagen hervor und durchquerte den Raum zum Ausgang hin, als plötzlich ein Rover mit englischem Kennzeichen um die Ecke bog. Adam sprang zur Seite, um den Wagen vorbeizulassen, doch der Wagen blieb quietschend neben ihm stehen, und der Fahrer kurbelte das Fenster herunter.

„Hier ... parken ... erlaubt?" fragte er unbeholfen mit englischem Akzent auf französisch.

„*Oui, monsieur*", erwiderte Adam.

„Andere Etagen – überall Schilder – *privé*", fuhr der Mann langsam fort, als habe er es mit einem Vollidioten zu tun. „Irgendwo parken?" Er beschrieb mit seinem Arm einen großen Kreis.

„*Oui*", antwortete Adam. „Abörr isch muß für Ihnönn einparkönn", fügte er mit klangvollem Akzent hinzu.

„Na gut!" sagte der Mann, stieg aus und reichte Adam die Autoschlüssel sowie einen Zehnfrancschein.

„*Merci!*" Adam tippte mit der Hand an eine imaginäre Bedienstetenkappe und steckte das Geld ein. „Wann Sie kommen zurück?" fragte er genauso holprig wie vorhin der Engländer.

„In etwa einer Stunde!" rief der Mann und verschwand Richtung Ausgang. Adam wartete einige Minuten neben dem Wagen, aber der Engländer kehrte nicht zurück. Er öffnete die Beifahrertür, ließ seinen Proviant auf den Vordersitz fallen, ging um das Auto herum und stieg auf der Fahrerseite ein. Zufrieden stellte er fest, daß die Benzinuhr einen etwas mehr als halbvollen Tank zeigte. Adam brachte den Motor auf Touren, fuhr die Rampe hinauf und bog auf die Straße ein. Innerhalb weniger Minuten hatte er die Stadt hinter sich gebracht und fuhr auf der N 6 Richtung Paris.

Er öffnete die Tüte, die ihm die Bäuerin mitgegeben hatte, und nahm einen Apfel heraus. Seine Gedanken wanderten – wie so oft in den vergangenen Tagen – zurück zu Heidi. Und wieder einmal wünschte er, daß er den Brief seines Vaters nie geöffnet hätte.

WÄHREND er in rascher Fahrt dahinrollte, überlegte Adam, ob es nicht klüger sei, auf eine Nebenstrecke auszuweichen. Dann beschloß er jedoch, das Risiko auf sich zu nehmen, um so rasch wie möglich nach Paris zu kommen.

Die Entscheidung sollte sich als richtig erweisen, denn Adam erreichte die französische Hauptstadt ohne Zwischenfall. Er begann nach einem großen öffentlichen Parkplatz Ausschau zu halten. Wenn er den Wagen dort abstellte, würde er mit etwas Glück erst ein paar Tage später entdeckt werden.

In einer Nebenstraße der Rue de Rivoli fand er ein entsprechendes Gelände und fuhr den Rover in den äußersten Winkel. Er verschlang das letzte Stück Käse, schloß den Wagen ab und schlenderte langsam dem Ausgang zu. Bereits nach wenigen Metern stellte er aber fest, daß sich Passanten über seinen schlechtsitzenden braunen Mantel lustig machten. Also ging er zurück Richtung Auto, um den Mantel, den er eiligst auszog, im Kofferraum zu verstauen.

Adam war noch ein paar Meter vom Rover entfernt, als er den Polizisten sah – einen jungen Polizisten, der das Kennzeichen des Wagens überprüfte und über Funk weitergab. Ohne den Polizisten aus den Augen zu lassen, bewegte Adam sich äußerst langsam rückwärts. Nur sechs oder sieben Schritte noch, und er könnte in der Menge untertauchen.

Fünf, vier, drei, zwei, zählte Adam in Gedanken.

„*Alors!*" schrie plötzlich hinter ihm eine Frau auf. Adam war ihr auf den Fuß getreten.

„Verzeihung!" sagte Adam verwirrt in seiner Muttersprache. Der Polizist wurde aufmerksam, starrte Adam an, rief etwas in sein Funkgerät und begann auf ihn zuzulaufen.

Adam ließ den Mantel fallen, wirbelte herum, stieß um ein Haar die Frau um und raste zum Ausgang. Der Parkplatz wimmelte von Touristen, die sich an den Kunstschätzen des Louvre erfreuen wollten, so daß Adam Mühe hatte, in der dichten Menge rasch voranzukommen.

Er erreichte die Einfahrt, hörte die Trillerpfeife des Polizisten nur wenige Meter hinter sich, rannte über die Rue de Rivoli, durch einen Bogengang und wieder ins Freie auf einen großen Platz.

In diesem Augenblick näherte sich von rechts ein zweiter Polizist. Adam konnte nur noch die Stufen zum Louvre hinauflaufen. Oben stürmte er durch die Drehtür, rannte bei der Rodin-Statue in der Eingangshalle an einer Gruppe japanischer Touristen vorbei, passierte einen völlig verblüfften Kartenkontrolleur und hastete die lange Marmortreppe hinauf.

Auf dem obersten Treppenabsatz wandte er sich nach rechts und lief durch die Sonderausstellung, dann durch den Saal zeitgenössischer Kunst in den Impressionistensaal mit Monet und Courbet. Verzweifelt hielt er Ausschau nach einem Ausgang. Weiter ging's ins 18. Jahrhundert, und durch einen großen Torbogen geriet er ins 17. Jahrhundert – die Leute begannen sich umzudrehen, um zu sehen, wer einen derartigen Aufruhr verursachte. Adam rannte weiter ins 16. Jahrhundert – Raffael, Michelangelo – und erkannte dann, daß er nur noch zwei Jahrhunderte Malerei vor sich hatte.

Rechts oder links? Er entschied sich für rechts und gelangte in einen riesigen, rechteckigen Saal mit drei Ausgängen. Hier bremste er kurz ab, überlegte, welchen Ausgang er wählen sollte – da fiel ihm auf, daß der Saal voller russischer Ikonen war. Vor einem leeren Schaukasten blieb er um Atem ringend stehen: „Wir bedauern, Ihnen dieses Bild zur Zeit nicht zeigen zu können, da es restauriert wird", stand da auf einem Schild zu lesen.

Der erste Polizist stürmte in den Saal. Adam stürzte auf den am weitesten entfernten Ausgang los – noch ein Polizist! Er schlug einen Haken nach rechts zum nächsten Ausgang: zwei weitere. Geradeaus: wieder einer.

Adam blieb mitten im Ikonensaal des Louvre stehen und hob die Hände über den Kopf. Er war von Polizisten umzingelt, die ihre Pistolen gezogen hatten.

Sir Morris hob den Hörer von seinem Telefon am Schreibtisch.

„Ein dringender Anruf aus Paris, Sir", sagte seine Sekretärin.

„Danke, Tessa!"

Rasch begann er die aufregenden Neuigkeiten im Geist zu übersetzen. „*Merci, merci*", bedankte sich Sir Morris bei seinem Kollegen im französischen Außenministerium. „Wir setzen uns mit Ihnen in Verbindung, sobald wir alle Vorbereitungen getroffen haben, um ihn abzuholen. Lassen Sie ihn bitte bis dahin nicht aus den Augen." Sir

Morris schwieg einen Augenblick, bevor er hinzufügte: „Sollte er irgendwelche Wertsachen bei sich haben, so halten Sie diese bitte unter sicherem Verschluß. Und nochmals vielen Dank!" Die Sekretärin stenographierte jedes Wort des Gesprächs mit, wie sie es in den letzten vierzehn Jahren stets getan hatte.

Die Polizisten ließen die Handschellen um Adams Handgelenke zusammenklicken und führten ihn zu einem Wagen. Der Polizist, an den er gefesselt war, zog ihn mit einem Ruck auf den Rücksitz. Adam bemerkte, daß vor und hinter ihnen ein Polizeiauto fuhr. Zwei Polizisten auf Motorrädern führten die kleine Wagenkolonne an. Adam kam sich vor wie ein Monarch auf Staatsbesuch, nicht wie ein Krimineller, der wegen zweifachen Mordes und zweier Autodiebstähle gesucht wurde. Hatte endlich jemand erkannt, daß er unschuldig war?

Auf der Polizeiwache wurde ihm sofort befohlen, alle Taschen zu leeren. Zum Vorschein kamen eine Armbanduhr, ein Apfel, einige Reiseschecks, ein paar Schweizer Franken sowie ein britischer Reisepaß auf den Namen Dudley Hulme. Der Polizeiinspektor bat Adam höflich, sich bis auf Unterhemd und Unterhose auszuziehen. Inzwischen durchsuchte der Inspektor sorgfältig jede Tasche des Blazers und tastete sogar das Innenfutter ab.

„Besitzen Sie sonst noch etwas?" fragte der Polizist in korrektem Englisch.

„Nein", antwortete Adam nur.

Der Inspektor durchsuchte den Blazer noch einmal, entdeckte aber nichts Neues. „Ziehen Sie sich wieder an!" befahl er kurz angebunden.

Adam schlüpfte in Hemd, Hose und Blazer; seine Krawatte und die Schnürsenkel behielt der Inspektor zurück. „Sie bekommen Ihre Sachen wieder, sobald Sie entlassen werden", erklärte er.

Adam nickte und zog sich die Schuhe an. Anschließend wurde er im selben Stockwerk in eine kleine Zelle gesperrt und allein gelassen. Er sah sich in dem karg möblierten Raum um. In der Mitte stand ein kleiner hölzerner Tisch mit zwei Stühlen. Neugierig betrachtete er das Bett in der Ecke, auf dem eine alte Roßhaarmatratze lag. Eigentlich konnte man den Raum gar nicht als Zelle betrachten – es gab nirgends Gitter, nicht einmal vor dem einzigen Fenster.

Adam zog seinen Blazer aus, hängte ihn über einen Stuhl und legte sich aufs Bett. Die Minuten verstrichen. Etwa eine halbe Stunde später erschien endlich ein Beamter. Er trug ein Tablett, das mit einem Teller heißer Suppe, einem Steak samt Beilagen sowie mit einem Becher Rotwein beladen war. Adam fragte sich, ob die Franzosen ihn mit jemand anderem verwechselt hatten oder ob es sich um seine letzte Mahlzeit vor der Guillotine handelte. Er folgte dem Beamten, der das Essen gebracht hatte, zur Tür. „Ich möchte mit einem Rechtsanwalt sprechen", sagte er mit Nachdruck, doch der Polizist zuckte nur die Achseln und knallte die Tür hinter sich zu.

Adam setzte sich und begann zu essen; er empfand Dankbarkeit darüber, daß die Franzosen, ungeachtet aller äußeren Umstände, nie die Notwendigkeit eines guten Essens vergaßen.

Sir Morris teilte seinen Mitarbeitern die Neuigkeit mit und musterte eindringlich alle um den Tisch Versammelten. Er hätte nie eine Sitzung des Führungszirkels einberufen, wäre er nicht überzeugt gewesen, daß sich Adam endlich in Sicherheit befand. Matthews verriet, wie immer, keinerlei Gefühle, Bush war ungewöhnlich still, Snell wirkte zur Abwechslung beinah gelöst. Ein Ausdruck der Freude schien nur bei Lawrence erkennbar.

„Scott befindet sich in Paris im Innenministerium in Haft", fuhr Sir Morris fort. „Ich habe bereits mit unserem Militärattaché an der Botschaft Kontakt aufgenommen."

„Colonel Pollard", unterbrach Lawrence ihn.

„Colonel Pollard", bestätigte Sir Morris. „Er wurde mit einem Diplomatenwagen hinübergefahren und wird Scott zu einer ersten Einvernahme in unsere Botschaft bringen." Sir Morris wandte sich an seinen Stellvertreter. „Sie werden heute abend nach Paris fliegen und die Einvernahme persönlich leiten."

„Gewiß, Sir!" antwortete Lawrence mit einem erfreuten Lächeln.

Sir Morris nickte. Eine ausgekochte Bande! dachte er, als er die um den Tisch Sitzenden prüfend anblickte. Die nächsten Stunden würden schon ans Licht bringen, wer von ihnen zwei Herren diente ...

Mentor lächelte, als Sir Morris den Raum verließ, seine Aufgabe war erfüllt. Wie gut, daß er Kurzschrift auch verkehrt herum lesen konnte ...

Einige Minuten früher als geplant, traf ein schwarzer Jaguar mit CD-Kennzeichen vor dem Polizeihauptquartier ein. Der Inspektor erwartete ihn bereits. Pollard sprang aus dem Wagen. Der Polizist warf einen Blick auf die kleine britische Flagge, den Union Jack, der über dem Kotflügel flatterte; er fand, daß hier alles allmählich melodramatische Züge annahm.

Der Inspektor führte Pollard geradewegs in den kleinen Raum, in dem Adam festgehalten wurde.

„Pollard mein Name, Colonel Pollard! Britischer Militärattaché in Paris. Ich bedaure, daß Sie diese Nervenprobe über sich ergehen lassen mußten, mein Guter, aber es gab erst jede Menge Papierkram zu erledigen, um Sie herauszubekommen! Verdammte Bürokratie!"

„Ich verstehe", entgegnete Adam und sprang vom Bett auf. Er gab dem Colonel die Hand.

„Jedenfalls ist das Problem jetzt gelöst", fuhr der Colonel fort. „Die französische Polizei war äußerst kooperativ. Sie ist damit einverstanden, daß Sie mich zur Botschaft begleiten."

Der Inspektor führte die beiden in den Vorraum zurück. Adam brauchte nur noch eine Übernahmebestätigung für seine persönlichen Habseligkeiten zu unterschreiben. Dudley Hulmes Paß wurde ihm nicht zurückerstattet, was ihn jedoch keineswegs verwunderte.

„Machen wir, daß wir weiterkommen, mein Guter", sagte der Colonel. Er schien ein wenig nervös zu werden.

„Ich bin genauso scharf darauf wie Sie, hier herauszukommen", entgegnete Adam, „doch bitte, einen Augenblick noch." Er fädelte die Schnürsenkel ein und folgte Colonel Pollard und dem Inspektor zu dem Jaguar. Ein Chauffeur hielt Adam die Tür auf. Adam begann zu lachen.

„Ist etwas nicht in Ordnung, mein Guter?" erkundigte sich der Colonel.

„Mir ist lediglich eingefallen, daß der Chauffeur, der das letztemal die Wagentür für mich aufgehalten hat, wesentlich unfreundlicher aussah..."

„Zur Botschaft!" befahl Pollard. Der Wagen fuhr los.

In panischem Schrecken starrte Adam auf den flatternden Union Jack.

14

ALS Adam aufwachte, war er nackt. Erschrocken sah er sich in dem kahlen Raum um. Er war an Armen, Beinen und Rumpf mit einem Nylonstrick fest an einen Stuhl in der Mitte des Raumes gefesselt.

Vor ihm stand Colonel Pollard, der den Raum rasch verließ, als er mit Befriedigung festgestellt hatte, daß Adam wieder bei Bewußtsein war.

Adam drehte den Kopf. Seine Kleider lagen ordentlich auf einem Bett am anderen Ende der Zelle ausgebreitet. Er versuchte, die Stricke an den Handgelenken zu lockern, aber seine Arme waren so eng gefesselt, daß er die Stricke nur schwach an der Stuhlkante scheuern konnte. Einige Minuten lang mühte Adam sich vergebens ab. Dann hörte er, wie die Tür schwungvoll geöffnet wurde. Er blickte auf. Romanow trat ein. Ihm folgte ein Mann, den Adam nicht kannte. Er hielt etwas unter den Arm geklemmt, das wie eine Zigarrenkiste aussah. Der Mann stellte sich irgendwo hinter Adam auf. Dann kam auch Pollard zurück.

Romanow blieb unmittelbar vor dem Stuhl stehen und lächelte. Er schien Adams Demütigung zu genießen.

„Mein Name ist Alexander Petrowitsch Romanow", verkündete er mit nur ganz leichtem Akzent.

„Oder Emmanuel Rosenbaum", ergänzte Adam und musterte seinen Gegner scharf.

Romanow begann den Stuhl zu umkreisen. „Zunächst möchte ich Ihnen gratulieren, daß Sie sich mir so lange entziehen konnten. Mittlerweile werden Sie aber erkannt haben, daß meine Quelle in London einen Anruf genauso rasch zu lokalisieren vermag wie Ihre Leute."

„Ihre Quelle?" fragte Adam.

„Tun Sie nicht so naiv, Captain! Seien Sie sich lieber darüber im klaren, daß Sie hier keine Fragen zu stellen haben!"

Adam fixierte einen Stein in der Wand gegenüber. Er legte keinen Wert darauf, Romanows Rundummärsche zu verfolgen.

„Unseren Colonel Pollard haben Sie ja schon kennengelernt", fuhr Romanow fort. „Allerdings ist das nicht sein richtiger Name, und ein richtiger Colonel ist er auch nicht. Er wäre nur schon immer gern einer gewesen, und deshalb sind wir ihm bei dieser passenden Gelegenheit gern entgegengekommen."

Adams Blick blieb weiterhin an die Wand geheftet.

„Ich muß zugeben, daß unser Fehler mit dem Union Jack am Wagen ein Zeichen von Nachlässigkeit war. Da es aber unmöglich ist, die sowjetische Fahne verkehrt herum aufzuhängen, ohne daß es sofort auffällt, ist unser Fehler vielleicht verständlich. Bei der englischen Flagge ist das nicht so eindeutig. Ein Glück, daß es Ihnen erst aufgefallen ist, als die Türen des Wagens bereits verriegelt waren." Romanow unterbrach seine Rundwanderung. „Ich denke, es ist an der Zeit, Ihnen unseren Dr. Stawinski vorzustellen. Er hat sich schon sehr auf Sie gefreut." Romanow trat einen Schritt zurück, um Stawinski vorzulassen, der sich, die Zigarrenkiste noch immer unter den Arm geklemmt, vor Adam aufpflanzte. Stawinski trug ein graues Hemd und einen arg zerknitterten grauen Anzug. Ein zwei Tage alter Bart unterstrich sein schlampiges Aussehen.

„Es ist mir eine große Freude, Ihre Bekanntschaft zu machen, Captain Scott", begann Stawinski mit einem hämischen Grinsen. „Es liegt natürlich an Ihnen, unser Beisammensein erheblich abzukürzen; Sie müssen mir nur eine einzige kleine Auskunft geben. Eigentlich" – er ließ ein kleines Lachen hören – „möchte ich bloß erfahren, wo sich die Zarenikone befindet."

Adam gab keine Antwort.

„Das hatte ich schon erwartet. So sehe ich mich leider gezwungen, die unter diesen Umständen übliche Verfahrensweise anzuwenden. Sie werden sich vielleicht schon gefragt haben, weshalb ich diese Zigarrenkiste mit mir herumtrage."

Stawinski wartete auf Antwort, aber Adam blieb stumm.

„Sie wollen sich also nicht mit mir unterhalten? Ich merke, daß Sie bereits einschlägige Erfahrungen gesammelt haben. Nun, dann werde ich meine Ausführungen einfach fortsetzen, ob es Sie interessiert oder nicht. Ich habe an der Moskauer Universität im Hauptfach Chemie studiert, mich jedoch auf einen bestimmten Bereich dieser Wissenschaft spezialisiert: die Kunst des Verhörs."

Adam heuchelte weiter Desinteresse, während er sich krampfhaft bemühte, nicht an seine schlimmste Zeit in Malaysia in den Händen der Chinesen zu denken.

„Foltern ist freilich ein altes und ehrwürdiges Handwerk", fuhr Stawinski fort. „Die Chinesen beschäftigen sich damit seit beinah dreitausend Jahren, und selbst ihr Briten seid seit den Zeiten der Folterbank ein ganz beträchtliches Stück vorangekommen. Die Folterbank hat sich ja auch als zu unhandlich erwiesen; in einer Zeit wie der heutigen kann man sie nicht überallhin mitschleppen. Aus diesem Grund hat mein Lehrer in Moskau etwas ganz Kleines, Einfaches entwickelt. Bevor ich die Kiste öffne, frage ich Sie allerdings noch ein einziges Mal: Wo ist die Ikone?"

Adam spuckte Stawinski an.

„Sie sind nicht nur ungezogen", zischte Stawinski, „sondern auch dumm! In kürzester Zeit nämlich werden Sie jeden Tropfen Flüssigkeit bitter nötig haben." Er stellte die Kiste auf den Boden und öffnete sie behutsam. „Zunächst habe ich hier", erklärte er wie ein Zauberer, der seine Künste demonstriert, „eine Sechs-Volt-Nickel-Cadmium-Batterie. Zweitens", er steckte seine Hand erneut in die Kiste, „einen kleinen Impulsgenerator." Er stellte das rechteckige Metallgehäuse neben die Batterie. „Drittens habe ich hier zwei Drähte, an deren Enden Elektroden befestigt sind, viertens zwei Injektionsspritzen, fünftens eine Tube Kollodiumkleber und eine Ampulle. Schließlich gibt es noch zwei weitere Dinge in dieser Kiste, die ich allerdings nur einsetzen will, falls es sich als notwendig erweist, zu Stadium zwei oder gar zu Stadium drei überzugehen."

Stawinski stellte alles in einer Reihe vor Adam auf den Boden.

„Damit auch Genosse Romanow und der Colonel das Schauspiel genießen können, halte ich es für notwendig, einige Details über das menschliche Nervensystem zu erläutern. Wenn man einen schwachen elektrischen Impuls an das Ende der Synapse schickt, können innerhalb eines Sekundenbruchteils Tausende anderer Nerven erreicht werden. Das verursacht ein recht unangenehmes Gefühl. Im Sprachgebrauch der Moskauer Schule wird das als Stadium eins bezeichnet. Wir könnten es Ihnen natürlich ersparen, wenn Sie mir nur sagen würden, wo ich die Zarenikone finden kann."

Adam blieb teilnahmslos.

„Sie haben meinem kleinen Vortrag offenbar keinerlei Aufmerksamkeit geschenkt! Deshalb wird mir nichts anderes übrigbleiben, als von der Theorie zur Praxis überzugehen."

Adam begann im stillen, alle achtunddreißig Bühnenstücke von William Shakespeare aufzuzählen. Sein alter Englischlehrer wäre bestimmt begeistert gewesen, hätte er gewußt, daß sein Schüler nach all den Jahren noch imstande war, sich die Dramen des Meisters ins Gedächtnis zurückzurufen. *Heinrich VI., Erster Teil; Heinrich VI., Zweiter Teil; Heinrich VI., Dritter Teil; Richard III . . .*

Stawinski hob die Tube mit dem Kollodiumkleber vom Boden auf, nahm den Verschluß ab und verrieb zwei Klumpen Klebstoff auf Adams Brust. Dann drückte er die beiden Elektroden an den Klebstoff, nahm die Drähte und schraubte sie an der Sechsvoltbatterie fest, die wiederum an den winzigen Generator angeschlossen war.

. . . Die beiden Veroneser; Verlorene Liebesmüh; Romeo und Julia . . .

Ohne Vorwarnung drückte Stawinski den Hebel des Generators zwei Sekunden lang hinunter. Zweihundert Volt fuhren durch Adams Körper. Er klammerte sich an den Kanten des Stuhls fest. *. . . Richard II.; Ein Sommernachtstraum; König Johann . . .*

Wieder drückte Stawinski den Hebel zwei Sekunden lang hinunter, und wieder durchfuhr Adam ein fast unerträglicher Schmerz. Er verspürte heftige Übelkeit, doch gelang es ihm, bei Bewußtsein zu bleiben.

Stawinski wartete einen Augenblick. „Höchst eindrucksvoll", meinte er schließlich. „Sie haben sich zweifelsohne für Stadium zwei qualifiziert. Dazu muß es aber nicht kommen, wenn Sie mir folgende Frage beantworten: Wo ist die Zarenikone?"

Adams Mund war so ausgetrocknet, daß er nicht sprechen konnte.

Stawinski wandte sich zur Tür. „Bringen Sie dem Captain doch bitte ein wenig Wasser, Colonel!"

Pollard besorgte das Gewünschte sofort. Eine Flasche wurde in Adams Mund geschoben. Er schluckte hastig die Hälfte des Inhalts hinunter, dann spuckte er den Rest des Wassers dorthin, wo sein Gegner stand.

Stawinski machte einen Schritt nach vorne und schlug Adam mit dem Handrücken ins Gesicht. Adams Kopf sank zur Seite.

„Sie lassen mir keine andere Wahl, als zu Stadium zwei überzugehen", sagte Stawinski. „Ich brauche Ihnen dazu nur eine außergewöhnliche Lösung zu injizieren, die unter der Bezeichnung ‚M' bekannt ist. Mit ‚M' können Botschaften viel rascher und gründlicher an alle Nerven übermittelt werden. Allerdings vervielfacht sich so auch der Schmerz – ohne daß es freilich zu tödlichen Folgen käme." Er nahm eine Injektionsspritze vom Boden, stieß die lange dünne Nadel in die Ampulle und zog den Kolben hoch. Dann trat er hinter Adam.

Adam spürte die Nadel in seinen Rücken eindringen. Er bewegte keinen Muskel. *Viel Lärm um nichts ...* Ein rasender Schmerz flutete durch seinen Körper. Er zitierte jetzt laut: „... *Troilus und Cressida; Ende gut, alles gut ...*"

„Sie sind ein tapferer Mann, Scott!" sagte Romanow. „Aber es ist doch heller Wahnsinn! Sagen Sie mir schlicht und einfach, wo die Ikone ist, und ich schicke Stawinski fort und lasse Sie vom Colonel vor der britischen Botschaft absetzen."

„... *Macbeth; Antonius und Kleopatra ...*"

Romanow stieß einen Seufzer aus und nickte. Stawinski stellte sich wieder neben die Zigarrenkiste und drückte den Hebel des Generators hinunter.

Selbst der Colonel wurde weiß im Gesicht, als er Adams Reaktion beobachtete. Sein Schrei gellte, seine Muskeln verkrampften sich sichtbar, als der Stromstoß die Millionen kleiner Nervenenden in seinem Körper erreichte.

Stawinski starrte auf ihn herab. „Wirklich höchst eindrucksvoll, Captain Scott! Sie haben sich für Stadium drei qualifiziert ..."

Adam verlor das Bewußtsein.

ALS Lawrence an diesem Abend auf dem Pariser Flughafen Orly ankam, freute er sich auf ein gemütliches Essen mit Adam in der Residenz des Botschafters. Am Ausgang erwartete ihn Colonel Pollard.

„Wie geht es ihm?" waren Lawrence' erste Worte.

„Ich habe gehofft, Sie würden uns das sagen können", erwiderte
Pollard.

Lawrence blieb wie angewurzelt stehen und starrte den hochgewachsenen Colonel fassungslos an. „Was soll das heißen?" fragte er.

„Das soll heißen", erklärte Pollard, „daß ich Ihre Anweisungen
genauestens befolgt habe und losgefahren bin, um Scott von der Polizeiwache abzuholen. Aber als ich dort ankam, wurde mir mitgeteilt,
er sei schon zwanzig Minuten zuvor von jemand anderem wegge-
bracht worden; von jemand, der sich meines Namens bedient hatte.
Wir nahmen sofort Kontakt mit Ihrem Büro auf. Da Sie bereits
unterwegs waren, schickte mich der Botschafter direkt zum Flughafen
und rief Sir Morris an."

Lawrence taumelte; fast wäre er gestürzt. Der Colonel trat rasch an
seine Seite, verstand aber nicht, was Lawrence meinte, als er murmelte: „Er muß ja annehmen, daß ich es bin."

Als Adam wieder zu Bewußtsein kam, stand Romanow allein vor
ihm. „Manchmal", sagte der Russe, so, als wäre Adam nie ohnmächtig gewesen, „ist ein Mann zu stolz, um vor seinem Peiniger
Mangel an Durchhaltevermögen zu zeigen. Oder auch vor einem
Landsmann – besonders, wenn dieser ein Verräter ist. Daher habe ich
Stawinski und den Colonel hinausgeschickt. Aber ich kann Stawinski
nur davon abhalten, zu Stadium drei überzugehen, wenn Sie mir verraten, wo Sie die Ikone versteckt haben."

„Warum sollte ich?" fragte Adam aggressiv. „Sie gehört von Rechts
wegen mir."

„Das stimmt nicht, Captain Scott! Sie haben in der Genfer Bank
Rubljows unschätzbar wertvolles Original abgeholt, und das gehört
der Union der Sozialistischen Sowjetrepubliken. Die Sowjetunion
besaß seit mehr als fünfzig Jahren nur eine Kopie." Romanow zog aus
der Innentasche seines Jacketts eine Ikone, die den heiligen Georg mit
dem Drachen zeigte. Adams Augen weiteten sich ungläubig. Romanow zögerte, dann drehte er die Ikone um. Ein zufriedenes Lächeln
huschte über sein Gesicht; er konnte an Adams Augen ablesen, daß
dieser genau wußte, was das Fehlen der Krone bedeutete.

„So wie Ihnen", fuhr Romanow fort, „wurde auch mir dieses Bild
nur als Leihgabe zur Verfügung gestellt. Aber Sie brauchen mir nur zu
sagen, wo die echte Ikone ist, und ich lasse Sie sofort frei und tausche
die Kopie gegen das Original aus. Niemand würde es merken, und für
Sie würde noch immer ein ordentlicher Gewinn herausschauen."

Adam schüttelte nicht einmal den Kopf.

„Dann ist es wohl an der Zeit, Sie in etwas Einblick nehmen zu lassen, das Sie vielleicht mehr interessieren wird", sagte Romanow. Er zog ein einzelnes Blatt Papier aus der Innentasche seines Sakkos.

„Dieses Blatt Papier gibt Zeugnis von der Vollstreckung eines Urteils, das 1946 in Moskau gefällt wurde. Eines Todesurteils", ergänzte Romanow. „Es wurde über einen gewissen Major Wladimir Koski verhängt, den diensthabenden Offizier der sowjetischen Wache an jenem Abend, an dem Reichsmarschall Göring starb." Er drehte das Blatt um. „Major Koski wurde der Kollaboration mit dem Feind für schuldig befunden. Er war erwiesenermaßen dafür verantwortlich, daß an dem Abend, an dem der Reichsmarschall starb, Zyankali in die Zelle geschmuggelt worden war."

Adams Augen weiteten sich. „Sie sehen also, daß ich die Trümpfe in der Hand habe", meinte Romanow. „Vielleicht werden Sie mir jetzt endlich sagen, wo sich die Ikone befindet. Ihre Ikone gegen meine, und als Draufgabe das Gerichtsurteil, welches die Ehre Ihres Vaters wiederherstellt."

Adam schloß die Augen und verharrte stumm.

Romanow ließ seiner Wut freien Lauf. Er lief zur Tür und riß sie auf. „Sie können ihn haben!"

Unverzüglich trat Dr. Stawinski wieder ein und fuhr lächelnd in seinem Vortrag fort, als wäre er nie unterbrochen worden: „Ich war mit Stadium zwei nie wirklich zufrieden, zumal die Regeneration manchmal Stunden, ja sogar Tage dauern kann. Doch dann wurde eine neue Möglichkeit gefunden: ein rasch wirksames Analgetikum." Er entnahm der Zigarrenkiste eine weitere Ampulle.

„Dies hier in Ihre Blutbahn injiziert, fördert die Regeneration dermaßen, daß Sie sich fragen werden, ob Sie überhaupt jemals einen Schmerz empfunden haben." Triumphierend hielt er die kleine Ampulle hoch. „Ich könnte die Prozedur alle dreißig Minuten wiederholen, so dies Ihr Wunsch sein sollte."

Stawinski stellte sich vor Adam und zog die zweite Spritze zur Hälfte auf.

Adam spürte, wie die Nadel tief eindrang; Sekunden später strömte die Flüssigkeit durch seine Blutgefäße.

Adam konnte kaum glauben, wie rasch er sich erholte. Innerhalb weniger Minuten war die Übelkeit verschwunden. Das Empfindungsvermögen in Armen und Beinen normalisierte sich.

Mit einem zufriedenen Grinsen trat Stawinski neben den Generator. Er kostete den Moment noch ein wenig aus, dann stieß seine Hand den Hebel nach unten.

Adams Schreie gellten noch schriller, sein Körper wand sich in Krämpfen. „Also, wo ist die Ikone?" brüllte Stawinski.

Im Louvre! wollte Adam schreien, doch er brachte kaum ein Flüstern zustande. Stawinski machte sich daran, die zweite Spritze zu füllen, und injizierte Adam die Flüssigkeit. Wieder verschwand der unerträgliche Schmerz innerhalb weniger Augenblicke.

Romanow trat vor ihn und blickte Adam kalt in die Augen. „Ich glaube, Dr. Stawinski und ich haben uns ein kleines Abendessen verdient. Sobald wir uns gestärkt haben, wird Dr. Stawinski die Prozedur so lange wiederholen, bis Sie mir sagen, wo Sie die Ikone verborgen halten."

Romanow und Stawinski verließen den Raum und schickten Colonel Pollard als Aufpasser herein.

„Ich muß mich gleich wieder übergeben", sagte Adam plötzlich. Pollard löste die Fesseln und sah zu, wie Adam auf Knie und Hände fiel. Adam würgte ein wenig Speichel hervor und erholte sich etwas; dann half ihm der Colonel sanft auf den Stuhl zurück. Adam setzte sich hin und umklammerte mit seiner Rechten das Stuhlbein. Dann sammelte er all seine Kräfte, riß den Stuhl hoch und ließ ihn auf den arglosen Colonel niederkrachen.

Pollard brach bewußtlos zusammen. Er konnte nicht mehr hören, wie Adam murmelte: „*Heinrich VIII.* und *Die beiden edlen Vettern* – ich wette, von diesem letzten Stück haben Sie noch nie gehört, Colonel! Ehrlich gesagt: Man ist sich nicht ganz sicher, ob es wirklich von Shakespeare stammt."

Adam wartete ein paar Sekunden und versuchte abzuschätzen, wieviel Kraft ihm verblieben war. Er hob die in einer Ecke stehende Wasserflasche auf und trank sie bis zum letzten Tropfen leer. Anschließend schleppte er sich zu dem Bett hinüber und zog seine Kleider an. Er wollte in den Blazer schlüpfen, besann sich dann aber eines Besseren, stolperte unsicher wie ein alter Mann auf den Colonel zu, zog ihm seinen Tweedsakko aus und schlüpfte hinein.

Adam schlich leise zur Tür und zog sie vorsichtig einen Spaltbreit auf. Er spähte hinaus, aber außer einem dunklen Korridor sah er nichts. Am anderen Ende des Ganges drang schwaches Licht durch die Milchglasscheibe einer Tür. Adam begann mit kleinen Schritten darauf zuzugehen. Unter einer Tür zu seiner Rechten drang ein Lichtstrahl hervor. Er hatte nur noch einen Schritt bis zu ihr zurückzulegen, da sprang sie plötzlich auf, und heraus trat ein kleiner Mann in einem kurzen weißen Kittel, vor den er sich eine blaue Küchenschürze gebunden hatte. Adam erstarrte und drückte sich gegen die Wand.

Der Küchengehilfe nahm ein Päckchen Zigaretten aus der Tasche und ging in die entgegengesetzte Richtung davon, erreichte die Glastür, öffnete sie und trat ins Freie. Adam beobachtete die schattenhafte Gestalt, die sich gegen die Milchglasscheibe abzeichnete. Er sah, wie ein Streichholz aufflammte und eine Zigarette angezündet wurde.

Leise schlich Adam zu der Tür nach draußen und öffnete sie. Der Raucher drehte sich um. Sekunden später landete Adams Linke in seinem Magen. Er krümmte sich zusammen. Adam schlug ihm mit geballter Energie die rechte Faust gegen das Kinn. Der Mann sackte zu Boden.

Ohne Zeit zu verlieren, zerrte Adam den schlaffen Körper über den Rasen und ließ ihn hinter einem Busch zu Boden fallen. Eine Weile blieb er neben ihm knien, um sich zu orientieren. Im Mondlicht sah er eine hohe Mauer, die etwa zwanzig Meter vor ihm aufragte.

Adam nahm alle seine Kräfte zusammen und rannte auf die Mauer zu. Langsam und lautlos bewegte er sich an ihr entlang vorwärts, Meter um Meter, bis er die Vorderseite des Gebäudes erreichte. Er war mittlerweile überzeugt, daß es sich um die sowjetische Botschaft handelte. Das große Holztor am Haupteingang stand offen; alle paar Sekunden rauschte eine Limousine an Adam vorbei nach draußen. Er blickte zur Eingangstür der Botschaft: Auf der obersten Stufe stand der Botschafter und verabschiedete sich von seinen Gästen. Am Tor hielten zwei bewaffnete Gendarmen Wache; sie salutierten jedesmal, wenn ein Wagen durchfuhr.

Adam wartete, bis ein schwerer BMW, auf dessen Kotflügel die bundesdeutsche Flagge flatterte, seine Geschwindigkeit verringerte und das Tor passierte. Adam benützte den Wagen als Deckung und trat auf den Fahrweg; dann marschierte er dicht hinter dem BMW geradewegs zwischen den Wachen auf die Straße zu.

„*Bonsoir*", sagte er gut gelaunt zu den Wachtposten, als der Wagen davonfuhr. Geh! befal er sich selbst, lauf nicht, sondern geh. Die Gendarmen salutierten ehrerbietig. Nicht zurückschauen! Adam hielt den Blick entschlossen nach vorne gerichtet.

„Tu cherches *une femme?* – Suchst du eine Frau?" fragte die Stimme aus dem Dunkel einer Hauseinfahrt. Adam war in eine schlechtbeleuchtete Einbahnstraße geraten.

„Sprechen Sie Englisch?" fragte Adam, der die Frau nicht deutlich sehen konnte.

„In meinem Beruf muß man jede Menge Sprachen können, *chéri*, sonst man ver'ungert."

Adam versuchte zusammenhängend zu denken; obwohl er kein Geld hatte, hoffte er, daß ihn das Mädchen wenigstens an einen sicheren Ort führen würde. „Zweihundert Franc", schlug er vor.

„Einverstanden", erwiderte sie und trat endlich aus dem Dunkel. „Nimm meinen Arm. Wenn du kommst vorbei an einem Polizist, du sagst nur *ma femme'*."

Adam stolperte vorwärts.

„Meine Wohnung ist gleich um die Ecke", versicherte sie ihm. Adam war überzeugt, daß er es bis dorthin noch schaffen würde. Sie blieb gleich darauf vor einem Mietshaus stehen.

„Ich wohne im zweiten Stock, *chéri*, sehr schöne Aussicht", erklärte sie.

Adam gab keine Antwort, sondern lehnte sich nur schwer atmend an die Hauswand.

„Du bist müde", stellte sie fest. Sie stiegen die Treppe hinauf zum zweiten Stock, das Mädchen mußte Adam die letzten paar Stufen beinahe hinaufzerren. Er wankte ihr nach in ihr Zimmer und ließ sich in einen Sessel fallen. Hier im Licht konnte Adam das Mädchen zum erstenmal richtig ansehen. Ihr blondes Haar war kurz und gelockt; sie trug eine rote Bluse, einen hautengen schwarzen Rock und schwarze Netzstrümpfe.

Mit einem leichten Wiegen der Hüften näherte sie sich ihm. „Gibst du mir bitte die Zwei'undert jetzt gleich?" bat sie.

„Ich hab überhaupt kein Geld", antwortete er schlicht.

„Was?" Zum erstenmal klang ihre Stimme ungehalten. Sie fuhr mit der Hand in seine Brusttasche und zog eine Brieftasche heraus. „Und was ist das?" Sie reichte Adam die Brieftasche. Er öffnete die Lasche und sah, daß sie prall gefüllt war mit französischen Franc und einigen englischen Banknoten. Offenbar wurde der Colonel für seine Dienste in bar bezahlt.

Er zog zwei Hundertfrancscheine heraus und gab sie dem Mädchen. „Das gefällt mir schon besser", meinte sie und verschwand im Nebenzimmer.

Adam durchsuchte rasch die Brieftasche. Er fand einen Führerschein sowie Kreditkarten, die wohl auf den richtigen Namen des Colonels – Albert Tomkins – lauteten. Dann blickte er sich um: Ein Doppelbett nahm den größten Teil des Zimmers ein. Zur Linken befand sich ein kleiner Kamin; in einer Ecke der Feuerstelle waren Holzscheite aufgeschichtet. Ein letztes Mal nahm er seine Kraft zusammen; er stemmte sich aus dem Sessel hoch, wankte zu dem Kamin hinüber und versteckte die Brieftasche zwischen den Scheiten.

Dann schlich er wieder zu seinem Sessel zurück. Die Tür öffnete sich in dem Augenblick, als er sich wieder hineinfallen ließ.

Das Mädchen stand neuerlich in der hellerleuchteten Türöffnung; diesmal trug sie nur ein rosa Negligé. Langsam kam sie auf ihn zu.

„Ich möchte nur meine Ruhe!" sagte Adam zu ihr.

„Für zwei'undert Franc du kannst schlafen in jedem 'otel!" sagte sie mit großen Augen.

„Ich möchte mich nur ein paar Minuten lang ausruhen", versicherte er ihr.

„Diese Engländer!" sagte sie und half Adam hinüber aufs Bett. Noch bevor sie die Decke über ihn gezogen hatte, war er bereits eingeschlafen.

Als Adam aufwachte, schien durch das kleine Fenster des Zimmers die Sonne. Blinzelnd versuchte er sich zu erinnern, wo er war und was sich am Abend zuvor ereignet hatte. Dann fiel ihm alles wieder ein, und zusammen mit der Erleichterung stieg wieder die Übelkeit in ihm hoch. Er sah sich im Zimmer um. Das Mädchen war nirgends zu sehen oder zu hören. Plötzlich dachte er wieder an die Brieftasche.

Adam setzte sich kerzengerade auf, sammelte sich, dann erhob er sich und versuchte zu gehen. Er fühlte sich zwar noch recht wacklig auf den Beinen, doch gelang es ihm besser als erwartet. Vor dem Kamin kniete er sich hin und begann zwischen den Holzscheiten zu suchen. Die Brieftasche von Tomkins war nicht mehr da! So rasch er konnte, ging er zu dem Sessel, über dessen Lehne der Sakko hing. Er durchsuchte die Innentasche: ein Paß, einige andere Papiere – aber keine Brieftasche. Adam stieß einen Schwall von Verwünschungen aus und sank zu Boden. Eine Zeitlang blieb er sitzen, ohne sich zu rühren. Dann hörte er einen Schlüssel im Schloß.

Die Wohnungstür ging auf, und das Mädchen kam schwungvoll herein. In der Hand trug sie einen Einkaufskorb. Sie hatte einen hübschen geblümten Rock und eine weiße Bluse an. Der Korb war voller Lebensmittel.

„Wo ist meine Brieftasche?" fragte Adam kühl.

„Auf dem Tisch", antwortete das Mädchen.

Adam schaute hinüber und stellte fest, daß sie die Brieftasche an die augenfälligste Stelle gelegt hatte.

„War nicht nötig, sie zu verstecken", tadelte sie ihn. „Ich bin keine Diebin." Damit ging sie erhobenen Hauptes in die Küche.

Adam kam sich mit einemmal sehr schäbig vor.

„Kaffee und Croissants?" rief sie.

„Wunderbar", erwiderte Adam. „Verzeih, ich habe mich idiotisch benommen", fügte er nach einer Weile hinzu.

„Vergiß es", sagte sie. „Es spielt keine Rolle."

„Wie heißt du denn eigentlich?" wollte Adam wissen.

„Mein Berufsname ist Brigitte, aber da du meine Dienste nicht in Anspruch genommen 'ast, du darfst mich nennen bei meinem richtigen Namen: Jeanne."

„Darf ich ein Bad nehmen, Jeanne?"

„Die Tür in der Ecke! Aber beeil dich, außer du magst deine Croissants kalt."

Adam ging ins Badezimmer und stellte fest, daß Jeanne für alles vorgesorgt hatte, was ein Mann braucht: Rasierer, Rasierschaum und saubere Handtücher.

Nach einem warmen Bad und einer Rasur fühlte er sich beinah wieder auf dem Damm. Er ging zu Jeanne in die Küche. Der Tisch war schon gedeckt; sie holte eben ein warmes Croissant aus dem Backofen.

Adam bestrich das Hörnchen dick mit Marmelade und machte sich mit großem Appetit darüber her. „Hör mal, Jeanne", sagte er und sah ihr in die Augen. „Kannst du etwas Wichtiges für mich tun?"

Sie blickte auf die Uhr. „Um zwei ich 'abe einen Stammkunden", erklärte sie sachlich.

„In Ordnung. Ich zahle dir nochmals zweihundert Franc."

„Ist es legal?"

„Völlig legal."

„*Alors*, was muß ich denn tun?"

„Ich möchte, daß heute vormittag jeder Mann, der dich sieht, dich begehrt. Nur, daß du diesmal um keinen Preis zu haben bist."

„Scott hat mich vor wenigen Minuten angerufen", erklärte Lawrence dem versammelten Team.

„Und was hatte er zu sagen?" fragte Sir Morris gespannt.

„Nur, daß er die Uhr zurückdrehen werde."

„Was, glauben Sie, hat er damit gemeint?" erkundigte sich Snell.

„Ich würde auf Genf tippen", antwortete Lawrence.

„Wieso Genf?" wollte Matthews wissen.

„Ich bin mir nicht ganz sicher", erklärte Lawrence. „Er sagte, es habe etwas mit dem deutschen Mädchen zu tun oder mit der Bank. Ich weiß aber nicht genau, mit was von beidem."

„Konnten Sie feststellen, woher der Anruf kam?" fragte Bush.

„Nur die Gegend", lautete Lawrence' Antwort. „Neuchâtel in der französischsprachigen Schweiz."

„Gut! Dann sind wir also wieder am Ball", sagte Sir Morris. „Haben Sie Interpol informiert?"

„Ja, Sir, und die deutsche, die französische und die Schweizer Polizei dazu." Von allem, was er seit Beginn der Sitzung gesagt hatte, entsprach dies als einziges der Wahrheit.

JEANNE benötigte vierzig Minuten für ihre Vorbereitungen. Als Adam das Ergebnis sah, stieß er einen langgezogenen Pfiff aus.

„Kein Mensch wird mich auch nur einen Moment lang ansehen, selbst wenn ich vor aller Augen eine Bank ausräume", erklärte er.

„Das also 'ast du vor, *n'est-ce pas?*", sagte Jeanne grinsend.

„Und weißt du auch ganz genau, was du zu tun hast?"

„Aber ja!" Jeanne warf einen letzten Blick in den Spiegel. „Wir 'aben ja geprobt wie bei der Truppenübung."

„Gut", antwortete Adam. „Es sieht ganz so aus, als könntest du dem Feind entgegentreten. Also los!"

Jeanne holte eine Plastiktüte aus einer Küchenschublade und gab sie Adam, der sie in seine Jackentasche stopfte. Dann gingen sie zusammen die Treppe hinunter auf die Straße.

Adam hielt ein Taxi an. „Zu den Tuilerien!" wies Jeanne den Fahrer an.

Dort angekommen, bezahlte Adam und trat zu Jeanne auf den Gehsteig. „Viel Glück!" sagte er. Er blieb an der Ecke stehen und wartete, bis sie einen Vorsprung von zwanzig Metern hatte, dann ging er langsam hinter ihr her. Er beobachtete, wie Jeanne zwischen den üppigen Blumenbeeten dahinspazierte. Sie trug einen rosa Lederrock und einen engen weißen Pullover. Fast jeder Mann, der an ihr vorbeikam, drehte sich um und sah ihr hinterher. Während Jeanne alle Aufmerksamkeit auf sich zog, folgte Adam ihr bis zum Louvre. Als sie die Drehtür erreichte, war Adam eben an der untersten Stufe angelangt. Sie setzte ihren Weg über die Marmortreppe fort; Adam folgte ihr unauffällig.

Jeanne schlenderte durch die großen, überlaufenen Säle, bis sie in jenem Saal anlangte, den Adam ihr zuvor genau beschrieben hatte. Zielbewußt schritt sie in die Mitte des Raumes und blieb dort einige Sekunden lang stehen. Einige der männlichen Besucher begannen das Interesse an den Gemälden zu verlieren. Zufrieden mit der Wirkung, die sie erzielte, stolzierte Jeanne auf den Aufseher zu. Er zog seine Jacke zurecht und lächelte ihr entgegen.

„Wo kann ich die Gemälde des sechzehnten Jahrhunderts finden?" fragte sie mit einem sensationellen Augenaufschlag. Der Aufseher deutete in die Richtung des gesuchten Saals. Kaum hatte er sich ihr wieder zugewandt, als Jeanne ihm mit aller Kraft ins Gesicht schlug. „Wie abscheulich! Für wen halten Sie mich?" schrie sie mit sich überschlagender Stimme.

Nur eine einzige Person im Ikonensaal blieb nicht stehen, um das Schauspiel zu genießen.

„Ich geh zum Direktor!" rief Jeanne und rauschte auf den Hauptausgang zu. Das ganze Spektakel war in weniger als dreißig Sekunden vorbei. Der völlig verwirrte Aufseher starrte Jeanne verblüfft nach.

Wenige Augenblicke später traf Jeanne oben an der Marmortreppe, die zur Eingangshalle hinunterführte, mit Adam zusammen. Während sie gemeinsam die Stufen hinabschritten, reichte Adam ihr die Plastiktüte. Er wollte sich eben wieder aus dem Staub machen, da breiteten zwei Aufseher unten an der Treppe die Arme aus und bedeuteten ihnen stehenzubleiben.

„Madame, entschuldigen Sie bitte, ich muß Ihre Tasche durchsuchen", sagte der Oberaufseher mißtrauisch.

„Selbstverständlich, tun Sie das ruhig", mischte sich Adam ein. „Es ist eine Ikone drin, ein ziemlich gutes Stück sogar, wie ich meine. Ich hab sie erst heute vormittag in einem Geschäft in der Nähe der Champs-Élysées erstanden." Er zog die Zarenikone aus der Plastiktüte und reichte sie dem Wärter, der über die Entwicklung der Dinge einigermaßen überrascht schien. In gebrochenem Englisch fragte er, ob Adam es gestatten würde, wenn sich einer der Museumsexperten das Bild ansähe.

„Es wäre mir sogar ein Vergnügen", sagte Adam. „Ich würde sehr gerne eine zweite Meinung dazu hören."

Der Oberaufseher blickte nun ziemlich verunsichert drein. „Bitte folgen Sie mir", bat er Adam. Er führte die beiden rasch in ein kleines Zimmer an einer Seite der Säulenhalle. Dann legte er die Zarenikone auf einen Tisch in der Mitte des Raumes. Adam setzte sich. Jeanne nahm noch ganz verwirrt neben ihm Platz.

„Einen Augenblick bitte!" Der Aufseher verließ den Raum beinah im Laufschritt. Zwei seiner Kollegen bezogen neben der Tür Posten. Schließlich öffnete sich die Tür, und ein älterer Herr mit einem Gelehrtengesicht trat ein, dem der Oberaufseher auf den Fersen folgte.

„Bonjour, Monsieur", sagte der Herr zur Begrüßung und sah Adam an – zweifelsohne der erste Mann hier, der für Jeanne keinerlei Interesse zeigte. Er nahm sich einige Zeit, die Ikone sorgfältig zu studieren. „Sehr interessant!" meinte er schließlich. „Ein derartiges Kunstwerk hatten wir im Louvre noch nie – Sie sind sich ja hoffentlich darüber im klaren, daß es sich um eine Kopie minderer Qualität handelt. Das Original der Zarenikone hängt im Winterpalast zu Leningrad. Ich habe sie selbst gesehen", fügte er selbstgefällig hinzu.

„Das haben Sie in der Tat", murmelte Adam leise, während er die Ikone wieder in die Plastiktüte steckte. Der alte Herr verneigte sich tief vor Jeanne, bevor er sich verabschiedete.

„Ich habe nur meine –", setzte der Oberaufseher an.

„Pflicht getan", ergänzte Adam. „Eine ganz selbstverständliche Vorsichtsmaßnahme, wenn Sie mich fragen", fügte er ein wenig großspurig hinzu.

Der Aufseher geleitete die beiden zum Ausgang. Adam und Jeanne schritten über die Stufen in die Sonne hinaus.

„Darf ich jetzt endlich erfahren, worum es geht?" fragte Jeanne.

„Du warst *magnifique*, großartig", sagte Adam. Er versuchte erst gar nicht, ihr etwas zu erklären.

„Ich weiß, ich weiß", erwiderte Jeanne. „Aber warum du brauchst eine oscarreife Leistung von mir, wenn das Bild sowieso dir ge'ört?"

„Du hast ja recht", räumte Adam ein. „Ich hab es eben über Nacht im Gewahrsam des Louvre gelassen. Und ohne dein Bravourstück hätte es sicher viel länger gedauert, überhaupt wieder an es heranzukommen."

„Weißt du, daß ich heute zum erstenmal im Louvre war?" fragte sie und hakte sich bei Adam unter.

„Du bist unbezahlbar", antwortete Adam lachend.

„Nein, das bin ich nicht", erwiderte sie und wandte ihm das Gesicht zu. „Zwei'undert Franc waren abgemacht!"

„Stimmt", sagte Adam. Er zog die Brieftasche von Tomkins hervor und entnahm ihr zweihundert Franc, zu denen er noch hundert dazulegte. „Das hast du dir wirklich verdient", stellte er anerkennend fest.

Jeanne steckte das Geld dankbar ein. „Ich denke, ich nehme mir den Abend frei", verkündete sie.

Adam nahm sie in die Arme und küßte sie auf die Wangen.

Sie lächelte. „Wenn du bist das nächste Mal in Paris, *chéri*, besuch mich. Ich schulde dir was – auf Kosten des 'auses."

„Ich möchte einen Wagen mieten. Ich werde ihn an der Küste wieder zurückgeben – aber ich weiß noch nicht genau, in welcher Hafenstadt", erklärte Adam der jungen Frau hinter dem Schalter.

„Würden Sie bitte dieses Formular ausfüllen, Monsieur, und dann benötigen wir noch Ihren Führerschein." Adam reichte der Frau den Führerschein von Tomkins. Er füllte gemächlich das Formular aus und ahmte die Unterschrift des „Colonels" nach, die er auf der

Rückseite von dessen Kreditkarte gefunden hatte. Er bezahlte alle
Gebühren für den Wagen in bar.

Die Angestellte der Autovermietung zählte die Scheine sorgfältig,
bevor sie die Rückseite des Führerscheins mit der Unterschrift auf dem
Formular verglich. Zu Adams Erleichterung fiel ihr nicht auf, daß er
viel jünger aussah, als das Geburtsdatum im Führerschein vermuten
ließ. Er steckte die Dokumente und Albert Tomkins' Brieftasche wieder in die Innentasche seines Jacketts.

Die junge Frau drehte sich zu einem Wandbrett um und nahm einen
Autoschlüssel vom Haken. „Ein roter Citroën. Er steht im ersten
Obergeschoß der Garage", erklärte sie ihm. „Das Kennzeichen ist auf
den Schlüsselanhänger geprägt."

Adam dankte und lief in die Garage. Dort händigte er den Schlüssel
einem Angestellten aus, der den Wagen für ihn herbeiholte.

Als der Mann den Schlüssel zurückgab, reichte ihm Adam einen
Zehnfrancschein. Genau den gleichen Betrag hatte der Angestellte
zuvor schon einmal erhalten: von jenem anderen Mann, der ihn gebeten hatte, ihn sofort zu benachrichtigen, sollte ein Engländer, dessen
Beschreibung auf Adam paßte, einen Wagen mieten. Und der Mann
hatte überdies weitere hundert Franc versprochen, sofern ihn der
Angestellte danach innerhalb von fünf Minuten anriefe ...

15

KREML, MOSKAU
19. Juni 1966

LEONID BRESCHNEW betrat das Konferenzzimmer. Er ließ den übrigen
vier beschlußfähigen Mitgliedern des Verteidigungsrates kaum Zeit,
sich zu erheben. Ihre Mienen verrieten grimmige Entschlossenheit.

Der Generalsekretär nahm seinen Platz am Tischende ein und nickte
den Kollegen zu, sich ebenfalls zu setzen. Zu seiner Rechten saß Marschall Malinowski, der Verteidigungsminister, zu seiner Linken der
Außenminister Andrei Gromyko. Daneben hatte der Chef des Generalstabs, Marschall Sacharow, Platz genommen und zu dessen Linken
Zaborski. Sogar am Sitzplan war Breschnews Unzufriedenheit mit
dem Chef des KGB deutlich abzulesen.

Breschnew heftete seinen Blick auf Zaborski. „Ihr Bericht, Genosse
Vorsitzender!"

Zaborski fingerte an einer vor ihm liegenden Akte herum, obwohl er deren Inhalt beinahe auswendig kannte. „Als der Engländer Adam Scott gefangengenommen und später dann vom Genossen Dr. Stawinski in der Abgeschiedenheit unserer Botschaft in Paris ... befragt wurde, gab er uns keinerlei Hinweise darauf, wo sich die Ikone befindet. Am Abend wurde die Befragung vorübergehend unterbrochen, und während dieser Unterbrechung gelang es dem Gefangenen zu entkommen."

„Vollidioten!" warf Breschnew ein. „Ist Ihnen denn nicht klar, daß wir die einmalige Gelegenheit hatten, genau jenes Stück Land, auf dem die Amerikaner ihr Frühwarnsystem installiert haben, in einen Stützpunkt für unsere Mittelstreckenraketen zu verwandeln? Wenn es uns gelingt, die Ikone wiederzubekommen, können wir die Raketen an einer Grenze stationieren, die etwa tausend Kilometer von Seattle und nur dreitausendvierhundert Kilometer von Chicago entfernt ist. Wenn es uns innerhalb der nächsten sechsunddreißig Stunden nicht gelingt, die Zarenikone zu finden, wird sich uns nie wieder eine derartige Chance bieten."

Außenminister Gromyko wartete, bis er sicher sein konnte, daß Breschnew seine Ausführungen beendet hatte. „Wenn Sie die Frage gestatten, Genosse Vorsitzender", wandte er sich schließlich an Zaborski, „aus welchem Grund durfte sich Major Romanow weiterhin an diesem so brisanten Unternehmen beteiligen, nachdem er in Verdacht geraten war, die Wissenschaftlerin Petrowa ermordet zu haben?"

„Weil ich der Meinung war", entgegnete Zaborski, „daß Romanow innerhalb so kurzer Zeit durch niemanden ersetzt werden könne."

Es klopfte schüchtern an der Tür. Die um den Tisch Versammelten sahen einander überrascht an. „Herein!" brüllte Breschnew.

Die große Tür öffnete sich behutsam, und ein Sekretär erschien, der nervös auf den Tisch zuhuschte, ein Telex hinlegte, sich umdrehte und fluchtartig das Zimmer wieder verließ.

Langsam klappte Breschnew seine Brille auseinander und nahm das Schreiben zur Hand. Nachdem er die Depesche durchgelesen hatte, blickte er in die erwartungsvollen Gesichter der übrigen Männer. „Allem Anschein nach hat ein Engländer im Louvre eine Ikone deponiert und heute vormittag wieder abgeholt."

Das Blut wich aus Zaborskis Gesicht.

Die vier Männer rund um den Tisch sprachen alle durcheinander. Erst als Breschnew seine mächtige Rechte hob, trat Stille ein. „Da ich annehme, daß wir den Engländer trotz allem als erste in die Hände bekommen, beabsichtige ich, meine Pläne weiterzuverfolgen."

Breschnew wandte sich an den Außenminister: „Geben Sie Anatoli Dobrynin in Washington Weisung, am Montag eine offizielle Zusammenkunft mit dem amerikanischen Außenminister zu vereinbaren."

Gromyko nickte. Breschnew wandte seine Aufmerksamkeit bereits dem Chef des Generalstabs zu. „Und Sie, Genosse Sacharow, sorgen dafür, daß unsere gesamten Streitkräfte in Bereitschaft versetzt werden, und zwar genau zu dem Zeitpunkt, an dem wir unsere diplomatische Initiative bekanntgeben."

Sacharow lächelte.

Schließlich wandte sich der Generalsekretär an den Vorsitzenden des KGB. „Sind die Seiten für unsere Anzeigen in allen größeren westlichen Zeitungen noch immer reserviert?"

„Jawohl, Genosse Generalsekretär!" antwortete Zaborski. „Aber wenn wir die Ikone nicht finden –"

„In dem Fall wird es Ihre letzte Aufgabe als Chef des Staatssicherheitsdienstes sein, sämtliche Anzeigen wieder zu stornieren", erklärte Breschnew kühl.

ADAM kurbelte das Seitenfenster herunter. Warme Sommerluft strömte in den Wagen. Er hatte beschlossen, die Hauptstraße nach Calais zu meiden und lieber die N 1 nach Boulogne zu nehmen. Er hielt es noch immer für möglich, daß Romanow in allen Häfen an der Kanalküste seine Leute postiert hatte, obwohl Adam bezweifelte, daß seine Flucht Lawrence oder den Amerikanern schon bekanntgeworden war.

Nachdem er nun die Vororte der französischen Hauptstadt hinter sich gelassen hatte, konnte er auf der restlichen Strecke gewiß eine Durchschnittsgeschwindigkeit von siebzig Stundenkilometern erreichen. Tatsächlich kam Adam eine Weile flott voran, doch dann geriet er völlig unvorhergesehen in einen Pulk von gut hundert Radfahrern, die in ihren buntfarbenen Trikots vor ihm her strampelten.

Adam hupte laut und überholte einen knapp hinter der Spitzengruppe fahrenden Vierertrupp im rot-weiß-blauen Renndreß; unmittelbar vor ihm fuhr der Betreuerwagen des britischen Teams. Augenblicke später war Adam an den Führenden vorbei und schaltete wieder in den vierten Gang.

„Es WAR äußerst unklug von Ihnen, sich mit mir in Verbindung zu setzen, Romanow", sagte der alte Bankier. „Sie sind im Augenblick nicht eben ein Held der Sowjetunion."

„Hören Sie gut zu, Genosse Poskonow! Ich habe es nicht mehr nötig, ein Held zu sein, denn ich kehre vielleicht nie in die Sowjetunion zurück."

„Ich warne Sie! Mütterchen Rußland hat lange Krallen."

„Dank der weisen Voraussicht meines Großvaters kann ich mir leisten, sie zu stutzen", sagte Romanow am Apparat in der Pariser Botschaft. Er tastete nach dem großen Goldmedaillon, das er unter dem Hemd trug. „Ich möchte mich nur vergewissern, daß Sie nicht weitererzählen, wo ich die Nagelschere dazu aufbewahre."

„Warum sollte ich schweigen?" fragte Poskonow.

„Weil ich Sie, falls ich in den nächsten vierundzwanzig Stunden den heiligen Georg nicht in Händen habe, noch einmal anrufen werde. Und dann will ich Ihnen Details verraten, wie Sie zu einem weit größeren Dankesbeweis kommen könnten, als Sie von Ihrem gegenwärtigen Arbeitgeber je zu erwarten haben."

Der Bankier enthielt sich eines Kommentars.

In diesem Augenblick stürzte der Botschaftssekretär, ohne anzuklopfen, ins Zimmer.

„Ich habe doch gesagt, daß ich nicht gestört werden will!" brüllte Romanow.

„Aber wir haben Scott ausfindig gemacht!"

Romanow warf den Hörer auf die Gabel.

Der alte Bankier in Moskau spulte das Tonband zurück. Lächelnd lauschte er Romanows Worten ein zweites Mal. Er kam zu dem Schluß, daß Romanow ihm nur eine Wahl gelassen hatte – er buchte einen Flug nach Genf.

„Robin?"

„Adam! Wo steckst du denn?"

„Ich bin in der Nähe von Paris, auf dem Weg nach Hause", sagte Adam. „Haltet ihr noch immer euren Reiseplan ein?"

„Klar doch! Wieso? Bist du wieder ganz versessen darauf, eine Nacht mit mir zu verbringen?"

„Was könnte es Schöneres geben?" ging Adam auf ihren scherzenden Tonfall ein. „Wann seid ihr denn wieder zu Hause?"

„Das Orchester fährt heute abend um halb sieben mit der Fähre von Dünkirchen ab. Kommst du mit uns?"

„Nein", antwortete Adam. „Ich muß eine andere Route nehmen. Aber wenn ich in London eintreffe – könntest du mich dann für eine Nacht bei dir aufnehmen, Robin?"

„So ein Angebot kann ich nur schwer ausschlagen", entgegnete

Robin und wiederholte langsam und deutlich ihre Adresse. „Wann darf ich dich erwarten?" fragte sie dann.

„Heute gegen Mitternacht!"

„Meldest du dich bei allen Mädchen so lange im voraus an?"

ROMANOW las die dekodierte Nachricht ein zweites Mal durch. „Scott auf dem Rückweg nach Genf. Deutsches Mädchen und Bank überprüfen." Er blickte zu dem hochrangigen KGB-Offizier auf, der ihm das Schreiben überbracht hatte.

„Hält Mentor mich für so naiv?" fragte er seinen Pariser Kollegen. „Wir wissen bereits, daß Scott sich derzeit auf dem Weg zur französischen Küste befindet. Er war leichtsinnig genug, seine Kontrabaß spielende Freundin anzurufen."

„Warum will Mentor Sie dann in die entgegengesetzte Richtung schicken?"

„Vielleicht ist er zu den Amerikanern übergelaufen", erwiderte Romanow kalt. Er wandte sich an den Colonel neben ihm. „Wir wissen, daß Dünkirchen nicht in Frage kommt. Also – wie viele andere Möglichkeiten gibt es noch?"

„Cherbourg, Le Havre, Dieppe, Boulogne oder Calais", antwortete der Colonel nach einem Blick auf die Landkarte. „Ich würde auf Calais tippen", fügte er hinzu.

„Unglücklicherweise", bemerkte Romanow, „ist Captain Scott nicht ganz so naiv! Da man von Calais aus England am schnellsten erreicht, ist er gewiß davon überzeugt, daß wir die Route dahin genau überwachen. Ich glaube, unser Freund wird es zunächst in Dieppe oder Boulogne versuchen."

Er schlug in einem Fahrplan nach. „Das erste Schiff, das er eventuell erreichen kann, läuft um drei Uhr nachmittags von Boulogne nach Dover aus. Dann gibt es noch eines um fünf von Dieppe nach Newhaven. Wenn es uns gelingt, schneller als er an der Küste zu sein, wird Captain Scott bald wieder in unserer Gewalt sein."

NACHDEM Adam sich in einem Rasthaus gestärkt hatte, dauerte es nur wenige Minuten, bis er auf der Straße Richtung Boulogne wieder auf das Feld der Radfahrer stieß. Er war gezwungen, sich auf der Straßenmitte zu halten, um rechtzeitig den Sportlern ausweichen zu können. Trotzdem mußte er scharf abbremsen, als unmittelbar vor ihm ein italienischer und ein britischer Radler zusammenstießen. Die beiden Rennfahrer gingen unsanft zu Boden. Der Brite blieb mit schmerzverzerrtem Gesicht am Straßenrand liegen.

Adam sah den Betreuerwagen des britischen Teams vor sich und beschleunigte das Tempo. Endlich hatte er den Kleinbus eingeholt. Adam gab dem Chauffeur ein Zeichen, an den Straßenrand zu fahren.

Der Mann hinter dem Lenkrad sah überrascht drein, bremste jedoch ab und kurbelte das Fenster herunter.

„Einer eurer Leute hatte etwa eineinhalb Kilometer weiter hinten einen Unfall!" rief er.

„Danke, Kumpel!" erwiderte der Fahrer, wendete und brauste die Straße zurück.

Adam fuhr in gemessenem Tempo weiter. Endlich hatte er die gesamte Spitzengruppe überholt. Ein Wegweiser zeigte ihm an, daß es nur noch zweiunddreißig Kilometer bis Boulogne waren: Er würde das Schiff um drei bequem erreichen. Allmählich begann er mit dem Gedanken zu spielen, wie es wäre, wenn er den Montag überleben würde. Ob sein Leben jemals wieder in normalen, alltäglichen Bahnen verlaufen sollte? Jogging im Park, Bewerbungsgespräche beim Außenministerium ... Ob er je dafür Anerkennung finden würde, daß er die Ikone in die richtigen Hände abgeliefert hatte? Das Problem war nur, daß er bis jetzt nicht einmal wußte, wessen Hände die richtigen waren ...

Ein Hubschrauber, der wie ein dicker grüner Ochsenfrosch aussah, strich über ihn hinweg. Adam beobachtete, wie er eine Schleife zog und ihm entgegenflog. Wenig später kreuzte der Hubschrauber in deutlich geringerer Höhe seinen Weg. Ein unglaublicher Gedanke schoß Adam durch den Kopf. Fast noch im selben Augenblick drehte der Hubschrauber neuerlich um. Diesmal flog er direkt auf ihn zu.

Adam starrte weit über das Lenkrad gebeugt in den Himmel. Er sah die Umrisse dreier Gestalten im Cockpit des Hubschraubers. Wütend schlug er mit der Faust auf das Lenkrad. Er konnte Romanows triumphierendes Lächeln geradezu spüren, als der Helikopter über ihm schwebte.

Adam bog von der Hauptstraße ab und fuhr auf ein Dorf namens Fleurville zu. Er trieb den Tachometer über hundert, so daß der kleine Wagen quietschend die Kurven durchschnitt. Der Hubschrauber schwenkte gleichfalls nach rechts. Er folgte ihm wie ein treuer Hund.

Adam bog erneut rechts ab und hielt wieder auf die Straße nach Boulogne zu. Verzweifelt überlegte er, was er als nächstes tun sollte. Jedesmal, wenn er in die Höhe blickte, war der Hubschrauber direkt über ihm.

Er schoß an einem Verkehrszeichen vorbei, das eine niedrige Unterführung ankündigte, und als Adam hineinfuhr, fühlte er sich für einen kurzen Moment in Sicherheit. Er trat mit aller Kraft auf die Bremse des kleinen Citroën und kam etwa zehn Meter vor Ende der Durchfahrt zum Stehen.

Adam schaltete das Warnblinklicht ein; es leuchtete hell in der Dunkelheit. Er sah die nachkommenden Wagen ihr Tempo verringern, ehe sie in sicherem Abstand an dem Citroën vorbeifuhren.

Schließlich sprang er aus dem Wagen und rannte zum Ende der Unterführung. Er drückte sich gegen die Mauer. Der Hubschrauber war eine kurze Strecke weitergeflogen, aber schon kam er wieder zurück, direkt auf den Tunnel zu. Adam beobachtete, wie er über seinen Kopf hinwegbrauste. Augenblicke später hörte er den Helikopter erneut kehrtmachen. Während Adam abwartend dastand, tauchten auf der anderen Straßenseite zwei Tramper auf, die miteinander plauderten.

Verzweifelt blickte er zu den beiden jungen Männern hinüber. „Wollt ihr mitfahren?" rief er.

„Ja!" antworteten sie wie aus einem Mund. Adam schwankte auf sie zu.

„Fühlen Sie sich nicht wohl?" hörte er einen von ihnen fragen.

„Nein!" erklärte Adam schlicht. „Ich habe zum Mittagessen zuviel Wein getrunken, und wegen eines Radrennens wimmelt die Straße von Polizisten. Ich werde bestimmt angehalten, wenn ich noch eine längere Strecke fahre. Kann einer von euch Auto fahren?"

„Ich hab nur meinen kanadischen Führerschein", sagte der größere der beiden Burschen. „Außerdem möchten wir nach Paris, und so, wie Ihr Auto dasteht, wollten Sie offenbar in die Gegenrichtung."

„Es ist ein Mietwagen von Hertz", erklärte Adam. „Ich habe ihn heute morgen in Paris in der Rue Saint-Ferdinand abgeholt und muß ihn bis abends um sieben wieder zurückbringen. Ich glaube nicht, daß ich dies in meinem gegenwärtigen Zustand schaffe."

Die beiden jungen Männer schauten ihn besorgt an. „Ich gebe euch hundert Franc, wenn ihr den Wagen für mich heil zurückbringt." Keiner der beiden sagte ein Wort. „Ich versichere euch, daß meine Papiere in Ordnung sind." Er reichte sie dem Größeren, der sie im Schein der Innenbeleuchtung begutachtete, bevor er sich mit seinem Freund beriet.

Adam hörte den Rotor des Hubschraubers über der Einfahrt der Unterführung dröhnen.

„Die hundert Franc brauchen wir nicht", sagte der Größere schließlich. „Möchten Sie nicht mit uns nach Paris zurückfahren?"

Adam zögerte. „Nein! Ich muß nach Boulogne."

„Wir könnten Sie nach Boulogne fahren und hätten dann noch immer Zeit genug, das Auto nach Paris zu bringen."

„Nein! Das ist zwar sehr freundlich von Ihnen, aber ich komme schon allein zurecht. Hauptsache, ich kann mich darauf verlassen, daß der Wagen so rasch wie möglich wieder abgeliefert wird."

Der Größere zuckte die Achseln. Sein Begleiter öffnete eine der hinteren Wagentüren und warf die Rucksäcke auf die Sitzbank. Adam blieb in der Unterführung stehen. Der Kanadier ließ den Motor an. Adam hörte, wie der Rotor des Hubschraubers plötzlich in einem anderen Rhythmus dröhnte. Offenbar setzte er auf einem Feld in der Nähe zur Landung an.

Fahrt doch, um Himmels willen, fahrt! wollte Adam rufen, da brauste der Wagen auch schon los, wendete außerhalb der Unterführung und nahm dann Kurs auf Paris. Der Fahrer hupte, als er im Dunkeln an Adam vorbeikam.

Adam wollte eben in Richtung Boulogne losmarschieren, da erblickte er hinter sich am Ende der Unterführung die Umrisse zweier großer, hagerer Männer. Adam drückte sich schreckensstarr an die Wand und sandte ein Stoßgebet zum Himmel. Sie durften ihn einfach nicht entdecken.

Doch dann begann plötzlich einer der beiden loszumarschieren, während der andere reglos stehenblieb. Adam wußte, daß er keine Chance hatte, ihnen noch einmal zu entkommen.

„Vergeuden wir keine kostbare Zeit mehr, Marvin! Wir wissen doch schon, daß der verfluchte Engländer auf dem Weg zurück nach Paris ist."

„Ich dachte nur, daß er vielleicht –", setzte der Mann namens Marvin im gedehnten Dialekt der amerikanischen Südstaaten an.

„Überlaß das Denken mir! Zurück zum Hubschrauber, bevor wir ihn aus den Augen verlieren!"

Marvin war höchstens fünfzehn Meter von Adam entfernt, als er endlich stehenblieb, sich umdrehte und zurücklief. Adam verharrte einige Minuten wie angewurzelt an seinem Platz. Diesmal war nicht Romanow sein Verfolger. Seine Lage wurde dadurch jedoch keineswegs besser. Schon die Tatsache, daß einer der beiden Männer ihn als verfluchten Engländer bezeichnet hatte, mußte ihn warnen, ihnen in die Hände zu fallen. Plötzlich wurde ihm schmerzlich bewußt, daß er keine Freunde mehr hatte.

Adam rührte sich erst wieder, als er den Hubschrauber abheben hörte. Er sah vorsichtig hinaus und erblickte die Umrisse des Helikopters mit den Amerikanern; er flog bereits Richtung Paris. Endlich trat

Adam ins Freie. Was nun? Um die Fähre zu erreichen, blieb ihm weniger als eine Stunde. Sein Blick wanderte ständig zum Himmel. Wie lange würde es dauern, bis die Amerikaner den Citroën eingeholt und festgestellt hatten, daß er nicht drinsaß?

Wieder fuhren die Radrennfahrer an ihm vorbei, während Adam sich langsam in Richtung Boulogne aufmachte. Er brachte sogar die Kraft auf, die englischen Teilnehmer anzufeuern. Der britische Betreuerwagen folgte dicht hinter ihnen. Adam gab durch Zeichen zu verstehen, daß er mitgenommen werden wollte. Zu seiner Überraschung hielt der Bus tatsächlich an.

Der Fahrer kurbelte das Fenster herunter. „Sind Sie nicht der Typ, der mich hinter Abbeville angehalten hat?"

„Stimmt genau!" sagte Adam. „Hat sich euer Mann erholt?"

„Er liegt hinten im Wagen – Bänderzerrung. Was ist mit Ihrem Auto passiert?"

„Das hat ein Stück da hinten den Geist aufgegeben", erwiderte Adam und zuckte gleichmütig die Achseln.

„So ein Pech! Soll ich Sie mitnehmen? Wir fahren zwar zunächst nur bis Boulogne, aber wenn Ihnen das hilft, springen Sie rein!"

„Danke", sagte Adam voller Erleichterung. Der Fahrer lehnte sich hinüber und stieß die Tür auf. „Ich heiße Bob", stellte er sich seinem Fahrgast vor. „Ich bin der britische Teamchef."

„Und ich heiße Adam." Er schüttelte ihm herzlich die Hand.

„Wohin sind Sie unterwegs?"

„Nach Boulogne", antwortete Adam. „Mit ein wenig Glück erreiche ich noch die Dreiuhrfähre."

„Wir dürften ungefähr um halb drei dort sein", erwiderte Bob. „Das heißt – wir müssen! Die zweite Halbetappe beginnt nämlich um drei."

„Wird Ihr Mann da hinten auch fahren können?" fragte Adam und deutete über die Schulter.

„Nein, für den ist das Rennen vorbei", antwortete der Teamchef. „Ich muß ihn in Boulogne zurücklassen und die letzte Etappe selbst fahren."

Adam blickte über die Schulter durch das Rückfenster. Aufatmend stellte er fest, daß von dem Hubschrauber noch immer nichts zu sehen war.

Ohne weiteren Zwischenfall erreichten sie die Vororte von Boulogne. Bob brachte ihn sogar bis an die Anlegestelle. „Nochmals vielen Dank", sagte Adam und sprang aus dem Kleinbus. „Und viel Glück für die nächste Etappe!"

Adam sah auf seine Uhr: In zwanzig Minuten lief das Schiff aus. Er reihte sich vor dem Fahrkartenschalter in der kurzen Warteschlange ein. Sobald er die Fahrkarte erstanden hatte, begab er sich zum Schiff, und genau in diesem Moment tauchte in der Ferne ein schwarzer Punkt am Himmel auf.

Adam blickte auf die Gangway, dann schaute er zurück zu dem Punkt am Himmel, der rasch größer wurde. Er sah wieder auf die Uhr: In zwölf Minuten sollte die Fähre auslaufen – Zeit genug für seine Verfolger, um den Hubschrauber zu landen und sich an Bord der Fähre zu begeben. Wenn allerdings die Amerikaner aufs Schiff gingen, er jedoch hierbliebe, hätte er genug Zeit, die nächste Fähre in Dieppe zu erreichen ...

Adam lief eilends zu der Zuschauermenge hinüber, die auf den Start zur nächsten Etappe des Radrennens wartete. In diesem Augenblick strich der Hubschrauber über ihn hinweg und blieb dann auf derselben Stelle schweben wie ein Falke, der nach einer Maus späht.

„Ich dachte, Sie wollten unbedingt auf dieses Schiff!"

Adam wirbelte herum und sah sich dem britischen Teamchef gegenüber, der jetzt im Rennfahrerdreß steckte.

„Ich hab meine Meinung geändert", teilte Adam ihm mit.

„Hätten Sie nicht Lust, auf der nächsten Etappe unseren Bus zu lenken?" fragte Bob hoffnungsvoll.

„Und wohin führt die Etappe?"

„Nach Dünkirchen!"

Adam überlegte fieberhaft, wann die Fähre aus dem Hafen von Dünkirchen auslief, mit der auch Robin fahren sollte.

„*Noch fünf Minuten*", verkündete die Stimme des Rennleiters über den Lautsprecher.

„Einverstanden!" antwortete Adam.

„Na prima!" Bob fiel sichtlich ein Stein vom Herzen. „Kommen Sie bitte."

Adam lief hinter dem Teamchef zum Bus. „*Noch vier Minuten*", hörte er deutlich, als Bob den Bus aufschloß und ihm die Schlüssel aushändigte. Die beiden Amerikaner tauchten soeben aus dem Gebäude auf, in dem sich der Fahrkartenschalter befand.

„*Noch zwei Minuten.*"

Adam schwang sich auf den Fahrersitz und blickte ein weiteres Mal zur Fähre. Marvin und sein Kollege schritten die Gangway hinauf.

„*Noch eine Minute.*"

„Fahren Sie den Bus einfach nach Dünkirchen, und geben Sie die Schlüssel am britischen Kontrollpunkt ab. Auf Wiedersehen!" Bob rannte zur Startlinie und gesellte sich zu seinen Teamkollegen, die bereits sein Rad hielten und sich besorgt nach ihm umblickten.

„*Noch dreißig Sekunden.*"

Adam beobachtete, wie die Gangway hochgezogen wurde, als der Starter die Pistole hob.

„*Auf die Plätze, fertig . . .*"

Das Nebelhorn des Schiffes stieß ein langgezogenes, dröhnendes Heulen aus. Für die beiden Amerikaner begann die Reise nach Dover. Eine Sekunde später ertönte ein Pistolenschuß. Adam legte den ersten Gang ein und fuhr in Richtung Dünkirchen davon.

16

DER Bus des Royal Philharmonic Orchestra trudelte erst zehn Minuten vor der Abfahrtszeit in Dünkirchen ein, und Adam wartete bereits am Kai, als Robin ausstieg.

„Du hast es wohl vor Sehnsucht nach mir nicht mehr ausgehalten, stimmt's?" fragte Robin, nachdem sie einander begrüßt hatten.

Adam brach in Gelächter aus. Er schaffte es, die Arme fast ganz um sie zu schlingen. „Schön, dich zu sehen!" sagte er.

„Und ich dachte schon, du würdest eine Geheimroute nach England einschlagen."

„Ich erklär dir alles, wenn wir auf dem Schiff sind."

„Dudley Hulme erhielt übrigens in Amsterdam von einem hohen Beamten des Außenministeriums seinen Paß zurück", erklärte Robin.

„Was mich auch daran erinnert, daß ich dir deinen geben muß." Sie kramte in ihrer Tasche, fand den dunkelblauen Paß und überreichte ihn Adam.

Keiner der beiden bemerkte den jungen KGB-Beamten, der Robin von Berlin gefolgt war. Er stand in einer Telefonzelle am anderen Ende des Kais und wählte eine Nummer in Dover.

ROMANOW und Pollard sahen der Ankunft des Schiffes in Dover gespannt entgegen. Romanow postierte sich so, daß er durch die Fenster des Zollgebäudes die Fähre einlaufen sehen konnte. Er hatte den idealen Ausguck hinter einem Kaffeeautomaten gefunden; von hier aus konnte er unauffällig jeden beobachten, der die Zollhalle betrat oder verließ.

„Für den Fall", erklärte Romanow, „daß er wieder einen Trick auf Lager hat, überwachen Sie die Autoausfahrt. Erstatten Sie sofort Meldung, sobald Ihnen etwas Ungewöhnliches auffällt."

Der „Colonel" ließ Romanow allein in seinem Versteck zurück und begab sich ebenfalls in Lauerstellung.

DER Kapitän schaltete sein Funkgerät auf Kanal neun und sprach deutlich in das kleine Mikrofon: „*MV Chantilly* ruft die Hafenmeisterei Dover. Wir haben einen Notfall an Bord. Ein männlicher Passagier ist aus einem Rettungsboot auf das Deck hinuntergefallen und hat sich Verletzungen an Armen und Beinen zugezogen." Adam stöhnte. Der Kapitän fuhr fort: „Ich benötige sofort nach dem Anlegen einen Krankenwagen. Ende!"

„Es wird sicher alles wieder gut, mein Kleiner", sagte Robin so sanft, wie Adam sie noch nie zuvor gehört hatte. „Wenn wir an Land sind, wirst du gleich in ein Krankenhaus gebracht."

„Ich muß wieder auf die Brücke", meinte der Kapitän mürrisch. „Ich werde zwei Stewards Anweisung geben, für Ihren Bruder eine Tragbahre herunterzubringen."

„Danke, Herr Kapitän!" erwiderte Robin höflich. „Sie haben uns sehr geholfen."

„Schon gut, Miß! Sie sollten aber unbedingt Ihren Bruder dazu bringen, künftig weniger zu trinken, bevor er an Bord eines Schiffes geht."

„Ich hab's ja versucht", antwortete Robin seufzend. „Sie würden nicht glauben, wie oft schon!"

Adam hielt sein Bein umklammert und stöhnte.

„Hm!" machte der Kapitän. Er betrachtete die Wunde, die sich quer über Adams Schulter zog. „Na, hoffentlich ist es nicht allzu schlimm. Viel Glück!"

„Nochmals vielen Dank, Herr Kapitän!" Robin sah zu, wie sich die Kabinentür hinter dem Kapitän schloß.

„So weit, so gut", stellte sie fest. „Übrigens – du hast eine entsetzliche Fahne!"

„Kein Wunder, nachdem du mich gezwungen hast, meinen Mund mit Whisky zu spülen und dann das gute Gesöff auf meine eigenen Kleider zu spucken ..."

ADAM wurde von den beiden Stewards behutsam auf die Bahre gelegt und an Deck getragen. Am oberen Ende der Gangway machten sie halt. Ein Zollbeamter kam in Begleitung eines Angehörigen der Einwanderungsbehörde zu ihnen geeilt. Robin reichte ihnen Adams Paß.

„Hat er irgend etwas zu verzollen?" fragte der Beamte.

Adam konnte sich nicht zurückhalten; er mußte einfach nach der Ikone tasten.

„Nein, ich hab es ihm nicht erlaubt, daß er auf dieser Fahrt noch mehr Fusel kauft. Und seine persönlichen Habseligkeiten nehme ich mit, wenn ich von Bord gehe."

„In Ordnung! Danke, Miß. Und jetzt sehen Sie zu, daß er ins Krankenhaus kommt."

Die beiden Stewards trugen Adam die Laufplanke hinunter. Ein Sanitäter war schon zur Stelle und sah sich die Wunden an. Als Adam in den Krankenwagen geschoben wurde, winkte er Robin mit einer müden Geste zu.

Der Krankenwagen raste mit Blaulicht durch das Tor des Zollfreigebiets. Auf der Fahrt zum Krankenhaus der Hafenstadt beobachtete der Sanitäter mit Staunen, wie unglaublich rasch sich der Zustand seines Patienten besserte.

ROMANOW stand neben dem Tor und lächelte. Er sah zu, wie der Bus mit den Musikern aus dem dunklen Bauch des Schiffes auftauchte. „Jetzt ist mir völlig klar, wie Captain Scott vom Schiff gelangen will. Aber wir werden ihn genau dann abfangen, wenn er es am wenigsten erwartet. Los, mieten Sie einen Wagen, mit dem wir nach London fahren können!" bellte er „Colonel" Tomkins an. Er spähte an den Seiten des Busses entlang und hatte Robin bald ausfindig gemacht. Wie er vorhergesehen hatte, lehnte der Kontrabaß neben ihr und versperrte die Sicht auf ihren Sitznachbarn.

In diesem Augenblick tauchte der Colonel, rot im Gesicht, neben ihm auf.

„Wo ist der Wagen?" fragte Romanow, ohne den Blick von dem Bus zu wenden.

„Ich habe einen reservieren lassen", antwortete der Colonel. „Aber die Autovermietung braucht Ihren internationalen Führerschein. Ich hab ganz vergessen, daß Scott meinen hat, zusammen mit den anderen Papieren."

„Sie bleiben hier, und rühren sich nicht vom Fleck!" sagte Romanow. „Und passen Sie ja auf, daß Scott nicht versucht den Bus zu verlassen."

Zur selben Zeit, als Romanow zum Schalter der Autovermietung rannte, wurde Adam in einen kleinen, abgeteilten Raum gerollt, wo ihn der diensthabende Arzt untersuchen sollte.

„Eine schlimme Fleischwunde", sagte der junge Mediziner schließlich, während er die Schulterverletzung reinigte. „Können Sie mit dem Arm Kreisbewegungen machen?"

Adam beschrieb mit dem Arm einen vollen Kreis und streckte ihn dann aus.

„Gut, wenigstens ist nichts gebrochen." Der Arzt fuhr mit dem Säubern der Wunde fort und brachte dann an Adams Schulter einen breiten Verband an. „Sie können jetzt gehen. Aber melden Sie sich bitte bei Ihrem Hausarzt, wenn Sie wieder daheim sind."

ROMANOW beobachtete, wie der Bus durch den Zollbereich rollte. Er fuhr hinter ihm her durch das Haupttor und auf die A2 Richtung London.

„Halten wir sie unterwegs auf?" fragte Tomkins nervös.

„Diesmal nicht!" antwortete Romanow kurz. Während der Fahrt in die Hauptstadt ließ er den Bus keine Sekunde lang aus den Augen.

ADAM verließ das Krankenhaus, nahm ein Taxi zum Bahnhof von Dover und löste eine Fahrkarte nach London.

„Wann geht der nächste Zug?"

„Sollte jeden Moment eintreffen", antwortete der Mann am Schalter.

Zufrieden begab sich Adam auf den Bahnsteig. Er blickte wachsam um sich, ob sich jemand verdächtig benahm. Den dunkelhaarigen Mann im blauen Dufflecoat, der am Zeitungsstand lehnte, bemerkte er nicht.

Der Zug nach London fuhr ein und füllte sich rasch mit Reisenden von der Fähre. Adam suchte sich ein Abteil, in dem lauter Halbstarke saßen, die offenbar einen Ausflug zum Meer unternommen hatten. Er hielt es für unwahrscheinlich, daß außer ihm noch jemand Lust verspüren würde, sich zu ihnen zu gesellen. Adam setzte sich auf den einzigen freien Platz in einer Ecke des Abteils und blickte aus dem Fenster.

Als der Zug in Canterbury einfuhr, hatte niemand außer dem Schaffner das Abteil betreten. Adam fühlte sich in der Ecke des Abteils merkwürdig sicher, selbst dann noch, als er einen dunkelhaarigen Mann in einem blauen Dufflecoat bemerkte, der an der Tür des Abteils vorbeiging und aufmerksam hereinsah.

Wenig später aber wurde Adam durch die lautstarke Beschwerde eines der Jugendlichen, offensichtlich des Rädelsführers der Bande, jäh aufgeschreckt.

„Hier drin stinkt's", erklärte der Jüngling und schnüffelte geräuschvoll.

„Find ich auch, Terry!" erwiderte sein Freund, der neben Adam saß, und begann das Geschnüffel nachzuahmen. „Mir scheint, es kommt ganz aus meiner Nähe."

Adam sah zu dem jungen Mann hinüber. Seine schwarze Lederjacke war mit glänzenden kleinen Nieten übersät. Adam erhob sich und zog das Fenster herunter. „Vielleicht hilft ein wenig frische Luft", meinte er ungerührt, während er sich wieder setzte. Gleich darauf schnüffelten alle vier. „Mir scheint, der Gestank wird immer schlimmer", stellte der Anführer fest.

„Dann liegt's wahrscheinlich an mir!" sagte Adam lakonisch.

Die Jugendlichen starrten Adam verblüfft an – seine Gegenoffensive hatte ihnen für den Moment die Sprache verschlagen.

„Ich hatte nach meiner Judostunde keine Zeit zum Duschen", ergänzte Adam, noch bevor einer von ihnen etwas sagen konnte.

„Welchen Gürtel haste denn?" erkundigte sich Terry angriffslustig. „Den schwarzen, stimmt's?" fügte er kichernd hinzu.

„Bis zum schwarzen hab ich immerhin acht Jahre gebraucht", antwortete Adam leichthin. „Kürzlich hab ich den zweiten Dan bekommen."

Die vier Gesichter sahen mit einemmal besorgt drein.

„Ich wollte auch mal mit Judo anfangen", setzte der Rädelsführer wieder an. „Wie lang braucht man denn, bis man halbwegs was kann?"

„Ich trainiere seit zwölf Jahren drei Stunden täglich und bin noch immer nicht olympiareif", erklärte Adam. Noch während er den Satz beendete, fiel ihm auf, daß der dunkelhaarige Mann im Dufflecoat zum zweitenmal an dem Abteil vorbeikam und ihn diesmal scharf anschaute, bevor er rasch weiterging.

„Bekanntlich", fuhr Adam fort, „ist aber die einzige Voraussetzung, um ernsthaft mit Judo anzufangen, daß einer Mumm in den Knochen hat, und den kann einem niemand beibringen. Entweder man hat ihn, oder man hat ihn nicht."

„Ich hab jede Menge", entgegnete Terry aufgebracht. „Ich fürchte mich vor nichts und niemand!"

„Schön", erwiderte Adam. „Vielleicht kannst du deine Behauptung vor Ende dieser Reise noch unter Beweis stellen."

„Willst du dich vielleicht mit mir anlegen?"

„Nein", antwortete Adam ruhig. „Aber leider ist ein Privatdetektiv hinter mir her. Der will mich in flagranti erwischen, wenn ich mir heute einen schönen Abend mit der Angetrauten seines Klienten mache."

Die vier Burschen schauten Adam beinahe ehrfürchtig an. „Dann zeig uns den Schnüffler! Wir machen ihn für den Rest der Woche fertig", sagte der Rädelsführer und reckte die geballte Faust genußvoll hoch.

„Das wär' vielleicht etwas zuviel des Guten", entgegnete Adam. „Aber falls ihr ihn ein wenig aufhalten würdet, wenn ich in London aussteige, könnte ich die Dame wenigstens warnen."

„Alles klar, Casanova!" versicherte der Rädelsführer.

„Das ist er!" flüsterte Adam, als der Mann im Dufflecoat zum drittenmal vorbeiging. Die Jugendlichen sahen auf den Gang hinaus.

Nur wenig später schlüpfte Adam aus dem Abteil. Die Tür ließ er hinter sich weit offen. Gemächlich spazierte er in die Richtung, aus der der Mann im blauen Dufflecoat zuvor gekommen war. Als Adam das Ende des Waggons erreichte, drehte er sich um. Er stellte fest, daß der Mann ihm eilig folgte. Als er an dem offenen Abteil vorbeikam, schnellten zwei in Leder gehüllte Arme heraus, und mit einem erstickten Schrei verschwand der Mann im Abteil. Die Tür wurde zugeknallt. Die Vorhänge waren im Nu zugezogen.

Langsam fuhr der Zug im Bahnhof Waterloo East ein.

Als der Bus in die Wigmore Street einbog und vor dem Hauptsitz des Royal Philharmonic Orchestra stehenblieb, waren Robins Nerven zum Zerreißen gespannt. Seit mindestens fünfzig Kilometern war ihnen ein dunkelgrüner Ford gefolgt.

Während sie den Kontrabaß durch den Bus zerrte, warf sie einen

Blick zurück. Der Ford parkte etwa fünfzig Meter weiter unten an der Straße. Romanow stand auf dem Gehsteig; er erschien ihr wie ein Raubtier, das sich zum Angriff duckt. Ein zweiter Mann, den Robin nicht kannte, war hinter dem Lenkrad sitzen geblieben. Robin begab sich auf kürzestem Weg in das Gebäude, in dem sich die Räume des Orchesters befanden.

Nachdem der letzte Musiker ausgestiegen war, durchsuchten Romanow und Colonel Tomkins ungeachtet der lautstarken Proteste des Fahrers das Innere des Busses und das Gepäckfach. Robin beobachtete von einem Fenster im ersten Stock aus nervös, wie Romanow und sein Begleiter wieder in den Ford sprangen und davonfuhren.

DER Colonel brachte den Wagen ein paar Straßen weiter zum Stehen. Romanow sprang heraus, lief zu einer leeren Telefonzelle und begann im Telefonbuch zu blättern. Er fand nur eine Robin Beresford, unter derselben Adresse, die der junge Agent ihm durchgegeben hatte. Er wählte die Nummer. Als nach zehnmaligem Klingeln niemand abhob, erschien ein Lächeln auf Romanows Gesicht. Jetzt wußte er, daß sie allein lebte.

„Was nun?" fragte der Colonel, als Romanow wieder im Wagen saß.

„Ganz einfach: Statt zu warten, bis Miß Beresford herauskommt, werden wir lieber auf sie warten, bis sie hereinkommt", erwiderte Romanow.

ETWA dreißig Minuten später schlüpfte Robin aus der Hintertür des Gebäudes und ging rasch bis hinunter an die Ecke. Sie sagte sich immer wieder, daß Romanow bestimmt nicht zurückkommen werde; dennoch zitterte sie am ganzen Leib. Sie hielt nach einem Taxi Ausschau. Ihr fiel ein Stein vom Herzen, als fast augenblicklich eines neben ihr anhielt. Wie Adam ihr geraten hatte, inspizierte sie Fahrer und Rücksitz ganz genau, dann kletterte sie hinein.

WENIGE Augenblicke nachdem Robin in das Taxi gestiegen war, traf Romanow vor ihrem Haus ein. Der Tafel mit den Namensschildern neben dem Eingang entnahm er, daß Miß Beresford in der vierten Etage wohnte.

Die Haustür hätte selbst für einen kleinen Gelegenheitsdieb keinerlei Problem dargestellt. Romanow verschaffte sich innerhalb weniger Minuten Einlaß. Der Colonel folgte ihm durch das dunkle Treppenhaus in den vierten Stock.

Romanow knackte das Türschloß schneller, als Robin es mit ihrem Schlüssel hätte öffnen können. Er vergewisserte sich, daß sonst niemand in der Wohnung war. „Spitzen Sie die Ohren, Colonel!" sagte er dann. „Die Dame wird uns bestimmt nicht lange warten lassen."

Das Taxi hielt vor dem Haus, auf das Robin zeigte. Sie sprang aus dem Wagen und gab dem Taxifahrer ein reichliches Trinkgeld, da sie sich jetzt endlich in Sicherheit fühlte. Es kam ihr vor, als wäre sie seit Ewigkeiten nicht mehr zu Hause gewesen. Sie freute sich auf ein heißes Bad und auf einen langen, ungestörten Schlaf.

Als Adam im Bahnhof Waterloo East aus dem Zug stieg, war es kurz nach Mitternacht. Er stellte erfreut fest, daß die U-Bahn noch verkehrte. An der Sperre wies er eine Zeitkarte vor und wartete, bis schließlich ein Zug einfuhr.

Zwischen Waterloo East und seinem Zielort lagen mehrere Stationen, und bei jedem Halt saß Adam wie auf Nadeln. Er hoffte nur, daß Robin seine Anweisungen getreulich befolgt hatte. Zwanzig Minuten vor ein Uhr fuhr der Zug endlich in der Station ein, wo Adam aussteigen wollte.

Der Schaffner gab Adam die benötigte Auskunft, in welche Richtung er losmarschieren mußte. Langsam ging er auf Nummer dreiundzwanzig zu. Nirgends im Haus brannte Licht. Er schritt den Weg entlang, steckte den Schlüssel ins Schloß, drückte vorsichtig die Tür auf und schloß sie geräuschlos hinter sich.

Der Mann stieß das Gartentor auf und ging über den Kiesweg zum Haus. An der Ecke des Gebäudes suchte er nach dem dritten Stein links, hinter dem er stets seinen Reserveschlüssel versteckte. Zu seiner Erleichterung fand er nach einigem Herumtasten den Schlüssel an seinem Platz. Wie ein Einbrecher schob er ihn geräuschlos ins Schloß. Er schlich in den Flur, stieg die Treppe nach oben und öffnete die Tür zu seinem Schlafzimmer.

Als der Colonel eintrat, schlang sich ihm urplötzlich ein Arm um den Hals. Er wurde mit ungeheurer Kraft zu Boden gerissen. Ein Knie drückte sich gegen sein Rückgrat, er lag flach auf dem Boden, einen Arm auf den Rücken gedreht, und konnte sich kaum bewegen. Das Licht flammte auf.

„Bringen Sie mich nicht um, Captain Scott! Bitte, bringen Sie mich nicht um!" flehte der Colonel.

„Ich habe nicht die Absicht, das zu tun, Mr. Tomkins", erwiderte

Adam ruhig. „Trotzdem wäre es gut für Sie, wenn Sie mir sagten, wo sich Ihr geschätzter Arbeitgeber im Augenblick aufhält." Um seinen Worten Nachdruck zu verleihen, drückte Adam den Arm des Colonels noch ein paar Zentimeter höher.

„Er ist zur Botschaft gefahren, als er gemerkt hat, daß die Geigerin nicht in die Wohnung zurückkehren würde", stieß der Colonel weinerlich hervor.

„Genau, wie ich es geplant hatte", sagte Adam.

Er übte unvermindert starken Druck auf den Arm des Colonels aus, während er ihm bis ins kleinste Detail erklärte, was er von ihm erwartete.

Das Gesicht des Colonels nahm einen ungläubigen Ausdruck an. „Aber das klappt doch nie", stieß er hervor. „Ich meine, er merkt doch bestimmt ... Ahhh!" Tomkins wimmerte, als sein Arm noch mehr nach oben gedrückt wurde.

„Sie können die ganze Angelegenheit in weniger als zehn Minuten erledigen. Er wird niemals dahinterkommen", bekräftigte Adam. „Wenn Sie meine Anweisungen ausführen, biete ich Ihnen im Tausch dafür Ihren Paß, die Papiere, die Brieftasche sowie die Garantie, daß Sie wegen Ihrer vergangenen Schurkereien nicht angeklagt werden. Sollten Sie allerdings bis morgen vormittag um halb zehn nicht mit dem bewußten Gegenstand zurück sein", fügte er hinzu, „liegen alle diese Dokumente dreißig Minuten später auf dem Schreibtisch von Mr. Lawrence Pemberton im Außenministerium. Und denken Sie daran", fuhr Adam fort, ohne seinen Griff zu lockern, „Spione müssen derzeit mit Gefängnisstrafen zwischen achtzehn und zweiundvierzig Jahren rechnen. Bei guter Führung können Sie also etwa zur Jahrhundertwende wieder auf freiem Fuß sein."

Tomkins war sichtlich beeindruckt. „Auch die Alternative scheint nicht viel verlockender", fuhr Adam fort. „Es wäre doch denkbar, daß Sie Romanow von meinem nächtlichen Besuch erzählen. Als Gegenleistung würde er es Ihnen vielleicht ermöglichen, den Rest Ihrer Tage in einer kleinen Datscha in einem entsprechend tristen Vorort Moskaus zu verbringen. Denn, mein lieber Tomkins, Sie sind ja schließlich nur ein sehr kleiner Spion."

„Ich bringe Ihnen das Gewünschte, Captain Scott! Punkt halb zehn, Sir. Verlassen Sie sich auf mich."

Adam zog den Colonel langsam vom Boden hoch, schob ihn auf den Treppenabsatz zu und stieß ihn vor sich her die Treppe zur Haustür hinunter. „Die Autoschlüssel!" befahl er.

„Aber es ist ein Mietwagen, Sir", stammelte der Colonel.

„Dann werde ich ihn jetzt mieten", erwiderte Adam. „Die Schlüssel!" wiederholte er und schob den Arm des Colonels noch weiter, bis fast in die Höhe des Schulterblattes hinauf.

„In meiner linken Tasche!" stieß der Colonel hervor.

Adam steckte die Hand in das neue Jackett des Colonels und zog die Autoschlüssel heraus. Er öffnete die Eingangstür, stieß den Colonel auf den Gartenweg und führte ihn zum Gehsteig.

„Machen wir uns also auf die Socken", sagte Adam und ließ ihn zum erstenmal los. „Und noch etwas, Tomkins: Für den Fall, daß Sie daran denken, mich hinters Licht zu führen: Ich habe das Außenministerium bereits veranlaßt, Romanow zu überwachen und zwei zusätzliche Beobachter in der Nähe der sowjetischen Botschaft zu postieren. Diese Leute werden sofort Meldung erstatten, sobald ein Verdächtiger vor morgen halb zehn das Gebäude betritt oder verläßt." Adam stieg in den Mietwagen. „Bis morgen um halb zehn dann. Und zwar pünktlich!" fügte er hinzu.

Der Colonel stand zitternd auf dem Gehsteig und massierte seine rechte Schulter, während Adam davonfuhr.

Zum erstenmal seit Heidis Tod hatte Adam das Gefühl, daß nun Romanow der Gejagte war.

„WELCH große Ehre für unser bescheidenes Haus!" sagte Herr Bischoff. Er war ganz offensichtlich entzückt, daß der wichtigste Bankier des Ostens mit ihm im Konferenzzimmer seiner Bank saß und den Nachmittagstee einnahm.

„Aber nicht doch, mein lieber Bischoff!" erwiderte Poskonow. „Nach all den Jahren ist die Ehre gänzlich meinerseits. Aber nun zum Geschäft. Haben Sie Romanow dazu gebracht, die Verzichtserklärung zu unterschreiben?"

„Aber ja", erklärte Bischoff sachlich. „Er hat es getan, ohne auch nur die Standardklauseln durchzulesen, von den drei zusätzlichen, die Sie uns hinzuzufügen baten, ganz zu schweigen."

„Seine Erbschaft fällt somit automatisch dem sowjetischen Staat zu?"

„So ist es, Herr Poskonow! Aber was passiert, wenn Romanow die Bank wieder aufsucht und wissen möchte, was aus seiner Erbschaft geworden ist?"

„Er wird die Bank nicht wieder aufsuchen", erklärte der sowjetische Bankier mit Nachdruck. „Darauf gebe ich Ihnen mein Wort. Und jetzt würde ich gerne sehen, was sich in diesen Schließfächern befindet."

„Selbstverständlich", sagte Bischoff. „Würden Sie mich bitte begleiten?"

Die beiden Bankiers fuhren mit dem Privataufzug in den Keller. Unten angekommen, geleitete Herr Bischoff seinen Gast zu dem einbruchssicheren Tresorraum. „Lassen Sie sich Zeit, soviel Sie wollen", sagte er. „Um fünf Uhr wird allerdings die große Tür automatisch verschlossen und läßt sich bis morgen früh um neun Uhr nicht mehr öffnen. Viertel vor fünf ertönt ein Warnsignal, welches Sie darauf aufmerksam macht, daß Sie nur noch fünfzehn Minuten Zeit haben." Mit diesen Worten händigte er Poskonow den Umschlag aus, in dem sich Romanows Schlüssel befand.

Die schwere Stahltür schlug hinter Poskonow zu. Der Leiter der sowjetischen Nationalbank sah auf die Wanduhr. Er hatte über zwei Stunden Zeit, um auszusortieren, was nach Brasilien transportiert werden konnte und was er zurücklassen mußte.

Poskonow öffnete das erste große Schließfach und blickte auf die zwölf kleinen Abteile. Er hob den Deckel des ersten Abteils, und als er die Unmengen von Edelsteinen sah, die ihm entgegenfunkelten, wurden ihm die Knie weich. Mit beiden Händen griff er ins Kästchen und ließ die Steine durch seine Finger gleiten wie ein Kind, das am Strand mit Kieseln spielt.

Er merkte kaum, wie lange er brauchte, um die übrigen Abteile zu durchstöbern. Als das Alarmsignal ertönte, war ihm, als befände er sich bereits achttausend Kilometer entfernt und genösse seinen unerhörten neuen Reichtum. Er sah auf die Uhr. Gerade noch Zeit, kurz in das zweite große Schließfach zu sehen.

Schnell drehte er den Schlüssel im Schloß und fuhr sich voll Vorfreude mit der Zunge über die Lippen. Dann zog er den großen Behälter heraus. Nur ein ganz kurzer Blick, gelobte er sich beim Abheben des Deckels.

Als er den verwesenden Leichnam sah, taumelte er zurück, wankte und faßte sich im Fallen ans Herz.

Beide Leichen wurden um neun Uhr des folgenden Tages gefunden.

ADAM saß auf dem Bett des Royal Garden Hotels. Seit einer Stunde war er sämtliche Details seines Planes noch einmal durchgegangen. Er nahm den Hörer und wählte die Nummer, die Robin ihm gegeben hatte. Das Signal ertönte einige Male. Schließlich meldete sich eine ältere Dame: „Beresford!"

„Guten Morgen, Mrs. Beresford. Mein Name ist Adam Scott. Ich bin ein Freund von Robin. Ich rufe bloß an, um mich zu erkundigen, ob sie gestern abend gut nach Hause gekommen ist."

„O ja, danke", erwiderte Robins Mutter. „Es war eine wunderbare Überraschung, sie bei mir zu haben. Für gewöhnlich übernachtet sie in ihrer Wohnung in der Stadt, wenn sie so spät nach Hause kommt. Ich fürchte, sie schläft noch. Soll ich sie wecken?"

„Nein, stören Sie sie bitte nicht", sagte Adam. „Ich würde mich nur gerne mit ihr zum Mittagessen verabreden. Könnten Sie ihr bitte bestellen, daß ich später nochmals anrufe?"

„Gerne!" sagte die alte Dame. „Und danke für den Anruf, Mr. Scott."

Adam legte auf und lächelte. Allmählich sah die Welt wieder viel freundlicher aus. Er machte sich daran, den Paß und die Papiere von Tomkins in einen großen Umschlag zu stecken. Dann zog er die Ikone aus der Tasche, drehte sie herum und untersuchte sorgfältig das kleine silberne Wappen des Zaren. Schließlich klappte er das Taschenmesser des Colonels auf und machte sich an die heikle Arbeit, die Krone zu entfernen.

Dreißig Minuten später fuhr Adam mit dem Fahrstuhl ins Erdgeschoß des Hotels. Der Geschäftsführer des Herrenmodengeschäfts in der Passage hatte eben das kleine Schild mit der Aufschrift GESCHLOSSEN an der Tür umgedreht. Adam ließ sich viel Zeit beim Anprobieren eines weißen Hemdes, einer grauen Flanellhose und eines passenden Jacketts.

Um neun Uhr dreiundzwanzig beglich er seine Rechnung im Royal Garden Hotel und bat den Türsteher, den grünen Ford aus der Tiefgarage zu holen. Er selbst wartete vor dem Hoteleingang.

Die Minuten verstrichen.

Adam begann allmählich zu befürchten, daß der Colonel doch nicht erscheinen werde. Sollte er tatsächlich nicht kommen, überlegte Adam, mußte er als nächsten Lawrence anrufen – und nicht etwa Romanow.

Seine düsteren Gedanken wurden durch das Hupen eines Autos unterbrochen. Der Ford des Colonels war neben dem Hoteleingang abgestellt worden, und der Türsteher gab Adam den Schlüssel zurück.

„Danke", sagte Adam und reichte ihm eine der Pfundnoten des Colonels. Er ließ die Brieftasche wieder in den Umschlag gleiten, den er zuklebte.

Unruhig wartete er noch weitere zwei Minuten, dann sah er den Colonel endlich die leichte Steigung zum Hoteleingang heraufkeuchen. In der Hand hielt er eine kleine Einkaufstüte.

„Ich habe es geschafft, Captain Scott! Ich habe es geschafft!" rief der Colonel, noch ehe er Adam erreicht hatte. „Aber ich muß sofort wieder zurück, sonst merkt er bestimmt, daß sie weg ist."

Er händigte Adam die Tüte aus. Adam schaute hinein.

„Sie haben Ihr Wort gehalten", sagte er. „Wie versprochen, finden Sie hier alles, was Sie benötigen." Schweigend überreichte er dem Colonel den Umschlag und die Autoschlüssel und deutete auf den Ford.

Der Colonel rannte auf den Wagen zu, sprang hinein und fuhr rasch davon.

Adam winkte ein Taxi herbei. Der Fahrer kurbelte das Fenster herunter und sah Adam fragend an. „Zur King's Road Nr. 52. Eine Tischlerei."

Dort angekommen, sah Adam sich zwanzig Minuten lang in der Werkstatt um, während der Handwerker seinen ungewöhnlichen Auftrag ausführte. Das Resultat nahm Adam befriedigt zur Kenntnis, zahlte und ging wieder hinaus auf die Straße, wo er erneut ein Taxi anhielt.

„Wohin, der Herr?"

„Zum Tower, bitte."

ALLE waren zur Stelle, als um halb zehn die Sitzung des Führungszirkels begann. Bush ging zum Angriff über, bevor Lawrence sich überhaupt setzen konnte.

„Wie, zum Teufel, haben Sie es diesmal fertiggebracht, ihn aus den Augen zu verlieren?"

„Ich nehme alle Schuld auf mich", erwiderte Lawrence. „Wir haben jeden Hafen zwischen Newhaven und Harwich überwacht. Als mein Mann jedoch sah, wie Romanow die Hafenanlage von Dover verließ und hinter dem Bus herfuhr, vermutete er, daß er Scott bemerkt hatte."

„Aber wir bekamen ja noch eine Chance, als Scott den Zug bestieg", beharrte Bush.

„Mein Mann befand sich im Zug", sagte Lawrence mit Nachdruck. „Er hatte nur eine einzige Gelegenheit, mit Scott Kontakt aufzunehmen. Aber ausgerechnet in diesem Augenblick wurde er von einer Bande besoffener Lümmel gepackt und zusammengeschlagen."

„Soweit wir also wissen, sind Scott, die Zarenikone und Romanow noch irgendwo in London versteckt", stellte Matthews fest.

„Es sieht so aus", räumte Lawrence ein.

„Dann ist vielleicht doch noch nicht alles verloren", meinte Snell.

„Scott könnte ja nochmals versuchen, mit Ihnen Kontakt aufzunehmen."

„Das glaube ich nicht", erwiderte Lawrence leise.

„Wie können Sie das so sicher behaupten?" fragte Bush.

„Weil Scott weiß, daß einer von uns hier ein Verräter ist. Und sicher glaubt er, daß ich es bin."

„SOWJETISCHE Botschaft, guten Morgen!"

„Mein Name ist Adam Scott. Ich möchte gern mit Major Romanow sprechen."

„Bei uns an der Botschaft ist kein Major Romanow beschäftigt", kam es höflich zurück.

„Davon bin ich überzeugt. Trotzdem werde ich warten. Es würde mich nicht wundern, wenn Sie ihn rasch fänden – sobald er weiß, wer am Apparat ist."

Am anderen Ende der Leitung blieb es lange Zeit still. Endlich hörte Adam ein Klicken.

„Wer spricht?" fragte eine ihm vertraute Stimme, unfähig, einen gewissen Unglauben zu verhehlen.

„Sie wissen sehr genau, wer spricht", antwortete Adam schroff. „Ich möchte mit Ihnen ein Abkommen treffen. Ich werde meine Ikone, die, wie Sie mir so überzeugend dargelegt haben, für mich wertlos ist, gegen Ihre Kopie eintauschen. Aber dafür verlange ich die Papiere, welche die Unschuld meines Vaters beweisen."

„Und woher soll ich wissen, daß Sie mich nicht hereinlegen?"

„Das können Sie gar nicht wissen", antwortete Adam. „Aber Sie haben schließlich nichts zu verlieren."

„Geben Sie mir Ihre Nummer", sagte Romanow.

Adam kam der Aufforderung nach.

„Ich rufe Sie um elf zurück", erklärte Romanow knapp, bevor die Verbindung abbrach. „Wie schnell können wir feststellen, wo sich der Anschluß befindet?" fragte Romanow den KGB-Beamten, der ihm gegenübersaß.

„In etwa zehn Minuten", antwortete dieser. „Aber vielleicht handelt es sich um eine Falle."

„Möglich. Da uns aber nur noch neunzehn Stunden bleiben, bis die Ikone in Amerika sein muß, bleiben mir nicht viele Möglichkeiten."

ADAM konnte nichts gegen die Dame mittleren Alters unternehmen, die die Telefonzelle beim Tower, von der aus er Romanow angerufen hatte, besetzt hielt. Er war nervös aus der Zelle getreten, um die Brücke in Augenschein zu nehmen, und in ebendiesem Augenblick war sie hineingeschlüpft.

Besorgt schaute Adam auf die Uhr: zehn Uhr fünfundvierzig. Die gesprächige Dame brauchte zwölf Minuten, bis sie endlich auflegte und die Zelle wieder freigab.

Adam begann die *Beefeaters* zu beobachten, die unter dem *Traitors' Gate* patrouillierten. *Traitors' Gate* – das bedeutete „Verrätertor" –, wie passend, dachte Adam. Er hatte die Stelle gewählt, weil er den Fußweg, der zur Zugbrücke führte, von hier aus in beiden Richtungen genau zu überblicken vermochte. Daß sie ihn überrumpeln würden, stand nicht zu erwarten. Und für den schlimmsten Fall gab es da noch den Graben.

Als das Telefon schrillte, klang es wie eine Alarmglocke. Nervös nahm Adam den Hörer ab.

„Scott?"

„Ja."

„Ich kann Sie deutlich sehen, da ich weniger als eine Minute von Ihnen entfernt bin. Ich werde nach Ablauf dieser Minute am Ende der Brücke stehen. Sehen Sie zu, daß Sie rechtzeitig mit Ihrer Ikone dort sind. Sonst werde ich die Dokumente, die die Unschuld Ihres Vaters beweisen, vor Ihren Augen verbrennen." Und schon hatte er wieder aufgelegt.

Adam trat aus der Telefonzelle und suchte die Straße in beiden Richtungen ab. Am Ende der Brücke bremste ein Motorrad. Der Fahrer trug eine Lederjacke; er saß rittlings auf der Maschine und schien sich nur für den vorbeiflutenden Verkehr zu interessieren. Der Mann hinter ihm sah aber direkt zu Adam herüber.

Adam ging langsam auf die Brücke zu. Er steckte eine Hand in die Tasche, um sich zu vergewissern, daß die Ikone noch an ihrem Platz war.

Adam war etwa dreißig Meter vom Ende der Brücke entfernt, als der zweite Mann vom Motorrad stieg und ihm entgegenkam. Sobald sich ihre Blicke trafen, blieb Romanow stehen und hielt ein kleines viereckiges Bild in die Höhe. Adam klopfte nur gegen seine Tasche und marschierte weiter. Die beiden Männer gingen aufeinander zu wie Ritter in alten Zeiten. Als sie nur noch wenige Schritte voneinander entfernt waren, blieben sie fast gleichzeitig stehen.

„Zeigen Sie sie mir", sagte Romanow.

Adam zog die Ikone langsam aus der Tasche und hielt sie so an seine Brust, daß sein Gegner dem heiligen Georg direkt in die Augen blickte.

„Drehen Sie sie um!" befahl Romanow. Adam kam der Aufforderung nach. Der Russe konnte seine Freude nicht verbergen, als er die kleine Silberkrone des Zaren auf der Rückseite der Ikone erblickte.

„Jetzt sind Sie an der Reihe", sagte Adam. Romanow streckte seine Ikone vom Körper weg, als schwinge er ein Schwert. Das Meisterwerk glänzte in der Sommersonne. „Und jetzt die Dokumente!" befahl Adam.

Der Russe zog ein Päckchen aus seiner Tasche und faltete die Papiere auseinander. Zum zweitenmal hatte Adam nun das offizielle Gerichtsurteil vor Augen.

„Gehen Sie bis zur Mauer", sagte Adam und deutete mit der linken Hand auf die Seite der Brücke. „Legen Sie die Ikone und die Dokumente darauf."

Romanow folgte seinen Anweisungen. Adam schritt zu der Mauer auf der anderen Seite der Brücke und legte seine Ikone dort ab.

„Langsam wieder hinübergehen!" rief Adam. Die beiden Männer schritten seitwärts gewandt über die Brücke zurück. Sie hielten einen Abstand von einigen Metern, bis sie die Ikone des anderen erreichten. Kaum war das Bild in seiner Reichweite, da griff Romanow danach, rannte los und sprang aufs Motorrad. Sekunden später war es im dichten Verkehr verschwunden.

Adam rührte sich nicht. Obwohl sich das Original nur eine Stunde nicht in seinem Besitz befunden hatte, fühlte er sich erleichtert, als er es wieder bei sich hatte. Er überflog die Papiere, die die Unschuld seines Vaters bewiesen, und steckte sie in die Tasche. Die Touristen, von denen einige stehengeblieben waren und ihn erstaunt anstarrten, ignorierte er. Eben begann er sich zu entspannen, da verspürte er plötzlich einen heftigen Stoß im Rücken. Entsetzt wirbelte er herum.

Ein kleines Mädchen schaute zu ihm auf.

„Geben Sie und Ihr Freund heute morgen noch eine Vorstellung?"

Das Motorrad war kaum vor der sowjetischen Botschaft vorgefahren, da sprang Romanow ab, rannte die Treppe hinauf und stürzte ohne Anklopfen ins Büro des Botschafters.

„Alles hat geklappt, genau nach meinem Plan!" rief Romanow und überreichte dem Botschafter die Ikone.

Der Botschafter drehte das Bild um und erblickte die kleine Silberkrone des Zaren. Seine letzten Zweifel waren auf der Stelle zerstreut. „Ich habe Anweisung, die Ikone sofort per Kurier nach Washington zu schicken."

Er drückte auf einen Knopf an der Seite seines Schreibtisches, woraufhin sofort zwei Männer erschienen. Einer hielt die Kuriertasche auf, der andere stand bewegungslos da. Der Botschafter reichte ihnen die Ikone und sah zu, wie sie in der Tasche verschwand. „In Heathrow wartet ein Flugzeug, das Sie direkt nach Washington bringt", erklärte er. „Sie dürften etwa um fünf Uhr nachmittags Washingtoner Zeit ankommen. Somit haben unsere Genossen in Amerika noch genügend Zeit, ihren Teil des Vertrages zu erfüllen."

Die beiden Männer nickten, versiegelten vor den Augen des Botschafters die Kuriertasche und verabschiedeten sich. Romanow trat ans Fenster und beobachtete, wie ein Dienstwagen mit den beiden Kurieren davonbrauste.

„Wodka, Genosse Major?" Der Botschafter trat zu einem Wandschrank und holte zwei Gläser und eine Flasche aus dem Kühlfach. „Es ist keine Übertreibung, wenn ich behaupte, daß Sie nicht unerheblich dazu beigetragen haben, die Sowjetunion zur mächtigsten Nation der Welt zu machen", sagte er, als er Romanow das Glas reichte. „Deshalb ist es an der Zeit, Sie über die Tragweite Ihrer Großtat zu unterrichten." Er berichtete Romanow von den Instruktionen, die er an diesem Morgen aus Moskau erhalten hatte.

Romanow dankte Gott, daß er nie geahnt hatte, wieviel auf dem Spiel gestanden hatte. „Und was geschieht in diesem Moment in Washington?" fragte er.

„Unser Botschafter hat für acht Uhr abends um eine Unterredung mit dem amerikanischen Außenminister ersucht. Im Anschluß daran wird er eine Pressekonferenz in der Botschaft abhalten."

„Und wir haben es buchstäblich in letzter Minute geschafft", sagte Romanow und goß sich noch einen Wodka ein. Er schauderte bei dem Gedanken, wie knapp er an einem Fehlschlag vorbeigeschlittert war.

„Sie müssen mit mir zu Mittag essen, Genosse! Ihre Order lautet zwar, unverzüglich nach Moskau zurückzukehren, aber mein Sekretär hat mir versichert, daß die nächste Maschine nicht vor acht Uhr abends fliegt. Ich beneide Sie um den Empfang, der Ihnen morgen im Kreml bereitet wird."

COMMANDER BUSH platzte in Lawrence' Büro. „Romanow hat die Ikone!" brüllte er.

Auf Lawrence' Gesicht breitete sich ein Ausdruck der Verzweiflung aus. „Woher wollen Sie das wissen?" fragte er betroffen.

„Ich habe eben eine Nachricht aus Washington erhalten. Die Sowjets haben für heute abend um acht Uhr um eine offizielle Unterredung mit dem Außenminister gebeten."

Das Telefon auf Lawrence' Schreibtisch klingelte. Er griff danach wie nach einem Rettungsring. „Ein Dr. John Vance möchte Sie kurz sprechen, Sir", sagte seine Sekretärin. „Er behauptet, Sie hätten um seinen Anruf gebeten."

Vance? Vance? Der Name kam Lawrence bekannt vor, doch er wußte nicht so recht, wo er ihn unterbringen sollte. „Stellen Sie durch", entschied er.

„Guten Morgen, Mr. Pemberton!" sagte eine Stimme. „Sie baten mich anzurufen, sobald ich Scott untersucht hätte."

„Scott?" wiederholte Lawrence. Er glaubte seinen Ohren nicht zu trauen.

„Ja, Adam Scott! Sie erinnern sich bestimmt. Sie haben gewünscht, daß er sich einer kompletten Untersuchung unterzieht – wegen der Anstellung in Ihrer Abteilung."

Lawrence war sprachlos.

„Ich habe ihm ein Gesundheitszeugnis ausgestellt", fuhr der Arzt fort. „Alles bestens! Eine Verletzung an der Schulter, aber nichts, was nicht innerhalb von ein paar Tagen heilen würde. Er kann zu arbeiten beginnen, wann immer Sie wollen."

„Ist Mr. Scott noch bei Ihnen?" fragte Lawrence.

„Nein", erklärte Vance. „Er hat meine Praxis vor etwa zehn Minuten verlassen."

„Hat er Ihnen gesagt, wohin er geht?"

„Nein, zumindest nicht genau. Er sagte nur etwas davon, daß er sich von einem Freund am Flughafen verabschieden wolle."

ROMANOW schaute auf die Uhr. Er hatte genügend Zeit, um seine Verabredung einzuhalten und sein Flugzeug trotzdem noch zu erreichen. Er dankte dem Botschafter für seine Unterstützung und nahm auf dem Rücksitz des unauffälligen schwarzen Wagens Platz.

Es war eine kurze Fahrt in die Charlotte Street. Romanow stieg aus, lief über die Straße zur Tür und drückte auf den Klingelknopf.

„Sind Sie Mitglied?" fragte eine Stimme durch die Sprechanlage.

„Ja", antwortete Romanow. Nach einem metallischen Klicken stieß er die Tür auf und stieg eine dunkle Treppe hinab. Seine Augen brauchten einige Sekunden, bis sie sich an das schummrige Licht des Clubs gewöhnt hatten und er Mentor entdeckte, der allein an einem kleinen Tisch am anderen Ende des Raumes saß.

Romanow nickte ihm zu. Der Mann erhob sich und ging direkt an ihm vorbei quer über die Tanzfläche. Romanow folgte ihm in den Toilettenraum, vergewisserte sich, daß sie allein waren, führte Mentor dann in eine kleine Kabine und stellte den Riegel auf BESETZT. Dann zog er tausend Pfund in Scheinen aus der Tasche und reichte sie dem Mann.

Mentor riß gierig das Päckchen auf und begann zu zählen. Daß Romanow die Finger durchstreckte, sah er nicht. Sekunden später sauste Romanows Hand mit einem zermalmenden Hieb auf seinen Nacken, und Mentor sank lautlos zu Boden.

Romanow zerrte ihn mit einem Ruck wieder hoch und setzte ihn auf den Toilettensitz; innerhalb kurzer Zeit hatte er die Zehnpfundnoten vom Boden eingesammelt. Dann kroch er durch den breiten Spalt unter der Tür hinaus; die Kabine blieb von innen verschlossen.

Sechzig Sekunden später saß Romanow wieder im Wagen und ließ sich zum Flughafen fahren.

ZWEI Stunden vor Abflug der Aeroflot-Maschine traf Adam in Heathrow ein. Er wählte seinen Standort, so daß er einen ausgezeichneten Blick auf die vierzig Meter lange Strecke hatte, die Romanow zurücklegen mußte, um an Bord des Flugzeugs zu gelangen.

„ERSTER Aufruf für BEA-Flug eins-eins-sieben nach Moskau. Die Erste-Klasse-Passagiere werden zu Flugsteig Nummer dreiundzwanzig gebeten."

Romanow verließ den Warteraum und ging durch den langen Korridor zum Vorfeld. Er konnte der Versuchung nicht widerstehen, statt mit der Aeroflot mit BEA zu fliegen, obwohl er wußte, daß Zaborski diesen Hang zum Luxus mißbilligen würde. Er kletterte die Gangway hinauf und ging an Bord. Dort stieg er über die Beine des Passagiers neben ihm. Er war glücklich, daß er einen Fensterplatz bekommen hatte.

„Möchten Sie vor dem Start einen Drink?" fragte die Stewardeß.

„Für mich nur einen schwarzen Kaffee", sagte der Mann auf dem Nachbarsitz. Romanow nickte zustimmend; auch er wollte Kaffee.

Die Stewardeß kam wenige Minuten später mit den beiden Kaffeetabletts und half dem Mann neben Romanow, das Tischchen aufzuklappen. Romanow trank einen Schluck, aber da der Kaffee noch zu heiß war, stellte er ihn wieder ab. Er beobachtete, wie sein Nachbar ein Päckchen Süßstoff aus der Tasche zog und zwei kleine Pillen in den dampfenden Kaffee fallen ließ.

Weshalb diese Umstände, dachte Romanow. Das Leben ist ohnehin viel zu kurz ...

Er schaute aus dem Fenster und sah die Aeroflot-Maschine zur

Startbahn rollen. Bei dem Gedanken, um wieviel bequemer sein Flug
sein würde, lächelte er und kostete ein zweites Mal von seinem Kaffee:
Genau so trank er ihn am liebsten. Er nahm einen großen Schluck.
Allmählich begann er sich ein wenig müde zu fühlen. Langsam lehnte
er sich in seinem Sitz zurück und schloß zufrieden die Augen. Ja, nun
würde er die Auszeichnungen entgegennehmen, die der Staat ihm zu
bieten hatte. Vermutlich kam er sogar für die Nachfolge Zaborskis in
Betracht. Und falls daraus nichts würde, hatte ihm sein Großvater
schließlich eine weitere Möglichkeit eröffnet.

Er bedauerte nur eines: daß er London verließ, ohne Scott umgebracht zu haben. Aber diese Aufgabe, so glaubte er, würden ihm die
Amerikaner abnehmen. Zum erstenmal seit einer Woche mußte er
sich nicht gegen das Einschlafen wehren ...

Wenige Augenblicke später nahm der Passagier neben Romanow
die Kaffeetasse des Russen und stellte sie neben seine eigene, klappte
dessen Tischchen in die Sitzlehne zurück und breitete eine Wolldecke
über Romanows Beine. Dann streifte er rasch die Augenbinde, welche
die Fluggesellschaft ihren Passagieren zur Verfügung stellte, über
Romanows Kopf, dessen offene Augen auf diese Weise verdeckt
waren. Als der Passagier aufblickte, sah er die Stewardeß neben sich.

„Kann ich behilflich sein?" fragte sie lächelnd.

„Nein danke! Mein Nachbar hat nur darum gebeten, während des
Fluges nicht gestört zu werden, da er eine sehr anstrengende Woche
hinter sich hat."

„Selbstverständlich, Sir", antwortete die Stewardeß. „Wir starten
in wenigen Minuten", fügte sie hinzu, nahm die beiden Kaffeetassen
und trug sie fort.

Der Mann trommelte ungeduldig mit den Fingern auf das Tischchen. Endlich tauchte der Chefsteward neben ihm auf.

„Ein dringender Anruf von Ihrem Büro, Sir! Sie sollen sofort ins
Ministerium zurückkommen."

„So etwas hatte ich erwartet", gestand er.

ADAM blickte dem sowjetischen Flugzeug nach, das steil aufstieg
und in einer weiten Schleife nach Osten schwenkte. Es war ihm völlig
unverständlich, weshalb Romanow nicht eingestiegen war. Der Russe
war doch nicht etwa mit BEA geflogen! Doch dann glaubte er seinen
Augen nicht zu trauen. Ungläubig starrte er zu Lawrence hinüber, der
mit einem zufriedenen Lächeln im Gesicht über das Vorfeld zum
Flughafengebäude zurückspazierte ...

EPILOG

SOTHEBY, LONDON
18. Oktober 1966

„WIR kommen jetzt zu Nummer zweiunddreißig", sagte der Auktionator und blickte von seinem Podium am Ende des überfüllten Saales ins Publikum. „Eine Ikone, die den heiligen Georg mit dem Drachen darstellt", verkündete er. Ein Gehilfe stellte ein kleines Gemälde auf die Staffelei an seiner Seite. Der Auktionator schaute auf die Gesichter der Experten, Kunstliebhaber und Schaulustigen hinunter.

Robin griff nach Adams Hand. „So nervös war ich nicht mehr, seit ich Romanow Aug' in Aug' gegenübergestanden habe!"

„Erinnere mich bloß nicht mehr daran", sagte Adam.

„Es handelt sich selbstverständlich nicht um das Original aus dem Winterpalast", fuhr der Auktionator fort, „aber nichtsdestoweniger um eine ausgezeichnete Kopie, wahrscheinlich das Werk eines Hofmalers, die um das Jahr 1914 entstanden ist. Wie hoch ist Ihr Eröffnungsangebot? Sagen wir achttausend?" Die folgenden Sekunden kamen Robin und Adam endlos vor. „Danke, Sir", erwiderte der Auktionator endlich und nickte; offensichtlich hatte vorne im Saal jemand ein Zeichen gegeben.

„Wieviel könnte die Ikone nach der Meinung der Experten bringen?" fragte Robin noch einmal.

„Zwischen zehn- und zwanzigtausend", lautete Adams Antwort.

„Neuntausend", sagte der Auktionator. Sein Blick wanderte zu einem der Bietenden, der offenbar rechts im Saal saß.

„Ich finde es noch immer erstaunlich", flüsterte Robin, „daß wir den Sowjets das Original zurückgegeben haben."

„Wieso?" fragte Adam. „Schließlich gehört sie ihnen ja. Natürlich wurde vorher der Vertrag herausgenommen. Viel erstaunlicher finde ich, daß sie bereit waren, mir die Kopie zu überlassen. Lawrence war wirklich in Höchstform – ein Musterbeispiel an diplomatischem Geschick."

„Zehntausend der Herr in der vorderen Reihe. Danke, Sir!" rief der Auktionator.

„Was wirst du denn mit dem vielen Geld anfangen?"

„Dir einen neuen Kontrabaß kaufen, ein Hochzeitsgeschenk für meine Schwester besorgen, und den Rest bekommt meine Mutter."

„Elftausend, ein neues Angebot aus dem Mittelgang", verkündete der Auktionator. „Danke, gnädige Frau!"

„Keine Summe – und sei sie noch so hoch – kann Heidi wieder zum Leben erwecken", meinte Robin leise. Adam nickte nachdenklich. „Wie war das Zusammentreffen mit den Eltern?"

„Der Außenminister persönlich hat sie in der letzten Woche besucht. Zumindest haben sie von ihm erfahren, daß ich ihnen die Wahrheit gesagt habe."

„Zwölftausend!" Der Blick des Auktionators wanderte zurück zu den vorderen Reihen.

„Hast du selbst mit dem Außenminister gesprochen?"

„Du lieber Himmel, nein! Dazu bin ich in der Hierarchie viel zu weit unten. Ich kann schon von Glück reden, wenn ich Lawrence zu Gesicht bekomme."

Robin lachte. „Du kannst von Glück reden, glaube ich, daß dir überhaupt eine Stelle im Außenministerium angeboten wurde."

„Ja, zugegeben", sagte Adam und lachte in sich hinein. „Aber unerwarteterweise wurde eben ein Posten frei."

„Was verstehst du unter unerwarteterweise?" fragte Robin. Sie hatte es allmählich satt, daß Adam kaum eine ihrer Fragen direkt beantwortete.

„Ich kann dir nicht mehr sagen, als daß aus Lawrence' altem Team ein Bursche namens Matthews vorzeitig ausgeschieden ist", antwortete Adam.

„Ob das wohl auch auf Romanow zutrifft?" meinte Robin. „Lange wird er vermutlich nicht überlebt haben. Seine Auftraggeber haben das Täuschungsmanöver sicherlich durchschaut, durch das du den Sowjets die Kopie zugespielt hast, während Romanow dir auf der Brücke das Original verehrt hat."

„Niemand hat von ihm seither gehört", beteuerte Adam mit Unschuldsmiene.

„Vierzehntausend!" rief der Auktionator, und sein Blick ruhte erneut auf dem Herrn in einer der vordersten Reihen.

„Was geschah, nachdem du die Papiere vorgelegt hast, die beweisen, daß nicht dein Vater damals das Gift in Görings Zelle geschmuggelt hat?"

„Sobald die Sowjets sie beglaubigt hatten", antwortete Adam, „stattete Lawrence dem Kommandeur von Vaters ehemaligem Regiment einen offiziellen Besuch ab, bei dem er ihm das Beweismaterial vorlegte."

„Und was war das Ergebnis?" erkundigte sich Robin.

„Sie werden einen Gedenkgottesdienst für Vater abhalten, und irgendein Bursche wurde beauftragt, sein Porträt für das Kasino des Regiments zu malen. Mutter wurde eingeladen, das Gemälde zu enthüllen – in Gegenwart aller Offiziere, die gemeinsam mit meinem Vater gedient haben."

„Vierzehntausend zum ersten", sagte der Auktionator und hob den kleinen Hammer ein paar Zentimeter in die Höhe.

„Sie war bestimmt überglücklich", meinte Robin.

„Sie ist in Tränen ausgebrochen", erzählte Adam. „Alles, was sie herausbrachte, war: ‚Ich wünschte, Gerald hätte das noch erlebt.'"

„Vierzehntausend zum zweiten!" rief der Auktionator. Der Hammer schwebte in der Luft.

„Auf die Frage, welcher Vertrag eigentlich in der Ikone gesteckt hat, werde ich wohl nie eine Antwort bekommen", sagte Robin leicht schmollend.

Adam schaute dem Mädchen, das ihm das Leben gerettet hatte, fest in die Augen. „Na ja", meinte er zögernd, aber in diesem Augenblick schlug der Hammer des Auktionators mit einem dumpfen Ton auf. Beide sahen nach vorne.

„Verkauft an den Herrn in der ersten Reihe für vierzehntausend Pfund."

„Kein schlechter Preis", sagte Adam lächelnd.

„Wenn du mich fragst, ist er noch recht billig an die Ikone gekommen", erwiderte Robin leise.

Mit einem nachdenklichen Ausdruck im Gesicht schaute Adam sie an. „In gewisser Weise hast du recht. Stell dir bloß vor", flüsterte er, „wieviel mir der neunundvierzigste Staat der USA gebracht hätte, wenn der zur Versteigerung gekommen wäre!"

Jeffrey Archer

Außergewöhnlicher Ehrgeiz und Erfolg, aber auch spektakuläre Rückschläge und Affären kennzeichnen das Leben des nunmehr achtundvierzigjährigen Jeffrey Archer – all jene Elemente, die auch seine eigenen Bestseller so populär machen. Der im englischen Somerset als Sohn eines Offiziers geborene Autor beeindruckte schon während seiner Studienzeit in Oxford durch Tatkraft, sportlichen Schwung und ein ausgeprägtes Durchsetzungsvermögen. Er schaffte es, als Leichtathlet bis in die englische Nationalmannschaft vorzustoßen, und fand trotzdem noch Zeit, aufwendige Wohltätigkeitskonzerte zu organisieren. Unter anderem gelang es ihm sogar, die Beatles zu einem gagenfreien Auftritt zu bewegen, bei dem mehrere Millionen Mark für den Kampf gegen den Hunger in der Welt eingenommen wurden.

Nach seinem Examen wandte sich Archer der Politik zu und wurde 1969 als jüngster Abgeordneter ins britische Parlament gewählt. Seine politische Laufbahn gestaltete sich äußerst vielversprechend, bis Archer 1974 einen schweren Rückschlag einstecken mußte. Eine Firma, in die er große Summen investiert hatte, ging bankrott und hinterließ ihm einen Schuldenberg von einer halben Million Pfund. Angesichts dieser Lage gab der Vierunddreißigjährige sein Mandat zurück und versuchte, den finanziellen Schaden durch eine zweite Karriere als Schriftsteller so weit als möglich wettzumachen. Tatsächlich wurde sein Roman *Not a Penny More, Not a Penny Less*, der von seinen Erlebnissen in der Geschäftswelt erzählt, sofort ein Erfolg. Mit fünf weiteren Bestsellern, die er danach schrieb, gelangte Archer wieder zu Ansehen und finanziellem Vermögen.

Schließlich kehrte der Autor sogar für kurze Zeit in die Politik zurück. Hier schien das Glück endgültig auf seiner Seite zu sein, als Margaret Thatcher ihn 1985 zum stellvertretenden Vorsitzenden der Konservativen Partei ernannte. Ein Jahr später bereits mußte Archer jedoch aufgrund einer dubiosen Affäre um ein Londoner Callgirl den Hut nehmen. Doch keine Sorge: Wer Archer kennt, weiß, daß jederzeit mit seinem Comeback zu rechnen ist. Und eines scheint überdies sicher: Der Stoff für aufregende Romane wird diesem Mann so schnell nicht ausgehen.

RENDEZVOUS MIT MEINEM SOHN

Eine Kurzfassung des Buches von
JANINE BOISSARD
Nach der Übersetzung von Gertrud Barnert
Illustrationen von Wolfgang Behrend

Paris, ein Tag im Mai. Für die Innenarchitektin Nadine Ménessier ein Tag wie jeder andere. Ihr Mann arbeitet noch in seiner Werbeagentur, ihre Tochter Laure wird gleich aus der Schule kommen, und ihrem Sohn Jean-Daniel muß sie heute die Daumen drücken – für seine Prüfungen an der Universität. Da läutet plötzlich das Telefon: „Madame Ménessier? Ihr Sohn wurde eben ins Ambroise-Paré-Krankenhaus eingeliefert … Heroin … Bitte kommen Sie sofort."

Jean-Daniel ist rauschgiftsüchtig! Fassungslos stehen die Eltern vor der schrecklichen Wahrheit. Die Frage nach dem Warum führt die verzweifelte Mutter in Studentenlokale, zu Freunden ihres Sohnes, zur Polizei – erst als Nadine begreift, daß sie vergeblich nach einem Schuldigen sucht, findet sie einen Weg, ihrem Sohn zu helfen.

I

STELLEN Sie sich einmal folgende Situation vor: Es ist ein Tag wie jeder andere – Nachmittag, vier Uhr, die Hausmauer gegenüber in gleißendes Sonnenlicht getaucht, völlige Stille. Ein Tag im Mai. Sie sind gerade nach Hause gekommen und halten einige Augenblicke im Wohnzimmer inne, um Atem zu schöpfen. Es ist ein Tag in Ihrem Leben, einem glücklichen Leben alles in allem: ein Mann, zwei Kinder, ein Gebäude aus Zärtlichkeit und Liebe geduldig errichtet; hier und da natürlich einige Risse im Mauerwerk, aber genügend eherne Stützen wie diese kostbaren Momente, in denen einem plötzlich ganz warm wird, ohne Grund, einfach so, warm vor Leben. Und nun stellen Sie sich vor, daß das alles auf einmal einstürzt wie ein Kartenhaus.

Das Telefon klingelt. Eine unbekannte Stimme sagt: „Madame Ménessier? Ihr Sohn wurde eben in die Intensivstation des Ambroise-Paré-Krankenhauses eingeliefert."

„Mein Sohn? Da müssen Sie sich irren. Der befindet sich im Augenblick in der Universität. Er hat heute eine Prüfung. Mit wem spreche ich denn, bitte?"

„Kommissar Loisel. Ihr Sohn heißt doch Jean-Daniel? Geboren 1961 in Paris, einen Meter dreiundachtzig groß, braune Haare, besondere Kennzeichen: keine. Stimmt das?"

Ja, das stimmt. Ein schlanker junger Mann, gelocktes Haar, ein Blick, der rührt, so voll Vertrauen und doch so unsicher. Einer dieser Jungen von heute, mit schmalen Schultern, mit etwas fahrigen, anmutigen Bewegungen.

„Bitte kommen Sie sofort ins Krankenhaus. Tut mir leid für Sie."

Da stehen Sie nun, die Hand noch am Hörer – wie erstarrt in einer endlosen Stille. Sie haben nicht gelogen: Gestern saß er wirklich noch da, in dieser Ecke des Sofas, und redete von seiner Prüfung. Wie üblich rauchte er viel zuviel.

Intensivstation. Unaufhaltsam frißt sich dieses Wort in Sie hinein. Sie gehen zur Tür, und erst da fällt Ihnen Ihr Mann ein. Sie kehren zum Telefon zurück. Unter seiner Geschäftsnummer meldet sich nur die Sekretärin. „Monsieur Ménessier ist bei einer Besprechung außer

Haus. Wir erwarten ihn jeden Augenblick zurück. Kann ich etwas ausrichten?"

Auf der Straße ist alles so wie immer. Vorübereilende Menschen, Autos, Bänke, von denen der Lack abgesplittert ist. Am Standplatz warten mehrere Taxen.

Ich bin unterwegs zu einem Unbekannten. Er heißt Jean-Daniel und ist mein Sohn. Man hat ihn weiß Gott wo aufgelesen und in die Intensivstation gebracht.

Steif sitze ich auf dem Rücksitz, mir selbst fremd. Vor meinen Augen ziehen die Straßen einer Stadt vorbei, die ich nicht mehr kenne, einer feindseligen Stadt. Der Mann am Telefon hatte gesagt: „Ihr Sohn wurde eben ins Krankenhaus eingeliefert." Ich hatte nicht einmal gefragt, warum.

So, als hätte ich es gewußt.

KOMMISSAR LOISEL erwartete mich in der Eingangshalle der Klinik. Als erstes versicherte er mir, daß Jean-Daniel in guten Händen sei. In ein paar Minuten könnte ich zu ihm. Inzwischen werde er mir, wenn es recht sei, einige Fragen stellen.

Wir nahmen in zwei Sesseln Platz, die mit grauem Plastik bezogen waren. Man hatte meinen Sohn im Luxembourg-Park neben dem Goldfischteich gefunden. Er schien zu schlafen, doch als ein Kind an seinen Stuhl stieß, war er zu Boden gefallen.

Die Mutter des Kindes hatte einen Parkwächter geholt, und dieser rief sofort einen Krankenwagen, der Jean-Daniel hierhergebracht hatte.

Loisel erzählte in ruhigem Ton. Für ihn war das eine ganz alltägliche Geschichte. „Wußten Sie, daß Ihr Sohn rauschgiftsüchtig ist?"

Ich saß reglos da. Mein Herz schlug wie rasend. Nein, ich wußte es nicht! Ich hatte nichts geahnt. Und doch, vorhin im Taxi, was hatte ich da zu verdrängen versucht?

„Was ist passiert?" fragte ich mit tonloser Stimme.

„Nach Meinung des Notarztes, der ihn hergebracht hat, ist Ihr Sohn aufgrund einer Überdosis Heroin zusammengebrochen!"

Heroin! Das Wort explodierte in mir. Ich schloß die Augen unter der Wucht seines Anpralls; ich konnte es nicht ertragen. Heroin, das bedeutete Tod, das war der entsetzlichste aller Alpträume. Nein, nicht Heroin! Nicht Jean-Daniel!

Ich öffnete die Augen. Der Blick des Kommissars ruhte auf mir.

„Kennen Sie seine Freunde?"

„Manche. Natürlich nicht alle."

Er befeuchtete einen Finger und blätterte in seinem Notizbuch. Dann zog er einen Bleistift aus der Tasche.

„Hat Ihr Sohn bei Ihnen gewohnt?"

„Nein, seit zwei Jahren nicht mehr."

Der Bleistift setzte sich in Bewegung: Jean-Daniels neue Adresse, seine Telefonnummer. In seinem Personalausweis, den man bei ihm gefunden hatte, war nur die alte Adresse vermerkt: meine. Das Geburtsdatum hatte Loisel bereits notiert.

„Haben Sie ihn oft gesehen?"

„Sehr oft. Gestern noch. Er war mitten in einer Reihe von Prüfungen. Er wollte mich heute abend anrufen und berichten, wie es gelaufen ist." Er *war*. Er *wollte* ... Ich sprach von ihm bereits in der Vergangenheit.

Nur nichts mehr fühlen! Ich zwang mich, tief durchzuatmen, ganz ruhig, so wie ich es damals im Vorbereitungskurs für die natürliche Geburt gelernt hatte. Der Schmerz ist dadurch zwar nicht weniger schlimm, aber man stellt sich auf ihn ein. Das hilft einem, nicht zu schreien, die Würde zu bewahren.

„Ihr Sohn ist vielleicht nur das Opfer eines skrupellosen ...", begann der Kommissar.

Das Opfer! Sofort klammerte ich mich an dieses Wort. Natürlich, so war es! Jean-Daniel war in schlechte Gesellschaft geraten. Diese Nadel in seinem Arm ... Sicher hatte er sie gar nicht selbst eingeführt. Er hatte niemals auch nur den Anblick einer Spritze ertragen können.

„Sie haben recht, genau so ist es gewesen! Ich bin ganz sicher: Er war nur ein Opfer. Aber was kann man da tun? Diese Leute werden ihn wiederfinden, es noch einmal versuchen."

In meiner Erregung hatte ich die Hand des Kommissars gepackt. Er kannte sich aus. Er mußte mir helfen. Kommissar Loisel zog seine Hand zurück. Das Ganze schien ihm peinlich zu sein.

„Sie besprechen das alles am besten mit meinem Kollegen im Polizeipräsidium am Quai des Orfèvres. Sobald die Diagnose bestätigt ist, übermitteln wir die Akte dem Rauschgiftdezernat ..."

Er stand auf. Ein sehr junger Mann im weißen Kittel kam auf uns zu: Doktor Larat. Er gab mir die Hand. Mein Sohn werde im Moment künstlich beatmet, sei aber im großen und ganzen außer Gefahr. Ich könne ihn gleich sehen. Die toxikologische Untersuchung habe die Erstdiagnose bestätigt. Es handle sich tatsächlich um Heroin. Doch sei es wahrscheinlich keine Überdosis gewesen, eher eine schlecht gesetzte Spritze.

Der Kommissar klappte sein Notizbuch zu. Das Rauschgiftdezernat werde sich noch am Abend oder spätestens morgen mit mir in Verbindung setzen, meinte er. Dann knöpfte er seinen Trenchcoat zu. Nein! Er sollte noch nicht fortgehen! Er war der Strohhalm, an den ich mich klammerte, um nicht im Nichts zu versinken. Er hatte mir zwar weh getan, doch mit ihm konnte ich wenigstens sprechen.

„Herr Kommissar! Diese Frau ..., die meinen Sohn gefunden hat. Ich hätte gern ihre Adresse. Ich möchte mich bei ihr bedanken. Ohne sie wäre er vielleicht ..." Ich verstummte.

Er senkte die Augen und gab zur Antwort, daß er dafür nicht zuständig sei; auch diese Information gehöre zu der Akte, die er jetzt seinem Kollegen vom Rauschgiftdezernat übergeben werde. Er reichte mir die Hand und verschwand aus meinem Leben.

„WIR müssen Sie erst herrichten", sagte die Krankenschwester, die vor mir den Korridor entlangging. Sie öffnete die Tür zu einer kleinen Kammer.

„Mich herrichten?" Ich verstand erst, als sie mir einen weißen Kittel, Stiefel, Handschuhe und eine Gesichtsmaske hinhielt. Ich zog alles an, und als ich mich in dem Spiegel über dem Waschtisch sah, hatte ich das Gefühl, hinter dieser Verkleidung selbst gar nicht mehr vorhanden zu sein.

Eine andere Frau war an das Krankenbett ihres Sohnes gerufen worden. Sie hieß Nadine, wie ich. Aber der, den sie in diesem Bett finden würde, war bestimmt nicht wirklich Jean-Daniel. Denn sonst hätte sie doch wie alle anderen Mütter „nein!" schreien und weinen müssen ... Ich hingegen blieb stumm!

Und doch war es Jean-Daniel, der in dem Bett lag. Aus seinem Hals ragte ein Schlauch, der an einem Beatmungsgerät angeschlossen war. Was man da schlagen hörte, war sein Herz. Es war sein Atem, der überlaut den Raum erfüllte, und ich fühlte plötzlich, was Leben für ein Wunder ist. Er atmete – er lebte! Sein Gesicht war wachsbleich, und vergebens suchte ich darin einen Widerschein von Wärme, von Licht. Eine Welle des Entsetzens überflutete mich. Ich konnte nicht mehr. Ich lief – lief zurück zu dem Kind mit der hellen Stimme, das seine Hand in die meine schmiegte und mir stolz einen Eimer mit Muscheln entgegenhielt, die mit Tang bedeckt waren. Mit aller Kraft rief ich das Gestern zurück, das Früher, das Vorher.

Der Arzt gab der Krankenschwester einige Anweisungen. Die Tür öffnete sich, und ein Mann ganz in Weiß betrat den Raum. Er nahm mich in die Arme. Über seine Gesichtsmaske liefen die Tränen herunter. Es war mein Mann. Sein Vater.

WIR hatten uns über eine Stellenanzeige kennengelernt. Gilles, damals Chefgraphiker bei einer Modezeitschrift, suchte eine Requisiteurin. Ich, eine blutige Anfängerin in der Branche, hatte mich um die Stelle beworben. Ich kann mich noch genau erinnern, wie beeindruckt ich war, als ich Gilles das erstemal sah.

In einem hellen Atelier beugte sich ein großer Mann mit Vollbart über einen riesigen Leuchttisch. Er trug Jeans und einen ausgefallenen Pullover. Von Zeit zu Zeit wies er auf eines der Fotos: „Das da!" – „Dieses!" Sein Assistent suchte die gewählten Bilder heraus und kreuzte sie an. Als er mit der Auswahl fertig war, drehte er sich zu mir um und gab mir die Hand: „Gilles Ménessier."

Ménessier? Es kam mir vor, als sei mir der Name bereits vertraut, obwohl ich ihn doch zum erstenmal hörte. Ein paar Monate später sollte er der meine werden.

Zwischen Gilles und mir verlief alles ganz unkompliziert, in völliger Harmonie. Wir ähnelten einander. Der gleiche neugierige und lebenslustige Blick; die gleiche Art, beim Angenehmen zu verweilen und sich bei unangenehmen Dingen möglichst nicht aufzuhalten. Optimismus prägte unser Denken.

Für eine Zeitschrift arbeiten heißt pausenlos kämpfen. Man ist von lauter Menschen umgeben, die bereit sind, beim leisesten Anzeichen von Schwäche den Platz zu übernehmen, den man innehat. Um so mehr genossen wir jetzt die Wärme erwiderter Liebe, waren so glücklich, daß wir die Waffen voreinander senken, einander alles sagen konnten.

Unser erstes Kind nannten wir Jean-Daniel. Jean nach Gilles' Vater; Daniel, weil ich diesen Namen mochte. Ich fand, daß er sanft und leicht klang. Unsere Tochter, die sieben Jahre später zur Welt kam, nannten wir Laure. Gilles trug inzwischen keinen Bart mehr; auch die Jeans waren verschwunden. Er leitete eine Fotoagentur. Ich hatte mich als Innenarchitektin selbständig gemacht und richtete Freunden und Bekannten ihre Häuser oder Wohnungen so ein, daß sie sich in ihnen wohl fühlten. Es bereitete mir Freude, die Persönlichkeit eines Menschen zu erraten und dann für sie den Rahmen zu schaffen, in dem sie sich entfalten konnte. Bei meiner Arbeit bekam ich oft zu sehen, welche Welten zwischen zwei Menschen liegen können, die man als „Paar" bezeichnet. Es gibt bestimmte Dinge, Farben oder Formen, die den einen in geradezu leidenschaftlicher Weise ansprechen, während sie dem anderen überhaupt nichts sagen. Der Geschmack ist häufig aufschlußreicher als die vertraulichsten Gespräche.

Es kommt immer wieder vor, daß man Eltern aus Höflichkeit oder

Interesse oder auch, weil man selbst Kinder und nicht selten Schwierigkeiten mit diesen hat, fragt, was ihre Sprößlinge so treiben. Ich gab
stets die gleiche Antwort: „Sie sind völlig unproblematisch!" Jean-
Daniel studierte Jura im vierten Semester, Laure absolvierte brav das
Gymnasium, war lustig und bereits ein wenig eitel. Völlig unproblematisch!

„MEIN Liebes", sagt Gilles, „ach, mein Liebes!"
 Seine Hand gleitet vom Lenkrad, streichelt mein Knie. Mein Kopf
sinkt auf seine Schulter. Im Nebel zieht Paris an mir vorbei, feindselig
hämmert es auf mich ein: „Gestern, gestern noch . . ."
 „Wie um alles in der Welt konnten wir so blind sein?" flüstert er.
„Wieso haben wir überhaupt nichts gemerkt?"
 Was meint er? Blind wofür? Wie hätten wir es denn merken sollen?
Ich versuche, Worte zu finden. Vergeblich. Wenn man abstürzt, denkt
man nicht nach, warum. Man schreit um Hilfe. Ich habe es nie fertiggebracht, laut um Hilfe zu rufen. Doch leise tue ich es, unablässig, flüstere es an seiner Schulter. Gilles zieht seine Hand zurück, ergreift
wieder das Lenkrad. Diese starke, breite Männerhand. Sie wird mich
immer an jene erinnern, die damals auf die Fotos im Archiv zeigte:
„Dieses . . . und dieses . . ." und die dann auch auf mich gezeigt hat.
 Wir halten vor einer Ampel. Es hat geregnet. Die Lichter spiegeln
sich auf den nassen Gehsteigen. Wird mich von nun an alles an glück-
lichere Zeiten erinnern?
 Ein Sommerregen – in Burgund. Ein einfaches Bauernhaus, weit
weg von allem, das heißt den wichtigen Dingen nahe. Wir nennen es
einfach *Haus*. Ein kleiner Junge namens Jean-Daniel zerrt mich über
nasse Wege zu einem großen Stein, um den zerbrochene Schnecken-
häuser verstreut liegen. Er deutet auf einen Baum. Hier versteckt sich
der Vogel, erklärt er mir, der die Schnecken in den Schnabel nimmt,
sich in die Luft schwingt und sie dann von hoch oben auf den Stein fallen läßt. Die solcherart ihrer Häuser beraubten Schnecken frißt er.
„Sag, Mama, was kann man für die Schnecken tun?" fragt mein Sohn
angstvoll. „Was kann man nur tun?"
 Ein Schluchzen steigt mir in die Kehle, zerreißt mich. Was kann
man für die Schnecken tun?
 „Ja, weine nur", flüstert Gilles neben mir.
 Wir halten vor unserer Wohnung. Mit seinem nach Tabak riechen-
den Taschentuch wischt Gilles mir die Tränen weg. Dort oben im
zweiten Stock, die drei erleuchteten Fenster, das ist unser Wohnzimmer, wo Laure auf uns wartet.

„Wir dürfen es ihr nicht sofort sagen ... Für sie wird es auch ein Schock sein. Vielleicht sprechen wir zuerst einmal von einem Unfall. Dann können wir ja weitersehen", meint Gilles.

Auf dem Sofa im Wohnzimmer sitzt ein braves kleines Mädchen im geblümten Morgenrock. Sie hat ihre Hefte um sich verstreut und macht Hausaufgaben. Der Fernseher ist eingeschaltet. Als wir das Zimmer betreten, schaltet sie den Apparat sofort aus.

„Was fehlt denn Jean-Daniel?"

Ich gehe zum Kamin, nehme mir eine Zigarette. Gilles setzt sich neben unsere Tochter. Ich sehe die beiden im Spiegel. Er streicht ihr über das Haar, sie sieht ihn ernsthaft an, den Füllhalter hält sie noch immer in der Hand.

„Wieso weißt du, daß ihm etwas fehlt?" fragt Gilles.

„Ein Herr aus deinem Büro hat angerufen", sagt sie. „Ich habe seinen Namen notiert. Du sollst unbedingt noch heute zurückrufen, auch wenn es spät wird."

Gilles' Blick begegnet dem meinen. Dann sieht auch Laure zu mir herüber.

„Es ist Rauschgift, nicht wahr?" fragt sie.

Die Sonne scheint. Der Himmel über Paris ist blau, durchs Fenster betrachtet. Laure hält mir die Bürste hin.

„Meinen Zopf, bitte. Es ist schon spät!"

Ich setze mich auf den Bettrand, sie stellt sich zwischen meine Beine. Ich teile ihre blonde Haarflut in drei dicke Strähnen.

„Wo ist Papa?" fragt sie.

„Er telefoniert gerade."

„Werdet ihr heute abend zu Hause sein?"

„Ja, natürlich."

„Wegen der Klassenarbeit, die mußt du unterschreiben."

„Ja, in Ordnung!"

Ihre Frage war nur ein Test. Sie will wissen, ob ihre Kleinmädchenwelt noch in Ordnung ist. Sie hat Angst. Ich klemme eine Spange über den Zopf und gebe ihr einen Kuß auf die Wange.

„Bis heute abend, Mama!"

„Ja, auf Wiedersehen, Liebes!"

Sie nimmt ihre Schultasche und geht. Ich muß wieder an gestern abend denken. „Es ist Rauschgift, nicht wahr?" hatte sie gefragt und dann die Lippen fest aufeinandergepreßt, so, als wolle sie sie davor bewahren, ein Geheimnis preiszugeben. Wir konnten fast nichts aus ihr herausbekommen: Ja, einmal hatte so ein eigenartiger Kerl nach ihrem Bruder gefragt, der sah so aus, daß sie sich fürchtete! Und ein andermal war Jean-Daniel so komisch gewesen. Mehr erzählte sie nicht. Was meinte sie mit „komisch"?

Ich stehe auf und trete ans Fenster. Alles scheint mir schwer, im Stillstand. Seit gestern hat sich die Welt verändert, und ich bin die einzige, die es bemerkt. Ich schiebe den Vorhang zurück.

Auf der gegenüberliegenden Straßenseite steht Laure an der Bushaltestelle. Eine Freundin hat sich zu ihr gesellt. Beide tragen Jeans, bunte Schals, US-Army-Taschen.

„Du bist schon auf?"

Gilles erscheint im Morgenmantel in der Tür, schiebt den Servierwagen mit dem Frühstück vor sich her: Toast, Marmelade, Milchkaffee, sogar Grapefruitsaft wie an Sonntagen. So als wäre nichts geschehen.

„Ich habe Martin erreicht", erzählt er, „wirklich ein feiner Kerl! Er wollte sofort im Krankenhaus anrufen. Jean-Daniel hat eine gute Nacht verbracht. Ab halb zwei können wir ihn besuchen."

Martin ist ein Cousin von Gilles, Arzt. Gilles gießt mir Kaffee ein.

„Ich möchte im Augenblick mit niemandem darüber sprechen", sage ich.

„Das kann ich verstehen", meint Gilles.

Was passiert ist, geht nur uns etwas an. Der Gedanke, daß sich andere der Angelegenheit bemächtigen werden, ist mir unerträglich. Sie werden Erklärungen finden, sich einbilden, es zu verstehen, während wir selbst im dunkeln tappen. Da sitzen sie alle schön bequem in ihrer heilen Welt und erlauben sich, uns zu bemitleiden. Wir brauchen es nicht, ihr Mitleid. Weder wir noch Jean-Daniel.

Gilles streckt die Hand aus und streicht die Haarsträhne, die mir immer in die Stirn fällt, zurück. Dies war eine seiner ersten zärtlichen Gesten gewesen, damals. Heute morgen will er mir damit sagen: Die Zeit mag vergangen sein, doch ich liebe dich noch genauso wie früher.

Das Telefon klingelt. Gilles geht in die Diele, um abzuheben.

„Es war das Rauschgiftdezernat am Quai des Orfèvres", sagt er, als er wieder das Zimmer betritt. „Ein gewisser Inspektor Laffond. Er erwartet uns um halb zwölf."

Während er sich ankleidet, trinke ich den Kaffee in kleinen Schlukken. Mit verlegenem Gesicht erklärt mir Gilles, daß er kurz im Büro vorbeischauen müsse. Gestern habe er alles liegen- und stehenlassen. Er werde mich dann abholen. Ich lehne ab; auch ich habe zu tun. Wir können uns ja dort treffen.

„Zu tun?" Forschend schaut er mich an.

„Ja, eine Verabredung mit Ghislaine", erkläre ich. „Wegen Stoffmustern. Ich bin um zehn Uhr mit ihr verabredet."

Ich lüge hervorragend. Wenn er doch endlich ginge!

Nachdem die Tür ins Schloß gefallen war, wartete ich noch einen Moment. Neun Uhr. Das müßte gehen! In mir mischten sich Unrast und Furcht wie vor einer wichtigen Verabredung. Ich rief Ghislaine an und sagte ihr ab. Sie wollte keine Erklärungen.

Die Luft draußen war mild. Das zarte Grün der Blätter an den Bäumen! Mir wurde beim Gehen leicht schwindelig. Auf den Terrassen der Cafés im Quartier Latin saßen bereits die ersten Gäste. Kellner mit langen weißen Schürzen stellten Croissants und Milchkaffee auf die Tische. Auch Jean-Daniel kam gern hierher. Er behauptete, hier gut arbeiten zu können.

Jean-Daniels kleine Wohnung befand sich im obersten Stock eines renovierten Altbaus. Wir waren so froh, als wir sie gefunden hatten. Zu Hause hatte Jean-Daniel ein Zimmer mit Laure geteilt. Es war einfach für die beiden zu eng geworden.

Im Vorbeigehen nahm ich die Post aus dem Briefkasten. Anscheinend nichts Interessantes: Prospekte. Die Treppe war gewachst, glatt. Im dritten Stockwerk hörte man Musik. Als ich im obersten Stock ankam, zögerte ich einen Moment, dann öffnete ich mit einem Ruck die Wohnungstür. Plötzlich bekam ich keine Luft mehr. Die Beine versagten mir.

Ungläubig starrte ich auf das Chaos, das sich meinen Augen bot. Die Tapete war heruntergerissen und hing in Fetzen von der Wand. Der Verputz, der darunter zum Vorschein kam, sah aus wie Aussatz. Aus der aufgeschlitzten Matratze quollen Wolle und Roßhaar. Nicht ein Gegenstand war heil, alle Schubladen waren herausgezogen. Ein leises Summen; es kam vom Telefon, der Hörer war abgehoben. Über den ganzen Fußboden verstreut lagen Briefe, Papiere, Fotos.

In meinen Schläfen hämmerte es. Die Polizei? So also gingen sie vor?

Ich konnte es nicht glauben. Ich bahnte mir den Weg bis zur Küche. Auch dort herrschte ein heilloses Durcheinander. Ich ließ Wasser in die Spüle laufen und besprengte mir das Gesicht. Mir war, als hörte ich wieder Jean-Daniels lautes Atmen im Krankenhaus. Und wieder sah ich sein blasses Gesicht vor mir, dieses fremde Gesicht, das mich so entsetzlich ängstigte.

Aus dem Wohnzimmer drang ein Geräusch. Mein Magen krampfte sich zusammen. Leise ging ich zur Tür. Ein Mann richtete sich gerade auf. „Wer sind Sie?" fragte ich. Das war doch nicht meine Stimme!

Mit dem Anflug eines Lächelns erwiderte er: „Polizei." Er hielt mir seine Dienstmarke entgegen.

Ich wies auf das Zimmer: „Bravo! Da können Sie stolz sein!"

„Wir sind schon gestern abend hiergewesen. Aber die anderen waren schneller. Es ist fast immer das gleiche Lied. Und sie kennen alle Verstecke."

Ich verstand nicht. Automatisch wiederholte ich: „Alle Verstecke?"

„Na, für den Stoff natürlich."

„Hinaus mit Ihnen!" höre ich mich schreien.

Es ist zuviel! Ich kann nicht mehr! *Stoff!* Ein Wort, das Tod bringt, ein dreckiges, abstoßendes Wort. Was hat dieser Mann in der Wohnung meines Sohnes zu suchen? Wer gibt ihm das Recht, hier herumzuschnüffeln? Mit beiden Händen stoße ich ihn weg. Er soll mich in Ruhe lassen.

Er ergreift meine Handgelenke. „Schluß jetzt! Beruhigen Sie sich!" Er zieht mich zu einem Sessel, drückt mich hinein. „Da, trinken Sie!"

Nein! Ich wende den Kopf von links nach rechts. Doch er hält mir das Glas an die Lippen; das kühle Wasser rinnt meine Kehle hinunter. Endlich die Tränen. Ohne mich aus den Augen zu lassen, stellt er das Glas wieder ab. Unter Schluchzen stoße ich hervor: „Ich bin seine Mutter, verstehen Sie?"

„Ich weiß", sagt er und reicht mir eine der gerahmten Fotografien, die er vom Boden aufgehoben hat. Das Glas ist zerbrochen. Ein kleiner Hafen im Süden, Boote schaukeln im Wasser, die bunten Rettungsringe schlagen leise aneinander. Ich erinnere mich noch genau. Arm in Arm stehe ich mit meinem Sohn am Kai. Ich höre noch die Schreie der Möwen über uns.

„Das war letztes Jahr zu Ostern."

„Saint-Raphaël", stellt der Mann fest. „Ich erkenne es wieder. Ich war auch schon einmal da." Er sitzt mir gegenüber, vorgeneigt, die Stirn in Falten, und schaut mich an. Er dürfte in Gilles' Alter sein, wirkt aber robuster. Graublaue Augen.

„Es tut mir leid wegen vorhin", sage ich leise.

Er nickt. Ich deute auf das verwüstete Zimmer. „Was werden Sie tun? Sie werden sie finden, nicht wahr? Sie sehen doch, daß sie gefährlich sind!"

Ruhig zündet er eine Zigarette an. Dann sieht er mir direkt in die Augen. „Wen meinen Sie denn mit ‚sie'?" fragt er. „Leute, die Sie kennen? Bekannte Ihres Sohnes vielleicht?"

Der Tonfall läßt mich aufhorchen. Er ist ein Bulle, ein Sonderbeauftragter des Rauschgiftdezernats wahrscheinlich.

„Ich kenne niemanden, der zu einer derartigen Abscheulichkeit fähig wäre ... Mein Sohn hat mit diesen Leuten nichts zu tun. Da bin ich ganz sicher."

„Weshalb sind Sie hergekommen?" fragt er.

Wieder steigen mir Tränen in die Augen. Ich komme mir so zerbrechlich vor. Die kleinste Bemerkung bringt mich aus der Fassung. „Ich wollte versuchen, meinem Sohn näherzukommen. Und jetzt das da ..."

„Was hat sich Ihrer Meinung nach zugetragen?"

Ich lasse mir Zeit mit der Antwort. „Ich kann nur sagen, daß Jean-Daniel immer viel zu vertrauensselig war. Er muß in schlechte Gesellschaft geraten sein; die haben ihn da mit hineingezogen, ohne daß er wußte, worum es ging."

Er schweigt. Er glaubt mir kein Wort, das sieht man ihm an. Es gehört ja auch zu seinem schmutzigen Geschäft, an jedem nur die schlechtesten Seiten zu sehen. Er kommt aus einer fremden Welt.

Ich blicke zu Boden. Das ist Jean-Daniels Adressenverzeichnis! Rasch hebe ich es auf. Leer! Alles herausgerissen. Nur einige Telefonnummern auf dem Einband.

„Die hatten kein Interesse, es uns in die Hände fallenzulassen", stellt der Mann fest.

Ich bin völlig erschöpft und habe das Gefühl, jede Sekunde schwächer zu werden.

„Wann waren Sie das letztemal in der Wohnung Ihres Sohnes?"

„Im letzten Sommer. Jean-Daniel kam lieber zu uns. Er besuchte uns sehr regelmäßig. Erst vorgestern ..."

„Kennen Sie das?" Er zeigt zur Decke.

„Nein."

Planet ... Das Wort war mit Goldspray an die Decke gesprüht worden, mit einer dieser Dosen, die man zum Dekorieren von Schaufensterscheiben zur Weihnachtszeit verwendet: Planet ...

„Der Farbe nach zu urteilen, steht das Wort schon ziemlich lange da. Ist das die Schrift Ihres Sohnes?"

Ich weiß es nicht, weiß gar nichts mehr. Was spielt das noch für eine Rolle? Ja, das „T" vielleicht. Er macht solche T-Striche, und Laure hat einen solchen Spray benützt, um „Frohe Weihnachten" auf den Spiegel im Wohnzimmer zu sprühen. „Ist doch egal, wer das geschrieben hat, oder?"

„Planet – dieses Wort hat eine ganz bestimmte Bedeutung", sagt der Mann. „Es ist die Bezeichnung für jene Traumwelt, die die Fixer entdecken, wenn sie sich gespritzt haben und vom Boden abheben."

Ich schließe die Augen. Mir ist kalt. Ich flüstere: „Bitte lassen Sie mich allein! Ich werde nichts anrühren. Ich bleibe auch nicht mehr lange. Aber bitte, lassen Sie mich allein!"

EIN Sommerabend. Die Kinder waren zehn und drei Jahre alt. Teure Ferien, Flugreisen, aufwendige Sportausrüstungen, das alles konnten wir uns damals nicht leisten. Es waren die „mageren Jahre", wie Gilles sie nannte, und wir verbrachten unsere Urlaube in dem *Haus*. An diesem Abend – es war sehr heiß – hatte Jean-Daniel mich überredet, mit ihm gemeinsam im Freien zu schlafen. Das war eine regelrechte Leidenschaft von ihm: Mit seinem Schlafsack zog er sich in den hintersten Winkel des Gartens zurück und tauchte – wie er uns mit ernsthafter Miene versicherte – in den Sternenhimmel ein.

Er hatte für mich eine Luftmatratze neben der seinen ausgebreitet. Nach dem Abendessen streckten wir uns darauf aus. Es war Vollmond. Der Himmel, schwer von Sternen, schien eigentümlich nahe.

„Spürst du, wie du steigst?" fragte Jean-Daniel. „Bist du schon dort? Tauchst du ein?" Seine Stimme bebte. Sein Gesicht leuchtete vor innerer Erregung.

Gerührt und ein bißchen ängstlich versuchte ich, ihm zu folgen, sein Glücksgefühl zu teilen, das mir Furcht einflößte. Ich nahm seine Hand, drückte sie ganz fest und sagte: „Nimm mich mit!"

Draußen ertönt die Sirene eines Polizeiautos. Ich stehe auf, fühle mich vollkommen leer. Der Sternenhimmel ... Wieso muß ich seit gestern unentwegt an jenes Haus auf dem Land denken? Gilles und ich reden fast nie mehr darüber. Als wir eines Tages beschlossen, es zu verkaufen und dafür eine Wohnung in Cannes zu erwerben, hat Jean-Daniel kein Wort dagegen gesagt. Die „mageren Jahre" waren eben zu Ende. Die meisten unserer Freunde verbrachten ihre Ferien an der Côte d'Azur, und die Kinder konnten dort leichter Anschluß an eine nette Clique finden. Das *Haus* war wirklich viel zu einsam und entlegen gewesen. Und tatsächlich hatte ja Jean-Daniel einige Jahre später in Cannes wunderschöne Ferien mit Anne-Marie verlebt. Ja, natürlich, ich muß Anne-Marie anrufen!

WIE versprochen, rührte ich nichts in der Wohnung an. Im Treppenhaus roch es nach Essen. Bereits elf Uhr vorbei! Im dritten Stock öffnete eine Frau die Tür. Sie schien auf mich gewartet zu haben. Sie war keine fünfundzwanzig.

„Kommen Sie doch einen Augenblick herein", bat sie.

Ihre Wohnung hatte denselben Grundriß wie die Jean-Daniels. Nur, daß hier eine ganze Familie lebte. In einem Laufstall krabbelte ein Kind, an der Wand stand ein Korb voll Bügelwäsche, im Schnellkochtopf auf dem Herd schmorte das Mittagessen.

Ich setzte mich an einen Tisch, auf dem ein Wachstuch lag. Die junge Frau machte Kaffee und stellte zwei Tassen auf den Tisch. Sie zeigte auf das Kind. „Jean-Daniel mochte Mathieu sehr gern."

Mathieu sah uns an. Er hatte herrliche himmelblaue Augen. Seine Mutter schenkte den Kaffee ein.

„Die Polizisten waren gestern bei mir. Sie fragten mich, ob ich etwas Verdächtiges gehört hätte. Ich war aber gerade spazieren mit dem Kleinen. Die müssen während dieser Zeit dagewesen sein, denn ich habe wirklich nichts gehört. Er wird es doch durchstehen?"

Ich nickte. Ich hielt die Kaffeetasse mit beiden Händen umklammert. „Können Sie mir ein bißchen über Jean-Daniel erzählen?"

„Ich lernte ihn kennen, als er einmal herunterkam, um sich einen Büchsenöffner bei mir auszuleihen. Er war sehr verlegen. Ich sagte ihm, das sei doch selbstverständlich unter Nachbarn."

„Haben Sie auch die Freunde meines Sohnes zu Gesicht bekommen?"

„Ja, hin und wieder bin ich einem von ihnen im Treppenhaus begegnet." Zwei waren ihr besonders aufgefallen: Der eine trug einen Zopf. Der andere sah asiatisch aus.

„Was machten sie denn für einen Eindruck?"

„Komische Typen – ganz anders als Ihr Sohn!"

Ich bedankte mich für den Kaffee. Dann stand ich auf, und sie begleitete mich zur Tür.

Es WAR schon nach zwölf, als ich beim Polizeipräsidium am Quai des Orfèvres ankam. Eine Weile hatte Gilles unten auf mich gewartet, doch dann war er hinaufgegangen. Ein Angestellter führte mich endlose Korridore entlang. Dann klopfte er an eine Tür. Als ich das Zimmer betrat, sprang Gilles aufgeregt von seinem Stuhl auf. „Nadine, was ist denn passiert? Ich habe mir schon Sorgen gemacht."

„Nichts, gar nichts, ich habe mich nur ein wenig verspätet."

Der Mann hinter dem Schreibtisch hatte sich ebenfalls erhoben. Gilles stellte ihn mir vor: „Inspektor Laffond."

Ich wurde blaß. Der Inspektor reichte mir die Hand und sagte mit unbewegter Miene: „Bitte nehmen Sie Platz, Madame."

Ich konnte meinen Blick nicht von diesen graublauen Augen wenden und hörte wieder das Wort, das dieser Mann vorhin in Jean-Daniels Wohnung zu mir gesagt hatte: „Planet."

Nachdem wir uns gesetzt hatten, begann Inspektor Laffond in ruhigem Ton mit uns zu reden. Oft, erklärte er, betrachteten die Eltern, die ihm gegenübersäßen, ihn als ihren Feind. Sie verschanzten sich hinter ihren Schuldgefühlen, wollten nicht mit ihm zusammenarbeiten. Wir müßten begreifen, daß er in keiner Weise verurteilen, sondern nur verstehen und helfen wolle. Für ihn sei unser Sohn einfach ein Junge, der in Schwierigkeiten geraten sei und den man da unbedingt rausholen müsse.

Natürlich, wenn Jean-Daniel ein Dealer oder bereits rückfällig wäre, stünden die Dinge anders. Aber Jean-Daniels Name sei in keiner Kartei zu finden. Wir könnten ganz beruhigt sein, er habe nicht mit einer Bestrafung zu rechnen. Nur die übliche Verwarnung.

Weit vorgebeugt, die Stirn in Falten gelegt, hörte Gilles aufmerksam zu. Laffond berichtete uns, daß er gestern, sofort nachdem er Jean-Daniels Akte erhalten habe, seine Leute in die Wohnung unseres Sohnes geschickt habe; es sei ihnen jedoch jemand zuvorgekommen. Alle klassischen Verstecke seien durchsucht gewesen, und seine Leute seien unverrichteterdinge zurückgekehrt.

„Ja, wie haben die anderen denn wissen können, was mit Jean-Daniel los war?" wunderte sich Gilles.

„Tja, in der Drogenszene verbreiten sich solche Nachrichten in Windeseile", antwortete Laffond.

„Drogenszene" ... „klassische Verstecke" ... Jedes dieser Worte riß mir fast das Herz entzwei. „Was haben Sie vorhin gemeint, mit ‚üblicher Verwarnung'?" fragte ich.

„Ihr Sohn muß sich vor dem Staatsanwalt verpflichten, sich einer Entziehungskur zu unterziehen, und versprechen, nicht mehr rückfällig zu werden. Das ist bei uns in Frankreich so üblich."

Dann öffnete Laffond Jean-Daniels Akte und begann, uns präzise Fragen zu stellen: Wieviel Geld stand Jean-Daniel monatlich zur Verfügung? War er kürzlich im Ausland gewesen und, wenn ja, in welchen Ländern? Kannten wir seine Freunde?

Ich überließ es Gilles zu antworten. Laffond konnte sich noch so harmlos geben, hinter ihm drohten Gefängnismauern und Verurteilung. Er notierte: Jean-Daniel bekam von uns das Geld für die Wohnung und das Essen. Um alles andere mußte er sich selbst kümmern. Soweit wir wußten, war er in letzter Zeit nicht im Urlaub gewesen. Seine Freunde bekamen wir natürlich nur sehr selten zu Gesicht, seit er nicht mehr bei uns wohnte.

Laffond klappte den Aktendeckel zu und verschränkte die Hände. „Sicher wollen Sie mir nun einige Fragen stellen?"

Gilles schaute mich fragend an. Ich schüttelte den Kopf. Da wandte er sich an den Inspektor. „Sie haben doch viel mit solchen Jugendlichen zu tun. Mich interessiert einfach: Warum tun die das?" Seine Stimme zitterte, und da verstand ich, welche Überwindung ihn diese Frage kostete.

Der Inspektor ließ sich Zeit mit seiner Antwort. „Ich habe mit vielen zu tun", sagte er endlich, „mit Söhnen oder Töchtern hoher Beamter und mit Arbeiterkindern. Es sind Jugendliche darunter, deren Eltern sich absolut nichts vorzuwerfen haben – Kinder aus heilen, liebevollen Familien –, und solche aus kaputten Elternhäusern oder aus einem Milieu, in dem die Eltern ihrer Aufgabe nicht mehr nachkommen wollen."

Er hielt inne und schien nachzudenken. Und doch mußte er sie sich selbst Tag für Tag stellen, diese Frage: Warum? Bei jedem neuen Gesicht, das er hier vor sich sah, bei jeder neuen Akte.

„Zwei Dinge stehen jedenfalls fest", meinte er. „Erstens: Je mehr Drogen es auf dem Markt gibt, desto mehr Drogensüchtige gibt es. Zweitens: Für viele junge Menschen scheint Rauschgift ein Weg zu sein, um Freude und Wärme zu finden, die sie in unserer heutigen Welt vergebens suchen."

Jetzt erst stellte auch ich eine Frage. „Glauben Sie, daß Sie die Schuldigen finden werden? Ich meine diejenigen, die meinem Sohn das Rauschgift besorgt haben. Diese Kerle, die nicht einmal vor Schulkindern zurückschrecken. Diese Mörder! Und was machen Sie mit ihnen, wenn Sie sie einmal haben, Inspektor?"

„Es ist oft ein langer Weg bis zu den wahren Schuldigen", erwiderte Laffond. „Die wirklichen Verbrecher, das sind die, die am Rauschgift verdienen, ohne selbst süchtig zu sein. Der, der Ihrem Sohn das Heroin besorgt hat, war höchstwahrscheinlich auch nur ein Opfer."

Opfer hatte er gesagt! Laffond erhob sich und gab uns seine Karte. „Sie können mich jederzeit anrufen. Wir bleiben auf jeden Fall in Verbindung." Wir standen auf. Er reichte Gilles die Hand, dann verbeugte er sich leicht vor mir: „Madame!"

II

ER SCHLÄFT ohne Schläuche, ohne Drähte. Er lebt wieder ohne Hilfe von außen. Das Beatmungsgerät wurde in eine Ecke geschoben; sein Atem gehört wieder ihm selbst. In seine Wangen ist Farbe zurückgekehrt.

Gilles steht neben mir und hält meine Hand. Ich habe schreckliche Angst, daß Jean-Daniel aufwacht, die Augen öffnet, entdeckt, daß wir da sind. Es ist zu früh. Außer „Ich habe dich lieb" weiß ich nicht, was ich ihm sagen soll.

Eine Stunde später sitzen wir in irgendeinem Bistro. Ein Kellner mit weißer Schürze serviert uns Omelett, dazu Brot und Wein. Gilles schenkt mir ein, ohne ein Wort zu sprechen. Dieses Schweigen zwischen uns: Es ist da, weil die Dinge, die wir einander sagen möchten, so unendlich schwer sind. Man bringt sie einfach nicht heraus. Wir müssen uns zuerst einmal wieder an die Selbstverständlichkeiten des Lebens gewöhnen: atmen, Hunger spüren, die warme Sonne, deren Strahlen über den Tisch streifen, jenes Lachen hören, das vom Nachbartisch ertönt.

„Dieser Laffond macht einen guten Eindruck", bricht Gilles endlich unser Schweigen. „Ich habe nur deine letzte Frage nicht recht verstanden. Es ist doch klar, daß er nach den Schuldigen sucht. Dazu ist er ja da. Wir haben ein ganz anderes Problem. Wir sollten uns über Jean-Daniel Gedanken machen. Wie konnte er da hineingeraten? Was ist vorgefallen?"

Ich blicke auf die Straße hinaus, halte Ausschau nach jungen Leuten. Seit gestern sehe ich überhaupt nichts anderes als junge Menschen. Und alle scheinen glücklich zu sein. „Glaubst du, das wäre alles nicht geschehen, wenn Jean-Daniel bei uns geblieben wäre, wenn wir ihm nicht diese Wohnung gesucht hätten?" frage ich nachdenklich.

„Wie kann man das wissen?" meint Gilles. „Vielleicht. Vielleicht auch nicht. Was ändert das schon? Es ist nun einmal passiert."

Er zögert, will etwas sagen, überlegt es sich. Ich schiebe meinen Teller weg. Ich habe keinen Hunger. Gilles ißt sein Omelett auf, verlangt noch Brot. Ja, Käse wird er dann auch nehmen.

Etwas später sitze ich im Wohnzimmer. Gestern um diese Zeit hatte das Telefon geklingelt. Ich versuche, mich zu erinnern. Worüber haben wir vorgestern gesprochen, Jean-Daniel und ich? Als ich von der Arbeit heimkam, war er schon da. Es regnete, und ich habe uns Tee gemacht.

„Und deine Prüfungen? Hast du gut gelernt?"

„Ja, es müßte reichen."

„Und mit Anne-Marie ist alles in Ordnung?"

„Ja, ganz prima."

„Bring sie doch wieder einmal mit."

„Ja, bald. Aber sag, Mama, wie geht es dir? Bist du zufrieden?"

„Zufrieden ..." Schamhaftigkeit der Worte. Bei ihm hieß das

„glücklich". Er wollte wissen, ob ich glücklich sei. Weil er es nicht war?

Ich krame die Visitenkarte aus meiner Tasche und nehme den Telefonhörer ab. Meine Hände zittern. Ich werde sofort mit Inspektor Laffond verbunden. Ich versuche, meine Stimme unter Kontrolle zu bekommen: „Inspektor, hier spricht Nadine Ménessier. Sagen Sie, ist es möglich, daß mein Sohn das ohne einen gewichtigen Grund getan hat? Sind unter den vielen, mit denen Sie zu tun haben, nicht manche einfach Opfer von Unfällen?"

„Was meinen Sie mit ‚Unfällen'?" fragt Laffond, und schon bereue ich, ihn überhaupt angerufen zu haben.

„Was weiß ich? Ich versuche, mir die Sache zu erklären, verstehen Sie? Es kann doch sein, daß ihm jemand Heroin angeboten hat, und er nahm es, nur um die Wirkung auszuprobieren. Dieses eine Mal, sagte er sich. Kann es nicht so gewesen sein?"

„Haben Sie Ihren Sohn bereits gesehen?" fragt Laffond.

„Wir waren vorhin im Krankenhaus. Aber er schlief."

„Bald, vielleicht schon morgen, wird er Ihnen selbst die Fragen beantworten, mit denen Sie sich jetzt herumschlagen. Sie müssen nur richtig hinhören. Und jetzt quälen Sie sich nicht weiter, das hat keinen Sinn, glauben Sie mir!"

Wie soll ich es anstellen, mich nicht zu quälen? Ich lege auf. Es ist vier Uhr. In einer Stunde kommt Laure nach Hause. Ich werde mit ihr zusammen einen Kakao trinken.

„Ah, das schmeckt!" Laure nimmt noch einen großen Schluck aus ihrer Tasse und lehnt sich im Sofa zurück.

Zuerst sprechen wir von der Schule und von ihrer besten Freundin, die so wagemutig ist und der sie so gern ähnlich sein möchte. Etwas später frage ich sie, ob sie zufällig weiß, wo der Goldspray ist, mit dem sie zu Weihnachten so hübsche Muster auf den Spiegel im Wohnzimmer gesprüht hat.

Die Antwort kommt ohne Zögern: „Der Goldspray? Den hat doch Jean-Daniel genommen. Er hat versprochen, ihn zurückzubringen. Brauchst du ihn?"

„Nein, mein Liebes. Ich brauche ihn nicht. Aber kannst du dich vielleicht erinnern, wann Jean-Daniel dich darum gebeten hat?"

Laure überlegt. Es wäre mir lieber, sie würde sich nicht erinnern.

„Ich glaube, es war kurz nach Weihnachten, im Januar. Jean-Daniel hat das nämlich damals so gut gefallen, die Schrift auf dem Spiegel. Er wollte es bei sich zu Hause auch ausprobieren. Ist es wichtig?"

Ich lege meine Hand auf die ihre – eine kleine Hand, mit Tinte beschmiert. Ein Herz ist auf den Handrücken gezeichnet. „Weißt du, Laure, alles, was mit deinem Bruder zusammenhängt, wird für uns jetzt wichtig sein."

Zum Beispiel diese Erkenntnis: von Januar bis Mai, das sind vier Monate.

LAURE half mir, das Abendessen zuzubereiten. Es war ihr Bruder, der uns hier in der Küche vereinte, zu einer Zeit, zu der Laure normalerweise über ihren Hausaufgaben saß. Wir beschlossen, ein Soufflé zu machen, lediglich der Freude wegen, gemeinsam die einfachen Handgriffe zu verrichten: Butter schmelzen, Käse reiben, die Eidotter in die Masse rühren, Schnee schlagen. Ohne ein einziges Wort zu wechseln, waren wir einander sehr nahe in diesem Augenblick.

Später rief Martin an, Gilles' Cousin, der Arzt, und fragte, ob er nach dem Abendessen vorbeikommen könne. Er hatte Jean-Daniel besucht.

Als Martin kam, roch es in der Diele noch nach Soufflé. Wir setzten uns ins Wohnzimmer. Laure lag auf dem Teppich und las. Gilles schaute mich fragend an.

„Wenn sie will, soll sie ruhig im Zimmer bleiben", sagte ich.

Martin hatte gute Nachrichten. Jean-Daniels Zustand habe sich erheblich gebessert, erzählte er. Sie hätten sich sogar ein wenig unterhalten. Selbstverständlich hatte Martin dem Jungen keine Fragen gestellt. Man dürfe nichts überstürzen. Die Diagnose des Arztes habe sich bestätigt: Dies sei nicht Jean-Daniels erste Spritze gewesen.

„Wie konnte er das feststellen?" wollte ich wissen.

„An den Einstichen an den Armen."

„Wie lange macht er das schon?" fragte Gilles kaum hörbar.

„Jean-Daniel sagt, ein Jahr."

Ich wandte mich an Gilles. „Das war es, was du mir heute mittag im Bistro sagen wolltest, nicht wahr?"

„Ich wollte es dir gestern schon sagen. Der Arzt hatte es vermutet, und ich habe nur die Bestätigung abgewartet."

Draußen in der Diele klingelte das Telefon. Es war für mich. Leute, für die ich gerade arbeitete. Ich machte für den nächsten Tag einen Termin aus.

Als ich wieder ins Wohnzimmer kam, hörte Martin mitten im Satz auf zu reden. „Ihr sollt mir nichts verschweigen!" rief ich. „Ich will alles wissen!" Diese Geheimnistuerei war wirklich das, was ich im Augenblick am wenigsten vertrug.

„Wir wollen dir überhaupt nichts verheimlichen, Nadine",
widersprach Martin. „Aber das, was ich euch beiden nun sagen muß,
wird euch Kummer bereiten ... Jean-Daniel will euch im Augenblick
nicht sehen, weder dich noch Gilles."

Ich schloß einen Moment die Augen, glaubte zu fallen!

„Aber warum will er das nicht?" fragte Gilles.

„Genau weiß ich es nicht. Vorwürfe befürchtet er keine – dazu
kennt er euch zu gut. Ich denke mir, daß es ihm weh tut, euch soviel
Schmerz bereitet zu haben. Vielleicht fürchtet er sich davor, euch ins
Gesicht sehen zu müssen. Ich soll euch ausrichten, daß er euch lieb-
hat."

Ich trat ans Fenster und starrte in die Dunkelheit. Der Himmel war
sternenlos, aber die Lichter von Paris tauchten die Stadt in ein zartes
Rosa. Ob Jean-Daniel das von seinem Krankenhauszimmer aus auch
sehen konnte? „Sie müssen nur richtig hinhören", hatte Laffond
gesagt. Doch nun wollte Jean-Daniel nicht mit uns sprechen.

Martin stellte sich neben mich; wortlos blickten wir hinunter auf
den unaufhörlichen Strom der Autos. „Mist", murmelte er, „wirklich
der größte Mist, der einem passieren kann."

Er nahm mich am Arm und führte mich wieder zum Sofa zurück.
„Wie lange wird er noch im Krankenhaus bleiben müssen?" fragte
Gilles.

„Höchstens vier oder fünf Tage", antwortete Martin.

„Und danach?"

„Es wäre am besten, er würde wegfahren. Weit weg von allem, was
er in der letzten Zeit durchgemacht hat. Da gibt es verschiedene Möglichkeiten, ich werde mich erkundigen." Er sah uns an. In seinem
Blick lag all die Freundschaft, die er für uns empfand. „Wenn ihr
wollt, kann ich ja euer Mittelsmann sein."

Das Telefon klingelt wieder, Gilles will abheben. Ich komme ihm
zuvor. Instinkt?

Es ist Anne-Marie, die wir scherzhaft Jean-Daniels Braut nennen.
Sie weint.

Ich höre, wie sie schluchzt. Ich hingegen werde plötzlich hart und
stark. Nur eines zählt: Von wem weiß sie es? Wie hat sie es erfahren?

„Ich möchte dich sehen, Anne-Marie. Es würde mir so guttun, mit
dir zu reden", sage ich.

Sie schlägt vor, zu uns zu kommen. Ich ziehe es vor, bei ihr im
Quartier Latin vorbeizuschauen. Wir verabreden uns für den nächsten
Tag. „Bis morgen dann", sagt sie und legt auf.

Anne-Maries Wohnung, das sind zwei miteinander verbundene ehemalige Dienstbotenzimmer. In dem einen ein Bett, ein Tisch, ein Stuhl, im anderen die Küche und die Waschecke.

Anne-Marie trägt ein geblümtes Kleid, in dem sie kleinmädchenhaft aussieht, die nackten Füße stecken in Sandalen. Ich erinnere mich noch genau an den Tag, an dem Jean-Daniel sie uns vorstellte, am Strand in Cannes. Sie kamen gerade aus dem Wasser, Tropfen rannen aus Anne-Maries dickem dunklem Zopf. Sie gefiel uns sofort: das Lächeln, der direkte Blick. Achtzehn Jahre.

Jetzt ist sie zwanzig. Den Zopf hat sie abgeschnitten. Um die Augen liegen Schatten, und sie ist sehr blaß. Sie macht einen fruchtlosen Versuch zu lächeln. Wir setzen uns auf das Bett, und ich erzähle ihr zuerst einmal, wie es Jean-Daniel geht. Heute besser. Er hat gut geschlafen, er ißt. Ich bemühe mich, sehr ruhig zu sprechen, so, als stünde ich völlig über den Dingen. Ich verfolge ein ganz bestimmtes Ziel, und das gibt mir Kraft.

Anne-Marie läßt die Schultern sinken, seufzt tief. „Ich hatte solche Angst", sagt sie.

Ich versuche meiner Stimme einen möglichst unbefangenen Tonfall zu geben: „Wie hast du es denn erfahren?"

Die Frage scheint sie nicht zu stören. Ohne zu zögern, antwortet sie: „Durch Freunde. Ich weiß nicht, wie die es erfahren haben. Ich war gestern abend bei ihnen, und da haben sie es mir gesagt."

„Was genau haben sie dir erzählt?"

Meine Frage kommt zu schnell. Anne-Maries Blick wird ängstlich, und sie antwortet nur widerwillig.

„Daß Jean-Daniel im Krankenhaus ist."

„Wußten sie, weshalb?"

Sie nickt. Wendet sich ab. Auch sie will es nicht aussprechen, das Wort.

„Habt ihr euch in letzter Zeit gesehen?"

„Kaum noch!" Sie weint. „Er wollte es nicht mehr." Sie hat ein Kissen gepackt und drückt es an sich, wie ein kleines Kind es tut.

„Vor drei Tagen war Jean-Daniel bei uns", erzähle ich. „Er hat von dir gesprochen. Auch von seinen Prüfungen."

„Seinen Prüfungen?"

Sie hat den überraschten Ausruf nicht unterdrücken können. Jetzt tut es ihr bereits leid. Sie vergräbt das Kinn in dem Kissen und weicht meinem Blick aus. „Anne-Marie, was ist geschehen?" Ich beuge mich über sie: „Bitte ..., seit zwei Tagen versuchen Gilles und ich zu verstehen ... Du mußt uns helfen!"

„Jean-Daniel ist nicht mehr auf die Uni gegangen. Er hat das Studium aufgegeben. Ich dachte, Sie wüßten davon."

Nein, wir wußten es nicht! Wir wußten gar nichts. Er traf sich nicht mehr mit Anne-Marie, ging nicht mehr in die Vorlesungen. Ja, was machte er dann? Von wo kam er, wenn er an unserer Tür klingelte? Wir hatten immer über Prüfungen, Vorlesungen, Professoren und Zukunftsaussichten gesprochen.

Mir ist übel. Mein Herz krampft sich zusammen.

„Wie lange schon geht er nicht mehr auf die Uni?"

„Er hat sich im Oktober erst gar nicht wieder zurückgemeldet."

„Warum?"

„Jura hat ihn nie wirklich interessiert."

Aber es war doch seine eigene Entscheidung gewesen. Besondere Neigungen hatte er nicht gehabt. Nur mit Mathematik wollte er nichts mehr zu tun haben.

„Wußtest du es, Anne-Marie? Wußtest du, daß er süchtig ist?"

Sie nickt. Ihre Lippen zittern, ihr Blick weicht mir aus.

„Und du hast uns nichts gesagt!"

„Es war nicht so einfach", flüstert sie.

Das Fenster steht weit offen. Vom Bett aus sieht man die Türme von Notre-Dame. Der Himmel zieht sich über die Stadt wie ein rosa- und goldfarbenes hauchdünnes Netz. Herrlich, diese Farben! Ich kämpfe mit den Tränen. „Anne-Marie, diese Freunde, die dich verständigt haben, sind das gute Bekannte von Jean-Daniel?"

„Ja, recht gute."

„Sind es Süchtige?"

Sie zuckt zusammen und blickt mich vorwurfsvoll an. Ich weiß, mein Ton war aggressiv. Aber dieses Wort sitzt tief in mir, droht mich zu vergiften.

„Verzeih mir. Ich suche nach Erklärungen, so gut ich kann, wo ich kann. Das ist alles."

Ich spüre, wie mir die Tränen über die Wangen laufen. Ich möchte auch ein Kissen an mich drücken, mein Gesicht darin vergraben.

„Weißt du", sage ich, „wenn einem so etwas zustößt, dann ist das Schlimmste daran, daß man im dunkeln tappt; wegen der Fragen, die man sich unaufhörlich stellt. Man möchte lieber alles wissen, selbst wenn der Schmerz dadurch größer wird. Wie haben deine Freunde erfahren, was mit Jean-Daniel los ist? Durch wen?"

„Sicher durch Renaud", sagt sie.

„Renaud?"

„Ein Freund von Jean-Daniel. Sie waren oft zusammen."

„Könnte ich mich mit ihm treffen?"

Nun verschließt sie sich völlig. „Ich weiß nicht, wo er wohnt. Ich kenne ihn ja kaum."

Sie bereut bereits, den Namen erwähnt zu haben. Meine Tränen haben ihn ihr entrissen. Meine Fragen ängstigen sie. Sie will niemanden verpfeifen. Für sie bin ich auf der Seite derer, die urteilen und verurteilen: ein Bulle. So wie Laffond für mich. Ich schlucke meine Wut hinunter.

„Ich möchte wissen, wer Jean-Daniel da hineingezogen hat. Ich will wissen, wer ihm vorgestern das Heroin beschafft hat, an dem er beinahe gestorben wäre. Ich will, daß die Schuldigen bestraft werden, und du, Anne-Marie, solltest das auch wollen. Wenn du ihn noch liebst. Du solltest mir nach Kräften helfen."

Sie krümmt sich um ihr Kissen. Nun weint sie wieder. „Ich kann Ihnen nicht mehr sagen. Ich habe Jean-Daniel kaum noch getroffen und weiß nicht, wo Renaud wohnt. Ich habe ihn nur zweimal gesehen. Im ‚Pierrot lunaire'. Und er hat mir nicht besonders gefallen."

Ich habe immerhin zwei Namen: Renaud und Pierrot lunaire. Eine Kneipe? Ein Nachtlokal? Ein Café? Anne-Marie putzt sich die Nase, wischt sich die Augen.

„Würdest du mir die Adresse der Freunde geben, die dich benachrichtigt haben?" Ich habe mein Notizbuch aus der Tasche genommen und halte es ihr hin. Sie streicht sich die Haare aus der Stirn, schreibt etwas auf das Blatt.

Ich stehe auf. Wenn man sich aus dem Fenster beugt, sieht man die Straße, die Leute, die auf dem Gehsteig vorbeieilen. Werde ich je wieder junge Menschen ansehen können, ohne gleich zu fragen: Warum? Warum ausgerechnet Jean-Daniel?

Ich drehe mich um. Anne-Marie kauert da, das Kinn auf die angezogenen Knie gestützt, und beobachtet mich. Wir können einander gut leiden. Damals, in jenem ersten Sommer, in Cannes, brachte Jean-Daniel sie oft mit nach Hause. Ich glaube, er war sehr stolz auf sie.

„Und was machst du, Anne-Marie?"

„Sekretariatsarbeiten. Englisch. Ich mag Sprachen."

„Und deine Eltern?"

„Die sehe ich nur in den Ferien. Dinan in der Bretagne, das ist ja nicht gleich nebenan."

Ich setze mich wieder zu ihr aufs Bett. Auf der umgedrehten Kiste, die als Nachttisch dient, steht ein Foto. Darauf ist ein Mann in Weiß abgebildet, mit einer Kochmütze. Seine Hand liegt auf der Schulter eines kleinen Mädchens: Anne-Marie und ihr Vater?

„Anne-Marie, ich möchte dich etwas fragen. Es erscheint dir vielleicht dumm, aber für mich ist es wichtig. Versuch zu vergessen, was gerade vorgefallen ist, und sag mir, bist du eigentlich glücklich?"

Ich sehe wieder das junge Mädchen mit dem Zopf vor mir, das vertrauensvolle Lächeln. Ich meine ja nicht das vollkommene Glück, ich meine: Hängst du am Leben? Am Morgen, wenn du aufwachst, spürst du da etwas, das dir helfen wird, weiterzumachen, vorwärts zu gehen?

Ihr Blick schweift in die Ferne. Ohne mich anzusehen, murmelt sie: „Glücklich? Wie sollte ich?"

ICH, ich liebte das Leben! Mit den Jahreszeiten mitzugehen; an manchen Tagen die würzige Seeluft riechen. Ich liebte es, für meine Familie das Essen zu bereiten, mich abends in einen Sessel zu kuscheln. Vom Lächeln meiner Kinder empfangen zu werden, mich Gilles' Zärtlichkeiten hinzugeben. Ja, mich umgab mein Leben mit Wärme!

Die Verkäuferin hat Ghislaine und mir das Album mit den Musterkollektionen vorgelegt. Wir wollen die Tapete für das Wohnzimmer in ihrem Landhaus aussuchen. Sie möchte, daß die Tapete zu den alten Vorhängen paßt, die sie von ihrer Großmutter geerbt hat. Wir haben ein Stoffmuster mitgebracht: Es ist ein schwerer, strahlendblauer Moiréstoff.

Wir blättern in der Kollektion.

„Das ist es!" sage ich plötzlich und zeige auf ein Muster.

Lebhaftes Orange, fast Rot, es lodert wie Feuer. Das Auge wird sich am Gestern ausruhen, am Heute aber brennen.

„Glaubst du? Ist das nicht zu gewagt?" fragt Ghislaine.

„Es ist gewagt! Aber du willst doch kein Haus, das aussieht wie alle anderen? Und du wirst sehen: An diesen Wänden wird alles herrlich zur Geltung kommen!"

Sie scheint überzeugt. Auch das erwartet man von mir: Zweifel ausräumen. Entscheidungen treffen.

Nun müssen wir das Muster für das Zimmer ihres fünfjährigen Sohnes aussuchen. „Ich hätte gern einen Himmel", erklärt Ghislaine. „Wolken auf hellblauem Grund. Ich habe das in einem Film gesehen. Hat süß ausgesehen, und angeblich fördert es den Schlaf."

„Und an der Decke Sterne. Planeten vielleicht?" Mit voller Wucht ist er mich angesprungen, der Schmerz, raubt mir die Stimme. Befremdet sieht Ghislaine mich an. Ich beuge mich über meine Handtasche, krame darin herum. Wenn ich nun nicht einmal mehr das Wort „Himmel" hören kann!

„Bist du dagegen?"

„Ganz und gar nicht! Nur darfst du darüber den echten Himmel, den draußen, nicht aus den Augen verlieren! Ja, du darfst nicht vergessen, dir mit dem Kleinen den echten Himmel anzuschauen."

Ghislaine ist verwirrt. Es ist auch sonst nicht meine Art, Reden zu halten. Normalerweise mache ich mich sogar darüber lustig. Ich verstehe es ja selbst nicht. Die Worte haben sich mir einfach aufgedrängt. Seit den Zeiten im *Haus* habe ich Jean-Daniel nie mehr auf seinen Reisen zu den Sternen begleitet. Ich habe meinen Sohn allein gelassen auf seinen Reisen, während ich zu einer Zimmerdecke hinaufstarrte.

Als ich heimkam, war Gilles bereits zu Hause. Ich erzählte ihm, daß ich etwas gearbeitet hatte, und er schien erleichtert. Er hatte inzwischen mit Laffond telefoniert: Dieser würde Jean-Daniel am nächsten Tag im Krankenhaus besuchen.

Während des Abendessens versuchten wir, uns mit Laure über alltägliche Dinge zu unterhalten. Sie sollte im Juli eine Klassenfahrt nach Irland machen und zunächst einige Tage in London verbringen. Gilles erklärte ihr die englische Währung: Pfund und Pence. Sie lachte, als sie hörte, daß manche Bankiers wirklich eine schwarze Melone tragen, wenn sie zur Arbeit gehen. Wir genossen ihr Lachen, freuten uns, daß sie die Situation gut zu verkraften schien. Tief im Inneren hatten wir Angst um sie, und das machte uns befangen.

Ich erzählte Gilles nichts von meinem Besuch bei Anne-Marie. Er hätte sicher zu den Freunden Jean-Daniels mitgehen wollen und ihre Adresse womöglich an Laffond weitergegeben.

Ich habe geklingelt und sofort meinen Namen genannt. Sie scheinen nicht überrascht zu sein: „Kommen Sie herein! Setzen Sie sich! Mögen Sie Tee?" Als ob sie mich erwartet hätten!

Er ist lang, dünn, fast mager und hält eine Flöte in der Hand. Als ich kam, spielte er. Er verdient sich seinen Lebensunterhalt, indem er vor Cafés und Kinos musiziert. Er gibt auch Stunden. Er heißt Tanguy.

Seine Frau Cathérine trägt einen Sari, Segeltuchschuhe, mehrere Ketten. Sie webt. Das ist ihr Beruf. Hin und wieder verkauft sie etwas. Meistens verkauft sie nichts, aber die Arbeit macht ihr Spaß. Sie hat schon eine Ausstellung gemacht. Zu ihren Füßen spielt ein kleines Kind mit bunten Wollfäden. Beiden ist dieser Gesichtsausdruck gemeinsam, den man heute bei vielen jungen Leuten sieht: zerstreut, ein wenig gleichgültig – als wären sie weit weg.

Das Atelier, in dem sie wohnen, macht einen bohemienhaften Eindruck. Der Raum atmet mit allem, was darin ist: den Keramiken, den

Büchern, den verschiedenen Musikinstrumenten, den Vorhängen und Kissen. Alles scheint dem Zufall überlassen, wäre jederzeit ersetzbar.

Sie haben Jean-Daniel und Anne-Marie letzten Sommer in Orange kennengelernt. Sie zelteten zufällig nebeneinander. Eines Abends, beziehungsweise eines Nachts, als Tanguy Flöte spielte, sind die beiden gekommen und haben ihm zugehört. So ist das gewesen, ja!

„Jean-Daniel war so lustig, so fröhlich", sagt Cathérine.

Er imitierte Schauspieler, las angeblich die Zukunft aus den Sternen, spielte den Clown. Sie sprechen von einem Unbekannten. Mein Sohn war doch immer so ruhig, fast reserviert.

„Er kam oft zu uns", erzählt die junge Frau. „Er wollte Flöte spielen lernen."

„Wir nannten ihn ‚kleine Schnecke‘", sagt der Mann. „Er hat uns erzählt, daß er einmal als Kind einen Vogel beobachtete, der die Schnecken aus der Luft fallen ließ, um ihre Häuser zu zertrümmern. Das hat ihn sehr beeindruckt. Er sagte immer: ‚Ich möchte lieber eine kleine Schnecke sein als ein Raubvogel.‘"

„Ich war gestern bei ihm im Krankenhaus", sagt sie. „Es scheint ihm besserzugehen."

Dieses Brennen in der Kehle! Es ist nicht Eifersucht, es ist die Einsamkeit. Ihre Worte errichten eine Mauer des Schweigens um mich herum. Wissen sie, daß ich ihn nicht besuchen darf? „Sie wußten es, nicht wahr", frage ich, „... daß er Drogen nahm?"

„So dürfen Sie nicht sprechen", entgegnet er. „Er würde das nicht wollen!"

Ich verstehe nicht. Er beugt sich zu mir: „Alkohol, Tabak, die Tabletten, die Sie nehmen, um einschlafen zu können, diese Sachen, ob auf Rezept oder nicht, das sind alles Drogen. Jeder von uns benutzt sie mehr oder weniger, um sich mit ihrer Hilfe wohler zu fühlen."

„Das ist nicht dasselbe."

„Stimmt. Alkohol und Tabak haben viel mehr Menschen kaputtgemacht als das, was Sie ‚Drogen‘ nennen. Einen Kerl, der sich besoffen hat, bringen Freunde heim, legen ihn ins Bett, und am nächsten Tag lachen sie gemeinsam darüber, wie voll er gewesen ist. Beim Wort ‚Droge‘ aber wenden sich alle mit Entsetzen ab. Da versucht keiner, Verständnis aufzubringen. Da wird pauschal abgelehnt, unwiderruflich verurteilt. Über einen, der tagtäglich den Rauch von dreißig Zigaretten inhaliert, verliert man kein Sterbenswörtchen. Doch ein Junge, der zweimal gehascht hat, das ist ein Skandal."

„Weil man Angst hat", sage ich, „weil diese Drogen wie eine tödliche Krankheit sind."

„Wenn man Angst hat", entgegnet er, „bleibt man nicht im Dunkeln sitzen und schreit: ‚Ach, wie entsetzlich!'. Man schaltet die Scheinwerfer ein, leuchtet alles ab, sucht. Dann erst kann man helfen."

Ich mag die Scheinwerfer nicht einschalten. Ich will aufstehen, diese Tür für immer hinter mir ins Schloß werfen, in meine heile, geordnete Welt zurückkehren. Doch damit ist es vorbei, ein für allemal. Wie glücklich war ich! Wie gut konnte ich die Augen vor allem verschließen!

„Jean-Daniel hat ein Wort an die Decke geschrieben: ‚Planet'. Was bedeutet dieses Wort?"

Die Frau hält in ihrer Arbeit inne. Sie sieht mich mit ihren dunklen, unendlich ruhigen Augen an. Nein, sie hat keine Angst!

„Das bedeutet einen Augenblick der Wärme, des totalen Wohlbefindens", antwortet der Mann. Er lächelt. „Vielleicht so wie im Mutterleib."

„Eine Flucht also?"

„Eine Reise. Anderswohin."

„Weg vom Leben!"

„Was nennen Sie ‚Leben'?" fragt er.

Ich sehe wieder die grauen, unpersönlichen Gesichter vor mir, vorbeifahrende Autos, Schlagzeilen in Zeitungen, in denen von allem die Rede ist, nur nicht von der Hoffnung. Aber für mich gibt es auch das: die Milde der Luft, die Wärme einer Freundschaft, das Wort „Familie", das Wort „Haus". Trotz aller Unzulänglichkeiten des Lebens kann ich glücklich sein. Beinahe hätte ich es vergessen.

„Ich weiß, daß diese Welt nicht vollkommen ist, ja manchmal sogar schrecklich", höre ich mich sagen. „Aber ich weiß auch, daß man darin viel Glück finden kann. Es ist da. Vorausgesetzt, man ist bereit, dafür zu kämpfen."

Er sieht seine Frau an, dieses Zimmer, das mir so fremd ist, seinen Sohn. „Ja, es ist da", gibt er schließlich zu. „Aber manche sehen diese Freuden nicht, werden sie nie sehen, weil der Boden dafür nicht bereitet wurde. Man hat ihnen nicht beigebracht, sich dem Leben zu stellen, man hat statt dessen auf ihre Köpfe eingedroschen. In dieser Welt, von der Sie reden, fühlen sich nicht alle heimisch."

„Jean-Daniel hatte seinen Platz in der Welt. Wir haben versucht, ihm die Liebe zum Leben weiterzugeben. Denn wir empfanden diese Liebe. Und Sie sagten es doch selbst: Er war so fröhlich . . ."

Sie schweigen. Wie soll ich sie nur überzeugen? Andauernd dieses Gefühl, als müsse ich mich verteidigen. Einfach lächerlich. Ich hätte nie hierherkommen dürfen! Ich stehe auf.

„Wissen Sie, wo ich Renaud erreichen kann?"

Sie blicken beide überrascht. Ängstlich?

„Er hat Sie doch benachrichtigt, als das mit meinem Sohn passiert ist, nicht wahr?"

„Ja. Er rief uns an", sagt der Mann. „Aber wir wissen nicht, wo er wohnt, und seit den Ferien in Orange ist er nur einmal zu uns gekommen."

Renaud war in Orange gewesen! Dort hatte Jean-Daniel ihn kennengelernt! Dort fing alles an. Im Juli hatte es dieses Wort an der Zimmerdecke noch nicht gegeben. In Orange war Jean-Daniel auf der Rückreise von Cannes gewesen, wo er eine Woche mit uns verbracht hatte.

„Was wollen Sie denn eigentlich beweisen?" fragt der Mann.

Ich mag die Art nicht, wie er mich ansieht. Ich brauche das Mitleid dieser Leute nicht.

„Nichts. Ich versuche zu verstehen. Hätte mein Sohn sich nicht in jener Nacht zu Ihnen gesetzt, um einer Flötenmelodie zu lauschen, hätte er Renaud nie kennengelernt. Und dann wäre er auch nicht dort, wo er jetzt ist."

„Woher wollen Sie das wissen? Er war es doch, der uns mit Renaud bekannt gemacht hat."

„GLAUBST du, die Leute werden es erfahren?" fragt Laure.

Sie hockt auf dem grünen Metallstuhl vor ihrem Schreibtisch und läßt die nackten Beine baumeln. Sie hat mich nicht angesehen bei ihrer Frage, schämt sich ein wenig.

„Ich denke schon. Sie werden es erfahren. Es genügt oft eine einzige Person ..."

„Aude habe ich gesagt, daß Jean-Daniel krank ist."

„Warum nicht? In einem gewissen Sinn stimmt das ja auch. Weißt du, mein Liebes, mir geht es wie dir: Ich habe auch keine Lust, über das, was vorgefallen ist, zu ... klatschen."

Sie scheint erleichtert. Seit dem ersten Abend haben wir kaum noch über den Vorfall gesprochen. Laure weiß einiges über Drogen. Man hat auch ihr bereits Haschisch angeboten.

Ich schlucke die Frage hinunter, die mir auf der Zunge liegt. Ich kann meine Tochter schließlich nicht fragen, ob sie das Leben liebt! „Erinnerst du dich noch an das *Haus?*" frage ich stattdessen.

„Klar! Ich war ja schon neun, als wir von dort fort sind."

„Und woran erinnerst du dich besonders?"

„An das Kaminfeuer", antwortet sie, ohne zu zögern. „An die Kartenspiele, wenn es regnete. Einmal hat Papa seine Karten ins Feuer geworfen. "

Bei der Erinnerung muß sie noch heute lachen. Gilles ist kein besonders guter Verlierer.

„Woran noch?"

„An die Morgenspaziergänge, wenn die Wiese ganz feucht war und die Tautropfen in der Sonne glitzerten. "

„Sag, hat Jean-Daniel manchmal mit dir über all das gesprochen?"

„Über das *Haus?* Eigentlich nicht oft. Manchmal. "

„Und als wir uns dann entschlossen, die Ferien in Cannes zu verbringen, was hat er da gesagt?"

„. . . ‚Wir werden das Meer sehen!' Er schien sich zu freuen. Er sagte: ‚Ich werde dein Schwimmlehrer sein und dir zeigen, wie man auf dem Rücken schwimmt.'"

Sie ordnet ihre Hefte und legt sie in eine Schublade.

Ich habe keine Lust aufzustehen. Ich möchte auf dieser Bettkante sitzen bleiben und, auf meine Art, ebenfalls ordnen, das Muster des Gobelins wiederherstellen, herausfinden, wann der erste Riß entstanden ist.

„Kommt er morgen aus dem Krankenhaus?" fragt Laure.

„Übermorgen, mein Liebes. "

„Und was macht er dann? Kommt er hierher zurück?"

„Vielleicht später. Fürs erste wird er einige Zeit aufs Land gehen. Nach Avignon. Dort gibt es ein altes Schloß namens Beauvallon, das jetzt Priester verwalten. Sie bebauen das Land, das zum Schloß gehört. Um sich ihren Lebensunterhalt zu verdienen, verkaufen sie ihren Wein und stellen junge Leute an, die ihnen helfen. "

„Hat Jean-Daniel das selbst ausgesucht?"

„Ja, er hat Martin davon erzählt und ihn gebeten, ihn dorthin zu fahren. "

„Wenn es Priester sind", meint Laure ernsthaft, „muß man sicher immer zur Messe gehen!"

„Ich glaube nicht, daß man gezwungen wird. "

„Schade", sagt Laure. „Ich gehe immer gern in die Kirche!"

ICH hatte dunkelblaue Segeltuchschuhe gekauft, Größe dreiundvierzig. Die legte ich ganz unten in die große Reisetasche, die auf meinem Bett stand. Dann packte ich die anderen Dinge ein: Unterwäsche, Socken, T-Shirts, Baumwollpullis. Schließlich noch die Leinenhose. Die Tasche war fast voll. Ich wünschte, sie wäre bodenlos.

In die Seitentaschen stopfte ich Taschentücher, einen Schal, meinen

Wecker. Jeden Gegenstand sah ich genau an, bevor ich ihn einpackte, befühlte ihn. Ich berührte den Seidenschal mit meinen Lippen, drückte die Pullover an meine Brust. Es schien mir, als könnte ich ihnen auf diese Weise eine Botschaft mit auf den Weg geben: Ein zweites Mal wird so etwas nicht passieren, Jean-Daniel – dafür sorge ich!

Und dann war er sehr schnell da, jener Morgen. Um elf Uhr fuhr Martins Wagen vor dem Krankenhaus vor. Ich hatte bereits eine Weile gewartet. Von meinem Wagen aus konnte ich beobachten, wie Martin das Gebäude betrat. Er blieb lange weg. Aber das störte mich nicht. Ich erinnerte mich. Wie hatte ich mich hier gefürchtet, am ersten Tag! Es schien mir, als sei das unendlich lange her.

Ich hatte mir vorgestellt, Martin würde Jean-Daniel stützen – einen Kranken, der mit gesenktem Kopf und zögernden Schritten aus dem Gebäude treten würde. Doch es war Jean-Daniel, der energisch die Tür aufstieß. Er trug die Jeans und das Hemd, die ich im letzten Moment noch zuoberst in die Tasche gelegt hatte, darüber eine Jacke, die er sich schon immer gern von Gilles ausgeliehen hatte – sehr zu dessen Ärger. Gilles hatte sie Martin mitgegeben; in der Innentasche steckte ein Brief von mir.

Der dunkelhaarige junge Mann machte einige Schritte. Dann blieb er stehen, schloß die Augen und holte tief Luft, so als sei es zum allererstenmal. Zögernd blickte er sich um, schaute nach rechts, nach links.

Martin ging voraus. Schon war die Reisetasche im Kofferraum, waren die Türen geöffnet. Martin rief Jean-Daniel lachend etwas zu, und dieser stieg ein. Ich parkte zwar weit weg, doch plötzlich fürchtete ich, er könnte mich entdecken. Aber er schaute gar nicht in meine Richtung. Sie fuhren los, und als sie um die Ecke bogen, sah ich für einen flüchtigen Moment Jean-Daniels Profil.

Später erzählte mir Gilles, die beiden seien nicht direkt nach Avignon gefahren. Zuerst hatte Martin Jean-Daniel zum Justizpalast gebracht und ihn beim Staatsanwalt abgeliefert.

Die Rolle des Staatsanwalts ist die eines Zuhörers und Warners. Sicherlich hat er Jean-Daniel gefragt, ob er schon seit langem Drogen nehme und ob er darüber reden wolle. Ob er wirklich entschlossen sei, damit Schluß zu machen. Er hat ihm klargemacht, daß man ihn nicht gerichtlich verfolgen werde, es sei denn, er erleide einen Rückfall, und er hat ihm zum Schluß versichert, daß das Leben sehr schön sei, wenn man sich ihm nicht verschließe. Worte!

Dann, so gegen drei, haben Jean-Daniel und Martin Paris verlassen. Bei diesem Gedanken überkommt mich ein Gefühl der Erleichterung. Jean-Daniel läßt alles hinter sich, was diese Stadt für ihn ausmacht, das

Zuhause, die Eltern, die Freundin. Vor ihm liegen Erinnerungen an eine unbeschwerte Kindheit – Bäume und Felsen, auf denen er als Junge gern kletterte, das Land, endlich!

Sie müssen in der Abenddämmerung in Lyon angekommen sein. Martin rief uns von dem Hotel aus an, in dem sie übernachten wollten, um uns kurz mitzuteilen, daß alles in Ordnung sei.

Wahrscheinlich hat er das Abendessen abgewartet, um Jean-Daniel unsere Botschaft zu übermitteln. Wir haben Martin gebeten, unserem Sohn zu sagen, daß wir ihm zur Seite stehen, aber diesmal mit offenen Augen und fest entschlossen, ihm zu helfen, nicht rückfällig zu werden. Denn das ist jetzt das einzig Wichtige.

III

DAS Pierrot lunaire ist ein modernes Café mit kleinen Nischen und gedämpftem Licht; die Bänke sind mit Kunstleder bezogen, die Grünpflanzen aus Plastik, und die Kellner tragen rote Westen.

Ich könnte die vergoldeten Wandleuchter genau beschreiben, die komplizierten Muster des Teppichbodens, neuen Gästen zeigen, in welcher Ecke man am ungestörtesten sitzt. Die verschiedenen Kategorien der Gäste bergen für mich keinerlei Geheimnis mehr. Ich betrachte die Szenerie wie ein Aquarium. Für mich sind diese Gäste alle Fische.

Die dicken Brocken landen an der Theke: Tiefseefische, vielbeschäftigte Männer, die schnell vorbeikommen, um einen Kaffee oder einen Cognac hinunterzustürzen. Im Spiegel können sie die anderen betrachten, diejenigen, die sich mehr Zeit nehmen, die Süßwasserfische: Pärchen, die eine der Eisspezialitäten des Hauses genießen, junge Leute, die vor ihrem Bier oder ihrem Espresso sitzen und diskutieren, Zeitungsleser, die meist draußen auf der Terrasse bleiben. Und dann gibt es noch einige unbedeutende kleine Fische: Frauen, meist nicht mehr ganz jung. Sie sitzen allein im hinteren Teil des Cafés, trinken Tee oder Saft und essen manchmal Kuchen dazu.

Jeden Nachmittag, wenn ich mich auf meine Bank fallen lasse, schwöre ich mir, daß es das letztemal ist. Wozu denn noch herkommen? Hier werde ich nichts finden. Und doch: Am nächsten Tag, etwa zur gleichen Zeit, betrete ich wieder das Café. Es ist nur noch dieser Augenblick, der in meinem Tagesablauf für mich zählt. Nur dafür halte ich mich auf den Beinen.

Bereits am zweiten Tag habe ich einen Kellner gefragt, ob er schon lange hier arbeite. „Seit fünf Jahren", antwortete er. Ich erklärte ihm, mein Sohn sei hier Stammgast gewesen, und wollte wissen, ob er sich an ihn erinnere. Ein großer schlanker Junge namens Jean-Daniel. Er lächelte höflich. „Bringen Sie ihn halt her, dann werde ich es Ihnen vielleicht sagen können. Schließlich sehe ich tagtäglich eine ganze Menge junger Leute!"

Kurz vor sechs kommen die meisten Jugendlichen. Eine Gruppe ist mir besonders aufgefallen. Sie sitzen immer in derselben Ecke, an zwei Tischen in der Nähe der Treppe, die ins Souterrain zu den Toiletten und zum Telefon führt. Ein großer Blonder, ein ausgesprochen hübscher junger Mann, sticht aus der Gruppe heraus. Er sieht aus, als komme er aus gutem Hause. Ich sehe ihn oft etwas schreiben.

Es sind nicht immer dieselben jungen Leute, die da sitzen, aber sie alle haben etwas gemeinsam: Lässigkeit, Gleichgültigkeit? Ich kann es nicht genau beschreiben. So, als ginge sie das, was um sie herum passiert, nichts an. Und noch etwas: Sie sitzen nicht lange ruhig, sie kommen, gehen, steigen die Treppe zum Souterrain hinunter und wieder herauf.

Auch ich bin schon unten gewesen. Alles ist sehr sauber. Zwei Telefonzellen, ein Waschbecken, zwei Türen, eine mit der Aufschrift „Lord", auf der anderen steht „Lady". In einem Winkel das glänzende Objektiv einer Videokamera. Eigenartig.

Gehört Renaud zu dieser Gruppe? Würde einer von ihnen aufblikken, wenn ich laut diesen Namen riefe?

Heute bin ich entschlossen, endlich zu handeln. Es ist sechs Uhr. In zehn Minuten werde ich aufstehen, zu den jungen Leuten hinübergehen und sie fragen, ob sie Renaud kennen. Ich werde behaupten, eine Nachricht für ihn zu haben.

Statt Tee habe ich diesmal ein Glas Portwein getrunken, um mir Mut zu machen. Ich werde mich an den Blonden wenden, irgendwie beruhigt mich seine Schönheit. Wie üblich schreibt er. Neben ihm sitzt ein kleiner Dunkelhaariger mit derben Gesichtszügen: das genaue Gegenteil. Sonst sind nur noch zwei Mädchen da, mit müden Augen und ins Gesicht hängenden Haaren.

Fünf nach sechs. Mein Herz klopft wie wahnsinnig. Ich will gerade den Kellner rufen, um zu zahlen. Da erstarre ich plötzlich mitten in der Bewegung. Ein junger Mann, den ich vorher noch nie gesehen habe, betritt das Lokal und geht auf die Gruppe zu. Er trägt einen Parka, hohe Schnürschuhe und hat einen Walkman aufgesetzt. Um den Hals aber hat er einen Schal geschlungen, einen ganz besonderen Schal, mit Streifen in vielen verschiedenen Blautönen. Diesen Schal habe ich Jean-Daniel letztes Jahr zu Weihnachten geschenkt. Ich kaufte ihn in London, in einem sehr renommierten Geschäft. Irrtum ausgeschlossen: Es ist derselbe Schal. Und jetzt, als der junge Mann ihn abnimmt, kommt ein Zopf zum Vorschein, ein dünnes Rattenschwänzchen, von einem Gummiband zusammengehalten.

Vor meinen Augen verschwimmt alles. Es ist Renaud, da bin ich ganz sicher. Renaud, der Anne-Maries Freunde benachrichtigt hat, einer von denen, die Jean-Daniels Wohnung verwüstet haben, Renaud, der Heroindealer.

Er wirft seinen Leinenbeutel auf den Tisch, mitten in das Gewirr von Gläsern, Zigarettenpäckchen und Zeitungen. Die anderen rücken zusammen, um ihm Platz zu machen. Er setzt sich. Nun sehe ich nur noch, wie sie die Köpfe zusammenstecken. Es kommt mir vor, als nehme er etwas aus seiner Tasche, als näherten sich ihm die Hände der anderen, als beobachte sie der Lokalbesitzer, als bliebe die Zeit stehen. Mein ganzes Leben fließt in diesem einen Augenblick zusammen: jetzt.

Die Hände streben wieder auseinander. Der junge Mann steht ganz ruhig auf, läßt die Tasche auf dem Tisch liegen und geht, ohne sich umzublicken, zur Treppe.

Ich stehe auf. Nun ist es soweit! Deshalb komme ich seit einer Woche hierher. Für diesen Augenblick, in dem ich mit weichen Knien hinter diesem Burschen mit dem Zopf die Treppe hinuntersteige, am Rande einer Welt, die mir Entsetzen einflößt.

In einer der beiden Zellen telefoniert gerade eine Frau, die andere ist frei. Die Tür zu „Lord" ist geschlossen. Ich lasse Wasser ins Waschbecken laufen und tauche die Hände hinein. Das soll angeblich beruhigen. Im Spiegel sehe ich das rote Kontrollicht der Kamera leuchten. Hinter der Tür zur Herrentoilette fällt etwas Metallisches zu Boden. Kurz danach wird sie geöffnet.

„Renaud!"

Er reagiert nicht, geht weiter. Umgibt ihn wirklich ein Musiknebel, oder dröhnen mir die Ohren? Natürlich – sein Walkman! Ich berühre ihn am Arm. Er bleibt stehen, überrascht, mißtrauisch. Er hat derbe Gesichtszüge, wäßrige Augen. „Sie heißen Renaud, nicht wahr?" Ich habe es geschrien. Absurd, dieses Gerät. Man könnte rufen: „Ich sterbe" oder „Ich liebe dich" oder „Du lebst", ohne daß in seinem Gesicht ein Muskel zucken würde. Ich möchte ihm die zwei weißen Pfropfen aus den Ohren reißen. Der junge Mann schüttelt den Kopf und geht weiter.

„Wo haben Sie den Schal her?" Ich halte einen Zipfel fest. Er bleibt wieder stehen. „Ich weiß, wo Sie ihn herhaben! Sie haben ihn meinem Sohn weggenommen: Jean-Daniel!"

Er stößt mich weg und geht zur Treppe. Ich bin nicht einmal sicher, daß er mich gehört hat. Alles habe ich mir vorgestellt, nur das nicht: daß eine für mich unhörbare Musik uns trennen würde. Ja, absurd. Der Schal ist in meiner Hand geblieben.

Ich wende mich ab. Die Tür zur Herrentoilette steht offen, und auf dem Boden, hinter dem Sitz, sehe ich etwas glitzern. Ich gehe hinein. Es ist ein Kaffeelöffel. Der Stiel ist verbogen. Er fühlt sich heiß an. Daneben eine zerknüllte Zeitung, darin eine Plastikspritze. Ich nehme alles an mich.

Auf der Treppe kommt mir ein Kellner entgegen. Ich habe die Kamera vergessen! Er kommt meinetwegen herunter. Als er mich sieht, bleibt er stehen. Ich stoße ihn zur Seite. Die Zeit drängt! Die Gruppe sitzt immer noch oben, Renaud aber ist fort. Stumm blicken sie mich an. Ich trete an ihren Tisch. „Wohin ist er gegangen?"

„Wer?" fragt eines der Mädchen.

„Renaud."

„Welcher Renaud?"

Gleichgültig blickt sie mich an. Der dunkle Pony berührt beinahe ihre Lider. Sie sieht doch den Schal in meiner Hand.

Ich schleudere den Löffel und die Spritze auf den Tisch. Sie stehen auf. Ohne besondere Eile gehen sie zum Ausgang. Leute, die sich nichts vorzuwerfen haben. Ich folge ihnen.

Die Straße ist belebt. Hintereinander überqueren die Jungen und Mädchen die Straße, ohne auf die Ampel zu achten. Ich habe sie fast eingeholt. Ein Lieferauto bremst. Der Fahrer ruft mir verärgert etwas nach. Plötzlich sind sie wie vom Erdboden verschluckt. Aus dem Portal eines Kaufhauses strömen Massen von Menschen. Der Schal ist fort! Ich habe mein Beweisstück verloren. Da, jetzt sehe ich sie wieder, und der Kerl mit dem Zopf ist auch wieder bei ihnen. Das kommt einem Geständnis gleich! Er ist vor mir davongerannt. Ja, das muß Renaud sein! Sie biegen in eine weniger belebte Nebenstraße ein.

„Wartet! So wartet doch!"

Ich laufe. Sie bleiben stehen und warten. Mein ganzes Wesen lehnt sich gegen sie auf, trotzdem flehe ich sie an: „Bitte, ich muß es wissen!

Seit wann kennt ihr Jean-Daniel? Ich werde nichts gegen euch unternehmen, aber ich möchte erfahren, was passiert ist. "

„Gar nichts ist passiert", sagt der Blonde. „Und es passiert auch jetzt nichts. Geben Sie es doch auf!"

Sie gehen weiter. Mir wird siedendheiß, meine Schläfen pochen. Ich sehe Jean-Daniel zusammen mit ihnen, sehe mich plötzlich mit seinen Augen. „Ich studiere Jura." – „Bald wird euch Anne-Marie besuchen." – „Alles in Ordnung!" Auf seine Art hatte auch er mir gesagt: So gib es doch auf!

Plötzlich, wie auf ein gemeinsames Zeichen, laufen sie davon. Im gleichen Augenblick ertönt eine Sirene, Blaulicht. Das Polizeiauto hält neben mir, zwei Männer springen heraus. Ich zeige ihnen die Bande, die gerade um die Ecke verschwindet. „Verhaften Sie sie! Das sind Fixer, ich kann es beweisen!" Aber sie nehmen nur mich mit.

„DER mit dem Zopf", sagt Inspektor Laffond, „heißt Fabrice. Adelige Familie. Der Vater kümmert sich um nichts, die Mutter leidet unter Depressionen. Der Junge selbst? Höchst erfolgreiches Studium, Betriebswirtschaft. Plötzlich gibt er alles auf, tut nichts mehr außer Fixen. Der Blonde, das ist Denis. Kunstakademie! Ein außergewöhnlich begabter Zeichner, dessen Werke man leider nur an den Wänden mehrerer Krankenhäuser bewundern kann, in denen er bereits Entziehungskuren gemacht hat. Eines der Mädchen ist seine Freundin. Auch heroinsüchtig. Sehr selten, daß von einem Paar der eine Partner clean bleibt."

Ich starre aus dem Fenster, betrachte den Himmel, an dem orangefarbene Abendwölkchen vorbeiziehen. Es ist sieben Uhr, ein Frühlingsabend wie jeder andere.

„Wir überwachen das Pierrot lunaire bereits seit längerem. Der Besitzer hat uns darum gebeten. Er will keine Fixer in seinem Lokal. Meine Leute haben Sie schon zu Beginn der Woche bemerkt. ‚Eine Frau, die immer ganz in der Nähe des Tisches dieser Bande sitzt!' Sie haben sich gefragt, welche Rolle Sie spielen. Anhand der Beschreibung habe ich sofort gewußt, daß Sie es sind. Wissen Sie, wieso?"

„Nein."

„Meine Leute sagten: ‚Sie sitzt da mit vorgerecktem Hals, das Kinn auf die Hände gestützt, und sieht so aus, als wolle sie jeden Augenblick losschreien . . .'"

Mein Hals ist wie zugeschnürt. Ich wende mich ab. Schreien? Wenn ich es nur könnte!

„Warum haben Sie mich nicht sofort verhaftet?"

„Aber Sie sind doch nicht verhaftet. Meine Leute hatten nur den Auftrag, Ihnen Unannehmlichkeiten zu ersparen."

Er verstummt, aber sein Blick ist fragend auf mich gerichtet.

„Sie kennen sie! Sie wissen, wo sie sich treffen, und Sie lassen sie laufen!" Ich bin empört.

„Wir tun, was wir können. Fast alle, die Sie im Pierrot lunaire gesehen haben, sind schon einmal hier gewesen, haben Entziehungskuren hinter sich. In Paris gibt es gut fünfzig Cafés wie dieses Pierrot lunaire. Drogen werden auch in den Gängen der Universität angeboten, an den Türen der Oberschulen, auf Partys in vornehmen Vierteln."

„Ich meine ja nicht die Opfer des Rauschgifts", erkläre ich. „Ich meine die Schweine, die damit Handel treiben."

„Kommen Sie mit!" fordert er mich auf und erhebt sich.

Er wartet an der Tür. Es bleibt mir keine andere Wahl, ich muß gehorchen.

„Da sind wir!"

Er bleibt vor einer Art Käfig stehen. Gitter, ein schweres Vorhängeschloß. Dahinter ein Haufen von Taschen, Koffern, Schulmappen.

„Indischer Hanf, Heroin, Kokain", erklärt Laffond. „Die Ausbeute der letzten Tage, die geduldige Arbeit von Ameisen."

„Ameisen?"

„Ja! Fabrice, Denis und all die anderen . . ., die, die das Zeug direkt im Ausland holen. Sie bringen soviel mit, wie sie brauchen, um ihre Reisespesen abzudecken und sich selbst und ihre Freunde zu versorgen. Sie schmuggeln nicht, um das große Geld zu machen. Und von ihrer Sorte gibt es Tausende."

Ich schaue auf diesen armseligen Haufen Sachen. Vollgestopft mit allem, was man zum Sterben braucht.

Wir gehen zu Laffonds Zimmer zurück.

„Wen suchen Sie?" fragt er und hält die Tür auf. „Einen von den dicken Fischen? Einen von denen ganz oben, von denen in den Zeitungen so viel die Rede ist, die sich mästen, indem sie die Jugend verderben? Die werden Sie nicht finden. Die Netze sind dicht. Das sind internationale Organisationen. Es kostet oft Jahre, um nur eine davon auffliegen zu lassen. Sie, Sie werden immer nur die armen, kranken Teufel finden, die Ameisen, wie Fabrice oder Denis. Und was Ihren Sohn betrifft, da liegt der Hund anderswo begraben!"

Er schließt die Tür hinter uns. Wie betäubt gehe ich zu meinem Stuhl und vergrabe das Gesicht in den Händen. Der Tag war einfach zuviel für mich!

„Schauen Sie mich an!" befiehlt er.

Ich hebe den Kopf, sein Tonfall hat mich überrascht. Er scheint wütend zu sein. „Ein Süchtiger, das sind zuerst einmal zwei Augen! Glanzlos, fahl, rotgerändert, der Blick ausweichend oder irr, verzweifelt. Verstehen Sie, daß ich mich manchmal nach Menschen sehne, die mir direkt ins Gesicht schauen?"

„Sie haben sich diesen Beruf ja ausgesucht!"

„Ja, und das Beste, was ich tun kann, ist, einige Eltern dazu zu bringen, ihre Kinder wirklich zu sehen. Sie, Madame, wollen Ihre Augen verschließen."

Ich stehe auf. „Wie können Sie so etwas sagen?"

„Solange Sie nur daran denken, nach Schuldigen zu suchen, solange Sie sich einreden, daß Ihr Sohn von irgendwelchen Schweinen da hineingezogen wurde, und es ablehnen, ihn zu sehen, wie er ist, mit all den guten oder weniger guten Gründen, die aus ihm einen Fixer gemacht haben, so lange werden Sie ihm auch nicht helfen können!"

„Ich weiche ja der Wahrheit gar nicht aus. Ich bin ständig auf der Suche nach ihr! Ich sehe sehr viele junge Menschen, die sich nicht wohl in ihrer Haut fühlen. Das hat es immer gegeben, und das wird es auch immer geben. Und heute ist es eben überall, das Rauschgift. Und weil Sie seiner Verbreitung nicht Einhalt gebieten können, sagen Sie einfach: ‚Das Problem liegt ganz woanders!‘"

Ich drehe mich um und gehe zur Tür.

„Werden Sie mir jetzt zuhören?" Er hat es fast geschrien.

Er verstellt mir den Weg. Am liebsten würde ich lachen. Mir kommt das Ganze vor wie ein schlechtes Theaterstück.

„Es gibt in der Tat sehr viele Jugendliche, die sich nicht wohl in ihrer Haut fühlen", sagt er. „In der heutigen Zeit zu leben ist auch wirklich nicht leicht. Aber sechsundneunzig von hundert von ihnen sagen dennoch nein zum Rauschgift, und zwei nehmen es an. Und wieder zwei verlangen es sogar. Sie warten nicht erst, bis man ihnen welches anbietet. Sie holen es sich und verlangen immer mehr, obwohl sie ganz genau wissen, wohin sie das führt. Ihr Sohn war unter denen, die ‚ja‘ gesagt haben. Warum?"

„Lassen Sie mich", entgegne ich mit schwacher Stimme. „Ich möchte nach Hause."

„Wie Sie wollen. Aber warten Sie wenigstens auf Ihren Mann. Er wird gleich hiersein."

„Sie haben ihn benachrichtigt?"

„Ja, und ich hätte es viel früher tun sollen. Ich kann Sie nicht zwingen, mit uns zusammenzuarbeiten, und ich kann Sie auch nicht daran hindern, Ihre eigenen Nachforschungen anzustellen. Aber ich kann

Sie wenigstens vor sich selbst schützen." Seine Stimme klingt plötzlich unendlich müde, fast gleichgültig. „Das mindeste, was Sie für Ihren Sohn tun können, ist, gemeinsam vorzugehen, Sie beide."

Vorgehen? Aber wie? Wie geht Gilles vor?

Das Telefon klingelt. Hastig greift Laffond nach dem Hörer. „Er kann heraufkommen", sagt er.

In wenigen Augenblicken wird Gilles diese Türe öffnen und mich abholen. Ich werde dieses Zimmer verlassen und es nie wieder betreten. Es ist das letzte Mal, daß ich diesen Inspektor Laffond sehe. Für ihn ist Jean-Daniel also einer von denen, die nach Rauschgift verlangen? Weil er sich eine Stunde lang mit ihm im Krankenhaus unterhalten hat, glaubt er bereits, ihn besser zu kennen als ich! Er hat ihn ja nie gesehen, wenn er ins Meer lief und dabei vor Freude schrie und sein Gesicht Wind und Sonne entgegenstreckte.

Ich blicke auf seine Hand. Kein Ring. „Sie können nicht wissen, was es bedeutet, ein Kind zu haben, Monsieur", sage ich. „Das sind Hunderte kostbarer Augenblicke, einfache, immer wiederholte Gebärden, die aus dem Leben schöpfen. Ein Kind ist ein Wesen, das man genährt hat und von dem man sich nährt. Das ist man selbst. Und wenn das plötzlich alles zerbricht, ist es, als habe man vergebens gelebt."

Er hat den Kopf gehoben und hört zu. Vielleicht hat nur noch niemand so zu ihm gesprochen? Vielleicht wußte er es einfach nicht?

Ich presse die Fäuste ans Gesicht, mein Hals ist vorgereckt, meine Blicke sind Schreie. Das sehe ich an der Art, wie er mich ansieht. Der ganze Tag steigt in mir hoch – eine Welle des Ekels. Ich gehe unter, versinke. Da, endlich bricht es aus mir heraus, das Schluchzen, das ich die ganze Zeit unterdrückt habe. Und wie um mich zu entschuldigen, zu verteidigen, wiederhole ich in einem fort: „Sie können es nicht wissen, Sie können es einfach nicht wissen."

„Doch", sagt er. „Ich hatte eine Tochter."

FOLGSAM trottete ich hinter meinem Mann drein. Er stützte mich, als ich ins Auto stieg. Diese Geste, wie vorhin jene Laffonds, als er mir den Weg zur Tür versperrte, erschien mir theatralisch und lachhaft. Gilles fuhr wie immer, sicher und beherrscht. Seine Ruhe tat mir gut. Wenigstens einer von uns wußte, wohin er wollte! Ich war ihm dankbar, daß er nichts sagte, mir keine Vorwürfe machte!

Als wir zu Hause ankamen, brannte Licht in der Diele. Neben dem Telefon lag eine Nachricht von Laure. Sie hatte Audes Einladung angenommen, bei ihr zu übernachten. Sie hoffte, wir seien einverstanden. Wie üblich hatte sie mit einem Herz unterschrieben.

„Es ist vielleicht ganz gut", meinte Gilles. „Laure ist im Augenblick nicht sehr belastbar. Auch wenn sie nicht darüber redet, so bekommt sie doch alles mit. Laß dich da nur nicht täuschen!"

Zum erstenmal bemerkte ich einen leisen Vorwurf in seiner Stimme.

Ich ließ mir ein sehr heißes Bad ein. Mit einem dicken Schwamm im Nacken blieb ich im Wasser liegen, bis Gilles mich zum Essen rief.

Er hatte den Tisch gedeckt und ein kaltes Abendessen aufgetragen. Ich setzte mich ihm gegenüber. Nun war der Augenblick gekommen, in dem er mich auf alles ansprechen würde. Und ich war so müde!

„Ghislaine hat angerufen und erzählt, daß du alle Termine abgesagt hast."

„Stimmt. Vorhänge, Tapeten, Möbel aussuchen, das finde ich im Augenblick so sinnlos."

„Du brauchst Luftveränderung. Fahren wir ein paar Tage fort. Wohin du willst."

Ich konnte mir die Reise aussuchen, die Sonne, das Meer, das Vergessen. Er würde es sich schon einrichten!

„Jetzt nicht!" Es war alles noch zu frisch, ich würde ständig daran denken müssen. „Aber ich verspreche dir, wieder zu arbeiten."

Er aß ein Schinkenbrot und trank Bier, leise, fast vorsichtig, weil man angesichts des Leidens anderer nicht zugeben möchte, daß man hungrig ist. Ich machte mir Vorwürfe; jeder leidet auf seine Art. Er konnte sich eben beherrschen. Ich nicht. Das hieß aber nicht, daß es ihm weniger naheging. Und statt ihm zu helfen, bereitete ich ihm noch zusätzlich Kummer.

Nach dem Abendessen, im Wohnzimmer, setzte ich mich zu ihm. Er hatte eine Platte aufgelegt, die ich sehr mochte. Ich lehnte meinen Kopf an seine Schulter. Er umarmte mich und seufzte erleichtert: „Ich hab dich in letzter Zeit gar nicht wiedererkannt. Ich liebe dich doch."

„Ich dich auch", flüsterte ich.

Als ich die Tür aufschloß, hörte ich Lachen. Anne-Marie war da. Sie spielte Domino mit Laure. Die Wohnzimmerfenster standen weit offen und ließen den Frühling herein, aus dem Radio drang Musik in voller Lautstärke.

Ich blieb in der Diele stehen. So viele Erinnerungen! Als Jean-Daniel noch bei uns wohnte, kam Anne-Marie oft hierher. Für einen kurzen Moment war mir, als müsse ich sie beide im Wohnzimmer vorfinden. Doch nicht mein Sohn hatte Anne-Marie eingeladen, sondern Laure; sie waren sich zufällig auf der Straße begegnet.

Anne-Marie gewann die Partie und freute sich wie ein Schulmädchen. In Dinan, so erzählte sie uns, gab es ein Café, wo den ganzen Tag Domino gespielt wurde, und schon als ganz kleines Mädchen sei sie immer dorthin gegangen, um die ältesten und zähesten Spieler herauszufordern. Manchmal habe sie sogar gewonnen. Ihre Mutter sei so stolz auf sie gewesen! Unter den Spielern sei ein uralter Fischer und Seebär gewesen, der behauptete, seine Haut sei für alle Zeiten mit Meersalz imprägniert. Da habe sie manchmal unversehens nach seiner Hand gegriffen und daran geleckt.

Auch Gilles schien sich zu freuen, Anne-Marie zu sehen, und wir luden sie ein, zum Essen zu bleiben. Ihre Anwesenheit erfüllte das Haus mit Leben. Und sie wußte Bescheid, wir brauchten ihr nichts vorzumachen!

Sie aß mit großem Appetit. Sie hatte abgenommen. Wahrscheinlich machte sie es wie so viele junge Leute, die allein leben, und aß äußerst unregelmäßig. Nach dem Essen sprachen wir über dieses und jenes. Sie erzählte auf die ihr eigene lustige Art, daß sie sich in die englische Sprache verliebt habe, wegen eines englischen Rundfunksprechers, dessen Stimme sie jeden Morgen im Radio höre. Was er genau erzählte? Ob er jung, alt, Junggeselle oder verheiratet sei? Sie wußte es nicht. Aber er habe eine schöne, ruhige, vollklingende Stimme, die ihr das Gefühl gebe, auf Reisen zu sein.

Dann verfinsterte sich ihre Miene: Ihr Englischkurs sah auch ein Wochenende in London vor. Ihre Eltern sollten ihr das Geld dafür schicken, doch es war noch nicht angekommen, und die Anmeldefrist lief schon bald ab. Sie wäre so froh, wenn wir ihr das Geld vorstrecken könnten. Sie würde es uns in Kürze zurückgeben.

Gilles nahm sofort einen Scheck aus seiner Brieftasche. „Es ist ein Geschenk", sagte er. „Du mußt mir aber versprechen, daß du das Geld deiner Eltern dazu verwendest, deine Wangen wieder etwas voller zu machen!"

Sie hatte Tränen in den Augen, als sie sich bei Gilles bedankte. Er bot ihr an, sie solle zu ihm kommen, sobald sie ihr Fremdsprachendiplom hätte. Er könne ihr helfen, einen interessanten Job zu finden, in einer Fotoagentur beispielsweise.

Ich weiß nicht, ob wir das alles für sie taten oder für unseren Sohn oder für uns, jedenfalls entstand eine warme Herzlichkeit, die uns alle erfaßte, und wir fühlten uns besser.

Erst als Anne-Marie sich verabschiedete, fragte sie, ob wir Nachrichten von Jean-Daniel hätten. Sie selbst habe noch nichts gehört.

Auch wir waren noch ohne Nachricht. Ich erklärte ihr, daß wir sein

Schweigen respektierten, obwohl es sehr schwer für uns sei. Anne-Maries Hand zitterte an der Türklinke, und sie wandte sich ab, weil sie nicht wollte, daß wir sie weinen sahen. Sie liebte ihn also immer noch! Ich drückte sie an mich wie eine Tochter. „Komm, wann immer du willst! Fühl dich bei uns zu Hause!"

Sie versprach es, als sie uns verließ.

Als wir zu Bett gingen, unterhielt ich mich mit Gilles noch einmal über sie. Wir beschlossen, ihr zu helfen. Ich stellte mir vor, wie sie allein in ihr kleines Zimmer zurückkam, so weit weg von ihrer Familie, ihrer Kindheit, dem alten Fischer mit den salzigen Händen. Wie hatten ihre Augen geleuchtet, als sie von alldem erzählte! Ich erinnerte mich an ihre Antwort auf meine Frage, ob sie glücklich sei, wie sie gesagt hatte: „Glücklich? Wie sollte ich?"

Morgen, Sonntag, sind wir mit Martin verabredet.

ER TRÄGT ein Tennishemd und eine Leinenhose. Er ist braun gebrannt, und in seinem Lächeln liegt etwas, was ihn jünger macht. Wir folgen ihm in sein Arbeitszimmer. Odile, seine Frau, ist nicht zu

Hause. Sie ist zu ihrem kranken Vater gefahren. Die Kinder? Er hat schon lange aufgegeben zu fragen, wo sie ihre Wochenenden verbringen!

„Ihr könnt euch nicht vorstellen, wie schön es auf dem Land war!" seufzt er. „Überall riecht es nach Frühling. Ich habe alles abgestreift – den Winter, die Stadt, alles. Dieses Blau, dieses Grün und dieser Duft, das ist das einzig Wahre!"

Er blickt um sich. Der große, schöne Raum ist mit Dingen angefüllt, die beweisen, wie erfolgreich Martin ist: antike Möbel, Bilder berühmter Meister, in Leder gebundene Bücher. Erstklassiges. Dauerhaftes. Ich weiß, wieviel Arbeit dahintersteckt – Anstrengungen eines Mannes, der bei Null angefangen hat und der sich als Student Geld bei Gilles borgte, um eine Tüte Pommes frites zu kaufen. Er hat sie gewollt, all die schönen Dinge, hat jahrelang die Zähne zusammengebissen, um sie zu bekommen.

„Ihr könnt euch das nicht vorstellen", wiederholt er. „Ich hatte Lust, einen Baum zu pflanzen . . ."

„Um auf Jean-Daniel zurückzukommen . . .", sagt Gilles.

„Aber wir reden ja von ihm!" Der Ausruf ist mir unwillkürlich entfahren. Besorgt sieht mein Mann mich an.

„Martin sprach von ‚Wahrheit'", erkläre ich. „Jean-Daniels Wahrheit, wie sah sie denn aus? Das war nicht das Jurastudium. Wahrscheinlich auch nicht Paris. Vielleicht nichts von alldem, was wir ihm geboten haben!" Meine Worte klingen verzweifelt. Ich möchte, daß sie mich auslachen, mir erklären, daß der Schmerz einen dazu verleitet, überall Schuldige zu suchen, wo es sich einfach um ein verpfuschtes Leben handelt.

„Nein, Jura war zweifellos nicht das Wahre für ihn", pflichtet Martin mir bei, „und Paris vielleicht auch nicht. Aber jeder muß seine Wahrheit selbst finden, und auch wenn ihr Jean-Daniel sehr nahe gewesen seid, konntet ihr ihm das nicht abnehmen."

„Was hat er dir erzählt?" fragt Gilles plötzlich.

„Sehr wenig. Zum Beispiel: ‚Ich habe wunderbare Eltern: Sie haben alles für mich getan.' Und ich habe herausgehört: Für mich, der ich nichts bin, der ich ihnen nichts davon wiedergebe und so viel Kummer bereite."

„Wunderbare Eltern . . .", wiederholt Gilles.

„Ja, begeisterungsfähig, die sich in ihrer Haut, in ihrem Leben wohl fühlen. Glücklich mit allen möglichen Dingen, die mir überhaupt nichts bedeuten . . ."

„Aber warum?" fragt Gilles.

„Ich weiß es nicht", gibt Martin zu und setzt sich zu uns. Wir sehen ihn an, betteln um ein bißchen Hoffnung, um ein wenig Licht. Wird Martin nun als Freund oder als Arzt zu uns sprechen? Wird er dabei auch der Vater sein, der an seine eigenen Kinder denkt, sich sagt: Ich habe mehr Glück gehabt!

„Es gibt vielleicht Menschen, die Gründe haben, um drogensüchtig zu werden", erklärt er. „Armut, eine kaputte Familie, eine schlimme Krankheit. Andere suchen in den Drogen die Lebensfreude, die sie sonst nicht empfinden können."

„Warum?" fragt Gilles wieder.

„Ja, warum gedeiht von zwei Bäumen, die du nebeneinander pflanzt und die beide genausoviel Sonne und Schatten bekommen, der eine ganz prächtig, während der andere verkümmert?" erwidert Martin.

„Die Lebensfreude?" frage ich leise.

„Ich glaube, daß Jean-Daniel das Leben liebt", fährt Martin fort. „Aber eben auf eine andere Art als die anderen; und deshalb sind diese anderen ihm fremd."

„Wir waren ihm nicht fremd", lehnt Gilles sich auf. „Wir hätten ihn verstanden."

„Ja, aber statt mit euch zu sprechen, fühlte er sich nur schuldig, weil er euch nicht ähnlich war. Er wurde wütend, frustriert und kehrte seine Aggressionen zum Schluß gegen sich selbst."

Gilles vergräbt das Gesicht in den Händen. Ich glaube, er weint. Ich lege die Hand auf seine Schulter.

„Und jetzt?" fragt er.

„Rein körperlich gibt es keine Probleme mehr", sagt Martin. „Die Abhängigkeit war noch nicht weit fortgeschritten. Aber er wird eine Zeitlang brauchen, um sein seelisches Gleichgewicht wiederzuerlangen. Denn er weiß, daß es eine Tür gibt, die er nur aufstoßen muß, um dahinter vorübergehend Erleichterung zu finden. Der Zwang, diese Tür zu öffnen, kann sehr krank machen, und man muß sehr stark sein, ihm zu widerstehen. Auf Beauvallon wird man versuchen, ihm zu helfen, diese Kraft zu finden."

„Wie?"

„Zuerst einmal, indem man ihn auf die Erde zurückholt. Er wird ganz bestimmte, fest umrissene Aufgaben zu erfüllen haben, wird zeitig aufstehen, den Boden bearbeiten, die Weinstöcke pflegen. Er wird etwas Nützliches tun. Danach wird er merken, wie köstlich ein Becher kühles Wasser schmeckt, wird die gemeinsame Mittagsrast im Schatten genießen, das gemeinsame Gespräch."

Gilles bleibt ängstlich. „Aber was wird dann, in einem Monat, wenn er wieder wegmuß von Beauvallon?"

„Vielleicht hat er dann eine Idee oder Interesse für irgend etwas. Vielleicht wird er dann gelernt haben, sich auszudrücken. Ich wünschte, ich könnte euch besser helfen", sagt Martin. „Aber leider löst man Drogenprobleme nicht, indem man ein Rezept ausstellt. Im Gegenteil! Die Beruhigungsmittel, die manche Ärzte verschreiben, sind auch eine Art Droge und bewirken wiederum eine Abhängigkeit."

„Und ein Psychologe?" fragt Gilles zögernd.

„Damit hat man bei Drogenabhängigen bis jetzt keine besonderen Erfolge erzielt. Glaubt mir: das Leben auf dem Land, körperliche Arbeit, Gespräche ... "

„Aber du selbst", erwidere ich in aggressivem Ton, „du hast gesagt ‚dieses Blau, dieses Grün, dieser Duft – das ist das einzig Wahre!' Und doch ist dein Leben hier, seit dreißig Jahren, das genaue Gegenteil von alldem."

„Stimmt." Er nickt lächelnd. „Und es gibt wahrscheinlich Millionen Menschen, die den längsten Umweg machen müssen, um diese einfache Wahrheit zu entdecken: daß keine Farbe so intensiv ist wie die des Himmels; daß keine Musik so schön ist wie die Stimmen der Vögel und daß kein Parfüm den Gerüchen der Natur gleichkommt. Nichts ist so stark wie das Gefühl, das die Natur einem vermitteln kann – das Gefühl, einen Platz in dieser Welt zu haben." Er legt mir den Arm um die Schulter, drückt mich an sich. Martin, ein echter Freund.

„Und dennoch, Nadine, während dieser dreißig Jahre ... des Umherirrens, von denen du sprichst, war ich nicht unglücklich. Auch hier bin ich auf meine Art verankert."

Verankert! An dieses Wort werde ich noch oft denken müssen. Jean-Daniel war nicht verankert. Er wurde getrieben. Kein Ziel, kein Wunsch schienen ihm Halt zu geben.

Gilles ist aufgestanden.

„Also gut, Martin", sagt er. „Was rätst du uns? Wie können wir ihm helfen, einen Halt zu finden? Woran? Was würdest du tun?"

Er hat entschlossen gesprochen. Das Jammern, die Selbstvorwürfe, das ist vorbei. Um für seinen Sohn einen Anker zu finden, ist er bereit, alles zu tun. Bereit, sein Leben völlig zu ändern, alles, woran er Freude hatte, aufzugeben, wieder neu anzufangen.

„Ich würde einfach dasein", meint Martin. „Ich würde ihn liebhaben. Ihm gut zuhören."

IV

Liebe Eltern!
Hier lasse ich nachts immer das Fenster offen, und am Morgen sind es die
Gerüche, die mich wecken. Ich habe den Eindruck, sie steigen von der
Erde auf, mischen sich, bilden die Luft, die wir atmen, verändern die
Farbe des Himmels. Sie gehören zur Landschaft.

Beauvallon ist ein altes Schloß, das der Besitzer nicht mehr erhalten
konnte. Darum hat er es dieser Gemeinschaft hier geschenkt. Hin und
wieder kommt er vorbei, um den jungen Wein zu verkosten.

Im Schloß leben sechs Priester und etwa zehn „Gäste". So nennen wir
einander. Die zwei ersten Tage ging es mir nicht besonders gut. Da hat
sich Bruder Charles um mich gekümmert. Das ist ein komischer Kauz,
klein, knorrig und häßlich. Sein Zimmer liegt neben dem meinen. Er
braut mir wunderbare Kräutertees auf einem Rechaud und sieht lächelnd
zu, wenn ich sie trinke – wie ein Zauberer, der die Wirkung seines
Elixiers beobachtet. Auch wenn er nicht mit einem spricht, bewegt er
ununterbrochen die Lippen. Einmal habe ich ihn gefragt: „Führen Sie
Selbstgespräche?" Er hat geantwortet: „Nein, ich spreche mit IHM!"

Und in diesem IHM lag nicht nur sein Glaube an Gott, sondern an das
Leben – manchmal so voller Kraft und Hoffnung und manchmal das
ganze Gegenteil!

Wir stehen zeitig auf: sechs Uhr! Man muß nicht in die Messe gehen.
Nur abends, vor dem Essen, gibt es eine kurze Andacht in der Kapelle,
ein Gebet. Sie sagen, auch wenn man nicht an Gott glaubt, tut es einem
gut, sich von den positiven Gedanken der anderen tragen zu lassen.

Die Arbeit im Garten und im Weinberg ist hart. Unser Gemüse bauen
wir selbst an, was übrigbleibt, verkaufen wir im nächsten Dorf. Auf die
Mittagspause freut man sich dann richtig. Wir sprechen von der Arbeit,
vom Wetter, von dem, was wir essen. Das ist alles, und es ist gut so.

Ich weiß nicht, Mama, ob Du Dich an den kleinen Wald neben dem
Haus erinnerst, wo man im September unter den Bäumen die Pilze finden konnte, deren Namen und Aussehen mich so ängstigten: die Totentrompeten. In der Pfanne verloren sie viel Wasser, und Du sagtest
immer: „Das ist gut. Es bleibt nur die Essenz, ein bißchen Erde mit
Moos und Blättern vermischt, etwas modriger Holzgeruch und viel
Geheimnisvolles." Das alles war Leben, und ich hatte immer das Gefühl,
daß mit dem schwarzen Wasser auch der Tod aus dem Namen dieser
Pilze rann. Und Du sagtest auch: „Du mußt ganz fest an das alles denken,
wenn du sie ißt. Dann wirst du das Leben essen."

Ich mochte es, wenn Du solche Dinge erzähltest. Wie wahr das alles
doch war! Wenn ich hier das selbstgebackene Brot esse und unseren
Wein dazu trinke, denke ich an die sengende Mittagssonne, an den

Wind, der die Äste krümmt, an die Nacht, die alles verschlingt, und an den Tag, der immer wieder beginnt, was auch gewesen sein mag.

Gestern vor dem Schlafengehen blickte ich aus dem Fenster auf die Bäume eines Wäldchens, das unserem Wäldchen beim *Haus* ähnelt, und plötzlich war mir so, als sei zwischen der Zeit im *Haus* und jetzt eigentlich nichts Wirkliches gewesen. So, als zählten die Jahre dazwischen überhaupt nicht. Dein kleiner Junge am Fenster, der auf die Bäume seiner Kindheit blickt. Und dennoch, Mama, das schwarze Wasser gehört auch zu den Pilzen, sie könnten nicht ohne dieses Wasser leben. Was ist denn das Leben? Was der Tod? Es hängt vielleicht alles davon ab, welches der beiden Wörter man an die erste Stelle setzt.

Es ist fast sieben Uhr. Der Tag ist erwacht, die Sonne scheint, Vogelstimmen überall. Gleich wird zum Frühstück geläutet werden. In den letzten Monaten bin ich immer ungern aufgewacht. Es war jedesmal, als würde ich irgendwo herausgerissen. Das wird jetzt schon besser! Und außerdem, wenn ich mich nicht rühre, klopft Bruder Charles an die Wand, bis ich „ja" gesagt habe. Ein wirkliches, ein echtes „Ja", meint er, müsse man laut rufen. Das hört sich jetzt vielleicht lustig an, aber manchmal kommt es mir verdammt schwer über die Lippen, dieses laute „Ja".

Ich denke oft an Euch. Papa hat jetzt wohl sehr viel zu tun. Ich denke an Dich, Mama, an meine kleine quecksilbrige Schwester. Gib ihr einen Kuß von mir. Ich weiß nicht, wie ich es sagen soll, aber verzeiht mir, bitte!

Jean-Daniel

VERZEIHT mir ... Einmal, es war im November letzten Jahres, saß Jean-Daniel im Wohnzimmer, als ich von der Arbeit nach Hause kam. Er las. Nein! Er tat so, als läse er: eine Zeitschrift, glaube ich. Er hatte auf mich gewartet.

An diesem Abend war ich bei Freunden zum Essen eingeladen, und mir blieb nur noch eine Dreiviertelstunde Zeit. Ich hatte einen anstrengenden Tag hinter mir. Den ganzen Nachmittag hatte ich mich mit einem frauenfeindlichen Bauleiter herumgeschlagen, der nicht zugeben wollte, daß er schlecht gearbeitet hatte. Ich war erschöpft. Und nun war mein Sohn da!

Einen Augenblick lang hatte ich mich zu ihm gesetzt und mit ihm gesprochen, doch ich war nicht recht bei der Sache, schaute dauernd auf die Uhr. Damals brauchte er meine Zeit, ich sollte ihm zuhören. Und ich sprach von Geld, Kleidern, Papierkram ... Wäre ich an jenem Abend bei ihm geblieben, vielleicht wäre es zu einem echten Gespräch gekommen. Vielleicht hätte ich bemerkt, wie einsam er war und wie er sich quälte mit dieser Einsamkeit.

Dabei hatte er es mir so leichtgemacht. Auf meine Frage: „Brauchst du etwas?" hatte er, glaube ich, geantwortet: „Ich fühle mich im Augenblick ein bißchen morsch." *Morsch* ... Als er ein kleiner Junge war, stand dieses Wort für alle seine Probleme: die Schulkameraden, ein Lehrer hatten ihn „morsch" gemacht ... Oder auch eine Enttäuschung, irgendein Erlebnis, kleine Schnecken zum Beispiel, die auf einem Stein zerschellten! Dieses „morsch" an jenem Abend war vielleicht ein Hilferuf gewesen.

Doch ich dachte nur daran, welches Kleid ich anziehen sollte, daß Gilles bald daheim sein würde. Sicher hatte ich so etwas wie „Das wird schon vorübergehen" geantwortet. Und aus war es. Vorbei.

Ich rief bei Anne-Marie an, um ihr zu erzählen, daß ich einen Brief erhalten hatte. Es meldete sich niemand. Wahrscheinlich war sie in London. Ich hatte furchtbar viel zu tun. Drei Wochen nachzuholen. Ich hastete von Termin zu Termin, als ob ich vor etwas davonlaufen wollte.

Gilles und ich hatten auch wieder begonnen, abends auszugehen.

Unsere Freunde wußten nichts über Jean-Daniel, aber eines Tages, als Ghislaine ganz verzweifelt war, weil ich wieder einmal eine Verabredung absagte, erzählte ich ihr, mein Sohn sei krank. Das hatte die Runde gemacht, man erkundigte sich nach Jean-Daniels Befinden. Gilles legte sich eine hervorragende Antwort zurecht: Er sprach von Depressionen. Mir gelang es nach einiger Zeit sogar, dazu zu lächeln, und so drang niemand weiter in uns.

Schließlich war da ja auch noch Laure: Anfang Juli sollte sie nach Irland fahren. Sie brauchte neue Sachen zum Anziehen, und wir gingen zusammen in die Stadt. Sie wußte genau, was sie wollte: das, was alle anderen hatten.

Und dann, eines Abends, nach einer Wohnungseinweihung, zu der ich allein gegangen war, weil Gilles ein Geschäftsessen mit Kunden hatte, geriet meine mühsam geordnete Welt abermals aus den Fugen.

Ich glaube nicht an Zufälle! Es war kein Zufall, daß eine Freundin mich bat, sie heimzubringen, und daß sie in Jean-Daniels Viertel wohnte. Es war kein Zufall, daß ich, nachdem ich sie abgesetzt hatte, plötzlich beschloß, einen Umweg zu machen, um an seiner Wohnung vorbeizufahren, obwohl ich seit Tagen vermieden hatte, auch nur in die Nähe dieses Viertels zu kommen.

Ich verlangsamte das Tempo und beugte mich hinaus, um zu Jean-Daniels Fenstern hinaufzublicken.

Durch die Ritzen der Fensterläden drang Licht. Ich umklammerte das Lenkrad. Wer war es? Mit aller Macht kämpfte ich gegen den furchtbaren Verdacht an, der in mir aufstieg. Seit ich Jean-Daniels Brief erhalten hatte, waren mehrere Tage vergangen. Jean-Daniel hatte genug Zeit gehabt, den Mut zu verlieren und zurückzukehren. Aus der Traum vom „lauten Ja". Es fing von vorne an. Nie wieder würde er da herauskommen!

Ich stieg aus. Ich wollte nicht hinauf in die Wohnung und wußte doch, daß ich es tun würde.

Die Tür war nicht abgeschlossen. Mitten im Vorzimmer stand eine offene Reisetasche. Auf das Bett ohne Matratze hatte jemand eine Jacke hingeschleudert. Eine zusammengekauerte Gestalt hockte in einem Sessel, den Kopf zwischen den Armen vergraben. Ein paar dunkle Haare schauten hervor: Anne-Marie!

Ich schloß die Augen, außer mir vor Erleichterung. Es war nicht er! Er war in Sicherheit! Ja, er hielt durch!

„Du hast mir einen schönen Schrecken eingejagt, Anne-Marie! Was tust du hier?"

„Ich habe mein Zimmer gekündigt!"

Sie hatte mühsam gesprochen, fast ohne die Lippen zu bewegen. Sie schien sich nur schwer zurechtzufinden.

„Dein Zimmer gekündigt? Weshalb?"

„Kein Geld."

„Warum bist du nicht zu uns gekommen?"

Sie ließ den Kopf wieder auf die Arme sinken. Ich hockte mich neben sie. Es roch nach Erbrochenem. „Was ist los, Anne-Marie? Bist du krank?" Ich ging zur Tür und knipste die Deckenbeleuchtung an. Sie schrie auf: „Ich hab solche Kopfschmerzen! Machen Sie das Licht aus!"

Ich hockte mich wieder neben sie. „Schau mich an!" Und da sie nicht gehorchte, drückte ich ihre Arme auseinander.

Ihre Augen waren rot gerändert und tränten. Ihr Blick wich mir aus. Ich löschte das Licht. Ich fühlte nichts. Völlige Leere.

„Was hast du genommen?"

Sie sagte mehrmals sehr schnell: „Nichts." Es klang verzweifelt.

„Wo hast du Schmerzen?"

„Im Bauch. Aber es wird schon vergehen."

Ich ging zum Telefon. Sie fuhr auf, ihr Blick verriet Panik.

„Wen rufen Sie an?"

„Einen Arzt. Er ist ein Freund. Du hast nichts zu befürchten von ihm."

Ich zwang mich, ruhig zu bleiben, und wählte die Nummer. Es klingelte zweimal, dann hörte ich Martins Stimme vom Anrufbeantworter: Er war im Augenblick nicht zu Hause. Nach dem Summton sollte man eine Nachricht hinterlassen. Ich sagte: „Hier spricht Nadine. Ich brauche dich, rufe mich sofort zurück." Ich gab die Nummer an und legte auf.

Anne-Marie zitterte. Ich nahm die Bettdecke und legte sie ihr über die Beine.

„Möchtest du etwas Warmes trinken?"

Sie schüttelte den Kopf. Ich zog einen Stuhl heran und setzte mich neben sie. Ich hatte noch ihr Lachen im Ohr, als sie mit Laure zusammen Domino gespielt hatte. Diese Reise nach London, hatte es sie je gegeben? War es wirklich ein Zufall gewesen, daß sie Laure auf der Straße getroffen hatte?

Anne-Marie hielt die Augen geschlossen. Sie stöhnte und griff nach meiner Hand. Ohne die Augen zu öffnen, flüsterte sie: „Jean-Daniel hat mir geschrieben . . ., er hat mir erlaubt hierherzukommen."

Ich drückte ihre Hand. Sie litt – ich wußte nicht, woran, ich wußte nicht, weshalb. Der Schmerz schien in Wellen zu kommen, und dann keuchte sie jedesmal wie ein Hündchen. Was hätte Gilles getan? Die Polizei verständigt? Sie in ein Krankenhaus gebracht? Ich fing an zu beten. Martin, so beeil dich doch! . . .

„Ich habe auch einen Brief von ihm bekommen", sagte ich. „Es scheint ihm gutzugehen. Er arbeitet viel. Er mag die Menschen, mit denen er dort zusammen ist."

„Und was noch?" fragte sie.

„Seinem Fenster gegenüber liegt ein kleiner Wald, der erinnert ihn an das *Haus*, weißt du, wo wir immer den Sommer verbrachten, als er noch klein war; er hat dir sicher davon erzählt."

„Das *Haus*." Ja! Das schien ihr etwas zu sagen.

Ich sah sie vor mir, wie sie damals mit Jean-Daniel aus dem Wasser gekommen war, in Cannes, als er sie uns vorstellte. Wie frisch, rundlich, naiv sie gewesen war! Er war so stolz auf sie! Tränen stiegen mir in die Augen.

Sie zitterte nicht mehr. Ich glaubte schon, sie sei eingeschlafen, doch als das Telefon klingelte, versuchte sie aufzustehen. Ich kam ihr zuvor und nahm den Hörer ab.

„Ja, bitte?"

„Anne-Marie?" Die Stimme eines jungen Mannes, weit weg.

„Ja", antwortete ich leise.

„Ich komme. Sofort! Versuch durchzuhalten!"

Anne-Marie klammerte sich an die Lehne des Sessels. Sie starrte mich an. Ich war der Feind.

„Es war für dich", sagte ich. „Jemand wird gleich kommen. Wer?"
„Renaud", antwortete Anne-Marie und schloß die Augen. Sie schien sehr erleichtert zu sein.

Ich hatte ihn mir schmutzig, häßlich, gemein vorgestellt. Doch das Gesicht mit den eingefallenen Wangen war beinahe schön. Auch an seiner Kleidung fand ich nichts Außergewöhnliches: ein junger Mann wie viele andere, wie mein Sohn.

Er ging auf Anne-Marie zu und ließ etwas zwischen ihre Lippen gleiten. Dann gab er ihr zu trinken, geduldig, zärtlich. Als sie ausgetrunken hatte, wischte er ihr mit einem Taschentuch sorgfältig das Gesicht ab. „So, in einer Viertelstunde wirst du wieder Lust haben zu tanzen."

Ich stand neben dem Bett. Er konnte nicht so tun, als sei ich nicht vorhanden. Als Anne-Marie die Augen geschlossen hatte, wandte er sich mir zu.

„Ich bin Jean-Daniels Mutter", sagte ich. „Was haben Sie ihr da gegeben?"

„Ein Beruhigungsmittel."

„Was hat sie denn überhaupt gehabt?"

„Entzugserscheinungen. Die Angst, die danach kommt."

Wir sprachen leise, leidenschaftslos. Ich stellte fest: „Sie hat etwas genommen, nicht wahr?"

„Ja, diese Scheißamphetamine!" sagte er.

Amphetamine! ... Es war vielleicht weniger schlimm, als ich vermutet hatte. Ich sah ihm in die Augen: „Sie habe ich von Anfang an gesucht."

„Von welchem Anfang an?"

„Von dem Tag an, an dem mein Sohn gefunden wurde. Sie haben doch seine Freunde angerufen. Wieso wußten Sie, was passiert war? Waren Sie dort?"

Er zog ein Päckchen Tabak aus der Tasche und begann sich bedächtig eine Zigarette zu drehen. „Wir wollten uns im Luxembourg-Park treffen. Die kleine Schnecke hatte gefixt, bevor ich ankam. Ich bin fast gleichzeitig mit den Bullen eingetroffen. Sie werden verstehen, daß ich es vorgezogen habe, unerkannt zu bleiben."

Kleine Schnecke. Ich setzte mich auf die Bettkante.

„Wann haben Sie Jean-Daniel kennengelernt?"

„Vor zwei Jahren. Ich glaube, es war auf einer Demonstration. Ein sympathisch aussehender Kerl fragte: ‚Errichten wir eine Barrikade?' Das war Jean-Daniel."

„Wieso eine Barrikade?"

„Einfach so. Wir stellten drei Obstkisten übereinander, und dann sind wir ins Café gegangen ... Aber es war vielleicht doch eine Barrikade gegen etwas: gegen das unsinnige Referat, das er an jenem Nachmittag hätte schreiben sollen. Eine sechs Seiten lange Abhandlung über das Wort ‚Kasserolle'!"

Anne-Marie hatte die Augen geöffnet. Ihr Blick war klar, wanderte von Renaud zu mir. Sie schien den Atem anzuhalten.

„Er hat mir damals von dieser Arbeit erzählt", sagte ich. „Wir haben gemeinsam darüber gelacht. Die Studenten sollten eben lernen, sich über alles ausdrücken zu können, ganz egal, worüber!"

„Ja, egal, worüber", wiederholte Renaud. „Jean-Daniel hat es auch so aufgefaßt. Und er sagte damals zu mir: ‚Ich möchte lieber über das Wort *Glück* schreiben, aber erzähl es niemandem!' ... "

„Aber vor zwei Jahren, da war Jean-Daniel doch noch glücklich?" entgegnete ich mit leiser Stimme.

„Woher wollen Sie das wissen, Madame? An jenem Abend fragte mich die kleine Schnecke, ob ich Hasch hätte."

Wie ein Peitschenhieb hatte das geklungen! Und wieviel Verachtung lag in diesem „Madame". „So hören Sie doch endlich auf, ihn kleine Schnecke zu nennen!" rief ich ärgerlich.

Anne-Marie saß nun aufrecht da und starrte mich an. Renaud strich ihr über das Haar. Einmal – wie lange war das her! – hatte sie behauptet, ihn so gut wie nicht zu kennen. Lüge! Sie hatte behauptet, nicht zu wissen, wie man ihn erreicht; behauptet, ihn nicht zu mögen. Lügen, alles Lügen!

„Und? Haben Sie ihm das Haschisch gegeben?" fragte ich.

„Ja, warum nicht?"

„Und ... alles andere auch?"

„Alles andere auch", meinte Renaud. „Wäre ich es nicht gewesen, dann hätte es eben ein anderer getan. Und zu mir hatte er Vertrauen."

„Vertrauen?" Ich hatte das Wort geschrien.

Anne-Marie zuckte zusammen und legte ihrem Freund die Hand auf den Arm. „So laß sie doch!" bat sie.

„Ich habe sie ja nicht hergebeten!" erwiderte er mürrisch.

Er stand auf. Ich weiß nicht, wieso er mich so sehr haßte. Er stellte sich vor mich hin und meinte: „Na los, nun rufen Sie doch schon die Bullen."

Anne-Marie erhob sich ebenfalls. „Jetzt ist's aber genug!" sagte sie. Sie schien wieder völlig in Ordnung zu sein, so wie unlängst bei uns zu Hause.

„Du hast uns ja ein ganz schönes Theater vorgespielt", sagte ich.

Sie wandte sich mit verzerrtem Gesicht ab.

„Ihr dürfen Sie keine Schuld geben", meinte Renaud. „Jean-Daniel hat sie eingeführt. Vor einem halben Jahr. Sie hätte es Ihnen nicht gesagt. Sie mag Sie nämlich."

„Eingeführt?"

„Ja. Mit den Drogen bekannt gemacht."

Anne-Marie hatte sich abgewandt. Ich stand auf, ging zu ihr hinüber und zwang sie, mich anzusehen. „Ist das wahr?"

Sie sagte nicht nein.

„Deshalb haben Sie auch nicht die Bullen gerufen", meinte Renaud. „Sie wissen ganz genau: Wenn Sie mich verpfeifen, verpfeifen Sie Ihr Söhnchen gleich mit!"

Ich nahm meine Handtasche und verließ die Wohnung.

V

ER ÖFFNET sofort. Er nimmt meine Hand und zieht mich ins Arbeitszimmer.

„Helfen Sie mir! Ich kann nicht mehr!" schluchze ich.

Wie habe ich das überhaupt alles ausgehalten? So ruhig meine Fragen gestellt? Renauds Antworten angehört? Anne-Marie ins Gesicht geblickt? Mein ganzer Schmerz, der Ekel, das Entsetzen kommen wieder hoch.

Laffond trägt mich fast zu dem Sessel, setzt mich hinein, schiebt mir einen Hocker unter die Füße. „Laufen Sie nicht weg!" sagt er. „Ich bin gleich wieder da."

Er verschwindet. Unter Tränen muß ich lachen. „Weglaufen?" Seine Adresse von der Visitenkarte ist mein letzter Ausweg gewesen. Unter dem mit Papierbergen beladenen Schreibtisch rührt sich plötzlich etwas. Etwas Großes, Haariges reibt sich an meinen Beinen, zwei feuchte Augen blicken mich fragend an. Laffond taucht wieder auf, er hält eine Flasche in der Hand. „Espérance! Brav!" ... Der Hund läuft zu ihm. „Und Sie schlucken das erst einmal!" Er schiebt mir ein alkoholgetränktes Stück Zucker in den Mund. „Das wird Ihnen guttun!"

Wie gern möchte ich das glauben! Er zündet sich eine Zigarette an und setzt sich mir gegenüber. Dann sieht er mich an und sagt: „Schießen Sie los!"

Ich schieße los. Ich erzähle alles: vom Licht in der Wohnung, von Anne-Maries Zustand, von Renaud und allem, was er mir gesagt hat.

Ja, ich habe nach einer Wahrheit gesucht, die für mich bequem war. Einen Schuldigen wollte ich finden! Nur nicht meinen Sohn, und vor allem nur nicht mich!

„Sie sollen überhaupt keine Schuldigen suchen!" sagt Laffond mit donnernder Stimme.

„Ja, wie kann ich denn anders?" Ich habe es herausgeschrien. Sie bringen mich um, diese Schuldgefühle! Nichts habe ich gesehen! Kein echtes Gespräch zwischen meinem Sohn und mir. Alles nur Phrasen. Ich habe ihn ganz einfach zuwenig geliebt.

„Hören Sie auf! Jetzt werde ich Ihnen einmal etwas sagen! Sie hätten ja doch nicht das Leben Ihres Sohnes leben können. Sie konnten ihm schließlich nicht abnehmen zu atmen, glücklich zu sein, zu lieben. Wenn Sie unbedingt einen Schuldigen brauchen, nehmen Sie das Leben. Das Leben, das die Menschen verändert – mal zum Guten, mal zum Schlechten."

„Aber ich habe es ihm geschenkt, dieses Leben. Und es ist mir nicht gelungen, ihm die Liebe zu diesem Leben dazuzuschenken. Wie viele Hilferufe hat er mir zukommen lassen! Jetzt, im nachhinein, höre ich sie alle!"

„Nachher versteht man alle Zeichen. Man glaubt immer, daß man das Unglück hätte vermeiden können. Das stimmt aber nicht. Sie konnten nichts wahrnehmen. Ihr Sohn war zu weit weg, in einer anderen Welt. Rauschgiftsüchtige müssen ständig auf der Hut sein, lügen, und sie sind äußerst geschickt darin, das darf man nicht vergessen!"

Ich habe immer noch Jean-Daniels Antwort im Ohr, als ich ihn nach seinem Studium fragte, höre Anne-Maries Lachen, unlängst an dem Abend bei uns. „Es ist sehr selten, daß von einem Paar der eine Partner clean bleibt", hatte Laffond gesagt. Hatte er es gewußt?

„Das mit Anne-Marie ... Sie waren informiert, nicht wahr?"
Er nickt.
„Und Sie haben es mir nicht gesagt?"
„Hätten Sie es mir geglaubt?"
„Nein! Ich wollte Sie nie mehr sehen ... Ich haßte Sie . . ."
„Sie haßten die Wahrheit!" Und er fügt hinzu: „Heute haben Sie den tiefsten Punkt erreicht. Noch tiefer geht es nicht. Nun können wir endlich anfangen, vernünftig zusammenzuarbeiten!"

Eigenartigerweise tun mir seine Worte unendlich wohl. Es geht weiter. Ja, es geht wirklich weiter!

„Sie werden mir sehr viel helfen müssen, Inspektor", sage ich. „Ich werde mich ändern müssen ..., alles mit anderen Augen sehen lernen, mich auf die Suche nach meinem Sohn begeben."

„Sie kommen ihm schon jetzt ein wenig näher."

Er steht auf, holt noch ein Stück Zucker. Diesmal für Espérance. Espérance heißt Hoffnung. „Wieso gerade dieser Name?" frage ich.

„Meine Tochter hat ihn ausgesucht. Es war ihr Hund. Und das war ihr Zimmer. Ich habe daraus mein Arbeitszimmer gemacht."

Seine Stimme ist rauh, er spricht stockend.

„Was ist eigentlich geschehen?"

„Marylène bekam Leukämie. Sie war gerade achtzehn – in diesem Alter führt die Krankheit sehr rasch zum Tode. Und sie hat so gern gelebt!"

Dieses Leid in seiner Stimme! Er wendet sich zu einer Fotografie, die mit Reißzwecken an der Wand befestigt ist.

„Ich hatte nie viel Zeit für sie. Auch ich habe sie überhört, die Hilferufe! Schuldgefühl? Ich weiß nur allzu gut, wie das ist!"

Schweigend betrachtet er das Foto. Auf einer Steinbank vor einem Haus sitzt ein junges Mädchen mit dicken Brillengläsern. Hinter ihr breitet ein Birnbaum seine Äste über eine alte Mauer. Das Mädchen lächelt – ein breites, sonniges Lächeln.

„Nach ihrem Tod habe ich mich zum Rauschgiftdezernat versetzen lassen. Ich wollte diesen jungen Idioten zeigen, daß das Leben lebenswert ist. Und auch wenn es mir nur alle sechs Monate gelingt, einen von ihnen aus dem Dreck zu ziehen, ist es die Mühe wert!"

Er legt die Hand auf das Foto, streicht darüber, reißt sich los. Er leidet.

Ich stehe nun auf. Meine Beine gehorchen mir kaum. Er ergreift meinen Arm. „Ich bringe Sie nach Hause", sagt er.

Ein chinesisches Restaurant. Roter und schwarzer Lack. An einem runden Tisch sitzen Martin, Gilles und ich.

Ich hatte bereits geschlafen, als Gilles gestern heimkam. Erst am Morgen konnte ich ihm erzählen, was in Jean-Daniels Wohnung vorgefallen war, von Renaud und Anne-Marie. Und auch von der Erleichterung, die ich bei ihrem Anblick empfunden hatte. Gott sei Dank war es nicht Jean-Daniel!

Martin war gleich, nachdem er meine Nachricht auf dem Anrufbeantworter erhalten hatte, in die Wohnung gefahren. Er hatte Anne-Marie noch vorgefunden und sie kurzerhand zu sich nach Hause mitgenommen.

„Jean-Daniel hat mich gebeten, auf sie aufzupassen", erzählt er. „Ich durfte euch nichts über ihren Zustand sagen. Ärztliche Schweigepflicht. Aber es erleichtert die Dinge, daß ihr jetzt Bescheid wißt."

Ich wähle kleine warme Pastetchen, die mit frischer Minze serviert werden. Man taucht sie in eine würzige Sauce, bevor man sie ißt.

„Welche Drogen nimmt Anne-Marie?" fragt Gilles.

Es macht uns keine Schwierigkeiten mehr, dieses Wort auszusprechen. Wir haben uns daran gewöhnt. Gilles denkt natürlich an Heroin, an Jean-Daniel. Wie weit hat er seine Freundin mit hineingezogen?

„Amphetamine", sagt Martin. „Etwas LSD. Auch Heroin. Aber sie hat nicht gefixt. Und außerdem nimmt sie es – wenn sie mich nicht anlügt – noch nicht lange."

Wir sind mit den Vorspeisen fertig. Eine junge Chinesin in schwarzem Seidenkleid stellt den nächsten Gang vor uns auf den Tisch.

„Gib mir deinen Teller", sagt Gilles.

Mit langsamen, bedächtigen Bewegungen legt er mir das Essen auf. Offensichtlich tut es ihm gut, etwas Reis aus der Schüssel zu nehmen, ein paar Stücke Fleisch, ein paar Garnelen. Knüpft man so wieder an das Leben an? Helfen einem die alltäglichen kleinen Handgriffe dabei?

„Was wird nun aus Anne-Marie?" fragt Gilles.

„Sie möchte gern nach Hause, nach Dinan", antwortet Martin. „Es wäre auch die beste Lösung. Aber sie traut sich nicht. Ich glaube, sie steht mit ihrem Vater nicht auf bestem Fuß. Ich habe ihr vorgeschlagen, ihren Eltern zu schreiben, doch sie will nichts davon wissen."

„Ich werde sie hinbringen", sage ich plötzlich.

Gilles läßt die Gabel sinken, starrt mich an. „Du?"

„Ja. Ich fahre sie mit dem Auto nach Hause. Dinan liegt ja nicht am Ende der Welt. Fünf, sechs Stunden Fahrt. Ich kann dann gleich mit ihren Eltern sprechen. Und wenn ich sehe, daß es nicht geht, nehme ich sie wieder mit zurück."

Auf einmal habe ich es sehr eilig. Am liebsten würde ich sofort aufbrechen. Im Geiste höre ich schon die Möwen kreischen. Man riecht das Meer. Der Wind in der Bretagne ist manchmal so heftig, so schwer von Gerüchen, daß er einem die Gedanken fortweht. Man hat vollauf damit zu tun, sich ihm entgegenzustemmen. Ich werde mich von ihm forttragen lassen.

„Ich finde, das ist eine gute Idee", meint Martin. „Aber es wird schwerer sein, als du denkst."

„Warum?"

„Du wirst ihnen alles erzählen müssen ... Sonst können sie Anne-Marie nicht helfen ... Andererseits muß sie aber einverstanden sein ..."

„Ich fühle mich für sie verantwortlich", erwidere ich. „Und so kann ich wenigstens etwas tun."

Gilles hat seine Hand auf die meine gelegt. „Soll ich dich begleiten?" fragt er.

„Nein!"

Das war zu laut. Ich darf mich nicht so gehenlassen! Sie müssen mir zutrauen, daß ich Anne-Marie wohlbehalten nach Dinan bringe. „Ich glaube, ich kann besser mit ihr reden, wenn wir unter uns sind", versuche ich zu erklären.

„Sicher", meint Martin. „Aber sie hat ja noch nicht gesagt, daß sie überhaupt einverstanden ist."

Er erzählt uns, daß Anne-Maries Eltern in Dinan eine Konditorei besitzen. Offenbar sehr anständige Leute. Sie haben noch eine zweite Tochter.

Zum Nachtisch gibt es frische Litschipflaumen. Immer wieder dieses Wunder: unter der rauhen Schale diese Zartheit, dieser Rosenduft! Plötzlich habe ich nicht mehr den Geschmack der Litschis im Mund, sondern den eines alkoholgetränkten Stückchen Zuckers. Sobald ich zu Hause bin, werde ich Laffond anrufen und ihm erzählen, was ich vorhabe. Ohne ihn, ohne das, was er mir gestern gesagt hat, hätte ich nicht den Mut, Anne-Marie wiederzusehen. Ja, ich werde sie nach Hause bringen. Ich werde mit ihren Eltern sprechen, noch bevor sie sie in einem Krankenhausbett wiedersehen. Ich werde ihnen helfen, sie zu verstehen. Schwierig? Wir werden ja sehen!

„Die Galettes", erzählt Anne-Marie, „waren immer eine der Spezialitäten des Hauses. Das sind Blätterteigkuchen, die mit allem möglichen gefüllt werden: mit Eiern, Käse, Schinken oder Wurst . . . Zur Feier meiner Geburt hat mein Vater die ‚Galette Anne-Marie' kreiert. Offenbar rissen sich die Leute darum. Vater sagte immer: ‚Siehst du, du bist bereits berühmt! Wenn die Sommergäste heimkommen, werden sie erzählen: Und wenn ihr durch Dinan fahrt, vergeßt nicht, eine Galette Anne-Marie zu probieren. Das ist die Beste von allen!' Da war ich sehr stolz!"

Sie lehnt sich im Sitz zurück, sieht geradeaus auf die Straße. Eben haben wir Alençon hinter uns gelassen.

„Aber ich durfte nur ja nicht gegen die Ordnung verstoßen. Kam ich einmal zu spät zum Essen, schrie Vater: ‚Komm hierher!' Ich mußte vor ihn hintreten, ganz, ganz nahe, und er befahl: ‚Schau mich an!' und gab mir einen Klaps auf die Finger oder die Wange. Es tat nicht weh. Was weh tat, war, daß man zu ihm hingehen mußte und dabei wußte, was kommen würde. Manchmal lachten wir, meine Schwester und ich, und dann wurde er wütend. Er begriff nicht, daß wir aus Angst lachten. Nachher liefen wir dann vor den Laden und spuckten die hölzerne Figur an, die am Eingang aufgestellt war und die Speisekarte trug. Sie hatte eine weiße Kochmütze auf. Wir fanden, daß sie unserem Vater ähnlich sah. "

Sie wühlt in ihrer Handtasche und holt eine Zigarette hervor. Ihre Hände zittern, als sie sie anzündet. Unter einem Baum weidet eine Schafherde. Der Hügel dahinter ist in Sonnenlicht getaucht, die Felder heben sich klar vom pastellblauen Himmel ab: wie im Bilderbuch.

„Ich will nicht sagen, daß er bösartig war!" fährt Anne-Marie fort. „Im Grunde hatten wir ihn auch gern. Aber für ihn sind wir immer zwei kleine Mädchen geblieben, meine Schwester und ich. "

Pré-en-Pail! Ein Name, duftend wie frisches, knuspriges Brot, ein Dorf, von dem man in der Großstadt träumt, in dem man sich bei Einbruch der Dämmerung auf der Terrasse eines kleinen Cafés sitzen sieht, geruhsam zuschauend, wie der Tag zu Ende geht.

„Meine Mutter, die sagte zu allem ja und amen. Sie saß an der Kasse. Wenn sehr viele Gäste da waren, half sie auch beim Servieren, aber normalerweise genügte die Kellnerin. Natürlich hätten meine Eltern es gern gesehen, wenn ich einmal das Geschäft übernommen hätte. Aber mir wurde schon beim Anblick von Süßigkeiten schlecht. Manchmal hatte ich das Gefühl, sogar die Wände in meinem Zimmer seien aus Zucker. "

Sie schließt die Augen, macht einen tiefen Zug an der Zigarette.

„Meine Freundin Solange war nach Paris gegangen, um Friseurlehrling zu werden. Sie hatte mir geschrieben, daß es da einen besonderen Sekretärinnenkursus gebe, man bekomme schon während der Ausbildung etwas bezahlt. Wohnen könne ich auch bei ihr. Es war ein harter Kampf mit meinem Vater. Schließlich sagte ich ihm, daß mir das ewige ‚Wann kommst du heim?', ‚Mit wem hast du dich getroffen?', die Galettes Anne-Marie und überhaupt alles zum Hals heraushinge, daß ich einfach nicht mehr konnte. Er sagte: ‚Du hast die Wahl: Wenn du gehst, dann für immer.' Ich ging trotzdem. So ist das eben. "

So ist das eben! Wenige Worte, im ersten Zorn gesagt, Worte, an die man selbst nicht glaubt ...

„Darf ich eine Kassette einlegen?" fragt Anne-Marie.

„Ja, such dir eine aus. "

Sie nimmt die Box auf die Knie, um die Titel besser lesen zu können. Es sind vor allem Chansons, alte Lieder. Besonders Liebeslieder mag ich gern. Anne-Marie legt eine Kassette ein. Chansons mit Gitarrenbegleitung. Eine Geschichte von wilden Rosen und einem schönen Mädchen, das sie pflücken wird ...

„In Paris habe ich dann bald Jean-Daniel kennengelernt, an einem Abend im Quartier Latin bei einer Limonade. Ein Abend, an dem es so schön war wie heute – an dem man einen Fremden anspricht, einfach weil man sich gut fühlt. Er war ... prima. So ganz anders als die anderen! Mit ihm konnte man über Dinge reden, die wichtig sind. Ich war das nicht gewöhnt. Es tat mir gut. Und was für verrückte Ideen er hatte! ... Sich abends im Luxembourg-Park einschließen lassen ... Eine Statue besprechen ... Eine Zeitung gründen, deren Reporter die Aufgabe hätten, nur über schöne Dinge zu berichten, Dinge, für die man sich begeistern kann ..."

Ich hole aus meiner Tasche eine große Sonnenbrille und setze sie auf. Die Landschaft verschwimmt für einen Augenblick. Anne-Marie kurbelt das Fenster herunter, um ihre Zigarette hinauszuwerfen, und der Geruch von frisch gemähtem Gras dringt herein. Woher diese plötzliche Sehnsucht? Welche Momente meiner Kindheit tauchen mit diesem Geruch wieder auf? Ein Glücksgefühl, das zerrinnt, sobald ich es festzuhalten suche. Wird es tanzen dürfen, das schöne Mädchen aus dem Lied? Die wilden Rosen, werden sie verblühen?

„Sie haben mich einmal gefragt, ob ich ihn liebe", sagt Anne-Marie. „Ich hatte das Gefühl, alles, was ich tat und dachte, für ihn zu tun und zu denken. Ich hatte solche Angst, ihn zu verlieren . . . Doch er entfernte sich immer weiter von mir ..."

Tränen laufen ihr über die Wangen. Sie sieht mich an. „Wenn er nicht bei mir war, war mir kalt. Können Sie das verstehen?"

„Ja, das verstehe ich."

„Manchmal glaube ich, er konnte keine Liebe geben", sagt sie. „Vielleicht, weil die Menschen so anders waren als er. Er wollte sie wirklich lieben, doch er machte ihnen nur angst."

„Sei still!"

Über alles kann sie mit mir sprechen, über Drogen, Spritzen, Blut und Gewalt. Aber nicht über die Liebe. Nicht über Liebe, die nicht erwidert wurde. Liebe, die man in sich verschließt, todbringende Liebe.

Ich halte am Straßenrand. Ich muß aussteigen. Von der Erde steigt die Hitze auf. Überall knistert, knackt und knirscht es. Das Leben. Ich mache ein paar Schritte. Ein Schritt, noch einer. Wahrscheinlich ist es genau das: tapfer sein! Anne-Marie steht neben mir. „Ich wollte Ihnen nicht weh tun."

„Hat er auch von uns gesprochen?" frage ich. Sie antwortet nicht sofort. Sie geht neben mir. „Sag es mir, Anne-Marie, ich muß es wissen!"

„Er hat Sie sehr lieb. Aber zugleich hatte man den Eindruck, daß diese Liebe ihn schmerzte."

„Das lag vielleicht daran, daß wir einander so fern waren. Wir liebten uns, ohne uns wirklich zu verstehen."

Ein Schritt und noch ein Schritt. Dort vorne, im abendlichen Dunst, liegt Dol-de-Bretagne. Das Meer ist nahe, man glaubt es zu riechen in der Brise, die herüberweht. Langsam gehen wir zum Wagen zurück.

Nein! Sie will nicht nach Hause. Sie kann nicht mehr zurück. Eigentlich wollte sie es von Anfang an nicht. Sie ist unter Druck gesetzt, beeinflußt worden. Man hat sie nicht nachdenken lassen. Außerdem werden ihre Eltern sie ohnehin nicht sehen wollen. Ihr Vater hat es ja gesagt: „Aus, Schluß!"

Bei Saint-Hilaire fing es an. Die Hausmauern wurden allmählich weißer, die Türen waren mit Granitsteinen gerahmt, die Dächer schiefergedeckt. In den Gärten blühten Hortensienbüsche. Eine Landschaft, in der alles zusammenpaßt: der Ginster am Wegrand, Baumstümpfe in den Wiesen. Die Bretagne!

Zuerst waren es nur vereinzelte Sätze gewesen: „Wann, glauben Sie, werden wir dort sein?" Und: „Wissen Sie, um acht schließen meine Eltern nämlich die Haustür ab. Um neun gehen sie zu Bett." Inmitten der altvertrauten Landschaft stiegen die Erinnerungen auf. Die Angst auch, alles wiederzufinden, nur um es ein zweites Mal zu verlieren.

„Bringen Sie mich nach Paris zurück!"

Sie verbirgt das Gesicht in den Händen. Dort drüben, hinter der Brücke, liegt Dinan. Die Konditorei befindet sich in der Altstadt, hinter diesen Mauern. Dort, im Schatten der Türme, ist Anne-Marie aufgewachsen. „Ich werde einfach nicht hineingehen. Sie können mich nicht zwingen!"

„Paß auf, Anne-Marie. Ich werde zuerst mit ihnen reden. Du kannst solange im Auto bleiben."

„Sie werden Ihnen gar nicht zuhören, wenn sie erfahren, daß Sie meinetwegen kommen. Ich habe es Ihnen doch erzählt, wie mein Vater ist . . ."

„Wenn sie mir nicht zuhören, fahren wir nach Paris zurück. Sofort. Du wirst sie nicht zu Gesicht bekommen."

Sie scheint zu überlegen. „Könnten wir nicht wenigstens bis morgen warten?" flüstert sie schließlich.

Wir nehmen ein Zimmer im Hotel. Im Speisesaal, während des Abendessens, gelingt es mir, sie ein bißchen zum Sprechen zu bringen, aber von ihren Eltern ist nicht mehr die Rede. Wir werden morgen ja sehen.

Später, im Zimmer, steht sie dann noch lange im Nachthemd vor dem Spiegel. „Finden Sie, daß ich mich sehr verändert habe?"

Das soll heißen: Werden meine Eltern mich wiedererkennen? Sie hat den Zopf abgeschnitten, ihre vollen Wangen eingebüßt, das Lächeln, das Leuchten in ihren Augen.

„Ein bißchen bretonische Luft, ein paar Galettes Anne-Marie, zwei oder drei Partien Domino, und alles ist wieder beim alten", antworte ich mit einem Lächeln.

Nachdem sie eingeschlafen ist, gehe ich an die Rezeption, um aus dem Telefonbuch die Adresse herauszusuchen. Die Konditorei Delau ist nicht schwer zu finden, und der Nachtportier erklärt mir den Weg.

Zu Fuß gehe ich in die Altstadt hinauf. Um diese Jahreszeit ist es abends noch lange hell.

Die Konditorei liegt am Ende der Straße. Es brennt kein Licht mehr, auch nicht oben in der ersten Etage. Neben dem Eingang, an einer Kette festgemacht, befindet sich die hölzerne Figur mit der Kochmütze. Sie ist mannshoch, hat runde, aufgemalte Augen unter buschigen Augenbrauen und einen grellroten Mund. Ich beuge mich vor, um die Speisekarte zu lesen, die sie auf dem Bauch trägt: „Spezialität des Hauses: Galettes". Die Galette Anne-Marie gibt es immer noch. Es ist die mit der üppigsten Füllung.

Allmählich ist es dunkel geworden. Auf dem Rückweg zum Hotel überkommt mich plötzlich der Wunsch wegzulaufen, alles liegen- und stehenzulassen, ganz von vorne anzufangen. Aber ich weiß, daß das nichts ändern würde: Ich bin leider eine sehr vernünftige Erwachsene.

Am nächsten Morgen stehe ich leise auf. Es ist sieben Uhr. Anne-Marie schläft tief und fest. Von der Rezeption aus rufe ich die Konditorei an.

Eine Frauenstimme meldet sich.

„Ich möchte Sie aufsuchen, um mit Ihnen über Anne-Marie zu sprechen", sage ich.

Schweigen. „Wer ist es? Was ist los?" fragt eine Männerstimme im Hintergrund und dann am Telefon: „Mit wem habe ich das Vergnügen?"

„Sie kennen mich nicht, Monsieur. Ich bin eine Freundin Ihrer Tochter. Es ist sehr wichtig."

Er antwortet nicht gleich. Ich sehe die Holzfigur vor mir, die kleinen Mädchen, die vor die Tür laufen, um sie anzuspucken.

„Kommen Sie!" sagt er.

ICH saß in der Konditorei einem Mann und einer Frau gegenüber, denen ich eben mitgeteilt hatte, daß ihre Tochter drogensüchtig sei. Anne-Maries Eltern würden diese etwas verspielte Einrichtung, die gedämpfte Atmosphäre, die Tischchen mit den hübschen Decken und passenden Lämpchen nie mehr mit den gleichen Augen sehen wie früher. Dieser Morgen war die Grenze zwischen dem „Davor" und dem „Danach".

Er sagte zu seiner Frau: „Mach uns bitte Kaffee!" Sie stand auf und ging hinter die Theke. Er zog ein Taschentuch heraus und wischte sich die Stirn, den Hals. Er hatte ein breites, gutmütiges Gesicht, die hellen Augen der Bretonen.

„Ich werde sie finden, diese Schweine, die sie da hineingezogen haben. Die können sich auf etwas gefaßt machen!" schimpfte er.

„Es sind nicht unbedingt Schweine", entgegnete ich.

Er schaute mich böse an. „Ich kenne doch meine Tochter! Von selbst hätte sie so ein Zeug nie angerührt! Sie braucht so etwas nicht."

„Und trotzdem hat sie ‚ja' gesagt", erwiderte ich leise.

„Wenn sie ‚ja' gesagt hat, dann deshalb, weil man ihr das Zeug angeboten hat. Sie wußte ja nichts ... Sie kam frisch aus der Provinz. Ja, das ist es! Wahrscheinlich wußte sie nicht einmal, was das war!"

Er schrie sein Entsetzen hinaus, seine Angst. Auch ich hatte mich zuerst aufgelehnt, und als ich ihn jetzt sah, fragte ich mich, ob ich ihm helfen könnte oder ob jeder ganz allein den Weg zur Wahrheit finden müsse. Auf jeden Fall konnte ich nicht mehr zurück. Ich nahm meinen ganzen Mut zusammen.

„Jemand, den sie liebte, nahm Rauschgift. Sie wollte ihm auf diesem Weg folgen."

„Jemand, den sie liebte?"

Ich blickte ihm fest in die Augen. „Mein Sohn."

Vor Schreck blieb ihm der Mund offenstehen. Er vergaß sogar zu atmen. „Warum?"

Warum Anne-Marie? Warum Jean-Daniel? Die Antwort war dieselbe. „Einsamkeit."

Er sah mich an, als hätte ich ihm die Schuld gegeben. „Wir haben sie ja nicht gezwungen fortzugehen. Sie hat es selbst gewollt. Und dabei hat es ihr hier wirklich an nichts gefehlt."

Ich hörte Laffonds Stimme. „Keine Schweine, keine Schuldigen." Jetzt, da ich mit diesem verzweifelten Vater alle meine früheren Empfindungen noch einmal durchlebte, akzeptierte ich Laffonds Worte. In diesem Moment fühlte ich mich besiegt.

„Ja, sie ist es gewesen, die nach Paris wollte, und Sie hätten sie auch nicht daran hindern können. Sie haben keine Schuld an dem, was passiert ist. Aber jetzt braucht Anne-Marie Sie."

Er schüttelte den Kopf. Seine Frau kam an den Tisch. Sie trug ein Tablett mit drei Tassen Kaffee. Sie hatte verweinte Augen.

„Was können wir tun?" fragte sie mit zittriger Stimme.

„Ihr die Tür öffnen. Ihr keine Fragen stellen, ihr zuhören, sie liebhaben. Das ist alles."

Der Mann stand auf, zeigte auf den Raum, die schöne Theke aus glänzend poliertem Holz, die strahlenden Lüster, all seine Anstrengungen, seinen Erfolg. „Es gefiel ihr ja nicht bei uns! Das Fräulein brauchte etwas Besseres!"

„Hier wurde ihr alles geschenkt. Da ist es doch klar, daß sie sich auch anderswo umsehen wollte", versuchte ich zu erklären.

Er lachte auf, verbittert und traurig, so, als wäre seine ganze Mühe vergeblich gewesen. „Und wir? Glauben Sie, wir haben früher Zeit gehabt, uns ‚anderswo umzusehen'? Wir haben hart arbeiten müssen. Unsere Rechnungen hat niemand für uns bezahlt. Wir mußten sehen, daß wir unser Brot verdienen, Madame!"

„Da haben Sie eben Glück gehabt", sagte ich. „Es war vielleicht schwer für Sie, aber Sie hatten ein Ziel vor Augen, und das hat Ihnen Kraft gegeben. Wenn Sie morgens aufstanden, wußten Sie, warum und für wen Sie es taten. Das nennt man glücklich sein."

Der Mann ging an den Tisch zurück und trank seinen Kaffee in einem Zug – aus Trotz, wie mir schien.

Seine Frau schaute mich an. Ich fühlte, daß sie auf meiner Seite war. Warum sagte sie denn nichts? Ich hätte geschrien: „Wo ist sie?" Ich wäre losgelaufen und hätte sie in die Arme genommen. Mein Sohn hatte mich nicht sehen wollen.

„Ich arbeite auch", fuhr ich fort. „Wie Sie versuche ich, in meinem Beruf erfolgreich zu sein, und das bringt mich vorwärts. Ich wüßte sonst nicht, wie ich leben sollte. Seit das passiert ist, stelle ich mir viele Fragen über die jungen Leute. Man hat das Gefühl, daß sie an nichts interessiert sind, daß sie keine Ziele haben. Sie tun mir oft leid."

Der Mann wandte mir den Rücken zu, doch ich wußte, daß er mir zuhörte, denn er zuckte bei allem, was ich sagte, die Achseln. Ich nahm das Foto aus der Tasche. Als ich es, bevor ich das Hotel verließ, unter Anne-Maries Sachen hervorgesucht und an mich genommen hatte, war ich mir über den Grund eigentlich nicht klargewesen. Jetzt erkannte ich, daß es meine letzte Chance war. Dieser starrsinnige Mann, der von seiner kleinen Tochter immer verlangt hatte, sie müsse vor ihn hintreten, wenn er sie bestrafen wollte, würde niemals den ersten Schritt tun. Er würde sie nicht holen gehen. Und sie ihrerseits würde nicht zu ihm kommen. Dazu fehlte ihr der Mut. Darum hatte ich sie ihm mitgebracht.

Mit spitzen Fingern nahm er das Foto und betrachtete es ungläubig. Ja, ja, das war schon er, da auf der Schwelle seiner Konditorei, mit der weißen Kochmütze und einem kleinen Mädchen an der Hand. Es hieß Anne-Marie.

„Sie trägt das Foto immer bei sich. Sie hat Sie nie vergessen." Ich stand auf und schlüpfte in meine Jacke. Meine Aufgabe war beendet. Nun lag es an ihnen zu handeln.

„Hat sie sich sehr verändert?"

Anne-Maries Mutter hatte die Frage gestellt. Das Foto in ihrer Hand zitterte.

„Sie müßte vor allem wieder etwas vollere Wangen bekommen", sagte ich.

Die Frau wandte sich an ihren Mann und blickte ihn flehend an. „Sie beklagte sich ja immer, daß wir sie mästen; es dürfte doch nicht so schwer sein, sie wieder aufzupäppeln."

Sie sahen einander eine Weile wortlos an, dann schaute er auf die Uhr. „Es ist ja schon acht."

Er öffnete die Fenster und klappte die Läden zurück. Auf dem Balkon des Nachbarhauses goß eine Frau Pflanzen, ohne sich darum zu kümmern, daß das Wasser auf den hölzernen Koch vor der Tür tropfte.

Anne-Maries Vater ging nach draußen. Wie er es wahrscheinlich jeden Morgen tat, packte er die Holzfigur und rückte sie in die Mitte des Gehsteigs. Dann hob er langsam den Kopf zu der Frau auf dem Balkon: „Stell dir vor, meine Tochter ist zurückgekommen!"

Paris, 21. Juni

Und so war es dann, Jean-Daniel: Als ihr Vater das Zimmer betrat, stieß sie einen leisen Schrei aus und vergrub den Kopf unter der Decke wie ein Kind. Er trat an das Bett und streckte die Hand aus, doch dann besann er sich. Er blickte sich um und erklärte, daß er, wenn ihm einer gesagt hätte, er würde einmal sein eigenes Kind in einem Hotel besuchen kommen, keine fünfhundert Meter von ihrem Heim entfernt, gerufen hätte: „Haltet den Verrückten!" Übrigens sei es das erste Mal, daß er überhaupt ein Hotelzimmer in Dinan betrete.

Unter der Bettdecke regte sich nichts. Ja, als Bub sei er nicht um seine Meinung gefragt worden. Man habe ihn einfach in die Backstube gestellt, und seit seinem fünfzehnten Lebensjahr habe er diese nicht mehr verlassen. Er erzähle das alles nicht, um sich zu beklagen, nur: Das Leben nehme einen manchmal ganz schön in Anspruch, und da könne es schon vorkommen, daß man nicht alles sieht, was um einen herum vorgeht. Die Kochmütze sitze zwar nicht über den Ohren, aber sie hindere einen bisweilen doch am Hören.

Unter der Decke bewegte sich etwas, zwei große Augen kamen zum Vorschein, wurden jedoch sofort fest geschlossen. Nun sprach Delau nicht mehr zum Bett hin, sondern zur Tapete über dem Kopf seiner Tochter. Daheim habe sich einiges geändert; so habe er die Wand zu dem kleinen Gang eingerissen, sie wisse schon, dort wo sie mit ihrer Schwester den Gästen eine Nase gedreht habe. Damit sei es jetzt vorbei. Dafür stünden dort zwei weitere Tischchen.

Er setzte sich auf den Bettrand und zog mit den Fingerspitzen die Decke ein wenig herunter ... Ja, so habe er sich das leider vorgestellt: Anne-Marie habe ihre Vorsichtsmaßnahmen getroffen und ihren Zopf abgeschnitten. Woran werde er sie jetzt wohl ziehen?! Aber ihre Frisur sei ihm lieber als die neueste Erfindung ihrer Schwester. Da werde sie eine schöne Überraschung erleben: Corinne trage nicht nur einen, sondern zehn oder zwölf Zöpfe, wie die Wilden, mit eingeflochtenen Perlenbändern. Aber sie arbeite fleißig in der Schule, und wenn sie sich noch den Gedanken aus dem Kopf schlagen würde, daß Paris das Paradies sei, in dem ihre Schwester in Saus und Braus lebe, müßte es eigentlich ganz gut mit ihr weitergehen.

Bei den Worten „Paris – Paradies" begann Anne-Marie zu lachen. Ich habe nicht gewußt, daß man gleichzeitig so heftig weinen und lachen kann! Sie konnte nicht mehr aufhören. Sie wand sich vor Schmerz, und er versuchte, sie zu beruhigen. Doch da er ebenfalls sehr bewegt war, gelang es ihm nicht. Sie bemerkten nicht einmal, daß ich leise hinausging.

Immer wieder muß ich an das denken, was Du in Deinem Brief über die Totentrompeten schreibst; ich träume davon, wieder einmal in der Morgendämmerung mit Dir durch den Wald zu streifen auf der Suche nach den schwarzen Pilzen. Sind seit unseren Spaziergängen wirklich so viele Jahre vergangen? Ich sehe uns gemächlich heimwärts schlendern, den Korb auf den Tisch leeren, aussortieren, was wir nicht brauchen. Du wirst mir beim Kochen helfen. Wir werden neue Zubereitungsarten erfinden. Du wirst sehen, das wird wunderbar!
Nadine

VI

SONNTAG bei Marie-Odile. Der erste Tag des Sommers. Um das Schwimmbecken herum an die zwanzig Erwachsene, manche mit ihren Kindern. Gilles und ich kennen fast alle Gäste. Die meisten von

ihnen sind das, was man nette Bekannte nennt. Einige auch mehr:
Freunde.

Wir sind gegen Mittag gekommen, mit Laure. Das Wetter ist herrlich. Der Aperitif wird am Schwimmbecken eingenommen, wohin
Laure ihren Vater geschleppt hat. Ich schließe die Augen. Letztes Jahr,
am gleichen Tag, mit den gleichen Leuten sind wir hier gewesen. Als
ob inzwischen nichts geschehen wäre. Diesen einen Tag lang will ich
alles vergessen, beschließe ich.

Die Dame neben mir ist reizend. „Ich bin Nur-Hausfrau", sagt sie.
„Und originellerweise sogar froh, es zu sein." Sie fragt mich über
meine Arbeit aus, halb ehrfurchts- und halb neidvoll.

Laure steht auf dem Sprungbrett und ruft: „Mama, schau her!"

Sie springt. Als sie in einem Sprühregen von Wasser wieder auftaucht, blickt sie sofort zu mir. Sie sucht mich, meine Bewunderung.
Ich klatsche in die Hände. So, und nun noch etwas Wein, um die innere
Zerrissenheit zu überspielen: die Innenarchitektin, Gattin, glückliche
Mutter aus dem Vorjahr muß mit der sorgenvollen Frau von heute
zusammengekittet werden – einer Frau, die nicht mehr genau weiß,
wer sie ist, wofür sie gekämpft hat und ob sie eines Tages wieder völlig
sorglos den ersten Tag eines Sommers wird genießen können.

Es ist ein Uhr. Im Garten sind zwei große runde Tische gedeckt:
einer für die Erwachsenen, einer für die Jugendlichen und ein kleiner
für die ganz kleinen Gäste.

Laure gesellt sich zu den anderen Kindern. Marie-Odile hat die
Ehepaare getrennt. Gilles sitzt weit weg. Ich habe den Mann der netten
Dame von vorhin und einen etwas trockenen Journalisten als
Tischnachbarn. Das Gespräch dreht sich um die Gesellschaft. Alle sind
sich einig, daß ihr Zustand nicht der beste sei. Auch von der Zukunft
ist die Rede und natürlich von der Jugend.

Gerade als man mir die Morchelpastete in Blätterteig auf den Teller
legt, sagt jemand als Abschluß irgendeiner Äußerung: „... das fürch-
terliche Rauschgiftproblem."

Ich blicke zu Gilles. Er nickt mir zu, versucht ein Lächeln.

„Für mich", erklärt eine ältere Dame in einem Ton, der keine
Widerrede duldet, „sind Drogen eine Krankheit unserer Gesellschaft."

Sie muß so in den Fünfzigern sein. Rührend, wie sie versucht, das
Beste aus den Überresten ihrer einstigen Schönheit zu machen. Hier
ist nichts dem Zufall überlassen.

Da sich nun alle Blicke der Dame zugewandt haben, wird sie verlegen, stottert herum. „Es gibt keine Lebensfreude mehr, keine Liebe
zur Arbeit, keine Moral, überhaupt nichts", versucht sie zu erklären.

Alles lacht. Dies ist offensichtlich weder der richtige Ort noch der richtige Augenblick für eine solche Feststellung. Sie senkt das gleichmäßig gebräunte Gesicht über ihren Teller. Gilles dreht sich um zu den Jugendlichen. Auch sie lachen. Sie sind etwa so alt wie unser Sohn. Ich bemühe mich zu lächeln. Ich möchte weit weg sein, zu Hause, hinter verschlossenen Türen.

„Haben Sie neulich diesen Film im Fernsehen gesehen?" fragt jemand. „Entsetzlich, diese Süchtigen! Jeder ein lebendiger Leichnam! Und nichts zu machen! Sie wollen sich nicht helfen lassen."

„Sie können nicht", erklärt ein anderer. „Ihr Lebenswille ist zu schwach. Sie fliehen vor der Realität."

Nun steuert jeder seine Meinung über die Ursachen des Drogenproblems bei: antiautoritäre Erziehung, Vernachlässigung der Elternpflichten, Dekadenz. Sie glauben genau Bescheid zu wissen, überschreien einander.

„Und sie werden immer jünger . . .", wirft jemand ein.

„Aber was soll man tun?" fragt eine Dame. „Wie dem allem Einhalt gebieten? Und wie kann man seine Kinder davor schützen?"

„Man muß der Wahrheit ins Gesicht sehen", erwidert jemand mit klarer Stimme, „zu verstehen trachten, woher diese Angst vor der Welt kommt, dieser Wunsch zu fliehen."

Der da mit solcher Überzeugung gesprochen hat, ist mein Nachbar, der Vater der beiden kleinen Kinder, die an dem Extratisch mit ihrem Kindermädchen essen.

„Erfahrungsgemäß sind es meist Kinder aus kaputten Familien, die dem Rauschgift zum Opfer fallen", fährt der junge Vater fort. „Oder Kinder, die von ihren Eltern vernachlässigt werden, die sich selbst überlassen bleiben und ohne Führung und ohne Liebe aufwachsen."

„Wie können Sie das so sicher behaupten?" fragt Gilles.

Mein Herz macht einen Sprung. Gilles hat sehr ruhig gesprochen.

Der junge Mann wendet sich ihm lächelnd zu. „Ich stelle ja gar keine Behauptung auf. Ich meine nur, daß es die Aufgabe der Eltern ist, den Kindern ihre Ziele, ihren Glauben weiterzugeben, um solche Fehlentwicklungen zu verhindern."

„Und woran glauben Sie?" fragt Gilles.

Marie-Odile sieht ihn verständnislos an. Sie gehört zu jenen, die immerhin wissen, daß wir eine schwere Zeit hinter uns haben. Laure am Nebentisch hat zu essen aufgehört. Sie hält die Gabel in der Luft, läßt Gilles nicht aus den Augen. Der junge Mann ist verwirrt, weiß nicht, was er von Gilles halten soll. Sein Ton war freundlich, die Frage jedoch aggressiv.

„Woran glauben wir denn?" fragt Gilles noch einmal und blickt in
die Runde. „Wir alle, die wir hier sitzen, welche Ziele haben wir?
Wofür begeistern wir uns?"

Erstauntes Schweigen. Viele Blicke sind fragend auf mich gerichtet.
Meint Gilles ernst, was er sagt? Ich bin wahrscheinlich die einzige, die
diesen Bruch in seiner Stimme wahrnimmt. Er hat seine eigene Nie-
derlage eingestanden.

„Ach je", greift Marie-Odile in das Gespräch ein. „Wir wollen uns
doch amüsieren, oder? Können wir uns nicht ein netteres Gesprächs-
thema suchen?"

„Glauben wir an unsere Arbeit?" fährt Gilles fort, ohne den Einwurf
der Gastgeberin zur Kenntnis zu nehmen. „Wir produzieren immer
mehr, um immer mehr konsumieren zu können. Was ist uns wichtig?
Ein Scheck oder ein Augenblick der Schönheit ..."

Verlegenes Lachen. Die Jugendlichen haben ihr Gespräch unterbrochen und sehen interessiert herüber.

„Wir glauben vielleicht an unser Land", spinnt Gilles immer noch
im gleichen nüchternen Tonfall seinen Gedanken weiter, „an unsere
Kultur, unsere Zukunft. Und gleichzeitig fragen wir uns, ob wir
genug Atomschutzbunker bauen!"

Schüchterne Zustimmung bei den Jugendlichen. An unserem Tisch
sind alle wie erstarrt. Nun ist es jedem klar: Gilles spricht in vollem
Ernst.

„Und Gott?" fragt er. „Den hätte ich beinahe vergessen! Glauben
wir denn an Gott?"

„Ein wenig vielleicht", wagt eine Dame einzuwerfen, „besonders
dann, wenn es uns schlechtgeht!"

Zögerndes Lachen, doch es erstirbt gleich wieder.

„Ich denke", schließt Gilles, „wir glauben ganz einfach an unser
Bankkonto. Und unser Ziel ist, immer noch mehr anzuhäufen. Wirklich herrliche Vorbilder, die wir unseren Kindern da abgeben."

Blankes Entsetzen auf allen Gesichtern! Mit klopfendem Herzen
sehe ich sie an. Ja, einer von ihnen hat sie verraten! Sie glaubten, Gilles
zu kennen. Sie dachten, er sei wie sie. Nun ist dieses Bild zerstört. Ich
liebe meinen Mann.

Marie-Odile protestiert. Ihre Stimme klingt verwirrt. „Heute ist ein
schöner Tag. Wir fühlen uns wohl. Ich für meinen Teil glaube an diesen konkreten Augenblick, und ich erkläre hiermit, daß Gilles ihn uns
verdirbt!"

Gilles sieht sie an, lächelt, nimmt die Gabel wieder auf. „Du hast
recht", lenkt er ein. „Genießen wir den Augenblick, lassen wir uns die

Sonne ins Gesicht scheinen ..., aber" – und er wendet sich an den jungen Vater – „vermeiden wir es lieber, Schlüsse aus Dingen zu ziehen, von denen wir nichts verstehen."

Empört sind Marie-Odile und auch der junge Mann aufgesprungen. „Jetzt reicht's mir, Gilles!" ruft unsere Gastgeberin verärgert. „Was ist denn in dich gefahren? Wen verteidigst du denn da?"

„Meinen Sohn", sagt Gilles schlicht. „Und wahrscheinlich auch ein wenig mich selbst."

Sie haben sich wieder gesetzt. Keiner sagt etwas. Mut! Ich glaube, einen Moment lang hat jeder diesem Mut Respekt gezollt.

Dann wurden die Gespräche wieder aufgenommen, etwas gekünstelt zuerst, mit Hilfe von Banalitäten: das herrliche Essen, der geschmackvolle Blumenschmuck, der nächste Urlaub. Jeder gibt sein Bestes, auch Gilles. Und beim Dessert ist die Stimmung wieder da. Bald nach dem Kaffee brechen wir auf, bleiben gerade noch lange genug, um den Eindruck zu vermeiden, daß wir flüchten. Schweigend fahren wir die Ausfahrt hinunter. Als wir auf der Straße sind, seufzen wir erleichtert auf.

Laure ist die erste, die etwas sagt. „Es würde mich sehr wundern, wenn die uns nächstes Jahr wieder einladen", meint sie mit heiterer Stimme und streckt ihren Blondschopf zu uns nach vorne.

Gilles wirft seiner Tochter einen liebevollen Blick zu: „Jetzt werden wir endlich wissen, wie viele echte Freunde wir haben!"

Wir lassen den Nachmittag noch einmal an uns vorüberziehen. Die braungebrannte Dame mit ihrem mißglückten Einwurf, der junge Vater, der wie ein begossener Pudel dasaß, Marie-Odile in ihrem Ärger. Und dann beginnen wir zu lachen, zuerst zaghaft, dann immer lauter, gelöster.

Bevor wir Paris erreicht haben, blickt Laure nachdenklich zum Fenster hinaus und sagt mit schüchterner Stimme, die Landschaft komme ihr jetzt schöner vor als auf der Hinfahrt, zugleich schmerze sie der Anblick ein wenig.

„Du bist ein Stück erwachsener geworden", meint Gilles zärtlich. „Beide sind wir das. Bei deiner Mutter war das nicht mehr nötig."

Wir schauen einander an. Bewunderung, Achtung. Wir verstehen uns ohne ein Wort. Wenn man zwanzig Jahre verheiratet ist, fällt es einem nicht mehr so leicht, gewisse Dinge zu sagen! Gilles hat mir an diesem Tag vor allen Leuten zu verstehen gegeben, daß er an meiner Seite ist. Wir werden gemeinsam wieder beginnen können. Wie für Laure die Landschaft, wird auch unsere Zukunft schöner und reicher, aber auch schmerzhafter sein.

Es GIBT Augenblicke im Leben, da ist man voller Zweifel und Fragen. Und andere wieder, da tun sich Türen auf, da entsteht Hoffnung, daß aus dem Schritt zurück ein neuer Anlauf werden kann. All die Fragen, die Gilles bei Marie-Odiles Fest gestellt hatte, wurden zwei Tage später beantwortet.

In unserem Wohnzimmer, in das die Sonne schien, stand klein und knorrig, in Gärtnerkleidern und einfachen Riemensandalen an den nackten Füßen: Bruder Charles.

Er befand sich auf der Durchreise und wollte mit uns sprechen. Es wäre ihm nie in den Sinn gekommen, vorher anzufragen. Er war einfach hergekommen und hatte geklingelt.

Er bat um ein Glas Wasser; in Paris sei er dauernd durstig, da sei sicher der viele Staub daran schuld.

Dann erzählte er uns von Jean-Daniel.

Wie ein verstörtes Kind sei unser Sohn in Beauvallon angekommen. Die ersten Tage seien sehr schwer gewesen; nachts habe Jean-Daniel unter Angstzuständen gelitten. Nichts konnte ihn beruhigen. Aber als Bruder Charles sah, wie er die Natur in sich aufnahm, wie gierig er Gerüche einatmete, wie er über die Rinde eines Olivenbaumes strich, wußte er, daß alles gut werden würde. Jean-Daniel fühlte sich dem Leben verbunden, ja, er liebte es sogar, da er sich für die Natur begeistern konnte.

Man hatte Jean-Daniel einen Teil des Gemüsegartens überlassen: die Bohnen, die Erbsen, den Salat und die Tomaten. Er war zwar sehr ungeschickt und ermüdete rasch, doch die Arbeit lehrte ihn, daß die Natur nicht nur ein schönes Schauspiel ist, sondern daß man auch seinen Schweiß dafür hergeben muß. Jeden Abend betrachtete er zufrieden die Blasen an seinen Händen. Es waren Beweise, daß er Wurzeln schlug.

Vorgestern hatten wir noch von der „kranken Gesellschaft" gesprochen. Bruder Charles erklärte uns, daß diese Gesellschaft zwar vielen die Möglichkeit biete, relativ sorgenfrei zu leben, daß sie aber vollkommen dabei versage, die Quellen des wahrhaften Glücks zu erschließen. Der materielle Wohlstand, den wir unseren Kindern zur Verfügung stellen, lasse in ihnen viel leeren Raum, den sie vergeblich mit Musik, mit Lärm, mit Sex, manchmal mit Gewalt auszufüllen versuchen.

Ja, materielle Dinge seien reichlich vorhanden, aber jeder von uns strebe in seinem Leben auch noch nach etwas anderem: das sei der Anteil des Geistes. Viele junge Menschen verspüren diesen geistigen Hunger, doch sie wissen nicht, womit sie ihn stillen sollen. In ihrer

Verzweiflung würden sie das zerstören, was sie umgab – manchmal sogar sich selbst.

Und dann sprach Bruder Charles vom Gebet, das für ihn der Weg war, alle Türen in sich selbst zu öffnen und den Geist zu befreien. Schweigen, Stille, die Suche nach dem, was über uns steht, nach dem Ewigen in uns. Dies sei der Schlüssel zum wahren Glück. In Beauvallon war das gemeinsame Gebet die einzige Pflicht, die man den „Gästen" auferlegte. Zwei Wochen hatte es gedauert, bis Jean-Daniel eines Abends auch das Wort ergriffen und laut gerufen hatte: „Ich bin zufrieden."

Bei Marie-Odile war von „Flucht" die Rede gewesen. Lächelnd fragte uns Bruder Charles, wer denn nun wirklich auf der Flucht sei: der, der den ganzen Tag von einer Beschäftigung zur anderen, von einem Vergnügen zum anderen haste, oder der, der stehenbleibe, sich besinne und sich frage, wer er sei.

„Ja, aber", fragte Gilles mit ängstlicher Stimme, „dann leben wir wohl ganz falsch, nicht wahr? Müssen wir nicht unser Leben ändern?"

Bruder Charles lachte und drohte uns mit dem Finger. „Sie können ruhig so bleiben, wie Sie sind! Aber geben Sie acht: Vor Gott ist niemand sicher!"

Langsam war sie in mir hochgestiegen, die quälende Gewißheit. Gilles und ich hatten versagt. Wir hatten es nicht verstanden, diesen Hunger unseres Sohnes zu stillen. Ja, schlimmer noch, wir hatten ihn nicht einmal bemerkt. Diesem bäuerlichen alten Mann stand Jean-Daniel viel näher als uns. Er zog dessen Gemüsegarten unserem Wohnzimmer vor.

Ich fragte Bruder Charles, ob er Jean-Daniel noch ein bißchen bei sich in Beauvallon behalten könne.

Erst als er antwortete, verstand ich, warum er uns aufgesucht hatte. Ihre Gemeinschaft, erklärte er, dürfe wie viele andere dieser Art keinesfalls nur ein Zufluchtsort sein, ein Versteck. Man müsse sich vielmehr bewußt für sie entscheiden, sie läge am Ende eines Weges, den man mit offenen Augen zurückgelegt haben solle. Auf Jean-Daniels Weg zu sich selbst waren auch wir, Gilles und ich, und alles, was er mit uns, ohne uns oder uns zum Trotz erlebt hatte. Er konnte uns nicht den Rücken zuwenden und auch nicht die Liebe und Bewunderung verleugnen, die er für uns empfand. Um auf seinem Weg fortschreiten zu können, brauchte er unser Vertrauen. „Vorwärts!" – Das war es, was wir ihm zurufen sollten, damit würden wir ihm helfen, viel Zeit zu sparen.

„Aber er wollte uns doch nicht sehen!" Ich konnte kaum sprechen.

Ich sehnte mich so nach meinem Sohn und hatte zugleich solche Angst!

Bruder Charles nickte. „Ja, ich glaube, nun ist er bereit, Sie können ihm ein Zeichen geben."

Er sah mich an. Wie sollte ich Jean-Daniel rufen, wie? Plötzlich stand die Antwort klar vor meinen Augen.

Das Haus, in dem ich meinem Sohn am liebsten hätte begegnen wollen, das *Haus* eben, war verkauft. Wir hatten Jean-Daniel entwurzelt, ihm nicht die Zeit gelassen, sich damit abzufinden, daß kleine Schnecken eben manchmal zermalmt werden und daß man den Weg zu den Sternen nur in sich selbst finden kann. Vielleicht hätte er die Antworten auf seine Fragen inmitten dieser unberührten Natur gefunden. Doch wir hatten diesem einzigartigen Ort die Stadt vorgezogen, ihre Vergnügungen und ihren Lärm. Wir hatten Jean-Daniel mit fortgerissen im hektischen Wettlauf des heutigen Lebens, und er hatte keinen Platz gefunden, wo er hätte Anker werfen können. Wann waren Gilles und ich wirklich für ihn dagewesen?

Ich würde versuchen, wieder ein solches Haus zu finden, und dort das Kind erwarten, das ich vor langer Zeit verloren hatte, ohne es zu wissen. All meine Kraft und meine Liebe würde ich einsetzen, um dieses Haus zu finden. Ich hatte acht Tage Zeit.

Wir setzten uns zusammen, Martin, Inspektor Laffond, Gilles und ich, um zu beratschlagen, wohin Jean-Daniel gehen sollte, wenn sein Aufenthalt in Beauvallon beendet war. Martin hielt meine Idee für ausgezeichnet, gab aber zu bedenken, daß man nicht vorhersagen könne, ob mein Sohn wirklich bereit sein würde, zu mir zu kommen. Sollte ich ihm nicht besser schreiben, bevor ich mich auf die Suche nach einem Haus machte?

Diesen Vorschlag lehnte ich ab. Ich wollte mich erst in dem Haus einrichten und Jean-Daniel dann schreiben: „Ich bin hier. Ich brauche dich!"

„Nadine hat schon eine Anzeige aufgegeben", sagte Gilles, „aber bis jetzt ohne Erfolg."

„Vielleicht kann ich Ihnen mein Ferienhaus zur Verfügung stellen", meinte Laffond plötzlich.

Seine Stimme klang gepreßt. Bis jetzt hatte er nichts gesagt, nur hin und wieder genickt. „Sie brauchen Jean-Daniel ja nicht zu sagen, daß es das Haus eines Bullen ist", fügte er hinzu, so als bereue er sein Angebot bereits wieder.

Das Haus lag am Rand der Ardennen; Laffond hatte einen Teil seiner Kindheit dort verbracht. „Nichts Großartiges", betonte er, „aber die Zimmer sind hell und geräumig. Im Moment steht es leer."

Wir blickten einander an, dann wandte er sich ab. Da verstand ich: Es war das Haus, vor dem seine Tochter Marylène zu sehen war – auf dem Foto, das ich bei ihm gesehen hatte. Ich dachte an die Steinbank, den Birnbaum, das breite, lebensbejahende Lächeln, und sagte so schnell zu, daß Gilles und Martin mich verwundert ansahen.

Gilles mußte am Wochenende geschäftlich nach London, und ich fragte Laffond: „Würden Sie am Sonntag mit mir hinfahren? Wir könnten noch am selben Tag wieder zurück sein."

SONNTAG um acht Uhr morgens holt er mich ab.

Er fährt rasch, sicher. Ohne daß ich danach gefragt hätte, beginnt er, mir von seiner Frau zu erzählen. Sie ist nie über Marylènes Tod hinweggekommen und lehnt nun ein Leben ab, das sie nur zu gern für das ihrer Tochter gegeben hätte. Widerwillig spricht er das Wort „Depression" aus, so, als enthielte es eine Falle. „Sie hat zu kämpfen aufgehört", sagt er düster.

„Dieses Haus, zu dem wir fahren ... Sie nannten es das Haus Ihrer Kindheit?" frage ich, um ihn auf andere Gedanken zu bringen.

„Es war das Haus meiner Großeltern."

Seine Stimme bebt. Sie hatten ihn großgezogen, ein freies, glückliches Kind. Sein Großvater war Jagdaufseher gewesen. Wann immer er konnte, begleitete der Enkel den rüstigen Alten auf seinen Rundgängen im Wald. Wilderer, die ihnen in die Hände liefen, konnten sich auf ein paar unangenehme Augenblicke gefaßt machen! Besonders stattlich erschien ihm der Großvater immer bei den Jagden, wenn er seine schöne Uniform trug. Eines Tages, hatte er sich damals vorgenommen, wollte er genauso stattlich aussehen.

„Uniform ..., Waffe ..., und so wird man Inspektor", meint er lächelnd.

Die Großeltern sind vor fünf Jahren gestorben, innerhalb weniger Tage. So war ihnen ihr letzter Wunsch erfüllt worden: auch durch den Tod nicht allzulange voneinander getrennt zu sein.

„Und Ihre Eltern?" frage ich.

„Meinen Vater habe ich nie gekannt", sagt er leise. „Meine Mutter ist nach meiner Geburt nach Charleville gezogen. Dort hat sie einen anderen Mann kennengelernt ..."

Es ist elf Uhr. Wir haben die Autobahn verlassen. Die Landschaft ist sanft, hügelig, regenschwer.

Wir fahren durch ein kleines Dorf. Urtümliche Häuser aus Stein und Schiefer. Auf dem Platz vor der Kirche warten die Leute auf den Beginn der Messe. Wir sind in einen schmalen Weg mit vielen Schlaglöchern eingebogen und kommen nur ganz langsam voran. Dann hält er an. „Hier ist es!"

Vor uns liegt ein Feld und dahinter ein dichter grüner Wald. Rechts, von einem verwilderten Garten umgeben, ein altes Haus, an dem alles symmetrisch ist: Es sieht aus wie von Kinderhand gezeichnet. Laffond starrt schweigend auf die geschlossenen Läden.

„Sie müssen mir verzeihen", sagt er entschuldigend. „Es ist das erstemal seit Marylènes Tod, daß ich wieder hierherkomme..."

Der letzte Sommer seiner Tochter. Es ging ihr ein wenig besser, und sie sagte, die Bäume erleichterten ihr das Atmen. Dann die plötzliche Verschlechterung, das Krankenhaus, das rasche Ende.

Unwillkürlich füllen sich meine Augen mit Tränen. Nun verstehe ich erst, wie großmütig sein Angebot ist! Er schenkt mir seine Kindheit und sein Glück, schenkt mir die Liebe zu seiner Tochter und sein Leid.

Ich glaube an den Zauber, der manchen Orten innewohnt. Ich glaube, daß dieses Haus, in dem Marylène das Leben liebte, meinem Sohn helfen wird, auch wieder Freude daran zu finden.

Wir gehen auf das Haus zu. Durch hohes Gras, wucherndes Unkraut, Dornenranken.

„Drei Jahre!" sagt Laffond. „Es ist, als ließe ich sie zum zweitenmal sterben." Auflehnung in seiner Stimme. Weshalb macht er sich Vorwürfe?

Ich werde das wuchernde Dornengestrüpp ausreißen, den Weg harken, Blumen pflanzen, die Läden öffnen und die Sonne hereinlassen. Ich will den gerissenen Faden wieder aufheben, ihn fest in die Hand nehmen und das Leid der Vergangenheit mit dem Vertrauen in die Zukunft verknüpfen.

Es WAR, als sei das Rad des Lebens ins Stocken geraten und warte, daß eine Stimme, ein Blick, eine Hand ihm neuen Schwung verleihe. Alles schien in einen Dornröschenschlaf versunken: die drei übereinandergetürmten Kissen auf dem Sofa, auf dem Marylène vor der Abfahrt vielleicht noch etwas geruht hatte, das aufgeschlagene Buch, die verstreuten Würfel und ein nur halb verbranntes Holzscheit im Kamin.

Schweigend, mit raschen Bewegungen, stieß Laffond die Läden auf und durchquerte den Raum. „Kommen Sie!" sagte er nur.

Auf dem Kaminsims standen zwei Dutzend Zinnsoldaten in Reih

und Glied, in wunderschönen bunten Uniformen: weiße Hosen, schwarze Stiefel, hohe Mützen mit grünen Federn. Sie marschierten mit umgeschnallten Tornistern, von einigen Berittenen mit Gewehren eskortiert.

„Kaiserliche Soldaten! Sie gehörten meinem Großvater, und jedesmal, wenn ich eine gute Zensur heimbrachte, schenkte er mir einen."

Dem Zug voran marschierte der Trommler. Er war kleiner als die anderen Soldaten, zwei rote Tupfen auf seinen Wangen sollten andeuten, wie jung er noch war. Die prächtige Trommel schien viel zu schwer für ihn. Vor Anstrengung reckte er das Kinn. Der eine Arm war abgebrochen, mit dem anderen schwang er den Stab. Laffond deutete auf die kleine Figur. „Das sind Sie! Gleich als ich Sie kennenlernte, haben Sie mich an ihn erinnert! Wenn er den zweiten Arm auch noch verliert, wird er mit dem Kinn die Trommel schlagen und die anderen weiter in den Kampf führen. Er ist ein tapferer kleiner Soldat!"

Im Spiegel sah ich den Trommler und mein Gesicht.

„Der Soldat ist müde", sagte ich, „er möchte die Trommel ablegen. Er weiß auch gar nicht, ob er den Kampf gewinnen wird."

„Aber er marschiert trotzdem weiter! Und er hat auch mir den Mut gegeben, wieder hierherzukommen", entgegnete Laffond.

Wir traten ans Fenster. Vom Garten herauf stieg der Geruch feuchten Grases. Das war das Feld und dahinter, den Horizont füllend, der Wald. Ich hielt mein Gesicht dem Wind entgegen. Er sollte durch das Haus fegen, reinigen, fortwischen, verjüngen.

„Und nie wieder Marylène!" meinte Laffond stockend. „Auch ich, der ich es ablehnte, dieses Haus wieder zu betreten, flüchtete vor der Wahrheit."

Ich wußte nicht, was ich sagen sollte. Ich fürchtete, durch ein falsches Wort diesen Strom aufzuhalten, der in ihm aufgebrochen war und der ihn befreien würde.

„Eines Tages, in meinem Büro, haben Sie zu mir gesagt: ,Sie können nicht wissen, was es bedeutet, ein Kind zu haben!' An diesem Tag haben Sie mich befreit. Und plötzlich konnte ich wieder von Marylène sprechen."

„Auch Sie haben mir sehr geholfen", entgegnete ich und dachte an jenen Morgen, als Laffond in Jean-Daniels verwüstetem Zimmer auftauchte, um mich zur Auseinandersetzung mit der Wahrheit zu zwingen. „Danke!" Ich legte meine Hand auf seinen Arm. „Jean-Daniel wird sich hier sehr wohl fühlen."

Anschließend durchstöberten wir wie zwei Kinder die Küche auf der Suche nach etwas Eßbarem. Wir fanden eine Tafel Schokolade, die bereits weiß war, eine Packung Kekse, ein Glas eingemachte Pfirsiche, eine Flasche Apfelwein. Laffond mußte lachen, als er das Sofa im Wohnzimmer sah. Er hatte es seinen Großeltern von seinem ersten selbstverdienten Geld gekauft. Erst nach einem Jahr ließen sie sich überreden, es auch zu benützen. Der Großvater, der seinen alten Korbsessel gewohnt war, betrachtete das Möbel äußerst mißtrauisch, da er fürchtete, daraus nie wieder aufstehen zu können. Und die Großmutter fand es unschicklich, vor allen Leuten – sie meinte vor ihrem Enkel Rémi Laffond – so nah neben ihrem Mann zu sitzen.

Rémi Laffond – an diesem Sonntag entdeckte ich sein Lachen, das Leuchten seiner Augen, ein junges Gesicht, einen anderen Menschen.

Es war zwei Uhr. Der Garten dampfte unter einem feinen Sprühregen, durch den die Sonne schien, und die Feuchtigkeit verstärkte alle Gerüche.

Laffond stand auf und ging hinaus. Wenig später kam er mit zwei Regenmänteln und zwei Paar Stiefeln zurück.

„Jetzt brauche ich Ihnen nur noch den Wald zu zeigen", sagte er.

DER Wald seufzt, knistert, tropft. Er ist groß und dicht. Manchmal durchläuft ihn ein Rauschen, und die unterschiedlichsten Gerüche steigen auf. Er lebt so sehr, daß es einem den Atem benimmt.

Wir verlassen den Weg und wandern kreuz und quer durch das Gewirr von Stämmen. Laffond geht voraus. Er kennt sich hier aus. Es ist sein Reich.

„Schauen Sie!"

Eine Vertiefung inmitten von Blättern und Zweigen.

„Eine Wildschweinsuhle", erklärt er.

Er hockt sich hin, fährt mit der Hand über den Boden, fördert ein Büschel Borsten zutage. „Stundenlang habe ich als Junge auf sie gewartet! Ich wollte unbedingt sehen, wie sich ein Wildschwein niederlegt! Aber natürlich rochen mich die Biester! Da konnte ich noch soviel schwören, daß ich ihnen nichts tun würde!"

Wir bahnen uns unseren Weg durch Gestrüpp und Unterholz. Plötzlich dringt ein Lichtstrahl durch das Dickicht. Einige Baumstämme liegen auf dem Boden, in einem Bett aus Rindenstücken und Sägespänen. Laffond beugt sich hinunter und zählt die Ringe an der Schnittfläche. „Der da war dreiundneunzig Jahre alt."

Ich setze mich auf das glatte Holz, drücke meine Handflächen fest darauf, freue mich wieder an diesem Gemisch aus Glätte und Rauheit. Kindheitserinnerungen steigen auf.

„Als kleines Mädchen machte es mir großen Spaß, auf gefällten Bäumen zu balancieren ..., ich konnte nicht genug davon bekommen. Es gab mir das Gefühl, mächtig zu sein. Es war dabei wichtig, mit geschlossenen Augen wirklich ganz bis zum Ende des Stammes zu gehen. Die ersten Schritte waren nicht schwer: Der Stamm war dick. Doch weiter vorne wurde er immer dünner und bog sich unter meinem Gewicht durch. Ich redete mir ein, daß der Stamm einen tiefen Fluß überbrückte, in dem Krokodile auf mich lauerten. Fiel ich hinunter, war ich verloren. Die letzten Schritte lief ich immer ganz schnell mit klopfendem Herzen. Einmal bin ich dann doch hinuntergefallen. Die Wunde mußte sogar genäht werden."

Ich zeige ihm die Narbe am Haaransatz.

„Aber die Krokodile haben Sie Gott sei Dank nicht gefressen!" sagt Laffond lächelnd. Er setzt sich zu mir. „Erzählen Sie mir noch mehr von sich. Ich kenne Sie so wenig."

Und ich erzähle. Während er als Junge durch den Wald streifte, ging ich brav in den Alleen des Bois de Boulogne spazieren. Ich wohnte in Neuilly, einem schönen Pariser Viertel. Für jede gute Zensur bekam ich Geld, das ich für sinnloses Zeug ausgab. Mir war nie bewußt, daß ich zu den Privilegierten gehörte.

Laffond lacht. Privilegiert? Er war privilegiert gewesen, viel mehr als ich. Von seinem Fenster aus sah er nichts als die herrlichen Farben des Himmels und der Bäume. Und beim Einschlafen rauschte der Wald wie das Meer.

Ich schließe die Augen und höre ihm zu. Der Geruch des frischen Holzes mischt sich mit dem der Tannennadeln, mit Harzduft und dem Duft des feuchten Mooses. Hier werden sie komponiert, die Gerüche des Sommers. Es hat zu regnen aufgehört.

„Und was wurde aus dem kleinen Mädchen, das so gern auf Baumstämmen balancierte?" fragt Laffond.

Ja, was wurde aus dem kleinen Mädchen? Ich hatte Gilles mit zwanzig geheiratet. Wenn Glück die Summe all jener Augenblicke ist, in dem einer mit dem anderen übereinstimmt, mit dem, was er tut, mit seiner Art, die Dinge zu sehen, zu leben, dann kann ich sagen, daß wir glücklich waren. Und dann Jean-Daniel ...

Laffond hatte seine Frau Denise, ein Mädchen aus dem Nachbardorf, schon als Junge gekannt. Sie teilten gemeinsame Erinnerungen an die Kindheit, an diesen Wald. Die Großeltern mochten Denise gern. Sie trug den Ehering, den Laffonds Großvater seinerzeit der Großmutter gekauft hatte. Ja, auch sie lebten „in Übereinstimmung". Und dann Marylène . . .

Ein Gefühl von Schmerz und Größe erfaßt mich. Ich mag nicht mehr sprechen. Ich versuche, mir alles unauslöschlich einzuprägen: der reingewaschene Himmel, das leise Rauschen der Bäume.

Es ist vier Uhr, ein Sonntag im Juli. Wir kehren zurück.

VII

HEUTE morgen haben wir Laure zum Flughafen gebracht. Am Schalter für die Gruppenreisen drängten sich bereits viele Jugendliche. Die meisten waren mit ihren Eltern gekommen – und diese schienen fast aufgeregter als ihre Sprößlinge. Überall hingen Hinweisschilder mit den Namen der einzelnen Organisationen. Laure hatte die ihre bald gefunden. Sie entdeckte ihre Freundinnen und lief auf sie zu. Sofort wurde sie umringt und begeistert empfangen.

Es war das erste Mal, daß Laure ohne uns verreiste. Elf Jahre war sie alt; plötzlich kam sie mir sehr klein vor. Zum Abschied drückte ich sie noch einmal ganz fest an mich. Als ich sie erinnerte, daß sich in ihrer Umhängetasche Paß, Geld und der Zettel mit meiner Adresse auf dem Land befanden, antwortete sie leicht gereizt, das hätte ich ihr jetzt schon oft genug gesagt. Sie hielt ihrem Vater noch rasch die Wange hin, doch seine Mahnung: „Schreib uns gleich, wenn du angekommen bist", hörte sie sicher nicht mehr. Sie war bereits wieder bei ihren Freundinnen.

Am Ausgang blieben wir noch einmal stehen und sahen uns nach ihr um. Sie zog gerade ihren neuen Tennisschläger aus der Tasche und zeigte ihn stolz einer Freundin.

„Wir haben eine glückliche Tochter", stellte Gilles fest.

Als wir im Auto saßen, überkam uns plötzlich ein Gefühl der Leere. Sogar die Landschaft schien verändert: Wir betrachteten sie ohne Laure. Vom Flughafen fuhren wir nicht mehr nach Hause – auch ich hatte am Morgen gleich meinen Koffer ins Auto gepackt –, aber wir hielten bei einem Supermarkt in einem Pariser Vorort, wo wir zwei Einkaufswagen mit Lebensmitteln füllten. Als ich noch eine Packung Cannelloni obendrauf legte – Jean-Daniels Leibspeise –, las ich die Angst in Gilles' Augen. Und wenn er nun doch nicht kommt? schien er stumm zu fragen. Doch dann sagte er lachend: „Vergiß nicht, eine mindestens zwei Zentimeter dicke Schicht Parmesankäse darüberzustreuen!"

Für Gilles kaufte ich alles, was man braucht, um Longdrinks zuzubereiten, Rum und Fruchtsäfte. Und für uns beide je ein Paar

Gartenhandschuhe. Gilles wollte an den Wochenenden aufs Land kommen und im August vielleicht sogar länger bleiben.

Während wir an der Kasse warteten, blickte er auf die Uhr.

„Jetzt ist Laure gestartet!"

Wir lächelten einander an, wir hatten so vieles gemeinsam.

Als wir Paris verließen, herrschte dichter Verkehr. Wir nahmen die Landstraße und fuhren durch viele kleine Ortschaften. Schließlich erreichten wir das Dorf am Rand der Ardennen. Ich zeigte Gilles ein schiefergedecktes Restaurant, dessen Besitzer mir Inspektor Laffond auf der Rückfahrt vorgestellt hatte. Von hier aus würde ich Gilles notfalls anrufen können. Meine Besorgungen konnte ich mit dem Fahrrad erledigen.

Ich hatte Gilles den Zustand des Gartens als so fürchterlich beschrieben, daß er ihn nun gar nicht so schlimm fand. Es sei immer besser, zuviel als zuwenig Arbeit zu haben, meinte er. Nach diesem Sommer würde man den Garten jedenfalls nicht mehr wiedererkennen.

Eine Frau aus dem Dorf war in der Zwischenzeit dagewesen, um im Haus sauberzumachen. Die Fenster standen offen. Der große Raum mit dem Kamin, den Deckenbalken und die alte Holztreppe mit den knarrenden Stufen gefielen Gilles auf den ersten Blick.

Wir räumten unsere Vorräte ein und machten die Betten. Ich erzählte ihm von Marylène, die so jung an Leukämie gestorben war.

Gegen Abend wanderten wir über das Feld auf den Wald zu. Wir blickten auf eine Landschaft, die uns fremd war – mit leuchtenden Farben, ein wenig schwermütig. Das Gras war gemäht, die Mohnblumen verschwunden, nur da und dort blühte Klee oder eine lila Glockenblume.

Aus dem Wald strömte uns ein würziger Geruch entgegen. Ich erkannte ihn sofort wieder. Um eine Eiche flatterten winzige grüne Schmetterlinge. Dort vorne begann das Dornengestrüpp, weiter drinnen gab es die Wildschweinsuhle, und noch weiter im Inneren lagen Baumstämme auf einer kleinen Lichtung.

Als es dunkel wurde, gingen wir langsam zum Haus zurück – schweigend, in Gedanken versunken.

„Ach, Gilles", sagte ich, einer plötzlichen Regung folgend, „in der letzten Zeit wußte ich oft nicht mehr, wohin ich gehöre. Ich war so verwirrt und hatte das Gefühl, mein ganzes Leben sei ohne Sinn gewesen. Ich habe mich immer gefragt: Warum überhaupt noch weitermachen?"

Gilles sah mich an. In seinem Blick lag soviel Wärme. „Ich weiß", sagte er nur. „Und ich habe große Angst gehabt, mein Liebling."

Ich hakte mich bei ihm unter. *Mein Liebling*..., so hatte er mich seit Jahren nicht mehr genannt ... Ich gehörte zu Gilles, war ein Teil von ihm.

Als wir das Haus erreicht hatten, blieb Gilles stehen. Er holte tief Luft und rief ganz laut in die Dunkelheit: „Bitte, lieber Gott, mach, daß er wiederkommt!"

Das war alles, was er über unseren Sohn sagte.

Nach dem Abendessen setzte ich mich ins Wohnzimmer, um Jean-Daniel zu schreiben; Gilles bastelte an dem Fernsehapparat herum, den er unbedingt für mich hatte mitnehmen wollen. Ich schrieb ihm, daß ich nach all der Aufregung ein großes Bedürfnis nach Ruhe hätte und mir Zeit nehmen wolle, um nachzudenken. Ein Bekannter habe uns ein Haus zur Verfügung gestellt, und ich glaubte, es würde ihm gefallen. Es läge am Rande der Ardennen, die es zu entdecken gelte. Außerdem gebe es viel Arbeit im Garten, von der ich wenig verstünde. Ich könnte das Unkraut von den anderen Pflanzen meist nicht unterscheiden. Vielleicht hätte er Lust zu kommen, um mir ein wenig zu helfen, und sei es auch nur für kurze Zeit, sei es auch nur für einen Tag. Es würde mich so glücklich machen. Und dann hätte ich ihm auch so viel zu sagen.

Ich hatte ihn ja so lieb. Als Gilles am darauffolgenden Tag wieder nach Paris fuhr, warf er meinen Brief im Dorf in den Briefkasten.

HEUTE morgen ist ein alter Mann zum Haus gekommen. Er brachte mir vier frische Eier in seiner Mütze. Als er gesehen hatte, daß die Läden offenstanden, und gehört hatte, daß Laffond sein Haus einer „Dame aus Paris" zur Verfügung gestellt hatte, war er gekommen, um zu fragen, ob die „Dame" irgend etwas brauche.

Er legte die Eier vorsichtig auf das Fensterbrett und bat mich um Erlaubnis, die Mütze wieder aufsetzen zu dürfen. Wir tranken kühlen Most, und er erzählte mir von seinem Leben, das heißt vom Wald.

All die grünen Bäume dort drüben, das waren seine „Untertanen", sein Reich. Natürlich nicht wörtlich genommen, aber seit fünfzig Jahren war er für den Wald verantwortlich – wie vor ihm sein Vater. Er kannte fast jeden Baum, hatte viele selbst gepflanzt und wachsen sehen. Darum waren er und Laffonds Großvater auch ein Herz und eine Seele gewesen. Der eine hatte für den Wald, der andere für dessen Bewohner zu sorgen.

Der alte Mann sprach langsam, den Blick auf seinen Wald gerichtet. Eile? Kann man in Eile sein, wenn man inmitten von Eichen lebt? Sie brauchen hundertfünfzig Jahre, bis sie sich zum Fällen eignen. Früher pflanzte man sie für seine Enkel. Heute zog man Nadelwälder vor, da hatte man rascher einen Ertrag.

Während er erzählte, war Wind aufgekommen. Prüfend blickte er zum Himmel. „Das ist der weiße Wind", erklärte er dann, „der, der die Blätter von den Bäumen reißt."

Ich begleitete ihn bis zum Weg, und wir kamen an dem Unkrauthaufen vorbei, den ich in einer Ecke des Gartens mit dem Rechen zusammengeharkt hatte. Ich erklärte dem Alten, daß ich ihn erst verbrennen wolle, wenn mein Sohn da sei. Und daß alles, was er mir von seinem Leben erzählt habe, meinem Jungen sehr gefallen hätte. In Paris sei Jean-Daniel nie so recht glücklich gewesen – so, als hätte er dort nicht genug Luft zum Atmen gehabt.

Der Alte nickte verständnisvoll, und ich bat ihn, bald wieder einmal vorbeizuschauen.

Nach dem Mittagessen fuhr ich ins Dorf, um ein paar Einkäufe zu machen. Wie schön war es, wieder auf einem Fahrrad zu sitzen! Die Straße war eben, gegen Ende etwas abschüssig. Während ich in die Pedale trat, mußte ich an jenen Tag denken, als man mich vom Krankenhaus aus angerufen hatte. Zwischen damals und heute schien eine Ewigkeit zu liegen.

Im Nu taucht das Dorf vor mir auf, kreisförmig um die Kirche geduckt. Die Glocken läuten, zwingen mich, den Kopf zu heben und die Frage nach Gott zu stellen. Als ich noch ein Kind war, lehnte ich mich gegen den Gedanken auf, daß es lediglich zu unserem Besten sei, wenn Gott uns Prüfungen schicke. Heute bin ich mir nicht mehr sicher. Denn seit einiger Zeit fühle ich mich reich. Diese zwei Kilometer zum Dorf sollten hundert sein. Ich möchte ewig so weiterradeln.

ER KAM am Mittwoch um die Mittagszeit. Einen Moment lang blieb er am Gartentor stehen und schaute unschlüssig auf das Haus, so als frage er sich, ob er hier richtig sei.

Ich war gerade in der Küche und schälte Äpfel, als ich ihn durchs Fenster sah. Ich warf das Messer weg, spülte rasch die Hände ab und lief ihm entgegen. Wir fielen einander in die Arme.

Jean-Daniel war von Beauvallon aus getrampt, in zwei Tagen. Er kam mir größer und magerer vor, aber er war braun gebrannt und sah gut aus. Er stellte seine Tasche ab, und wir machten eine Runde durch den Garten. Ich wies auf den Unkrauthaufen und sagte: „Ich habe auf dich gewartet, um ihn zu verbrennen. Hier geht immer ein Wind, und da hatte ich Angst."

Bei den Rosenbüschen, die ich vom Gestrüpp befreit hatte, blieb er

stehen und bückte sich. Als er sich aufrichtete, hielt er ein Schnecken-
haus in der Hand. „Erinnerst du dich an die kleinen Schnecken?"

Ich nickte. Ja! Ich erinnerte mich.

„Freunde hatten mich auch so genannt, letzten Sommer ...",
meinte er nachdenklich.

Ich sagte ihm, daß mir hier viele Erinnerungen an das *Haus* kämen,
wahrscheinlich, weil ich in solcher Abgeschiedenheit lebte. Auch an
unsere Nächte unter dem Sternenhimmel dächte ich oft.

Jean-Daniel lachte. „Der Sternenhimmel ... Den hätte ich fast vergessen. Dabei war er immer so schön."

Die Reise hatte ihn durstig gemacht, und er trank in der Küche ein
großes Glas Wasser. Wir waren beide befangen und wußten nicht, was
wir einander sagen sollten. Ich schlug vor, einen Rundgang durch das
Haus zu machen.

In dem großen Raum mit den Holzbalken und der Holztäfelung,
dessen Herzstück der Kamin war, erzählte ich ihm von dem alten
Ehepaar, das hier ein einfaches und glückliches Leben geführt hatte.
Ich erzählte von dem kleinen Jungen, den niemand wollte und der ihr
Leben mit Helligkeit erfüllt hatte. Aus dem Jungen war später ein
Inspektor geworden – Rémi Laffond, er kenne ihn ja von dem Kran-
kenhausbesuch. Ein feiner Mann, der in seinem Leben viel gelitten
habe und doch stets bemüht sei, anderen Menschen zu helfen.

Die Soldaten auf dem Kaminsims gefielen Jean-Daniel besonders
gut. An den liebevoll nachgebildeten Uniformen, den Gewehren und
dem Schwung, der den kleinen Figuren innezuwohnen schien, konnte
er sich gar nicht satt sehen. Er zeigte auf den Trommler. „Da hat einer
beim Kampf einen Arm verloren!"

„Hauptsache, es ist ihm noch einer geblieben", entgegnete ich. In
diesem Augenblick schien er mir etwas angemerkt zu haben, denn er
wandte sich um und schaute mich an, verwundert, beunruhigt – ein
fragender Kinderblick in einem empfindsamen, verletzlichen Gesicht.
Mein Sohn. Unter dem Ansturm der Zärtlichkeit, die ich für ihn
empfand, mußte ich einige Sekunden lang die Augen schließen.

Stockend sagte er: „Bitte, Mama, du darfst das Ganze nicht so
schwernehmen. Was in Paris geschehen ist, das war letztlich nicht so
wichtig."

„Ich weiß", antwortete ich und lächelte ihm zu.

Janine Boissard

Was veranlaßt eine erfolgreiche Schriftstellerin, glückliche Ehefrau und Mutter von vier erwachsenen Kindern, ein Buch über einen drogensüchtigen Jugendlichen zu schreiben?

„In erster Linie wollte ich die Aufmerksamkeit jener Leute wecken, die denken, daß so etwas immer nur den anderen passiert", sagt Janine Boissard ernst. „Das Drogenproblem geht uns alle an. Es ist ein unangenehmes Thema, und ich habe oft mit dem Gedanken gespielt, es wieder zu verwerfen. Aber kann ich einen realistischen Roman über eine Familie von heute schreiben und das Drogenproblem ausklammern? Obwohl man doch weiß, daß den Jugendlichen dieses Zeug, das sie ins Verderben stürzt, überall angeboten wird – auf der Straße, in der Schule, an der Universität? Wie leicht kann auch das eigene Kind davon betroffen sein."

Daß das Drogenproblem ein Thema ist, das auch in der Bundesrepublik leider nicht an Aktualität verloren hat, beweisen die Statistiken: 1987 stieg die Zahl der Rauschgifttoten gegenüber dem Vorjahr um mehr als 100 auf etwa 450 Personen. Auch die Zahl der „Neueinsteiger" hat in besorgniserregender Weise zugenommen. Als besonders gefährdet gilt die Altersgruppe der 18- bis 19jährigen. Der Griff zur Droge kann die unterschiedlichsten Gründe haben – öfter, als man glaubt, spielt der Zufall eine Rolle, und nicht immer bietet ein wohlgeordnetes Elternhaus einen Schutzwall gegen Rauschgift.

Janine Boissard möchte mit ihrem Roman einen Beitrag dazu leisten, daß Eltern lernen, Anteil an den Problemen ihrer Kinder zu nehmen. „Wenn mein Buch ein wenig der Vorbeugung dienen könnte, wäre ich sehr glücklich", erklärt die engagierte Französin, die immer wieder Probleme unserer Zeit in den Mittelpunkt ihrer Erzählungen gestellt hat. Mit dem Schreiben begann die gebürtige Pariserin schon in der Schule. Heute ist Janine Boissard Mitarbeiterin zahlreicher französischer Zeitschriften und eine gefragte Bühnen- und Fernsehautorin. In Deutschland erschienen bisher ihre erfolgreichsten Romane: *Noch dazu vier Mädchen*, *Die letzten Tage des Frühlings*, *Zwischen heute und morgen*, *Sommerglück im Winter* und der Emanzipationsroman *Eine neue Frau*.

Jumbo tut der Stoßzahn weh

Eine Kurzfassung des Buches von
DAVID TAYLOR
Nach der Übersetzung
von Rosemarie Winterberg
Mit zahlreichen Fotos

*W*ie betäubt man einen Elefanten mit vereitertem
Stoßzahn?

Was bringt einen Wüstenskorpion zum Strahlen?

Und warum heißt ein Tiger am Ganges nicht
„Tiger"?

Knifflige Fragen? Dr. Taylor weiß die Antwort.
Denn der reisende Zootierarzt, ständig auf Achse
zwischen Arabien und Grönland, Florida und
Singapur, zählt die ausgefallensten Tierarten zu seinen
Patienten. Mit Humor und Herz berichtet er von den
abenteuerlichen Erlebnissen aus seiner Praxis: vom
Ringkampf mit der Riesenschlange und dem Tanz mit
dem Vampir, vom Betriebsunfall mit der Gazelle und
dem Kraken auf dem Rennrad, vom niesenden Otter und
dem fliehenden Flamingo ...

1. Kapitel

WIE Garnelen, die ihre Felsenschlupflöcher verlassen, wenn sich abends die letzten Sonnenstrahlen im dunklen Meer verlieren, tauchten auf der Plaza Gomila in Palma de Mallorca die Touristen auf. Schon in ihren Hotels hatten sie sich in Stimmung gebracht mit süßem Wein und Cola mit Rum, und jetzt machten sie sich, frisch geduscht, aber krebsrot vom ausgiebigen Sonnenbaden, auf in die Kneipen oder Diskotheken, die ihnen das Gefühl gaben, gar nicht von zu Hause fort zu sein. Was würde sie erwarten an jenem Abend? Eine flüchtige Romanze mit einer blonden, hübschen Skandinavierin oder einem dunkelhaarigen spanischen Fremdenführer? Ein grellbunter Cocktail, den sie zu Hause in Barnsley oder Bielefeld „affenscheußlich" fänden? Hausierer mit Goldschmuck, Lotterielosen oder Blumen? Literweise spanischer Wein, den sie aus einem eigenartigen Gefäß namens *Porrón* trinken mußten, was ihnen der Kellner vergeblich beizubringen versuchte?

Ein Erlebnis, auf das sie jedenfalls nicht vorbereitet waren, bot ihnen der Anblick eines großen Tieres, das, von Valium halb betäubt, über die Plaza torkelte und dessen glattes Fell im grellen Schein der Neonlichter von „Pacos El-Topless-Bar" purpurrot und gelb leuchtete. Die Begegnung mit einem 150 Kilo schweren, ausgewachsenen weiblichen Patagonischen Seelöwen – das war schon etwas, worüber es sich nach Hause zu schreiben lohnte!

Nina, die Seelöwin, watschelte übers Pflaster, während wir – ein paar Freunde vom *Marineland*, einem Freizeitpark in Palma Nova, und ich –, sie vorwärts scheuchten.

„Oh, sieh doch, dieses, dieses ..., was ist es, Erich? Schnell, ein Foto! Nein, ist das putzig! Ob es wohl angespült worden ist?"

Die Touristen machten Nina Platz, die wie ein Raupenfahrzeug an ihnen vorbeischaukelte und sie keines Blickes würdigte.

„Darf ich es streicheln?" fragte ein Mädchen mit weißem Minirock und großen, nivea-überkleisterten Sonnenbrandflecken auf den Schultern.

„Lieber nicht", warnte ich.

„Ach, schade – es ist reizend!"

Was die Feriengäste im Neongeflimmer nicht sehen konnten, war
Ninas zersplitterter Unterkiefer, der bei einer Meinungsverschieden-
heit mit ihrem Liebhaber Billy zu Bruch gegangen war. Billy, der
massige Patagonierbulle im Mähnenrobbenbecken von *Marineland,*
war wie die meisten Männchen seiner Art ein recht anmaßender
„Macho", stolz auf seinen runden Kopf und den Stiernacken mit der
schmucken Pelzkrause. Auf den ersten Blick sieht Billy eigentlich
ganz gemütlich aus mit seiner Stupsnase und seinen intelligenten Kul-
leraugen; außerdem besitzt er ein großes Repertoire an schnüffelnden,
schnaubenden und kehlig lachenden Geräuschen. Aber geschlechts-
reife Bullen aller Seelöwenarten sind strenge Zuchtmeister, die den
Schönen in ihrem Harem gerne zeigen, wer Herr im Hause ist. In der
hierarchisch geordneten Welt von Billy und seinesgleichen gilt für
weibliche Wesen das Motto: Du redest erst, wenn du gefragt wirst, du
kennst deinen Platz, und Widerspruch wird nicht geduldet!

Nina hatte an diesem Nachmittag wohl etwas geäußert oder getan –
zurückgemault vielleicht? –, denn plötzlich sah der Alte rot. Billy versetzte Nina kurzerhand einen heftigen Schlag mit seinem mächtigen
Schädel. Ohne einen Ton – ich habe noch nie erlebt, daß ein Seelöwe
vor Schmerz schrie, stöhnte oder heulte –, zog sich Nina zurück, doch
Seelöwentrainer Marcus sah sofort, daß sie verletzt war. Sie brachte
das Maul weder richtig auf noch zu, und von ihren Lippen rann ein
dünnes Rinnsal Blut. Marcus bot ihr einen Hering, dann eine Makrele
an, und schließlich versuchte er's auch noch mit einem frischen Tintenfisch. Doch Nina, sonst eher ein Vielfraß als ein Feinschmecker,
drehte den Kopf weg und legte sich im Schatten nieder.

Eine halbe Stunde später war ich zum Londoner Flughafen unterwegs, um die Maschine nach Mallorca zu erwischen. Nina war ein
Geschenk des großen Tierparks von San Diego in den USA und eines
der nettesten Geschöpfe in *Marineland*. Dessen Direktor, Robert Bennett, hatte mich angerufen und mich gebeten, so schnell wie möglich
nach Palma Nova zu kommen. Nina durfte nichts geschehen! Doch
inzwischen befürchtete Bennett das Schlimmste – zu Recht, wie sich
herausstellen sollte.

Das war 1983, und ich konnte mich mit Fug und Recht als der tierärztliche Feuerwehrmann der internationalen Zoowelt bezeichnen.
Habe Narkosepistole, komme sofort! Ich teilte meine Praxis mit
Andrew Greenwood, und zu unseren Patienten zählten die ausgefallensten und kostbarsten Tiere von Grönland bis Afrika, von Arabien
bis Fernost. Auch in Europa waren wir ständig unterwegs – in
Deutschland, in der Schweiz oder in Frankreich hatten wir ebenso

viele „Sorgenkinder" wie in Spanien und Italien. Unser Assistent Chris Furley beendete gerade sein viertes Jahr im „Oasenzoo" von Al-Ain im Scheichtum Abu Dhabi und hatte sich längst zu einer Autorität auf dem Gebiet der arabischen Gazellen entwickelt.

Nachdem mich also Robert Bennett am Telefon kurz über den Fall Nina ins Bild gesetzt hatte, fuhr ich zum Flughafen. Während des zweieinhalbstündigen Fluges hatte ich Gelegenheit, über die Behandlungsmöglichkeiten nachzudenken. Ich nehme mir meistens die Zeit für solche theoretischen Betrachtungen. Natürlich hängt viel davon ab, ob man mir am Telefon über das, was mich an Ort und Stelle erwartet, genaue Angaben macht, aber im allgemeinen habe ich mit Profis zu tun, die es gewohnt sind, Tiere objektiv zu beobachten. Hysterisches Schreien oder Weinen am anderen Ende der Leitung kommt so gut wie nie vor.

Während die Iberia-Maschine die englische Küste überflog, durchforschte ich mein Gedächtnis nach Seelöwen, deren Kopfverletzungen ich bereits behandelt hatte.

Die Zähne eines Seelöwen sind scharf und seine Kiefermuskeln kräftiger als die einer Bulldogge. Ich hatte bei Seelöwen schon unzählige Bißwunden, aufgerissene Lippen und zerfetzte Wangen versorgt. Meist mußten diese Verletzungen mit Antibiotika nachbehandelt werden, damit Infektionen verhindert wurden.

In Seelöwenmäulern wimmelt es nur so von Keimen. Ich halte ihren Biß sogar für „infektionsträchtiger" als den von Krokodilen oder Schimpansen, und schon diese Spezies tragen in ihrem Maul eine erschreckende Auswahl von Bakterien mit sich herum. Früher, in den Zeiten der Walfänger und Seehundhäuter, führte der Biß eines Seelöwen oft zum gefürchteten „Walspeckfinger". Die Bakterien rufen eine dermaßen schmerzhafte Entzündung der Bißwunde hervor, daß Männer sich schon den Finger oder die ganze Hand abgehackt haben, nur um die rasende Pein loszuwerden. Heutzutage werden solche Infektionen erfolgreich mit Tetracyclinen bekämpft.

Ich konnte mich an einige Fälle erinnern, in denen ein Seelöwe sich bei einer Kabbelei den Kiefer ausgerenkt hatte. Der Tierarzt verfährt nicht anders als ein gewöhnlicher Arzt: Er verabreicht seinem Patienten ein starkes Beruhigungsmittel und versetzt dann den verrutschten Kinnbacken mit einem gezielten Hieb in seine ursprüngliche Lage. Ein Kieferbruch dagegen ist viel schlimmer. In zwanzig Praxisjahren waren mir lediglich zwei Seelöwen mit einer solchen Verletzung untergekommen. Einer, ein gestrandetes Jungtier, das man mit einem glatten Bruch an der Kinnspitze aufgefunden hatte, erholte sich gut,

nachdem wir seine beiden Eckzähne im Unterkiefer mit rostfreiem
Stahldraht umwickelt und miteinander verbunden hatten. Fünf
Wochen lang sah der Kleine wie ein Schulkind mit Zahnspange aus,
dann war der Bruch verheilt.

Dem zweiten Fall lag ein außerordentlich dramatisches Ereignis
zugrunde: Ein Psychopath war, mit einem großkalibrigen Jagdge-
wehr bewaffnet, in den kleinen Zoo von Cleethorpes in Lincolnshire
eingedrungen und hatte wild um sich geschossen. Als Alarm ausgelöst
wurde, ergriff der Täter die Flucht, aber nicht ohne zuvor mehrere
Schwäne und einen Affen zu töten. Außerdem hatte er einen See-
löwenbullen getroffen, der blutend und mit deutlich schiefem Unterkiefer auf dem Boden liegenblieb.

Als ich in Cleethorpes eintraf, hatte man ihn mit Hilfe mehrerer dik-
ker Holzbretter in einer Ecke des Seelöwenhauses eingesperrt. Sein
Kopf war bereits stark angeschwollen, und er hatte seit fast vierundzwanzig Stunden nichts mehr gefressen. Durch einen Spalt zwischen
den Bretterwänden konnte ich dem Bullen eine Spritze mit Phencyclidin verpassen, die ihn außer Gefecht setzte. Sein Kiefer war an der
Stelle gebrochen, wo die Kugel eingedrungen war. Ein Gipsverband
oder eine Schiene kam nicht in Frage – ich mußte operieren!

Bald war der zerschmetterte Kiefer bloßgelegt, die Kugel steckte
völlig verformt in einem Splitter. Unter solchen Umständen gleicht
eine Operation der Arbeit eines Schreiners: Ich fügte die Knochenteile
zusammen und fixierte sie mit Hilfe einer länglichen Vitalliumplatte.
Anschließend wickelte ich auch noch dünnen Stahldraht um den Kieferknochen, um ihm besseren Halt zu geben.

Das Seelöwenhaus war vor der Operation mit Desinfektionsmittel
ausgespritzt worden. Da ich aber wußte, wie leicht sich auf und unter
der bakterienverseuchten Haut der Seelöwen Infektionen bilden, verpaßte ich dem bewußtlosen Tier zum Abschluß eine kräftige Dosis
Breitbandantibiotikum.

Nach der Operation dauerte es lange, bis der Seelöwe aus der Narkose erwachte. Das Phencyclidin baute sich in seinem Körper nur
langsam ab, und erst nach anderthalb Tagen war er wieder voll bei
Sinnen. Aber gut ging es ihm nicht. Die Schwellung in der Kieferge-
gend blieb, aus der Wunde sickerte eine übelriechende Flüssigkeit.
Bald bekam er hohes Fieber. Noch mehr Antibiotika waren fällig, und
ich zog ein paar Fäden aus der Naht, um den Abfluß zu verbessern.
Umsonst – der Zustand des Patienten verschlechterte sich rapide. Den
Grund dafür fand ich im Bericht des Labors, das ein paar Tropfen des
Wundsekrets untersucht hatte: Es war voll beladen mit einer bösarti-

gen Bakterie, die gern an feuchtwarmen Orten lebt wie etwa in Blumenvasen – dort in Ihrem Chrysanthemenstrauß auf dem Fenstersims sitzen sicher auch ein paar – und natürlich überall in und an einem Seelöwen. Der Erreger heißt Pseudomonas, und zumindest damals schien er völlig resistent gegen alle Antibiotika, die entdeckt worden waren. Eine Woche nach der Operation ging der Seelöwe an einer von Pseudomonasbakterien hervorgerufenen Blutvergiftung ein. Ich war äußerst niedergeschlagen, und seit dieser unglücklich verlaufenen Operation schrecke ich vor Eingriffen bei dieser Tierart zurück.

Vor meiner Abreise nach Mallorca hatte ich Robert Bennett gebeten, mit einer kleinen Tierklinik in Palma, die einen Röntgenapparat besaß, einen Termin für den Abend zu vereinbaren. Und dies war auch der Grund, weshalb wir nun einen von Valium halb betäubten Seelöwen übers Straßenpflaster scheuchten. Ich war vom Flughafen ins *Marineland* gerast und hatte sofort gesehen, daß Ninas Kiefer gebrochen war. Ich hatte ihr das Beruhigungsmittel verabreicht, und dann fuhren wir sie mit dem Transportwagen in die Stadt. Nina, ein außerordentlich kluges Tier, zeigte sich kooperativ und schleppte sich vom Parkplatz über die Plaza bis zur Klinik. Bennett und ich bildeten die Nachhut; Marcus, ihr Trainer, ging neben ihr und trug ein Sperrholzbrett bei sich, um ihr den Weg zu versperren, falls es ihr etwa einfallen sollte, auf einen Sprung in Carlos' Nachtclub vorbeizuschauen.

Schüchtern blickte sich Nina in der Tierklinik um; mit ihrer dicken Backe sah sie aus wie ein Patient in der Folterkammer des Zahnarztes. Damit ich röntgen konnte, mußte ihr Kopf still auf den Platten ruhen. Vom Valium war Nina zwar beduselt, aber um sie für ein paar Minuten zu betäuben, brauchte ich ein stärkeres Mittel. Marcus holte ein Nylonnetz aus dem Wagen, das wir über sie warfen. So hielten wir sie sanft auf dem Sprechzimmerboden fest, und ich konnte ihr durch die Maschen des Netzes eine schnellwirkende Ketaminspritze geben. Die ganze Zeit mußte ich an den Seelöwen von Cleethorpes und sein trauriges Ende denken. Hoffentlich, so flehte ich insgeheim, erscheint auf dem Röntgenbild bloß eine nette, simple Verrenkung!

Natürlich kam es anders. Auf dem Röntgenbild sah Ninas Unterkiefer wie ein auseinandergefallener Scheiterhaufen aus. Bestürzt erklärte ich Bennett die Situation: Der Seelöwe hatte einen Trümmerbruch! Dieses Chaos von Knochensplittern bloßzulegen wäre reine Zeitverschwendung.

Der Direktor des Freizeitparks war fassungslos. „Sind Sie sicher, daß nichts zu machen ist?" murmelte er. „Nina kann doch nicht fressen. Sollen wir sie etwa verhungern lassen?"

Ich blickte auf den betäubten Seelöwen, der ausgestreckt auf dem Boden lag und sich zu regen begann, da die Wirkung des Ketamins nachließ. „Eine tragische Geschichte", antwortete ich finster. „Es gibt keine Möglichkeit, diesen Bruch zusammenzuflicken! Ich kann überhaupt nichts machen ..." Nichts machen? Nina schlug ein Auge auf und schaute trübselig zu uns hoch. Und wenn ich nun tatsächlich „nichts machte", sie einfach nur pflegte? Ihr Vitamine, Minerale, gewebebildende Hormone gab (von der Art, wie sie olympische Athleten nicht nehmen sollen) und einfach abwartete? Aber wie sollte die Seelöwin mit ihrem zerschmetterten Kiefer Futter aufnehmen? Konnte sie Wasser schlürfen, um ihren Durst zu löschen? Ich hatte schon viele Vögel mit Knochenbrüchen gesehen, die ohne tierärztliche Hilfe ganz gut verheilt waren, und ich erinnerte mich an ein Experiment, das man in Südafrika bei Rindern mit gebrochenen Beinen durchgeführt hatte: Man überließ die Tiere einfach sich selbst in einem weiten Gelände, wo es das ganze Jahr über Gras und Wasser zur Genüge gab. Zwei Jahre später war noch ein Großteil der Ausgesetzten am Leben und marschierte, wenn auch nicht durchweg in perfekter Gangart, auf geheilten Gliedern herum.

Aber ein Seelöwe mit gebrochenem Kiefer war doch etwas anderes. Ich zweifelte, ob diese Verletzung auf natürlichem Wege ausheilen würde. Immerhin, versuchen konnten wir's ja mal ...

„Wissen Sie was?" sagte ich zu Bennett. „Wenn wir eine Möglichkeit finden, Nina Wasser einzuflößen und Nahrung in ihren Rachen zu stopfen, so daß sie bei Kräften bleibt, dann wäre ich geneigt, den Knochenbruch nach der türkischen Methode zu behandeln."

„Was ist das – die türkische Methode?"

„Gar nichts tun! Wir werden Nina lediglich ein Präparat verabreichen, das die Knochenbildung fördert."

„Und wie wollen Sie den Seelöwen füttern?"

„Lassen Sie Nina jetzt in den Wagen verladen und nach *Marineland* zurückbringen, und dann brauche ich von Ihnen nur noch den alten Seelöwenkäfig und Pauline."

Wir wickelten die schläfrige Nina in das Nylonnetz und trugen sie hinaus, zur hellen Begeisterung eines deutschen Feriengastes, der uns mit unserem „Fang" vorbeigehen sah und seiner Frau zurief: „Schau nur, Luise! Ich hab dir doch immer gesagt, daß es im Mittelmeer noch genügend Fische gibt! Da kommen die Einheimischen mit einem ganz großen nach Hause!" Unser „großer Fisch" winkte ihm zur Bestätigung schwach mit einer Vorderflosse zu.

Pauline Johann, die fröhliche Delphin- und Seelöwenbetreuerin von

Marineland, war mit Marcus, dem Seelöwentrainer, verheiratet. Ich hatte schon oft beobachtet, wie unbefangen und geschickt sie mit den Tieren umging.

So hatte sie zum Beispiel das Seelöwenjunge Jock mit der Flasche aufgezogen. Mit einer speziellen Seelöwenbabydiät aus püriertem Hering, Öl und Wasser hatte sie ihn aufgepäppelt und während der heiklen Entwöhnungsperiode immer wieder zum Fressen ermuntert. In dieser Zeit müssen die unbeholfenen Tiere manchmal wochenlang mit ganzen Fischen zwangsgefüttert werden, bis sie endlich begreifen, daß sie ja eigentlich die „Löwen der See" und damit mühelos imstande sind, bis zu fünfzehn Kilo Lebendfutter am Tag zu verschlingen. Pauline besaß das Geschick mancher Großmütter, die ihre Enkelkinder dazu bewegen können, lästiges Grünzeug zu essen.

Mein Plan sah folgendermaßen aus: Ich wollte Nina in einen Behandlungskäfig für Seelöwen stecken, eine eigens angefertigte Gitterkonstruktion, in der sie es längere Zeit würde aushalten müssen – möglicherweise einige Wochen. Der Käfig hatte den Vorteil, daß wir uns Nina jederzeit nähern und sie mit dem Schlauch abspritzen konnten, damit ihre Haut in guter Verfassung blieb. Und vielleicht, vielleicht würde es Pauline gelingen, ihr winzige Stückchen Fischfleisch ins übel zugerichtete Maul zu bugsieren.

In *Marineland* wurde Nina also in den Käfig gebracht, und ich erklärte Pauline genau, was sie tun sollte. Die Tierpflegerin besorgte sich eine Schüssel mit zarten Heringsfilets und eine Wasserkanne mit Gummischnabel und machte sich voll Begeisterung ans Werk. Am Abend des ersten Tages hatte sie jedoch überhaupt nichts erreicht. Ihr sanfter Zuspruch, ihre Leckerbissen und das kühle Wasser – alles war zurückgewiesen worden. Aber wenigstens ließ Nina zu, daß Pauline mit den Fingerspitzen ganz nah an ihre Schnauze kam. Wenn Robert oder ich die Seelöwin mit einem Häppchen zum Fressen bewegen wollte, brüllte sie uns an, wurde ausfällig und schnappte gelegentlich sogar nach uns, trotz ihres gebrochenen Kiefers.

Als der nächste Tag anbrach, erschien mir der heitere Himmel wie ein glücklicher Vorbote. Im *Marineland* wurde ich mit der Neuigkeit begrüßt, daß Nina sich von Pauline ein kleines Scheibchen Makrele auf die Zungenspitze hatte legen lassen. Mühsam, umständlich und ohne die üblichen Kieferbewegungen hatte die Seelöwin das Stück Fisch in den Schlund befördert und verschluckt. Und inzwischen hielt sie bereits Ausschau nach mehr!

Das mußte ich mir ansehen, also ging ich in die „Krankenstation". Pauline saß auf einem Schemel vor dem Käfig und beobachtete das

Seelöwenweibchen, dessen Schnauze sich etwa eine Handbreit von ihr entfernt auf der anderen Seite der Gitterstangen befand. Sogleich gewann ich den Eindruck einer intimen Zwiesprache. Man sah Nina an, daß sie hin- und hergerissen war zwischen dem Hunger und dem schlimmen Schmerz in ihrem Maul. Da war das leckere Häppchen, das Pauline ihr still und geduldig vor die Schnauze hielt. Nina starrte immer wieder das Fischstückchen an, dann Pauline. Aber ach, sie wußte nur zu gut um die Qual beim Öffnen des Maules! Sie schaute weg, als brächte Paulines fester Blick sie in Verlegenheit. Doch der verlockende Makrelenduft stieg der Seelöwin in die feine Nase. Nach ein paar Sekunden blickte Nina von neuem zu Pauline auf und dann auf den Leckerbissen. Vielleicht ..., vielleicht, wenn sie die Zunge bloß ein kleines bißchen reckte, den heftig schmerzenden Kiefer ganz langsam sinken ließ ... Paulines Hand kam näher, legte den Fisch tatsächlich auf die Zunge, ganz sachte. Ja, es war Nina gerade eben möglich, den Bissen aufzunehmen und ... zu schlucken! Ein rasender Schmerz durchzuckte sie, aber der Fisch schmeckte köstlich! Wieder erschien Paulines Hand mit einem Stück Fisch, der aber anders roch. Was war das? Ach so, damit der nächste Bissen besser rutschte, hatte Pauline ihn mit himmlischem Lebertran eingeölt!

Es dauerte bis zur Mittagspause, ehe Pauline einen ganzen Fisch häppchenweise an Nina verfüttert hatte. Und der Seelöwe hatte gelernt, Wasser aus der Kanne mit dem Gummischnabel zu trinken. Als die Nacht anbrach, zog Pauline Bilanz: Nina hatte einen zweiten Fisch gefressen – insgesamt also 300 Gramm aufbauender Nahrung zu sich genommen! Das war nicht viel, aber doch genug. Zum erstenmal schöpfte ich ein wenig Hoffnung.

Am folgenden Tag brachte Pauline Nina schon mit etwas weniger Mühe dazu, 500 Gramm Fisch zu fressen, und von da an machte das Paar ständig Fortschritte. Nach zehn Tagen schob Pauline der Seelöwin acht Kilo Hering- und Makrelenstücke ins Maul, darunter einige, die sie mit Vitaminen und Hormontabletten präpariert hatte. Ninas Zustand besserte sich, und nach und nach konnte die Seelöwin den Unterkiefer immer mehr bewegen, obwohl er ein wenig nach links verschoben war und der Eckzahn auf dieser Seite über die Oberlippe hinausragte.

„Das ist unsere geringste Sorge", sagte ich nach vierzehn Tagen zu Bennett, während wir zusahen, wie Nina den Käfig verließ. Ich hatte sie untersucht; sie war so weit wiederhergestellt, daß sie in ein normales Quartier zurückkehren konnte, wenn auch nicht ins gleiche Becken wie der brutale Billy. „Sollte ihr der Zahn in dieser Position zu schaffen machen", fuhr ich fort, „kann ich ihn immer noch ziehen oder abfeilen. Aber erst muß der Kieferbruch ganz verheilt sein."

Irgendwie wuchsen die Bruchstücke des Kieferknochens mit der weichen Knochenmasse zusammen, die sich neu gebildet hatte und immer mehr verhärtete. Die bemerkenswerte Selbstheilungskraft eines Wildtieres – sie ist viel größer als bei domestizierten Geschöpfen, einschließlich des Homo sapiens – wurde uns an diesem Beispiel vorgeführt. Zwei Monate nach dem Unfall war Nina völlig genesen, abgesehen von dem seitwärts verschobenen Kinn. Sie verschlang ihr Futter wie eh und je und tummelte sich ohne Anzeichen einer Behinderung mit ihren Kameraden auf dem Land und im Wasser.

Die „türkische Methode" war in Ninas Fall mit Sicherheit die richtige Behandlung gewesen. Darüber hinaus waren wir Zeugen einer Freundschaft geworden, die sich zwischen dem großen Tier und der jungen Frau entwickelt hatte, die es buchstäblich „auf dem Zahnfleisch" über den Berg gebracht hatte. Wenn Sie in Palma Nova das *Marineland* besuchen, halten Sie Ausschau nach dem Seelöwen mit dem schiefen Grinsen und dem Zahn im Freien – das ist Nina!

2. Kapitel

„ES MUSS faszinierend sein, in der ganzen Welt herumzureisen und sich alle möglichen seltenen Tiere anzusehen – was für ein fabelhafter Beruf!" Wie oft habe ich das schon gehört! Meine Standardantwort – ich spreche von den „süßeren Kirschen in Nachbars Garten" – ist nicht nur ein schlagfertiger Versuch in Bescheidenheit.

In diesem Augenblick sitze ich an meinem Schreibtisch in Al-Ain; dieser Ort liegt in der Arabischen Wüste in der Nähe der Oase Buraimi. Als Zootierarzt bin ich für meinen Assistenten Chris Furley eingesprungen, der auf Urlaub ist, und jetzt genieße ich die wenigen freien Stunden nach einem anstrengenden Tag. Erinnerungen steigen in mir auf, und ich denke an längst vergangene Zeiten, an meine Anfänge im Bellevue-Zoo in Manchester. Was für ein Kontrast zu meinem gegenwärtigen Aufenthaltsort, an dem sich die Märchenwelt von Tausendundeiner Nacht mit der rauhen Wirklichkeit des modernen Arabien zu vermischen scheint!

Am liebsten arbeite ich morgens während der wenigen kühlen Stunden nach Tagesanbruch. Das ist die beste Zeit für eine Operation, denn meine vierbeinigen Patienten sind auf weiten, sandigen Koppeln untergebracht, umzäunten Wüstenflächen, wo es keinen Schutz vor

Tierarzt Dr. Taylor bei seinem abendlichen Rundgang im Oasenzoo von Al-Ain; hier sieht er bei einer Antilopenherde nach dem Rechten.

Ein Einsatzort von vielen: Marineland-Freizeitpark auf Mallorca

Sorgenkind Nina mit beinahe perfekt verheiltem Kieferbruch

den sengenden Sonnenstrahlen gibt. In der Tageshitze einen chirurgischen Eingriff vorzunehmen wäre tollkühn. Ein bewußtloses Tier, dessen wärmeregulierendes Zentrum im Gehirn unter der Wirkung einschläfernder Drogen untätig ist, kann sich so überhitzen, daß seine lebenswichtigen Organe buchstäblich kochen. Selbst Schlangen und andere Reptilien, die ohne die ultravioletten Strahlen des Sonnenlichts nicht leben können, nehmen ihre Sonnenbäder am Vormittag allenfalls bis neun oder halb zehn Uhr. Später ziehen sie sich in den Schatten zurück, um nicht in der Weißglut der Mittagshitze bei lebendigem Leib geröstet zu werden. Also beginnt für mich der Tag im Morgengrauen, wenn von der Moschee der Ruf des Muezzins ertönt. Starker, rötlicher Tee, ein Brei aus braunvioletten Bohnen, ein paar eingelegte Oliven und ein kleines Stück Fladenbrot bilden mein Frühstück, dann fahre ich mit meinem Wagen, einem knochenschüttelnden Geländefahrzeug mit Vierradantrieb, zum sechzehn Kilometer entfernten Zoo.

Der „Oasenzoo" von Al-Ain ist einmalig – ein Wüstentierpark, den ein Privatmann konzipiert und errichtet hat: Otto Bulart, ein österreichischer Ingenieur mit großer Tierliebe. Der Zoo umfaßt 450 Hektar vorwiegend flaches, steiniges Wüstengelände und bezieht sein kärgliches, brackiges Wasser aus einem tiefen Brunnen. In mühevoller, fünfzehnjähriger Arbeit wurde der Tierpark zum Leben erweckt, und heute erblickt der Besucher niedrige Bäume, Büsche, Grasflächen, Straßen und klimatisierte Gebäude. Hier werden Pinguine, Gazellen, Tiger und Gorillas gehalten – Säugetiere und Vögel aus sämtlichen Erdteilen. In den riesigen, sandigen Freigehegen leben alle möglichen Huftiere in einem Umfeld, das bei einigen Arten, den Oryxantilopen und Gazellen etwa, den natürlichen Lebensbedingungen nahekommt.

Im Zoo kümmert man sich nicht nur um die eigenen Schützlinge, sondern leistet auch den Menschen und Tieren des Emirats Abu Dhabi tausend Dienste. Die unzähligen Beduinenscheichs der Region fühlen sich berechtigt, zu jeder Tages- und Nachtzeit mit Falken oder Gazellen vorbeizukommen, um sich tierärztlichen Rat einzuholen. Die Polizei bringt ihre neuangekommenen deutschen Schäferhunde, die meistens an Heimweh leiden und in der Wüste eher seelisch als körperlich krank werden. Und die einheimischen Nomaden zerschneiden geschickt unsere Umzäunungen, um ihre Ziegen und Kamele auf den Grasflächen des Tierparks weiden zu lassen.

Um sieben Uhr drehe ich meine erste Runde: Ich sehe nach den Tieren, spreche mit den Pflegern. Die meisten der 150 Zooangestellten sind Inder, Pakistani, Afghanen oder Iraner. Obwohl sie um einiges schlechter bezahlt werden als ihre europäischen Kollegen, verdienen sie hier in einem Monat mehr als in ihrem heimischen Dorf in einem ganzen Jahr.

Bei den Tieren prüfe ich stets, ob es während der Nacht Geburten, Todesfälle oder Verletzungen gegeben hat. Um die großflächigen Freigehege zu überblicken, von deren leuchtendem Sand sich Gazellen oder Zebras im gleißenden Licht der Wüstensonne kaum abheben, benutze ich ein Fernglas. Ein Pärchen Wiedehopfe, nach dem Koran die Boten des Königs Salomon, fliegt über mir am Himmel vorbei. Im Gehege der südafrikanischen Oryxantilopen steht ein Tier abseits von den übrigen; es hält den Kopf gesenkt, als träume es vor sich hin. Im Fernglas erkenne ich einen dunklen Fleck und eine tomatengroße Blase an seiner Flanke. Es ist ein Bock, der offenbar beim Kampf mit einem Rivalen verletzt wurde. Die Blase bedeutet, daß ihm der Gegner mit dem Horn das Fell durchbohrt hat.

Auf der Umzäunung des Geheges sitzen in einer Reihe acht Schmutzgeier. Teilnahmslos wie Geschworene betrachten sie das verwundete Tier, große Geduld auf ihren Mienen. Ich rufe den indischen Wärter und schicke ihn nach dem Revierpfleger und zwei seiner Kollegen. Während er davontrabt, bereite ich im Geländewagen eine Notoperation vor. Die Kühlbox ist an die Autobatterie angeschlossen und bewahrt einen Grundvorrat der wichtigsten Medikamente vor dem Verderben. Ich fülle eine Aluminium-Spezialspritze mit einem Teelöffel Etorphin und lade das Narkosegewehr damit.

Mit etwas Glück kann ich mich dem Bock bis auf etwa zwanzig Meter nähern, bevor er wegläuft. Es kommt sehr auf die Distanz an, denn ich muß eine Platzpatrone der richtigen Stärke wählen. Ist die Treibkraft zu groß und die Distanz zu klein, kann das ganze Projektil mit Kanüle und Aluminiumzylinder in den Körper des Tieres dringen und mehr Schaden anrichten als eine Kugel. Ist die Patrone zu schwach, landet die Spritze im Sandboden, und ich stehe da mit dem dummen Gesicht eines Zirkusclowns, aus dessen Schießprügel ein kleines Fähnchen mit dem Wort PENG zum Vorschein kommt.

Ich wähle blaue Munition und schiebe sie hinter der Spritze ins Patronenlager des Narkosegewehrs. Der Bock dreht den Kopf, läuft aber nicht weg, als ich das Gatter öffne. Ich gehe nicht direkt auf ihn zu, sondern marschiere in einer Richtung, die an ihm vorbeiführen würde. Dabei tue ich so, als wäre ich nicht im mindesten an ihm interessiert. Hundert Meter ... fünfzig ... fünfundzwanzig ..., ich bleibe stehen. Die hübsche Antilope aus der Kalahariwüste mit ihrem schwarzweißen Harlekingesicht und ihren rückwärts geneigten Spießhörnern hat sich noch nicht bewegt. Erst jetzt wende ich mich dem Tier zu, hebe langsam das Gewehr, ziele und drücke ab. Mit einem Knall löst sich der Schuß. Die Oryx springt weg, aber nicht schnell genug. Die Spritze hat getroffen; ihren Inhalt jagt sie beim Aufschlag in den gerundeten Hüftmuskel.

Der verwundete Bock rennt etwa hundert Meter weit, hält inne, dreht sich halb nach mir um, sein Maul beginnt sich mahlend zu bewegen, ein Zeichen dafür, daß die Wirkung des Betäubungsmittels einsetzt. Jetzt geht er weiter, mit abgezirkelten, hohen Schrittchen. Einige seiner Herdengenossen bewegen sich auf ihn zu, um nachzusehen, was los ist, und ihn dann wahrscheinlich anzugreifen. Ungewöhnliches Verhalten wird in solchen Herden bestraft. Schweißtropfen rinnen mir in die Augen, während ich auf die Gruppe zulaufe und wild die Arme schwenke. Sie weichen zurück. Jetzt ist der Pfleger wieder da, zusammen mit zwei afghanischen Kollegen aus anderen Gehegen. Der langsam trottende Bock sackt plötzlich in die Knie und geht zu Boden.

Sobald ich sicher bin, daß die Antilope bewußtlos ist, gebe ich den Pflegern ein Zeichen, und wir treten hinzu. Schnell reinige ich mir die Hände mit antiseptischer Flüssigkeit aus dem Seifenspender, den ich in der Brusttasche trage. Dann prüfe ich die Augenreflexe, die Lage der Zunge, die Atmung und das Herz. Alles in Ordnung, jetzt die Wunde. Der Stoß ist in der Tat durch die Haut, alle Muskelschichten und das Bauchfell gedrungen, die „Blase" besteht aus blutverschmiertem, ausgetretenem Darmgewebe. Vorsichtig ziehe ich es auseinander, um nach blutenden Wunden oder eingeklemmten Darmschlingen zu suchen. Keine. Die Geier auf dem nahen Zaun recken erwartungsvoll die Hälse. Jetzt erinnnern sie mich an dunkel gekleidete Medizinstudenten, die einer chirurgischen Demonstration beiwohnen. Ich öffne mein Besteckpaket und lasse es mir von einem der beiden Afghanen in Bereitschaft halten.

„Batil kresha", sage ich. Ich glaube, das heißt „Flasche öffnen" in der arabischen Umgangssprache, die hier üblich ist, und zumindest der zweite Afghane scheint meine Handbewegung zu verstehen. Er nimmt den Deckel von einer Flasche mit Salzlösung. Ich zeige auf die Wunde, und er gießt etwas davon auf das ausgetriebene Gewebe. Die Flüssigkeit rinnt über den Bauch des Tieres, tropft herab und versickert im Sand. Jetzt deute ich auf meine Haare – der Pfleger grinst und schüttet mir den Rest des erfrischend kühlen Flascheninhalts über den glühenden Kopf. Entschlossen stopfe ich das Darmgewebe in die

Bauchhöhle zurück und weite dann die Wunde mit einem Skalpell etwas aus, um besser ins Innere sehen zu können. Ich bemerke keine Anzeichen innerer Blutungen oder weiterer Verletzungen.

Inzwischen ist der Revierpfleger eingetroffen, und ich bitte ihn, drei Tuben Penicillinsalbe in die Bauchwunde zu drücken. Danach beginne ich mit dem Nähen: Die Bauchfell- und Muskelschichten hefte ich in Einzelstichen mit dreifach geknotetem, dickem Katgut zusammen. Mit Nadelhaltern steche ich Löcher in die zähe Haut des Tieres und ziehe die Wunde mit Vicrylfaden, der sich mit der Zeit von selbst auflösen wird, eng zusammen. Dann pudre ich sie gründlich mit insektenabwehrendem Sulfonamidpulver ein, und die Operation ist vorüber.

Atem und Puls des Tieres sind unter der Wirkung des Etorphins jetzt sehr schwach, Maul und Zunge violett verfärbt. Das ist nicht schlimm – das Gegenmittel wird schnell Abhilfe schaffen. Die Instrumente werden eingesammelt, und ich heiße die Männer zurücktreten. Fünfzehn Sekunden nachdem ich der Antilope eine kleine Spritze in die Halsschlagader gegeben habe, holt sie plötzlich tief Atem, schnaubt und springt auf die Füße. Schließlich geht sie nur leicht schwankend auf die Herde zu. Die Geier sind verschwunden.

„Der-herr, der-herr!" bedanke ich mich auf arabisch bei den Pflegern. Es ist halb neun, die ersten Zoobesucher kommen, und ich kann meine morgendliche Runde fortsetzen.

Am Bärengehege wirft ein fetter Araber verdrossen mit Steinen nach den Braunbären, ohne sich um die Proteste eines jungen Wärters zu kümmern. Ich halte an, steige aus und überlege, wie ich einschreiten soll. Seiner Kleidung nach ist der Besucher eindeutig ein Omaner und kein Scheich. Scheichs *dürfen* nämlich mit Steinen schmeißen oder vom nächstbesten Wärter das Öffnen eines Käfigs verlangen, damit sie einen hübschen Vogel mitnehmen können, der ihnen gefällt. Scheichs dürfen Tiere mit Stöcken puffen, Blumen abreißen, mit ihrem Mercedes in den Teilen des Zoos herumfahren, die den Fußgängern vorbehalten sind, und Affen brennende Zigaretten zustecken. Versuchen Sie einmal, dies einem Scheich der herrschenden Dynastie zu verbieten – seine bewaffnete Garde führt Sie gleich ab! Und wenn es zu einem Streit kommt, haben Scheichs immer recht.

„Hören Sie auf, Steine zu werfen!" Ich trete zu dem Araber und drohe mit dem Finger. Er ignoriert mich, sucht auf dem Boden nach einem weiteren Wurfgeschoß. „Hören Sie sofort auf!" Könnte ich nur so gut Arabisch wie Chris! Der Omaner mit seinem schwarzen Bart und seinen buschigen Augenbrauen funkelt mich böse an. „Stopp!

Oder ... Scheich Sayd, Scheich Sayd!" schreie ich den Namen des Herrschers der Vereinigten Emirate heraus. Das ist das Beste, was mir einfallen konnte: Der Araber hält inne und wirft den Stein weg. Wohl in der Angst, Seine Hoheit könne jeden Augenblick erscheinen, zieht der Omaner mit finsterer Miene ab. ·

„Er hat auch die Affen mit Steinen beworfen, Sir", berichtet der Pfleger. Das Palmwedeldach des Außenhauses droht ständig zusammenzubrechen unter dem Gewicht der vielen kleinen und großen Steine, die von Besuchern nach den armen Tieren geschleudert werden. Ein Glück, daß sie so schlecht zielen.

„Bist du ein Moslem?" frage ich den jungen Mann.

„Nein, Sir – ein indischer Christ aus Kerala."

„Weißt du, warum sie Steine nach den Bären werfen?"

„Nein, Sir."

„Weil es heißt, Allah habe sündige Menschen in Schweine und Affen verwandelt. Und die Bären halten sie für Schweine mit Haaren."

Ich beende die Morgenrunde und fahre in die Tierklinik, wo die Klimaanlage für wohltuende Kühle sorgt. Philip, der Laborant, gibt mir die Resultate der Blutproben eines jungen Gibbons, der Gewicht verliert und andauernd schläft: Er hat Leukämie. Ich muß mich rasch entschließen, ob ich einen der neuen chemischen Wirkstoffe ausprobieren soll, die man in ähnlichen Fällen bei Menschen anwendet.

„Ein Bote von Scheich Hussain wartet im Büro auf Sie", unterbricht Philip meine Gedanken. „Er sagt, es sei wichtig."

Ich stöhne laut auf. Wichtig bedeutet wahrscheinlich, daß ich sofort zu einer Reise aufbrechen muß, die mit dem Wagen und dann womöglich noch mit dem Schiff drei bis vier Stunden dauert, um mir ein Tier anzusehen, das schon seit einer Woche krank ist. Ich gehe ins Verwaltungsgebäude, bekomme ein winziges Täßchen türkischen Kaffee und ein Glas geeistes Wasser, während sich ein Dolmetscher zu Scheich Hussains Abgesandtem und mir setzt.

„Zwei Dinge, Doktor Taylor", spricht der Dolmetscher. „Erstens, der Scheich sendet Grüße und hofft, daß es Ihnen möglich sein wird, ihn diesen Winter auf die Jagd nach Pakistan zu begleiten." Das klingt verlockend, ist aber unwahrscheinlich. Die Golfscheichs, auf ihre Sicherheit bedacht, lassen außer ihrem engsten Kreis niemanden wissen, wo sie sich zu einem gegebenen Zeitpunkt aufhalten. Vielleicht würde ich tatsächlich eine Einladung zur Falkenjagd bekommen – aber vermutlich erst zehn Minuten bevor der Scheich seinen Privatjet bestieg.

„Zweitens", fährt der Dolmetscher fort, „Seine Hoheit bittet um etwas Tigerfleisch."

Das war wenigstens eine echte Neuigkeit! „Tigerfleisch?" frage ich. „Wir verfüttern den Großkatzen hier im Zoo nichts Besonderes. Pferde- und Rindfleisch – das meiste holen wir auf dem Markt. Kann Seine Hoheit zur Zeit kein Fleisch kaufen?"

Der Bote des Scheichs und mein Dolmetscher wechseln Worte in schnellem Arabisch.

„Nein, Doktor Taylor, Sie verstehen nicht. Seine Hoheit will Tigerfleisch. Fleisch *vom* Tiger, nicht *für* den Tiger."

„Sie meinen, er will Tigerfleisch *essen*?" Die Beduinen in dieser Region litten früher oft Hunger und verzehrten alles, was ihnen über den Weg lief. Aber das traf ja heute nicht mehr zu!

„Ja, einer seiner Söhne hat nächste Woche Hochzeit, und da wird acht Tage lang gefeiert mit tausend Gästen. Und seinen speziellen Freunden will der Scheich etwas ganz Besonderes bieten."

„Tut mir leid, wir haben keine toten Tiger." Die Tiger in Al-Ain gedeihen prächtig.

„Aber Sie können doch einen töten, Doktor!"

„Nein, das geht nicht."

Der Bote des Scheichs, ein gutaussehender Beduine mit kurzem Schnurrbart und in makellos weißem Gewand, starrt mich böse an. „Aber Sie haben viele Tiger hier. Seine Hoheit verlangt einen."

„Es tut mir leid, aber das geht nicht. Die Tiger befinden sich momentan sowieso nicht wohl."

„Sind sie krank?"

„Krank nicht gerade – aber ich habe entdeckt, daß bei einigen die Manneskraft stark nachgelassen hat."

„Sie meinen, sie können sich nicht fortpflanzen?"

„Genau." Hoffentlich, denke ich, erfährt er nichts von den Jungen, die letztes Jahr in Al-Ain geboren wurden! „Und das Leiden breitet sich aus."

„Breitet sich aus?"

„Es geht von einem Tiger zum anderen." Ob er mir Glauben schenkt?

Der Bote des Scheichs nimmt die Nachricht überaus dankbar auf. Da ist sein Herr ja gerade noch einmal davongekommen! „Oh, danke, Doktor Taylor – Ihr Rat ist sehr freundlich. Haben Sie dann vielleicht etwas anderes – Elefant, Rhinozeros?"

Bestürzt erkenne ich, daß ich noch lange nicht aus der Klemme bin. Ich trinke langsam mein Eiswasser, überlege, wie ich die Haut meiner

Tiere retten kann. „Es gibt da eine Fleischsorte, die ich für Seine Hoheit besorgen kann", erkläre ich schließlich nach längerem Schweigen. „Aber sie ist sehr rar, eine einmalige Spezialität!" Beide Männer beugen sich mit aufgerissenen Augen vor. „Ich kann Seiner Hoheit Eisbärfleisch anbieten."

„Eisbär? Ich wußte nicht, daß wir hier in Al-Ain solche Tiere haben."

„Haben wir auch nicht – das Fleisch stammt von einem Tier, das ich vor einer Woche in Grönland geschossen habe, kurz bevor ich hierherkam. Jetzt müßte es seinen allerbesten Reifezustand erreicht haben. Es wird gerade für Seine Hoheit und zwei, drei seiner engsten Freunde reichen."

Ein Halbmond aus leuchtendweißen Zähnen geht auf, als der Bote des Scheichs glückstrahlend lächelt. „Das wird Seine Hoheit freuen!"

„Moment, ich hole es", sage ich und eile in Chris' Bungalow. Im Kühlschrank liegt ein ganzes Chateaubriand, das mich im Lebensmittelgeschäft sechzig Dirham gekostet hat. Schnell in Rasierwasser getaucht und dann in eine alte Ausgabe der *Kaleej Times* gewickelt, dürfte es einen interessanten, wenn nicht gar eisbärischen Hautgout haben. Oder würde jemand hier, mitten in der Arabischen Wüste, dies in Zweifel ziehen?

Nachdem der Bote und mein Fleischvorrat für die nächsten drei Tage weg sind, gehe ich zum Mittagessen und halte dann bis drei Uhr auf der Couch im Bungalow Mittagsruhe; dabei läuft das Tonband mit Musik von Mozart auf voller Lautstärke, um den Lärm der Zikaden zu übertönen.

Am Nachmittag lastet die Hitze bleischwer über dem Zoo. Die Pfleger sitzen oder liegen im Schatten von Büschen, und auch die Tiere sind um diese Tageszeit schläfrig und still. Zwischen drei und vier geschieht nicht viel – ich habe Zeit, um Schreibarbeiten zu erledigen und das Narkosegewehr zu reinigen.

Nach vier Uhr wird es ein bißchen kühler, und als ich aus dem Fenster schaue, sehe ich ein europäisch gekleidetes Mädchen an den Gibbonkäfigen vorbeischlendern. Sie hat eine Kamera über die Schulter gehängt, und an ihrer Haut erkenne ich Anzeichen eines beginnenden Sonnenbrands – offensichtlich eine junge Frau, die noch nicht lange in Arabien ist und sich an einem Bummel durch den Tierpark erfreut, dem grünsten und schattigsten Ort weit und breit.

Für mich ist die junge Dame ein Notfall. In Liverpool oder Washington wäre ihre Kleidung – sie trägt eine ärmellose Bluse und Tennisshorts – an einem heißen Sommertag durchaus angebracht

gewesen. In diesem Land jedoch, wo arabische Frauen sich bis auf
einen Sehschlitz verschleiern, wird ihr Aufzug als Provokation
angesehen. Also eile ich hinaus und rede mit ihr. Sie entpuppt sich als
irische Krankenschwester, und tatsächlich arbeitet sie erst seit einer
Woche hier in der Klinik.

„Bluse mit Ärmeln, lange Hose oder mittellanger Rock – anders
dürfen Sie nie außer Haus gehen!" schärfe ich ihr ein und geleite sie zu
ihrem Wagen vor dem Haupttor.

Achtzehn Uhr fünfzehn. Während es dämmert, mache ich mich zu
einer abschließenden Inspektion auf. Die Tiere genießen die kühle
Abendluft und verschlingen eifrig die letzte Mahlzeit des Tages. Bei
meiner Rundfahrt überprüfe ich auch die Außenzäune, suche nach
Löchern, die Füchsen und Wildhunden Einschlupf gewähren könnten. Ich muß mir etwas einfallen lassen, um diese Räuber fernzuhalten,
denn wir haben in den letzten paar Wochen zu viele Gazellen an sie verloren.

Als ich 1979 zum erstenmal in den Oasenzoo von Al-Ain kam, fand
ich in der Tierklinik ein erstaunliches Sammelsurium nutzloser Medikamente und veralteter Instrumente vor. Das meiste taugte nur noch
für den Sperrmüll, doch entdeckte ich auch Dinge, die zu schade zum
Wegwerfen waren. Zu diesen zählte eine alte Ultraviolettlampe, die
man an eine Autobatterie anschließen konnte. Wahrscheinlich hatte
man sie in der Absicht erworben, Pilzflechten im Fell von Tieren zu
diagnostizieren. Theoretisch leuchten Flechten nämlich im Schein
einer UV-Lampe gelb oder grün auf. Aber dazu muß man ein Tier in
einen verdunkelten Raum verfrachten, und das kann ich mir bei den
meisten Zoobewohnern in Al-Ain ohne Vollnarkose nicht vorstellen.
Also habe ich die Lampe zweckentfremdet. Ich nehme sie mit, wenn
ich manchmal abends eine kleine Exkursion in die Wüste mache.

In der Rub Al Khali, der riesigen Sandwüste Arabiens, bricht die
Nacht schnell herein. Die Sonne wendet sich gen Mekka und versinkt
am Horizont wie eine schmelzende rotgoldene Scheibe. Die Dünen –
Hügel, Mulden und Kämme aus Sand – entwickeln eine reiche Palette
von Farbschattierungen: Gold, Sepia, Ocker, Henna und Bronze.
Wenn auch noch der heiße Wüstenwind den Sand jagt, füllt sich der
Himmel mit rauchigen Schwaden von Rot, Violett, Blaßrosa und
Orange, die rasch immer dichter werden, bis die Welt in Finsternis
versinkt.

Sobald die Sonne untergegangen ist, beginnt sich Leben unter dem
Mantel der Dunkelheit zu regen. Geschöpfe, die sich aus mancherlei

Gründen tagsüber nicht aus ihrem Bau wagen, werden jetzt geschäftig. In der kühlen Luft bildet sich Tau, lebenspendende Wasserquelle für Kleinsäuger und wirbellose Tiere. Skorpione verlassen ihre Schlupflöcher, um auf die Jagd zu gehen, und werden ihrerseits von Füchsen, Spitzmäusen und Tausendfüßern gejagt. Die Wüstenspringmaus sucht nach den Samen der Wüstentamariske, und die Sandrasselotter sucht nach der Wüstenspringmaus.

Ich lasse den Wagen stehen und gehe zu Fuß im Licht meiner Taschenlampe durch ein Wadi. Eine Kröte – jawohl, eine Kröte in der Wüste – unterbricht ihr Heuschreckenmahl, als der Lichtstrahl sie einfängt.

Ein anderes, ziemlich großes, fast furchterregendes Geschöpf mit gelbem Leib und roten Kieferzangen eilt vor mir her. Die Beduinen nennen die Tiere Kamelspinnen, weil sie glauben, daß Skorpione auf deren Rücken reiten wie Männer auf Kamelen.

Vor ungefähr zehn Jahren hat man eine interessante Entdeckung gemacht: Alle Skorpione, ob tot oder lebendig, fluoreszieren unter ultraviolettem Licht. Dies ist der Grund, weshalb ich die UV-Lampe auf meine nächtlichen Exkursionen in die Wüste mitnehme. Ich gehe zum Jeep zurück und schließe das altertümliche Gerät mit einem langen Kabel an die Batterie an.

Dann schalte ich es ein und stehe augenblicklich in einer nebelhaften Kugel aus blauem Licht. Der Sand zu meinen Füßen nimmt eine gespenstisch dunkelviolette Tönung an, und wenn ich die Lampe senke, sehe ich unzählige funkelnde Juwelen. Doch die Edelsteine bewegen sich: Es sind Skorpione, die im Schein der Ultraviolettstrahlen als blaugrüne Smaragde aufschimmern.

In manchen Wüstengebieten finden sich bis zu dreihundert Skorpione auf einem Ar Land, und obwohl man annehmen möchte, diese Lebewesen seien von der Natur mit ihrer Panzerung und ihrem Gift, das sie sowohl versprühen als auch injizieren können, wehrhaft genug ausgerüstet, leben sie doch in ständiger Gefahr. Sie sind nicht nur Kannibalen, sondern auch die Beute erstaunlich vieler anderer Tiere, die das tödliche Skorpiongift mit List zu meiden wissen. Paviane zum Beispiel und manche Vogelarten reißen den Stachel geschickt aus, bevor sie sich am Rest gütlich tun. Taranteln wiederum, ebenfalls Skorpionliebhaber, sind gar immun gegen das Gift!

Mit Hilfe von Ultraviolettlicht bei der Untersuchung von Kotablagen, in denen unverdaute Skorpionreste weiterhin fluoreszieren, konnten Wissenschaftler die Vielfalt von Skorpionjägern feststellen. Zu ihnen gehören Insekten wie die Gottesanbeterin, Kröten, Echsen,

Schlangen, Vögel, Füchse, Spitzmäuse und Affen. Bei dem ganzen Pöbel, den die Skorpione gegen sich haben, empfinde ich sogar ein wenig Sympathie für diese in die Nacht enteilenden Edelsteine.

Ich fahre nach Al-Ain zurück, um Hanne anzurufen, meine Frau, die zu Hause in England geblieben ist. Sie berichtet, was Andrew macht, erzählt, daß es dem Delphinbaby im Windsor-Safaripark, das jetzt sechzehn Wochen alt ist, bestens geht, und weiß technischen Rat, als ich sie frage, weshalb meine Hemden, die ich in Chris' Maschine wasche, immer so einlaufen. Schließlich gehe ich ins Gästehaus Ain-ul-Faydah, wo ich ein Abendessen serviert bekomme: schlecht zubereiteten Fisch.

Um zehn Uhr bin ich wieder in meinem Zimmer, und mein Hofstaat aus Kakerlaken, Gottesanbeterinnen und assortierten, zum Fürchten aussehenden Käfern kommt aus allen Ritzen und Winkeln gekrochen, um mich zu begrüßen. Der kleine graue Gecko, der ebenfalls in meinem Zimmer zu Hause ist, wird später, wenn ich schlafe, das Krabbelzeug dezimieren.

Es ist erfrischend, als Zootierarzt wieder einmal im fernen Arabien tätig zu sein! Jetzt kann ich ungestört ein Stündchen lesen, ehe ich das Licht lösche. Und wenn ich dann eingeschlafen bin, laufen, krabbeln und fliegen sämtliche Fabeltiere Arabiens durch meine Träume.

3. Kapitel

WESHALB ich mich gern mit Tieren beschäftige? Sie können so gute Freunde sein! Ich mag nicht bloß die Tiere von sogenannter höherer Intelligenz. Intelligenz ist ohnehin ein eher philosophischer Begriff und beruht nicht auf exakter Wissenschaft. Gebildete, „hochintelligente" Menschen sind nicht die besten Freunde und Kameraden; oft besitzen einfachere Leute mehr Qualitäten, vor allem in puncto Treue, Hingabe, Humor und Schlagfertigkeit. Genauso verhält es sich auch im Tierreich.

Bären zum Beispiel erscheinen den wenigsten Menschen als besonders gescheite Tiere – tatsächlich erwecken sie ja auch den Eindruck, als seien sie schwerfällige, brummige, pelzige Allesfresser, die entweder schlafen oder auf Futtersuche sind. Doch dieser Eindruck täuscht.

Die beiden jungen Eisbären im Zoo von Chessington haben einen messerscharfen Verstand. Als ungestüme Jungtiere hatte ich sie vom Karlsruher Zoo bekommen. Heute, drei Jahre danach, unterhalten sie in der neuen Eisbärenanlage im südenglischen Chessington die Besucher mit ihren fröhlichen Wasserspielen und beschäftigten ihre Wärter rund um die Uhr. Das Männchen heißt Clyde; er ist ein zottiger Kerl mit rahmweißem Fell und sehr freiheitsliebend, denn er hält sich am liebsten draußen auf. Zwar hat man ihm im Bärenhaus eine luxuriöse, behagliche Höhle zur Verfügung gestellt, aber zumindest im Sommer zieht er die Übernachtung unter freiem Himmel vor; offenbar sehen Sterne für einen dösigen Bären überall auf der Welt gleich aus, ob er sich nun in der Grafschaft Surrey, in Karlsruhe oder im Packeis der Arktis aufhält. Warum also sollte sich Clyde nicht auf den kühlen Felsen am blauen Wasser zur Ruhe legen?

Ginger, der Oberpfleger, ist anderer Ansicht. Nicht, daß Ginger die Wunder des Firmaments nicht zu schätzen weiß. Auch hat er keine Angst, die Nachtluft in Chessington könne bei Clyde zu Husten- und Niesanfällen führen. Nein, Ginger kann erst dann ruhig schlafen, wenn er seine Bären nachts hinter Schloß und Riegel weiß – denn dort sind sie sicher vor Vandalen, die gelegentlich zoologische Gärten heimsuchen, den Tieren etwas antun oder sie aus ihren Gehegen „befreien". Die Nachricht, einer seiner Eisbären würde auf der Landstraße spazieren, brächte Ginger um den Verstand.

Der Oberpfleger betreute die beiden Bären bereits seit ihrer Ankunft, und sie kannten ihn, seine Stimme und seinen Kübel, der mit Fleisch, Brot, Gemüse und Fisch gefüllt war. Jeden Abend um sieben Uhr dröhnte Gingers tiefe Stimme: „Kommt, es gibt Futter!" Dann trotteten die Eisbären lammfromm zum Abendessen in ihre Höhlen, worauf Ginger den Hebel betätigte, der hinter den beiden das Fallgitter herunterrasseln ließ.

Drei Jahre lang ging alles gut, bis Clyde eines Tages auf die Idee kam, die Nacht im Freien zu verbringen. Ginger brüllte den Bären an, zuerst auf englisch, dann in der Eskimosprache und schließlich – angesichts des Herkunftslands von Clyde – sogar auf deutsch, doch es war umsonst. Wohlerzogen, wie Eisbären sind, tat Clyde einfach so, als hätte er's nicht gehört. Es half auch nichts, als Ginger Clyde mit einem Stock bearbeitete, denn der Eisbär nahm ihn Ginger einfach aus der Hand und zerkaute ihn. Auch eine kalte Dusche aus dem Wasserschlauch brachte keinen Erfolg, im Gegenteil, das war so recht nach Clydes Geschmack!

Ginger wandte sich schließlich einer anderen Strategie zu: Wenn er Futter in die Höhle legte, würde Clyde schon nachgeben, und dann konnte er schnell das Gitter hinter ihm herunterlassen. Aber Clyde war schlauer. Als er Ginger mit dem Kübel in die Höhle gehen sah, legte er sich rasch auf die Schwelle, so daß er halb drinnen und halb draußen war. Mit lang ausgestreckter Vorderpfote gelang es ihm später, das Futter aus der Höhle zu angeln. Eins zu null für Clyde!

Am nächsten Abend plazierte Ginger das Essen so weit vom Eingang entfernt wie möglich. Clyde besah sich das Fallgitter und überlegte. Schließlich spurtete er mit schnellen Sätzen auf das Futter zu, aber als er merkte, daß das Gitter herunterrasselte, war er noch schneller wieder draußen. Dieses neue Spielchen endete also mit einem Unentschieden: Ginger hatte Clyde nicht erwischt, aber andererseits hatte Clyde auch kein Futter erwischt.

Am nächsten Abend blickte Clyde hungrig auf den Futtereimer tief im Innern der Höhle und stellte einige Berechnungen an. Er bedachte Zeit, Entfernung, die Fallgeschwindigkeit des Gitters, die Reflexzeit von Gingers Arm und erkannte, daß sein Abendessen nach allen Gesetzen der Physik schlicht und einfach außer Reichweite war. Und wie sehr plagte ihn der Hunger! Ginger, der stolz war auf Clydes Fettpolster, wußte genau, daß sich der Bär notfalls mehrere Fastentage leisten konnte. Clyde wiederum hielt nicht viel von Schlankheitskuren – liebte er doch Futter über alles!

Ginger beschloß abzuwarten. Bestimmt würde der Appetit den Bären zu den köstlichen Heringen und Rindfleischbrocken in die Höhle locken. Und dann – *rumms* – das Gitter zu!

Clyde versuchte indessen, „um die Ecke zu denken", indem er die Sache anging wie ein Pfadfinder, dessen Improvisationstalent geprüft werden soll. (Testfrage: Wie kommst du über einen Fluß mit nichts als einer Schachtel Reißnägel und einem Pyjama?) Der Eisbär sah sich in dem Freigehege mit seinen Felsen und dem Wasserbecken um. Keine Reißnägel, kein Pyjama – nur die große blaue Plastiktonne, mit der die beiden Bären tagsüber Wasserball spielten. Heureka! Schon war das Rätsel gelöst!

Ginger hatte inzwischen Stellung in der Nähe des Hebels bezogen, mit dem er das Gitter auslöste. Geduldig wartete er. Heute würde sich Clyde bestimmt in der Höhle den Bauch vollschlagen und dann zwangsläufig drinnen schlafen müssen.

Doch Clyde wandte der Höhle teilnahmslos den Rücken zu und sprang mit traumwandlerischer Sicherheit ins Wasser. Er paddelte lässig zu der blauen Tonne, nahm sie zwischen die Pranken und warf sie auf die Felsen. Dann hievte er sich heraus, schlenderte zu der Tonne hinüber und rollte sie auf die Höhle zu. Dort verkeilte er sie fest unter dem Torgitter, wodurch dieses außer Gefecht gesetzt war. Zufrieden mit seiner Kriegslist bummelte der Bär in die Höhle, warf Ginger einen vielsagenden Blick zu und ließ sich zum Mahl nieder. Spiel, Satz und Sieg! Clyde schlief für den Rest des Sommers im Freien, aber da er schließlich ein kluges Tier war, entfernte er seine Tonne, als das Wetter umschlug, und nahm wieder mit seiner Höhle vorlieb.

Einen freundlichen Kopfjäger könnte ich gut brauchen. Einen jener Burschen, die mit einem langen Blasrohr und winzigen, in Gift getauchten Pfeilen einen Affen oder Vogel hoch in den Urwaldbäumen des Amazonas zielsicher treffen. Er wäre mir ein hervorragender Assistent, zumal Narkosepfeile, aus Leichtmetallblasrohren abgefeuert – oder sollte ich besser sagen „ausgepustet"? – in der Zoowelt wieder groß in Mode sind. Ein Blasrohr besitzt gegenüber einem Narkosegewehr einen entscheidenden Vorteil: die Lautlosigkeit. Die Tiere erschrecken nicht so leicht wie beim lauten Knall der mit Gas- oder Platzpatronen geladenen Schußwaffen, und die leichten Pfeile mit den feinen Nadeln fügen den Tieren auch weniger Schaden zu.

Die Arbeit mit dem Blasrohr hat aber auch Tücken, wie ich eines Tages entdeckte, als ich im Bellevue-Tierpark von Manchester mit Matt Kelly, einem Iren, der als Revierpfleger angestellt war, eine kranke Thomsongazelle narkotisierte. Eine Woche zuvor hatte ich mit Matt heftig gestritten: Der Grund war die gebräuchliche Praktik, Vögeln die Flügel zu beschneiden, damit sie nicht wegfliegen können. Eine Gruppe Pelikane und roter Flamingos war gerade aus Kuba geliefert worden, und Kelly befürchtete, sie könnten unverzüglich versuchen, zurück nach Havanna oder zumindest auf das Dach des Rathauses von Manchester zu entfleuchen.

„Sie haben alle den typischen Fluchtblick", brummte er. „Eines schönen Morgens streckt einer von ihnen den Zeh in die Luft, um zu prüfen, woher der Wind weht, und dann fliegen sie auf und davon. Beschneiden Sie ihnen lieber gleich die Flügel!"

„Ich bin dagegen", erwiderte ich, „wir stutzen nur die Federn." Matt hatte mir gezeigt, wie man einem Vogel die Schwingen beschneidet. Keine Narkose, sondern nur zwei schnelle Schnitte mit einem scharfen Messer durch den Flügelbug – und schon war das Tier für den Rest seines Lebens flugunfähig. Die Vögel schienen die primitive Amputation bemerkenswert gut zu überstehen, aber sie war trotzdem barbarisch. Dagegen erschien mir das Stutzen der Flugfedern an einer Schwinge human, denn diese Prozedur ist schmerzlos und erzielt die gleiche Wirkung. Allerdings muß sie von Zeit zu Zeit wiederholt werden, da das Gefieder nachwächst.

„Pah, Federstutzen! Zeitverschwendung!" entgegnete Matt Kelly.

„Flügelschneiden ist grausam, Matt. Es ist, als ob man Ihnen einen

Fuß abhackte, damit Sie nicht mehr zum Biertrinken in den Pub gehen können."

„Blödsinn! Hören Sie, Vogelwärter haben schon Flügel beschnitten, als Sie noch in den Windeln lagen, junger Mann! Mit Ihren neumodischen Ideen sind wir diese Vögel am ersten Tag wieder los, an dem ein bißchen Wind geht."

„Nun, Sie können noch stundenlang weiterschimpfen, Matt", erklärte ich, „aber ich bin hier der Tierarzt. Von heute an werden nur noch Federn gestutzt, und Ihre Aufgabe ist es aufzuschreiben, wann das Nachstutzen fällig ist. Und jetzt fangen Sie mir bitte den ersten Flamingo ein!"

Matt bedachte mich mit einem wütenden Blick und knurrte etwas vor sich hin, was ich wohl besser nicht wiedergebe. Doch dann stapfte er durch das Gras zum Flamingoteich, und kurze Zeit später begannen wir mit der Arbeit.

Sieben Tage danach – unser kleiner Zank war vergessen – standen Matt und ich am Zaun der Gehege, wo die kleine Herde Thomsongazellen ihr Frühstück aus Hafer und Maisflocken verzehrte. Eines der Tiere war dünner als die übrigen; es wirkte apathisch und ließ das Futter stehen. Ich vermutete, daß es einen Fremdkörper – eine Plastiktüte oder ein Stück Schnur von einem Heuballen – im Magen hatte. Mit Hilfe eines halben Kubikzentimeters Immobilon und eines Blasrohrpfeils würde ich das Tier einfangen und untersuchen, ohne daß die andern in Panik gerieten, in die Zäune sausten und sich dabei womöglich den Hals brachen. Aus alter Gewohnheit füllte ich zuerst eine Spritze mit Revivon, dem Immobilon-Gegenmittel, und legte sie leicht erreichbar auf einen Zaunpfosten.

„Hier, das blaue Zeug ist Revivon, Matt", bemerkte ich, „nur für den Fall, daß etwas passieren sollte." Wenn man Pech hat – ein Ausrutscher mit der gefüllten Spritze genügt –, befördert man sich mit Immobilon leicht selbst ins Jenseits. Daher also das Revivon, das man außerdem benutzt, um ein narkotisiertes Tier nach einer Operation aus der Ohnmacht zu erwecken.

Nachdem die Spritze mit dem Gegenmittel bereitlag, präparierte ich einen Pfeil mit Immobilon. Dann nahm ich das Blasrohr zur Hand, doch gerade in dem Augenblick, als ich den Pfeil hineinschob, schrie Matt entsetzt auf.

„Verflixt und zugenäht, was hab ich gesagt!" rief er. „Da, sehen Sie!"

Ich schaute auf, während Matt wütend mit den Armen fuchtelte. Unweit von uns erhob sich ein hübscher roter Flamingo mit unzweifelhaft gestutzten Federn in die Luft. Ohne große Mühe überwand der Vogel die hohe Mauer, die den Zoo umgab, und entschwand.

„Was hab ich gesagt!" tobte der Revierpfleger. „Hundert Pfund futsch, bloß weil Sie den Viechern die Flügel nicht schneiden wollten!"

Ärgerlich verzog ich das Gesicht, sagte aber nichts, sondern wandte mich wieder meiner Arbeit zu. Das Blasrohr war geladen; ich nahm die Haltung eines Amazonasindianers ein und richtete es auf die etwa fünfzehn Meter entfernt stehende Gazelle. Dann holte ich tief Luft, hob das Rohr an die Lippen und blies.

Volltreffer! Der Pfeil steckte in der Flanke des Tieres und fiel erst ab, als die Gazelle ein paar Schritt weit davontrabte. Dennoch hatte ich das dumpfe Gefühl, daß etwas nicht stimmte.

Plötzlich wußte ich, was mich beunruhigte: Als ich blies, hatte ich ein winziges kühles Tröpfchen auf den Lippen gespürt. Woher war es gekommen? Es regnete nicht. Mein eigener Speichel konnte es doch nicht gewesen sein? Panik überfiel mich, denn es blieb nur eine Flüssigkeit übrig, die meine Lippen benetzt haben konnte: ein Tröpfchen Immobilon, das irgendwie aus dem Pfeil entwichen war. Matt Kelly und sein verwünschter Flamingo hatten mich genau in dem Augenblick abgelenkt, als ich die Nadelspitze ins Blasrohr einführte. Ich hatte aufgeschaut und die Spritze ... nicht im Auge behal...ten ... Viel...leicht ...

Das Gehege begann sich langsam um mich zu drehen; offenbar war das Immobilon bereits in meinen Kreislauf gelangt. Ich kam mir vor wie auf einem Karussell, und als ich sah, wie sich der Zaun immer schneller um mich herum bewegte, entdeckte ich endlich auch die Spritze mit dem blauen Gegenmittel.

Jahre der Angst vor einem Unfall mit der Droge, die tausendmal stärker ist als Morphium, kulminierten in diesem schrecklichen Augenblick. Um so entschlossener riß ich mich zusammen, streckte blitzschnell die Hand aus und packte das hübsche blaue Spielzeug, das dort auf dem Pfosten lag. Während ich in die Knie sank, rammte ich mir die Kanüle durch die Hose in den Oberschenkel und drückte auf den Kolben der Spritze.

Dann plumpste ich kraftlos gegen den Zaun und hörte nur noch, wie Matt entsetzt rief: „Heiliger Himmel! Was ist denn los?" Er kniete neben mir, klatschte mir auf die Wangen und riß an meinem Hemdkragen. Ich erinnere mich, wie ich in Trance dachte: Oh, wie schön seine Stiefel glänzen! Matt hat das Leder so stark poliert, daß ich hindurchsehen kann wie durch eine Glasscheibe. Und hinter dem Glas erstreckt sich eine wundersame Landschaft. Von sanften grünen

Hügeln ergießen sich silberne Wasserfälle, und ich kann jeden Tropfen Silberwasser zählen ..., es ist kühl und glitzert ...

Die magische Landschaft verschwand plötzlich – Matt brachte mich mit kräftigen Ohrfeigen wieder zu Bewußtsein.

„Hau ab!" brummte ich benommen.

„He, Sie sind ja wach, Doktor Taylor – Sie sind wach!" Matts Stimme klang fern, aber ungeheuer erleichtert. Das Revivon wirkte, neutralisierte rasch die winzige Menge Immobilon, die ich über die Mundschleimhäute aufgenommen hatte. Fünf Minuten später war ich wieder auf den Beinen, wenn auch mit einem mächtigen Kater.

Die Thomsongazelle dagegen lag reglos da. Ich füllte mit zitternden Fingern eine Revivonspritze und gab sie Matt. „Los, jagen Sie ihr das in den Schinkenmuskel!" befahl ich. „Ich bin nicht in der richtigen Form, sie heute zu untersuchen." Matt, der selbst ziemlich mitgenommen aussah, erweckte die kleine Gazelle wieder zum Leben, während ich mich auf den Zaun stützte. „Ob sie wohl auf diesen grünen Hügeln mit den silbernen Wasserfällen gegrast hat?" fragte ich Matt, während die Gazelle mit Mühe aufstand.

„Was faseln Sie da?" Der Revierpfleger schaute mich besorgt an. „Kommen Sie, ich bring Sie ins Büro, und dann rufe ich Doktor Brown an. Er soll sich um Sie kümmern!"

Ein Tag im Bett vertrieb die letzten Spuren des Betäubungsmittels aus meinem Kreislauf; allerdings hatte meine „unhygienische" Revivon-Injektion durch die Hose hindurch eine leichte Entzündung hervorgerufen, die mit Penicillin behandelt werden mußte. Insgesamt betrachtet war ich noch einmal glimpflich davongekommen, obwohl ich eine bittere Lektion über den Umgang mit Narkotika und Blasrohren erhalten hatte. Wie das Tröpfchen Flüssigkeit austreten konnte, ist mir bis heute schleierhaft geblieben. Wahrscheinlich saß die Plastikmanschette der Kanüle nicht fest, so daß ein wenig Immobilon auf die Pfeilspitze sickern konnte. Hätte ich Matt seinen Willen gelassen und den roten Flamingos die Flügel beschnitten, wäre es nie geschehen. Denn dann wäre es mir gelungen, den Pfeil in das Blasrohr zu schieben, ohne mit dem Immobilon in Berührung zu kommen.

„In Zukunft hören Sie ja wohl auf mich: Flügel werden beschnitten!" verkündete Matt, als ich zwei Tage später die Thomsongazelle operierte und ihr ein Knäuel Plastikschnur aus dem Pansen zog.

„Nur über meine Leiche!" erwiderte ich.

„Hm, Sie und Ihr vermaledeites Pusterohr – na, da dauert es sicher nicht mehr allzu lange!" Der Ire kicherte vergnügt, während ich begann, die Operationswunde zuzunähen.

4. Kapitel

Es ist eine Untertreibung, wenn ich sage, daß mir seltsam zumute war, als ich die tragische Geschichte der Elefantenkuh Mary quasi zum zweitenmal erlebte. Das englische Fernsehen drehte eine Serie über meine ersten Jahre als Zootierarzt, und ich wirkte als technischer Berater mit.

Mary war nach einer Stoßzahnoperation an einer hypostatischen Pneumonie gestorben. Die Filmszenen riefen viele eindringliche Erinnerungen in mir wach, weil sie dem mehr als zwanzig Jahre zurückliegenden tatsächlichen Geschehen sehr nahekamen. Es war wirklich bewegend, die Schauspieler im Zoo von Dudley das nachahmen zu sehen, was ich damals in Manchester als junger Zooveterinär bei meinen ersten Erfahrungen in Sachen Elefantenzahnheilkunde erlebt hatte.

Für die Filmaufnahmen gab ich einem Elefanten, der sowieso für eine Blutentnahme und Pediküre vorgesehen war, eine leichte Narkose; die gewaltige Operation aber, bei der ein riesiger Stoßzahn mit Meißeln, Holzhämmern und Brecheisen ausgehoben werden mußte, führten die Schauspieler am lebensechten Modell eines Elefantenkopfes durch.

Während wir diese Folge drehten, geschah etwas, das mit der Mary-Operation und ihrer Verfilmung in einer seltsamen Verbindung zu stehen schien. Mrs. Chipperfield rief an, die Besitzerin des Zirkus Chipperfield. Freunde von ihr, so berichtete sie, besäßen einen kleinen italienischen Wanderzirkus, mit dem sie gerade durch Spanien zögen. Es handle sich wirklich um einen ganz kleinen Zirkus, denn die Menagerie bestehe aus einem einzigen Asiatischen Elefanten, der das ein und alles ihrer Freunde sei. Sie hätschelten ihn und lebten buchstäblich mit ihm zusammen: Sie bewohnten die eine Hälfte des Elefantenwagens, er die andere. Er sei ihr Lebensunterhalt, ihr Kind, ihr bester Freund. Und jetzt, in Alcudia auf Mallorca, sei er plötzlich sehr krank geworden. Ob ich nicht hinfahren und nach ihm sehen könne?

Was Mrs. Chipperfield schilderte, hörte sich nach einer Zahngeschichte an: Die Elefantendame mittleren Alters hatte seit drei Tagen nicht gefressen und keinen Tropfen Wasser getrunken. Sie konnte nicht schlafen und hatte offensichtlich große Schmerzen im Maul. Normalerweise umgänglich wie ein Schmusekätzchen, ließ sie jetzt ihre Besitzer nicht an den Kopf heran und war ständig schlechter

Laune. Ich befürchtete, daß mir ein zweiter „Fall Mary" mit einer komplizierten Zahnbehandlung bevorstand.

Wieder buchte ich einen Platz in der Maschine nach Mallorca (die Insel schien in jenen Tagen zum zoologischen Zentrum Europas zu werden) und packte eine Auswahl eher ungewöhnlicher Instrumente in die Bereitschaftstasche: mehrere rostfreie Maurermeißel, lange Brecheisen und einen schweren Hammer. Ferner entschied ich mich für eine „Kiefersperre", ein starkes F-förmiges Gerät, das mir nützlich sein konnte, wenn ich das enge Maul eines narkotisierten Elefanten offenhalten mußte.

Nach der Landung fuhr ich quer über die Insel nach Alcudia. Als ich am Hafen des Städtchens eintraf, wo sich die Zirkusbesitzer mit ihrem kranken Elefanten aufhielten, war es bereits Nacht. Signor und Signora Crona entpuppten sich als ein kleingewachsenes Ehepaar mittleren Alters, das sein ganzes Leben im Zirkus verbracht hatte. Es waren fleißige und freundliche Leute. Sie begrüßten mich überschwenglich, und obwohl sie mir nach der langen Reise eine Tasse Kaffee anboten, lehnte ich ab und bat sie, mich gleich zu dem Elefanten zu führen. Ich spürte, wie sehr sie sich um ihren Liebling sorgten, und meine Bereitschaft, alle unnötigen Verzögerungen zu vermeiden, schien sie zu trösten.

„Keine Angst", sagte ich. „Wir werden das schon hinkriegen." Nicht eben vorsichtig, so etwas zu versprechen, bevor man einen Blick auf den Patienten geworfen hat!

Das übrige Ensemble des Zirkus war mit der Fähre nach Menorca weitergereist, nur die Cronas und ihr Elefant waren zurückgeblieben. Ihr Zirkuswagen stand auf einem kleinen Platz gleich neben der Uferstraße. Licht gab es weder im „Elefantenabteil" noch draußen, daher mußte ich meine Voruntersuchung beim Schein einer Taschenlampe vornehmen. Signor Crona schloß die Doppeltüren auf und gab mir die Lampe. Ich ließ den Strahl an einem riesigen, aber ziemlich mageren Elefanten auf und ab gleiten, der mir gegenüberstand. Sein charaktervolles Gesicht wirkte angespannt und mürrisch. Die Lider waren schwer vor Müdigkeit, die Augen waren gerötet. Speichelfäden hingen aus dem halboffenen Maul, als sich das Tier gereizt und unruhig bewegte.

„Brav, brav, brav!" flüsterte ich in dem Zirkusdeutsch, das Elefantenleute auf der ganzen Welt beherrschen, und streckte dem Tier ganz langsam die Hand entgegen. Ich war noch keine zehn Zentimeter weit gekommen, als der Elefant mit einem durchdringenden, wütenden Trompeten den Rüssel hochwarf. Die Rüsselspitze klatschte mir an die Schläfe; es fühlte sich an wie ein Hieb mit einem Gummiknüppel. Das unglückliche Tier litt zweifellos furchtbare Schmerzen.

„Gut, schließen Sie die Türen wieder." Ich rieb mir den surrenden Kopf. „Zahnschmerzen, soviel steht fest. Ich werde sie morgen früh zuerst betäuben müssen."

Die Cronas waren den Tränen nahe, als wir uns in ein nahes Lokal setzten, wo ich ihnen meine weiteren Pläne erklärte. „Aber Herr Doktor", meinte Signor Crona besorgt, „glauben Sie, daß sie eine Chance hat? Wird sie die Narkose vertragen? Wo wollen Sie operieren? Sie ist unser Leben – alles, was wir haben!"

Gott sei Dank ist zur Zeit keine Feriensaison, dachte ich; das ließ mich hoffen, den Eingriff ohne großes Aufsehen durchführen zu können. Mary, der Elefant aus dem Bellevue-Zoo, kommt mir immer in den Sinn, wenn ich mich mit Zahngeschichten ihrer Artgenossen herumzuschlagen habe. Aber heute, gut zwanzig Jahre danach, wird mir beim Gedanken an eine Vollnarkose beim größten Landsäugetier der Erde, einem Dickhäuter, der über sechs Tonnen wiegen kann, nicht mehr übel. Mary mußte sterben, weil die Narkotika jener Tage zwar gut, aber bei weitem nicht gut genug waren. Inzwischen jedoch zählt der Elefant zu den exotischen Tierarten, die am leichtesten zu betäuben sind. So seltsam es erscheinen mag – die Dosis für die Betäubung eines Afrikanischen Elefantenbullen ist geringer als die für einen Hirsch!

Ich bestellte mir noch einen Kaffee und genehmigte mir einen Kräuterschnaps. Dann ging ich mit meinen Erläuterungen ins Detail, um die Cronas zu beruhigen. „Wir fangen morgen früh um sieben Uhr an, bevor die Touristen aufkreuzen. Ich werde unsere Patientin auf der Hafenpromenade betäuben, da ist der Boden eben, sauber, und wir haben eine Menge Platz. Sie können mir dabei helfen: Ich brauche eine dicke Lage Stroh, etwa vier mal vier Meter, zwei Eimer Wasser, Seife und ein Handtuch."

„Aber das ist so dicht am Wasser, wo soll ich den Elefanten anketten?" Signor Crona blickte hilflos drein.

„Sie brauchen Ihre Elefantendame lediglich aus dem Wagen auf das Strohviereck zu führen und ein paar Sekunden festzuhalten, während ich ihr eine Spritze verpasse. Wenn wir ein bißchen Glück haben, steht sie um neun Uhr wieder im Wagen, und alles ist vorbei."

„Bis dahin hat sie viereinhalb Tage lang nichts gefressen oder getrunken – kann sie das durchstehen, Herr Doktor?"

Die fehlende Flüssigkeitsaufnahme machte mir auch Sorgen, aber ich hatte schon Elefanten behandelt, die noch länger nichts getrunken hatten – der riesige Magen der Dickhäuter enthält eine ordentliche Menge Reservewasser. Tun konnte ich sowieso nichts – oder hätte ich einen Mammuttropf mit Salzlösung anbringen sollen?

„Sie wird durchhalten, ganz sicher", erwiderte ich, ehe ich mich verabschiedete. „Jetzt werde ich erst einmal schlafen. Gute Nacht."

Am nächsten Morgen ging die Sonne an einem wolkenlosen Himmel auf. Die Luft war kühl, es wehte eine sanfte Brise: ausgezeichnete Bedingungen für eine Operation. Ich eilte zur Promenade und sah, daß Signor Crona unweit der Kaimauer bereits einen halbmeterdikken, tadellosen Strohteppich vorbereitet hatte. Es war der öffentlichste Ersatzoperationssaal, in dem ich je gearbeitet hatte: kein Schuppen, keine Mauer, keine Abschrankung, nichts! Was würde die Guardia Civil wohl von einem rekonvaleszenten Elefanten halten, der vielleicht tagelang die nahe Durchgangsstraße blockierte? Bis jetzt war noch kein Tourist zu sehen, aber was würde geschehen, wenn sich die Sache hinzog? Oder wenn – nur nicht dran denken! – die Hausfrauen bei ihrem Einkaufsbummel am Hafen vorbeikamen, wo ihnen drei Tonnen Elefantenfleisch den Weg versperrten und auf Beseitigung warteten? Ich durfte keine Zeit verlieren.

„Bringen Sie die Elefantendame jetzt heraus, und stellen Sie sie mitten auf das Stroh!" befahl ich den Cronas, die aussahen, als hätten sie kein Auge zugetan. Die beiden gingen zum Wagen und öffneten die Türen. Zum erstenmal sah ich das kranke Tier bei Tageslicht. Es war selbst für einen ausgewachsenen Asiatischen Elefanten riesengroß, und als es die Rampe herunterwankte, erkannte man deutlich, daß die Tage ohne Nahrung und vor allem ohne Wasser sehr an ihm gezehrt hatten. Keine Rundungen, die Haut rissig und trocken. Die Elefantenkuh beäugte mich unwillig, während sie sich auf das Strohlager führen ließ.

„Glauben Sie, daß Sie sie an einem Ohr so lange festhalten können, bis ich ihr die Spritze gegeben habe?" fragte ich Signor Crona.

Der Zirkuschef, bleich und unrasiert, bekreuzigte sich und schloß einen Moment die Augen. „Ja, Herr Doktor – sicher, ja." Er schaute zu seinem turmhohen Schützling auf. „Bambina, meine Kleine, laß dich halten." Als er nach ihrem Ohr faßte, wedelte sie ein wenig mit dem Rüssel, ließ ihn aber gewähren. „Gut, Herr Doktor, Sie können beginnen."

In meiner Spritze hatte ich nicht einmal einen Teelöffel voll goldfarbener Flüssigkeit: Immobilon. (Mary hätte noch leben können, wenn das starke Betäubungsmittel damals schon erhältlich gewesen wäre.) Während die Cronas leise ein Ave-Maria beteten, betupfte ich die linke

Hinterseite des Elefanten sanft mit Jod, hielt den Atem an und jagte die fünf Zentimeter lange Kanüle in den Muskel. Offenbar wurden die italienischen Gebete erhört, denn das Riesentier blieb regungslos stehen. Ich setzte die Spritze auf die Kanüle und drückte den Kolben nieder, fertig! Jetzt gab es kein Zurück mehr.

Nach drei Minuten begann der Elefant zu zittern und sank dann ganz langsam in die Knie. Ich liebe Immobilon bei Elefanten: Sie krachen nicht mit Wucht nieder, sondern gehen sanft zu Boden, als wären sie Schwimmtiere aus Plastik und jemand hätte eben den Stöpsel gezogen, um die Luft herauszulassen. Das Tier lag ganz ruhig auf dem Bauch – ausgezeichnet! Mary hatte flach auf der Seite gelegen, und der Druck ihres Gewichts auf den unteren Lungenflügel war die Hauptursache der tödlichen Pneumonie gewesen. Schnell kontrollierte ich Atem und Puls, alles in Ordnung. Es war Zeit, die Kiefersperre anzubringen und das Innere des Mauls abzutasten. In einem Elefantenmaul geht es ziemlich eng zu, da die massigen Mahlzähne viel Platz einnehmen. Vorsichtig fuhr ich mit der Hand über die knollige Zunge. Auch unter Narkose können die Kiefer reflexartig zusammenklappen, und wenn sich in einem solchen Moment die Finger zwischen zwei Bakkenzähnen befinden, werden sie unweigerlich zermalmt. Doch ich hatte Glück und stieß sofort auf die Wurzel des Übels.

Rechts unten ragte ein großer Zahn in einem seltsamen Winkel aus dem Kieferknochen, und das Zahnfleisch in seiner Nähe fühlte sich schwammig und dick geschwollen an. Ich wußte, was das bedeutete.

Elefanten haben bei ihrer Geburt insgesamt vierundzwanzig „Zahnknospen", und diese müssen ihnen für das ganze Leben reichen. Vier Zähne, die wie Mühlsteine aufeinanderpassen, sind immer in Betrieb, zwei oben und zwei unten. Wenn die „erste Garnitur" abgewetzt ist, rutscht sie allmählich im Kiefer nach vorn, fällt aus und macht den nächsten vier Mahlzähnen Platz. Ist das letzte Paar ausgefallen, muß ein Elefant in freier Wildbahn verhungern. In einem Safaripark oder Zoo ist das natürlich anders; da bekommt er gekochten Reis, Melasse und gehacktes Heu. Der älteste Asiatische Zoo-Elefant, dessen Lebensdaten nachgewiesen sind, wurde 77 Jahre alt, viel älter als die meisten seiner wildlebenden Artgenossen.

Mein „Einbrecherwerkzeug" – Hammer, Brecheisen, Meißel – hatten wir in einem Eimer voll Desinfektionsmittel sterilisiert. Signor Crona hielt die festsitzende Kiefersperre, seine Frau leuchtete mit der Taschenlampe, ich legte mich bäuchlings ins Stroh und schob Hammer und Meißel ins Maul des Tieres. Wie ein Bergmann an einem sehr schmalen Flöz hämmerte ich dicht über dem Zahnfleisch auf den

steinharten Zahn ein, um einen Ansatzpunkt für mein Brecheisen zu
schaffen. Nach zwei, drei Minuten zog ich den Meißel heraus, setzte
das Brecheisen an und begann mit aller Kraft zu hebeln. Es knackte
knirschend, und plötzlich kam der Zahn in einem Sturzbach von Eiter
und Blut hoch. Der Gestank war entsetzlich. Triumphierend zog ich
den faulen Zahn, der die Größe eines Ziegelsteins hatte, aus dem Maul
des Elefanten. Das italienische Ehepaar schnappte nach Luft und geriet
vor Freude fast aus dem Häuschen. Das Loch im Kiefer war so groß,
daß meine ganze Faust darin Platz hatte. Ich wusch es mit mehreren
Liter warmem Wasser und Antiseptikum aus und gab dann dem
bewußtlosen Elefanten eine Spritze mit Tetracyclin-Antibiotikum.
Schließlich horchte ich Herz und Lunge des Tieres ab – alles normal.

Jetzt kam meine Zaubernummer. Ich füllte einen Teelöffel des
blauen Gegenmittels in eine Spritze und injizierte es in eine der Venen
an der Ohrrückseite. „Zurücktreten!" rief ich. Um uns herum hatte
sich inzwischen eine Traube aus Feriengästen und Einheimischen
gebildet. „In dreißig Sekunden ist der Elefant wieder auf den Beinen."

Der Elefant seufzte tief auf, flappte mit einem Ohr, und pünktlich
wie ein Uhrwerk erhob er sich eine halbe Minute nach der Wiederbe-
lebungsspritze in einer Wolke aus Strohstaub. Es war kurz nach halb
acht. Die Touristen brachen in laute Hurrarufe aus, die Cronas
umarmten sich und weinten vor Erleichterung. Ich bin sicher, Alcudia
hat in seiner Geschichte selten einen schöneren Anblick erlebt als diesen Elefanten, der an einem so strahlenden Morgen dort am Meeres-
ufer stand!

„Hat sie noch Schmerzen, Herr Doktor?" fragte Signora Crona. Sie
trat zu mir und drückte mich kräftig an sich.

„Das werden wir gleich sehen, Signora", antwortete ich. „Bringen
Sie mir bitte noch einen Eimer warmes Wasser."

Frau Crona holte den Eimer, und wir stellten ihn vor die Elefantendame hin. Das kluge Tier schaute ihn an, tauchte langsam die Rüsselspitze hinein und sog. Mehrmals zögerte sie, den Rüssel zum Maul
hochzuschwingen, aber zuletzt tat sie es doch und ließ eine kleine
Menge Wasser hineinfließen. Man konnte die Überraschung, die
Erleichterung, die Verwunderung in ihren Augen sehen, als sie die
Stelle berührte, die so lange rasend geschmerzt hatte – wund war sie
schon noch, aber die unerträgliche Qual war weg! Hurtig tauchte sie
den Rüssel wieder ins Wasser – schnell war der Eimer leer. Eimer um
Eimer wurde angeschleppt für die durstige Riesin, und während sie
sich labte, wurde ihr Gesichtsausdruck immer sanfter, sie rollte mit
den Augen, und wir hörten sie zufrieden brummen. Das Brummen

eines Elefanten – es klingt ähnlich wie das Schnurren einer Katze, nur tiefer und viel lauter – ist eines der bezauberndsten Geräusche der Welt.

„Sie ist wieder glücklich!" rief die Italienerin und hob die Hand ans Maul des Tieres. Der Dickhäuter liebkoste sie wie in alten Tagen.

„Gehen Sie in die Bar, und holen Sie ein Tablett voll *Ensaimadas*", sagte ich zu Signor Crona. Das weiche, süße Blätterteiggebäck, das angeblich den Turbanen der einstigen maurischen Eindringlinge nachgeformt ist, war jetzt genau das richtige Futter, um auszuprobieren, ob sie feste Nahrung zu sich nehmen konnte. Nach wenigen Minuten kehrte der Italiener mit einem Tablett zurück, auf dem sich frischgebackene Ensaimadas türmten. Ich bot dem Elefanten eine an. Mit dem „Finger" seines Rüssels nahm er sie mir vorsichtig ab, aber er zauderte nervös, sie ins Maul zu stecken. Würde er es wagen? Er schwenkte das Gebäck hin und her, dann schob er es ganz langsam hinein und wartete. Fühlte sich nicht schlecht an – fühlte sich sogar recht gut an, und es schmeckte köstlich!

Der Elefant schluckte den zuckrigen Leckerbissen hinunter und griff gierig nach dem nächsten. Der Ensaimadasberg verschwand im Nu, zu jedermanns Entzücken.

„*Más ensaimadas!*" Der Kellner kam herausgelaufen mit einem neuen Tablett voll ofenwarmer Turbane, die das gleiche Schicksal erlitten. Ich habe noch nie ein Tier gesehen, dem Glück und Erleichterung so deutlich im Gesicht geschrieben standen.

„Waschen Sie ihr eine Woche lang nach der Fütterung das Maul mit Salzwasser aus, und lassen Sie sie ein paar Tage ruhen und ausschlafen, bevor Sie nach Menorca fahren", legte ich den Cronas ans Herz. „Ja – das wär's dann."

„*Miracolo*", flüsterte die Signora, und dann machten wir ein paar Fotos. Dazu gruppierten wir uns um den Elefanten und hielten den herausoperierten Zahn wie einen Fußballpokal in die Höhe. Nach dem Frühstück um halb neun (Ensaimadas waren für niemanden von uns übriggeblieben) brach ich auf nach Palma und reiste mit dem nächsten Flugzeug nach Hause.

5. Kapitel

DIE Mehrzahl der wildlebenden Tiere liebt Abwechslung auf dem Speisezettel genauso wie wir Menschen. Im Laufe der Jahre habe ich auf meinen Reisen rund um die Welt bei der Verpflegung meiner exotischen Patienten viele Marotten und Überspanntheiten angetroffen. Falsches Futter ist die Wurzel manchen Übels, und doch ist es für einen Zootierarzt nicht immer leicht, dies auf Anhieb herauszufinden.

Vor einem solchen Problem stand ich zum Beispiel, als ich 1973 nach Indonesien gerufen wurde, um vier erkrankte Delphine zu behandeln, die einem deutschen Unternehmer namens Butz gehörten. Es handelte sich um Große Tümmler, die in der Nähe von Pontianak auf Borneo in einem erbärmlichen transportablen Bassin gehalten wurden und dringend Hilfe brauchten.

Zum Glück sind die Tage der Delphinwanderzirkusse heute endgültig gezählt. Die armen Geschöpfe lebten ausnahmslos unter schlechten Bedingungen, und das hatte unvermeidlich eine hohe Sterberate zur Folge. Damals war ich, wie mir scheint, alle zwei bis drei Wochen einmal im Fernen Osten, und auch zu Hause in England hing ich stundenlang am Telefon und beriet Delphinbesitzer rund um das Südchinesische Meer. Meist waren meine Bemühungen vergebens, denn mit meinen Mitteln läßt sich aus einer übelriechenden Brühe kein klares Wasser machen. Genauso schwierig war es oft, Salz zu finden, wo es keines gab, oder Schatten auf glühendheiße Rollfelder zu zaubern, wenn ein Flugzeug wieder einmal Verspätung hatte. Ein weiteres Problem bestand darin, Fische zu Futterzwecken zu beschaffen. Die meisten Besitzer von Delphinzirkussen verfütterten, was sie eben kriegen konnten, ohne Rücksicht auf die Parasiten- oder Vergiftungsgefahr, die bei exotischen Futterfischen stets gegeben ist.

Als ich in Pontianak eintraf, waren zwei der vier Tümmler bereits verendet. Die anderen beiden trieben lustlos in ihrem Becken, das auf einer Lichtung inmitten von Bananen-, Kautschuk- und Palmenplantagen aufgebaut war.

Gunther, der Trainer, stand mürrisch neben mir am Beckenrand und jammerte eine ganze Litanei von Unannehmlichkeiten herunter, die er seit der Ankunft in Fernost erlebt hatte: Ärger mit indonesischen Einwanderungsbeamten wegen seines Visums, die Wassertestausrüstung gestohlen, Stromunterbrechungen, weshalb die Filter durchschnittlich nur etwa vier Stunden am Tag in Betrieb waren, Mangel an geeigneten Futterfischen ... Um das Maß vollzumachen, waren zwei seiner Tiere eingegangen, und jetzt sah es so aus, als verliere er nochmals zwei.

„Wie hat alles angefangen?" fragte ich.

„Wie ein Blitz aus heiterem Himmel, vor zwei Tagen!" Er berichtete, daß die Delphine bis dahin stets gefressen und willig mitgearbeitet hätten. In Manila, Taipeh, Singapur und Jakarta, da seien sie noch

putzmunter gewesen, wenn man von leicht entzündeten Augen
wegen des Chlorwassers absehe.

„Welche Symptome sind dann aufgetreten?" wollte ich wissen.

„Sie bekamen schweren Durchfall und diese komischen Zuckungen. Die zwei, die verendet sind, wanden sich in Krämpfen, bevor sie
den Geist aufgaben. Es war grauenhaft, Herr Doktor!"

Ich schaute über den Beckenrand und beobachtete die beiden überlebenden Tiere. Tatsächlich zuckten sie von Zeit zu Zeit zusammen,
wie von einem leichten elektrischen Schlag getroffen.

„Ich werde die Tümmler zur Untersuchung einfangen müssen",
sagte ich. „Aber zuerst seziere ich die beiden verendeten; davon verspreche ich mir wertvolle Hinweise. Und wenn die Kadaver in dieser
Hitze noch länger herumliegen, wird die Arbeit gewiß nicht
angenehmer."

Zwei Stunden lang untersuchte ich die toten Delphine, war aber zu
meiner Verwunderung am Ende nicht klüger als zuvor. Keinerlei
Anzeichen einer Lungen-, Leber- oder Darminfektion, wie ich erwartet hatte. Also blieb nur noch eine rasch fortschreitende Blutvergiftung als Erklärung übrig. Die Blutproben der lebenden Tiere müßten
dies anzeigen, doch war ich dazu auf die Hilfsbereitschaft eines Kran-
kenhauslabors angewiesen. Auf jeden Fall wollte ich den Delphinen
sofort Antibiotikaspritzen geben. Ich bereitete Tobramycin-Injektio-
nen vor, während Gunther und ein indonesischer Junge namens
Malik, der für Hilfsarbeiten angestellt worden war, ein Netz entroll-
ten, um die kranken Tiere einzufangen.

„Was tun Sie denn, wenn die Fischbeschaffung so schwierig ist?"
fragte ich den Deutschen, während wir die Delphine an den Rand des
Bassins heranzogen. Sie leisteten keinerlei Widerstand; im Gegenteil,
sie wirkten erleichtert, als sie in den Netzen lagen.

„Jeden Morgen um fünf Uhr gehe ich mit Malik auf den Fischmarkt
und kaufe, was ich bekomme."

„Was für Fische?"

„Fragen Sie mich bloß nicht nach den Namen. Oft gibt es da einen
goldgelben Fisch, in der Form ähnlich wie eine Sardine, aber mit
schneeweißem Fleisch. Die Delphine mögen ihn nicht. Am liebsten
fressen sie Seebarsch, aber der ist sehr teuer. Die meisten Futterfische
sind tropische Arten, die ich noch nie gesehen habe; einige haben Stacheln, die ich immer wegschneide, bevor ich sie verfüttere."

Über den Beckenrand gebeugt, wo die Delphine wie in einer Hän-
gematte im flachen Wasser lagen, begann ich sie zu untersuchen. In
schlechter Verfassung waren sie nicht. Ihre Augen waren klar, ihr

Atem roch gut. Aber was hatte dieses merkwürdige Zucken zu bedeuten, das etwa alle dreißig Sekunden durch ihren Körper lief? Konnte es
Vitamin-B-Mangel sein?

„Verabreichen Sie täglich Vitamine, wie üblich?"

„Aber ja. Jeder bekommt morgens fünf *Seatabs*." Diese amerikanischen Multivitamintabletten enthalten genug Vitamin B. Ich entnahm
den beiden Delphinen eine Blutprobe und befreite sie dann wieder aus
dem Netz, worauf sie sich träge an der Wasseroberfläche treiben ließen.

Ich brauchte lange, bis ich eine Klinik fand, deren diensthabender
Arzt gegen „Sonderhonorar" bereit war, die Proben zu analysieren.
Nach einem halben Tag bekam ich das Ergebnis: Nichts deutete auf
eine Infektion oder eine Blutvergiftung hin.

Großartig, dachte ich bei meiner Rückkehr nach Pontianak. Den
Tieren fehlt nichts, sie sehen lediglich so aus, als ob sie jeden Augenblick sterben könnten! Verwirrt und ratlos trat ich neben das Delphin-
becken. „Es muß sich um ein rätselhaftes tropisches Virus handeln",
sagte ich zu Gunther.

„Nein", mischte sich der Indonesierjunge Malik ein. „Es ist der
Affengott, der hat die Lumba-Lumba verhext!" („Lumba-Lumba"
waren offenbar die Delphine.) Malik hielt mir ein kurzes Stück Bambus unter die Nase. „Sehen!" rief er aufgeregt in seinem unbeholfenen
Englisch. „Ich zeige Ihnen!"

Er zog einen Stöpsel aus dem einen Ende des Bambusstücks und
schüttelte etwas aus dem hohlen Inneren. Ein Insekt, das wie ein gel-
bes Blatt aussah, fiel zu Boden, und ich bückte mich, um es anzusehen.
Es war eine große Mantis, eine Gottesanbeterin, der man die Flügel
sauber abgeschnitten hatte.

„Gireng, der Diener von Affengott. Er arbeitet für ihn und betet zu
ihm – aufpassen!" Der Junge setzte das unheimlich aussehende Insekt
auf einen flachen Stein. Zu meiner Überraschung blieb es dort sitzen,
die langen Fangbeine in der typischen Bethaltung gefaltet. Malik fiel
auf die Knie und begann unter der Plastikverkleidung des Delphin-
beckens nach etwas zu suchen. Kurz darauf erhob er sich wieder und
zeigte uns eine Handvoll sich windender, dunkelbrauner Maden, jede
ungefähr drei Zentimeter lang. Er nahm eine, hielt sie über den
Beckenrand und berührte damit für einen Augenblick die Haut des
Delphins, der in der Nähe wie ein großes graues Plastikspieltier im
Wasser lag. Dann legte er die Made zusammen mit einer zweiten, die
er nicht mit dem „Lumba-Lumba" bekannt gemacht hatte, auf den
Stein vor die Mantis. Beide Larven versuchten zu entkommen, doch

die Gottesanbeterin schlug zu. Zielsicher packte sie diejenige, mit der Malik den Delphin berührt hatte. Der Indonesier lächelte zufrieden, hob die Mantis wieder auf und entwand ihr die Made.

„Sehen!" rief er. „Gireng dient seinem Herrn. Er zeigt, daß Affengott ist böse mit Lumba-Lumba."

„Die Chancen stehen fünfzig zu fünfzig", wandte Gunther ein. „Versuch's noch mal." Ein dutzendmal, mit weiterem Nachschub, den er unter der Plastikwand des Beckens hervorholte, wiederholte Malik den Test. Und jedesmal riß „Gireng" eine von zwei Maden in seine Fänge – immer diejenige, mit der der Junge den einen oder anderen Delphin angetippt hatte.

„Was Sie jetzt meinen, Doktor?" fragte Malik triumphierend, als er schließlich die Mantis mit einer Made als Belohnung wieder in das Bambusröhrchen steckte. „Sie können nichts machen, wie?"

„Na", entgegnete ich, „hat denn die Mantis immer recht?"

„Immer – Gireng hat Wurm-Ding genommen, mit dem ich berührt meine Mutter, als sie krank war. Ein Tag später sie ist gestorben."

„Was geschieht, wenn die Mantis das andere, das unberührte Wurm-Ding nimmt?"

„Affengott läßt wieder gesund werden!"

„Nach dem Gireng müssen die Lumba-Lumba also sterben?"

„Sicher, Doktor – genau wie meine Mutter!"

Es gäbe keinen großen Bedarf an Veterinären mehr, dachte ich, wenn die Welt nur noch den Verheißungen von Gottesanbeterinnen Glauben schenkte. Ich bat Gunther, mir die Futterfische zu zeigen, und er führte mich in eine kleine Palmwedelhütte. Ein Zuber, in den ein Wasserschlauch führte, diente als Ausguß; eine Holzkiste trug das Schneidebrett. Der nackte Erdboden war schlammig, und es roch schlecht.

In einer dunklen Ecke bemerkte ich eine schlafende Katze. Stücke von filetierten Fischen lagen auf dem Schneidebrett, und ein Eimer quoll über von Abfällen: Köpfe, Flossen, Gräten, Innereien.

„Ich werfe mehr weg, als ich verfüttere", erklärte der Trainer. „Sehen Sie sich bloß einmal diese Gräten an, die würden jedem Delphin den Hals aufschlitzen!"

„Wo bewahren Sie die Fische auf, nachdem Sie sie gekauft haben?" fragte ich.

Gunther führte mich hinter die Hütte; dort stand im Schatten einiger Bananenpflanzen ein rostiger Kühlschrank. Er öffnete die Tür, und ich sah Plastikwannen voll buntfarbiger kleiner Fische aus indonesischen Gewässern. Ich bin kein Fischexperte und wußte von den wenigsten den Namen ..., aber eine Art kam mir doch bekannt vor: tintenblau mit wulstig vorstehendem Maul und weißen Flecken.

„Wie nennt ihr diesen Fisch?" fragte ich Malik.

„Maki-Maki", antwortete er. „Sehr teuer. Fischer verkaufen ihn gern an Händler für Japan."

Japan! *Der unheimliche Doktor No!* Augenblicklich erinnerte ich mich an die James-Bond-Story: 007 überlebte einen Mordversuch mit einem gefährlichen Gift, das von einem Kugelfisch stammte. Natürlich – dieser hübsche Blaue da war ein Kugelfisch, aus dem die Japaner ein besonderes Gericht namens *Fugu* zubereiten.

„Haben Sie in den letzten Tagen einen Fisch wie diesen verfüttert?" fragte ich.

Gunther dachte nach. „Ich glaube, ja, einen vielleicht, aber Sie können sicher sein, daß ich die Stacheln weggeschnitten habe – und die Gräten nehme ich sowieso heraus." Er holte einen der blauen Fische mit den weißen Flecken aus dem Kühlschrank, ehe wir in die Hütte zurückkehrten, wo der Trainer den Fisch mit einem kleinen Messer zerlegte. „Sehen Sie", erklärte er, „ich entferne immer alles, woran ein Delphin sich verletzen könnte."

Ich dachte nach, während Gunther, ohne daß ich es richtig bemerkte, der inzwischen aufgewachten Katze ein Bröckchen Fischfleisch zuwarf, das sie gierig verschlang. Sicher, Gunther schnitt alles weg, was seinen Schützlingen schaden konnte – außer dem Fugu-Gift. Ich nahm ein winziges Stückchen des Fischfleisches, drückte es an meine Lippen und spürte ein leichtes Brennen.

„He, Doktor – schauen!" schrie Malik und zeigte in ungläubigem Entsetzen in die Ecke. Da lag die Katze und wand sich in Krämpfen, Schaum vor dem Mund. Ich beugte mich zu ihr nieder, doch ich wußte, daß dem armen Tier nicht mehr zu helfen war. Sekunden später starb die Katze in meinen Händen.

„Machen Sie in Zukunft einen großen Bogen um diesen Fisch!" riet ich Gunther eindringlich. „Er zählt zu den giftigsten der Welt!"

Der Deutsche ließ sein Messer fallen und wurde kreidebleich. „Aber, Doktor Taylor, die Fischer verkaufen ihn doch als Speisefisch nach Japan!"

„Das stimmt", erwiderte ich. „Aber die Japaner sind ein merkwürdiges Volk. Sie lassen sich den Genuß dieses gefährlichen Fisches einiges kosten, denn er darf nur in ganz speziellen Fugu-Restaurants zubereitet werden. Und dennoch gibt es viele Fälle von tödlicher Fugu-Vergiftung in diesem Land!" Ich erinnerte mich nicht nur an „Doktor No", sondern auch an eine Stelle aus einem berühmten japanischen Gedicht: „Gestern abend aßen er und ich Fugu, heute helfe ich seinen Sarg tragen."

„Sie glauben, Maki-Maki hat Delphine getötet?" fragte Malik, als er die tote Katze hinaustrug.

„Ja, das glaube ich jetzt", antwortete ich. Später las ich, daß Maki-Maki der einheimische Name für *Arothron hispidus* war, den Grauen Puffer. Sein englischer Name spricht Bände: *Deadly Death Puffer* – „Tödlicher Todespuffer".

Es dauerte einige Stunden, bis ich eine Telefonverbindung mit dem Londoner Institut für Tropenmedizin bekam und erfuhr, daß es keine besondere Behandlung für Fugu-Vergiftungen gibt. Der Rat des Toxikologen lautete: Magen ausspülen, Morphium und Vitamin B geben. Morphium konnte ich den Delphinen nicht verabreichen – es wirkt bei dieser Tierart eher anregend als beruhigend –, aber die anderen Empfehlungen setzte ich sogleich in die Tat um. Für einen der Delphine kam jede Hilfe zu spät, er starb noch am selben Tag. Der andere aber sprach auf die Behandlung an: Die Zuckungen ließen nach, er wurde zunehmend aktiver und war nach etwa fünf Tagen genesen.

„Nun, Malik", sagte ich, während ich meine Sachen für die Rückreise packte, „bei einem der Delphine hat deine Mantis falsch getippt."

„Nein, Doktor, Gireng hat immer recht. Dieser Lumba-Lumba kommt auch bald zu Tod."

Ich lachte – doch das Orakel der Mantis erfüllte sich. Zwei Wochen später, kurz nach seiner Rückkehr nach Deutschland, starb der Delphin plötzlich an einer akuten Pneumonie. Die Ursache war wahrscheinlich ein Bazillus, mit dem er sich in Borneo infiziert hatte.

ZUWEILEN sind Tierpfleger ihren Schutzbefohlenen so blind zugetan, daß ihre Anhänglichkeit hinderlich, wenn nicht gar gefährlich wird.

Tinker war ein kleines indisches Elefantenmädchen, das 1970 in den Bellevue-Zoo kam. Sie war ein wenig schwächlich – in Indien hatte man sie schlecht ernährt –, aber von wunderbar sanftem und zutraulichem Wesen.

Gleich nach der Ankunft in Manchester wurde sie in einem geheizten Raum im Elefantenhaus untergebracht, wo ich sie gründlich untersuchte. Sie erschien blaß um Augen und Maul, und ihre schwachen Fußgelenke begannen nach innen zu knicken. Im Kot fand ich Millionen winziger blutsaugender Würmchen, und die Blutprobe bestätigte, daß sie an Anämie litt.

Willie, der junge Elefantenpfleger, bekam die Aufgabe, Tinker aufzuziehen und ihre Mangelerscheinungen zu beheben. Ihre tägliche Reisration wurde mit Sojamehl, Mais und Zuckerrüben ergänzt und die Mischung mit Melasse gesüßt. Die besten Äpfel und Bananen sparte man für sie auf, und Willie verwöhnte sie mit gekochten Süßigkeiten und warmer Milch. Jeden Morgen bekam sie ein warmes Bad und wurde, unter freudigem Quieken und Kreischen, mit einer Bürste abgeschrubbt. Jeden zweiten Sonntag rieb man ihren ganzen Körper mit teurem Fußpflegeöl ein und ließ ihr eine Pediküre angedeihen – die Füße sind, neben den Zähnen, die empfindlichsten Stellen bei einem Elefanten. Mein Beitrag zu Tinkers Gesundung waren ein Vernichtungsfeldzug gegen die Darmparasiten, eine Vitaminkur sowie Kalzium- und Eisengaben.

Willie war ein aufgeschossener, schlaksiger Jüngling mit schmalem Gesicht und karottenrotem Haar. Er wirkte plump und unbeholfen – bis er zu den Elefanten kam. Unter ihnen bewegte er sich sicher und geschickt, und seine tiefe Stimme wirkte beruhigend auf die mächtigen Tiere. Die Elefanten liebten ihn und streichelten ihn sanft mit der Rüsselspitze, wenn er um sie herumging.

„Der kleine Elefant wird doch sicher gesund, nicht wahr, Doktor Taylor?" fragte mich Willie kurz nach Tinkers Ankunft. „Ich meine, wir werden doch mit dieser ... äh ... Anämie fertig, oder?" Er sah betrübt aus.

„Mach dir keine Sorgen, Willie", antwortete ich. „Gib ihr nur weiterhin Spezialfutter, und sieh zu, daß sie täglich ihre Vitamin- und Eisentabletten frißt."

„Das Eisen tut ihrem Blut gut, denk ich."

„Ja. Zwölf Tabletten, zerdrückt und in die Melassemischung gegeben, sind genug in diesem Alter. Wenn sie größer wird, erhöhe ich die Dosis."

Willie pflegte Tinker hingebungsvoll. Er schlief nachts im Elefantenhaus auf einem Haufen Stroh in der Galerie oberhalb der Tiere, um jederzeit bei der Hand zu sein, falls das Elefantenkind eine Kolik oder auch nur Hunger bekam. Tinker war Willies Lebensinhalt geworden, und da gute Elefantenpfleger schwer zu finden sind, standen Willie, wie ich dachte, viele glückliche Jahre im Bellevue-Zoo bevor.

Die ersten vier Wochen ging alles gut. Tinkers Zustand besserte sich zusehends, das Maul wurde rosig, die Fußgelenke fester. Eines Abends aber rief mich Matt Kelly an, der Revierpfleger, und bat mich, am folgenden Tag Tinker anzusehen – etwas stimme nicht mit ihr.

Es wurde später Vormittag, bis ich ins Elefantenhaus kam. Dort

erwarteten mich bereits ein verstörter Willie und ein finster dreinblik-
kender Matt.

„Sie hat heute morgen nichts gefressen!" schrie der Revierpfleger,
noch bevor ich aus dem Wagen springen konnte. „Und sie ist ein bißchen wacklig auf den Beinen!"

Ich ging hinein und betrachtete Tinker. Teilnahmslos stand sie in
ihrer Ecke und starrte an die Wand. Ich gab ihr einen sanften Stups,
und tatsächlich geriet sie ins Wanken, bevor sie das Gleichgewicht
wiederfand. Nach einer gründlichen Untersuchung war ich immer
noch ratlos. Kein Anzeichen der gefürchteten Elefantenkolik oder der
stets tödlichen Darmverschlingung. Lediglich ihr Zahnfleisch
erschien leicht orangerot verfärbt. Süßigkeiten, warme Milch, Früh-
stückshörnchen – wir versuchten es mit allen möglichen Leckerbissen,
aber sie wollte sie nicht einmal mit dem Rüssel prüfen. Ich entnahm
ihrem Ohr eine Blutprobe und gab ihr dann eine Menbuton-Injektion.

„Stellen Sie einen Eimer Wasser mit Traubenzucker vor sie hin",
sagte ich. „Ich komme wieder, sobald ich die Laborergebnisse habe."

Am späten Nachmittag bekam ich eine lange Liste, auf der Tinkers
Blutwerte ausgedruckt waren. Neben den Zahlen standen Zeichen,
die den behandelnden Arzt darauf aufmerksam machen sollten, daß
die Werte höchst bedenklich seien. Da die Laborgeräte gewöhnlich
jedoch Menschenblut analysierten, machte ich mir zunächst keine
Gedanken. Denn für einen asiatischen Elefanten war das Ergebnis
durchaus in Ordnung – allerdings mit Ausnahme der Leberwerte.
Tinkers Leberfunktion war eindeutig gestört! Nun hatte ich wenigstens einen Hinweis, wenn ich auch die Ursache noch nicht kannte.

Beunruhigt fuhr ich in den Bellevue-Zoo zurück, denn Leberfunk-
tionsstörungen sind bei jungen Elefanten sehr ungewöhnlich.
Zunächst galt es, die Leberzellen mit einer Ladung von Kohlehydraten
zu schützen. Also verabreichte ich Tinker Spritzen mit Prednisolon
und Vitamin B und sprach dann mit Matt über die möglichen Ursachen. Was vermochte die Leber derart anzugreifen? Eine Kupferver-
giftung? Dabei treten ähnliche Symptome auf, aber wir gaben Tinker
doch kein Kupfer!

Ich sah mir die Pakete mit den Futterkonzentraten im Elefantenhaus
an, keines enthielt Kupfer. Verzweifelt ging ich mit Matt und Willie
alle Medizinen, Vitamine und Mineralstoffe durch, die der kleine Elefant bekommen hatte. Weit und breit nicht die Spur eines Stoffes, der
für die Leber giftig gewesen wäre.

„Sind Sie sicher, daß es nicht mehr diese verflixte Anämie ist?"
fragte Willie, als ich mich geschlagen gab.

„Nein, Willie, Anämie ist nicht die Ursache", erwiderte ich. „In Tinkers Blut sind jetzt wieder genug rote Blutkörperchen, und du gibst ihr ja immer noch die Eisentabletten."

„Aber sicher. Tinker bekommt von allem nur das Beste, da können Sie sich ganz auf mich verlassen."

„Übrigens", warf Matt ein, „wir könnten wieder Eisentabletten brauchen, wenn Sie das nächstemal vorbeikommen, Doktor Taylor."

„Ist gut, Eisentabletten – Moment mal, Matt! Ich habe doch erst letzte Woche tausend gebracht!"

Der Ire kratzte sich am Kopf und griff nach einer fast leeren Flasche mit roten Tabletten, die auf einem Regal hinter ihm stand. „Willie sagt, sie sind fast alle. Sieht auch so aus. Reicht gerade noch für zwei Tage."

„Da waren vorige Woche aber tausend Stück drin!" rief ich. „Ihr könnt bis heute höchstens vierundachtzig verbraucht haben!"

Matt wandte sich zu Willie um. Der Elefantenpfleger schaute verlegen drein. „Nun, Willie – was hast du damit gemacht?" fragte Matt.

„Nix", antwortete der Junge nach einer Weile. „Sie bloß Tinker gegeben."

„Aber tausend Tabletten sind weg!" drängte ich. „Wie viele hast du ihr denn jeweils verfüttert?"

Willie trat ungeduldig von einem Fuß auf den anderen und rupfte mit seinen Wurstfingern an einem Strohballen.

„So red schon!" brüllte ihn Matt plötzlich an. „Du hast gehört, was dich der Doktor gefragt hat!"

Willie schaute mir in die Augen. „Ich hab sie nicht gestohlen oder aufgegessen, Doktor Taylor – Ehrenwort! Tinker hat sie bekommen. Ich hab sie ihr gegeben, gegen die Anämie!"

„Wie viele, Willie?"

„Oh, etwa zwei Handvoll am Tag, schätze ich." Er war den Tränen nahe. „Sie haben gesagt, ich soll ihr zwölf geben. Da hab ich gedacht, wenn ich ihr ein paar mehr gebe, wird sie noch schneller gesund."

Das war es also! Statt zwölf Tabletten hatte der kleine Elefant täglich fast hundert bekommen. „Eisen in Überdosis ist Gift, Willie", sagte ich ruhig. „In den Vereinigten Staaten kommen jährlich etwa zweitausend Fälle von Eisenvergiftung vor; meistens sind es Kinder, die Eisentabletten für Bonbons halten, und ungefähr achtzig Prozent von ihnen sterben!"

„Ich hab es doch nur gut gemeint, das wissen Sie", stöhnte Willie. „Ich hab nicht im Traum daran gedacht, Tinker etwas anzutun, Doktor Taylor!"

Der Junge tat mir leid. Er hatte dem Wesen, das ihm alles bedeutete, unwissentlich Böses zugefügt. „Das glaube ich dir, Willie", erwiderte ich. „Jetzt aber genug damit. Wir müssen versuchen, Tinker durchzubringen. Vorläufig keine Eisentabletten mehr, hörst du?"

„Wenn Tinker eingeht, bist du entlassen, Willie!" brummte Matt.

„Wenn wir Glück haben, kommt sie durch!" sagte ich. „Ich fahre gleich in die Klinik und versuche, ein Chelationsmittel aufzutreiben – ein Präparat, das überschüssiges Eisen im Körper bindet und unschädlich macht."

Ich hatte Glück. Der hilfsbereite Apotheker im Krankenhaus von Manchester gab mir einige Ampullen Desferrioxamin, und die Behandlung schlug an. Nach einer Woche erholte sich Tinker zusehends und wurde schließlich kerngesund, noch immer betreut von Pechvogel Willie.

„Er ist ein guter Elefantenpfleger, und ich bin sicher, er hat aus dem Zwischenfall eine Lehre gezogen", sagte ich zu Matt, als wir einige Wochen später bei Tinkers Pediküre zusahen. Die junge Elefantendame brummte zufrieden, während Willie ihr die Fußnägel feilte und mit Huföl polierte.

Der Revierpfleger knurrte: „Ich habe ihm für einige Zeit den Wochenlohn um drei Pfund gekürzt. Das soll ihn lehren, daß wir einen guten Tierarzt haben und er nicht auch noch Doktor spielen muß!"

6. Kapitel

„MEINE Klapperschlangen haben ihre Klappern verloren. Bitte kommen Sie, und heilen Sie meine Tiere!" bat Professor Lombardi, ein bekannter italienischer Zoologe, am Telefon. Es war das erste Mal, daß ich eigens für eine Schlangenvisitation ins Ausland gerufen wurde. Im allgemeinen ist es für die Besitzer billiger, die Schlangen zu ersetzen, als das Geld für mein Honorar und mein Flugticket aufzubringen. Professor Lombardi allerdings hing sehr an seinen Tieren, und seine Klapperschlangen waren etwas ganz Besonderes: Es handelte sich um Bimini-Klapperschlangen, die in freier Wildbahn nur auf einer kleinen Bahamainsel vorkommen. Und nun waren die drei seltenen Exemplare, die der Professor besaß, krank.

Ich habe mit Reptilien aller Arten zu tun, muß aber zugeben, daß mich Giftschlangen nicht begeistern. Sie machen mir angst. Von kaltem Blut und undurchdringlichem Gemüt, sind sie außerhalb der

Reichweite meines Einfühlungsvermögens. Zwar kann ich mich mit
Säugern und Vögeln auch nicht mit Worten verständigen, doch vermag ich immerhin, „mit ihnen zu fühlen", einen gewissen Einklang
herzustellen, und sei er noch so vergänglich. Schlangen dagegen kann
ich bewundern und bestaunen, aber sie bleiben mir ewig fremd. Ihr
Gift hinterläßt beim Menschen, auch wenn es nicht tödlich wirkt,
körperliche Schäden, und unzählige Sammler und Halter gefährlicher
Schlangen wurden schon von ihren Schützlingen getötet.

Widerstrebend sagte ich Lombardi zu und reiste in den Piemont.
Dort erwartete mich jedoch bedeutend mehr als nur die Bimini-Klapperschlangen des Professors.

Lombardis Schlangen erwiesen sich als so problemlos wie ein Korb
voll Schmusekätzchen. Sie waren lediglich von einem verbreiteten
Lungenparasiten befallen, dem sogenannten Zungenwurm, der aussieht wie eine kleine gelbe Raupe. Man kann ihn leicht ausrotten,
indem man Insektizidstreifen ins Terrarium hängt, was Lombardi auf
meinen Rat hin sofort tat. Nachdem ich alle Schlangen des Professors
inspiziert und allgemeine gesundheitliche Maßnahmen mit ihm be-
sprochen hatte, fragte er, ob ich nicht einen Freund von ihm besuchen
wolle, wenn ich schon im Lande sei.

„Der Conte di Mercati ist ein großer Tierfreund. Ich habe ihm
erzählt, daß Sie in den Piemont kommen, und er brennt darauf, Ihnen
einige seiner Reptilien zu zeigen."

„Fehlt seinen Tieren auch etwas?"

„Ja, er braucht Ihre Hilfe. Übrigens ist er ein steinreicher Mann, ein
Liebhaber der schönen Künste und wie ich ein großer Verehrer der
Schlangengottheit. Bitte fahren Sie nach Ivrea. Graf Mercati sollten
Sie unbedingt kennenlernen."

Ivrea war etwa hundert Kilometer entfernt; das bedeutete, daß sich
meine Reise um einen Tag verlängerte. „Na gut", willigte ich ein.
„Hat Ihnen der Graf gesagt, was seinen Tieren fehlt?"

„Nein", erwiderte Lombardi, „aber fahren Sie, fahren Sie, mein
Freund Mercati wird Ihnen gefallen!"

Ich fuhr mit dem Zug nach Ivrea und wurde von zwei Männern in
dunkelgrüner Livree abgeholt, die eine Tafel mit einem Glöckchen
darüber trugen, wie man sie in guten Hotels benutzt, um Gäste ausfindig zu machen. Auf der Tafel stand mit Kreide Dr. Tailor geschrieben. Die beiden stellten sich als Bedienstete des Grafen vor und führten mich vor das Bahnhofsgebäude, wo wir einen höchst imposanten
offenen Zweispänner bestiegen. In fürstlicher Einsamkeit thronte ich
auf dem Rücksitz der Kutsche, während die beiden Grüngekleideten

in vorbildlicher Haltung, mit durchgedrücktem Kreuz, vorn auf dem Bock saßen. Die Pferde trabten durch die herrliche Landschaft mit ihren hohen Zypressen; die Herbstsonne stand tief am Horizont, und es roch nach dem Rauch von Holzfeuern, Heu und der von den Äckern aufsteigenden Abendfeuchtigkeit.

Nach einer Viertelstunde bogen wir zwischen zwei hohen, von Marmorlöwen gekrönten Torpfosten in eine gepflasterte Einfahrt ab, die etwa hundert Meter weit zwischen Buchsbaumhecken hindurchführte und vor einer kleinen Renaissancevilla endete. Die Kutsche hielt an, und ich stieg mit meiner Tasche aus. Sofort kam ein Butler herausgeeilt und geleitete mich über die Freitreppe ins Haus.

Der Boden der hohen Halle war aus grüngeädertem weißem Marmor, und an den Wänden drängten sich Kunstschätze und Antiquitäten: Gemälde, Möbel aus vergoldetem Holz, Statuetten aus Bronze und Alabaster, dazwischen hohe Palmen in großen Amphoren. Ein älterer Herr kam mit ausgestreckter Hand auf mich zu. Er hatte silberweißes Haar und ein bleiches Adlergesicht, aber seine dunklen, leuchtenden Augen strahlten Wärme aus. Ich schätzte ihn auf etwa siebzig Jahre. Er ging gebeugt an einem Ebenholzstock mit goldenem Griff.

„Herzlich willkommen, Doktor Taylor!" begrüßte mich Graf Mercati. Seine Stimme war schwach und heiser, aber sein Englisch makellos. „Alberto! Bringen Sie die Tasche des Doktors ins Giotto-Zimmer!" befahl er dem Butler. Dann wandte er sich wieder an mich: „Kommen Sie! Sie hatten gewiß eine strapaziöse Fahrt, trinken wir eine Tasse Tee!"

Er führte mich in eine kleine, fensterlose Bibliothek. Die Wände zierten Schränke mit herrlichen alten Büchern, und in der Mitte des Raumes standen bordeauxrote Ledersessel und ein Tisch, der mit einem exquisiten Royal-Worcester-Teeservice gedeckt war. Mercati schenkte Tee ein, und wir ließen uns in den tiefen Sesseln nieder.

„Professor Lombardi war nicht in der Lage, mir etwas über die gesundheitlichen Probleme Ihrer Tiere zu sagen", begann ich. „Was kann ..."

Mercati winkte charmant lächelnd ab. „Lieber Doktor Taylor, für heute ist es zu spät. Wir können ja morgen früh nach ihr sehen, bevor Sie am Nachmittag von Turin aus nach Hause fliegen."

„Wer ist *sie?*"

„Die Weiße Lady!" Mercatis dunkle Augen funkelten. „Sie ist eine ganz besondere Lady – bestimmt wird sie Ihnen gefallen!"

„Der Professor meinte, Sie seien ein großer Reptiliensammler." Ich

versuchte, ein Fachgespräch anzufangen, denn der gebildete alte Herr
sah nicht so aus, als würde er Alligatoren in der Badewanne halten.
Hatte er im Garten einen Teich mit exotischen Schildkröten? Das wäre
schon eher sein Stil. Und wer oder was verbarg sich hinter der „Weißen Lady"? Mercati dachte an jenem Abend nicht daran, mich weiter
aufzuklären.

Ich schlief in einem Himmelbett in einem Zimmer, an dessen Wänden erlesene kleine Gemälde von Giotto hingen, und erwachte am
Morgen zu Vivaldiklängen, die das Haus erfüllten. Jetzt rasch eine
Tasse Kaffee, dachte ich beim Anziehen. Anschließend wirst du nach
dieser „Weißen Lady" sehen, sie nach bestem Wissen verarzten und
dann, sobald wie möglich, nach Turin aufbrechen.

Der Butler servierte mir den Kaffee im Eßzimmer. Später trat Mercati ein; er hinkte leicht, als er an seinem Stock an den Tisch kam und
mir die Hand auf die Schulter legte. „Guten Morgen, lieber Doktor
Taylor. Kein richtiges Frühstück? Na ja, wir besuchen am besten
gleich die Weiße Lady. Hoffentlich ist sie gut aufgelegt!" Er lächelte
verschmitzt und bedeutete mir mit einem Wink, ihm zu folgen.

Wir verließen die Villa und folgten einem Säulengang aus weißem
Marmor, der durch den Garten zu einem Pavillon mit grünem Kup-
peldach führte. Mercati öffnete eine Tür und ließ mich eintreten. Ein
Schwall feuchtwarmer Luft schlug mir entgegen, und schon stand ich
mitten in einem tropischen Regenwald. Palmen, Lianen, Riesenfarne
und Orchideen wuchsen üppig zwischen moosigen Böschungen und
künstlichen Teichen, und hoch oben im Blätterdach zirpten Vögel.
Scheinwerfer erhellten einen Kiesweg, der sich durch die düstere
immergrüne Vegetation wand, und auf beiden Seiten befanden sich
beleuchtete Terrarien, in denen Mercati allerlei exotische Reptilien
hielt: Chamäleons, ein Pärchen Taipans, tödliche Giftnattern aus
Australien und – kaum zu glauben! – eine Tuatera, die sehr seltene und
geschützte neuseeländische Brückenechse, deren Kopf noch die Über-
reste eines geheimnisvollen dritten Auges aufweist und deren Junge
erst nach über einem Jahr aus den Eiern schlüpfen!

„Wie ... ist das möglich? Eine Tuatera!" stammelte ich. „Die neuseeländische Regierung ..., wo haben Sie ..."

Mercati lächelte und legte den Zeigefinger auf die Lippen; dabei ließ
er die Echse, die reglos auf einem moosbedeckten Felsen hockte, nicht
aus den Augen. „Glauben Sie mir, Doktor Taylor, es gibt nichts auf
der Welt, was man nicht bekommen kann, wenn man das erforderliche Kleingeld besitzt."

Ich habe schon öfter von reichen Tierliebhabern gehört, die seltene oder gar bedrohte Tierarten für ihre Privatsammlungen ergatterten, indem sie die zuständigen Regierungsbeamten bestachen. Es war wunderbar, die Tuatera zu sehen, aber die Art und Weise, wie der Graf sie sich vermutlich „besorgt" hatte, widerte mich an.

Mercati ging weiter, und ich folgte ihm um eine scharfe Wegbiegung. Dort standen wir plötzlich einem zylinderförmigen Objekt gegenüber, das in grünen Samt eingeschlagen und von hohem Schilfrohr umgeben war. Es maß ungefähr 1,40 Meter im Durchmesser und etwa 1,80 Meter in der Höhe. Mercati blieb stehen und flüsterte erregt: „Jetzt werden Sie sie sehen – die Weiße Lady! Bereiten Sie sich auf die Huldigung vor!" Er kicherte leise.

Ich gebe zu, daß ich nach der unverhofften Begegnung mit einer echten, lebenden Tuatera sehr auf die geheimnisvolle „Lady" gespannt war. Mercati trat zu dem grün drapierten Zylinder und zog an der Samthülle. Sie fiel ab und gab einen runden Glaskäfig frei; er war mit einem Gitterdeckel verschlossen, der Boden mit trockenen Blättern bedeckt.

In der Mitte lag die Weiße Lady – eine riesige Schlange, die mich unverwandt anstarrte. Sie war weißhäutig und hatte rubinrote Augen. *Ophiophagus hannah*, eine Königskobra! Und ein Albino obendrein! Es war die größte Giftschlange, die ich je gesehen hatte – schätzungsweise fünf Meter lang. Die Königskobra, die auch Riesenhutschlange genannt wird, ist in der Regel olivbraun mit dunkler Bänderung, und sie lebt im tiefen Dschungel Birmas, Malaysias, Vietnams, der Philippinen und Südchinas. Viele Schlangenkenner halten sie für die gefährlichste Schlange der Welt.

„Ich bekam sie von einem Händler in Thailand", sagte der Graf. „Als Albino kostete sie mich ungefähr das Hundertfache des normalen Preises! Und noch etwas hat den Preis in die Höhe getrieben", fuhr Mercati fort. „Der Gauner, der sie mir verkaufte, hat behauptet, sie sei aus dem Bauch eines Thaimädchens herausgeschnitten worden, das versehentlich ein Schlangenei verschluckt habe. Die Kobra sei in ihrem Magen ausgeschlüpft und habe von einem Chirurgen herausoperiert werden müssen."

„Glauben Sie diese Geschichte?" fragte ich.

„Eigentlich nicht. Aber wer weiß? Man hat mir in Bangkok eine junge Frau mit einer Narbe auf dem Bauch gezeigt, von der alle sagten, sie sei diese Patientin!"

Die Weiße Lady richtete den Kopf auf und spreizte ihre Halsrippen zum drohenden „Hut", als ich an ihren Glaspalast herantrat. Offenbar gefiel ich ihr nicht, denn sie stieß ein zorniges Zischen aus. Dabei

sperrte sie so weit den Rachen auf, daß meine geballte Faust hineinge-
paßt hätte. In ihrem Maul sah ich die kurzen Giftzähne, deren Biß für
einen Menschen tödlich ist.

„Sie ist immer ein wenig gereizt, bevor ich sie füttere", flüsterte
Mercati. „Warten Sie – ich gebe ihr einen Leckerbissen."

Er öffnete eine Kiste, die im Schilf lag, und holte eine sich windende
Ringelnatter heraus. Königskobras verzehren normalerweise lebende
Schlangen, und die Beschaffung dieses speziellen Futters bereitet meist
die größte Schwierigkeit, wenn man sie in Gefangenschaft hält. Die
Weiße Lady starrte mich unentwegt an, während der Graf den Deckel
des Zylinders löste und den lebendigen Leckerbissen hineinfallen ließ.
Die Ringelnatter fiel neben die Kobra und suchte sofort unter den
braunen und gelben Blättern Schutz.

Hochmütig wandte die Weiße Lady den Blick von mir ab und der
schon halb verschwundenen Beute zu. Ein weißer Blitz – schon hatte
sie zugeschlagen! Ihre Kiefer schnappten zu, die Ringelnatter
krümmte sich, aber ihre kräftige Angreiferin ließ nicht los, biß nach
typischer Kobraart immer wieder zu, um ihrem Opfer immer mehr
Gift zu injizieren. Die Ringelnatter wurde zusehends schwächer, und
nach wenigen Minuten gab sie den Kampf auf. Als die Weiße Lady
keine Regung mehr wahrnahm, begann sie, ihre Beute mit regelmäßigen Bewegungen der Kiefer und der einwärts gebogenen Zähne in den
Schlund zu ziehen.

„Jetzt ist die beste Zeit, wenn Sie sie untersuchen wollen, lieber
Doktor Taylor", sagte Mercati.

„Aber ..." Mir lief es eiskalt den Rücken hinunter. „Graf Mercati –
was fehlt denn der ... der Weißen Lady?"

Der Italiener klopfte mit seinem Krückstock sachte an das Glas, aber
die Schlange schluckte unbeirrt weiter. „Fünf oder sechs Knoten unter
der Haut, am ganzen Körper, etwa kirschgroß. Wenn sie zusammen-
gerollt daliegt, sieht man sie leider nicht. Sie müssen die Weiße Lady
herausnehmen und aus der Nähe betrachten."

Herausnehmen! Eine fünf Meter lange Schlange mit Muskeln so
stark wie Stahlkabel! Eine angriffslustige Riesin mit einer schnellen
Reaktion und einem Biß, der tödlich giftig ist! Ich hatte Angst, wie
immer, wenn ich Giftschlangen behandle, bei denen man als Tierarzt
schlechte Karten hat. Macht man einmal bei einem Kakadu oder sogar
bei einem Elefanten einen Fehler, so hat dies höchst selten schlimme
Folgen. Ein kleiner Irrtum bei einer Giftschlange, und schon ist man
tot. Schlangen fordern – hauptsächlich in tropischen Ländern – in
einem Jahr mehr Tote als Haie in fünfzig Jahren, in einem Monat mehr

als Großkatzen in einem Jahrhundert, an einem Tag mehr als bösartige Elefanten seit Anbeginn der Zeit. Pech für den, der von einer Königskobra gebissen wird und nicht gerade zufällig das richtige Gegenserum in der Tasche hat!

Die wenig verlockende Aussicht auf einen Ringkampf mit der Weißen Lady ließ mich sofort eine Entscheidung treffen. Klugheit sei und bleibe der bessere Teil der Tapferkeit! „Ich will sie gerne untersuchen", sagte ich, „aber jemand muß sie herausnehmen und gut festhalten. "

Mercati nickte lächelnd. Ich entdeckte einen Hauch von Spott in seinen Augen. „Aber natürlich, lieber Doktor – ich werde sie packen!"

„Ist das Ihr Ernst? Haben Sie sie schon einmal angefaßt?" fragte ich besorgt.

Würde der Graf, der ja gehbehindert und obendrein nicht mehr der Jüngste war, es schaffen, das kraftstrotzende, böswillige Reptil, das über zwanzig Kilo wog, zu packen und dann mit sicherem Griff festzuhalten? Das mußte ich wissen, bevor ich weitermachte. Nichts ist bei einer Operation ärgerlicher als ein Assistent, auf den nicht hundertprozentig Verlaß ist.

„Lieber Doktor Taylor", erwiderte Mercati beschwichtigend, „ich gehe mit diesen Biestern hier schon seit meiner Schulzeit um." Er deutete auf ein Schiebefenster am Fuß des Zylinders. „Hier hole ich die Weiße Lady heraus, sobald Sie bereit sind." Ich setzte die Tasche, die ich über der Schulter trug, ab und öffnete den seitlichen Reißverschluß. Dort, also jederzeit in Reichweite, steckte ein Fläschchen Serum, das gegen das Gift verschiedener Giftnattern, darunter auch das der Königskobra, wirksam war.

„Fangen Sie nur an", sagte ich, „ich bin bereit. "

Ich hatte mich im Pavillon kurz umgesehen: Rechts von mir, eine Armlänge entfernt, lehnte ein Spaten an einer Palme. Ein Ausspruch von Matt Kelly fiel mir ein: „Wenn Sie einmal richtig in der Klemme stecken, ist ein Spaten die beste Waffe, die es gibt. Ein gezielter Hieb bricht einem Tiger das Rückgrat oder köpft eine Klapperschlange!" Schon als Student hatte ich mir diesen Ratschlag meines irischen Lehrmeisters eingeprägt, doch jetzt betete ich inständig, daß ich ihn nicht auf die Probe stellen mußte.

Die Weiße Lady schluckte noch immer an der Ringelnatter, als Mercati sich bückte und das Glasfenster zurückschob. Mit angehaltenem Atem sah ich zu, wie er vorsichtig seinen Krückstock, den Handgriff voran, in den Zylinder einführte. Der Griff bildete ein asymmetrisches „T", und er fuhr damit dicht über den Blättern auf die

Schlange zu. Sein Blick war fest auf die Schlange gerichtet, in seiner Miene spiegelte sich äußerste Konzentration.

„*Cosi!*" schrie er und preßte den Stockgriff blitzschnell auf den Nakken der Weißen Lady, die sofort ihren Hut zu voller Größe aufblähte. Entschlossen drückte er ihr den Kopf nieder, während sie ihren langen weißen Leib entrollte, wild um sich schlug und trockene Blätter aufwirbelte. Wieder dieses Zischen! Mercati schob flink den freien Arm durch die Öffnung und packte die Schlange hinter dem Kopf. Krachend peitschte ihr Schwanz gegen das Glas. Mit einem triumphierenden Ächzen richtete sich der Italiener auf und zog die Königskobra heraus.

Die Weiße Lady – noch ragte die Schwanzspitze der Ringelnatter aus ihrem Maul – bot einen eindrucksvollen und zugleich furchterregenden Anblick. Ihre blutbefleckten Lippen, das Rubinrot ihrer Augen, ihr eiskalter Blick und die Totenblässe ihres Leibes ließen sie wie den Inbegriff des Bösen erscheinen. Kalter Schweiß stand auf meiner Stirn. Wenn Mercati seinen Zugriff jetzt lockerte, würde sich die Weiße Lady fürchterlich an uns rächen! Jetzt mußte ich eiligst meine Patientin untersuchen. „Haben Sie sie gut im Schwitzkasten?" fragte ich Mercati.

„Ja, kein Problem."

Ich ließ meine Hände an der Lady entlanggleiten. Schlangen fühlen sich angenehm seidig und trocken an, gar nicht glitschig, wie es sich die meisten Leute vorstellen. Die Kobra war in prächtiger Verfassung, fest, glänzend, wohlgenährt. Aber unter ihrer Haut fanden sich, wie Mercati gesagt hatte, in unregelmäßigen Abständen ein halbes Dutzend runder harter Knoten. Ich sondierte sie mit den Fingerspitzen: Sie fühlten sich an wie Murmeln und bewegten sich leicht.

„Was meinen Sie, Doktor? Sind es Tumoren?"

Ich verneinte. „Es handelt sich um ‚kalte Abszesse', die normalerweise mit gummiartig verhärtetem Eiter gefüllt sind", erklärte ich. „Vermutlich bilden sie sich um einen längst abgestorbenen Parasiten, eine Bandwurmzyste zum Beispiel. Das beste ist, sie herauszuschneiden."

Mercati hielt den Atem an. „Die Weiße Lady operieren? Glauben Sie denn, daß Sie sie gefahrlos narkotisieren können?"

Mir schien, daß er mehr um die Sicherheit seiner Schlange besorgt war als um unsere eigene. „Dieser Eingriff läßt sich am schnellsten mit Vereisung erledigen", antwortete ich.

Der Graf war erleichtert und gab seiner Lady einen Kuß auf die Nasenspitze.

„Vorsicht, Graf!" mahnte ich. „Wenn sich etwas Gift am Maul der Schlange befindet, kann das gefährlich für Sie werden!"

„Ich dachte, verschlucktes Schlangengift sei ungefährlich."

„Es besteht der Verdacht, daß Kobragift auch oral wirksam ist, und außerdem kann Schlangengift in Ihr Blut gelangen, wenn Sie an Ihren Lippen nur einen winzigen Kratzer haben!"

Ich nahm rasch aus der Bereitschaftstasche, was ich für die Operation brauchte: Äthylchlorid-Vereisungsflasche, ein Skalpell, etwas Watte und ein Fläschchen Jodtinktur.

„Ist Ihr Griff noch sicher?" fragte ich.

„Ja, ja." Die Kobra peitschte noch immer mit dem Schwanz. Ich betupfte den ersten Knoten mit Jod und richtete dann aus kurzer Distanz einen Strahl Äthylchlorid darauf. Als die Flüssigkeit nach ein paar Sekunden wirkte, schlitzte ich die Haut über der Schwellung mit einem kurzen Skalpellschnitt auf. Der Druck meiner Finger förderte ein glattes, gelbgrünes Gebilde heraus, das wie eine Olive aussah und ein sauberes Loch hinterließ. Ich tauchte einen Wattepfropfen in Jod und drückte ihn kurz in den Hohlraum – fertig! Binnen zwei Wochen würde das Loch zuheilen. Ich wandte mich dem nächsten Knoten zu.

Als ich bereits den fünften Knoten herausdrückte, sagte Mercati plötzlich ruhig: „Doktor, ich habe Schwierigkeiten!" Ich schaute auf und spürte, wie mir der Schweiß in einem Bächlein von der Stirn rann und mir in den Augen brannte. Der Graf starrte auf die Schlange, deren Kopf sich ganz langsam aus der Umklammerung löste. Schon vermochte sie das Maul ein wenig aufzusperren, so daß man ihre Giftzähne sah.

„Können Sie sie anders fassen?" fragte ich. „Ich halte sie am Hals fest, wenn Sie wollen, während ..."

„Nein, zu gefährlich!" erwiderte er knapp. „Wenn ich sie auch nur für den Bruchteil einer Sekunde loslasse, ist es schon zu spät ..."

„Aber was ...?" Mir wurde flau im Magen. Der Graf durfte seinen Griff nicht lockern, sonst schlug die Weiße Lady zu. Und wenn er nichts tat, würde sie sich auch bald befreien. Ich warf einen Blick auf den Spaten.

„Ich spüre, wie sie sich mir entwindet", murmelte Mercati. „Jetzt haben wir nur noch eine Chance, Doktor!"

„Was sollen wir tun?"

„Wenn ich merke, daß sie sich ganz befreien kann, werfe ich sie so weit wie möglich von mir weg, dort hinüber!" Er deutete mit dem Kopf auf eine mit Früchten behangene Bananenstaude. „Hoffentlich bricht sich die Lady dabei nicht das Rückgrat. Sie jedenfalls laufen zur

Tür, so schnell Sie können, Doktor. Ich komme gut zurecht mit meinem Stock. Ich möchte Sie nur bitten, ihn aufzuheben und neben mir in die Erde zu stecken. Jetzt – schneiden Sie weiter! Ich gebe Alarm, wenn der Augenblick der Wahrheit gekommen ist!"

Ich brachte Mercatis Stock in die gewünschte Stellung und nahm meine Arbeit wieder auf. Das Blut dröhnte in meinen Ohren, als ich die Höhlung säuberte und nach dem Äthylchlorid für den letzten Knoten griff. Ein kurzer Spritzer, ein Schnitt mit dem Skalpell, ein Quetschen mit den Fingern, und ein weiterer Knollen fiel zu Boden. Nur noch eine halbe Minute, dachte ich, tränkte hastig den Wattebausch mit Jod und . . .

„Weg!" brüllte Mercati. Er schwankte und fiel beinahe hin, als er die Schlange über seinen Kopf hob und keuchend vor Anstrengung in die Bananenstaude schleuderte. Sie klatschte in einem weißen Wirbel gegen den Stamm, fiel auf den moosbewachsenen Boden und rappelte sich zu meinem Entsetzen ohne jede Benommenheit sofort wieder auf.

„Weg!" rief Mercati noch einmal, heiser und drängend. Ich hatte jetzt den Spaten in der Hand und hielt ihn wie einen Kricketschläger vor mich hin: Mit dem Metallblatt schützte ich die Beine. Unter den Bananenblättern richtete sich die Weiße Lady mehr als einen halben Meter hoch auf und glitt lautlos, mit breit gespreiztem Hut, auf uns zu.

Eine Schlange bewegt sich mit Hilfe von Muskelkontraktionen, die von vorn nach hinten durch den Körper laufen; damit erreicht sie eine Durchschnittsgeschwindigkeit von etwa zehn Stundenkilometern. Ich erschrak zu Tode, als die Kobra jetzt scheinbar zehnmal so schnell auf uns zustürzte.

Mercati versetzte ihr mit seinem Stock einen raschen Hieb, der sie unterhalb des Hutes traf. Mit einem bösartigen Zischen biß sie zu, und ich sah einen Tropfen trüber gelber Flüssigkeit auf die Erde fallen. Mercatis Schlag hatte die weiße Schlange abgelenkt, so daß sie sich jetzt plötzlich gegen mich richtete. Mit ihren roten Augen nahm sie mich ins Visier und zog schon den Kopf zurück, doch glücklicherweise löste ich mich aus der Erstarrung und handelte. Blitzschnell stieß ich den Spaten vor – *klong!* Die Weiße Lady biß wieder zu, wich zurück und versuchte dann das Metallblatt zu umkurven, um von der Seite her mein rechtes Bein zu treffen.

„Sie werden sie töten müssen, Doktor!" rief der Graf. „Mit dem Spaten!" Ganz unerwartet legte sich meine Panik, und ich konnte wieder klare Gedanken fassen. Obwohl sich alles in wenigen Augenblicken abspielte, schien ich doch fähig, meine Lage richtig einzuschätzen. Die Vorstellung, die Weiße Lady umzubringen, behagte mir nicht.

Nein, ich wollte versuchen, noch einmal mit dem Spaten nach ihr zu stoßen und ihr dann seitwärts auszuweichen. Solange sie mit dem Gartengerät kämpfte, kam sie nicht auf dumme Gedanken. Ich streckte ihr also den Spaten entgegen, wobei ich den Griff mit beiden Händen fest umklammerte. Sie schlug so heftig zu, daß die Spitzen beider Giftzähne abbrachen. Ich drehte rasch den Körper von ihr weg und schob mich nach links. Sie ging erneut in Stellung, doch ich war schneller. Entschlossen schwang ich den Spaten herum und ließ ihn so geschickt niedersausen, daß die gebogene Rückseite Kopf und Nacken der Kobra auf den Boden drückte. Sie lag auf feuchter Erde dicht neben dem Kiesweg und schlug wild aus, doch sie war gefangen. Mercati hinkte herbei, so schnell er konnte, und bückte sich, um sie erneut zu packen.

„Danke, danke – es wäre eine Tragödie gewesen, wenn wir sie hätten töten müssen", meinte der Graf, inzwischen wieder die Ruhe selbst. „Wollen Sie jetzt das letzte Loch fertigbehandeln?"

Mit schlotternden Knien und in Schweiß gebadet, säuberte ich die Wunde und setzte mich dann erschöpft auf einen Felsbrocken, um zuzusehen, wie Mercati die Kobra in ihren Glaszylinder setzte. Kaum hatte er das Schiebefenster geschlossen, stieß sie schon wieder zu.

„Das war knapp!" sagte ich, als wir zur Villa zurückgingen. „Benutzen Sie nie eine Schlangenzange?"

Der Italiener lachte freundlich. „Wozu, wenn ich meinen Stock habe?"

„Eines Tages wird sie Sie erwischen, Herr Graf."

„Die Weiße Lady? Nein, das glaube ich nicht. Ich hoffe, daß dies für einige Zeit unser letzter Ringkampf war."

„Wie oft haben Sie die Kobra denn vorher schon herausgeholt?"

„Lieber Doktor Taylor, wenn ich ehrlich sein soll – nicht ein einziges Mal in siebzehn Jahren! Aber jetzt gehen wir ins Haus und trinken eine Tasse Cappuccino. Oder wäre Ihnen ein kräftiger Schluck Grappa lieber?"

7. Kapitel

Es GIBT Weltgegenden, in denen man den Namen des Tigers nicht in den Mund nehmen darf.

Im März 1970 bereiste ich Hinterindien. Gerade war ich im Gangesdelta unterwegs, im heutigen Bangladesch, und begleitet wurde ich von einem kleinen, drahtigen Bengalen namens Karim. Dieser saß, lediglich mit unförmigen rotkarierten Shorts bekleidet, im Heck eines kleinen offenen Holzbootes und bediente den launenhaften, anscheinend bronchitischen Außenbordmotor.

„Wir fahren durch den Dschungel", flüsterte er. „Bitte denken Sie daran, daß es Unglück bringt, wenn man den Namen des ... der großen Katze ausspricht. Sie hört es und wird böse. Viele Menschen sterben jedes Jahr, weil sie diese Regel verletzen."

„Schon gut", erwiderte ich, „ich werde seinen Namen nicht aussprechen."

„Wenn Sie von ihm reden wollen, ist es gestattet, *Mamaa* (Onkel) oder *Bara miah* (Großer Herr) zu sagen. Sie verstehen?"

Ich verstand und fügte mich.

In Kalkutta hatte ich den Zoo besucht, und dabei war einer der Tierärzte mit einer interessanten Geschichte an mich herangetreten. Aus einigen Dörfern am Golf von Bengalen waren Berichte von einer mysteriösen tödlichen Epidemie unter den Zwergottern eingetroffen, die im Gangesdelta vorkommen. Vor allem die gezähmten Otter wurden befallen, die sich die einheimischen Fischer für den Fischfang hielten. Ob ich vielleicht wüßte, um was für eine Krankheit es sich handeln könnte?

Ohne nähere Angaben wagte ich nicht, eine Vermutung zu äußern, doch die Gelegenheit, es herauszufinden, reizte mich. In jenem Teil des Gangesdeltas gab es keine Tierärzte. Warum sollte ich nicht ein Boot mieten und hinfahren?

Die Mangrovenwälder der Sundarbans ziehen sich zwischen dem indischen Westbengalen und dem damals pakistanischen Ostbengalen hin. Die Gangesebene ist hier mehrere hundert Kilometer breit, und in Küstennähe besteht sie aus einem Labyrinth von Inseln. Das Land ist flach, sumpfig und mit üppigem grünem Dschungel bewachsen. Unzählige braune Wasserläufe durchziehen den Urwald; sie sind tückisch, denn in ihnen ist eines der größten und gefährlichsten Reptilien der Erde zu Hause, das Leistenkrokodil. Es war ein weiter Weg in die Sundarbans; vom Binnenhafen Khulna aus ging es in Karims Boot hundert Kilometer südwärts.

Karim kannte den Urwald und seine Gewässer von Kindesbeinen an. Er war das Oberhaupt einer großen Familie, etwa Anfang Sechzig, und er hatte während der Kolonialzeit in der Armee Englisch gelernt. Er erzählte mir, er fahre jeden Frühling für einen Monat in die Sundarbans, um Wildhonig zu sammeln.

Der geräuschvoll knarrende Holzkahn diente uns in den drei Tagen und zwei Nächten unserer Reise als Hotel. Karim bereitete auf einem

Primuskocher dreimal täglich eine Mahlzeit aus Reis, scharfen Gewürzen und getrocknetem Fisch zu, nachdem er jeweils das Boot an geeigneten Mangrovenwurzeln festgebunden hatte. Nachts zogen wir das Fahrzeug auf eine trockene Böschung und schliefen darin unter zwei Lagen Moskitonetz.

Um die Mittagszeit des dritten Tages, als ich alles für ein kühles Bier gegeben hätte, trafen wir bei einem Dörfchen aus Holz- und Trocken-schlammhütten ein. Es lag auf einem erhöhten Ufer in einer sorgsam entwässerten Lichtung.

„Wir sind da, Sir!" sagte Karim mit zufriedener Miene.

„Wo, Karim?"

„Das hier ist Tschandpai." Er machte das Boot fest, stieg aus und nahm meine Bereitschaftstasche sowie einen Sack Vorräte mit. „Kommen Sie, wir müssen die *Dharijals* suchen."

„Wer sind die Dharijals?"

„Fischer, die einer sehr niederen Kaste angehören. Sie haben die Tiere, die Sie sehen wollen."

Ein Dutzend anderer kleiner Boote war längs der Uferböschung festgemacht. Männer in Lendenschurz und Unterhemd saßen in der Nähe schwatzend beisammen. Feuer brannten vor den Hütten, ihr Rauch stieg zum Himmel empor, und überall lagen glitzernde kleine Fische zum Dörren in der Sonne. Das beißende Aroma kochender Pfefferfrüchte vermischte sich mit dem der trocknenden Fische. Karim redete auf einen zahnlosen alten Mann ein, der auf dem Boden hockte und Fische ausnahm. Der Alte antwortete mit schriller Stimme; dabei schwenkte er den Arm und deutete flußabwärts.

„Die Dharijals sind mit ihren Booten außerhalb des Dorfes", sagte Karim. „Wir können zu Fuß gehen – es ist nicht weit."

Wir folgten dem Ufer auf einem schmalen, schilfgesäumten Pfad, der bald in einen Wald abbog, dessen Unterholz aus Bambus und Schlingpflanzen bestand. Nach ungefähr vierhundert Metern kamen wir auf eine Lichtung am Ufer. Ich erblickte keine Häuser, nur abge-storbene Mangroven, deren Stümpfe wie faule Zähne aus dem grauen Morast ragten. Stieläugige Schlammspringer sonnten sich auf den Baumstümpfen; als wir uns näherten, hüpften sie ins Wasser und tauchten unter.

Zwei lange, schmale Boote aus schwarzem Holz lagen am Ufer. Über die Bordwand der Boote ragten Bambusstangen, deren äußeres Ende ins Wasser hing. Acht oder neun Männer saßen zusammenge-drängt neben einem der Kähne und aßen gedämpften Reis aus einem großen Topf.

„Dharijals", erklärte Karim, „und sie haben ihre . . ., wie nennen Sie diese Wasserhund-Tiere, Sir?"

„Otter."

„Sie haben ihre Otter bei sich."

Keine Spur von den Ottern, so weit ich sehen konnte. Als wir über die Boote stiegen, unterbrachen die Fischer, magere, ernst dreinblickende kleine Männer, ihre Mahlzeit und standen auf. Ihr Anführer war ein grauhaariger Alter, dem an jeder Hand zwei Finger fehlten. Er hieß Bihar, wie mir Karim erklärte, und ich schüttelte ihm und seinen Gefährten die Hand.

„Haben Sie ihnen gesagt, warum ich gekommen bin?" fragte ich meinen Begleiter.

„Ja, sie sind hoch erfreut, fühlen sich sehr geehrt. Sie haben nicht gewußt, daß es so etwas wie einen Otterdoktor gibt."

„Wo sind die Tiere?" fragte ich. Karim deutete auf die Bambusstangen, die von den Booten ins Wasser ragten.

„Dort, im Wasser. An den Enden der Stangen angebunden."

Ich schaute zu den Booten hinüber. Das braune Wasser wirbelte um die Bambusspitzen, und plötzlich tauchten zwei schnauzbärtige, lohfarbene Tierchen auf und blickten sich um. Dann erschien noch ein drittes; glitzernd perlte das Wasser von seinem Fell ab. Zwergotter! Die drei trugen Halsbänder, die über eine lange Schnur mit der Bambusstange verbunden waren.

Sie schauten uns erwartungsvoll an, und ich bemerkte sofort, daß zwei von ihnen entzündete Augen und Nasen hatten. Beide husteten und niesten immer wieder.

Die flinken und neugierigen Otter lassen sich zwar zähmen, doch sind sie unberechenbar, und es kommt vor, daß sie aus einer Laune heraus selbst ihren besten Freund beißen. Ich fragte mich, ob Bihar seine vier Finger wohl auf diese Weise verloren hatte.

„Sind die Tiere zahm?" fragte ich Karim.

„Ein bißchen, Sir. Und ein bißchen wild."

Ich konnte mir gut vorstellen, was er damit meinte: Vorsicht war geboten. Karim erklärte, wie die Otter für die Dharijals arbeiteten: Wie Jagdhunde das Wild, trieben sie die Fische in die ausgeworfenen Netze.

„Sind dies die beiden kranken?" Ich zeigte auf die hustenden Tiere im Wasser.

„Nein, denen fehle nichts, sagen sie. Einige andere seien aber bereits tot, und die beiden kranken hätten sie beim anderen Boot."

„Die möchte ich mir ansehen."

Zwei der Fischer kletterten ins benachbarte Boot und zogen einen niedrigen Bambuskäfig aus dem Wasser.

Ich ging nun ebenfalls an Bord. Im Käfig lagen, kaum noch bei Bewußtsein, zwei sterbende Otter. Sie waren erbärmlich mager, eingetrockneter Eiter verklebte ihnen Augen und Nase. Ihre Beine zuckten in unregelmäßigen Abständen, eines der Tiere stöhnte leise. Es war ein trauriger, hilflos klagender Ton.

„Wie viele sind umgekommen?" fragte ich.

„In Tschandpai und den anderen Dörfern in der Nähe etwa zwölf, glauben sie."

Ich stieg aus und ließ den Männern sagen, sie möchten die übrigen Otter für mich aus dem Wasser holen. Kurz darauf plumpste das tropfende Trio am Ende der Stange auf die Uferböschung. Ich kauerte nieder – wohlgemerkt außerhalb der Reichweite ihrer Zähne –, um sie zu untersuchen. Es war deutlich, daß alle drei die gleiche Krankheit hatten wie die beiden im Käfig, nur in viel milderer Form: Husten, Niesen, Ausfluß und rasselnder Atem, aber glücklicherweise noch keine Zuckungen.

Ich stand auf und bat Karim, meine Bereitschaftstasche zu holen. An der Art der Seuche bestand kein Zweifel: Die Otter der Dharijals hatten die Staupe – die gleiche Krankheit, die auch Hunde befällt. Und bis heute gibt es weder für Hunde noch für andere Kleintiere ein Heilmittel. Bei guter Pflege und der Behandlung der Sekundärinfektionen besteht jedoch Hoffnung auf volle Genesung. In zoologischen Gärten werden wertvolle Tiere mit den üblichen Hundevakzinen gegen die Seuche geimpft.

„Die Männer sollen ein starkes Netz über einen der Otter werfen", sagte ich, als ich ein dauerhaft wirkendes Sulfonamid in der Tasche gefunden hatte. Wenn wir die Tiere fest in Netze wickelten, konnten sie uns nicht mehr beißen. Dies war zwar eine grobe Art, mit kranken Tieren umzugehen, aber ich hatte keine andere Wahl, wenn ich den Ottern eine Spritze geben wollte. Den Fischern gelang es nach mehreren Anläufen, ihren kleinen Helfer mit Netzen außer Gefecht zu setzen.

„Fertig, ihr könnt ihn wieder auswickeln!" rief ich, als ich dem Tier eine Injektion verpaßt hatte. Wir behandelten die anderen zwei auf die gleiche Weise, und alle drei überstanden die atemberaubende Prüfung. Für die beiden Tiere im Käfig bestand kaum noch Hoffnung. Zur Linderung ihrer Schmerzen gab ich ihnen eine Sulfonamidspritze und eine kräftige Dosis Valium.

Ich fragte mich, was geschehen mußte, um die Ausbreitung der

Seuche zu verhindern. Wie konnte ich den anderen Dharijals in den Sundarbans und ihren fischenden Ottern helfen? Ich wandte mich an Karim. „Fragen Sie, ob die Dharijals in dieser Gegend sich kennen und ob sie von Zeit zu Zeit in den Fischerdörfern zusammenkommen."

„Ja", antwortete der Bengale nach eingehender Beratung, „sie gehören den gleichen Familien an."

„Gut. Trauen sich die Fischer zu, ihren Ottern selbst Spritzen zu geben, wenn ich es ihnen erkläre und von zu Hause Medizin schicke?" Wieder wurde lange palavert, aber schließlich befanden sie, es sei machbar. Ich zeigte ihnen, wie man Spritze und Kanüle zusammenfügt und gefriergetrocknetes Impfpulver mit einer Ampulle steriler Salzlösung vermischt.

„So müßt ihr es auch machen", ließ ich ihnen über Karim sagen, „denn ich werde dafür sorgen, daß ihr eine Spezialmedizin bekommt, Wasser und Pulver, die vor dem Einspritzen zu vermischen sind, und das wird alle eure Otter schützen."

„Es gibt keine Postboten in den Sundarbans", wandte Karim ein. „Wie sollen sie die Medizin erhalten?"

„Ich schicke sechzig Packungen postlagernd nach Khulna auf Ihren Namen, Karim", antwortete ich. „Wenn Sie dann zum Honigsammeln hierherkommen, können Sie sie abliefern."

Mein Freund lächelte. „Und schicken Sie mir auch eine englische Krawatte?"

„Eine Krawatte – wozu brauchen Sie denn eine Krawatte?"

„Die Offiziere in der Armee haben Krawatten getragen, Sir, abends in der Messe. Ich hätte sehr gern eine – mit Streifen!"

„Abgemacht!" erwiderte ich lachend.

Drei Tage später waren wir wieder im betriebsamen, heruntergekommenen Khulna, von wo aus ich die Heimreise nach England antrat. „Vergessen Sie die Krawatte nicht, Sir!" rief Karim, als ich zum Abschied winkte.

Ich vergaß sie nicht. Als ich wieder zu Hause war, besorgte ich die sechzig Packungen Epivax-Staupenimpfstoff und schickte sie als Eilsendung per Luftpost an Karim. In das Paket legte ich auch zwei gestreifte Krawatten. Wo immer sich Karim jetzt in den Sundarbans aufhalten mag, kann er zumindest behaupten, ein ehemaliges Mitglied der königlichen Kavallerie oder ein früherer Etonschüler zu sein. Soviel ich weiß, haben die Zwergotter der Gegend größtenteils überlebt; sicher fischen sie noch immer fleißig an der Seite der freundlichen Dharijals.

8. Kapitel

DIE Feuertaufe für einen jungen Tierarzt, der in einen Zirkus gerufen wird, ist meist das Zusammentreffen mit dem Mann, der die Großkatzen dressiert. Vor allem in früheren Zeiten betrachteten sich die Dompteure als die Stars jeder Zirkustruppe und wurden auch von den übrigen Artisten als solche betrachtet. Fast ausnahmslos waren sie strenge, unnahbare Fanatiker, die von der Kunst der Tierärzte nicht viel hielten. Von solchen wie mir, die noch nicht ganz trocken hinter den Ohren waren, wollten sie schon gar nichts wissen. Ohnehin waren die meisten von ihnen in der Lage, einem ausgewachsenen Löwen ohne Beruhigungsspritze einen Arzneitrank einzuflößen oder ihm mit Hilfe eines Netzes und eines Brecheisens einen Zahn zu ziehen.

Einer dieser Löwenbändiger vom alten Schlag war Captain Eppler vom Zirkus Bishop, ein Dompteur, wie man ihn sich vorstellt: mittelgroß, drahtige Figur, kantiges Gesicht, stechender Blick. Er hatte einen dünnen, gewichsten Schnurrbart und klebte sich das Haar mit Brillantine an den Kopf. Stets trug er Reithosen, und ich hatte den Verdacht, daß er auch darin schlief. Seine Stimme war laut, seine Rede gespickt mit Obszönitäten. Mich haßte er auf den ersten Blick.

Zu dem Zirkus, der seine Zelte auf einer feuchten Wiese in der Nähe von Bolton aufgeschlagen hatte, war ich gerufen worden, um einen Bären mit einem lästigen Furunkel am Hinterteil zu verarzten. Ich schlenderte in den Kreis der Wohnwagen, die das Zirkuszelt umstanden, und sah eine Gestalt in Reithosen und mit einem kurzen Rohrstock unterm Arm auf mich zukommen.

„Guten Abend", begann ich, „können Sie mir sagen, wo ich den Chef finde?"

Der Dompteur blieb breitbeinig stehen und begann mit dem Stöckchen in die nach oben gedrehte Handfläche zu klopfen. „Wer fragt?" bellte er.

„Äh ... ich, der Tierarzt. Komme wegen des Bären."

Captain Eppler spuckte gekonnt auf die Seite und schnaubte verächtlich. „Tierarzt, so? Gewiß verstehen Sie einen Dreck von Bären!"

„Ich wollte Mr. Bishop sprechen, den Chef. Sie sind nicht Mr. Bishop, oder?"

„Pah, Tierärzte!" rief Eppler ärgerlich. „Die kenn ich. Sind schon viele Löwen umgekommen wegen dieser Kurpfuscher. Der einzige, den ich je an meine Tiere rangelassen habe, war Dr. Fountain. Der hat einem Bengalenmännchen, mit dem mein Vater arbeitete, einen brandigen Zeh abgenommen, als ich noch ein junger Bursche war. Kennen Sie ihn?" Natürlich kannte ich ihn nicht, denn ich war damals, als ich Eppler begegnete, etwa dreißig; Dr. Fountain, wer immer das war, mußte zu jenem Zeitpunkt über neunzig gewesen sein.

„Der Chef – wo steht sein Wagen?" wiederholte ich.

„Unser Bär braucht keinen Sch...arzt, junger Mann", fuhr Eppler fort. „Eiterbeulen gibt's bei denen so viele wie Stachelbeeren im Juli. Ich weiß Ihnen einen guten Rat –"

„Hören Sie!" unterbrach ich ihn wütend. „Sagen Sie mir jetzt, in welchem Wagen der Boß wohnt! Oder soll ich den Bären selber suchen?"

Der Dompteur starrte mich böse an, deutete mit seinem Stöckchen auf eine Wohnwagentür. „Klopfen Sie dort an, Jüngelchen", knurrte er, „und kommen Sie dann bloß nicht zu mir gerannt, wenn der Sch...bär Ihnen was abbeißt!" Damit marschierte er stramm davon.

Ich ging zu Bishops Wagen, trat ein und stellte mich vor. Der Zirkuschef machte, im Gegensatz zu Eppler, einen netten, freundlichen Eindruck, und ich spürte, daß ihm das Wohlergehen seiner Schützlinge am Herzen lag. Nachdem ich den Bären in einem Spezialkäfig untersucht und ihm eine Penicillinspritze gegeben hatte, sprach Bishop mit mir über die Zirkustiere.

„Wir könnten eine zeitgemäße tierärztliche Betreuung im Zirkus wirklich brauchen", bemerkte er. „Bei uns verläßt man sich zumeist noch auf die alten Hokuspokusmethoden." Er bat mich, am nächsten Tag wiederzukommen und alle Tiere zu inspizieren. „Ich fände es eine ausgezeichnete Idee, wenn ein tüchtiger junger Mann wie Sie sie sich vornähme – vielleicht haben Sie auch Verbesserungsvorschläge, was die Haltung betrifft", sagte er. Ich erklärte mich einverstanden.

Am folgenden Nachmittag sah ich mit Bishop nach allen Tieren. Mein erster Eindruck war gut, auch in puncto Sauberkeit. Ich bewunderte die blendende Verfassung der Dressurpferde, wies auf ein Ekzem bei einem Elefanten hin, das behandelt werden sollte, und schlug eine Änderung der Vitamin- und Mineralzusätze im Futter vor. Der Besitzer hörte aufmerksam zu und notierte sich meine Anregungen.

Dann kamen wir zu den Großkatzen. Eppler, natürlich in Reithosen, arbeitete mit einigen Löwen in einer kleinen Manege neben den Großkatzenwagen seine Nummer durch. Er hielt eine lange Peitsche in der einen Hand, das Rohrstöckchen in der anderen.

„Alles in Ordnung mit den Löwen und Tigern, Carl?" rief Bishop. „Der Tierarzt ist gerade hier, er macht Kontrolle."

Eppler wirbelte herum, und er schaute drein, als wolle er Gift und Galle speien. „Der Tierarzt?" schnarrte er. „Was soll meinen Tieren fehlen?"

„Niemand behauptet, es fehle ihnen etwas, Carl", beschwichtigte Bishop. „Aber wenn Dr. Taylor schon einmal hier ist, können wir ihm ja gleich ein paar Fragen stellen."

Eppler grinste verächtlich. „Einundfünfzig Jahre im Geschäft, Mr. Bishop. Glaube nicht, daß ich von einem jungen Veterinär viel lernen kann. Oder kann der Grünschnabel mir etwa verraten, wie man einen Leoparden dazu bringt, auf einem Tiger zu reiten?"

Ich wandte mich schweigend ab und betrachtete die Tiger, die in ihren Reisewagen ruhten.

„Carl, darum geht's doch nicht!" widersprach der Zirkuschef. „Kein Mensch hat gesagt, daß Sie sich bei Ihren Tieren nicht auskennen, aber . . ."

„Mr. Bishop", unterbrach ich ihn mit lauter Stimme, „sehen Sie sich bitte diese Wagen an!" Er drehte sich um. „Sie sind schmutzig! Blut, Haare und Fett kleben am Holz! Seit Wochen ist nicht saubergemacht worden; gewiß wimmelt es da drin nur so von Salmonellen und noch schlimmeren Erregern. Das ist ein Gesundheitsrisiko, Mr. Bishop!"

Wir sahen Eppler an, dessen Augen drohend funkelten. „Was für einen Quatsch reden Sie da, Sie Quacksalber?" fauchte er.

„Dieser Schmutz, dieser Dreck, diese Schweinerei!" entgegnete ich langsam. Ich wußte, daß ich die besseren Karten hatte.

„Ich habe Hunderte, Tausende von Löwen und Tigern in diesen Wagen gehalten, nie gab es Probleme. Und wie viele Großkatzen haben *Sie* –"

„Carl!" unterbrach ihn Bishop unwirsch. „Halten Sie den Mund! Sorgen Sie dafür, daß die Wagen gereinigt werden, wie's der Doktor sagt!"

„Und benutzen Sie ein Desinfektionsmittel", fügte ich als Gnadenstoß hinzu und frohlockte innerlich. Wir gingen weiter, und ich hörte, wie Eppler hinter uns seinen Ärger an den armen Löwen ausließ.

„Tut mir leid, Doktor Taylor", entschuldigte sich Bishop. „Eppler ist ein bißchen herrisch, aber es gibt keinen besseren Dompteur in England. Ich versichere Ihnen jedenfalls, die Wagen werden noch vor dem Wochenende desinfiziert sein."

Drei Tage danach, am Sonntagmorgen beim Frühstück, klingelte

Auch er gehört zu Dr. Taylors exotischen Patienten: Der Manati, eine See-kuhart, ist in den tropischen Gewässern Amerikas zu Hause.

Freigehege mit Oryxantilopen im Zoo von Al-Ain

Sieht er nicht zum Fürchten aus, der blutdürstige Vampir?

Vorsicht ist geboten beim Umgang mit der giftigen Königskobra.

Dieser Rote Flamingo fühlt sich auch im Tierpark sichtlich wohl.

Eindrucksvoller „Drache" aus Indonesien: Der Komodowaran wird bis zu drei Meter lang und 135 Kilogramm schwer.

das Telefon; der Clown des Zirkus Bishop war am Apparat. „Wir sind jetzt in Blackburn", berichtete er aufgeregt, „und einer der Löwen hat gerade einen Herzanfall gehabt! Mr. Bishop läßt ausrichten, Sie möchten doch bitte sofort herkommen!"

Ich stürzte schnell meinen Kaffee hinunter und zog die Jacke an. Ein Herzanfall bei einem Löwen – also, wenn das stimmte, wäre es wirklich ein höchst interessanter Fall!

Es regnete in Strömen, als ich in Blackburn ankam, wo der Zirkus in einem Park seine Zelte aufgeschlagen hatte. Ich fuhr ins Innere des Wagenrunds und hielt dicht beim Löwenwagen. In einem der vergitterten Abteile sah ich Eppler und Bishop, die neben einem leblosen Löwen kauerten.

„Schnell!" rief Bishop, als ich ausstieg. „Er lebt noch!" Bevor ich in den Regenmantel schlüpfen konnte, war ich naß bis auf die Haut. Ich stapfte durch den Schlamm und kletterte in den Löwenkäfig.

„Ein Herzanfall, junger Mann!" bellte Eppler, als ich neben dem reglosen Löwen niederkniete. Das Tier war kaum noch bei Bewußtsein, als ich ihm den Puls fühlte. „Dr. Fountain würde ihm Belladonna geben", fuhr der Dompteur fort, „und zwar eine verdammt hohe Dosis!"

Ich nahm das Stethoskop aus dem Koffer und hörte dem Löwen die Brust ab. Die Haut des ausgewachsenen Männchens fühlte sich erschreckend kalt an, und um seine mächtige Schnauze stand Schaum.

„Er hat auch Krämpfe gehabt", erklärte Bishop ruhig. „Was, glauben Sie, ist mit ihm los?"

Ich schaute der schlafenden Katze ins Auge, indem ich ein Lid herabzog. Täuschte ich mich, oder war der Augapfel gelblich verfärbt?

„Es stimmt, er hatte einen Kollaps", bemerkte ich. „Könnte verschiedene Ursachen haben, aber das Herz ist es *nicht* – das steht fest."

„Herzattacke!" wiederholte Eppler giftig. „Schade, daß der alte Dr. Fountain schon pensioniert ist, sonst hätte ich ihn angerufen!"

Ich blickte mich im Wagen um. Der alte Schmutz und die Exkremente waren weg. Offenbar hatte der Dompteur vor kurzem alles ausgewaschen, denn die Wände waren noch feucht. „Mr. Eppler hat es gründlich gemacht, nicht wahr?" sagte Bishop, als er sah, daß ich die Verbesserung registrierte.

„Pah!" maulte der Löwenbändiger. „Bücherweisheiten! War bisher immer alles in Ordnung mit den Sch...wagen. Und jetzt liegt Samson da mit einem Herzanfall. Er ist futsch, da bin ich sicher!"

Ich öffnete den Koffer und nahm Spritzen, Kanülen, etwas Pastrum und eine Flasche Salzlösung für eine Infusion heraus. Als ich die Spritze mit Pastrum füllte, das den Kreislauf des Löwen ankurbeln sollte, bemerkte ich, daß sich ein Wasserbächlein von der frisch gewaschenen Wand auf dem Boden zwischen dem Sägemehl zu einer milchig-weißen Pfütze gesammelt hatte. Instinktiv tauchte ich den Finger hinein und hielt ihn an die Nase. Es roch nach Karbolineum.

„Mr. Eppler!" sagte ich scharf. „Was für ein Desinfektionsmittel haben Sie hier verwendet?"

Eppler schäumte vor Wut. „Haben Sie nichts anderes im Kopf als Ihre blöden Desinfektionsmittel? Da liegt ein Löwe vor Ihnen mit einer Sch...herzattacke!"

„Was für ein Mittel?" wiederholte ich laut. *„Ich muß es wissen!"*

Der Dompteur verdrehte die Augen und deutete auf einen Kanister, der draußen auf dem Boden stand. „Das hier, Sie Klugschwätzer! Sogenanntes ‚Schwarzes Desinfektionsmittel'. Ich weiß, was für meine Tiere gut ist!"

Ich sprang vom Wagen herunter und hob den halbleeren Behälter auf. Es handelte sich um ein typisches landwirtschaftliches Desinfektionsmittel auf Phenolbasis, das sich für die Verwendung auf Bauernhöfen, in Ställen und Zwingern hervorragend eignete und jede Art von Bakterien abtötete.

„Trödeln Sie nicht herum, junger Mann! Holen Sie Belladonna!" kreischte Eppler. „Das ist ein Herzanfall, hören Sie!"

Ich ließ den Kanister fallen, während der Regen über mein Gesicht strömte. „Mr. Eppler", sagte ich betont ruhig, „Sie, mit all Ihrer Erfahrung, Ihrem Wissen, Ihrer Lebensweisheit, haben riesengroßen *Mist* gebaut!"

„Was soll das heißen?" fauchte er zornig.

„Sie haben dieses Desinfektionsmittel benutzt und..."

„Sparen Sie sich Ihre Worte! Schon mein Vater hat es verwendet, und auf dem Etikett steht: gegen Tierseuchen aller Art."

„Sie haben recht, Mr. Eppler", fuhr ich fort, „es ist ein wirkungsvolles Mittel für die Reinigung von Ställen, nur hat es einen Haken. Wenn man es nicht gut abspült, kann Phenol in den Körper gewisser Tiere gelangen. Vor allem Katzen, und zwar Löwen und Tiger genauso wie Hauskatzen, nehmen es durch die Haut auf und können elend daran zugrunde gehen!"

Eppler erwiderte nichts, er schien wie vom Donner gerührt.

„Sie glauben also, der Löwe sei vergiftet?" meinte Bishop, als ich wieder in den Wagen kletterte.

„Ja, er muß in dieser Pfütze gelegen oder möglicherweise sogar

Desinfektionsmittel aufgeleckt haben. Wir haben es mit einer Phenol-vergiftung zu tun."

„Können Sie Samson helfen, Doktor?" Zuerst erkannte ich Epplers Stimme gar nicht wieder. Er sprach jetzt leise und auf einmal wie ein alter Mann.

„Besorgen Sie mir bitte ein paar Flaschen Milch, Seifenpulver, viele Eimer Wasser und eine Menge Tücher!" antwortete ich. „Wir müssen sehen, ob wir das Phenol aus Samsons Eingeweiden und aus seiner Haut herauskriegen."

Eppler enteilte gehorsam. Inzwischen richtete ich einen Tropf ein und verabreichte dem Löwen das Pastrum intravenös. Als der Domp-teur mit den gewünschten Sachen zurückkam, tat ich etwas, was wohl den meisten Beobachtern komisch vorgekommen wäre. Zuerst pumpte ich dem Löwen mit mehreren Liter Milch den Magen aus, und dann seiften wir ihn zu dritt von Kopf bis Fuß ein.

„Reibt kräftig!" befahl ich. „Macht eine Menge Schaum!"

Und wir bearbeiteten den König der Savanne, als wäre er ein Film-star im Schaumbad. Ich schickte Eppler nach neuen Eimern mit war-mem Wasser zum Spülen, und er hetzte zwischen Küche und Löwen-wagen hin und her.

„Und jetzt, Mr. Eppler", sagte ich, als wir fertig waren, „reiben Sie Samson mit Tüchern ab, so fest Sie nur können. Trocknen Sie ihn gründlich ab – wir wollen ja nicht, daß er eine Lungenentzündung bekommt."

„Wie Sie meinen, Doktor", antwortete der Dompteur. Als er auch diese Aufgabe erledigt hatte, standen wir dem saubersten Löwen gegenüber, den man sich vorstellen kann. Das warme Wasser, das Rubbeln und die Medikamente hatten Wunder gewirkt. Samson begann kehlige Laute von sich zu geben und gelegentlich mit einem Ohr zu schnippen. „Glauben Sie, daß er durchkommt?" fragte Eppler.

„Gut möglich", antwortete ich. „Sie werden natürlich die ganze Nacht bei ihm wachen müssen."

„Ich mach alles, was Sie sagen, Doktor!"

Es dauerte zwar seine Zeit, aber Samson, der Löwe, schaffte es. Eppler pflegte ihn hingebungsvoll und tat ohne Widerrede alles, was ich von ihm verlangte.

Ein paar Wochen später stand ich mit Bishop im großen Zirkuszelt am Rande der Manege und sah mir die Vorstellung an, während Eppler seine Raubtiernummer vorführte. „Samson ist wieder in bester Form, nicht wahr?" bemerkte der Zirkuschef.

„Scheint so", antwortete ich und fühlte mich recht stolz.

„Captain Eppler zählt übrigens inzwischen zu Ihren Bewunderern – er erzählt jedem, wie er Sie in die Geheimnisse der Tiermedizin eingeweiht hat!"

„Gut", sagte ich, „jetzt bin ich also ein anerkannter Dompteurbändiger", und wir lachten beide.

9. Kapitel

EBENSO wie für die wirkliche Tierwelt interessiere ich mich für das Reich der Fabelwesen. „Kein Rauch ohne Feuer!" pflege ich zu sagen, wenn das Gespräch auf Drachen, Werwölfe und Zentauren kommt und die alten Fabeln belächelt werden. Denn als reisender Zootierarzt hatte ich bereits das Glück, Drachen, Meerjungfrauen und Vampire zu behandeln.

Die bekanntesten Fabeltiere gehen mit Sicherheit auf frühzeitliche Begegnungen des Menschen mit Tieren aus Fleisch und Blut zurück, deren Gefährlichkeit übertrieben dargestellt wurde. Dabei mag es sich sogar um Arten gehandelt haben, die heute noch leben! Und die gelegentlich tierärztliche Hilfe benötigen.

Wenden wir uns zum Beispiel den Vampiren zu. Wer dächte da nicht sofort an Gruselfilme, „Nosferatu" oder „Graf Dracula"? Unschuldige Opfer, denen Blut abgezapft wird; Monster, die sich bei Sonnenaufgang wieder in ihr Sargbett legen; Holzpfähle, die durch die Herzen Scheintoter getrieben werden – das alles jagt uns kalte Schauer über den Rücken, wenn wir in der hintersten Reihe des „Odeon" sitzen oder uns im Fernsehen den Spätfilm ansehen. Aber die unheimlichen nächtlichen Blutsauger gibt es wirklich!

Bei den Vampiren handelt es sich um eine Fledermausart, die im tropischen Amerika und in der Karibik zu Hause ist. Tagsüber schlafen sie, nachts schwärmen sie aus. Ihre Nahrung besteht fast ausschließlich aus dem Blut warmblütiger Tiere, doch gelegentlich fallen sie auch Menschen an. Sanft landen sie auf ihrer Beute und durchtrennen mit ihren spitzen Schneidezähnen die Haut. Ihr Biß ist rasiermesserscharf, so daß die schlafenden Opfer kaum etwas spüren. Eigentlich saugen die Vampire das Blut nicht heraus, sondern lecken es auf, und ähnlich wie bei den Blutegeln wirkt ihr Speichel gerinnungshemmend. Die Bißwunden bluten meist noch stundenlang nach.

Als ich im Bellevue-Zoo zu arbeiten begann, beschäftigten sich einige Wissenschaftler im nahe gelegenen medizinischen Institut der Universität gerade mit der Erforschung des koagulationshemmenden

Vampirspeichels. Dazu hielten sie sich eine kleine Kolonie jener Tiere, und ich wurde gerufen, wenn tierärztlicher Rat gefragt war. Die Fledermäuse lebten in strikter Quarantäne, weil immer Gefahr besteht, daß sie die Tollwut übertragen; gefüttert wurden sie mit Rinderblut aus dem nahe gelegenen Schlachthaus.

An meine erste Begegnung mit einem Vampir, der tierärztliche Betreuung benötigte, erinnere ich mich gut. Das „Vampir-Labor" befand sich im Untergeschoß eines Krankenhauses an der Oxford Road. Man führte mich in den Raum, wo die Fledermäuse in einem großen, begehbaren Glaskäfig mit Doppeltüren hausten. Auf der äußeren Tür stand in großen roten Lettern: VORSICHT, VAMPIR-QUARANTÄNE! ZUTRITT FÜR UNBEFUGTE STRENG VERBOTEN!

Das Innere des Käfigs wurde von einer dunkelroten Glühbirne schwach erhellt. Ich sah etwa zwei Dutzend dunkle Fledermäuse kopfüber von der Decke hängen, die aus Maschengitter bestand. Die Tierchen waren viel kleiner, als ich sie mir vorgestellt hatte: Ihre Flügelspannweite betrug gerade 25 Zentimeter.

„Ziehen Sie die hier an", sagte der Laborant, der für die Fledermäuse verantwortlich war. „Die kleinen Kerle beißen wie verrückt." Er warf mir ein Paar dicke Lederhandschuhe zu. Zuvor hatte ich bereits einen Overall und Gummistiefel übergestreift.

„Was fehlt den Tierchen eigentlich?"

„Ich weiß nicht – diese Gruppe kam vor einer Woche aus Mexiko. Zuerst waren sie richtig munter, hatten großen Durst, alles schien in Ordnung. Aber seit zwei Tagen trinken sie nicht mehr und sehen viel dünner aus. Verstehen Sie etwas von Vampiren?"

Ich hatte noch nie im Leben einen Vampir gesehen, geschweige denn behandelt. Aber ich hatte einiges über ihre Krankheiten gelesen und auch bereits mit anderen Fledermäusen zu tun gehabt, besonders mit früchtefressenden Flughunden. Um vor dem Laboranten nicht als Grünschnabel dazustehen, antwortete ich mit scheinbar selbstsicherem Kopfnicken: „Schon ein bißchen!"

Ich ging durch die Doppeltür und schaute zu den Fledermäusen auf. Sie zwitscherten nervös bei meinem Erscheinen und strebten unbeholfen von mir weg. Es roch scheußlich in ihrem Käfig. Nach einem kurzen Blick auf meine Handschuhe griff ich mir eines der besonders mager aussehenden Tiere heraus. Es quiekte wütend und biß entschlossen in den Handschuh, während ich mit der freien Hand seine Krallen vom Gitter löste. Ein schmaler Sims an der Wand des Glaskäfigs diente mir als Untersuchungstisch, und der Laborant spendete Licht, indem er mit einer Lampe durch das Glas leuchtete.

Leider muß ich sagen, daß der Vampir dem schlechten Ruf, der ihm als Dämon anhaftet, gerecht wurde. Auf seinem kleinen, flachnasigen Gesicht stand ein Ausdruck von Bosheit, die schwarzen Augen funkelten zornig. Als das Biest auch noch das Maul aufsperrte, entblößte es die berüchtigten Schneidezähne und stieß ein Knurren aus. Es war wie im Horrorfilm!

Für einen Augenblick ließ ich das kleine Ungeheuer los; sofort krebste es auf dem Sims von mir weg, mit gespreizten Flügeln schwerfällig hüpfend. Bevor sich die Fledermaus aufschwingen konnte, ergriff ich sie wieder. Sanft hielt ich sie fest und betrachtete den pelzigen, graubraunen Körper. Der Puls, der unter meinen Fingerspitzen raste, während das Tier sich in Panik sträubte, verriet nichts Ungewöhnliches. Der Vampir war tatsächlich mager, seine Augenlider erschienen mir ein wenig schlaff, doch sonst konnte ich nichts Auffallendes entdecken. Ich ließ ihn frei und ging hinaus.

„Ich brauche eine Blutprobe von einem der Tiere", sagte ich zum Laboranten. „Sie müssen mit hinein und einen Vampir für mich festhalten."

Der junge Mann schlüpfte in Overall und Gummistiefel und kam mit mir in den Glaskäfig. Während er eine der mageren Fledermäuse festhielt, ritzte ich ihr eine Vorderklaue auf und ließ einen Tropfen Blut heraussickern. Diesen strich ich auf ein Mikroskop-Glasplättchen und ließ ihn zu einem dünnen Film eintrocknen.

„Hihi", kicherte mein Begleiter, „jetzt können Sie sich als Vampir eines Vampirs bezeichnen, was?"

Im krankenhauseigenen Labor färbte ich den Abstrich auf die gewohnte Weise ein und schob ihn unters Mikroskop. Ich stellte das Instrument scharf und blickte durch das Okular auf das mit roten Scheibchen und weißen und blauen Amöbenformen übersäte Lichtfeld: das typische Blutbild eines Säugetiers, ob Mensch oder Fledermaus. Alles sah völlig normal aus, bis ich auf einmal einen wunderschönen purpurfarbenen Schleier erspähte. Er war nicht groß, aber deutlich erkennbar: elegant gedreht und geschwungen, als hätte eine feine Dame ihren Seidenschal fallen lassen. Aufgeregt schob ich das Plättchen herum und fand bald zwei weitere dieser hübschen Purpurschärpen.

Die verdrehten Farbbändchen waren Trypanosomen, Blutparasiten, die auch beim Menschen schwere Krankheiten, etwa die Schlafkrankheit, auslösen können. Die Fledermäuse hatten sich die Trypanosomen in Südamerika geholt, gewiß mit dem Blut eines Opfers. Das bloße Vorhandensein der Parasiten bedeutete noch nichts.

Schließlich konnten die Vampire nur Überträger sein, ohne selbst zu erkranken, und vielleicht hatten sie die Trypanosomen schon seit Jahren im Blut, denn Vampire können so alt werden wie Haushunde. Möglich war aber auch, daß die Belastung durch Gefangennahme, Transport und neue Umgebung aus dem latenten Zustand eine akute Krankheit hatte werden lassen.

Eine andere Erklärung für den Ausbruch fand ich nicht, also beschloß ich, den Trypanosomen mit Medikamenten, die man normalerweise bei Menschen gegen Schlafkrankheit einsetzt, zu Leibe zu rücken. Vampire, Schlafkrankheit, schlafende Ungeheuer, die plötzlich zum Leben erwachen – die Wirklichkeit schien wieder einmal gar nicht so weit vom Reich der Fabel entfernt.

Aus dem Liverpooler Institut für Tropenmedizin ließ ich mir das neueste Medikament gegen Trypanosomen schicken. Als es eintraf, mußte ich die richtige Dosis abschätzen. Ich wog eine der Fledermäuse und rechnete aus, daß ihr Gewicht ungefähr ein Viertausendstel des Gewichts eines Erwachsenen ausmachte. In der Hoffnung, daß die Vampire auf das neue Heilmittel gleich reagierten wie der Mensch, gab ich ihnen eine Spritze und wiederholte die Injektion nach vier Tagen. Zu meiner Erleichterung machten sich die Tierchen schon einen Tag nach der ersten Spritze wieder über ihre Blutmahlzeit her, und allmählich erholten sie sich. Als ich zwei Monate später erneut ihr Blutbild untersuchte, fand ich keine einzige Purpurseidenschärpe mehr! Mit der erfolgreichen Austreibung der Trypanosomen war meine erste Vampirbehandlung zufriedenstellend abgeschlossen. Ich denke oft an die kleinen Ungeheuer, besonders an Winterabenden, wenn ich zum Abendessen eine dralle, gedünstete Lancashire-Blutwurst verspeise, wenn's draußen dunkel ist und der Wind pfeift ...

LEVIATHAN heißt in der Bibel ein drachenartiges Ungetüm, ein gefährlicher Meeresbewohner, der die Menschen bedroht. Was hat es damit auf sich?

Es gibt tatsächlich „Meeresungeheuer": Seeschlangen, Krokodile, die großen Haie und den Riesenkalmar, der bestimmt den Kraken aus der Sagenwelt vertritt. Die Länge seines Körpers beträgt bis zu acht Meter, die seiner Fangarme bis zu zehn, und er kann über zwei Tonnen wiegen. Bis jetzt hatte ich beruflich nur mit einem seiner Verwandten zu tun, ebenfalls einem Riesen: *Octopus apollyon,* dem Roten Pazifischen Riesenkraken.

Dieses imposante Weichtier stammt aus den kalten Gewässern des Nordpazifiks. Die rotgesprenkelte Haut, die feuerrot wird, wenn das

Tier erregt ist, die großen schwarz-gelben Augen und die Körper-
größe, neun Meter lange Tentakel sind der Rekord, machen diesen
Kraken zu einem wild aussehenden Kerl.

Als ich 1960 einige Exemplare per Flugzeug von Seattle nach Großbritannien verfrachtete, kämpfte ich noch mit beträchtlichen Schwierigkeiten: Die Tiere, die in einem großen Plastikbeutel mit Meerwasser eingeschlossen waren, mußten stets kühl gehalten werden und
durften sich nicht an ihren eigenen Ausscheidungen vergiften. Aber
während des langen Fluges blieben die Kraken im Frachtraum eingesperrt, und daher mußte ich die Landung in Heathrow abwarten, um
sie wiederbeleben und erfrischen zu können. Eilends packte ich sie aus,
ließ das Wasser aus den Beuteln, füllte frisches ein und blies ihnen kühlen Sauerstoff zu. Mit einem Kraken dieser Größe ist es verständ-
licherweise schwierig umzugehen; zwar beißt er weder um sich, noch
brüllt er, doch ist er ungemein glitschig. Ein Riesenkrake zerrinnt
einem buchstäblich zwischen den Fingern! Und die Frachtarbeiter in
Heathrow weigerten sich, mir zu helfen – besonders, nachdem einer
von ihnen glaubte, ich hätte ihn einem Untier buchstäblich „ans Messer" geliefert.

Das geschah beim zweiten Octopus, den ich importierte. Der Flug
hatte sich wegen eines langen, technisch bedingten Zwischenauf-
enthalts in New York verzögert, und als ich mit dem Kraken „im
Gepäck" in London eintraf, war ich äußerst besorgt über die mögliche
Konzentration von Giftstoffen in seinem Kreislauf. Sobald er in den
Frachtschuppen gebracht worden war, brach ich die Kiste auf, entfernte die schützenden Papierpolster und schlitzte den dicken Plastikbeutel auf.

Dann stand ich Auge in Auge einem sehr roten, sehr entnervten Riesenkraken gegenüber. Da ich um das hochentwickelte Nervensystem
dieser unglaublich intelligenten Tiere weiß, begann ich sanft und
beschwichtigend auf ihn einzureden, so, wie man in dieser Situation
einen Hund oder ein Pferd beruhigen würde. Was immer der Krake
von meinen Schmeicheleien halten mochte, er sagte es nicht, sondern
erhob sich fließend aus dem Beutel und glitt über den Rand der Fracht-
kiste – rund vierzig Kilo muskulöser Gallerte, die offensichtlich nur
einen einzigen Gedanken hatten: weg von hier!

Ich dagegen sorgte mich mehr um seine Gesundheit, als seine mächtige zinnoberrote Hülle auftauchte und mich sein feuchtes Auge mit
kalter Ungeduld anblickte. Was der Octopus jetzt dringend brauchte,
war unbedingte „Bettruhe", während ich Sauerstoff über ihn hin-
strömen ließ und ihn mit meiner tragbaren Meerwasser-Sprayflasche

abduschte. Und ich wollte ihm in einen der Tentakel Vitamin B spritzen, das die angesammelten Giftstoffe abbauen half. Der Krake hatte jedoch anderes im Sinn, als er damit begann, gleich einem feuerroten Schaumteppich den Boden des Lagerhauses zu bedecken. Eine Gruppe Frachtarbeiter stand in der Nähe und feuerte mich an, aber unbegreiflicherweise blieb jeder wie angewurzelt auf seinem Platz, während ich mich vergeblich abmühte, Teile des fortschwimmenden Tieres in den Behälter zurückzudrängen.

„Kann mir *bitte* jemand helfen?" rief ich mit meiner besten Nichts-zu-befürchten-ha-ha-ha-Stimme. „Ich will, äh, Melvin hier eine Spritze mit Medizin geben und ihn wieder dort hineinstopfen." Allgemeines Gelächter, aber es meldeten sich keine Freiwilligen. Der frisch getaufte Melvin war jetzt zu neun Zehnteln draußen und lief – wie frisch gekochtes Gelee – weg, um Deckung zu suchen. Mit dem zweiten Auge – das erste hatte immer noch mich im Visier – peilte er ein Rennrad an, das etikettiert, aber unverpackt an einem Pfeiler lehnte. Der Octopus schwappte darauf zu und daran hinauf.

„Der fährt uns davon, Jungs!" schrie jemand höchst erheitert. Für einen Moment sah es tatsächlich so aus! Schon erblickte ich im Geist einen Roten Pazifischen Riesenkraken, der mit zwei Tentakeln auf den Pedalen hurtig die Landstraße entlangradelte, mit zwei anderen lenkte und mit zwei weiteren alle möglichen Richtungszeichen gab. Den letzten beiden war es vorbehalten, mir, der ich hinterherkeuchte, ein mächtiges rotes Siegeszeichen entgegenzustrecken. Aber nein, Melvin floß weiter, durch das Hinterrad hindurch. Knacks! Er spannte nur ein bißchen seine Muskeln, und eine chromglänzende Speiche sprang ab.

„So helft mir doch, um Gottes willen!" brüllte ich, als der einzige Octopus mit Siegchancen bei der Tour de France einen seiner Greifarme zwischen Kette und Rahmen zwängte. Gleich würde man, um den Kraken zu befreien, die Rennmaschine zerlegen müssen. In diesem Augenblick löste sich aus der Schar der Arbeiter ein Mann mittleren Alters mit rotem Gesicht und Bierbauch. Seine Kollegen jubelten ihm zu, blieben jedoch stehen.

„Bist 'n ganzer Kerl, Wally!" johlten sie.

Wally trat einfältig grinsend zu mir. „Halte selber Tropenfische", sagte er. „Dieses Ding da ist allerdings eine Nummer größer!"

„Sehen Sie, ich versuche jetzt die Greifarme zu packen und herauszuzupfen. Und Sie ziehen am Leib des Tieres!" erklärte ich.

Wally krempelte die Ärmel hoch und glitt widerstrebend mit beiden Händen in Melvins zornrote Masse. Ping! Eine weitere Speiche war weg, aber das verschaffte mir mehr Platz, und es gelang mir, einen der

Tentakel zu lösen. Sogleich klammerten sich die Saugnäpfe an meinem Handgelenk unverrückbar fest, und ich mußte einhändig weiterarbeiten.

„Ziehen!" rief ich.

Wally zerrte Melvin auf eine Kiste zu, doch plötzlich stieß er einen fürchterlichen Schrei aus, sprang rückwärts und ruderte mit einem Arm durch die Luft. „Aaaaaaaaaah! Er hat mich erwischt!" brüllte er. „Zum Teufel, er hat mich erwischt!" Blut tropfte von einem seiner Finger herab.

Melvin hatte ihn tatsächlich gebissen. Kreidebleich sackte Wally in den Knien ein und knallte auf den Boden – glücklicherweise nicht auf meinen Kraken.

Die anderen Männer kamen herbeigerannt. „Was ist passiert? Wie hat er das gemacht? He, passen Sie auf, Doktor! Los, wir bringen Wally weg, bevor er noch eins abkriegt!"

Sie umgingen den bebenden Melvin in großem Bogen und trugen ihren Kameraden aus der Gefahrenzone. Ich rang allein mit dem Octopus weiter und versuchte gleichzeitig, die Arbeiter zu beruhigen. „Er muß mit der Hand in die Nähe des Schnabels geraten sein. Kraken können recht kräftig zubeißen!"

„Sie hätten ihn warnen sollen!" brummte einer der Männer und klatschte dem Pechvogel auf die Wangen.

Ein anderer inspizierte den verletzten Finger. „Es ist nur eine kleine Wunde", erklärte er. „Nichts Schlimmes. "

Wally kam zu sich und setzte sich auf, während ich, keuchend vor Anstrengung, auf dem Hosenboden über den Boden rutschte, vom größten Teil Melvins feucht umarmt.

„Oooh!" stöhnte der Verwundete, als er seinen Finger betrachtete. „Tut doch etwas, Jungs! Es brennt höllisch. Das Gift – es wird mich umbringen! Holt den Notarzt, um Gottes willen!"

„Ruft den Krankenwagen, wie er sagt", meinte einer, und ein anderer lief los.

„Stimmt es, Doktor, daß diese Tiere giftig sind?"

„An sich schon", antwortete ich, „aber bei dieser Art dürfte es höchstens zu einer schmerzhaften Schwellung kommen. "

Wally starrte finster auf seinen blutenden Finger und beriet leise mit seinen Kollegen, ob auch ein Priester gerufen werden sollte. Mit Melvin auf dem Schoß hockte ich nebenan auf dem Boden und beteuerte vergeblich, Wally sei nicht in Gefahr, geschweige denn dem Tode nah. Wenigstens hatte ich den Octopus inzwischen aus dem Fahrrad befreien können, aber ohne fremde Hilfe bekam ich ihn unmöglich in seinen Beutel und die Kiste zurück. Keiner der Arbeiter hatte auch nur die geringste Lust, mir beizustehen. In ihren Augen war ich ein Irrer mit dem tödlich giftigen Ungeheuer am Leibe.

Als der Krankenwagen eintraf, nahm Wally mit Tränen in den Augen Abschied und wurde auf eine Tragbahre gebettet. „Heikle Arbeit, wie?" sagte einer der Sanitäter, als Wally verstaut war, und kam herbei, um Melvin und mir zuzusehen, wie wir nicht vom Fleck kamen. „Was machen Sie jetzt mit diesem Horrortier?"

„Tja", antwortete ich resigniert, „wir haben uns entschlossen, hier sitzen zu bleiben, bis einer von uns vor Erschöpfung oder Hunger eingeht."

„Sie machen wohl Witze!" meinte der Sanitäter mit aufgerissenen Augen. „Soll das ein Sitzstreik oder so was sein?"

„Mit einem Octopus?" knirschte ich. „Nein! Ich warte nur auf jemand, der mir hilft!"

Der Sanitäter rief seinen Kollegen. „He, George, bring die zweite Trage her!" Wir legten die Trage neben Melvin und schafften es irgendwie, ihn daraufzuladen.

„Um Himmels willen, ihr werdet doch dieses Höllenvieh nicht mit in die Klinik nehmen?" ächzte Wally, der uns aus dem Krankenwagen heraus zuschaute.

Nein, wir trugen Melvin zur Kiste hinüber, und ich stemmte, schubste, drückte und goß das Biest in seinen Behälter. Der Krankenwagen fuhr mit Wally davon, und ich machte mir mit Injektionen und Sauerstoff an meinem Patienten zu schaffen.

Melvin überstand die Zerreißprobe und Wally ebenfalls. Der Frachtarbeiter wurde nach kurzer ambulanter Behandlung mit einem heftpflasterbedeckten Finger aus dem Krankenhaus entlassen. Ich schickte ihm eine Flasche Whisky in Anerkennung seiner Tapferkeit im Umgang mit bösartigen Meeresungeheuern und erhielt einen reizenden Brief zurück, in dem er schrieb, seine Frau habe ihn furchtbar ausgeschimpft, als er am Abend nach Hause gekommen sei. Sie habe ihm, nachdem er seine doch sehr glaubhaft klingende Geschichte erzählt hatte, vorgeworfen, im Suff hingefallen zu sein. Man stelle sich aber auch vor, wie sich so etwas anhört: „Du wirst nie erraten, was mir heute bei der Arbeit zugestoßen ist, meine Liebe. Denk nur, ich bin von einem großen roten Tintenfisch gebissen worden ..."

EINE besonders faszinierende Gestalt in der Märchenzoologie ist zweifellos die Meerjungfrau, die verführerische junge Dame mit der silberhellen Stimme, die oft mit einem Kamm und einem Spiegel abgebildet wird. Welches Tier entspricht dem wunderschönen Fischflossenweib am ehesten in der Wirklichkeit?

Die aussichtsreichste Anwärterin ist die *Sirenia,* die Seekuh. Von dem wenig bekannten, scheuen und harmlosen Tier gibt es zwei Familien: den Dugong, der in Ostafrika, Asien, Fernost und Australien lebt, und den Manati, der die Gewässer Westafrikas sowie Teile Südamerikas und der Karibik bewohnt. In den sanften Riesen, die bis zu 700 Kilo schwer werden, mit den Elefanten verwandt sind und Seetang weiden (das lange grüne Haar der Legende?), würde man auf den ersten Blick eigentlich kaum die schönen Fabelwesen vermuten. Tatsächlich aber ragen die Seekühe oft aufrecht aus dem Wasser und halten ihre Jungen zum Saugen an die Brust, ganz wie Menschenfrauen. Die Milchdrüsen der Manatis und Dugongs liegen zwischen den Vorderflossen an der gleichen Stelle wie bei Menschen und bei Elefanten. Ihre Gesichter mit den kleinen Äuglein mögen nach Miß-World-Maßstäben nicht schön sein, aber ich finde sie reizend.

Der Manati in Florida, der auch Rundschwanz-Seekuh heißt, ist wie die meisten seiner Artgenossen vom Aussterben bedroht. Die größte Gefahr für sein Überleben, abgesehen von der Wasserverschmutzung, sind die Touristen, die in Booten umherfahren, um die gefährdeten Tiere aufzustöbern, und damit ihr friedliches Zusammenleben stören.

Ich habe viele Manatis gesehen, die von Bootsschrauben schwer verwundet oder gar getötet worden sind. Bei einem meiner häufigen Besuche in den Everglades während der frühen siebziger Jahre fuhr ich mit Jesse, einem der Tierärzte des Seeaquariums von Miami, nach Collier City am Rand des riesigen Sumpfgebiets. Dort lag ein Manatibulle mit schweren Verletzungen in einem Flußlauf.

Als wir dort eintrafen, stand bereits eine große Traube von Schaulustigen am Ufer. Quer über den Rücken des Tieres zogen sich, wie von Säbelhieben, zwei tiefe Schnitte, aus denen Blut hervorquoll. Der Bulle atmete schwer und stieß von Zeit zu Zeit ein leises Ächzen aus. Mein Kollege und ich sprangen in das seichte Wasser und wateten zu der verletzten Seekuh hinüber. Während Jesse Watte aus der Jackentasche zog und die Wunden abzutupfen begann, ging ich zum Kopf des Manati und streichelte die breite weiche Schnauze mit den empfindsamen Schnurrbartstoppeln. Doch der Bulle war für Liebkosungen nicht empfänglich, er fühlte sich kalt an und stand offensichtlich unter Schock.

„Wir werden nähen müssen", sagte Jesse. „Die Schnitte sind tief, sie gehen bis zu den Wirbelfortsätzen hinunter. Gewiß stammt die Verletzung von einer Schiffsschraube!" Er watete zu seinem Wagen zurück, um die Instrumententasche zu holen, während ich die klaffenden Wunden inspizierte.

„Was wollen Sie jetzt tun, Herr Doktor?" rief jemand aus der Zuschauermenge.

„Zunähen!" erwiderte ich kurz angebunden.

Jesse kam mit dem Chirurgenbesteck zurück, und während er an der einen Wunde arbeitete, vernähte ich die andere, nachdem ich sie ausgespült und das umgebende Gewebe örtlich betäubt hatte. Wir brauchten eine geschlagene Stunde, um den verstümmelten Rücken des Manati zu flicken, und als wir fertig waren, prangten dort 204 verknotete Nylonfäden in zwei langen Reihen. Wir spritzten Antibiotika und Cortison, und dann kam das anstrengendste Stück Arbeit. Mit Schieben und Heben, nur unterstützt vom Kreischen und Rufen der Zuschauer, gelang es uns nach und nach, den mächtigen Bullen ins tiefere Wasser zu befördern. Reglos trieb er eine Weile dahin; wir standen da, beobachteten ihn und fürchteten das Schlimmste. Dann aber bewegte er zu unserer Erleichterung das runde Schwanzpaddel und schwamm davon.

Aber das war noch nicht der Abschied! Gerade als wir glaubten, der Bulle werde im trüben Wasser auf Nimmerwiedersehen verschwinden, drehte er sich plötzlich um 180 Grad, schwamm zu meinem Entzücken geradewegs auf mich zu – und drückte seine Schnauze mehrere Sekunden lang an mein linkes Knie! Nein, nein – den Einwand, er habe bloß kurz die Orientierung verloren, muß ich entschieden zurückweisen, denn danach kehrte er wieder um und entfernte sich ruhig aus unserer Sicht. Die Schaulustigen am Ufer jubelten begeistert. Ich fühlte mich, als hätte ich eine Million Dollar gewonnen. Immerhin hatte ich soeben von einer echten Sirene einen Abschiedskuß bekommen!

„UND es erschien ein anderes Zeichen am Himmel, ein großer roter Drache, der hatte sieben Häupter und zehn Hörner", heißt es in der Bibel.

Vor siebzig Jahren hörte die Welt erstmals von einem echten Drachen, als auf einer indonesischen Insel eine riesige Echse entdeckt wurde. Sie werde bis zu vier Meter lang, hieß es, verspeise Schweine und Hirsche und wohne in unterirdischen Gängen – das hörte sich wirklich nach einem echten Drachen an, wenn auch nicht von flammenspeienden Nüstern die Rede war.

Dieses große Reptil, die größte der bekannten lebenden Echsen, ist der Komodowaran, volkstümlich auch Komododrache genannt. In zoologischen Gärten leben nur wenige dieser erstaunlichen Tiere, die in Indonesien vernünftigerweise streng geschützt sind. Im Lauf der Jahre habe ich sechs Komodowarane als Patienten behandelt, stets ein Erlebnis, das mich mit Ehrfurcht erfüllte.

Der imposanteste der sechs war der beinahe drei Meter lange Komodo, den der Madrider Zoo 1982 zusammen mit einem Weibchen von der indonesischen Regierung geschenkt bekam. Als die beiden eintrafen, waren sie voller Zecken. Sofort ließen meine Kollegen Liliana und Antonio-Luis, die Madrider Zootierärzte, und ich den Waranen eine Spezialkur angedeihen, die die Tiere stärken, von Schmarotzern befreien und womöglich später zur Fortpflanzung anregen sollte.

1983 jedoch begann das Männchen, ein kräftiger Bursche mit dunkelgrauer Haut und traurigen, klugen Augen, sich zu erbrechen. Es behielt keine Nahrung mehr im Magen und nahm zusehends ab. Ich war ratlos. Wo sollte ich bei der Suche nach Ursachen beginnen? Zuerst schaute ich mir die Exkremente an, viel fand ich allerdings nicht darin. Immerhin waren unter dem Mikroskop einige Hefezellen zu sehen und eine Anzahl parasitischer Protozoen, und ich fragte mich, ob diese für die Krankheit verantwortlich waren.

Was sollte ich tun? Medikamente einzugeben, die der Waran nach wenigen Minuten wieder ausgewürgt hätte, war reine Zeitverschwendung, also entschloß ich mich zu einer Spritzenkur. Aber auch das war problematisch, denn auf einen Ringkampf mit einem so großen, gefährlichen Tier wollte ich mich nur ungern einlassen. Wenn der Komodo mit seinen starken Kiefern zupackte, konnte er mir leicht die Hand abtrennen. Diese Riesenechsen werden schließlich mit ausgewachsenen Schweinen und Ziegen fertig und sollen vereinzelt auch schon Menschen getötet haben.

Zum Glück ist Antonio-Luis ein Spezialist, der sämtliche Tricks bei schwierigen Injektionen kennt. Mit Hilfe eines breiten Holzbrettes zum Schutz unserer Beine gelang es uns, den Komodo in eine Ecke seines Lagers zu drängen, so daß nur noch sein langer dorniger Schwanz herausragte. Mein Freund packte ihn und drückte die Spritze hinein, während ich mich abmühte, Kopf und Leib des Drachen von uns fernzuhalten.

In den folgenden Tagen setzte Antonio-Luis die Injektionen fort; manchmal schlich er sich sogar an den schlafenden Waran heran. Doch die Medikamente, die wir verwendeten, Präparate zur Unterdrückung des Brechreizes, Antibiotika und Parasitenkiller, zeigten wenig Wirkung, und wir mußten zu drastischeren Mitteln greifen. Vor allem interessierte mich, wie es wohl im Magen des Tieres aussah. Doch das bedeutete eine Anästhesie und die Einführung eines Magenspiegels durch den Rachen. Was für eine Narkose vertrug ein Komodowaran? Niemand wußte Bescheid. Also mußte ich mich bei der Wahl des Medikaments und der Dosis ganz auf mein Gefühl und meine Erfahrungen mit kleineren Echsen verlassen.

„Keine Bange", munterte Liliana mich auf, als ich ihr von meiner Sorge wegen der Anästhesie erzählte, „es war Sankt Georg und nicht David, der den Drachen erschlug. Die Betäubung wird dir schon gelingen!" Im Vertrauen auf den Beistand meines „Schutzheiligen" entschloß ich mich also, den unschätzbar wertvollen Drachen mit Ketamin zu betäuben.

Durch unseren Holzschild gesichert, gaben wir ihm die Spritze in den Schwanz und warteten. Nach einer halben Stunde schlief der große Kerl endlich ein. Vorsichtig kroch ich näher und stupste ihn in die Rippen. Er regte sich nicht, das Ketamin wirkte also. Wir luden den bewußtlosen Waran in eine lange Kiste und fuhren ihn in die Zooklinik. Im Operationsraum untersuchte ich ihn gründlich und stellte mit Erleichterung fest, daß sein dreikammeriges Reptilienherz die richtigen Geräusche von sich gab und seine Lungen zwar langsam, aber kräftig pumpten.

Ich steckte ihm einen Gummikeil ins Maul und erblickte die kräftigen Zähne, als ich den Schlauch des Endoskops in den Rachen schob. Durch das Okular blickte ich in eine enge, rosarote Höhle, und dann tauchte ich, oder besser gesagt die Linse als mein Stellvertreter, in den Magen ein. Ich bewegte die Hebel des Instruments, um diese mysteriöse Grotte ganz zu erkunden. Sogleich sah ich, daß die nassen Magenwände eine unnatürliche schmutzigrote Farbe und einige entzündete Flecken aufwiesen. Geschwüre waren nicht auszumachen, doch der Zustand der Magenwände beunruhigte mich. Ich nahm eine lange Kabelschere und schob sie durch einen der Seitenkanäle des Schlauchs, bis ich sie sehen konnte, wenn ich durch das Okular schaute. Dann öffnete ich ihre Minikrokodilschnauze, zwickte ein winziges Stückchen von der Magenwand ab und zog es durch den Schlauch wieder herauf. Während Liliana das Gewebe mikroskopisch untersuchte, entnahm ich dem Tier Blutproben und Halsabstriche. Schließlich spritzte ich eine Glukose-Salz-Lösung, angereichert mit Vitaminen, und fütterte den Waran über den Magenschlauch mit Fleischbrühe und rohem Ei.

Nach zwanzig Minuten brachte Liliana ihr Mikroskop in den Operationsraum. „Sieh dir die kleinen Kerlchen an, David!"

Ich spähte durchs Mikroskop. Da waren die typischen Schleim-
hautzellen einer Echsenmagenwand, aber dazwischen auch die einfachen, jedem Schulkind vertrauten Umrisse von Amöben. Hunderte!
„Der Waran hat eine Amöbeninfektion", erklärte ich. „Darum geht
es ihm so schlecht! Wir bringen ihn erst in sein Gehege, nachdem wir
es mit Permanganat desinfiziert haben!"

Das Tier hatte die Parasiten sicher schon aus Indonesien mitgebracht, aber erst jetzt tobten sie sich in der Magenwand richtig aus. Ich
beschloß, Emetin anzuwenden, ein altbewährtes Mittel, das gewöhnlich gegen Amöben recht gut hilft, wenn es täglich injiziert wird.

Wieder hatte ich Glück. Das Emetin, nicht eben ein mildes Medikament, erzeugte bei dem Komodo keine Nebenwirkungen; nach
meiner Heimreise verabreichte Antonio-Luis dem Waran jeden Tag
eine Spritze, wobei er allerdings des öfteren beinahe gebissen wurde.
Langsam erholte sich das Tier und hörte auf sich zu erbrechen. Es war
uns rechtzeitig gelungen, den Amöben den Garaus zu machen. Damit
hatten wir zwar die Überlieferung auf den Kopf gestellt, das Ungeheuer gerettet statt erschlagen, doch gleichzeitig auch etwas zur Erhal-
tung einer bedrohten, phantastischen Tierart beigetragen.

Eines sollte ich vielleicht noch anmerken: Obwohl ich bei der
Untersuchung im Innern des Drachen weder Rauch noch Flammen
gesehen hatte, muß doch etwas „Feuriges" in seinem Magen gewesen
sein. Denn mein Endoskop gab nach diesem Einsatz in Madrid nur
noch trübe Bilder her. Die Oberfläche der Glaslinse am Ende der
Sonde war stark angegriffen, und ich mußte das Instrument reparieren
lassen. Der Atem des Drachen, sein Speichel oder wenigstens sein
Magensaft „brennt" also in gewissem Sinne doch!

Epilog

MIR scheint, als könne ich ewig weiterschreiben, denn jeder Tag
bringt etwas Neues, etwas Unerwartetes in der Welt der Tiere und
ihrer medizinischen Probleme. Soeben habe ich die wunderbare
Nachricht bekommen, daß Jane, die Orang-Utan-Mutter, die vor
Jahren im Bellevue-Zoo nach einer Geburt an schweren Depressionen
gelitten hatte, im Zoo von San Diego, wo sie jetzt zu Hause ist, ein
gesundes Baby zur Welt brachte. Auf meinem Schreibtisch liegt ein
Bericht über den Ausbruch einer Tierseuche bei einer Gazellenherde in
Abu Dhabi. Wir haben das sogenannte „Maltafieber" bei den Tieren
festgestellt, aber ihr Besitzer, der Scheich, glaubt uns nicht und will

einen Spezialisten der indischen Ayurweda-Pflanzenmedizin hinzu-
ziehen – ich muß hinfliegen, um meinem Assistenten Chris mora-
lischen Beistand zu leisten. Letzte Nacht rief mich eine Dame aus Wis-
consin in den USA an: Der Serval, den sie sich als Haustier hält, hat
sich ein Bein gebrochen. Heute früh pflanzte ich einer Tigerin in Chessington ein neuartiges Antibabypräparat unter die Haut ein. Morgen
fliege ich nach Italien, um eine Giraffe zu pediküren. Mit Sicherheit
warten auch in der Zukunft die exotischsten Tiere auf mich. Es wird
Überraschungen, Freudentränen, Tragödien und Enttäuschungen
geben. Ich werde vieles lernen und immer wieder Dinge sehen, die ich
nicht verstehe. Aber eines steht fest: Ich werde Ihnen alles erzählen –
sofern mich nicht ein Killerwal, ein Komodowaran oder eine Königskobra überrumpelt!

David Taylor

„Ich war erst zwei Jahre alt, als ich mich entschloß, Tierarzt zu werden", erzählt
Dr. Taylor mit typisch schelmischem Augenzwinkern. „Und da meine Begeisterung
für die animalische Welt auch während der Schulzeit anhielt, stand meiner Karriere
nichts mehr im Wege."

In Glasgow begann David Taylor, Jahrgang 1934, mit dem Studium der Veterinär-
medizin, das er 1957 mit der Promotion abschloß. Zu den ersten Patienten des
Jungtierarztes, der in seiner Heimatstadt Rochdale in eine Gemeinschaftspraxis eintrat,
gehörten zunächst vor allem die Schafe der Grafschaft Lancashire. „Für einen
Berufsanfänger wie mich eine ideale Zeit", schwärmt der Autor noch heute. „Denn
eigentlich hat die Tiermedizin, insbesondere die Veterinärchirurgie, erst in den
fünfziger Jahren mit der erfolgreichen Anwendung des Narkosegewehrs und der
Erfindung einiger wichtiger Medikamente den Sprung ins zwanzigste Jahrhundert
geschafft."

Bald wagte sich Dr. Taylor auf wissenschaftliches Neuland vor. Mit seinem Partner
Andrew Greenwood machte er sich selbständig und spezialisierte sich auf Exoten:
Meeressäuger und andere Zootiere. Sein erster „Kunde" von Bedeutung wurde der
Bellevue-Zoo in Manchester; Tier- und Safariparks rund um die Erde folgten.
Vorbilder für die Tätigkeit eines „reisenden Zootierarztes" fand Dr. Taylor in den
USA. „Dort sind ständig drei Kollegen im Einsatz, die Amerika und Japan betreuen",
erklärt der Autor. „Für den Rest der Welt sind Dr. Greenwood und ich zuständig."

Ein Wunder, daß der Tierarzt bei seinem hektischen Berufsalltag auch noch die Zeit
zum Schreiben findet. Nach seinem ersten, auch in den Auswahlbüchern erschienenen
Buch *Ein Herz für wilde Tiere* veröffentlichte er zahlreiche weitere, darunter auch
Ratgeber für die Haustierhaltung. In Rundfunk und Fernsehen ist David Taylor nicht
nur als Experte ein gerngesehener Gast, sondern auch als Moderator eigener
Tiersendungen. Hat ein Mann mit einem Vierundzwanzigstundentag auch ein
Zuhause? Aber sicher: Dr. Taylor, der mit einer Deutschen verheiratet ist und zwei
Töchter hat, lebt in der südenglischen Grafschaft Surrey.

Eine Kurzfassung des Buches von
MARK JOSEPH
Nach der Übersetzung von Dietlind Kaiser
Illustrationen von Harry Schaare

*D*ie Barracuda SSN 593, *ein Atom-Jagd-U-Boot der USA, liegt auslaufbereit im Heimathafen Norfolk, Virginia. Nur Oberbootsmann Sorensen fehlt noch an Bord. Er ist „das Ohr"* der Barracuda; *als Sonaroperator, der über modernste Horchgeräte verfügt, kennt er jedes Geräusch unter Wasser; auf ihn kommt es an, wenn es darum geht, wer zuerst den Gegner ortet — die Amerikaner oder die Sowjets.*

Und darum geht es immer, wenn Atom-U-Boote Patrouille fahren; denn dieser kleine Vorsprung entscheidet über die Kontrolle der Ozeane.

Als Sorensen endlich an Bord ist, läuft die Barracuda *aus. Aber diesmal erwartet ihn nicht die gewohnte Routine. Plötzlich taucht ein völlig unbekannter Typ eines sowjetischen U-Boots auf, der der Vormachtstellung der USA gefährlich werden kann. Vorerst kennt man nur den Namen des „Phantom"-Bootes:* Potemkin!

PROLOG

AM 27. MAI 1968 um 13 Uhr sollte die *USS Scorpion*, ein Atom-U-Boot mit neunundneunzig Mann an Bord, nach einer dreimonatigen Patrouillenfahrt wieder ihren Heimathafen Norfolk im US-Bundesstaat Virginia anlaufen. Die Familien der Mannschaft warteten am Dock.

Gegen 15 Uhr gab ein Pressesprecher der US-Marine bekannt, die *Scorpion* sei überfällig. Den letzten Funkkontakt mit der *Scorpion* hatte es am 25. Mai gegeben, als sie sich fünfzig Meilen südlich der Azoren zu einem routinemäßigen Standortbericht meldete.

Nach weiteren Tagen der Funkstille unternahm die Marine eine gründliche Suchaktion vor der Küste von Norfolk. Dann wurde die Suche auf den gesamten Atlantik ausgedehnt. Am 5. Juni erklärte das Marineoberkommando die *Scorpion* mitsamt ihrer Besatzung für vermißt, und am 30. Juni wurde das U-Boot aus den Listen gestrichen.

Der Verlust der *Scorpion*, eines vollbewaffneten Atom-U-Boots, war das schlimmste Unglück, das der Marine der Vereinigten Staaten seit dem Ende des Zweiten Weltkriegs zugestoßen war. Die *USS Scorpion, SSN 589,* eins von sechs U-Booten vom Typ Skipjack, war sechsundsiebzig Meter lang und zehn Meter breit. Als Jagd-U-Boot war die *Scorpion* nicht mit Raketen ausgerüstet. Sie war mit verschiedenen Torpedotypen bewaffnet, darunter auch Torpedos mit Atomsprengköpfen, die feindliche U-Boote und Kriegsschiffe zerstören konnten. Ihre neunundneunzig Mann gehörten nach Ausbildung und Leistung zu den Eliteeinheiten der US-Marine. Im Gegensatz zur Katastrophe des im April 1963 im Nordatlantik gesunkenen Atom-U-Boots *Thresher* erregte ihr Untergang nicht viel Aufsehen. Im Mai 1968 starben Tag für Tag amerikanische Soldaten und Matrosen in Vietnam; in Frankreich kam es zum Generalstreik; viele Universitäten wurden von Studenten besetzt. Die Kulturrevolution in China, der Bürgerkrieg in Nigeria und der Mord an Martin Luther King im Monat davor füllten die Titelseiten der amerikanischen Zeitungen.

Am 5. Juni 1968 trat ein Untersuchungsausschuß der Marine in Norfolk zusammen und verhörte unter Ausschluß der Öffentlichkeit über neunzig Zeugen. Am 5. August wurde berichtet, Techniker einer

Horchstation der US-Marine hätten am 27. Mai eine Implosion mitten im Atlantik geortet und auf Band aufgenommen.

Die Suche im Atlantik wurde inzwischen systematisch betrieben mit Hilfe von Sonargeräten, Magnetometern, Scheinwerfern und Kameras. Im Oktober fand man das Wrack der *Scorpion* endlich: vierhundert Meilen vom letzten durchgegebenen Standort entfernt in 3370 Meter Tiefe.

Der Ausschuß untersuchte das gesammelte Beweismaterial einschließlich der Unterwasseraufnahmen des U-Boot-Wracks und erklärte: „Die Ursache für den Untergang der *Scorpion* läßt sich nach dem vorliegenden Material nicht mit Sicherheit klären." Der Verlust von *SSN 589* blieb ein Rätsel.

Im ersten Halbjahr 1968 hatte die Presse über mehrere verlorengegangene U-Boote berichtet. Am 26. Januar verschwand das israelische U-Boot *Dakar* im Mittelmeer, am 11. April ein russisches U-Boot vom Typ Golf II im Pazifik. Mehrere Monate später hob die *Glomar Explorer* Teile dieses Wracks. Die *Scorpion* implodierte am 27. Mai. War die zeitliche Nähe dieser drei Ereignisse Zufall? Möglicherweise liegt die Antwort darauf gut versteckt in den Marinearchiven der betroffenen Staaten. Die Strategie des U-Boot-Kriegs beruht auf Geheimhaltung und List; U-Boot-Operationen werden besonders streng geheimgehalten.

Trotzdem sickert bei jeder Marine immer etwas durch, und Gerüchte halten sich jahrelang. Kam es Ende der sechziger Jahre, als die Sowjetunion heftige Anstrengungen unternahm, die amerikanische Marine technologisch einzuholen und zu übertreffen, zu einem U-Boot-Krieg?

Die folgende Geschichte ist fiktiv. Die Boote und die Männer, die auf ihnen fahren, sind erfunden; aber die Zeit, in der sie lebten, und der Kampf, den sie führten, sind wahr. Damals wie heute standen sich die U-Boot-Streitkräfte der USA und der Sowjetunion in allen Ozeanen der Welt gegenüber und spielten das tödliche Spiel des Atomkriegs. Was damals geschah, wenn es denn überhaupt geschah, könnte jederzeit wieder geschehen.

KAPITEL 1

AUF Sorensens Brust schauten sich Delphinzwillinge an. Die in Sorensens Haut eingeritzten Geschöpfe hatten allerdings nur wenig Ähnlichkeit mit den kleinen singenden Walen, die im Meer leben; die

Augen quollen ihnen aus dem Kopf, und die Mäuler standen weit offen, als ob sie das U-Boot verschlingen wollten, das zwischen ihnen durchfuhr. Das U-Boot mit messerscharfem Bug, primitiver Sonarkuppel und altertümlichem Anker schien direkt aus Sorensens Herzen herauszukommen. Im Lauf der Jahre war die Tätowierung verblaßt, aber der Schriftzug über dem U-Boot war noch leserlich: *SSN 593.*

Sorensen war groß und kräftig. Selbst in seinem jetzigen Zustand, betrunken auf dem Bett liegend, ging von ihm noch soviel Spannung aus wie von einem Schwert in der Scheide.

Die Frau neben ihm fühlte sich wohl. Normalerweise kümmerte sich Lorraine nur wenig um ihre Freier, die fast alle vom Marinestützpunkt kamen. Mit Sorensen war das anders. Er gab viel Geld aus, er wußte, was er wollte, und er behandelte sie anständig. Sie mochte sein schiefes Lächeln über das ganze Gesicht. Sein Haar war länger als vorgeschrieben und hinter die großen Ohren zurückgestrichen. Seine Haut war sonnengebräunt und gesund. Träge fuhr sie mit den Fingern über die Tätowierung. Sie war schon so lange in Norfolk, daß sie das Abzeichen der U-Boot-Fahrer kannte und wußte, welche Fragen sie besser nicht stellte. Die Antworten waren doch immer dieselben: Platzangst bekämen sie nicht; sie machten sich zwar Gedanken wegen der radioaktiven Strahlung, aber nicht allzu viele.

„Wie lange bist du schon bei der Marine, Jack?"

Ohne die Augen zu öffnen, murmelte Sorensen: „Zu lange."

„Wetten, daß du lebenslänglich hast? Sonst hättest du dir die Tätowierung nicht machen lassen."

„Das war mal nachts in Tokio, als ich zuviel getankt hatte."

Sie kicherte. „Ihr U-Boot-Fahrer spinnt alle ein bißchen, nicht wahr? Und normalerweise seid ihr alle so bläßlich. Aber du bist braun gebrannt wie ein Surfer aus Kalifornien."

„Zugegeben – ich bin aus Oakland, und das liegt in Kalifornien. Aber da gibt's keinen richtigen Strand, bloß ein Wattenmeer, wo die Leute Enten schießen."

„*SSN 593.* Dein Boot?"

„*USS Barracuda.* Die Größte." Er machte die Augen auf und sah sie an. „Wie spät ist es?"

„Drei."

„Hör mal, sei ein braves Mädchen und laß mich noch eine Stunde schlafen. Weck mich um vier."

„Alles klar, Seemann."

Sorensen hörte der Nacht zu. Er horchte angespannt, ob er die

Geräusche der Schiffe im Hafen hören könne, aber sie waren zu weit
entfernt und verloren sich im Lärm der Züge und Lastwagen am Ufer
und im nächtlichen Grollen der Stadt. Allmählich lösten die Ozean-
laute in seinem Kopf die Geräusche von Norfolk ab. Unterwasser-
töne: U-Boot-Geräusche, Wale, zuschnappende Garnelen, Sonarbaken. Er schlief ein und träumte, er sei ein stählerner Fisch mit einem
atomgetriebenen Herzen, der mühelos die grenzenlos finsteren Meere
durchschwamm.

Vor diesem Traum hatte er seit langem kapituliert. Im Schlaf wurde
er die *Barracuda*. Die Technik des Bootes erweiterte seine Sinne; die
Sonare waren wie seine Ohren, versenkten ihn in eine Welt aus reinem
Klang. Auf dem offenen Meer geht es laut zu: Wale senden über
Tausende von Meilen hinweg Signale aus; Fische schnattern und
quaken; Schiffe wühlen die Oberfläche bei ihrem Kampf gegen Wind,
Wellen und Turbulenzen auf. Als *Barracuda* war Sorensen der vollkommene, unverwundbare Herr über die Tiefe, der all diese normalen
Geräusche überhörte. Er suchte nach einem bestimmten Geräusch,
einem unvergeßlichen Geräusch. Das war ein anderes U-Boot,
manchmal weit weg, manchmal nah, aber stets in Bewegung und
schwer zu fassen. Das Geräusch drängte sich auf und verschwand
wieder, war im einen Augenblick kaum hörbar und dröhnte ihm im
nächsten in den Ohren. Die Tonlage war tiefer als bei jedem U-Boot,
das Sorensen je gehört hatte, und vermittelte ihm das Gefühl direkter
und schrecklicher Bedrohung.

Dieses Mal war das U-Boot näher als je zuvor, so nahe, daß er die
Männer darin atmen hören konnte. Sie trugen schwarze Uniformen.
Einer von ihnen war der Sonaroperator, der vor einer Computer-
tastatur saß. Sorensen hörte das Herz des Mannes schlagen, und als
dieser sich umdrehte, erblickte Sorensen sein eigenes Gesicht.

NACH einer Stunde rüttelte ihn Lorraine sanft an der Schulter. „Jack,
wach auf."

„Laß mich."

„Hör mal, du hast mir gesagt, ich soll dich um vier wecken." Sie
hörte ihn seufzen.

„Okay. Nur noch einen Augenblick." Beim Aufwachen wurde ihm
klar, daß der Traum nie enden würde. Vielleicht hatte er zu lange unter
Wasser gelebt. Bei jeder Patrouille schien die *Barracuda* näher an die
Russen heranzukommen. Vielleicht kamen aber auch die Russen
näher an ihn heran.

„Hast du schlecht geträumt?" fragte Lorraine.

„Wieso? Hab ich was gesagt?"

„Du hast gesagt: ‚Es ist ein Russe', aber der Rest war Kauderwelsch."

Er schlug sich auf die Wange. „Klappe, Sorensen! Du redest zuviel." Er stand auf und lächelte. „Ich werd wohl alt." Dann schaute er Lorraine an. Sie war hübsch. Suzys Mädchen waren alle hübsch.

Durch ein offenes Fenster hörte er Lastwagen auf einer Schnellstraße vorbeirollen. Norfolk summte leise – eine schlafende Stadt. Der Ozean schlief nie. Unter Wasser gab es weder Nacht noch Tag, nur die Wachen, die vorübergingen, und die blinkenden Zahlen auf der Digitaluhr. Es war Zeit zum Gehen. Die *Barracuda* lief im Morgengrauen aus. Während er seine Uniform anzog, klopfte es an die Tür.

„Sorensen, bist du drin?" Er erkannte die Stimme sofort.

„Wer ist da?" fragte Lorraine.

„Mach auf", sagte Sorensen.

Jesus Manuel Lopez y Corona stand im Flur, ein Zweieinhalbzentnermann mexikanischer Abstammung, Torpedoschütze in der vollen Montur eines Stabsbootsmannes.

„Los, komm!" rief Lopez. „Du bist spät dran. Die Uferstreife hat mir freundlicherweise einen Wagen und einen Fahrer geliehen. Er wartet unten."

„Woher hast du gewußt, daß ich hier stecke? Ich war offiziell zwei Tage in Japan."

„Ich bin der Stabsbootsmann, Sorensen, und als euer Chief muß ich immer wissen, wo ihr Kerle steckt. Außerdem sind Suzy und ich alte Kumpels. Sie hat auf dem Boot angerufen und mir Bescheid gesagt. Gehen wir."

Sorensen schaute sich im Spiegel an. Er hatte eine Rasur dringend nötig, und seine Uniform war zerknittert. Er nahm Haltung an, rückte die Mütze zwei Finger breit über die Augenbrauen und salutierte. Dann wandte er sich zu Lorraine um. „Auf bald, mein Schatz."

SORENSEN saß auf dem Rücksitz des Jeeps und starrte mit seinem U-Boot-Fahrerblick auf die schäbigen Straßen. Für ihn war Norfolk ein Angriffsziel, ein Leuchtpunkt auf einem sowjetischen Angriffsmonitor; hier kam er sich nackt und ungeschützt vor wie ein U-Boot an der Meeresoberfläche.

Der Jeep bog um eine Kurve, und Sorensen erhaschte einen Blick auf die Lichter am Fluß und die Dunkelheit des Atlantiks dahinter.

„Was ist denn angesagt, Chief? Haben wir einen Rußki da draußen?"

Stabsbootsmann „Chief" Lopez schüttelte den Kopf. „Nein. Gestern wollte ein U-Boot rein, aber der Iwan hat immer noch nicht kapiert, daß wir ihn im Atlantik überall aufspüren können. Es war eins vom Typ November, und wir haben es bis auf fünfzig Meilen rankommen lassen, aber die *Mako* hat es gestern nacht weggescheucht. Das kommt nicht wieder."

„Warum haben die das nicht uns überlassen?"

„Bist du total ausgerastet, Sorensen, oder was? Wenn's nach dir ginge, würden wir dauernd bloß die Russen im Ozean herumjagen. Mir ist eine nette, friedliche Patrouille ohne Aufregung lieber."

„Du bist eben Torpedoschütze, Lopez. Es macht dich nervös, wenn du nur dran denkst, daß du eines Tages vielleicht mal einen deiner Aale rauspusten mußt."

„Das ist meine letzte Patrouille, Sorensen. Jetzt bin ich seit 1948 – zwanzig Jahre – da unten und hab noch nie in einem Ernstfall schießen müssen. Dabei soll es auch bleiben."

„Du wirst mir fehlen, Chief."

„Ich werd dir nicht fehlen, As. Du wirst vor lauter Cowboy-und-Kosak-Spielerei gar keine Zeit haben, an mich zu denken, wie ich zu Hause am Pool herumliege und ein kaltes Bierchen trinke." Lopez lachte; der schwere Unterkiefer klappte nach unten, und die Goldzähne glitzerten im Licht der Straßenlampen.

Der Verkehr nahm zu, als sie sich dem Marinestützpunkt näherten. Die Frühschicht der Dockarbeiter ging im Dunkeln zur Arbeit. Der Fahrer hielt am Tor, und der Wachposten winkte sie durch.

„Gestern hab ich ein häßliches Gerücht gehört, Chief", sagte Sorensen, „nämlich daß dreizehn Gefreite zu uns versetzt wurden."

Lopez drehte sich zum Rücksitz um. „Da hast du was Falsches gehört. Es sind nicht lauter Gefreite. Deiner ist Obermaat."

„Meiner? Was soll das heißen, meiner?" ächzte Sorensen.

„Beschlossene Sache. Du kriegst den Sonaroperator Obermaat Michael Fogarty."

„Ich nehme an, daß der für U-Boote nicht qualifiziert ist."

„Da liegst du richtig. Aber er soll auch so eine Kanone sein wie du, As. Er ist dein Baby, bring ihn auf Trab."

Die ersten rosa Streifen der Dämmerung tauchten am Himmel auf. Der Jeep kurvte durch den Stützpunkt, der der Sechsten U-Boot-Flottille als Hauptquartier diente. Gut zweihundert Menschen säumten den U-Boot-Pier. Familien scharten sich um Matrosen, berührten sie mit kleinen Gesten. Mütter strichen ihren Söhnen die Kragen glatt. Kleine Jungen salutierten vor ihren Vätern. Der Reihe nach küßten die Matrosen ihre Frauen und Kinder und verschwanden im Luk.

Es gab Aufsehen, als sich die Menge vor dem Jeep teilte. Lopez und der Fahrer saßen mit teilnahmslosen Gesichtern vorn, die Blicke geradeaus gerichtet. Vom Rücksitz winkte Sorensen der Menge mit der Mütze zu wie ein Astronaut bei einer Parade. „Hallo, ihr Schätzchen!" rief er den Kindern zu.

Aus dem Mundwinkel knurrte Lopez: „Halt's Maul, Sorensen. Du bist kein Filmstar."

Sorensen lächelte in die Menge und winkte weiter. Die Kinder winkten zurück.

Der Jeep hielt an der Gangway. Die *Barracuda* zerrte ein wenig an den Leinen und lag tief im Wasser, so daß nicht viel mehr als der Kommandoturm über der Oberfläche war. Sie sah aus wie ein großer schwarzer Hai, ein Raubtier der Tiefe, das für einen Augenblick ans Licht gekommen war. Die Gangway war beflaggt, und einen Moment lang schimmerten die weißen Sterne auf dem Fahnentuch rot.

Sorensen rückte sich die Mütze adrett zurecht und stieg aus dem Jeep. Er griff in die Jackentasche, zog einen Fünfdollarschein heraus und warf ihn dem Streifenfahrer in den Schoß.

„Danke fürs Mitnehmen, Kumpel. Hier ist Endstation für mich."

KAPITÄN ZUR SEE JOHN SPRINGFIELD schaute sich die Auslaufzeremonie von der Brücke aus an. Der „große Bahnhof" machte ihm Spaß, weil das Spektakel nach der Anstrengung, das Boot für die Patrouille klarzumachen, eine kurze Erholungspause bedeutete.

Der große, schlanke Texaner hatte das Kommando über die *Barracuda* seit achtzehn Monaten. Zeit genug, dachte er, das Boot und die Besatzung gründlich kennenzulernen. Er musterte seine Leute, während sie an Bord gingen. Torpedoschützen, Marineschreiber, Reaktortechniker, der Steuermannsmaat. Der Älteste war der Backschafter, der dreiundvierzigjährige Jimmy Colby. Der Jüngste war ein achtzehnjähriger Gefreiter, Duane Hicks. Kapitän Springfield war fünfunddreißig.

Er sah Sorensen an Bord kommen. Auf See war Sorensen vollkommen diszipliniert. An Land dagegen – na, wenigstens hatten sie ihn diesmal nicht aus einer Ausnüchterungszelle holen müssen.

Das Meer hatte seinen Höchststand erreicht und ebbte nun ab. In Springfields Magen breitete sich ein flaues Gefühl aus.

IN DER Operationszentrale ging der Erste Offizier, Korvettenkapitän Leo Pisaro, die Checkliste für das Auslaufen durch, als Sorensen durch das Luk hereinstieg.

„Guten Tag, Sorensen. Wie nett, daß Sie uns Gesellschaft leisten wollen."

Sorensen nahm Haltung an. „Oberbootsmann Sorensen meldet sich zum Dienst, Sir."

Pisaro, ein fast kahler, dunkelhäutiger und zäher Mann, war der einzige Offizier an Bord, der die Marineakademie von Annapolis in Maryland nicht besucht hatte. Sein Overall war übersät mit Abzeichen, ein knallbunter, blitzender Flickenteppich aus Geschützen, Gewehren, Schwertern und historischen Kriegsgeräten. Der neueste und auffälligste Flicken zeigte ein U-Boot, dessen Bug im Maul eines riesigen Barrakudas verschwand. „SSN 593 – Schiffskiller" stand darauf.

„Sie kommen zu spät, Sorensen."

„Ja, Sir."

„Gut, daß Chief Lopez wußte, wo Sie stecken."

„Ja, Sir."

Pisaro schüttelte den Kopf und mußte lächeln. Es war auf jeder Fahrt dasselbe. Die Uferstreife oder die Polizei schleppte Sorensen aufs Boot zurück, und dann stand er in der Zentrale und grinste schief. Seine Uniform sah übel aus.

„Also, ziehen Sie sich um, und gehen Sie unter die Dusche. Ich erwarte, daß Sie in einer Viertelstunde im Sonarraum sind."

„Aye, aye, Sir."

Sorensen stieg hinunter zum vorderen Mannschaftsraum, zwei Decks tiefer. Der Raum wimmelte von ausgelassenen Matrosen, die die Ausgehuniform mit der Borduniform vertauschten, dunkelblaue Nylonoveralls und Schuhe mit Gummisohlen.

„Sag mal, As, wo zum Teufel hast du denn gesteckt?"

Sorensen suchte die obere Kojenreihe ab nach dem Besitzer der Stimme mit der schleppenden Sprechweise der Südstaaten. Ein sommersprossiger Rotschopf spähte hinter einem technischen Handbuch hervor.

„Tag, Willie Joe."

„Wo hast du denn gesteckt, Mann?"

„In Tokio."

„Tokio in Japan?"

„Genau das."

Bootsmann Willie Joe Black legte das Handbuch und den gelben

Filzschreiber weg. „Eins möcht ich wissen, As. Was zum Teufel hast du denn mit den drei Tagen Urlaub in Japan gewollt?"

„Ich kenn da drüben einen alten Kumpel vom Lehrgang, so 'n Tüftler. Dem macht's Spaß, zwei Jahre früher als alle andern ein neues elektronisches Spielzeug zusammenzubasteln."

„Und was hat er für dich gebastelt?"

„Das da", antwortete Sorensen und zeigte ihm eine kleine Plastik-schachtel.

„Was ist das?"

Sorensen drückte auf einen Knopf, und die Beatles sangen „Can't Buy Me Love". Die Köpfe im Mannschaftsraum fuhren herum in Richtung Musik. Ein halbes Dutzend Matrosen versammelte sich vor Willie Joes Koje.

„Das ist ein Minikassettenrecorder, der kleinste der Welt. Aufladba-rer Akku, alle Schikanen."

Willie Joe schüttelte verblüfft den Kopf. Sorensen schaute in die Gesichter reihum. Bis auf einen Matrosen kannte er sie alle.

„Willie Joe", sagte er, „ich hab gehört, daß wir einen Grünschnabel kriegen. Hast du ihm schon auf den Zahn gefühlt?"

„Nein, er ist eben erst angekommen." Willie Joe nickte in Richtung eines jungen Matrosen, der im Durchgang stand, die Hände in den Overalltaschen, und das Netz aus Rohren und Kabeln anstarrte, das die Decke überzog. Er hatte ein hübsches Gesicht und sah eher selbstsicher als überheblich aus.

Fogarty spürte, daß Sorensen ihn von oben bis unten musterte. Er drehte sich um und stellte sich Sorensens Blick.

Sorensen ging zu ihm hinüber. „Fogarty, stimmt's?"

„Stimmt." Fogarty lächelte. „Sie müssen Sorensen sein."

„Bin ich."

„Ich hab beim Sonarlehrgang von Ihnen gehört."

Sorensen wartete ab.

„Sie haben uns Bänder von all den verschiedenen russischen U-Booten vorgespielt und uns gesagt, daß Sie's waren, der die Bänder aufgenommen hat. Sie haben gesagt, Sie hätten mehr Kennungen von russischen U-Booten gesammelt als sonstjemand."

„Das haben sie euch erzählt? Das war nicht ich, Kleiner. Das war die *Barracuda*. Alles, was wir hier machen, tun wir gemeinsam. Willie Joe da drüben hat auch sein Teil dazu beigetragen. Es ist Glückssache, auf welches Boot man kommt."

Fogarty nickte. „Ich hab ein Riesenglück gehabt. Ich hatte mich für dieses Boot beworben."

„Sie glauben wohl an Wunder. Ich will Ihnen mal was sagen, Kleiner. Die *Barracuda* kriegt in Neapel einen Sonderauftrag, und euch Anfänger haben sie auf dieses Boot geschickt, damit wir Mist bauen, weil ihr uns im Weg rumsteht."

Sorensen war gut zehn Zentimeter größer als Fogarty und schaute jetzt mit zusammengekniffenen Augen, ohne zu lächeln, auf Fogarty hinunter. Als Fogarty nicht mit der Wimper zuckte und gelassen blieb, entspannte sich Sorensen.

„Eins möcht ich wissen, Fogarty. Warum haben Sie sich für dieses Boot beworben?"

„Ihretwegen, Sorensen. Ich wollte vom Besten lernen."

„Soll das heißen, daß Sie noch nicht alles wissen?"

Fogarty wurde rot und schüttelte den Kopf. Sorensen knuffte ihn in die Schulter und stieß zu seiner Überraschung auf einen stahlharten Muskel. „Na schön, Kleiner. Willkommen an Bord." Er schaltete den Kassettenrecorder aus und packte ihn und die Kassetten in seinen Spind. „Für heute ist Programmschluß, Leute. Morgen seid ihr wieder dabei." Er zog die Uniform aus und stopfte sie ins Spind. In Boxershorts stolzierte er durch den Raum und pfiff „Yellow Submarine", während er auf die Duschen zusteuerte.

FÜR Kapitänleutnant Fred Hoek war es die zweite Patrouille ein Jahr nach dem Abschluß der Marineakademie Annapolis und unmittelbar nach einem Lehrgang über Atomkraft. Hoek – dreiundzwanzig Jahre alt, ein hundertfünfzigprozentiger Militarist, den Übergewicht und Akne plagten – war innerhalb von acht Jahren der neunte Sonaroffizier, der auf der *Barracuda* Dienst tat.

Er stand in militärischer Haltung in der winzigen Kabine des Ersten Offiziers und sah zu, wie Pisaro in Papieren wühlte. Pisaros dicke Lippen und große Zähne machten Hoek nervös.

„Stehen Sie bequem, Kapitänleutnant! Setzen Sie sich!"

„Danke, Sir." Hoek nahm auch im Sitzen Haltung an.

„Auf dieser Fahrt müssen Sie ein Auge auf Waffen und eins auf Sonar haben. Waren Sie im Torpedoraum und haben sich mit den Jungs da unten unterhalten?"

„Ja, Sir."

„Gut. Haben Sie die Berichte der Sonaroperatoren durchgesehen?"

„Ja, Sir. Davic und Black sind solide, schwer arbeitende Männer. Davic ist, äh, etwas seltsam."

„Er möchte für den CIA arbeiten, sobald seine Dienstzeit abgelaufen ist. Er weiß ziemlich viel über die Russen."

„Ja, Sir. Black will Oberbootsmann werden, deshalb wird er wohl auf dieser Fahrt die Nase tief in die Bücher stecken."

„Willie Joe Black ist ein erstklassiger Techniker. Auf jedem anderen Boot wäre er der Chef der Sonarabteilung. Ich erwarte, daß er befördert und versetzt wird." Pisaro zündete sich eine Zigarette an. „Damit sind wir bei Oberbootsmann Sorensen. Was für einen Eindruck haben Sie von ihm, Kapitänleutnant Hoek?"

„Was das Sonar anlangt, ist er eindeutig ein Genie, Korvettenkapitän, aber sonst ist er ein wenig, äh, ungewöhnlich."

„Ein wenig?" Pisaro prustete los vor Lachen. „Okay, Kapitänleutnant. Sie sind noch sehr jung, deshalb eine kurze Lektion: Die Stärke der Marine machen unsere erfahrenen Unteroffiziere aus. Von denen kriegen Sie auf der Marineakademie nicht viele zu sehen. Man nennt sie *die Männer*."

„Ja, Sir."

„Oberbootsmann Sorensen weiß mehr über Sonar, als Sie oder ich je wissen werden. Sonar ist eine Kunst. Jedes Geräusch ist eine Frage der Interpretation, und Sorensen hat ein geradezu unheimliches Gespür dafür. Falls er ungewöhnlich ist, wie Sie sagen, dann tolerieren wir das hier unten. Solange ein Mann seine Arbeit macht, lassen wir ihn in Frieden."

„Ja, Sir."

„Haben Sie auch den Neuen kennengelernt, Fogarty? Sorensen wird sich um ihn kümmern. Noch etwas: Das hier ist eine erfahrene Mannschaft. Sie hat schon eine Menge gemeinsam durchgemacht. Wenn wir das Luk zumachen und tauchen, sind wir ganz allein. Mit der See haben wir in jeder Sekunde Krieg, und zum Krieg mit den Russen fehlt nicht viel. Unter solchen Bedingungen ist eine Patrouille nie eine Routineangelegenheit. Das ist alles. Weggetreten!"

DIE Sonaroperatoren warteten in der Zentrale auf Kapitänleutnant Hoek.

„Guten Morgen, Sir", grüßte Sorensen.

„Guten Morgen." Hoek räusperte sich, und ihm wurde bewußt, daß nichts, was er auf der Akademie gelernt hatte, eine angemessene Vorbereitung auf diesen Augenblick gewesen war. Er spürte, wie Sorensens Blick ihn abschätzte. Neben Sorensen wirkte Willie Joe wie ein Hündchen, das unbedingt einen guten Eindruck machen will. Dann kam Davic, die düstere Miene wie eingestanzt auf seinem fleischigen Gesicht. Am Ende der Reihe stand Fogarty, den Blick geradeaus gerichtet.

Hoek räusperte sich wieder. „Unsere Fahrtzeit nach Neapel wird zehn Tage betragen. Wir erwarten nicht, daß wir mit Problemen konfrontiert werden, aber wir sollten wachsame Ohren haben und auch den Bildschirm nicht aus den Augen lassen."

Sorensen verdrehte die Augen. Es war eine Tradition bei der U-Boot-Flotte, daß der rangniederste Offizier als Sonaroffizier Dienst tat. Im Lauf der Jahre hatte Sorensen gelernt, daß diese jungen Leutnants zwei Dinge gemeinsam hatten: einen schlechten Teint und den Ehrgeiz, Admiral zu werden.

„Eine Besonderheit ist noch zu erwähnen", fuhr Hoek fort. „Beim Überqueren des Atlantiks beteiligen wir uns am Test eines neuen SOSUS-Tiefseeortungssystems für U-Boote. Wie Sie wissen, ist der Grund unserer Küstengewässer seit zehn Jahren mit passiven Sonaren bestückt worden. Das neue System wird es uns ermöglichen, jedes U-Boot im Nordatlantik zu orten. Das Netz der Hydrophone ist gitterförmig angelegt, von den Azoren ausgehend. Soweit uns bekannt ist, wissen die Russen nichts darüber. Noch irgendwelche Fragen?"

Sorensen schüttelte den Kopf.

„Gut. Chief Lopez hat die Wachen eingeteilt. Sorensen, Sie übernehmen die erste Wache, Willie Joe die zweite und Davic die dritte. Die Wachen dauern vier Stunden, so daß jeder von Ihnen danach acht Stunden frei hat. Sorensen, Sie sind dafür verantwortlich, Fogarty einzuarbeiten."

„Ja, Sir."

Nebenan hielt Pisaro, der auch für die Navigation zuständig war, vor den versammelten Steuerleuten eine ähnliche Ansprache und gab dann ein Kommando, das auch alle in der Zentrale hören konnten: „Stellt die Manövrierwachen zusammen, und ab geht's!"

„Sie haben es gehört", sagte Hoek. „Sorensen, Sie und Fogarty übernehmen das Auslaufen. Weggetreten."

DER Sonarraum war mittschiffs neben der Zentrale. Die winzige Kammer enthielt einen Schrank für Werkzeug und Zubehör und drei Terminals, Bildschirmgeräte mit Tastatur.

Fogarty folgte Sorensen in den kleinen Raum und schaute sich die an den Wänden aufgereihten Lautsprecher und Tonbandgeräte an. Isolierplatten und eine Korkschicht schirmten den Raum gegen den Lärm von draußen ab.

Die Farben waren militärisch trist. Die überstrapazierte Klima-anlage wurde nie ganz mit dem Geruch nach Zigarettenrauch und Schweiß fertig.

Vor sechs Jahren, während der Kubakrise 1962, hatte Sorensen ein Zeitungsfoto seines Helden John F. Kennedy an die Wand geklebt. Es hing immer noch da, vergilbt und ausgefranst, zum Teil verdeckt von einem üppigen Pin-up-Girl und einem Foto von Admiral Sergei Gorschkow, dem Oberbefehlshaber der sowjetischen Marine. Ein großes Schaubild zeigte Strichzeichnungen der verschiedenen sowjetischen U-Boot-Typen: Whiskey, Hotel, Echo, Golf, November und den neuen Viktor.

Sorensen setzte die Kopfhörer auf. Seine Finger tanzten über die Tastatur und aktivierten die sechzehn Hydrophone, von denen jedes dreißig Zentimeter im Durchmesser maß und die um den Bug herum und seitlich unten auf die Bootshülle montiert waren. Die Hydrophone – die passiven, „lauschenden" Sonare – sind empfindliche Mikrofone, die Geräusche im Wasser oft über weite Entfernungen hinweg auffangen.

Er hörte den vertrauten Geräuschen der Maschinen zu, dem Pulsieren der Pumpen und dem strömenden Dampf. Er hörte die Unterwasserbaken auf dem Grund der Chesapeake Bay, die das Boot durch die Fahrrinne und auf den Ozean hinaus leiten würden. Zufrieden darüber, daß alles in Ordnung war, nahm er die Kopfhörer ab und schaute Fogarty an.

Zu seiner Überraschung hatte Fogarty die Augen geschlossen und war buchstäblich ganz Ohr.

„Was hören Sie?" fragte Sorensen.

„Die *Barracuda*."

„Und wie klingt sie?"

Fogarty machte die Augen auf und lächelte. Seine Augen waren dunkelbraun, fast schwarz. Beim näheren Hinschauen verrieten sie eine innere Spannung.

„Sie klingt wie der Dritte Weltkrieg."

Sorensen blinzelte, dann lachte er. „Okay, Klugscheißer, testen Sie B-Q-R-zwei, passive Einstellung."

„B-Q-R-zwei testen, passive Einstellung." Fogarty überprüfte die Schaltkreise, die sein Bildschirmgerät mit den Hydrophonen verbanden. „Test positiv. Alle Schaltkreise arbeiten."

„Aktive Einstellung testen."

Fogarty drückte wieder auf eine Reihe von Knöpfen und aktivierte damit die Transduktoren, magnetische Verstärker, die in der Mitte jedes Hydrophons angebracht waren. Die Transduktoren gaben den vertrauten Pfeifton von sich, der durch das Wasser ausstrahlte und, wenn etwas geortet wurde, als Echo zurückkam, das die Hydrophone auffingen. Das Echolot wurde nur in Ausnahmefällen benutzt, weil es jedesmal, wenn es aktiviert wurde, die Position des U-Boots verriet.

„Test positiv."

„Zielsuchfrequenz testen." Im Gefecht wurde die Zielsuchfrequenz von einem Spezialtransduktor hergestellt, der das Ziel ausmachte und „festhielt". Sein Geräusch bedeutete Tod und Verderben für das Ziel, denn gleich danach kam ein Torpedo.

„Zielsuchfrequenz, Test positiv."

Sorensen zündete sich eine Zigarette an. „Wie haben Sie sich denn beim Sonarlehrgang geschlagen, Kleiner?"

Fogarty wurde rot – was anscheinend öfter bei ihm vorkam. „Ich war der Beste."

„Im Ernst? Prima. Woher kommen Sie?"

„Aus Minnesota."

„Ah ja? Ein Kind des eisigen Nordens. Okay, lesen Sie, was an der Tür steht. Lesen Sie es laut."

Fogarty drehte sich im Stuhl um und las: „Achtung! Sie befinden sich innerhalb eines Sperrgebiets. Unerlaubte Verwendung von Geheimmaterial hat sofortigen Arrest und Streichung des Solds zur Folge. Die Entnahme von Geheimmaterial verstößt gegen das Staatssicherheitsgesetz."

„Das ist noch nicht alles", meinte Sorensen.

Fogarty las vor, was in großen Blockbuchstaben darunter gekritzelt war. „Laß deinen Verstand draußen!"

„Genau das müssen Sie tun, wenn Sie hier hereinkommen", sagte Sorensen.

AUF der Brücke befahl der Kommandant scharfen Ausguck. Zwei Schlepper hielten sich am Bug bereit, aber Springfield wollte sein Boot ohne Schlepperdienste in die Fahrrinne hinausbringen.

„An Deck klarmachen zum Leinenloswerfen!" rief er den Männern vorn und achtern zu. Er schaute zum Ufer, während das Boot mit dem Wind und der Strömung trieb. Die Leute auf dem Pier jubelten und winkten. Eine Kapelle spielte die amerikanische Nationalhymne.

„Achterleine loswerfen."

„Achterleine los."

„Bugleine loswerfen."

„Bugleine los."

„Zehn Grad steuerbord."

„Zehn Grad steuerbord."

Als die *Barracuda* so weit vom Dock entfernt war, daß ihre riesige Schraube keinen Schaden mehr nehmen konnte, kommandierte er: „Langsame Fahrt voraus."

SORENSEN und Fogarty horchten angespannt auf die Geräusche in ihren Kopfhörern. Sie hörten das Rauschen des Wassers, als es den Rumpf überspülte, und die Hohlraumbildung durch die Schraube, das Tschank-tschank-tschank bei jeder Drehung, das hörbar bleiben würde, bis sie auf hundertzwanzig Meter Tiefe waren. Das Boot, das über Wasser unbeholfen wirkte, rollte und stampfte leicht, während sie auf die Fahrrinne zufuhren.

„Sonar an Zentrale. Habt ihr die Bake auf eurem Schirm?"

Der Sonarmonitor in der Zentrale gab wieder, was die Männer im Sonarraum sahen und hörten. Die Antwort kam vom Ersten Offizier Leo Pisaro. „Zentrale an Sonar, wir haben sie."

Zwanzig Minuten nach dem Ablegen stiegen der Kommandant und die Ausgucke in die Zentrale hinunter. Springfield machte das Luk zu.

„Klarmachen zum Tauchen", befahl Kapitän Springfield. „Bringen Sie sie runter, Leo."

Pisaro gab die Kommandos, und bald kippte die *Barracuda* nach vorne weg und tauchte lautlos unter die See.

KAPITEL 2

ZWEI Tage später glitt die *Barracuda* mit vierundzwanzig Knoten Fahrt durch den Atlantik, hundertzwanzig Meter unter der Oberfläche. Hier gab es weder Wind noch Wellen, noch Turbulenzen. Die Schraube drehte sich glatt, und das Boot kam mit maximaler Leistung voran. Drei genaue Trägheitsnavigationsgyroskope registrierten jede Bewegung des U-Bootes in drei Dimensionen. Der Navigationscomputer berechnete ohne Kontakt zur Oberfläche die exakte Position der *Barracuda*.

Musik vom Endlosband erklang im Boot. Die Klimaanlagen sorgten für eine angenehme Temperatur von zweiundzwanzig Grad.

Die Mannschaft gewöhnte sich wieder an die routinemäßigen Übungen auf einer Patrouille – Lecksicherungsübung, Kollisionsübung, Luftsystemdefektübung, Gefechtsübung. Wenn sie nicht den Notfall oder das Gefecht probten, waren sie damit beschäftigt, die Maschinen zu warten und sich, wie Willie Joe, mit der Lektüre von Fachliteratur auf Prüfungen vorzubereiten.

Vom Kommandostand aus sah sich Springfield in der hell erleuchteten Zentrale um. Durch den grünen Schimmer des fluoreszierenden Lichts, den die Bildschirme noch verstärkten, wirkte der Raum fast überirdisch. Der Kommandant war nicht religiös, aber er dachte oft, die Zentrale habe die feierliche Atmosphäre einer Kirche – ein Allerheiligstes kompliziertester Technik. Jeder Handgriff ein Ritual, festgelegt durch Vorschriften und vollkommen gemacht durch ständige Wiederholung.

„Kapitänleutnant Hoek, übernehmen Sie das Kommando", befahl Kapitän zur See Springfield.

Fred Hoek bewegte seine schwere Gestalt zum Kommandostand hinauf. Springfield schlenderte hinüber zu den Reaktormonitoren, auf denen die Kettenreaktion im Schaubild gezeigt wurde, die viereinhalb Meter entfernt bei sechshundert Grad Celsius stattfand. Instinktiv befingerte er seinen Dosimeter mit dem hochempfindlichen Filmstreifen zum Messen der radioaktiven Strahlung, der er ausgesetzt war. Wie alle anderen auch gab der Kommandant den Filmstreifen einmal im Monat an den Lazarettlaboranten, der ihn in der Dunkelkammer entwickelte und feststellte, welcher Strahlung jedes Mannschaftsmitglied ausgesetzt gewesen war.

IM BOOTSHECK stand Maschinist Barnes Wache im Rudermaschinenraum, mitten in einem Dschungel aus Rohren und Kompressoren, die die Ruder steuerten. Barnes arbeitete an einer äußerst kompakten Drehbank, wo er Ersatzteile für die komplizierte Maschinerie des Bootes herstellte, die von ihm ständig gewartet und repariert wurde. Aus dem Maschinenraum kamen das hohe Heulen der Turbinen und das zischende Geräusch von Dampf unter Hochdruck.

„He, Barnes." Sorensen stand im Luk und trug rote Bermudashorts, Sandalen und eine Sportsonnenbrille. Er hielt Barnes mehrere schematische Schaubilder hin. „Das brauche ich, wenn wir in Neapel sind."

Barnes schob sich die Schutzbrille auf die Stirn und schaute sich die Diagramme an. „Keine Panik, As. Leg sie auf die Bank." Er wandte sich wieder der Drehbank zu.

Auf der Backbordseite war eine kleine Tür mit einem Messingschildchen, das sich glänzend vom stumpfen Marinegrau des Raumes abhob. WILLKOMMEN IN SORENSENS STRANDKABINE. VOLLEYBALLSPIELEN NICHT GESTATTET. BITTE KLOPFEN. Sorensen ging hinein, ohne anzuklopfen.

Der Raum, im Bauplan des Bootes zum Lagern von Elektronikteilen bestimmt, war knapp zwei Meter lang und einen Meter zwanzig breit. Sorensen bückte sich unter der niedrigen, schrägen Decke, schaltete zwei Höhensonnen ein und zog eine Plastikmatte und einen Holzliegestuhl aus dem Schrank. An der Tür klebte ein Werbeplakat von Santa Cruz in Kalifornien. Sonne, Surfer, Sand.

„Es kann gesurft werden." Er schaltete den Kassettenrecorder ein, dem die weichen Klänge von Dave Brubecks Lied „Home at Last" (Endlich zu Hause) entströmten. Von einem Zeitschriftenstapel griff er sich ein Nachrichtenmagazin. Aber die Nachrichten waren schlecht. Aufstand, Revolution, Krieg.

Das Leben an Land konnte ihn verrückt machen. Millionen von Schwachköpfen rannten völlig wirr durcheinander wie Ameisen, in deren Bau man herumgestochert hat. Unter Wasser verschwand der Wahnsinn.

Im Druckkörper der *Barracuda* hatte Sorensen Sinn und Identität gefunden. An Bord war das Leben geordnet, rein und einfach. Jeder Mann hatte eine Aufgabe zu erfüllen und tat das mit ganzem Einsatz oder gar nicht.

Für Sorensen war diese Welt eine Befreiung. Er hatte sich an seinem achtzehnten Geburtstag zur Marine gemeldet und es nie bereut. Jetzt, nach zehn Jahren, wurde ihm bewußt, daß er nicht immer hier unten bleiben konnte. Das ließen schon die Vorschriften nicht zu. Er würde schließlich zum Stabsbootsmann befördert werden und Sonarlehrgänge leiten müssen, wobei er sich wahrscheinlich zu Tode trinken würde.

Im Torpedoraum fütterte Chief Lopez sein Haustier, einen braunen mexikanischen Skorpion namens Zapata, mit einer Fliege. Der Skorpion bewohnte einen Glaskasten über dem Torpedoterminal und war der Gegenstand vieler flüsternd weitererzählter Gerüchte und Legenden.

Lopez beugte das Gesicht näher an den Kasten heran. Die Fliege schwirrte herum, stieß gegen das Glas und fiel schließlich in den Sand. Der Skorpion packte zu.

Die Torpedoschützen, die mit Lopez Wache hatten, standen schweigend da, während er das Fütterungsritual absolvierte. Sie hüteten sich, vorlaute Bemerkungen über ihren Vorgesetzten und sein Ungeziefer zu machen.

In der Kombüse hatte der philippinische Koch, Stanley Real, stundenlang an einer Demiglace, einer Kraftsauce, gearbeitet. Seiner Selbsteinschätzung nach war Stanley eher ein „chef de cuisine" als ein

Schiffskoch bei der Marine. Er versuchte Colby, dem Backschafter,
zu erklären, was den Unterschied ausmache.

„Diese Sauce, sie muß kochen drei Tage."

Colby hielt Stanleys Theater mit der Sauce für lachhaft. „Sieht wie
'ne Bratensauce aus, Stanley." Colby waren in fünfundzwanzig Jahren
schon viele Schiffsköche begegnet, aber noch nie einer wie Stanley
Real.

Im vorderen Mannschaftsraum lag Fogarty schlaflos in einer Koje in
der dritten Reihe. Innerhalb von zwei Tagen hatte sich seine Welt so
vollständig verändert, daß er vergessen zu haben schien, wer er war.
Die Disziplin auf dem U-Boot verlangte oft von ihm, daß er reagierte,
ohne zu denken, als ob er ein Roboter wäre. Fogarty begriff, daß es auf
einem U-Boot keinen Spielraum für Fehler gab. Es konnte zur
Katastrophe führen, wenn man auch nur einen Augenblick lang
zögerte. Er wußte auch, daß sich die Disziplin mit der Zeit ganz
automatisch einstellen würde, aber das Lernen war schmerzhaft. Er
wurde mit Informationen bombardiert. Im Sonarraum offenbarte sich
ihm eine ganz neue Welt – das Meer mit seinen mannigfaltigen
Geräuschen –, es war fast zuviel für ihn.

Wachen mit Sorensen waren eine strapaziöse Angelegenheit. Bei all
seiner lässigen Art war Sorensen ein Perfektionist, der keinen Fehler
durchgehen ließ. Außerhalb der Wache ertappte sich Fogarty dabei,
wie er selbst immer wieder die Geräuschmusterproben sowjetischer
U-Boote durchging.

Bis jetzt war keine Wache ohne Übung vergangen, und er hatte das
Gefühl, er leide an unheilbarem Orientierungsverlust durch Zeitver-
schiebung. Tag und Nacht waren ersetzt worden durch den Turnus
der Wachen. Er wußte, daß es fünf Uhr morgens war – hundertzwanzig Meter über ihm gab es Wetter, einen Sonnenaufgang, einen
Himmel –, aber auf der *Barracuda* gab es nur Maschinen, eine Handvoll
spaltbares Material und neunundneunzig Männer.

Im Mannschaftsraum war es dunkel. Seine Koje war ein sauberes
Nest. Zu seiner Rechten konnte er die Lärmschutzmatten aus Gummi
spüren, die sich an der Druckkörperwand entlangzogen. Zu seiner
Linken gab ihm ein dünner grauer Vorhang das Gefühl der Abge-
schlossenheit. Er hörte das Surren der Klimaanlage und die Geräusche
schlafender Männer.

Sein Leben lang hatte er darauf gewartet, an Bord eines Atom-
U-Boots zu kommen. Als er acht Jahre alt war, hatte ihn die Nachricht
elektrisiert, daß die *Nautilus*, das erste mit Atomkraft angetriebene
U-Boot der Welt, unter dem Polarpackeis durchgefahren und am

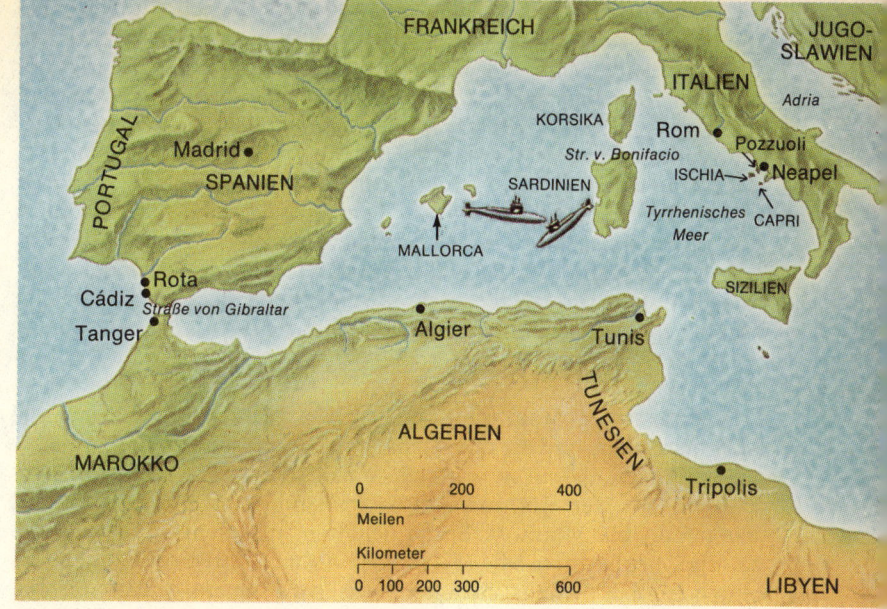

Nordpol wieder aufgetaucht war. Er bastelte ständig an Modellschiffen herum und las „Zwanzigtausend Meilen unter den Meeren" von Jules Verne und „Tödliche Tiefen" von Edward L. Beach immer wieder. Als er zur Schule ging, konnte er schon die einzelnen U-Boot-Typen voneinander unterscheiden. Zum einen gab es die SSNs, schnelle Jagd-U-Boote, die Jagd auf Angreifer machten, wie die *Nautilus* und die *Barracuda*. Dann gab es die FBMs, Raketen-U-Boote. Die hatten ihm angst gemacht. Der Gedanke, ein U-Boot könne mit seinen Atomraketen eine ganze Großstadt auslöschen, hatte einen Keil des Zweifels in seine jugendliche Gedankenwelt getrieben. Obwohl er in seinem Ehrgeiz, U-Boot-Fahrer zu werden, nie wankend wurde, suchten ihn mehr und mehr düstere Visionen von einem Atomkrieg heim.

Wenn es zum Krieg kam, bestand die wichtigste Funktion von Jagd-U-Booten wie der *Barracuda* darin, feindliche Raketen-U-Boote aufzuspüren und zu versenken. Im Endeffekt waren die SSNs Verteidigungswaffen, ein Raketenabwehrsystem. Fogarty wollte sehr gern glauben, es sei ein anständiges Unterfangen, auf einem solchen

Boot Dienst zu tun. Aber in den Jahren, in denen er sich mit U–Booten und dem Seekrieg beschäftigt hatte, war ihm bewußt geworden, daß die Amerikaner und die Russen, sobald sie sich gegenseitig mit atomaren Torpedos, Raketen, Wasserbomben und Minen versenkten, damit alles Leben im Meer auslöschten und auch das Leben auf der Erde zum Tode verurteilten.

Rekrutenausbildung, U–Boot-Lehrgang, Sonarlehrgang, und jetzt war er hier bei den Wachen mit dem großen Sorensen persönlich zusammen. Es hieß, Sorensen sei der einzige amerikanische Unteroffizier, dessen Name den Russen bekannt sei. Fogarty bezweifelte das; auf jeden Fall hatte er es aber nicht mit einer Legende, sondern mit dem wirklichen Sorensen, einem strengen Chef, zu tun.

Laß deinen Verstand draußen.

IM REAKTORRAUM unterhielten sich Alexander Wong, der leitende Atomtechniker, und die drei Männer auf Wache über die hochbezahlten Stellungen, die auf sie warteten, sobald sie aus der Marine entlassen würden. Als der Kommandant hereinkam, verstummten sie und starrten auf ihre Monitore. Springfield stand minutenlang schweigend da und beobachtete die Techniker. Ohne Vorwarnung griff er plötzlich über Wongs Schulter weg nach einem leuchtendroten Schalter an der Kontrolltafel und drehte daran. Die Kettenreaktion im Kernreaktor kam völlig zum Erliegen. Das U-Boot würde bald ohne Antriebskraft sein und sinken.

Die Reaktormannschaft reagierte sofort. Wong griff nach dem Mikrofon der Gegensprechanlage. „Das ist eine Übung, das ist eine Übung! Reaktorstillstand, Reaktorstillstand! Alle Mann auf Lecksicherungsposten!"

Ein Schauer durchlief das Boot. Alarm hallte durch jeden Raum.

Im vorderen Mannschaftsraum stand Korvettenkapitän Pisaro im Luk. „Das ist eine Übung! Tempo, Leute!"

Verschlafen stolperten die Männer aus den Kojen und in die Schuhe. Wie die Feuerwehrmänner schliefen viele in den Kleidern, um für einen solchen Augenblick vorbereitet zu sein. Fogarty nahm sich die Zeit, den Overallreißverschluß zuzuziehen.

Der Durchgang war überfüllt. Die neuen Matrosen stießen in den Luks miteinander zusammen und prallten in den Kurven gegen harten Stahl. Grunzlaute und Schmerzgeheul machten im trüben Licht die Runde. Überall auf dem Boot zogen Sicherungstrupps Asbestanzüge über und prüften die Feuerlöscher. Alles Lose wurde festgemacht. Alles, was fest war, wurde noch einmal überprüft.

In der Kombüse wurde Stanley wütend. Ohne Strom war seine Sauce ruiniert. Fluchend goß er die braune Flüssigkeit in eine Plastiktüte.

In der Zentrale hatte Kapitänleutnant Hoek noch das Kommando und gab Befehle, die die gefährliche Situation beheben sollten.

„Maschinenraum, klarmachen zum Batteriebetrieb."

„Batterien eingeschaltet."

„Sehr gut. Vordere Trimmzellen anblasen."

Ein Matrose drehte ein Ventil auf, Druckluft wurde in die Zellen gepreßt und das Wasser ins Meer hinausgedrückt. Das Sinken verlangsamte sich.

„Hintere Trimmzellen anblasen, aber schön langsam. Wir wollen den Kaffee nicht verschütten."

Willie Joe hatte Dienst im Sonarraum, als Sorensen hereinstürmte. Da er direkt aus seiner Strandkabine kam, trug er immer noch Sonnenbrille und Shorts. Er warf einen Blick auf die Monitore, die keine Auffälligkeiten zeigten. Um die beiden Männer herum war nichts als Ozean, dreitausend Meter unter dem Kiel.

„Okay, hau ab!" sagte Sorensen. Willie Joe zog sich schnell einen weißen Asbestanzug über und rannte zu seinem Posten.

Fogarty kam herein. Sorensen runzelte die Stirn. „Das muß schneller gehen, Fogarty. Viel schneller. Wenn Ihnen andere im Weg sind, springen Sie drüber, rennen Sie sie um. Ganz gleich, wie – Sie haben sofort hier zu sein."

„Aye, aye."

Das Boot sank immer noch. Fogarty starrte auf den digitalen Tiefenmesser: 215, 230, 250 Meter. Sein Gesicht blieb ausdruckslos. Vor dem Meer hatte er keine Angst.

Sorensen war beeindruckt von seinen guten Nerven.

Bei 265 Metern legte sich das Boot waagrecht und sank nicht weiter. Das Meer war still.

„Erzählen Sie mir, was Sie hören", sagte Sorensen.

„Die Turbinenanlage", antwortete Fogarty.

Sorensen drückte auf einen Knopf, und die Raumlautsprecher schalteten sich ein. Ein periodisches Kratzgeräusch kam aus dem Meer.

„Was ist das?" fragte Sorensen.

Fogarty hörte genau hin. „Ich weiß es nicht."

„Schildkröten", sagte Sorensen fröhlich. „Die fangen in fünfzig Meter Tiefe Fische. Es klingt, als hätten sie reiche Beute erwischt."

„Alle Mann Achtung", kam Hoeks Stimme durch die Sprechanlage. „Klarmachen für langsame Fahrt."

Das Boot setzte sich in Bewegung, machte gerade so viel Fahrt, daß es manövrieren konnte. Die Schildkrötenlaute verstummten. Einen Augenblick später kamen seltsame Hup- und Pfeiftöne aus den Lautsprechern. „Wale rechts", erklärte Sorensen und fing selber an zu hupen und zu pfeifen. Alle paar Sekunden griff er in die Tastatur und veränderte die Anordnung der Filter und Verstärker. Er spielte auf dem Meer wie auf einer riesigen Wasserorgel.

„Sie haben die Wale lauter gestellt, Sorensen", bemerkte Fogarty. „Auf dem Sonarlehrgang haben sie uns gesagt, die Wale müssen weggefiltert werden. Alle Meeresgeräusche seien Signalstörungen und müßten weggefiltert werden."

„Vergessen Sie den Lehrgang, Fogarty. Hier ist der wahre Ozean. Wenn Sie ein guter Sonaroperator werden wollen, müssen Sie auf alles hören und über alles, was Sie hören, nachdenken. Verstehen Sie?"

„Ja."

„Sagen Sie mal, Fogarty, wie kommt es, daß Sie sich freiwillig zum U-Boot-Dienst gemeldet haben?"

Fogarty zuckte die Achseln. „Ich wollte schon als kleiner Junge auf eins von diesen Dingern. Ich hab als Kind mindestens fünfzig Modelle von der *Nautilus* gebaut."

„Na und? Jeder Junge in Amerika baut Modelle."

„Schon", Fogarty grinste, „aber meine sind auch gefahren. Fernsteuerung, Rudermaschine, wasserdicht versiegelt, mit allem Drum und Dran."

„Sie sind also ein echter U-Boot-Freak."

Fogarty lachte. „Und Sie, Sorensen? Warum sind Sie hier?"

„Ich hatte nichts im Kopf, nicht mal eine richtige Schulbildung, obwohl ich viel gelesen habe. Mit siebzehn habe ich geheiratet. Da brauchte ich einen Job, also bin ich an meinem achtzehnten Geburtstag in ein Büro der Marine marschiert und habe gesagt: ‚Hören Sie mal, ich hab mit zwölf aus einem Mikrofon, einer Plastiktüte und mit einer Tube Modellbaukleber mein erstes Sonargerät gebaut.' Der Mann sagte: ‚Na gut, Junge, unterschreib auf der gestrichelten Linie.' Ich hab unterschrieben."

„Wo ist Ihre Frau?" fragte Fogarty.

„Sie hat sich scheiden lassen. Sie haßte die Marine. Vor ein paar Jahren hat sie mir vor einer Sechzigtagefahrt erklärt, daß sie nicht mehr da sei, wenn ich wiederkomme. Ich habe es ihr nicht übelgenommen. Sie hätte wieder zwei Monate voller einsamer Abende in einer miesen Hafenstadt vor sich gehabt. Ich glaube, sie ist zurück nach Kalifornien gegangen."

Sɪᴇ machten noch zwei Stunden langsame Fahrt. Sorensen übertrug Fogarty die umständliche, zeitaufwendige Aufgabe, alle Schaltkreise in den Leitungen zwischen dem Sonarraum und dem Torpedoraum im Bug zu überprüfen.

Als Sorensen allein im Sonarraum war, klappte er die Tastaturabdeckung seines Terminals hoch und schaute auf das Leitungslabyrinth. Im Lauf der Jahre hatte er daran vieles verändert, manchmal ohne Genehmigung.

Auf der Reise nach Japan hatte er nicht nur einen, sondern zwei Minikassettenrecorder gekauft. Einen schob er jetzt in ein getarntes Schaltelement. Eine schnelle Drehung mit dem Schraubenzieher, und Sorensen wurde zum Kriminellen.

Kᴀᴘɪᴛᴇʟ 3

Dɪᴇ Straße von Gibraltar ist eine der strategisch besonders wichtigen Meerengen. Früher beherrschte das Mittelmeer, wer die Straße von Gibraltar beherrschte. Seit dem Ende des Zweiten Weltkriegs betrachtet die US-Marine „das Meer in der Mitte der Erde" als einen amerikanischen See.

Sieben Tage nachdem die *Barracuda* aus Norfolk ausgelaufen war, näherte sie sich mit langsamer Fahrt der Straße von Gibraltar. Im Sonarraum hörte Sorensen die Geräuschbake auf dem Grund der Meerenge ab, die U-Boote sicher hindurchlotste. Das Boot fuhr langsam ins Mittelmeer hinein.

Plötzlich hörten sie Maschinengeräusche von einem anderen U-Boot ganz in der Nähe. Noch ehe Sorensen fragen konnte, sagte Fogarty: „Britisch. *HMS Valiant.*"

„Bestens, allerbestens."

Zᴡᴇɪ Tage später war die *Barracuda* 250 Meilen vor Neapel. Springfield und Pisaro studierten den Bildschirm des Navigationsterminals, der eine elektronische Karte des Tyrrhenischen Meeres zwischen Sardinien und dem Golf von Neapel zeigte. Ein Lichtpunkt in der Mitte des Schirms stellte das Boot dar. Eine Digitalanzeige meldete die wechselnden Längen- und Breitengrade.

Kapitän Springfield hatte Höchstgeschwindigkeit befohlen. Wenn die *Barracuda* mit siebenundvierzig Knoten fuhr, war das wie ein Blindflug unter Wasser. Der Lärm machte die Horchsonare nutzlos, und es bestand Gefahr, mit einem anderen Boot auf Tauchfahrt zusammenzustoßen. Alle fünfzig Meilen ließ Springfield die Fahrt stark verlangsamen und alle Maschinen drosseln, damit die Sonaroperatoren „Rätsel lösen" konnten: Während sich das Boot langsam um 360 Grad drehte, horchten die Operatoren durch die Hydrophone, die passiven Sonare, das Meer nach Schiffsbewegungen ab.

Pisaro blies Zigarettenrauch vor dem Monitor weg. „Oben soll es Sturm geben", sagte er.

Springfield nickte. „Falls wir was hören, sollten wir Sorensen raufholen."

„Aye, aye, Käpt'n." Pisaro sprach in die Gegensprechanlage. „Zentrale an Maschinenraum. Hören Sie, Chief. Schicken Sie irgendwen nach achtern, der Sorensen in die Wirklichkeit zurückholt. Ich will ihn in fünf Minuten im Sonarraum haben."

„Maschinenraum an Zentrale. Aye, aye. Das As auf seinen Platz bringen."

IM SONARRAUM saß Bootsmann Emile Davic allein vor seinem Terminal und trank die sechste Tasse Kaffee. Nach drei Stunden Wache hatte er Tagträume vom Essen in Neapel. Davic haßte Neapel. Es war schmutzig und erinnerte ihn an die schlimmsten Gegenden von New York, aber er genoß das Essen.

Als zwölfjähriger Junge war Davic mit seiner Mutter aus Budapest nach Brooklyn emigriert. Er wurde schließlich eingebürgert, aber er wurde kein Amerikaner. Er wußte nicht, wie man sich amüsierte und entspannte, widmete sein Leben dem Studium moderner Sprachen und kultivierte seinen bitteren Haß auf die Russen. Alles andere erschien ihm unwichtig.

Davic hatte sich zum U-Boot-Dienst gemeldet, weil er so nahe wie möglich an die Sowjets herankommen wollte. Wenn der Dritte Weltkrieg ausbrach, wollte Davic ihn nicht verpassen. Für ihn war der Dienst auf dem U-Boot eine heilige Verpflichtung, die er todernst nahm. Während die meisten Matrosen auf dem Boot kaum eine Sprache richtig beherrschten, sprach Davic fünf: seine Muttersprache Ungarisch, außerdem Deutsch, Englisch, Französisch und Russisch. Er hielt sich selbst für einen kalten Krieger aus Überzeugung und sah in jedem, der weniger fanatisch war, einen Schwachkopf. Natürlich verachtete er Sorensen, der sich benahm, als ob die *Barracuda* sein Privateigentum und -vergnügen sei. Trotzdem beneidete Davic ihn um sein Talent und war eifersüchtig auf seine Privilegien.

Davic musterte jetzt das Foto von Admiral Gorschkow und

studierte das steinerne Gesicht. Er war es gewesen, der das Porträt des Russen an die Wand geklebt hatte.

Gorschkow, der „Architekt" der modernen sowjetischen Marine, hatte die russische Flotte zur zweiten Seemacht der Erde ausgebaut. Und das machte Davic angst, der als Junge sowjetische Panzer auf den Straßen von Budapest gesehen hatte. Das Foto von Sergei Gorschkow sollte eine ständige Mahnung daran sein.

MASCHINIST BARNES hämmerte an die Tür von Sorensens Strandkabine. „Sorensen!"

„Ja?" Die Tür ging auf. Sorensen streckte den schweißglänzenden Kopf heraus. „Was ist denn los?"

„Sie wollen dich im Sonarraum."

„Wo sind wir denn?"

„Ich weiß es wirklich nicht. In der Schweiz?"

„Hör mal, Barnes, hast du meinen Kasten schon gemacht?"

„Deinen wasserdichten Kasten? Kommt als nächstes dran."

„Morgen in Neapel brauche ich ihn. Befehl vom Käpt'n."

„Ich sag dir doch, ist schon eingeplant. Wozu brauchst du den denn überhaupt?"

„Geheime Kommandosache, Sportsfreund." Sorensen nahm die Brille ab und zwinkerte.

„Jaja", brummte Barnes, wedelte mit den Armen und machte sich auf den Weg zur Drehbank. „Dauernd diese Heimlichtuerei. Was gibt's zum Essen? Auch ein Geheimnis. Eine Sonarbake in einem wasserdichten Kasten aus rostfreiem Stahl. Ein tolles Geheimnis. Ha!"

Sorensen machte die Tür zu. Es stimmte schon, nichts blieb lange geheim.

DIE Tür zum Sonarraum sprang auf, und Sorensen füllte plötzlich den winzigen Raum aus. Er setzte sich an das Aufsichtsterminal, schaltete ein und zog sich Kopfhörer über die Ohren.

„Machen Sie einfach weiter", sagte er zu Davic. Sorensen schaute nicht auf den Bildschirm. Er schloß die Augen und lauschte.

Tiefe Wasser im Mittelmeer sorgen für ein launisches Sonarumfeld, das berüchtigt ist. Die Schallwellen werden von Thermalschichten auf und ab geworfen und von unterseeischen Bergen und dem unebenen Meeresboden verzerrt. Es ist unmöglich, die Entfernung eines georteten Gegenstands zu bestimmen, solange er sich nicht bewegt.

„Zentrale an Sonar, klarmachen für Drehung um dreihundertsechzig Grad."

„Sonar an Zentrale. Drehung um dreihundertsechzig Grad. Aye, aye", antwortete Davic.

Als das Boot langsamer wurde und die Maschinen leiser, wurden die Bildschirme allmählich klarer. Das U-Boot legte sich beim Drehen leicht schräg. Nach einem Drittel der Drehung hörten sie deutlich eine Schraube an der Meeresoberfläche. Sorensen schätzte die Entfernung auf sechs Meilen.

„Sonar an Zentrale. Kontakt an der Oberfläche, hält Kurs eins-eins-sieben. Fahrt zwei Knoten."

„Zentrale an Ruder. Auf Kurs eins-eins-sieben gehen."

„Kurs eins-eins-sieben, aye."

Das Boot drehte nach links zurück, und die Sonaroperatoren hörten die Schraube wieder.

„Maschinen stopp!" befahl der Kapitän.

Das U-Boot trieb im Wasser und horchte. Sorensen hörte eine zweite Schraube. Ein Doppelschraubenschiff. Ein kleines Schiff an der Oberfläche, das nur langsam vorankam.

„Sie haben Wache, Davic", sagte Sorensen. „Was für ein Schiff ist das Ihrer Meinung nach?"

Während Davic die Daten in den Computer eingab, murmelte er: „Das kann alles mögliche sein, ein Frachter, ein Fischerboot."

Sorensen machte die Augen wieder auf, beobachtete den Bildschirm und horchte angespannt. Nato-Routen, wie die der *Barracuda*, wichen den Handelsschiffahrtswegen und den Fischgründen aus. Er hatte einen Verdacht.

„Fimmelti, fammelti, fum, der Rußki, der geht um." Er zwinkerte Davic zu. „Das da oben ist ein sowjetisches Überwachungsschiff, ein Trawler, und er hat uns todsicher ausgemacht."

„Wie kommen Sie darauf?"

„Morgen läuft die Sechste Flotte aus Neapel aus, auf dieser Route. Wenn ich Ihr Freund Admiral Gorschkow wäre, würde ich genau hier auf sie warten." In diesem Augenblick flackerte ein Streifen über den äußersten Bildschirmrand. Sorensen beugte sich gespannt vor und tippte Daten in seinen Terminal. Der Trawler war nicht allein.

In aller Eile stellte Sorensen seine Sonare auf Kurs eins-eins-sieben ein und hörte sofort das Stampfen einer Salzwasserpumpe, einer Pumpe, die Meerwasser um einen Dampfkondensator herumleitete, das untrügliche Kennzeichen eines Atomreaktors. Unter dem Trawler lauerte ein Atom-U-Boot und hörte der *Barracuda* zu.

„Treffer", sagte er. „Sonar an Zentrale. Wir haben noch einen Kontakt, Kurs eins-eins-sieben, Entfernung schätzungsweise neuntausend Meter, Fahrt null-null. Kontakt ist unter Wasser. Ich wiederhole, Kontakt ist unter Wasser."

„Zentrale an Sonar", sagte Pisaro, „unser Monitor zeigt nichts." Der Erste machte eine kurze Pause. „Augenblick. Das ist unmöglich. In diesem Teil des Mittelmeers ist uns kein gottverfluchter Rußki gemeldet worden. Wie zum Teufel ist der hierhergekommen?"

Der schwache Streifen zeigte sich wieder auf demselben Kurs. Der Kontakt war direkt unter dem Trawler. Pisaro fluchte. „Der Scheißkerl muß uns schon seit einer halben Stunde belauschen. Steuermannsmaat, Mannschaft alarmieren."

Überall auf dem Boot trieben die Lautsprecher neunundneunzig Männer zu hektischer, aber disziplinierter Aktivität.

„Klarschiff zum Gefecht! Alle Mann auf Gefechtsstation! Das ist keine Übung, das ist keine Übung! Alle Mann auf Gefechtsstation!"

Davic stand auf und nahm die Kopfhörer ab. Seine Gefechtsstation war im Bug, wo er zu einer Lecksicherungsmannschaft gehörte. Er machte einen Schrank auf, holte einen weißen Asbestanzug heraus und zog ihn über. Hinter dem Gesichtsschutz aus Plexiglas sah er wie ein pummeliger Astronaut aus. „Ich würde lieber im Sonarraum bleiben", sagte er durch das Mikrofon im Helm.

„Ich teile die Posten nicht ein, Davic. Das macht Lopez", erwiderte Sorensen.

„Das ist mein Russe!" schrie Davic ins Mikrofon.

„Klar, er gehört Ihnen ganz allein. Sie haben ihn ja auch auf Band. Keine Bange, Sie kriegen schon noch die Chance, auf Tuchfühlung mit ihm zu kommen."

Davic murmelte einen ungarischen Fluch und lief hinaus.

Einen Augenblick später kam Fogarty hereingestürzt, setzte sich und zog die Kopfhörer über. Er hörte ein tiefes Hämmern, ein unnatürliches Raubtiergeheul, und plötzlich war er hellwach. Es war sein erster Russe.

„Was macht er denn?" fragte er Sorensen.

„Unser Freund Iwan sitzt bloß da und hat ein dickes, fettes Grinsen im Gesicht, während er uns zuhört. Der Witz geht auf unsere Kosten."

Fogarty setzte sich im Stuhl zurecht und beobachtete, wie der Streifen deutlicher wurde.

Unsichtbar für den Rest der Welt trieben die beiden U-Boote fünf Meilen voneinander entfernt im Wasser und lauschten angespannt auf das leiseste Anzeichen einer falschen Bewegung.

„So", sagte Sorensen, „das Spiel geht los."

„Welches Spiel?" fragte Fogarty.

„Das Spiel, das wir mit den Russen spielen. Cowboys und Kosaken. Übung für den Dritten Weltkrieg."

Fogarty starrte ihn an.

„Hören Sie sich nur diesen üblen Lärm an", sagte er lächelnd. „Iwans Waffensteuerungssystem zielt direkt auf unser schlagendes Herz."

„Zentrale an Sonar. Klarmachen zur Schaltung auf Waffensteuerung."

„Sonar an Zentrale. Aye, aye. – Jetzt revanchieren wir uns." Sorensens Zeigefinger hackten auf die Tastatur seines Terminals, und die Sonarsignale konnten jetzt in die Waffensteuerungssysteme eingespeist werden.

Diese Übung hatte Fogarty immer nervös gemacht. Jetzt, da er tatsächlich einen Gegner vor sich hatte, überraschte es ihn, wie ruhig er war.

„Zentrale an Gefechtsstand. Auf Sonar schalten."

Hoeks Stimme kam durch die Gegensprechanlage. „Gefechtsstand an Zentrale. Auf Sonar schalten, aye."

„Rohr eins laden, Mark-Siebenunddreißiger, konventioneller Sprengkopf, Programmsteuerung."

„Rohr eins laden, aye."

Die *Barracuda* kippte leicht nach vorn, als der schwere Torpedo ins Rohr geschoben wurde. Eine Trimmzelle glich die Gewichtsverlagerung automatisch aus, und das Boot legte sich wieder gerade.

Fogarty schüttelte den Kopf. „Das ist, als ob man mit einem geladenen Gewehr spielt."

„Genauso ist es. Das ist die Würze, die das Ganze so schmackhaft macht."

„Und was ist, wenn einer durchdreht?"

Sorensen zuckte die Achseln. „Niemand will einen Krieg anfangen. Heute jedenfalls nicht."

Fogarty fühlte sich immer noch seltsam ruhig und klar im Kopf. Ein Torpedo konnte nicht abgefeuert werden, ehe das Rohr geflutet wurde, ein provozierender Akt, den die russischen Sonaroperatoren hören würden.

„Na", meinte Sorensen, „was für ein Typ ist es denn Ihrer Meinung nach?"

„Ich weiß nicht. Die meisten ihrer Jagd-U-Boote sind vom Typ November."

„Es bewegt sich. Sonar an Zentrale. Kontakt bewegt sich. Jetzt zeigt er sich uns."

„Zentrale an Sonar." Statt Leo Pisaro sprach Kapitän Springfield. „Versuchen Sie eine Kennung zu bekommen."

„Aye, aye."

„Langsame Fahrt voraus."

Das Boot bebte, als die Schraubendrehungen einsetzten. Im selben Augenblick, in dem sich die *Barracuda* in Bewegung setzte, drehte der Russe ab und machte einen gewaltigen Lärm, als er schneller wurde. Der Streifen auf dem Schirm schmolz auf einen Punkt zusammen. Sorensen hörte die unverkennbaren Geräusche sowjetischer Maschinen, aber es war nicht die klassische Kennung eines November. Er schaltete das Kennungsprogramm ein, das die Geräusche des Kontakt-U-Bootes mit den gespeicherten Aufnahmen der ihnen bekannten sowjetischen U-Boote verglich.

„Es ist ein Viktor", sagte er, gut fünfzehn Sekunden bevor der Computer sein Urteil bestätigte.

Fogarty warf einen Blick auf die Zeichnungen. „Der neue Typ", sagte er.

„Ja. Über die Viktors wissen wir nicht viel. Sie können tief hinunter, aber sie machen eine Menge Krach."

Springfield und Pisaro waren beunruhigt über das unerwartete Auftauchen des Russen im Mittelmeer. Wie war das U-Boot durch die Straße von Gibraltar gekommen, ohne entdeckt und verfolgt zu werden? Der Russe fuhr parallel zum ursprünglichen Kurs der *Barracuda* und gab damit bekannt, daß das Mittelmeer jetzt kein amerikanischer See mehr sei.

„Leo", sagte Springfield ruhig, „fahren Sie näher ran, treiben Sie sie in die Enge. Halbe Fahrt voraus."

„Aye, aye, Käpt'n."

Als die *Barracuda* beschleunigte, ging das russische U-Boot steil auf Tauchfahrt, mit Maschinen, die aufbrüllten wie Brandung, die sich bricht. Der Russe beschleunigte, der Punkt sprang mit unglaublicher Geschwindigkeit über Sorensens Bildschirm. Die *Barracuda*, das schnellste U-Boot der US-Marine, wurde abgehängt.

Unvermittelt langte Sorensen hinüber, um Fogarty die Kopfhörer von den Ohren zu reißen. Zu spät. Der durchdringende Pfeifton eines Zielsuchsonars bohrte sich in die Ohren des jungen Sonaroperators. Er zuckte vor Schmerz zusammen und fluchte. Es war der erste Sonarangriff auf seine Ohren.

„Willkommen in der wunderbaren Welt des U-Boot-Kriegs", sagte Sorensen.

Fogarty stocherte in seinen Ohren herum, mit schmerzverzerrtem

Gesicht. „Verdammt noch mal. Warum haben die das bloß gemacht?"

„Wenn der Iwan dir derart in die Ohren sticht, dann heißt das, er hätte dir ebensogut einen Torpedo zwischen die Augen schießen können. Bum, bum, und du bist tot. Unser Freund hat uns schon viel früher gehört als wir ihn."

Der Russe ging auf siebenhundert Meter Tiefe, und schlagartig verstummten die Geräusche. Das U-Boot war verschwunden.

Sorensen starrte auf den leeren Bildschirm. „Das kann ich einfach nicht glauben. Das Boot ist unter eine Thermalschicht in siebenhundert Meter Tiefe getaucht. Sonar an Zentrale. Wir haben das Boot verloren, Käpt'n. Es ist fort."

In der Zentrale schwiegen alle schockiert. Eine Thermalschicht in siebenhundert Meter Tiefe lenkte die Tiefensuchsonare ab, aber niemand wollte wahrhaben, daß ein sowjetisches U-Boot so tief tauchen konnte.

1963 war die *Thresher* bei siebenhundert Metern implodiert. Springfield war erschüttert. Typ Viktor hatte sich als ein weit gefährlicherer Gegner erwiesen, als er hatte erwarten können.

Sorensen war fasziniert. Im großen Spiel Cowboys gegen Kosaken war Viktor eine neue Herausforderung. „Ein Punkt für Iwan", sagte er. „Diese Runde haben wir verloren."

Fogarty stocherte immer noch in den Ohren herum. „Das war wie eine Ohrfeige. Mir hat das überhaupt nicht gefallen."

„Nehmen Sie's nicht persönlich. Früher oder später machen Sie genau dasselbe mit ihm oder mit einem seiner Kumpels. Mich ärgert bloß, daß er abgehauen ist. Der Kerl ist tief runter. Und schnell dazu. Ein regelrechter Maserati."

„Ihnen macht das wirklich Spaß, nicht wahr?" fragte Fogarty.

„Klar. Es gibt auf der ganzen Welt nichts Vergleichbares. Wir jagen die Russen auf dem Ozean herum, dann jagen sie uns. Es ist doch schließlich nur ein Spiel, oder?"

„Vielleicht ist es nur ein Spiel, Sorensen, aber mir kommen die Einsätze ziemlich hoch vor. Wenn irgendwas danebengeht, könnte es zum Krieg kommen."

„Wir haben schon Krieg. Wir schießen nicht aufeinander, aber sonst ist alles wie im Krieg. Wir kämpfen um die Vormacht zur See. Wer die Ozeane beherrscht, ist Herr im Haus. Als die Russen dieses U-Boot ins Mittelmeer schmuggelten, haben sie einen großen Schritt in diese Richtung gemacht. Sie dürften eigentlich nicht unentdeckt an Gibraltar vorbeikommen, wissen Sie. Wenn sie das schaffen, können sie früher oder später unsere Raketen-U-Boote im Mittelmeer aufspüren. Das bedroht unsere Abschreckungsstrategie – und das ist nicht erlaubt."

„Aber wir spüren ihre U-Boote doch auch auf. Wir wissen doch die Position von jedem russischen U-Boot im Atlantik und in der Karibik –"

„Aber wir sind nicht sie. Unsere Streitkräfte waren ihren immer überlegen. Wir können jederzeit mit ihnen Schluß machen, bloß tun wir's nicht. Wir sind nicht so sicher, daß das auch im umgekehrten Fall so wäre."

„Und das wollen wir auch gar nicht rauskriegen ...", dachte Fogarty laut.

„Denken Sie einfach daran, daß die anderen genausoviel zu verlieren haben wie wir."

AM NÄCHSTEN Morgen traf Springfield Vorbereitungen für das Einlaufen in den Golf von Neapel. Beim Auftauchen in der Nähe eines überfüllten Hafens ging er immer besonders vorsichtig vor.

Fogarty saß am Sonarterminal, als sich das Boot langsam um 360 Grad drehte und nach Geräuschen suchte, um sicherzugehen, daß an der Oberfläche keine Schiffe waren, ehe das Sehrohr ausgefahren wurde. Er entdeckte zwei Frachter, einen kleinen Tanker und eine Autofähre, alle in sicherer Entfernung.

Als Springfield Befehl zum Auftauchen gab, stieg die *Barracuda* aus dem Meer wie ein lautloses Ungeheuer der Tiefe. Menschen auf den Jachten drängten sich an der Reling und schauten zu, als das U-Boot an ihnen vorbeiglitt. Seine Oberfläche war schwarz gesprenkelt wie die Haut eines Wals. Das einzige Geräusch war das Zischen, mit dem sich das Wasser am Bug brach.

Die *Barracuda* lief in den Golf von Neapel ein und machte außerhalb des Wellenbrechers neben dem U-Boot-Tender *Tallahatchie County* fest. Ganz in der Nähe bereitete sich der Flugzeugträger *Kitty Hawk*, das Flaggschiff der Sechsten Flotte, auf das Auslaufen am Nachmittag vor.

Von den obersten Aufbauten des riesigen Flugzeugträgers schaute ein Matrose auf das U-Boot hinunter: Verglichen mit der gewaltigen *Kitty Hawk* wirkte das U-Boot unbedeutend; als seine Rückenflosse und der Schwanz aus dem Wasser ragten, sah das U-Boot in seinen Augen wie ein Fisch aus, schlimmstenfalls wie ein harmloser kleiner Hai.

DAS vergammelte, verschmutzte Neapel zog sich von den Bergen zum Golf herab, der Basis der Sechsten US-Flotte. Die *Barracuda* ankerte auf der dem Meer zugewandten Seite der *Tallahatchie County*. Ein Verdeck erstreckte sich vom Tender zum Turm der *Barracuda* und verbarg das Profil des U-Boots vor den „Himmelsaugen", den sowjetischen Satelliten, die häufig über Neapel ihre Bahn zogen.

Im Sonarraum packte Sorensen eine Geräuschbake in den wasserdichten, druckfesten Kasten aus rostfreiem Stahl, den Barnes gebaut hatte. Die anderen Sonaroperatoren drängten sich um ihn, während Sorensen mit einem Lötkolben, einem winzigen Schraubenschlüssel und Miniaturbauteilchen herumbastelte. Er schraubte die Drucksiegel sorgfältig zu und drehte am Schalter. Der Kasten begann zu tuten, und die Sonaroperatoren klatschten Beifall.

Lopez schaute aus der Zentrale herein. „Sorensen, der Erste will Sie und Ihr Dingsda sehen."

Sorensen griff nach dem Kasten und suchte die Kabine des Ersten Offiziers auf.

„Rein mit Ihnen, As!" rief Pisaro, als Sorensen anklopfte. Auf dem Tisch lag eine Seekarte mit der Bucht von Pozzuoli am Nordwestrand des Golfs von Neapel.

„Stehen Sie bequem, Sorensen. Schon an Deck gewesen?"

„Nein, Sir. Zuviel zu tun."

„Neapel kann wunderschön sein. Mein Großvater kam aus Neapel."

„Gibt es hier Landgang?" erkundigte sich Sorensen.

Pisaro fuhr sich mit den Händen über den kahlen Schädel. „Nein. Kein Landgang. Wir bleiben weniger als vierundzwanzig Stunden hier. Nun, zeigen Sie mir Ihre Bastelarbeit." Er griff nach der Bake und schaltete sie ein, hörte einen Augenblick lang zu und schaltete ab. „Wird sie auch im Wasser funktionieren?"

„Das kann ich nicht sagen, Sir. Hab ich noch nicht ausprobiert."

„Na dann." Pisaro schaute auf die Karte und stach mit dem Finger auf einen Punkt mitten in der Bucht von Pozzuoli. „Die Stelle ist vierzig Meter tief. Schaffen Sie das?"

Sorensen warf einen Blick auf die Karte und nickte. „Kein Problem."

„Okay. Sie müssen jemand mitnehmen. Wen wollen Sie?"

„Fogarty."

„Den Kleinen? Versteht der überhaupt was vom Tauchen?" Pisaro schlug die Personalakte auf und zog Fogartys Akte heraus. „Ja, tut er. Taugt er was beim Sonar?"

„Er ist ein helles Köpfchen, Sir. Hat gute Ohren."

Pisaro studierte die Akte. „Er hat was, worauf ich nicht den Finger legen kann. So was Miesepetriges. Ich glaube, daß er im Grunde das Militär nicht mag –"

„Das soll wohl ein schlechter Witz sein, Sir. Ich mag das Militär auch nicht. Und ich glaube nicht, daß Sie es heiß und innig lieben. Wenn Sie mir diese Bemerkung erlauben."

Pisaro tat, als hätte er nichts gehört. Er blätterte weiter in Fogartys Akte. „Warum kann ich nicht mehr Jungs wie Willie Joe kriegen? Schlicht und einfach nette Jungs, die ihr U-Boot lieben. Statt dessen krieg ich Typen wie Sie und diesen Fogarty. Raus mit Ihnen. Gehen Sie schwimmen."

IN TAUCHERANZÜGEN kamen Sorensen und Fogarty aus dem Achterluk heraus und gingen vorsichtig über das Deck. Vom vorderen Tiefenruder backbords aus überwachte Hoek das Verladen der Übungstorpedos. Jeder Torpedo war mit einer kilometerlangen Spule dünnen Drahts ausgerüstet, der mit dem U-Boot verbunden blieb, wenn das Geschoß abgefeuert wurde. Durch elektronische Impulse, die der Draht übermittelte, konnte der Gefechtsstandoffizier den Torpedo ins Ziel steuern. Zum Zeichen, daß sie keinen Sprengkopf hatten, waren die glänzenden Waffen leuchtend orange gestrichen.

Die beiden Operatoren sprangen in ein bereitliegendes Schlauchboot. Sorensen warf den Außenbordmotor an, und einen Augenblick später jagten sie auf die Bucht von Pozzuoli zu. Das Meer war ruhig, die Luft schwer von Dieselölgestank.

Fogarty war hingerissen von Neapels Panorama. Nach zehn Tagen unter Wasser schien er ins Paradies aufgetaucht zu sein. Mit weiten Armbewegungen rief er in den Wind: „Es ist wie ein Traum, es ist wunderschön."

Als sie die Landspitze umfuhren und in die Bucht von Pozzuoli einbogen, schwatzte Fogarty aufgeregt über die Villen am Strand, die cremefarbene Stadt Pozzuoli, die in sechs Kilometer Entfernung zu sehen war, und über die Berggipfel, die über dem Golf aufragten.

„Sagen Sie schon, Sorensen, welcher ist der Vesuv?"

„Woher soll ich das wissen? Der mit den Rauchringen."

„Wo ist Pompeji? Das soll doch irgendwo hier sein."

Sorensen wurde ärgerlich. „Hören Sie, Fogarty, ich weiß ja, daß das alles neu für Sie ist, aber versuchen Sie trotzdem, sich zusammenzureißen. Ich bin kein Fremdenführer, und wir haben eine Kleinigkeit zu erledigen." Er legte die Taucherausrüstung an. „Los, Seemann, Anker werfen! Wir sind da." Mit einer schwungvollen Bewegung zog er den Reißverschluß seines Anzugs zu.

Sorensen und Fogarty ließen sich ins Wasser gleiten und folgten der Ankerleine zum Grund. Sorensen trug die Bake und Fogarty den Magneten. Das Licht sickerte gelbgrün von oben durchs Wasser herab. Der Schutt von Jahrhunderten übersäte den Grund. Mit dem Schlick vermischten sich Schichten aus Vulkanasche, Bruchstücken von antiken Statuen und Abfall.

Sie brauchten nicht lange, um ihr Ziel zu finden – einen dunklen Umriß, der aus der Tiefe aufragte: das übel zugerichtete Wrack eines deutschen U-Boots aus dem Zweiten Weltkrieg. Das Heck steckte zur Hälfte im Schlamm, und den Rest des Wracks überzogen Algen und Rost. Auf dem Turm lasen sie: *U 62*.

Sorensen nahm Fogarty den Magneten ab, schwamm zu dem U-Boot und machte die Bake mit dem Magneten am Rumpf fest. Er schaltete sie ein, und sie hörten das Tuten.

Sie schwammen langsam um das Wrack herum. Der halbe Bug war weggerissen, und an den Rändern des klaffenden Lochs war das Metall nach außen gebogen. In einem grauenhaften Augenblick war ein Torpedo im Boot explodiert und hatte es sofort versenkt. Weil das Turmluk geschlossen und die Sehrohre eingefahren waren, lag es auf der Hand, daß es zu dem Unglück gekommen war, während das Boot unter Wasser fuhr.

Sorensen zeigte mit den Daumen in Richtung Oberfläche, und gemeinsam machten sie sich an den langsamen Aufstieg.

Im Mannschaftsraum pfiff Sorensen fröhlich, während er in seinem winzigen Spind nach einer Zigarette stöberte. Fogarty lag in seiner Koje und starrte düster auf das Schott. Sie waren allein.

„Was ist denn los mit Ihnen, Fogarty? Manche Leute würden ein Vermögen dafür zahlen, im Mittelmeer tauchen zu können."

„Mein Gott, Sorensen. In dem Boot liegen tote Männer ..."

„Vielleicht, vielleicht auch nicht. Der Ozean ist voll von toten Männern und gesunkenen Schiffen. Ihre Kriege sind aus."

„Das waren Seeleute, genau wie Sie und ich ..."

„Die da waren nicht wie Sie und ich. Das waren Feinde."

„Mitten in ihrem Boot ist ein Aal geplatzt. Die hatten überhaupt keine Chance."

Sorensen nickte. „Das war eine Anschauungslektion dafür, was passieren kann, wenn jemand unter Wasser einen Fehler macht."

„*U 62* hatte keine Atomsprengköpfe. Wenn wir im Golf von Neapel hochgehen, gibt's Plutoniumpizza."

„Schluß jetzt, Fogarty, malen Sie nicht alles so schwarz. Sie denken zuviel. Das macht Ihnen das Leben nicht leichter, das kann ich Ihnen garantieren." Sorensen grinste. „Auf dem Boot hier haben wir vielleicht wenigstens die Chance, ein russisches Raketen-U-Boot abzuschießen, ehe es New York in die Luft jagt."

„Und bis dahin?"

„He, Mann, ‚we all live in a Yellow submarine'. Kennen Sie diesen Song der Beatles? Nehmen Sie's locker, versuchen Sie sich vorzustellen, daß Sie ein Pionier sind, der das Leben unter Wasser erforscht. Sie haben ein nettes, sauberes, gemütliches U-Boot, das Sie herumfährt, mit Vollpension und Klimaanlage. Sie haben das beste Spielzeug und die Begabung, damit umzugehen. Und für Spannung ist auch gesorgt, wenn Sie mit den Russen Cowboys und Kosaken spielen. Das lohnt sich doch, oder?"

„Abgesehen davon, daß ein U-Boot für vierzig Millionen Dollar, das zum Töten von Menschen gebaut wurde, kein Spielzeug ist."

„Was sind Sie eigentlich, Fogarty? Vielleicht ein Pazifist? Hören Sie mal", Sorensen senkte die Stimme, „solange Sie auf diesem Boot sind, bin ich Ihr Vorgesetzter. Aus irgendeinem blöden Grund mag ich Sie. Ich glaube, daß Sie ein hervorragender Sonaroperator werden können, und deshalb gebe ich Ihnen einen Rat. Halten Sie die Klappe und tun Sie Ihre Arbeit, dann ist alles in Ordnung. Sie haben anscheinend ein Gewissen. Das ist gut so. Aber unter Wasser zählt nicht, woran Sie glauben, sondern wie schnell Sie reagieren. Hier gibt es nur den Iwan und Sie. Sonst gar nichts."

„‚Laß deinen Verstand draußen.'"

„Genau. Und jetzt ziehen Sie sich um. Wir müssen Pisaro Bericht erstatten."

IM BOOT summte es vor Aufregung. Es war durchgegeben worden, daß ein Admiral an Bord kommen werde, um der *Barracuda* einen Sonderauftrag zu erteilen.

Sorensen und Fogarty gingen gerade durch die Zentrale, als Pisaro rief: „Achtung!"

Sofort verwandelte sich die Zentrale in einen Paradeplatz. Der

Steuermannsmaat gab das Pfeifensignal, als zwei Männer durch das Luk herunterstiegen. „Stehen Sie bequem", sagte Pisaro.

Fogarty sah einen pummeligen kleinen Mann um die Sechzig in geblümtem Hawaiihemd, mit Sonnenbrille und einem graumelierten Backenbart. „Wer ist denn das?" flüsterte er Sorensen zu.

„Netts", antwortete Sorensen. „Vizeadmiral Edward P. Netts."

Der zweite Mann trug eine makellose, maßgeschneiderte Uniform.

„Der andere ist sein Adjutant, Fregattenkapitän Billings. Der wird wohl ein paar Tage bei uns bleiben."

Netts sah sich in der Zentrale um und bemerkte Sorensen. Leise, damit die anderen nicht mithören konnten, fragte Netts nach dem Viktor, dem sie begegnet waren. „Das Boot soll tiefer als siebenhundert Meter getaucht sein. Ist das wahr?"

„Ja, Sir. Und ob das wahr ist."

Netts ließ sich die unerfreulichen Schlußfolgerungen durch den Kopf gehen. „Haben Sie die Bake an *U 62* angebracht?" fragte er.

„Ja, Sir."

„Und haben Sie den Plan mit Ihrem Kommandanten durchgesprochen?"

„Ja, Sir. Es wird wie geschmiert laufen."

„In Ordnung." Netts wandte sich Pisaro zu: „Gehen wir an die Arbeit."

Der Vizeadmiral beabsichtigte, das Boot zu inspizieren. Er wollte keinesfalls seinen Sonderauftrag dadurch in Gefahr bringen, daß ein Tiefenruder nicht funktionierte, ein Rohr leckte oder ein Computer verrückt spielte.

Am Navigationsterminal ließ sich der Steuermannsmaat via Satellit die neuesten Informationen über Gezeiten, Strömung, Wind- und Seebedingungen geben. Am Gefechtsstand rief Hoek eine weitere Satelliteneingabe ab, die auf einem Radarschirm die *Kitty Hawk* und ihre Begleitschiffe zeigte. Die Flotte war fast fünfhundert Kilometer von Neapel entfernt und nahe der Südspitze Sardiniens. Netts starrte auf den Bildschirm. „Haben die da draußen Gesellschaft?"

„Ja, Sir, und ob", erwiderte Hoek und drückte Knöpfe. Noch zwei Leuchtpunkte tauchten auf, die dem letzten Zerstörer im Abstand von zwei Meilen folgten.

„Was ist mit U-Booten? Irgendwelche Anzeichen von dem Viktor, dem Sie begegnet sind?"

„Bis jetzt nicht."

„Wir können nur hoffen, daß es auch so bleibt, aber ich würde nicht darauf wetten. Können Sie mir Neapel zeigen?" fragte Netts.

„Selbstverständlich, Admiral." Hoek tippte wieder ein paar Daten ein, und der Schirm zeigte die Navigationskarte. Netts schaute sie sich an. Zwischen den Frachtern und Fähren, die als Leuchtpunkte auf dem Schirm auftauchten, waren die Bojen zu sehen, die die Fahrrinne markierten.

„Kapitänleutnant Hoek, da vorn wartet ein U-Boot auf Sie, vermutlich zehn oder zwölf Meilen weit draußen. Es könnten sogar zwei sein. Mich würde es nicht überraschen, wenn eins davon unter einer dieser Bojen wäre. Ich schlage vor, daß Sie einen Angriffskurs auf jede Boje programmieren, die weiter als zehn Meilen entfernt ist, für den Fall, daß sich eine davon bewegt."

„Aye, aye", antwortete Hoek und bearbeitete energisch die Tastatur seines Terminals. Hoek war bereit für einen Kampf. Er war kurzatmig und hatte ein beengendes Gefühl in der Brust. Wenn die *Barracuda* nach Norfolk zurückkam, mußte er zur ärztlichen Untersuchung, und er wußte, daß er ausgemustert werden würde. Das hier war seine letzte Patrouille, und er wollte ein paar Erinnerungen mit an Land nehmen.

Netts führte sein Grüppchen nach vorn in den Torpedoraum. Mit finsterer Miene strich er durch den Raum und musterte die vierzehn Übungstorpedos, die säuberlich in ihren Halterungen gestapelt waren. Die acht Mitglieder der Torpedomannschaft standen stocksteif in Habachtstellung.

„Chief, haben Sie diese Aale persönlich überprüft?" erkundigte sich Netts bei Lopez.

„Ja, Sir!"

„Zufrieden?"

Lopez zögerte. „Ich geh gar nicht gern ohne richtige Torpedos auf Patrouille, Sir!"

Netts' Stimmung besserte sich. „Stehen Sie bequem", sagte er. „Ich verstehe, worauf Sie hinauswollen, Chief, aber das ist keine Patrouille, sondern eine Übung, und sie dauert nur ein paar Tage."

„Sir, was ist, wenn während der Übung ein Krieg ausbricht?"

Netts ging rasch zum Torpedoterminal und klopfte gegen Zapatas Glaskasten. „In dem Fall tauchen Sie auf, Chief, und lassen diesen bösen kleinen Teufel hier auf die Russen los."

Dann drehte sich der Admiral unvermittelt um und kletterte die Leiter hinauf. Der Chief hatte nicht unrecht, aber er konnte unmöglich im Torpedoraum mit ihm darüber diskutieren. Netts ging zur Zentrale, um Springfield Anweisungen zu geben.

SORENSEN und Fogarty saßen mit vierzig anderen Männern in der Messe, als es im Lautsprecher krächzte. „Alle Mann Achtung, alle Mann Achtung!" rief eine Stimme. „Der Kommandant wird zur Mannschaft sprechen."

Springfields Stimme hallte nun durch das Boot. „Wie Ihnen allen sicher bekannt ist, haben wir einen hohen Gast an Bord. Vizeadmiral Netts ist vom Marineoberkommando beauftragt, der *Barracuda* einen Sondereinsatz zuzuweisen. Er wird Sie jetzt darüber informieren."

„Meine Herren", sagte Netts, „heute sind wir auf allen Weltmeeren mit einem Gegner konfrontiert, der viel mächtiger und gefährlicher ist als der, den wir im Zweiten Weltkrieg besiegt haben. Im letzten Jahrzehnt ist die sowjetische Marine unter der Führung von Admiral Gorschkow zur zweitstärksten Kriegsflotte der Welt ausgebaut worden. Falls uns die Russen heute angreifen würden, wäre es verteufelt schwer für uns, sie aufzuhalten, das können Sie mir glauben." Er räusperte sich. „Wenn ich Admiral Gorschkow wäre und einen Angriff auf die US-Marine plante, dann würde ich zuallererst so viele amerikanische Raketen-U-Boote versenken wie möglich. Aller Wahrscheinlichkeit nach würde ich davon nicht viele aufspüren. Deshalb würde ich das angreifen, was ich aufspüren kann. Und das, meine Herren, sind Flugzeugträger. Diese verfluchten Dinger kann man einfach nicht verstecken. Unsere Navy hat jede Menge Geld ausgegeben, um Flugzeugträger zu bauen, und sie will noch mehr Geld dafür ausgeben. Meiner Meinung nach ist das ein Fehler. Ein gefährlicher Fehler. Wenn wir Krieg mit den Russen bekommen, sind die Flugzeugträger eine leichte Beute. Sie werden in der ersten Viertelstunde weggepustet, und dann wird die U-Boot-Flotte den Krieg fortsetzen müssen. Warum ich Ihnen das alles erzähle? Weil Ihre Aufgabe in den nächsten fünf Tagen darin bestehen wird, meinen Vorgesetzten zu beweisen, daß meine Behauptung stichhaltig ist. Die *Barracuda* wird sich verhalten, als ob sie der sowjetischen Schwarz- meerflotte angehörte. Sie wird demonstrieren, daß ein einziges U-Boot die Abwehrkraft einer ganzen Trägergruppe lahmlegen und ihre Bienenkönigin versenken kann. Ihr könnt keinen echten Torpedo auf die *Kitty Hawk* abfeuern, aber todsicher könnt ihr ein paar Übungsaale gegen ihren Rumpf jagen und jeden Mann auf dem Flugdeck gründlich naß machen. Meiner Meinung nach steht hier die Zukunft der Navy auf dem Spiel. Kapitän Springfield hat uneinge- schränkte Erlaubnis zu fahren, wohin er will, so tief er will und so schnell er will. Ihr Männer werdet alles tun, was nötig ist, um die *Hawk* zu ‚versenken'. Das ist alles. Gott schütze euch."

Als die Rede zu Ende war, brach in der Zentrale Jubel aus und brandete wie eine Welle durch das Boot. Als der Jubel die Messe erreicht hatte, skandierte die Mannschaft: „Versenkt die *Hawk,* versenkt die *Hawk* . . .“

Nur Sorensen blieb still. Er knallte seine Kaffeetasse auf den Tisch und stand auf. Sofort wurde es still in der Messe.

„Ihr Kerle spinnt!“ rief er. „Das wird keine Vergnügungsreise. Die Flotte läßt sechs U-Boote nach uns suchen.“

Er schaute in die jungen Gesichter ringsum. „Und währenddessen fährt da draußen auch noch ein russisches U-Boot heimlich herum. Da wird es ganz schön voll werden. Sieben U-Boote auf diesem winzigen Flecken, und sechs davon sind hinter uns her. Vergeßt das nicht!“

„WILLIE JOE, was ist denn mit Sorensen los?“ fragte Fogarty etwas später im Sonarraum.

„Er hält alles außer der Jagd auf Russen für Zeitverschwendung.“

„Sie etwa auch?“

„Ich reiße bloß meine Zeit hier ab, Mann. Mir ist das ganz egal.“

Sorensen kam herein und murmelte etwas Unverständliches. „Also, Leute“, sagte er dann laut, „wenn wir das schon machen, dann richtig. Willie Joe, lassen Sie ein Kennungsprogramm laufen für *Swordfish, Shark, Seawolf, Mako, Dragonfish* und *Stingray.* Wir können die *Hawk* wohl kaum absaufen lassen, wenn wir nicht mal aus dem Golf herauskommen.“

Überall auf dem Boot teilten Offiziere und Unteroffiziere die ersten Wachen ein und gingen die Checklisten für das Auslaufen durch.

Von der Brücke gab Kapitän Springfield der Deckbesatzung den Befehl zum Loswerfen der Leinen. Dann sprach er durch die Gegensprechanlage mit der Zentrale. „Brücke an Navigation, wie ist die Flut?“

„Navigation an Brücke, Flut läuft mit eineinviertel Knoten aus.“

„Sehr gut. Drei Grad backbord steuern.“

„Drei Grad backbord.“

„Langsame Fahrt voraus.“

Der Kommandant und die Ausgucke stiegen vom Turm herunter.

„Gehen Sie mit ihr auf Tauchstation, Pisaro“, sagte Springfield.

Das Spiel begann.

UM MITTERNACHT kam ein in den Hafen einlaufender Tanker an einer großen roten Navigationsboje vorbei, elf Meilen vor dem Wellenbrecher des Hafens von Neapel. Die Männer auf der Brücke des Tankers schenkten der sich drehenden Leuchtboje kaum einen Blick, und keinem fiel ein wesentlich kleinerer Schwimmkörper auf, der magnetisch an der Boje festgemacht war. Er hatte einen Durchmesser von zwanzig Zentimetern und war mit einer sechzig Zentimeter langen Antenne bestückt, die in die Luft ragte, und mit einem dünnen Draht, der in die Tiefe hinunterging. Am anderen Ende des Drahtes, fünfzig Meter tief, lag die USS *Mako* auf der Lauer.

Das U-Boot wartete seit sechs Stunden dort auf die Nachricht vom Küstenhauptquartier der Sechsten Flotte, daß die *Barracuda* ausgelaufen sei. Da die Mannschaft ein Dutzend Patrouillen damit zugebracht hatte, außerhalb sowjetischer Häfen auf das Auslaufen russischer U-Boote zu warten, war sie an Überwachungsaufgaben gewöhnt.

Die Flut war rückläufig, und die *Barracuda* würde gleich aus der Fahrrinne herauskommen, abgeschirmt vom Geräuschpegel des Tankers. Wie alle auf der *Mako* wünschte auch Kapitän Flowers der *Barracuda* einen triumphalen Erfolg, bedauerte aber, daß dieser Erfolg auf seine Kosten gehen würde. Sein Befehl lautete, die *Barracuda* zu stoppen, sobald sie aus der Fahrrinne herauskam, und „Netts' Mätzchen" ein schnelles Ende zu bereiten.

„Funk an Zentrale. Ziel bewegt sich."

Kapitän Flowers vergeudete keine Zeit. Wenn es die *Barracuda* schaffte, an dem Wachposten vorbei in freies Gewässer zu gelangen, könnte sie der *Mako* davonfahren und den Flottenverband innerhalb von dreißig Stunden einholen. „Verbindung mit Boje unterbrechen!" befahl er. „Zentrale an Torpedoraum: Rohre eins und zwei mit Übungstorpedos laden."

Die Regeln des Kriegsspiels schrieben in einem Umkreis von zehn Meilen um Neapel eine Zone der Waffenruhe vor. Außerhalb der Zehnmeilengrenze würde das „Abschießen" eines U-Bootes registriert werden, durch das Abfeuern eines Übungstorpedos und den Echolotpfeifton. Schiedsrichter an Bord der Boote würden einen Treffer oder einen Fehlschuß verbuchen. Die abgefeuerten Torpedos hatten keine Antriebskraft. Sie würden sofort nach dem Ausstoß aus den Rohren sinken. Nur die Torpedos, mit denen die *Barracuda* auf die *Kitty Hawk* schießen sollte, würden ihr Ziel ansteuern. Ohne Sprengkopf würden die Aale vom riesigen Rumpf des Flugzeugträgers abprallen, ohne großen Schaden anzurichten.

„Zentrale an Sonar, sperrt die Ohren auf. Ziel unterwegs." An Bord der *Mako* erwartete man, daß die *Barracuda* sechs bis sieben Meilen in den Golf hinausfahren und dann direkt vor ihrer Nase tauchen würde.

„Sonar an Zentrale. Wir haben sie, Peilung drei-vier-sechs. Kurs eins-zwo-drei. Fahrt vier Knoten. Jetzt dreht sie ab, Käpt'n." Die Stimme des Operators wurde plötzlich vor Überraschung heller: „Sie taucht." Die Sonaroperatoren hörten die Maschinen der *Barracuda*, als sie tauchte, hörten die lärmende Hohlraumbildung der Schraube im flachen Wasser des Golfes. Der Tanker, der jetzt zwischen den beiden U-Booten war, verzerrte die Geräusche. Plötzlich hörte der Maschinenlärm auf. Sie hörten den Tanker, den Pfeifton einer Bake, die Schiffe in den Hafen hinein und aus dem Hafen heraus leitete, aber kein U-Boot.

„Sonar an Zentrale. Wir haben sie verloren. Sie ist verschwunden."

„Sie fährt turboelektrisch. Sie will sich leise davonschleichen", sagte der Erste Offizier Fregattenkapitän Poland.

Kapitän Flowers nickte. Er wußte, daß Raketen-U-Boote gelegentlich mit turboelektrischem Antrieb aus dem Hafen ausliefen, um einem wartenden Jagd-U-Boot auszuweichen. Die Taktik war natürlich allen U-Boot-Offizieren vertraut. „Die Frage ist", sagte Flowers, „macht Springfield Jagd auf uns, oder versucht er abzuhauen?"

„Ich glaube, er haut ab", meinte der Erste. Er deutete auf die elektronische Karte, die den Golf von Neapel und die küstennahen Inseln Ischia und Capri zeigte. „Wenn Springfield es schafft, hinter eine der Inseln zu kommen und unser Sonar zu blockieren, dann kann er uns entwischen. Die Fahrrinne zwischen Capri und dem Festland ist die tiefste und sicherste. Ich denke, daß er nach Süden fährt, hier, um Capri herum. Er peilt diese Richtung schon an."

„In Ordnung", sagte Flowers. „Irgendwohin müssen wir, und Capri ist so gut wie jeder andere Ort. Jetzt, da er weiß, wo wir sind, können wir nicht mehr hier bleiben. Sonar: Echolot abschalten. Alle Maschinen halbe Kraft voraus. Kurs eins-drei-eins. Wir wollen versuchen, nicht mit dem Mistkerl zusammenzustoßen."

SPRINGFIELD hatte Netts ursprünglich vorgeschlagen, daß die *Barracuda* sich nach Capri absetzte, im Vertrauen auf ihre Schnelligkeit, die sie an jedem Wach-U-Boot vorbeikommen ließe. Netts hatte das als zu durchsichtig abgelehnt. Er schlug vor, daß Springfield das Boot in der Bucht von Pozzuoli versteckte, bis das Wach-U-Boot „versenkt" war oder aufgab und zur Flotte zurückkehrte. Dann sollte die *Barracuda* nach Norden fahren, die Straße von Bonifacio zwischen Sardinien und Korsika passieren, die Westküste von Sardinien hinunterfahren und die Flotte mit einem Angriff von Norden her überraschen.

Der Plan war gefährlich. Die *Barracuda* mußte im flachen Golf von Neapel manövrieren, ohne mit einem Hindernis unter Wasser zu kollidieren. Dazu brauchte sie das Echolot, das ihre Position der *Mako* verraten würde. Das war sowohl für Springfield als auch für Netts inakzeptabel.

Sorensen fand die Lösung. Der Golf war mit fest montierten Sonarbaken bestückt, die auf regelmäßigen Frequenzen Signale an die Schiffe übermittelten, um sie in den Hafen hinein- oder aus diesem herauszulotsen, wenn die Sicht schlecht war. Sorensen führte vor, wie es möglich war, das Echolot auf derselben Frequenz einzusetzen. „Wir müssen nur den Zeitpunkt abpassen", erklärte Sorensen dem Kommandanten, „an dem wir genau in der Mitte zwischen der Bake und dem Wachposten sind, und dann auf die Frequenz der Bake gehen. Wenn das nicht funktioniert, sind wir immer noch innerhalb der Zehnmeilenzone, und er darf nicht auf uns schießen."

„Wenn es nicht funktioniert, Sorensen", sagte Springfield, „dann ist die Übung in fünf Minuten vorbei statt in fünf Tagen."

SOBALD sie unter Wasser waren, nahm Sorensen sofort das verzerrte, aber unverkennbare Geräusch von Kühlpumpen eines U-Boots auf, die zehn Meilen entfernt pulsierten. Er teilte Hoek mit, daß ein U-Boot auf der Lauer lag, aber durch die anderen Geräusche in der Fahrrinne ließ sich die genaue Position nicht ausmachen. Hoek, der den Bildschirm des Gefechtsterminals betrachtete, nahm an, das U-Boot läge unter Boje fünf und plane eifrig einen Angriff.

Als die *Barracuda* zwischen der Sonarbake und Leuchtboje fünf war, gab Springfield Befehl, das Echolot für ein Mal auf der Frequenz der Bake zu aktivieren.

Sorensen schickte einen konzentrierten Tonimpuls in die Fahrrinne hinaus. Ein vereinzelter Leuchtpunkt tauchte auf dem Schirm auf, ein U-Boot, das auf Funktiefe lag.

„Wir haben es, Sir, Peilung eins-fünf-eins, Entfernung eins-acht-fünf-null-null Meter. Das Boot liegt unter Boje fünf." Sorensen erkannte die Kennung.

„Es ist die *Mako*", stellte er einen Sekundenbruchteil eher als der Computer fest.

Mit einem klaren Bild vom Grund und vom Verkehr im Hafen schlich die *Barracuda* mit dem fast geräuschlosen Elektromotor nach Norden, um eine Landspitze herum, in die Bucht von Pozzuoli. Sorensen informierte Springfield darüber, daß die *Mako* nun Kurs nach Süden genommen hatte.

Im Lärm der eigenen Maschinen hatte die *Mako* das Manöver der *Barracuda* offenbar nicht bemerkt.

Sobald die *Barracuda* die Landspitze umrundet hatte, fing Sorensen das Signal der Bake am Rumpf von *U 62* auf. Die Bucht war fast überall zu flach für Unterwassereinsätze, aber Springfield hatte die Karten gründlich studiert und war zu dem Entschluß gekommen, die *Barracuda* hinter dem Wrack des deutschen U-Boots zu verstecken, um sie gegen Sonare abzuschirmen. Das Boot schwebte knapp über dem Grund.

Sorensen stand an seinem Terminal und horchte, wie die *Mako* die Suche fortsetzte. Nach ein paar Minuten verschwand sie hinter Capri.

„Zentrale an Torpedoraum. Übungstorpedo in Rohr eins laden."

„Aye, aye, Sir. Übungstorpedo laden."

Im Torpedoraum luden die Schützen einen Torpedo Mark-37 mit elektronischer Steuerung in Rohr eins.

„Rohr fluten."

„Rohr fluten, aye."

Sorensen und Fogarty hörten Meerwasser in das Torpedorohr rauschen. Das Boot kippte nach vorn und legte sich dann wieder schnurgerade.

„Jetzt, ganz still", sagte Sorensen zu Fogarty. „Das ist ein ganz besonderes Bonbon. Es kommt nicht oft vor, daß wir in so flachem Wasser liegen und keinen Lärm machen. Wer weiß, was wir da zu hören bekommen." Plötzlich setzte er sich mit einem Ruck auf. „Sonar an Zentrale", meldete er durch die Gegensprechanlage, „die *Mako* kommt zurück."

Diese Nachricht fuhr jedem Offizier in der Zentrale in die Glieder. Die *Mako* würde direkt am Bug der *Barracuda* vorbeifahren und ihr einen sauberen Abschuß ermöglichen. Zwar würden ihre weitreichenden Sonare die Kühlpumpen der *Barracuda* orten, sobald der Winkel zu *U 62* günstiger war, aber dann war es zu spät. Hoek folgte dem Ziel auf dem Gefechtsterminal.

„Sorensen", wandte sich Hoek an den Sonaroperator, „wenn ich den Befehl zum Feuern gebe, verpassen Sie denen die Zielsuchfrequenz."

„Ja, Sir." Sorensen nickte Fogarty zu. „Das machen Sie, Kleiner. Sie pusten denen in die Ohren."

Fogarty beobachtete den Monitor. „Sonar an Gefechtsstand", sagte er. „Waffensteuerung schalten."

„Waffensteuerung auf Sonar geschaltet", erwiderte Hoek durch die Gegensprechanlage. „Peile Ziel an. Fünf, vier, drei, zwo, eins – Feuer!"

Das Boot bockte, als es den Torpedo ausspuckte, der augenblicklich im Schlamm des Golfes versank.

Hoek brüllte durch die Gegensprechanlage: „Sorensen, was ist denn mit Ihnen los? Verpassen Sie denen das Zielsuchsonar!"

Fogarty starrte auf seinen Terminal. Da er sich an den Sonarangriff auf die eigenen Ohren erinnerte, mußte er unwillkürlich an die Sonaroperatoren denken, deren Trommelfelle er bombardieren sollte. Widerstrebend tippte er auf die Tasten seines Keyboards.

Sorensen funkelte Fogarty wütend an. „Das nächstemal, wenn Sie bei einem direkten Befehl zögern, wird es das letztemal sein", sagte er.

Zwölf Sekunden später schrien zwei Männer im Sonarraum der *Mako* auf und drei in der Zentrale.

Auf der *Barracuda* brach Jubel aus. Der Schiedsrichter an Bord der *Mako* notierte sofort den „Abschuß", genau wie Billings, Vizeadmiral Netts' Adjutant, der Schiedsrichter an Bord der *Barracuda*. Beide Boote schickten Funkbojen nach oben. Kapitän Flowers gratulierte über Funk.

„Tut mir leid für Ihre Männer", antwortete Springfield. „In Norfolk geb ich einen aus."

„Versenken Sie die *Hawk*, dann geb ich Ihnen einen aus."

Springfield zog die Funkboje ein. „Alle Maschinen volle Kraft voraus!" befahl er, und das Boot schnellte vorwärts wie ein Delphin.

Sechs Stunden nachdem die *Barracuda* aus Neapel ausgelaufen war, raste sie durch das Tyrrhenische Meer, unterwegs zur Straße von Bonifacio.

SEIT drei Tagen und Nächten leitete Admiral Horning, der Oberbefehlshaber des Trägerverbands, die Suche nach der schwer zu fangenden *Barracuda*. Die *Mako* war verschwunden, offenbar „versenkt". Von der Kommandobrücke der *Kitty Hawk* aus hatte Horning die Tiefe mit Sonaren und Magnometern ausloten, die Oberfläche mit Fregatten und Zerstörern kreuz und quer durchstreifen und Hunderte von Malen Hubschrauber und U-Boot-Abwehrflugzeuge aufsteigen lassen. Fünf seiner U-Boote lauerten unter seiner Armada und um sie herum, die Hydrophone auf jedes Gurgeln gerichtet, aber die *Barracuda* war nicht auffindbar. Und als ob das noch nicht gereicht hätte, saß auch noch Netts in der Offiziersmesse und gab sich gar keine Mühe, seine Schadenfreude zu unterdrücken.

Am Morgen des vierten Tages, nach einer schlaflosen Nacht, rasierte sich Horning, duschte und zog eine frische Uniform an. Seit fünfundzwanzig Jahren hatte er sich nicht mehr so elend gefühlt. Im Zweiten Weltkrieg hatte er als Kommandant eines Zerstörers Handelsschiffe durch die „Wolfsrudel" der deutschen U-Boote über den Nordatlantik geleitet. In jenem Krieg war ein feindliches U-Boot eine schreckliche Bedrohung gewesen, aber damit hatte er fertig werden können. Dieselelektrische U-Boote fuhren die meiste Zeit an der Oberfläche und tauchten nur, um sich zu verstecken, anzugreifen oder unerträglichem Wetter zu entgehen. Unter Wasser waren sie langsam und dem knappen Vorrat an Luft, Wasser und Batterie-energie ausgeliefert.

Ein mit Atomenergie angetriebenes Jagd-U-Boot war etwas völlig anderes. Es blieb so gut wie immer getaucht und stellte durch das Entsalzen von Meerwasser Trinkwasser her und Sauerstoff durch die Elektrolyse des Trinkwassers. Was die Energie anlangte, reine Energie, ließ sich ein Atom-U-Boot mit nichts vergleichen. Der Reaktorkern der *Barracuda* war für hunderttausend Meilen gut, und sie konnte jedes Schiff der Flotte hinter sich lassen.

Als Horning die Brücke betrat, blieb er stehen und beobachtete die besorgten, angespannten Gesichter seiner Offiziere. Einen Augenblick lang schaute er Kapitän Lewis, dem Kommandanten des Flugzeugträgers, direkt ins Gesicht. Der hagere, unrasierte Mann schüttelte den Kopf. Kein Glück, keine Änderung, keine *Barracuda*.

Auch Netts war da, in Zivil, ein stummer Beobachter.

„Wo bleibt denn nun eigentlich Ihr Spielzeug-U-Boot, Mr. Netts? Ich habe in den Gewässern hier noch kein Torpedokielwasser gesehen."

„Vielleicht sollten wir uns beim Hersteller beschweren. Fehlerhafte Torpedos sind eine schlimme Sache ..."

Horning biß sich auf die Lippe. „Vielleicht sollten wir den Bericht von Fregattenkapitän Billings abwarten."

„In Ordnung", erwiderte Netts und wandte seine Aufmerksamkeit der Morgendämmerung zu, die sich mit rosa Streifen über dem Flugdeck ankündigte.

Kein anderes Schiff des Verbands war zu sehen. Die *Barracuda* hatte den Auftrag, einen Atomangriff zu simulieren. Damit kein Schiff zu Schaden kam oder sank, weil ein anderes durch eine Explosion zerstört wurde, hatte Horning den Umkreis bis zum Maximum ausgedehnt; kein Schiff fuhr in einer geringeren Entfernung als fünf Meilen vom nächsten. Bei dieser Verteilung konnte er außerdem den größtmöglichen Bereich absuchen.

An der Wand zeigte ein großer Monitor die Gefechtsordnung der Flotte. Ein ständiger Fluß von Daten, übermittelt durch Radar, Sonar, Satellitensensoren, Flugzeuge, hielt den Schirm auf dem laufenden. Während die Positionen der Schiffe an der Oberfläche exakt angezeigt waren, ließ sich nur schätzen, wo die U-Boote lagen.

Horning war nicht auf die Idee gekommen, die *Barracuda* könne durch die Straße von Bonifacio gefahren sein und einen Angriff von Norden her vorbereiten. Zwei U-Boote der Flotte waren fünfzig Meilen weiter südlich stationiert, in der Hoffnung, daß sie die *Barracuda* dort abfangen könnten. *Swordfish, Stingray* und *Dragonfish* patrouillierten unter der Armada und um sie herum.

Netts wußte, daß der Kommandant der *Barracuda* plante, sein Boot vor der Flotte in Position zu bringen und tief unten geräuschlos darauf zu warten, daß die Vorhutschiffe über sie hinwegfuhren. Falls die Vorhutschiffe die *Barracuda* aufspürten, würde sie versuchen, an ihnen vorbeizukommen und den Träger anzugreifen, bevor ihre Position ermittelt war.

Der Vizeadmiral starrte ungeduldig aufs Meer hinaus und hoffte, daß jeden Augenblick von Norden her zwei Torpedos anlaufen und gegen die riesige *Kitty Hawk* prallen würden.

KAPITEL 6

STILLE hatte sich über die *Barracuda* gelegt. Sie war unter eine Thermalschicht aus warmem Wasser geschlüpft, die die Suchimpulse der Sonare von oben verfälschte. Seit zwölf Stunden lag die *Barracuda* in dreihundert Meter Tiefe auf der Lauer. Sie war in Ruhestellung. Die laute Klimaanlage war auf ein Minimum reduziert worden, und die Temperatur war auf fast dreißig Grad gestiegen. Der Trinkwasser-destillator, der einen Höllenlärm machte, war abgeschaltet, so daß niemand duschen konnte. Das Boot stank.

Im Sonarraum hatte Willie Joe Wache. Fünfzehn Meilen entfernt dampfte die *Kitty Hawk* auf Nordkurs direkt auf die *Barracuda* zu. In der Zentrale beobachteten Kapitän Springfield, Pisaro, Billings und Hoek den Sonarschirm und horchten durch Kopfhörer auf das gedämpfte Geräusch des nächsten Zerstörers, der am Rande der Flotte fuhr, nur eine Meile entfernt.

Dann kam ein anderes, bedrohlicheres Geräusch, das viel näher war.

„SORENSEN!" Die hohe, schrille Stimme gehörte Kapitänleutnant Hoek, der im Luk stand. „Sie und Fogarty ab in den Sonarraum, und zwar zack, zack!"

„Aye, aye, Sir."

Hoek senkte verschwörerisch die Stimme. „Wir haben ein U-Boot", sagte er mit glänzenden Augen. „Es ist die *Swordfish*. Wir hängen uns an ihren Schwanz und lassen uns von ihr in die Flotte lotsen."

„Was Sie nicht sagen, Sir. Klingt richtig toll." Sorensen zwinkerte Fogarty zu, als sie hinter Hoek durch das Luk eine Leiter hinaufstiegen.

Überall auf dem Boot flüsterten die Lautsprecher: „Klarschiff zum Gefecht. Klarschiff zum Gefecht. Alle Mann auf Gefechtsstation, Atomtorpedos laden."

IN DER Zentrale des sowjetischen U-Boots *Potemkin* drängten sich neun Männer in einem Raum, der für sechs gedacht war. Nach dreiundsiebzig Tagen auf See, in denen das U-Boot jede Minute unter Wasser verbracht hatte, stand jetzt für die *Potemkin* der Augenblick der Wahrheit bevor.

Kapitän Nikolai Federow stand hinter Popow, dem Sonaroperator, und gab gelassen Anweisungen, die *Potemkin* unter die Schiffe zu manövrieren, von denen die *Kitty Hawk* umgeben war.

Alle Augen waren auf den Sonarschirm gerichtet, wo eine prächtige Anordnung von Punkten die Sechste US-Flotte darstellte.

„Das ist ein Anblick, was, Popow?" flüsterte Federow.

„Ja", gab Popow, der weiß im Gesicht geworden war, ebenfalls flüsternd zurück.

Die *Potemkin* war ein Versuchs-U-Boot vom Typ Alpha. Ihre schnittige Hülle bestand aus einer Titanlegierung, einem seltenen, stabilen, aber leichtgewichtigen Metall. Die Verwendung von Titan anstelle von Stahl gestattete es der *Potemkin*, fünfzig Knoten Fahrt zu machen, eine Geschwindigkeit, die bislang für unmöglich gehalten worden war. Und kein anderes U-Boot auf der Welt konnte so tief tauchen wie sie: unter zwölfhundert Meter.

Die *Potemkin* war das geheimste Boot der sowjetischen Marine. Nur in der sowjetischen Admiralität war bekannt, daß sie sich im Mittelmeer aufhielt. Sie war durch die Straße von Gibraltar gefahren, weil sie tiefer tauchte, als es die Sonaroperatoren der Nato erwarteten, und sich mit kurzen elektrischen Energiestößen hindurchtreiben ließ. Im Mittelmeer angekommen, verheimlichte Kapitän Federow die Identität des Bootes sogar vor anderen sowjetischen Schiffen. Die Offiziere der Überwachungsschiffe, mit denen er sich in Verbindung setzte und die ihn über die Bewegung der amerikanischen Flotte informierten, hielten es für ein Boot der Viktor-Klasse.

Während der Fahrt, der längsten Unterwasserpatrouille in der sowjetischen Geschichte, hatte die *Potemkin* das noch übertroffen, was sie dem Bauplan nach leisten sollte. Federow hatte Geschwindigkeit und Tauchvermögen, Torpedos, Sonare und Elektronik getestet, und die Ergebnisse waren allesamt großartig ausgefallen. Als er sich der amerikanischen Flotte näherte, nur hundertzwanzig Meter tief, gab er Befehl, eine weitere Besonderheit zu testen: das akustische Tarnsystem Nummer sieben.

Ein Sony-Kassettenrecorder war über dem Sonarterminal angebracht. Die Männer in der Zentrale lauschten gebannt, als die Kassette das Lied der *Swordfish* abspielte. Die aufgezeichnete Kennung des amerikanischen U-Boots war das Kernstück einer komplizierten Apparatur, die amerikanische Sonaroperatoren glauben machen sollte, die *Potemkin* sei eins ihrer Boote. Bei einem früheren Test mit der *Barracuda* hatte sich gezeigt, daß das System den Amerikanern vortäuschen konnte, die *Potemkin* sei ein Viktor.

Federow war nicht begeistert vom akustischen Tarnsystem Nummer sieben. Zehn Wochen lang war er auch ohne das System unentdeckt durchgekommen. Er glaubte, daß er mit Hilfe der Thermalschicht sein Boot direkt unter der *Kitty Hawk* in Position bringen könne, ohne daß die Amerikaner Verdacht schöpften.

Aber Befehl war Befehl, das Band lief, die geräuschschluckende Silikonverpackung um die Turbine der *Potemkin* war angebracht, und das U-Boot fuhr langsam und nicht sehr tief, genau wie das die *Swordfish* als Teil des amerikanischen Begleitschutzes getan hätte. Falls die echte *Swordfish* allerdings zufällig in Funkkontakt mit der Flotte an der Oberfläche sein sollte, würde die *Potemkin* sehr viel Aufmerksamkeit auf sich ziehen.

Auf dem Sonarschirm kam der nächste Leuchtpunkt, ein Zerstörer, auf die *Potemkin* zu. Einen Augenblick später hörte jeder an Bord den Pfeifton des amerikanischen Echolots.

Federow schaute reihum in die angespannten, bärtigen und verschwitzten Gesichter. „Entfernung des Zerstörers?"

„Fünftausend Meter", sagte Popow, der Sonaroperator. „Er ... er kehrt um."

Gedämpfter Jubel brach in der Zentrale aus.

„Es funktioniert", triumphierte Kurnatschow, der Erste Offizier, der offiziell für das akustische Tarnsystem Nummer sieben verantwortlich war. Kurnatschow war außerdem der Politoffizier, der Repräsentant der Partei, und er hatte großes Zutrauen zur sowjetischen Technologie. „Mir tut es nur leid, Genosse Kapitän, daß wir nicht auftauchen und die Alpha den Amerikanern zeigen können. Das wäre für sie ein Schlag ins Gesicht. Die amerikanischen Werften können kein U-Boot aus Titan bauen. Sie würden alles darum geben, wenn sie unser hübsches Boot fotografieren könnten."

Federow, der ihm nicht mehr zuhörte, war es leid, mit den Amerikanern Krieg zu spielen. Er wollte entweder Krieg oder Frieden, wollte dem Fegefeuer des Wartens ein Ende machen. Federow hatte fünfzehn Jahre in U-Booten verbracht, fünfzehn Jahre, in denen der lichtlose, herzlose, unpersönliche Ozean ihn, sein Boot und seine Mannschaft verschluckt hatte. Die feindselige, bedrohliche See prüfte erbarmungslos jeden Quadratmillimeter des Druckkörpers, suchte nach der Schwachstelle, dem Flüchtigkeitsfehler eines betrunkenen Werftarbeiters – seine Gedanken schweiften ab ...

„Entfernung zur *Kitty Hawk*?"

„Zwanzigtausend Meter."

Plötzlich sprang Popow vom Stuhl auf, den Blick auf den Schirm fixiert.

„Da ist ein anderes U-Boot ..., es ist direkt unter uns."

„ALLE Mann auf atomare Gefechtsstation." Das Kommando war flüsternd durch die Lautsprecher der *Barracuda* gekommen. Leise, die Füße in Gummischuhen, war die Mannschaft durch das Boot geeilt.

Willie Joe war sich absolut sicher, daß das U-Boot die *Swordfish* war. Und der Computer hatte ihn in seinem Urteil bestätigt.

In der Zentrale bereitete Springfield seinen Angriff vor. Seine Taktik war recht einfach. Wenn die *Swordfish* über der *Barracuda* vorbeifuhr, würde er in den toten Winkel ihrer Sonare aufsteigen. Die Sonare der Schiffe an der Oberfläche würden die beiden U-Boote als eines aufnehmen. Sobald er die optimale Entfernung erreicht hatte, würde er zwei Torpedos auf die *Kitty Hawk* loslassen, und dann würde er versuchen, die *Swordfish* zu „versenken". Die optimale Entfernung für Mark-45-Atomtorpedos betrug ungefähr neun Seemeilen, also fast siebzehn Kilometer. Diese Entfernung vom Ziel reichte aus, die *Barracuda* vor der Zerstörung durch die Druckwellen einer Atomexplosion zu bewahren.

„Entfernung zur *Kitty Hawk?*"

„Achtzehntausend Meter", las Hoek von seinem Monitor ab.

„Entfernung zur *Swordfish?*"

„Zweihundert Meter."

„Torpedoraum, Rohre eins und vier laden."

Im Torpedoraum ließen Lopez und seine Mannschaft vorsichtig Mark-45-Torpedos in die beiden obersten Rohre gleiten.

Im Sonarraum wurde Willie Joe von Sorensen und Fogarty abgelöst; Willie Joe eilte im Asbestanzug zu seiner Schadenskontrollstation.

Sobald sich Sorensen vor den Terminal setzte, um sich das näher kommende U-Boot anzuhören, spürte er, daß etwas nicht stimmte. Er unterschied die Geräusche der Kühlpumpen, der Untersetzungsgetriebe und die seltsame Tonfolge eines schadhaften Lagers in einer der Salzwasserpumpen: ein seit Jahren chronisches Problem der *Swordfish.*

Er stieß Fogarty mit dem Ellbogen an, damit er aufmerksam wurde. Auf einen Notizblock kritzelte er SWORDFISH. Fogarty nickte. Sorensen lächelte sein bösartigstes Lächeln, strich das Wort SWORD-FISH durch und zeichnete einen Hammer und eine Sichel daneben.

Fogarty wurde bleich. „Sind Sie sicher?"

Sorensen nickte. Sowjetische U-Boote kamen häufig zu Nato-Übungen, fuhren schnell und tief unter Nato-Formationen hindurch. Der Versuch, sich unter akustischer Deckung einzuschleichen, war ein neuer Kniff.

„Sperren Sie die Ohren auf", erklärte Sorensen. „Das ist ein russisches U-Boot."

Fogarty horchte. Für ihn klang es wie die *Swordfish.* Sorensen ließ deren Kennungsprogramm laufen, und dann hörte auch Fogarty den Unterschied.

„Kapitänleutnant Hoek." Sorensen sprach in die Gegensprechanlage. „Können Sie einen Augenblick herkommen, Sir?"

Hoek betrat den Sonarraum. „Was gibt's, Sorensen?"

„Ich kenne die *Swordfish*, Sir. Ich kenne jedes ihrer Geräusche. Sie macht einen Mordslärm, Kapitänleutnant, wenn ich mal so sagen darf. Aber nicht mehr so viel Lärm wie vor der letzten Überholung, weil die Salzwasserpumpe repariert wurde. Wir hören hier, wie die

Swordfish früher geklungen hat, aber nicht, wie sie jetzt klingt. Jemand will uns vormachen, das Boot da oben wär eins von den unseren, aber das ist es nicht."

Hoek kaute auf der Unterlippe. „Sondern?"

„Es sind die Russen, Sir."

Hoeks Augen blitzten. Er konnte kaum an sich halten und stürzte in die Zentrale zurück, um den Kommandanten zu informieren. Sekunden später hatte Springfield einen seiner seltenen Auftritte im Sonarraum. „Was meinen Sie dazu, Sorensen?"

„Es muß ein Rußki sein, Sir, vermutlich der Viktor, der uns neulich über den Weg gelaufen ist. Die alte *Swordfish* ist es todsicher nicht. Ich weiß genau, daß die Pumpe repariert worden ist. Ich hab's sofort gemerkt, und wir haben es auf dem Band überprüft. Das Boot da oben hat irgendeine Vorrichtung, damit es wie die *Swordfish* klingt."

„Lassen Sie das Band laufen."

Springfield hörte zu. Der Unterschied war unüberhörbar.

„In Ordnung, weitermachen. Gute Arbeit, Sorensen."

Als das russische U-Boot direkt über ihnen vorbeifuhr, waren die Geräusche eine exakte Imitation der *Swordfish*, bevor die Pumpe repariert worden war.

„Alle Mann Achtung. Hier spricht der Kommandant. Klarmachen für Schräglage." Er wandte sich an seinen Ersten. „Bringen Sie uns rauf, Mr. Pisaro. Wir müssen davon ausgehen, daß sie wissen, daß wir hier sind, und daß sie ihre akustische Tarnung an uns ausprobieren wollen. Im Augenblick sollen sie glauben, daß es funktioniert. Bringen Sie uns in ihren toten Winkel, und bleiben Sie nahe dran."

Pisaro bearbeitete die Tastatur des Navigationsterminals, und die *Barracuda* stieg direkt hinter der *Potemkin* auf. Sie paßte sich der Geschwindigkeit des Russen an und folgte ihm im Abstand von knapp zweihundert Metern.

Für Kapitän Springfield hatte das Kriegsspiel mit der Sechsten Flotte jede Bedeutung verloren; die *Kitty Hawk* war vergessen. Sie würden das russische U-Boot verfolgen, bis sie es entweder identifiziert oder aus den Augen verloren hatten.

„Ziel steigert Fahrt auf einundzwanzig Knoten."

„Bringen Sie uns auf einundzwanzig Knoten, Mr. Pisaro. Torpedoraum, Torpedorohre entladen. Raus mit den Aalen aus den Rohren. Das Spielchen ist aus. Maschinenraum, gebt mir siebzig Prozent."

„Maschinenraum. Verstanden. Siebzig Prozent Dampf."

„Dranbleiben, Mr. Pisaro. Lassen Sie ihn nicht entwischen."

„HABEN Sie die Güte, ihn zu identifizieren, Popow", befahl Federow, der Kommandant der *Potemkin.*

„Ein Skipjack-Typ. Es muß die *Barracuda* sein. "

Als der Amerikaner nach oben kam und der *Potemkin* folgte, schloß Federow daraus, daß er auf das U-Boot gestoßen war, das beim Manöver der Sechsten Flotte die Rolle des Angreifers spielte. Eine verrückte Situation – er gab vor, ein Amerikaner zu sein, und wurde verfolgt von einem Amerikaner, der vorgab, ein Russe zu sein.

„Genosse Erster Offizier, ich glaube, wir haben den Test des akustischen Tarnsystems Nummer sieben erfolgreich abgeschlossen. Ich bin nicht sicher, ob das amerikanische U-Boot, das uns folgt, auf unsere Tricks hereingefallen ist. Wir haben bewiesen, daß wir damit das gegnerische Verteidigungskonzept unterlaufen können, aber ich glaube, wir sollten unsere Energie jetzt auf den Rückzug konzentrieren. "

„Ich bin anderer Meinung, Genosse Kapitän", entgegnete Kurnatschow. „Ich glaube, daß wir das amerikanische U-Boot hereingelegt haben. Es folgt uns, weil es uns für die *Swordfish* hält. In jedem Fall bringt Ihr Kurs es näher an den Träger heran, der sein Ziel ist. "

„Dann müssen wir es woandershin bringen, Genosse Erster Offizier Korvettenkapitän Kurnatschow. " Federow machte die lächerliche Anrede Spaß. „Seitenruder hart steuerbord. Fahrt beschleunigen auf dreißig Knoten. Peilung eins-sieben-sieben. Tiefe dreihundert Meter. Zehn Grad abwärts. "

Kurnatschow war schockiert. „Genosse Kapitän, das akustische Tarnsystem Nummer sieben ist noch nie bei mehr als vierundzwanzig Knoten getestet worden. "

„Dann betrachten Sie das als einen Test. "

Die *Potemkin* ruckte jäh nach vorn und raste in die Tiefe. Im Maschinenraum schaute der Leitende Ingenieur fassungslos zu, wie die Silikonkapselung der Turbine sich langsam in eine glasige Flüssigkeit verwandelte. Das leise Summen der schwirrenden Schaufeln wurde zu einem tiefen Dröhnen.

„Wir müssen die Turbine anhalten", sagte der Leitende Ingenieur durch das Mikrofon zum Kommandanten. „Das Schalldämmaterial ist geschmolzen!"

Der fünfzig Meter weit entfernte Lärm brach in die Stille der Zentrale ein. Der Kommandant warf dem Ersten Offizier einen wütenden Blick zu. „Maschinen stopp. Ruhe auf dem Boot. "

Der Lärm verstummte. Die Turbine kam zum Stillstand. Durch ihren Schwung tauchte die *Potemkin* in steilem Winkel weiter nach unten. Kurnatschow sprang vom Stuhl auf und ging durch die Zentrale auf den Maschinenraum zu.

„Genosse Erster Offizier, kehren Sie sofort an Ihren Platz zurück! Was glauben Sie denn, wo Sie sind? Seitenruder hart steuerbord. Tiefenruder null. "

Obwohl sich die Schraube nicht mehr drehte, trug die Eigendynamik der *Potemkin* das Boot noch über zwei Kilometer weiter. Dann glitt es auf den Tiefenrudern nach rechts und kam langsam zum Stillstand.

„Maschinenraum, Schadensmeldung. "

„Die Silikonkapselung ist geschmolzen, aber die Turbine ist in Ordnung. "

„Popow, hören Sie das amerikanische U-Boot?"

„Nein. Ich höre den Flugzeugträger. Entfernung achttausendzweihundert Meter. Verringert sich!"

Federow wandte sich Kurnatschow zu und befahl dem Ersten, ihn in seine Kajüte zu begleiten. Federow schloß die Tür. „Genosse Erster Offizier, wenn Sie noch einmal Ihren Posten verlassen, bringe ich Sie vors Militärgericht. Dann können Sie den Rest Ihres Lebens in einem Altersheim für Seeleute verbringen. Das akustische Tarnsystem Nummer sieben ist jetzt unbrauchbar. "

„Genosse Kapitän, ich glaube, Sie haben die Geschwindigkeit des Bootes mit Absicht erhöht, um das akustische Tarnsystem Nummer sieben zu sabotieren. "

„Sie können glauben, wozu Sie Lust haben, oder meinetwegen auch, wozu die Partei Lust hat. Sie scheinen zu vergessen, daß wir auf See sind. Meine Pflicht besteht darin, meinen Auftrag auszuführen und mein Boot und die Besatzung heil nach Hause zu bringen. Meine Pflicht ist klar. Die Amerikaner wissen nichts über Typ Alpha. Bestenfalls halten sie uns für einen Viktor. Sie haben noch nie ein U-Boot mit Titanhülle zu Gesicht bekommen. Wir müssen verschwinden, bevor sie zu viele Informationen bekommen. Wenn Sie mich ablösen wollen, dann tun Sie's gleich. Sie haben die ganze Sechste Flotte über sich und werden von einem amerikanischen U-Boot verfolgt. Sie haben eine nervöse Besatzung, die viel zu lange auf See war. Ein denkbar günstiger Augenblick, Genosse Erster Offizier, Ihr seemännisches Können unter Beweis zu stellen. "

Der Kommandant schloß die Tür auf und ging in die Zentrale zurück. Kurnatschow machte sich daran, einen Bericht über die Bemerkungen seines Vorgesetzten über die Partei zu verfassen. Dann überlegte er es sich anders. Er würde handeln.

Sorensen war verblüfft darüber, wie schnell das russische U-Boot beschleunigen konnte. Die *Barracuda* war das schnellste U-Boot der US-Marine, aber das russische Boot flitzte los wie ein Pfeil vom Bogen. Springfield befahl steiles Tauchen und schnellere Fahrt. Die *Barracuda* kippte nach vorn und schoß in die Tiefe.

Dreißig Sekunden später brach das russische U-Boot plötzlich in ein lautes Geräusch aus, das Sorensen aus dem Stuhl hochjagte. Ebenso plötzlich war überhaupt kein Geräusch mehr da.

Springfield befahl: „Maschinen stopp!" Von der Eigendynamik vorangetrieben, tauchte die *Barracuda* unter eine Thermalschicht und fuhr, ohne es zu bemerken, unter der *Potemkin* vorbei. Bei dreihundertneunzig Metern, nahe an ihrer maximalen Tauchtiefe, kam sie zum Stillstand.

Der Russe war nicht auf ihren Schirmen. Er war in einem toten Winkel über der *Barracuda*, durch die Thermalschicht unsichtbar gemacht. Angst vor einer Kollision ging in der Zentrale um.

Weil Springfield nicht wußte, wo der Russe war, hatte er vor, den Russen zu zeigen, wo sein Boot war.

„Zentrale an Sonar. Echolot einstellen."

Das weitreichende Echolot suchte den ganzen Radius ab, aber es gab keinen Kontakt. Sorensen hämmerte gegen die Konsole. „Los, du Scheißkerl, mach irgendein Geräusch."

„Kapitän Nikolai Petrowitsch Federow, kraft der mir verliehenen Autorität setze ich Sie vom Kommando der *Potemkin* ab. Gehen Sie sofort in Ihre Kajüte. Sie stehen unter Arrest."

Kurnatschows Gesicht hatte sich gerötet, und er schwitzte. Seine dunklen Augen glänzten überhell im Licht der Zentrale. Er hatte eine Pistole in der Hand. Federow, der noch vor der Sonarkonsole stand, hätte im ersten Augenblick am liebsten gelacht. Aber das Lachen blieb ihm in der Kehle stecken, als Kurnatschow die Pistole entsicherte.

„Stecken Sie die Waffe weg, Kurnatschow, ehe Sie ein Loch ins Boot schießen und uns alle umbringen."

„Gehen Sie in Ihre Kajüte, sofort!"

Alle in der Zentrale blieben auf ihrem Posten. Mit Würde nahm Federow militärische Haltung an und ging ohne ein weiteres Wort hinaus.

Kurnatschow wedelte immer noch mit der Pistole und ging in der Zentrale auf und ab, unsicher, was er tun sollte. Er murmelte vor sich hin, dann rief er: „Hintere Tiefenruder zwanzig Grad abwärts!"

Keiner rührte sich.

„Rudergänger, hintere Tiefenruder zwanzig Grad abwärts, oder ich klage Sie an wegen Meuterei. Oder ich erschieße Sie."

Der Rudergänger drehte das Rad.

„Halbe Kraft zurück."

Der Rumpf bebte, als die Turbine einsetzte. Das Boot kippte nach hinten und tauchte rückwärts hinunter ins Unbekannte. Kurnatschow war schwindlig vor Macht. Zum erstenmal in seinem Leben hatte er das Kommando. Er hatte, wie er glaubte, die *Potemkin* gerettet.

„Sonar an Zentrale, Sonar an Zentrale. Ich höre ihn, Käpt'n, er ist direkt über uns. Er kommt rückwärts durch die Thermalschicht runter! Ruder hart backbord!"

Der Rudergänger riß am Steuerhebel, ehe Springfield dazu kam, ihm den Befehl zu geben. Die *Barracuda*, die kaum Fahrt machte, drehte sich langsam nach links.

Einen schrecklichen Augenblick lang erstarrten alle, als das hintere linke Tiefenruder des anderen U-Boots gegen den Bug der *Barracuda* stieß. Der Aufprall hallte in ihrem Rumpf wider wie ein riesiger Gong.

Der Kollisionsalarm schrillte, Sicherungen brannten durch, die Warnsirenen heulten auf. Jeder an Bord war darauf gefaßt, daß das Meer ins Boot einbrechen würde.

Im Torpedoraum wölbte sich das starke Stahlschott nach innen und schnellte mit einem donnernden Krachen wieder zurück. Lopez machte sich darauf gefaßt, daß das Boot jäh nach vorn geschleudert würde, und betete, der Druckkörper möge halten.

Mit einem mahlenden Geräusch glitt der Kiel des russischen U-Boots an der Steuerbordseite des Rumpfs entlang, kippte die *Barracuda* auf die rechte Seite und warf etliche Männer der Länge nach um. Ein Ruck, noch ein metallisches Krachen ..., dann waren die Boote wieder auseinander. Ein junger Torpedoschütze lag schreiend auf dem Boden mit gebrochenem Bein.

Die *Barracuda* legte sich wieder nach links und richtete sich auf. Auf dem Torpedoterminal kam Zapatas Glaskasten ins Rutschen und zerschmetterte auf dem Stahlboden. Wie durch ein Wunder unverletzt, krabbelte der Skorpion davon und versteckte sich in den Schatten der Torpedohalterungen.

Lopez stürzte zum Monitor und sah, daß eine Kontrollampe für die Außenklappe der Torpedorohre rot aufleuchtete. Rohr vier war angeschlagen; genau dort war die Spitze des russischen Tiefenruders aufgeprallt. Lopez war davon überzeugt, daß die innere Verschlußklappe ebenfalls brechen werde.

„Luk schließen!" befahl er einem jungen Torpedoschützen. Sollte das Meer in den Torpedoraum hereinschießen, könnte das Boot dennoch manövrierfähig bleiben, wenn das Wasser nicht in andere Räume vordrang. Das Schicksal der Torpedomannschaft allerdings wäre besiegelt.

„Torpedoraum an Zentrale. Rohr vier offen zum Meer."

In der Zentrale wurde Pisaro bleich.

„Alle Tauchzellen anblasen, auftauchen!" befahl der Kommandant und gab sich dabei die allergrößte Mühe, ruhig zu klingen.

Langsam stieg das U-Boot nach oben.

„Gelbe Notrakete abschießen."

„Rakete unterwegs."

„Zentrale an Torpedoraum, Schaden?"

„Torpedoraum an Zentrale. Rohr vier offen zum Meer. Innere Verschlußklappe hält. Wir haben hier einen kleinen Kabelbrand."

„Verluste und Verletzte?"

„Wir haben einen Mann mit einem kaputten Bein."

„Alle Mann Achtung. Lecksicherungsmannschaft in den Torpedoraum, und zwar hopphopp. Sonar, wo ist der Russe?"

Sorensen schaltete das Echolot ein. Er brauchte einen Augenblick, bis er begriff, daß die Sonare auf der Steuerbordseite der Hülle beschädigt waren. Er tippte fiebrig auf seiner Tastatur, um den Schaden wettzumachen.

„Fogarty, Tiefensucher einschalten. Sonar an Zentrale. Ich höre keine Reaktorgeräusche. Er hat keine Energie mehr."

Fogarty aktivierte die Tiefensucher und bekam Kontakt. „O nein", sagte er und schloß die Augen.

Sorensen schaute auf Fogartys Schirm und nahm langsam die Kopfhörer ab. Er schaltete die Lautsprecher ein. Kopfschüttelnd sagte er, sehr ruhig: „Sonar an Zentrale, er sinkt. Er ist schon sechshundert Meter weit unten. Er sinkt ohne Energie. Er kann die Zellen nicht anblasen."

Sorensen wurde unruhig. Durch den Zusammenstoß hatte das russische U-Boot aus irgendeinem Grund keine Energie mehr, nahm er an, und würde sinken, bis die Hülle riß und es vom Meer zerquetscht würde.

Springfield kam in den Sonarraum und blieb unvermittelt stehen. Sorensen war bleich. Fogarty sah aus, als ob er eine Hinrichtung mit ansähe.

Sorensen sagte: „Neunhundert Meter."

Kapitän Springfield starrte ungläubig auf den Schirm. Das U-Boot war schon tiefer, als er je eines gesehen hatte. Er stellte sich die Szenen an Bord des russischen Boots vor ..., die Männer darin, die wußten, daß sie nur noch Augenblicke zu leben hatten, manche weinend oder von Sinnen vor Angst und Panik. Aber die meisten, da war er sicher, versuchten ihr Bestes, um Energie für die Pumpen zu bekommen, damit sie die Tauchzellen anblasen und das Boot nach oben bringen konnten ...

„Großer Gott", sagte Sorensen, „sie haben einen Torpedo abgefeuert."

Auf dem Schirm brach der langsam sinkende Lichtpunkt in zwei Hälften.

Sie hörten das Heulen eines Elektromotors. Zwischen den beiden Leuchtpunkten war deutlich eine Verbindung zu sehen. Jemand an Bord des zum Untergang verurteilten Bootes versuchte, den Torpedo zu steuern.

Springfield rief: „Ausweichmanöver. Alle Maschinen volle Kraft voraus. Ruder hart steuerbord." Aber noch ehe der Rudergänger reagieren konnte, legte sich der Torpedo schief und sackte nach unten, zwölfhundert Meter tief.

Während alle Augen auf den Torpedo gerichtet waren, implodierte das russische U-Boot – ein schmerzhaftes lautes Krachen folgte dicht auf das andere, als in Abständen von Sekundenbruchteilen eine Abteilung nach der anderen eingedrückt wurde.

Mit ungeheurer Geschwindigkeit würde das Meer nun durch die zerfetzte Druckkörperwand strömen und die Schotten zwischen den Abteilungen wegreißen, bis das volle Gewicht der See alles zu winzigen, kaum noch erkennbaren Bruchstücken zerschmetterte.

„Mein Gott, mein Gott ...", sagte Springfield immer wieder. „Haben Sie alles auf Band, Sorensen?"

„Ja, Sir ..."

„Versiegeln Sie das Band, und bringen Sie es in meine Kajüte. Ihr Leute hier drin dürft darüber kein Wort sagen, zu keinem. Verstanden?"

„Aye, aye, Sir."

Springfield ging in die Zentrale zurück. „Bringen Sie uns an die Oberfläche, Leo. Wir müssen eine Nachricht an die *Kitty Hawk* schicken. Sie haben das Kommando. Ich inspiziere den Torpedoraum."

IN DER Zentrale der *Kitty Hawk* war das Zusammentreffen der beiden U-Boote genau verfolgt worden. Ohne Vorwarnung dröhnten Kollisionsgeräusche aus den Lautsprechern, Metall, das gegen Metall knirschte, der gellende Schreckenslaut, der Tod in der See bedeutete. Nach fünfzehn endlos erscheinenden Sekunden hörte das Kreischen auf, und ein langes Schweigen folgte. Schließlich hörten sie, wie ein U-Boot seine Tauchzellen anblies, was bedeutete, daß eins der U-Boote versuchte, nach oben zu kommen. Wieder eine lange Pause ..., dann eine Reihe von heftigen Implosionen und dann das Ächzen und Krachen eines berstenden Bootes.

Jeder auf der Brücke der *Kitty Hawk* sah, wie eine Meile entfernt eine Notrakete die Oberfläche durchstieß, in den Himmel schoß und in einer gelben Wolke explodierte.

Einen Augenblick später tauchte inmitten der kochenden weißen See die *Barracuda* an der Oberfläche auf. Das Turmluk wurde geöffnet, zwei Männer in Taucherausrüstungen krochen heraus, kletterten auf das Seitenruder hinunter und sprangen ins Meer. Ein Blinklicht auf der Brücke signalisierte die Nachricht: „KOLLISION MIT U-BOOT. IDENTITÄT UNBEKANNT. MATROSE MIT GEBROCHENEM BEIN. SCHICKT ÄRZTLICHE HILFE. SPRINGFIELD."

Kapitän Lewis, der Kommandant der *Kitty Hawk*, schickte sofort einen Hubschrauber los, der einen Chirurgen zum U-Boot hinunterlassen sollte. Springfield fuhr fort, Blinksignale zu senden, statt zu funken, damit die russischen Trawler, die der Flotte folgten, nichts mitbekamen.

Admiral Horning war wütend. Die Zerstörer hatten die *Barracuda* unter dem Flottenverband hindurchschlüpfen lassen. Kein Schiff hatte auf das U-Boot geschossen, und dieses hatte auch keinen Torpedo abgefeuert. Taktisch gesehen hatte das Kriegsspiel mit einer Pattsituation geendet, aber Horning wußte, daß er verloren hatte. Tief unten war die Hölle losgebrochen, und dann war die *Barracuda* nur zweitausend Meter von seinem Flaggschiff entfernt wie ein Seeungeheuer der Tiefe entstiegen.

Während Dutzende von Meldungen von der Flotte hereinkamen, bemühten sich die Nachrichtenoffiziere verzweifelt darum, aus der Verwirrung schlau zu werden. Mehrere Schiffe meldeten die Geräusche berstender Schotten, als ein U-Boot auf Grund ging. Doch keins der Boote der Flotte fehlte.

„Was zum Teufel geht hier vor?" fragte Vizeadmiral Netts den Admiral.

„Ich glaube, Ihr Kapitän Springfield wird uns einiges erklären müssen", erwiderte Horning.

EINE Viertelstunde nachdem die *Barracuda* aufgetaucht war, lag der verletzte Torpedoschütze im Lazarett des Flugzeugträgers. Die Taucher machten Meldung, daß der Schaden an der Hülle gering sei, und Springfield signalisierte dem Flugzeugträger, sein Boot sei seetüchtig, und äußerte den Wunsch, mit Fregattenkapitän Billings an Bord der *Kitty Hawk* zu kommen.

Ehe er von Bord des U-Boots ging, sprach Springfield zur Mannschaft.

„Alle Mann Achtung, hier spricht der Kommandant. Ich möchte bei dieser Gelegenheit Ihnen allen für eine hervorragende Leistung während des Einsatzes danken. Ich werde die Besatzung für eine lobende Erwähnung vorschlagen, und es wird außerdem Einzelauszeichnungen geben. Vor allem möchte ich Chief Lopez und die gesamte Torpedomannschaft hervorheben, die ihr Leben aufs Spiel gesetzt haben, um das unsere zu retten, und Sonaroperator Sorensen, dessen schnelle Reaktion das Boot vor der sicheren Zerstörung gerettet hat. Es gibt Sonderrationen in der Messe. Das ist alles."

IM SONARRAUM herrschte Chaos. Technische Handbücher lagen am Boden verstreut; der Schrank war umgefallen, und Tausende von winzigen Elektronikteilchen hatten sich selbständig gemacht; Kaffee hatte sich über Fogartys Bildschirmgerät ergossen.

Sorensens Anspannung löste sich. Er klappte förmlich zusammen und mußte keuchend Luft holen. Das Geräusch des sowjetischen Rätsel-U-Boots, das direkt auf ihn zu kam, hallte noch in seinen Ohren, ein Geräusch, das er nie vergessen würde. „Ruder hart backbord!" Er erinnerte sich, daß er das gerufen hatte. Es hatte eine Ewigkeit gedauert, bis das Boot reagierte. Und dann der Aufprall.

Allmählich fing er sich und sah zu Fogarty hinüber, der bleich und schweißüberströmt dasaß.

Fogartys Hände zitterten, als er sich eine Zigarette ansteckte. „Was hatte der bloß vor? Uns absichtlich zu rammen?"

„Glaube ich nicht. U-Boot-Fahrer sind im allgemeinen keine Selbstmörder. Das war einfach miese Seemannskunst."

JAGT DIE POTEMKIN!

Davic las in Sorensens Augen, daß es wahr war, und das genügte
ihm. Auf dem Schaubild der sowjetischen U-Boote kritzelte er ein
Kreuz über die Zeichnung des Viktors.

SORENSEN würde diese Geräusche nie vergessen. Der Zusammenstoß und die Implosion des russischen U-Boots hatten sich in sein
Gedächtnis eingegraben. Dennoch hatte er, um sicherzugehen, die
gesamte Abfolge der Ereignisse mit seinem Gerät aufgenommen.

In der Abgeschiedenheit seiner Strandkabine spielte er das Band
wieder und wieder ab. Mehrere Fragen nagten an ihm. Warum hatten
die Russen einen Torpedo abgefeuert? Hatten sie versucht, die
Barracuda oder die *Kitty Hawk* zu versenken?

Das U-Boot war neunhundert Meter weit unten implodiert, in
einer unglaublichen Tiefe. Wie schafften es die Russen, auf diese Tiefe
hinunterzugehen? War der Zusammenstoß ein Unfall gewesen, oder
hatten die Russen sie absichtlich gerammt? Kein vernünftiger Kommandant hätte so etwas getan, aber ein vernünftiger Kommandant
hätte auch keinen Torpedo abgefeuert. Es war ein Puzzle, bei dem eine
unbestimmte Anzahl von Stücken fehlte.

Sorensen versuchte, sich das Wrack des russischen U-Boots vorzustellen. In der kalten schwarzen Wüste des Meeresgrunds lagen

die Teile des zerschmetterten Boots jetzt über ein quadratmeilen-
großes Trümmerfeld verteilt. Der Reaktor und die Wärmetauscher,
die Torpedos, die Elektronik, die Chiffriergeräte und neunzig
Männer. Ihm wurde eiskalt ums Herz.

„ALLE Mann Achtung, hier spricht der Kommandant. Wir haben Befehl, zu Reparaturarbeiten den Marinestützpunkt in Rota anzulaufen.
Die Fahrtzeit wird achtundvierzig Stunden betragen. Das ist alles.“

Im Torpedoraum entdeckte Chief Lopez, daß Zapata verschwunden war. Er räumte die Glassplitter vom Boden weg und durchsuchte
den Raum gründlich, aber der Skorpion war nirgends zu finden.
Lopez war es flau im Magen. Ein U-Boot hatte Tausende von
Winkeln und Spalten, in denen sich ein Skorpion verstecken konnte.
Es war nur eine Frage der Zeit, bis jemand gestochen wurde. Lopez
meldete dem Ersten, Zapata sei „im Gefecht vermißt“.

Pisaro blinzelte und war nicht sicher, ob er lachen oder sich besorgt
geben sollte. So gefährlich war der Skorpion nun auch wieder nicht.
Sein Stich war kaum schlimmer als der einer Biene. „Wie lange kann
das Vieh denn überleben, ohne was zu fressen, Chief?“

„Monatelang, Sir, vielleicht sogar ein Jahr.“

„Na gut. Organisieren Sie einen Suchtrupp. Geben Sie der
Mannschaft was zu tun, um sie von der Havarie abzulenken.“

Lopez zeichnete unbeholfen das Bild eines Skorpions, angetan wie
Emiliano Zapata mit einem Sombrero und gekreuzten Patronengür-
teln, und stellte auf dem Verfielfältigungsapparat des Bootes ein
Steckbriefplakat her. Er bot für die Rückgabe Zapatas, tot oder
lebendig, fünfundzwanzig Dollar Belohnung an und organisierte
Suchtrupps. Vierundzwanzig Stunden lang rissen Matrosen, bewaffnet mit Taschenlampen und hastig gebastelten Netzen, systematisch
jedes Paneel auf, räumten jedes Spind leer, drehten jede Koje um. Als
sie Gibraltar erreicht hatten, gab es keinen Zentimeter mehr auf dem
Boot, der nicht zweimal abgesucht worden wäre, aber Zapata blieb
unerlaubt entfernt von der Truppe.

Lopez machte Pisaro jetzt Meldung, daß Zapata weiterhin verschwunden bleibe. Pisaro tat es schulterzuckend ab. „Ich glaube, daß
er noch im Torpedoraum ist, Sir“, sagte Lopez. „Ich kann mir nicht
vorstellen, wie er hinausgekommen sein soll. Seit dem Zusammenstoß war das Luk immer zu, ausgenommen, wenn jemand hinein-
oder herausging.“

„Machen Sie sich keine Sorgen, Chief. Zapata ist ein Überlebens-
künstler, da könnte ich drauf wetten.“

Das Boot nahm Kontakt auf zu einer U-Boot-Boje der Nato und fuhr unter Wasser durch die Straße von Gibraltar in den Atlantik. Dann drehte die *Barracuda* nach Norden, auf den Golf von Cádiz und den riesigen Marinestützpunkt Rota zu. Im Morgengrauen verlangsamte das U-Boot die Fahrt und stieg aus der Fahrtiefe auf.

Springfield ging auf die Brücke, um das Boot in den Hafen zu steuern.

Als sie sich von einer Radarboje in den inneren Teil des Hafens leiten ließen, stieg kühler Nebel aus der Bucht auf. Hinter dem Wellenbrecher von Rota, gegenüber von Cádiz, überragte der spanische Flugzeugträger *Dédalo* die kleineren Schiffe und Schlepper, die die Piers säumten.

Ein Schlepper zog die *Barracuda* in ein großes Schwimmdock, und die Leinen vorn und achtern wurden festgemacht. Seit der Kollision waren zwei Tage vergangen, und die Russen hatten noch kein Wort über ihr vermißtes U-Boot verlauten lassen.

Der Zusammenstoß hatte die Männer und die Maschinen in der *Potemkin* durcheinanderwirbeln lassen. Kurnatschow hatte sich den Kopf an einem Sehrohrgehäuse angeschlagen und war bewußtlos auf den Boden gefallen.

Die *Potemkin* hatte sich 360 Grad um ihre Längsachse gedreht und dabei kurz kopfgestanden. Der Reaktor war zum Stillstand gekommen, und sekundenlang, ehe die wenigen Notaggregate des Bootes ansprangen, war es völlig dunkel. Die Schraube drehte sich nicht mehr, aber die Tiefenruder gingen nach unten, und das Boot sank. Benommene Männer kämpften um Halt auf den Füßen. Beißende Rauchschwaden eines Kabelbrandes drangen in die Zentrale.

Kapitän Federow hatte sich aus seiner Kajüte herausgetastet, den Durchgang entlang bis zur Zentrale. Dort entdeckte er, nachdem er über den am Boden liegenden Kurnatschow gestolpert war, daß die Lichter auf dem Navigationsmonitor noch grün leuchteten – der Druckkörper war intakt.

„Tiefenruder auf null Grad!" befahl Federow. „Luks dichtmachen. Die Brände löschen. Ich erwarte Schadensmeldungen."

Federows Rückkehr in die Zentrale ermunterte die Mannschaft, ihre Benommenheit abzuschütteln und die Befehle auszuführen. Die Gegensprechanlage funktionierte noch.

„Hier Steuermaschinenraum. Tiefenruder backbord spricht nicht mehr an. Versuchen es manuell."

„Hier elektrischer Maschinenraum. Alle Systeme funktionieren mit Notstrom."

„Hier Reaktorkontrollraum. Wir haben Dampf. Druck normal."

Die Instrumente arbeiteten wieder. Die *Potemkin* sank langsamer. Mit einem schnellen Blick registrierte Federow, daß die größte Gefahr von der Lufterneuerungsanlage ausging. Der Kohlendioxidreiniger und die Kohlenmonoxidbrenner funktionierten nicht.

„Alle Mann Gasmasken und Sauerstoffflaschen anlegen."

Bei neunhundert Metern gelang es den Maschinisten, das Backbordtiefenruder auf null Grad nach oben zu drehen. Die Brände waren gelöscht, und die Kohlenmonoxidbrenner arbeiteten wieder. Nur der Kohlendioxidreiniger blieb außer Betrieb.

„Torpedoraum, akustisches Tarnsystem Nummer fünf laden. Rohr fluten. Sonar, wo ist das amerikanische U-Boot?"

„Es steigt, ist fast an der Oberfläche."

„Torpedoraum, Tarntorpedo abfeuern. Höchstgeschwindigkeit, Winkel zwanzig Grad abwärts. Alle Mann bereitmachen für Abschußrückstoß."

ALS Kurnatschow in der Kabine aufwachte, war sein Kopf bandagiert und sein linker Arm eingegipst. Als er versuchte, sich aufzusetzen, entdeckte er die Fußfessel um seinen Knöchel, die ihn an der Koje festschloß. Alle Papiere, Bücher und Karten waren aus der Kabine weggeräumt. Von seiner Uniform waren sämtliche Rangabzeichen abgetrennt. Kurnatschow sank auf die Koje zurück, um über sein Schicksal nachzudenken.

Mehrere Stunden später brachte Federow ein Tablett mit Essen.

„Lassen Sie mich sofort frei", forderte Kurnatschow. „Ich habe immer noch das Kommando auf diesem Boot."

Federow stellte das Tablett ab. „Genosse ehemaliger Erster Offizier Korvettenkapitän Kurnatschow" – er stieß die Wörter wütend aus –, „Sie haben einen unglaublichen Mangel an seemännischem Können gezeigt, einen meiner Männer umgebracht, die Amerikaner provoziert, die Geheimhaltung der *Potemkin* gefährdet und Ihre Autorität mißbraucht. Sie werden für das alles angeklagt werden. Genießen Sie Ihr Frühstück – und ersticken Sie dran."

DER Leitende Ingenieur Alexis Rolonow, Sohn eines Leningrader Werftarbeiters, hatte einen großen Teil seines Lebens in ölverschmiertem Zustand verbracht. Als er sich in Federows Kajüte hinsetzte, einen schwarzen Schmierstreifen über der Stirn, überzog ein dünner Öl-

film seine Hände. Kapitän Federow und er waren alte Kameraden; sie
fuhren seit Jahren auf demselben Boot.

„Was ist mit dem Tiefenruder backbord?" fragte der Kommandant.

„Das Hydrauliksystem ist hin, aber es läßt sich manuell bedienen."

„Der Reaktor?"

„Wir können ihn jederzeit in Gang setzen."

„Und der Kohlendioxidreiniger?"

„Das wird eine ernste Sache. Die Kalkfilter sind herausgeflogen und
kaputtgegangen. Er arbeitet nur in Teilbereichen. Die normale
Kohlendioxidkonzentration liegt bei zwei Prozent. Wir sind jetzt bei
drei Prozent. Ohne Filter dauert es vier Tage, höchstens fünf, dann
bekommen wir eine Kohlendioxidnarkose."

Federow versuchte, seinem Zorn mit einem Witz Luft zu machen.
„Vielleicht sollten wir in Gibraltar haltmachen und uns bei den
Engländern die Filter ausleihen. Im Austausch dagegen können die
Kurnatschow von uns haben. Sie können ihn wegen Rammens eines
Nato-Schiffes vor ihr Marinegericht stellen."

Die Vorstellung, wie Kurnatschow vor einem britischen Richter
mit Perücke stand, brachte den Leitenden Ingenieur zum Lächeln.

Federow griff nach einer Flasche Wodka, trank zwei Schlucke und
gab sie dann Rolonow.

„Unser Arzt teilte mir mit, daß wir zwei Schwerverletzte an Bord
haben", sagte der Ingenieur. „Sie werden sterben, wenn wir sie nicht
vom Boot runterkriegen."

„Das können wir in der unmittelbaren Zukunft nicht", erwiderte
Federow. „Admiral Gorschkow will eine hunderttägige Fahrt, und
die kriegt er auch, aber vielleicht sind wir dann alle tot."

„Immerhin machen wir Geschichte –"

„Die kann mir gestohlen bleiben. Die *Potemkin* ist überstürzt
produziert worden. Unzureichende Erprobung auf See, zuviel technischer Klimbim und zuwenig Notaggregate. In drei Jahren werden
die Titan-U-Boote die Meere beherrschen, aber jetzt haben wir uns
die Pfoten verbrannt. Das haben wir unserem Genossen Politoffizier
zu verdanken. Ich würde ihn am liebsten mit bloßen Händen
erwürgen."

„Was tun wir gegen das Kohlendioxid?"

„Was schlägst du vor, Alexis? Daß ich auftauche? Nein. Wir werden
nicht auftauchen und durch Istanbul hindurchdampfen. Unser Befehl
lautet, um jeden Preis unentdeckt zu bleiben, und wenn wir die
Potemkin selber versenken müssen. Wir fahren durch die Straße von
Gibraltar."

„Aber wir brauchen die Filter."

„Wir können ab und zu schnorcheln, und wir bleiben unentdeckt, wenn wir sehr langsam, sehr leise und sehr tief fahren."

„Und wenn wir entdeckt werden?"

Federow überhörte die Frage und wandte seine Aufmerksamkeit einer Karte zu.

INDEM er die *Potemkin* mit minimaler Reaktorenergie fuhr und eine Tiefe unter neunhundert Meter beibehielt, hatte Federow sein Boot in Richtung Gibraltar manövriert. Er hielt sich an die nordafrikanische Küste und gab sich Mühe, allen Hauptschiffahrtsrouten und den Operationsgebieten der Nato auszuweichen. In dieser Tiefe würde niemand nach ihm suchen, und falls doch, dann würden ihn, wie er glaubte, ihre Sonare nicht aufspüren. Er hatte nur vage Gerüchte über die Entwicklung eines fortschrittlicheren amerikanischen Sonarsystems gehört, und er neigte zum Mißtrauen gegenüber solchen Gerüchten. Trotzdem ließ er äußerste Vorsicht walten. Ohne die Silikonverpackung der Turbine machte die *Potemkin* bei einer Geschwindigkeit über acht Knoten starken Lärm, deshalb behielt er langsame Fahrt und einen stetigen Westkurs bei.

Nach fünf Tagen lag die Kohlendioxidkonzentration bei vier Prozent. Die Männer atmeten hektisch und pumpten immer mehr Kohlendioxid in die Luft an Bord. Die Männer wurden schwächer, und ihre Infektionsabwehr ließ nach. Eine Erkältungswelle suchte die Ingenieure heim.

Um die vergiftete Luft aus dem U-Boot hinauszubekommen, mußte Federow schnorcheln: bis dicht an die Oberfläche aufsteigen, ein Rohr ausfahren, die kohlendioxidreiche Luft hinauspumpen und frische Seeluft einsaugen. Federow verfluchte sein Pech. Der Ausfall eines einzigen simplen Systems hatte den Wert der *Potemkin* zu dem eines altmodischen dieselelektrischen U-Boots gemindert.

Als der fünfte Tag dem Ende zuging, war die *Potemkin* fünfzig Meilen von der algerischen Küste entfernt. In weniger als vier Stunden würde die Mannschaft in eine Kohlendioxidnarkose fallen. Federow studierte die Karten. Einen Ort, der sicherer war, würde er kaum finden.

„Klarmachen zum Auftauchen!" befahl er. „Schnorchel klarmachen. Alexis, bring uns rauf auf hundertfünfzig Meter."

Die *Potemkin* stieg langsam aus der Tiefe. Bei hundertfünfzig Metern meldete Popow: „Kontakt, unter der Oberfläche. Zwei Schrauben, dieselelektrisch. Entfernung fünftausend Meter."

Auf dem Sonarschirm war das U-Boot ein zweidimensionaler Streifen über der *Potemkin* und ihr voraus, bei langsamer Fahrt.

„Französisch, Typ Daphné. Vermutlich die *Sirène*."

„Geringstmögliche Fahrt voraus. Tiefenruder fünfzehn Grad abwärts. Auf achthundert Meter gehen."

Im Maschinenraum kurbelten vier hustende, schniefende Männer die Tiefenruder nach unten, und die *Potemkin* ging tiefer.

Federow sprach ruhig in das Mikrofon des Kommandostandes. „Torpedoraum, Rohr eins und zwei laden –"

„Nikolai, du kannst ihn doch nicht abschießen, du kannst doch nicht wissen, ob –"

„Alexis, was habe ich denn für eine Wahl? Wenn der französische Kommandant unsere Position meldet, dann werden auch andere Schiffe nach uns suchen, und die Engländer werden die Straße von Gibraltar sperren. Dann haben wir keinen Fluchtweg mehr. Und wir werden alle hier sterben, wenn wir nicht schnorcheln . . ."

„Entfernung zum Ziel fünftausendsiebenhundert Meter."

„Rohre fluten."

EINEN kurzen Augenblick glaubte der Sonaroperator an Bord der *Sirène*, er sehe einen Leuchtpunkt auf seinem Schirm; aber der war zu flüchtig und zu schwach. Er erinnerte sich nur allzu gut daran, daß er sich schon einmal einen schweren Verweis eingehandelt hatte, als er falschen Alarm gab. Schon war der Punkt verschwunden, was immer es auch gewesen sein mochte.

IN ACHTHUNDERT Meter Tiefe war die *Potemkin* zu tief, als daß die Sonare des Franzosen sie hätten aufspüren können. Aber sie war nicht in Sicherheit, ehe das französische Boot das Gebiet verlassen hatte.

„Entfernung zum Kontakt?" fragte Federow.

„Entfernung fünftausendneunhundert Meter", antwortete Popow. „Ich habe ihn auf dem aktiven Sonar verloren. Er scheint sich zu bewegen . . ."

Beweg dich weiter, bitte, flehte Federow tonlos.

Und genau wie er lehnte sich etwa achthundert Meter über ihm und fünftausendneunhundert Meter von ihm entfernt ein müder und verdrossener Franzose von seinem Terminal zurück und traf eine Entscheidung, die ihm leichtfiel: Er würde nicht melden, was er vermutlich überhaupt nicht gesehen hatte, und dadurch der *Sirène* die Weiterfahrt ermöglichen.

Eine Stunde später stieg die *Potemkin* auf eine Tiefe von achtzehn Metern. Der Schnorchel und die Radarantenne durchbrachen eine halbe Stunde lang die Meeresoberfläche und verschwanden dann wieder.

Ein einsamer, alter tunesischer Fischer sah etwas, das er für ein seltsames blaues Licht im Meer hielt, und rief nach seinem schlafenden Kameraden. Als der aufwachte und an Deck kam, war das seltsame Licht verschwunden. Der Fischer zuckte mit den Achseln und vergaß es bald.

Kapitel 8

Siebzig Mann der *Barracuda* wurden in Rota in Baracken an Land verlegt; eine Rumpfbesatzung von neunundzwanzig Mann sollte die Reparaturen am Bug überwachen.

Im Schwimmdock breiteten Werftarbeiter ein Verdeck über den Turm des U-Boots, die Docktore wurden geschlossen, und das Wasser wurde herausgepumpt. Sacht legte sich das U-Boot auf die Stahlstreben des riesigen Docks. Nackt, die ganzen fünfundsiebzig Meter der tropfenden Hülle den Blicken ausgesetzt, sah die *Barracuda* wie ein an den Strand geworfenes Meeresungeheuer aus.

Eine Gruppe hochqualifizierter Dockarbeiter wurde aus Portsmouth, New Hampshire, eingeflogen; sie sollten die Reparaturen ausführen. Sie schalteten tragbare Flutlichter ein und fingen damit an, am Bug und an der Steuerbordseite, wo das russische U-Boot an der Hülle entlanggeschrammt war, ein Gerüst zu errichten.

Während das Gerüst gebaut wurde, ging Sorensen an Deck, um zu sehen, was die Russen seinem Boot angetan hatten. Er mußte sich auf den Bauch legen und wie ein Krebs über die Hülle kriechen, damit er einen Blick auf die beschädigten Sonare erhaschen konnte. Eine halbe Stunde lang lag er da, alle viere von sich gestreckt, und versuchte, das, was er sah, in Einklang zu bringen mit dem, was er während des Zusammenstoßes gehört hatte.

Das sowjetische U-Boot hatte zwei Torpedoklappen und sechs Sonartransduktoren beschädigt.

Sorensen versuchte sich vorzustellen, was mit dem russischen U-Boot geschehen war. Wie war es möglich, daß es soviel Schaden genommen hatte, zu sinken und zu implodieren? War der Reaktorkern durchgeschmolzen? War der Druckkörper beschädigt worden? Hatte es die Schraube eingebüßt? Als er durch das Luk zurück ins Boot kletterte, rasten die verschiedensten Gedanken durch sein Gehirn. Er stand in der Zentrale, schaute den Elektrikern zu und überlegte, was zu tun sei. Schließlich klopfte er an Pisaros Tür.

„Kommen Sie rein!" rief Pisaro. „Was gibt's, As?"

„Sir, ich bitte um Erlaubnis, die Bandaufnahme von dem Zusammenstoß abzuhören. Ich möchte, daß Sie es sich mit mir zusammen anhören, Mr. Pisaro."

Pisaro stimmte zu, und einen Augenblick später waren Sorensen und Pisaro im Sonarraum allein. Pisaro brach das Siegel auf einer Bandspule, und Sorensen legte sie in eines der großen Geräte ein.

Sie lauschten den Stimmen auf der Gegensprechanlage des Gefechtsstandes, den Maschinengeräuschen und dann dem Krachen beim Zusammenstoß, das im Raum widerhallte, danach dem Geräusch des Torpedomotors und den Implosionen. Als das Band zu Ende war, ließ es Sorensen zu der Stelle zurücklaufen, an der die Russen den Torpedo abgeschossen hatten, und sie hörten wieder das Aufheulen des Torpedomotors.

„Wie hört sich das für Sie an, Sir?"

„Es klingt wie ein russischer Torpedo, Sorensen."

„So scheint es, Sir, aber ich möchte nicht schwören, daß es ein Torpedo war."

„Was sollte es denn sonst gewesen sein?"

„Ich weiß es nicht, aber ich traue einfach keinem Geräusch, das ich von diesem U-Boot gehört habe. Ich glaube, daß dieses U-Boot mit allen möglichen akustischen Tricks gearbeitet hat. Ich würde das Band gern in die Mangel nehmen."

„In Ordnung, tun Sie das."

Sorensen machte rasch eine Kopie des Bandes und gab Pisaro das Original zurück. Er ließ das Duplikat bis an die Stelle laufen, wo die Russen den Torpedo abfeuerten, dann ließ er es mit verlangsamter Geschwindigkeit bis zur ersten Implosion laufen und hielt es dann an. Mit den in seinem Terminal eingebauten Filtern löschte er in mühsamer Arbeit jede Implosion und Explosion von dem Band, dann nahm er die Geräusche des auseinanderbrechenden Bootes weg, das Kreischen des Metalls, das Brüllen der See. Es war eine Fleißarbeit, aber nach einer Stunde hatte er die Geräusche, die noch übrigblieben.

Pisaro und Sorensen hörten das bearbeitete Band ab. Der Torpedomotor war immer noch da. Er war schwach, aber deutlich, und das Geräusch ging weiter bis zum Ende des Bandes.

Pisaro fluchte vor sich hin. „Das muß ich sofort dem Käpt'n zeigen", sagte er.

Als Pisaro hinausgegangen war, klappte Sorensen die Tastatur-abdeckung auf und nahm das Band aus seinem versteckten Mini-kassettenrecorder. Er wollte es eben zu seiner Strandkabine zurück-bringen, als Fogarty hereinkam, in seinen Stuhl sackte und düster auf das große Kreuz starrte, das Davic über den Viktor auf der Umriß-zeichnung gemalt hatte.

„Was hat Sie denn gebissen, Kleiner?"

„Was halten Sie denn von der Sache, Sorensen? Glauben Sie, daß wir nun Krieg bekommen?"

Sorensen zuckte die Achseln. „Die Russen fangen bestimmt nicht den Dritten Weltkrieg an, weil sie ein U-Boot verloren haben. Außerdem war es ein Unfall."

„Aber besser wäre es doch, wenn es an die Öffentlichkeit käme, wenn die Leute die Wahrheit erführen. Das könnte die Situation entspannen."

„Wem würde es schon was nützen, über das hier Bescheid zu wissen? Das würde die Leute doch bloß aufregen."

„Die Leute zu Hause haben doch das Recht, zu erfahren –"

„Nicht mehr, seit es das Gesetz über die Staatssicherheit gibt", unterbrach ihn Sorensen. „Die Wahrheit ist geheime Verschlußsache. Hören Sie, jeder, der je auf diesem Boot gefahren ist, hat genau dasselbe gedacht: Mensch! Was wäre, wenn die Leute über das alles Bescheid wüßten? Über diesen ganzen Geheimkram und die Spielchen mit den Russen. Stellen Sie sich Ihren Nachbarn vor, wie er zu Hause vor dem Fernseher sitzt und hört: ‚U-Boot gesunken. Krieg droht.' Der dreht doch durch. Und der Genosse Normalverbraucher in Moskau braucht nur zu hören, daß neunzig von den Besten seines Landes tot auf dem Meeresgrund liegen, dann schreit er nach Krieg. Das funktioniert auf beiden Seiten. Wenn wir da unten lägen, würde der halbe Senat sofort dafür stimmen, die Russen mit Atomraketen niederzumachen. Deshalb erzählen wir den Leuten gar nichts. Das ist vielleicht falsch, aber andersrum wär's schlimmer."

„Also vergessen wir's einfach, als ob's nie geschehen wäre?"

„So ungefähr. Ja, lernen Sie, damit zu leben, so wie ich's gelernt hab. Ich fahre schlicht und einfach auf meinem U-Boot herum, und wenn ich an Land gehe, benehme ich mich genauso wie jeder andere blöde, besoffene Matrose. So brauche ich nicht über das ganze Zeug nachzudenken. Und außerdem, Fogarty – wenn die Russen deswegen einen Krieg anfangen wollten, hätten sie's schon getan."

„Vielleicht wissen sie es noch nicht."

„Da würde ich nicht drauf wetten. Die wissen mehr, als Sie

glauben, aber wir auch." Sorensen biß sich auf die Zunge. Er überlegte, ob er Fogarty erzählen sollte, er habe jetzt einen Beweis dafür, daß das russische U-Boot möglicherweise gar nicht gesunken war. Aber er war sich nicht völlig sicher, noch nicht, und außerdem wollte er, daß Fogarty sich über das Gesagte Gedanken machte.

NACH einer Woche im Schwimmdock waren die Schweißarbeiten am Bug beendet und die neuen Sonare und Torpedoklappen installiert. Die *Barracuda* wurde an einen Pier verlegt, wo die Elektriker jetzt an der elektrischen Anlage weiterarbeiteten.

Sorensen und Fogarty waren in der Zentrale, zogen ein paar hundert Meter Kabel aus dem Torpedoraum und rollten es zusammen.

Fogarty wischte sich über die Stirn. „Jetzt könnte ich ein kühles Bier vertragen."

Sorensen ließ das Kabel fallen. „Das ist das Vernünftigste, was ich von Ihnen gehört habe, seit Sie an Bord sind. Ich spendiere Ihnen eins, wenn wir an Land gehen."

„Waren Sie schon mal in Rota?"

„Einmal. Ist bloß so ein Marinehafen. Machen Sie sich keine zu großen Hoffnungen."

Eine Stunde lang schleppten sie die Kabelrollen aus dem Boot hinaus und stapelten sie auf dem Pier. Als die letzte Rolle auf dem Stapel untergebracht war, machten sie es sich auf dem Pier gemütlich und sahen den Zivilisten bei der Arbeit zu.

Ein leichter, warmer Regen hatte eingesetzt. In der Bucht konnten sie Lichter sehen, die sich bewegten. Ein russischer Trawler fuhr von Cádiz nach Rota, machte kehrt und fuhr dieselbe Route zurück. Sie standen auf und schlenderten den Pier entlang.

„Wofür interessieren sich die Russen denn so?" fragte Fogarty.

„Für die *Vallejo*", gab Sorensen zur Antwort. „Wofür denn sonst?"

Die USS *Mariano G. Vallejo*, ein Raketen-U-Boot, lag an dem nächsten Pier vor Anker. Ihre sechzehn Atomraketen und deren Sprengköpfe hatten mehr Vernichtungskraft als die Bomben aller Kriege der Weltgeschichte. Ein echter „Knaller", wie solche Boote bei der Marine genannt wurden.

Während sie noch zu ihm hinübersahen, hörten sie das Pfeifensignal, und dann dröhnte die Stimme des Steuermannsmaats aus den Lautsprechern auf dem Pier. „Alle herhören. Landgang, Landgang. Der Landgang der ersten Gruppe beginnt um zwanzig Uhr. Dauer vierundzwanzig Stunden. Ich weise darauf hin, daß der Landgang auf Rota beschränkt ist. Ende."

„Wir gehören zu den ersten", sagte Sorensen. „Jetzt gehen wir ein Bier trinken."

Niemand ist leichter als Marineangehöriger auszumachen als ein Matrose, der in Zivil auf Landgang ist. Fogarty hatte den Marinehaarschnitt, er trug ein ladenneues kariertes Hemd aus dem Marineladen, Jeans mit Bügelfalten und das amerikanische Standardlächeln. Sogar Sorensen, der sich die allergrößte Mühe gab, nicht wie ein GI auszusehen, mußte kapitulieren. Die Sportsonnenbrille und die maßgearbeiteten Cowboystiefel waren ganz nützlich, auch die ausgebleichten Jeans und das Hemd aus Guatemala, aber gegen den Seemannsgang und die Neigung, im Gleichschritt mit seinem Kumpel zu gehen, war er machtlos.

Das Haupttor zum Marinestützpunkt lag mitten in der Stadt. Sorensen und Fogarty hielten den amerikanischen und spanischen Marineposten in ihren Wachhäuschen die Ausweise hin, dann gingen sie durch die Schranken.

Direkt gegenüber dem Tor, am Anfang der Avenida de Sevilla, musterten sie erst einmal die Szene: eine Reihe von schäbigen Bars und billigen Hotels, deren Lichter die feuchte Slumgegend kaum erhellten. Der Regen hatte aufgehört, und das Kopfsteinpflaster glänzte. Ein paar Matrosen zogen von Bar zu Bar.

„Das ist also Spanien", sagte Fogarty, der in die Dunkelheit starrte.

„Sind wir etwa Touristen? Kommen Sie schon."

Sie schlenderten durch die Avenida de Sevilla. Hundert Meter vom Tor entfernt blieben sie vor *El Farolito* stehen, dem „Kleinen Leuchtturm", und schoben sich durch die Tür.

Drin empfing sie ein Schwall von lautem Rock 'n' Roll. Sie blieben einen Augenblick lang auf einem kleinen Treppenabsatz stehen und schauten hinunter in die Bar im Souterrain, während sich ihre Augen an das schummrige kirschrote Licht aus der Lampe von einem alten Diesel-U-Boot gewöhnten. Eine weiße Mütze flog durch die Luft und landete auf einem Tisch voller Bierflaschen. Hinten bewegte sich ein Paar Kastagnetten über einem Kreis aus klatschenden Matrosen. Sorensen und Fogarty schlängelten sich durch die Menge zur Bar.

Der Barkeeper war ein Mann von fünfzig mit fleckigem Gesicht.

„*Dos cervezas*", sagte Sorensen.

„Hier könnt ihr Englisch reden", entgegnete der Barkeeper.

„Okay. Zwei kalte Bier."

Die Flaschen tauchten auf dem Tresen auf. „Seid ihr Jungs von der *Barracuda?*"

Sie nickten.

„Hab gehört, ihr seid wegen Reparaturarbeiten hier."

Sie nickten wieder.

„Hab gehört, ihr habt ein russisches Boot versenkt."

Sorensen tat sein Bestes, ein überraschtes Gesicht zu machen. „Wirklich? Wo haben Sie das denn gehört?"

„Es spricht sich rum." Er ging zum unteren Ende des Tresens.

Sorensen sah Fogarty an und lachte. „Du wolltest der Welt von dem Zusammenstoß erzählen? Sieht ganz danach aus, als ob die Welt schon Bescheid weiß. Das ist also Geheimhaltung bei der Marine. Trinken wir, Fogarty: auf Wahrheit, Gerechtigkeit und Informationsfreiheit." Sorensen warf den Kopf zurück und goß eine halbe Flasche Bier in sich hinein.

Fogarty schaute sich um. Die Kneipe war ein großer L-förmiger Raum mit Sägemehl auf dem Boden und einer hohen, vom Rauch vernebelten Decke. Etliche seiner Kameraden lagen im Sägemehl, andere tanzten mit den Schönen der Nacht zum stampfenden Rhythmus der Rockmusik.

„Nette Party, was, Kleiner?"

Fogarty nickte. „Schon in Ordnung."

Sorensen lachte. „Fogarty, du bist ein braver Junge, nicht wahr? Du bist dein Leben lang ein braver Junge gewesen. Ich möchte wetten, daß du noch nie Ärger gekriegt hast. Ich meine, richtigen Ärger. Du glaubst an Frieden, Liebe und so weiter."

„Ich muß nicht beweisen, daß ich ein paar Knochen brechen kann, falls Sie das meinen."

„Und wie sieht es mit ein paar russischen Knochen aus, Fogarty? Würdest du die brechen, wenn du müßtest?"

„Ich hoffe, daß ich das nicht muß."

„Das hoffe ich auch, Kleiner, vergiß das nicht. Aber die Frage ist, was wirst du machen, wenn's wirklich losgeht?"

Fogarty zuckte die Achseln.

Im Farolito ging es jetzt hoch her. Hinten tanzte eine einsame Tänzerin in Zeitlupe Flamenco. Sie war hellhäutig und blond, stampfte den Boden und ließ die Kastagnetten klappern zu einer Musik, die nur sie hörte.

„Bis später", sagte Sorensen. Er trug seine Flasche zu dem Tisch hinüber, der ihr am nächsten war, und setzte sich. Erst schien sie ihn nicht zu bemerken. Dann tanzte sie langsam um seinen Tisch herum. Sie war jung, um die Zwanzig. Ein paar Minuten später verließen die beiden das Lokal. Sorensen winkte beim Hinausgehen Fogarty zu.

FOGARTY trank bereits eine Stunde lang allein, als sich eine der Bardamen auf den Hocker neben ihn setzte. Enge Jeans umspannten ihre Hüften, und eine Bauernbluse ließ ihre nackten Schultern sehen. An den Füßen hatte sie teure handgearbeitete Sandalen. Sie war nicht schön, hatte aber angenehme, ausdrucksvolle Gesichtszüge. „Hallo, kleiner Matrose. Spendierst du mir was zu trinken?"

„Klar." Fogarty winkte dem Barkeeper.

„Und eine Zigarette hätte ich gern."

Er steckte eine an und gab sie ihr. „Sind Sie Engländerin? Sie hören sich so an."

Sie lächelte. „Und ob. Und Sie sind ein Yankee." Ihr Lächeln veränderte ihr Gesicht völlig und machte sie sehr hübsch. „Ich heiße Liz. Und wie heißt du, Yankee?"

„Fogarty, Mike Fogarty. Sind Sie ..., ich meine ..."

„Ja, ich bin eine." Sie lächelte wieder.

Fogarty war hingerissen, aber er war außerdem so betrunken, daß er kaum mehr gehen konnte. Sie half ihm die Treppe hinauf. Ein Taxi fuhr sie eine kurze Strecke zu einem Hotel.

AM NÄCHSTEN Nachmittag übernahm die Mannschaft der *Vallejo* das Farolito. Das war ihr letzter Landgang vor einer sechzigtägigen Fahrt durch das Mittelmeer, und sie zogen alle Register. Ein Radio, eingestellt auf den amerikanischen Sender, lief auf voller Lautstärke und füllte den Raum mit Rock and Roll.

Sorensen kam herein, drängte sich zur Bar vor und bestellte ein Bier. Der Barkeeper zeigte durch den Raum. „Der Typ da will was von Ihnen", sagte er.

Sorensen schaute sich um und sah ein Tweedjackett in einer Nische, abseits von dem Trubel. Es war Vizeadmiral Netts, der allein dasaß, eine Flasche Brandy und zwei Gläser vor sich. Er winkte Sorensen, sich zu ihm zu setzen.

„Tag, Admiral."

„Sie brauchen nicht zu salutieren. Ich bin nicht in Uniform."

„Ja, Sir."

„Kommen wir gleich zur Sache. Was ist da unten eigentlich passiert? Was hatte der verfluchte Russe vor?"

Sorensen zögerte. Das Getöse der randalierenden Matrosen dröhnte ihm in den Ohren.

„Trinken Sie was", sagte Netts und schob die Flasche und ein Glas über den Tisch. „Ich weiß, daß Sie bis acht Landgang haben. Erzählen Sie mir einfach, was Sie über dieses russische U-Boot wissen."

454   JAGT DIE POTEMKIN!

„Schwer zu sagen, Sir. Die schienen akustische Tarnsysteme zu testen." Sorensen goß sich Brandy ein.

„Fehlinformationen, Täuschungen, Tricks?"

„Ja, Sir. Darauf läuft's hinaus. Schmutzige Tricks."

Netts schaute sich im Lokal um, dann sah er wieder Sorensen an. „Ich habe mir das Band angehört, das Sie für Korvettenkapitän Pisaro gemacht haben, aber ich weiß nicht recht, was ich damit anfangen soll."

„Ich bitte um die Erlaubnis, eine Frage stellen zu dürfen, Sir. Haben die Russen inzwischen etwas über das vermißte U-Boot verlauten lassen?"

„Nein. Es ist eine Tatsache, daß sie noch nicht einmal nach dem U-Boot suchen. Keine Aufklärungsschiffe, gar nichts. Das versteh ich nicht."

Sorensen trank den Brandy aus und goß sich nach. „Admiral, ich bin nicht überzeugt davon, daß das U-Boot gesunken ist. Wir alle haben die Implosion gehört, aber wir haben eine Menge Dinge gehört, von denen sich nachher rausstellte, daß es was ganz anderes war. Für mich ist es klar, daß sie den Untergang vorgetäuscht haben. Ich weiß aber nicht, wie. Ich kann es nicht beweisen –"

Netts hob fragend die Augenbrauen.

„Admiral, ich glaube, was am Ende des Bandes zu hören ist und was wir zunächst für einen Torpedo gehalten haben – das ist das russische U-Boot, das sich mit einem winzigen Elektromotor davonschleicht. Es ist gar nicht gesunken."

„Sorensen, wissen Sie, was Sie da sagen? Das Ding ging auf zwölfhundert Meter Tiefe."

„Ja, Sir. Zwölfhundertvierzig, um genau zu sein."

Netts' Gesicht lief rot an. „Sie sagen, daß die Russen ein U-Boot gebaut haben, das so tief hinunter kann? Wenn das stimmt, ist das eine technische Revolution."

„Ja, Sir, ich weiß. Eine schlechte Nachricht."

„Falls das so ist, müssen wir über dieses U-Boot mehr herausbekommen. Hüllenteile, die beim Zusammenstoß mit dem russischen U-Boot etwas abbekommen haben, sind aus der *Barracuda* herausgeschnitten und zur Analyse nach Washington geschickt worden. Aber ehe wir die Ergebnisse bekommen, wird die *Barracuda* wieder in See stechen. Sorensen, Sie werden diesen Russen finden, jedes Geräusch aufzeichnen, das er von sich gibt, und dann alles tun, was Sie können, um ihn zum Auftauchen zu zwingen, damit Sie ihn fotografieren können."

„Wissen Sie denn, wo der Russe ist, Admiral?"

„Nein. Er ist ins Mittelmeer hineingekommen, ohne daß wir ihn bei Gibraltar entdeckt hätten, aber er ist noch nicht wieder im Atlantik. Das SOSUS-Netz, das die *Barracuda* getestet hat, wird ihn sofort aufspüren. Sobald er in den Atlantik zurückfährt, schnappen wir ihn uns. Ich habe großes Vertrauen zu Ihnen, Sorensen. Sie sind ein Gewinn für die Marine."

„Danke, Sir. Es schmeichelt mir, daß Sie das sagen."

„Haben Sie je daran gedacht, Offizier zu werden?"

„Nein, Sir. Mir gefällt, was ich mache."

„Denken Sie darüber nach."

Sorensen nickte und wußte, daß er kein bißchen darüber nachdenken würde.

Netts stand auf. „Machen Sie die Flasche ruhig leer. In Norfolk sehen wir uns wieder."

KAPITEL 9

SORENSEN fand Fogarty in einem schäbigen Hotel in einer Nebenstraße der Avenida de Sevilla. Fogarty schlief und träumte, er sei in dem sinkenden russischen U-Boot. Die Russen gaben ihm die Schuld an ihrem Schicksal und stopften ihn in ein Torpedorohr . . .

Sorensen weckte ihn. „Alles in Ordnung?" fragte er.

„Ich hab zuviel getrunken." Fogartys Augen waren rot und verschwollen.

Sorensen ließ sich in einen Sessel fallen. „In ein paar Stunden müssen wir wieder auf dem Schiff sein", sagte er. „Hast du Lust, ins Farolito zurückzugehen?"

Fogarty versuchte, den Kopf zu schütteln, aber bei der Bewegung wurde ihm schwindlig. Sorensen zuckte die Achseln und legte ein Bob-Dylan-Band in seinen Minirecorder.

Während Fogarty wieder die Augen schloß, machte Sorensen die Fenster auf. Die Straße unten lag fast ausgestorben da. Es war drei Uhr nachmittags – Siesta. Sorensen ging zu dem Sessel zurück und drückte die Rücklauftaste auf dem Recorder. „Weißt du, Fogarty, ich glaube, daß du ein guter Sonaroperator wirst. Du hast gute Ohren."

„Danke. Von dir ist das ein echtes Kompliment."

„Ich möchte einen kleinen Test mit dir machen. Ich möchte rauskriegen, wie gut du wirklich bist. Aber dazu muß ich dich in ein kleines Geheimnis einweihen."

„In was für ein Geheimnis?"

Sorensen grinste. „Streng vertraulich. Das heißt, daß ich dich – ganz im Vertrauen gesagt – erwürge, wenn du irgendwem davon erzählst." Er legte ein neues Band in den Minirecorder ein. „Ich hab den Recorder an meinen Terminal im Sonarraum angeschlossen."

„Aber das ist gegen die Vorschrift."

Sorensen grinste. „Ja, das ist ja mein Geheimnis, und jetzt ist es auch deins. Wenn ich mich an alle Vorschriften der Marine halte, kann ich meinen Job nicht machen. Jetzt hör dir das an."

Und Sorensen ließ das unbearbeitete Originalband von dem Zusammenstoß laufen. Fogarty erkannte es sofort. Er hörte die Kommandos aus der Gegensprechanlage, dann das Aufeinanderkrachen von Metall. Aus dem winzigen Lautsprecher des Recorders klang es nicht ganz so furchterregend.

„Das Band ist gefährlich, Sorensen."

„Nur für mich. So, jetzt kommt der Test."

Sorensen drehte das Band um, spulte zurück und drückte auf die Starttaste. Wieder hörten sie, wie das russische U-Boot sank. Der Torpedomotor heulte durchs Meer. Aber dieses Mal gab es keine Implosionen, keine berstenden Schotten.

Fogarty sprang auf. „Was hast du mit dem Band gemacht?"

„Genau das ist der Test. Sag du's mir."

Fogarty steckte sich eine Zigarette an und lachte nervös. „Was ist denn das für ein Spiel, As?"

„Wir spielen jetzt Cowboys und Kosaken, aber an Land. Komm schon, Fogarty, sag mir, was du hörst."

„Du hast die Implosionen weggefiltert", erwiderte Fogarty. „Übriggeblieben ist der Torpedo. Du versuchst rauszukriegen, was mit dem Aal passiert ist."

„Könnte sein. Was ist deiner Meinung nach damit passiert?"

„Er war elektronisch gesteuert. Er ist gesunken, als der Draht durchriß."

„Bist du sicher?"

„Nein ..., der Motor läuft weiter."

„Sehr gut. Was noch?"

„Vielleicht ist es gar kein Torpedo."

„Ausgezeichnet. Was ist es dann?"

Fogarty nahm den Recorder, trug ihn zum Bett und hörte sich den Torpedo noch einmal an. Das hohe Geheul des Motors erinnerte ihn an die kleinen Elektromotoren, die er in seine U-Boot-Modelle eingesetzt hatte.

Und plötzlich begriff er. „Willst du mir weismachen, daß es das U-Boot ist? Daß es gar nicht gesunken ist?" Als Sorensen nicht antwortete, saß er einen Augenblick lang reglos da. „Das kann ich nicht glauben", sagte er schließlich.

„Du willst es nicht glauben, aber es ist wahr."

„Es ging auf zwölfhundert Meter Tiefe. Kein U-Boot kann so weit hinunter. Das ist unmöglich."

„Es war unmöglich, aber das ist vorbei."

„Das gibt doch einfach keinen Sinn –"

„Dann sag mir mal, warum die Russen nicht nach ihrem ‚vermißten' U-Boot suchen."

„Woher weißt du das?"

„Netts hat's mir erzählt", sagte Sorensen munter. „Er ist extra für ein Schwätzchen mit dem As aus Washington angereist. Gefällt dir das?"

„Du hast mit Admiral Netts gesprochen?"

„Klar. Ich bin ein großer Held, hast du das vergessen?"

„Warum sollten die Russen vortäuschen, daß eins ihrer Boote gesunken ist?"

„Erstens haben sie den Lärm veranstaltet, damit es unbemerkt verschwinden konnte. Zweitens wollten sie, daß wir glauben, es sei gesunken, denn dann hätten wir nicht mehr danach gesucht."

„Es war also ein Trick?"

„Sieht so aus, Kleiner."

„Ich hab um diese Leute getrauert –"

„Ich weiß. Das ehrt dich."

„Wie lange weißt du's schon?"

„Seit ich mir ein paarmal das angehört habe, was du eben auch gehört hast. Der Käpt'n wird's heute abend der Mannschaft erzählen. Wir werden das U-Boot verfolgen, und wir werden es finden."

„Wie kannst du dir da so sicher sein?"

Sorensen schaute Fogarty an. „Weil wir das neue SOSUS haben, die Tiefensonare im Atlantik. Sie arbeiten nach einer simplen Methode. Die Kabel sind auf dem Meeresgrund verlegt und tragen alle zwanzig Meilen ein Hydrophon. Dadurch besitzen wir jetzt im Atlantik ein Kabelnetz mit insgesamt dreitausendsechshundert Hydrophonen. Manche Stellen, zum Beispiel die Karibik und der nördliche Atlantik zwischen Grönland, Island und Schottland, sind besonders eng mit Hydrophonen bestückt. Früher oder später kriegen die Russen das raus. Aber eigentlich müßten wir damit das U-Boot ausfindig machen, wohin es auch fährt. Wenn wir heute abend auslaufen, müssen wir auf alles gefaßt sein. Von dir, Fogarty, möchte ich wissen, ob du deinen Job machen wirst. Das ist alles, was ich von dir verlange."

Fogarty griff nach dem Recorder und wog ihn in der Hand. Er hatte Angst, aber er sagte sich, das sei nur natürlich. Er dachte daran, wie das, was er für den Torpedo gehalten hatte, durch das Wasser direkt auf ihn zugekommen war ..., aber was war, wenn –

„Hör mal, As, erklär mir, wie du das Ding hier an deinen Terminal angeschlossen hast."

„Klar, Kleiner."

„Und hör auf, Kleiner zu mir zu sagen."

„Zum Teufel, ja."

LOPEZ stand mit den Wachposten am Anfang des U-Boot-Piers. „Na, endlich! Ihr seid die letzten", sagte er, als er Sorensen und Fogarty sah. „Gehen wir."

Auf dem Pier drängten sich Matrosen und Techniker, die die *Barracuda* und die *Vallejo* zum Auslaufen klarmachten. Als sie den Pier entlanggingen, sagte Sorensen: „Was tut sich denn in der wirklichen Welt, Chief? Gibt's Betrieb da draußen?" Er schwenkte den Arm Richtung Atlantik.

„Sieht so aus, als ob der ganze Ozean von Russen wimmelt. Die werden uns einheizen. Der Käpt'n will dich sofort sprechen. Zieh dich um."

Sorensen duschte, zog einen Overall an und klopfte an Springfields Tür.

„Kommen Sie rein."

„Chief Lopez hat gesagt, Sie wollten mich sprechen, Sir."

„Setzen Sie sich, Sorensen." Springfield goß eine Tasse Kaffee ein und reichte sie Sorensen. „Sie haben mit Admiral Netts gesprochen?"

„Ja, Sir."

„Er will Sie befördern."

Sorensen klapperte mit der Kaffeetasse. „Das haben wir doch schon durchgespielt, Sir. Mir gefällt es hier."

„Ich habe Netts gesagt, daß Sie genau das sagen würden, aber die Sache hat einen Haken. Sie können hier nicht bleiben, keiner von uns kann das. Die *Barracuda* wird generalüberholt. Die Mannschaft wird aufgelöst. Sie schicken wir auf die *Guitarro* und machen Sie dort zum Chief."

Fast wäre Sorensen die Tasse aus der Hand gefallen. „Zum Chief? Wollen Sie mich auf den Arm nehmen, Käpt'n? Kein Sonaroperator der Marine ist Chief auf einem Boot."

Springfield lächelte. „Manche Marinegesetze sind nicht gar so ehern. In Ihrem Fall will Netts eine Ausnahme machen. Sie müssen allerdings ein paar Prüfungen machen."

„Die *Guitarro*, haben Sie gesagt? Von der habe ich noch nie was gehört."

„Sie ist ein neues Jagd-U-Boot. Und Sie bekommen die allerneuesten Elektronikanlagen und Sonare. Für ‚Sorensens Strandkabine' ist auch schon ein Platz vorgesehen."

Das hatte Sorensen nicht erwartet, und er war sich nicht sicher, ob das wirklich ein Grund zur Freude war ..., ein neues Boot, eine neue Mannschaft und dann auch noch Chief. „Ich weiß gar nicht, was ich sagen soll, Käpt'n. Danke. Ich muß darüber nachdenken."

„Gut, Sorensen. Denken Sie darüber nach, solange Sie wollen. Im Augenblick haben wir dringendere Probleme. Von Netts und von Pisaro habe ich gehört, daß Ihrer Meinung nach das russische U-Boot gar nicht gesunken ist, sondern daß das ein akustischer Trick war."

„Käpt'n, was wir für den Torpedo gehalten haben, war das U-Boot selber. Ich glaube, sie haben einen Tricktorpedo abgeschossen, der implodiert und gesunken ist."

Springfield klopfte mit einem Bleistift auf den Schreibtisch. „Wir müssen also davon ausgehen, daß das U-Boot noch herumfährt. Wir wissen nicht, wo es ist oder in welchem Zustand, aber eins wissen wir: Es ist unentdeckt ins Mittelmeer gekommen, und soweit wir wissen, ist es noch nicht wieder herausgekommen."

„Wenn es hereingekommen ist, Sir, würde es mich auch nicht überraschen, wenn es wieder unbemerkt hinauskäme."

„Wir haben jedenfalls die Patrouillen durch die Straße von Gibraltar vervielfacht und die fest installierten Horchgeräte auch, aber dieses U-Boot ist nicht unser einziges Problem. Vor vier Tagen sind drei weitere sowjetische Jagd-U-Boote an Island vorbei südwärts gefahren. Wir verfolgen sie mit SOSUS durch den Nordatlantik. Eins von ihnen hält etwa dreißig Meilen vor Rota Wache. Es sieht ganz danach aus, als ob die Russen glauben, sie könnten jetzt jederzeit ins Mittelmeer eindringen und unsere Raketen-U-Boote in Gefahr bringen."

„Wie die *Vallejo* zum Beispiel?"

„Genau. Wir glauben, daß sie die *Vallejo* verfolgen werden, deshalb werden wir ihr als erstes dabei helfen, die Russen abzuschütteln. Sobald die *Vallejo* in Sicherheit ist, gehen wir vor der Straße von Gibraltar auf Station. Wenn wir Glück haben, erwischen wir das Rätsel-U-Boot beim Herauskommen. Noch Fragen?"

„Ja, Sir. Hat der neue U-Boot-Typ einen Namen?"

„Alpha. "

„Wir werden die Ohren aufsperren, Käpt'n. "

„Sehr gut. Machen Sie klar zum Auslaufen. "

SORENSEN trank aufgelöstes Alka-Seltzer und überprüfte die Schaltkreise der neuen Sonare, als Fogarty hereinkam und sich setzte.
Fogarty schaltete seinen Terminal und die Tiefenmesser ein.

„Was macht dein Kater, Kleiner?"

„Scheußlich. "

Sorensen gab ihm einen Klaps auf die Schulter. „Entspann dich,
Fogarty, wir sind zu Hause. Welche Tiefe haben wir unter dem Kiel?"

„Zehn Meter. "

„In Ordnung. Schärf die Sporen, Cowboy. Es geht los. "

Pisaros Stimme kam durch die Gegensprechanlage. „Alle Mann
Achtung, alle Mann auf Manövrierstation. Klarmachen für langsame
Fahrt. "

Der Reaktor war heiß, Dampf strömte durch die Leitungen, der
Kurs war festgelegt, der Kommandant und die Ausgucke waren auf
der Brücke. Über ihnen war der Nachthimmel wolkenverhangen.
Auf dem Pier gegenüber machte der Kommandant die *Vallejo* klar,
um der *Barracuda* in den Golf hinaus zu folgen. Springfield winkte und
befahl, die Leinen vorn und achtern loszuwerfen.

„Langsame Fahrt voraus. "

Mit einem Beben legte das Boot von dem Pier ab, passierte den
Wellenbrecher und schlüpfte vorbei an dem russischen Trawler.
Springfield brachte sein Boot, das in den Wellen rollte, in ruhigere See
und fuhr auf tieferes Wasser zu.

„Flagge streichen", sagte er. „Brücke frei. Klarmachen zum
Tauchen. "

Keine Kapelle spielte. Keine Menge winkte zum Abschied. Die
Barracuda fuhr in der Stille der Nacht aus Rota hinaus und glitt
verstohlen in den Atlantik.

KAPITEL 10

IM TORPEDORAUM verglich Stabsbootsmann Lopez die Seriennum-
mern der Torpedos mit den Angaben im Logbuch und staubte
zufrieden die Sprengköpfe ab. Die *Barracuda*, jetzt wieder vollbewaff-
net, führte mit sich: zwanzig Mark-37-Torpedos mit konventionellen

hochexplosiven Sprengköpfen, sowohl mit elektronischer als auch mit akustischer Steuerung, vier Mark-45-Torpedos mit zweihundert-fünfzig Kilo schweren Atomsprengköpfen und zwei Köder, die feindliche Torpedos täuschen und ablenken sollten. Lopez summte ein fröhliches Lied.

Die jungen Torpedoschützen versammelten sich vor einem neuen Schild über dem Torpedoterminal, auf dem stand: ZAPATA – *im Gefecht verschollen.*

Johnson, der Maat, musterte kritisch die ausgebesserten Stellen im Raum. Im hellen Licht glitzerten noch einzelne Flecken frisch aufgetragener grauer Farbe, aber die Schweißnähte waren nicht zu sehen. Der dünne, drahtige Mann sprach mit einer krächzenden Stimme. „Lopez, es heißt, daß ein russisches U-Boot dreißig Meilen weit draußen eine Wachroute fährt."

„Das stimmt. Das machen die doch dauernd."

„Schon, aber das da wartet auf uns."

Lopez bemerkte, wie die Torpedoschützen den Blick auf den Maat richteten. „Warum sollten sie das tun?"

„Sie wollen sich an uns rächen, weil wir ihr Boot versenkt haben."

„Sie warten auf die *Vallejo*", erklärte der Stabsbootsmann.

„Woher wissen Sie das, Lopez? Die möchten mit uns abrechnen. Würden Sie das umgekehrt nicht auch wollen?"

„Johnson, du hast ein großes Maul. Alle mal herhören. Die Russen wollen nichts von uns. Hier geht's um was, von dem ihr Leute nichts wißt, weil ihr davon nichts zu wissen braucht. Das ist nicht euer Problem. Wenn wir nach Norfolk zurückkommen, kriegt jeder von euch dreißig Tage Urlaub. Denkt daran und ver-geßt die Russen. Sobald wir die Iwans weggejagt haben, fahren wir nach Hause. Das ist meine letzte Fahrt, und ich will, daß sie gut verläuft."

Die Torpedoschützen wirkten nicht überzeugt, aber keiner sagte etwas.

Einen Augenblick später tauchte das Boot. Die Torpedoschützen holten bei jedem Knacken und Ächzen des Druckkörpers tief Luft. Aller Augen waren auf die neuen Torpedoverschlußklappen gerichtet. Jede Schweißnaht war zweimal geröntgt worden, die Reparatur-gruppe hatte mit dem Boot eine kurze Erprobungsfahrt auf See gemacht, aber Lopez hatte das Luk geschlossen und war aufs Schlimmste gefaßt. Als Springfield den Trimm korrigierte und das Boot sich geradelegte, funktionierten alle Systeme normal. Aus dem Jubel der Torpedoschützen klang Erleichterung.

„Zufrieden, Johnson?" fragte Lopez, als er sich eine Zigarre anzündete.

„Wir sind nicht hier, um gegen den Ozean zu kämpfen, Chief." Lopez runzelte die Stirn und schüttelte den Kopf. „Macht das Luk auf. Die Luft hier drin ist zum Schneiden."

DER Kommandant nahm die Fahrt zurück, bis die *Barracuda* nur noch im Schleichtempo fuhr, und ließ das U-Boot kreisen. Im Sonarraum schloß Sorensen die Augen und preßte sich die Kopfhörer dicht gegen die Ohren, während er nach dem Wachboot horchte. Langsam drehte die *Barracuda* wieder auf das Hafenbecken zu, aus dem die *Vallejo* in neunzig Minuten herausfahren sollte.

Sorensen nahm die Kopfhörer ab und schaltete die Lautsprecher ein. Fogarty beobachtete den leeren Schirm und zuckte jedesmal zusammen, wenn das Geräusch eines weit entfernten Schiffes kurz einen Leuchtpunkt auf seinem Monitor aufblitzen ließ.

„Was ist denn los, Fogarty? Bist du nervös? Entspann dich. Dieser Russe wird uns nicht mit schmutzigen Tricks kommen. Diesmal sind wir an der Reihe."

Fogarty rieb sich die Augen und streckte sich. „Es war ein langer Tag, und ich könnte ein bißchen Schlaf gebrauchen. Statt dessen bekomm ich's mit noch mehr Russen zu tun."

Sorensen schaute auf die Digitalzeitanzeige auf seinem Monitor. „Du kriegst jede Menge Zeit zum Schlafen, wenn diese Fahrt vorbei ist. Wir müssen die neuen Tiefensonare testen. Hol uns mal Kaffee, damit wir wach bleiben."

In der Kombüse trank Colby mit Stanley, dem philippinischen Koch, Tee.

Stanley hatte das Wort ergriffen. „Ich höre, die Russen Kopfgeld aussetzen auf *Barracuda*", sagte er gerade. „Wollen uns Schlimmes. Wie bei Mafia."

Colby lachte. „Warum sollten sie ein Kopfgeld auf uns aussetzen, Stanley?"

Stanley legte einen Finger an die Lippen und flüsterte: „Wir ihr Schiff senken, ihre Matrosen töten. Wollen ein Auge für einen Zahn."

Fogarty, der gerade die Kombüse betreten und Stanleys Befürchtungen mitgehört hatte, lachte, schenkte zwei Becher Kaffee ein und brachte sie gefährlich balancierend in den Sonarraum, wo sich Davic und Willie Joe um Sorensens Terminal drängten. Sorensen hatte die neuen Sonare aktiviert.

Die *Barracuda* war bei hundertzwanzig Metern. Sorensen nahm

Fogarty einen Kaffeebecher ab und drückte auf eine Taste. „Dieses Sonar ist computerverstärkt. Es neutralisiert die Thermalschichten", erklärte er. „Nicht vollständig, aber es hilft."

„Wozu soll das denn gut sein?" fragte Davic. „So tief geht doch sowieso kein U-Boot hinunter."

„Na ja, Davic", erwiderte Sorensen, „man kann nie wissen. Setzen Sie sich und fangen Sie an. Sie müssen lernen, damit umzugehen."

Davic und Willie Joe wurden eingewiesen, und als eben Fogarty an der Reihe war, meldete sich Springfield über die Sprechanlage.

„Alle Mann Achtung. Hier spricht der Kommandant. Nachdem wir jetzt wieder auf See sind, bin ich autorisiert, Ihnen eine Nachricht von Vizeadmiral Netts zu verlesen. Sie trägt das Datum von gestern und ist an die Offiziere und die Mannschaft der *Barracuda* gerichtet."

Man hörte Papierrascheln und dann wieder Springfields Stimme. „Die Nachricht lautet folgendermaßen: ‚Meine Herren, ich möchte Ihnen allen ein Lob aussprechen für Ihre hervorragende Leistung beim unglücklichen Zusammenstoß mit einem sowjetischen U-Boot. Wie viele von Ihnen wissen, wurde zuerst angenommen, das sowjetische U-Boot sei gesunken. Ich möchte Sie alle wissen lassen, daß das nach unseren Informationen nicht der Fall ist. Es ist wahrscheinlich, daß das U-Boot noch im Mittelmeer operiert, daß es aber früher oder später durch die Straße von Gibraltar in den Atlantik fahren muß. Sobald die *Vallejo* sich von einem gemeldeten Wachboot gelöst hat und ihre Patrouille im Mittelmeer aufnehmen kann, hat die *Barracuda* Befehl, auf der Atlantikseite der Straße von Gibraltar stationiert zu bleiben und darauf zu warten, daß das sowjetische U-Boot herauszukommen versucht. Sie können es zwar nicht aufhalten, aber Sie können ihm folgen. Nutzen Sie alle Ihnen zur Verfügung stehenden Mittel, um so viele Informationen wie irgend möglich über das U-Boot zu sammeln. Viel Glück und gute Jagd.'"

Verblüfftes Schweigen herrschte nach dieser Durchsage. Alle dachten dasselbe, doch im Torpedoraum sprach Johnson, der Maat, es aus. „Heiliger Bimbam, das Boot, das uns angefahren hat, ist noch da. Es ist putzmunter und macht vielleicht Jagd auf uns!"

Von den anderen Torpedoschützen kam ein zustimmendes Gemurmel.

Davic war bleich geworden. „Sie sind nicht gesunken? Sorensen, was soll das heißen?"

„Das heißt, daß sie Fahrerflucht begingen."

„Aber die Implosionen …"

„Vorgetäuscht."

„Sie haben das gewußt!"

„Und wenn schon? Jetzt wissen Sie's auch. Und ich will euch allen Stoff zum Nachdenken geben. Das ist ein neuer Bootstyp, der auf mindestens zwölfhundert Meter Tiefe gehen kann, vielleicht noch tiefer."

„Zwölfhundert Meter!" Davic schüttelte den Kopf. „Was soll denn das sein?"

„Es ist ein Jagd-U-Boot, Typname Alpha. Es macht einen Höllenlärm. Wir haben seine Kennung. Die haben wir kurz vor dem Zusammenstoß aufgenommen."

„Wenn es soviel Krach macht", fragte Willie Joe, „warum kann es dann niemand finden?"

„Das ist eine gute Frage. Ich vermute, es fährt langsam und tief, vielleicht mit elektrischer Energie, aber wenn es durch die Straße von Gibraltar fahren will, muß es weiter nach oben kommen. Es ist hineingekommen, weil wir nicht nach ihm gesucht haben."

„Wo ist es?" Davic ließ nicht locker. „Ist es hinter uns her?"

„Warum sollten die Russen hinter uns her sein?" schnauzte ihn Sorensen an.

„Weil wir ihr neues Boot entdeckt haben, das ist doch klar."

„Ich glaube nicht, Davic. Ich denke mir, sie wollen nichts weiter, als das U-Boot aus dem Mittelmeer hinaus und auf den Heimweg bringen." Jedenfalls hoffe ich, daß sie nichts weiter wollen, fügte er in Gedanken hinzu. Und dann sagte er und wollte damit sich selbst ebenso beruhigen wie die anderen: „Wir führen keinen Krieg gegen diese Leute."

„Wir sollten Atombomben auf ihre Werften schmeißen", murmelte Davic.

„Wenn ich Admiral Netts das nächstemal sehe, richte ich ihm das aus. Bis dahin ziehen wir erst mal den Test hier durch. Dieses neue Sonarsystem könnte uns dabei helfen, ein U-Boot weit unten aufzuspüren."

GENAU zum geplanten Zeitpunkt hörten sie die Fahrgeräusche eines U-Boots.

„Sonar an Zentrale. Kontakt Peilung null-sieben-zwo Grad, Fahrt zwölf Knoten, Kurs zwo-acht-acht, Entfernung acht Meilen. Es ist die *Vallejo*, Käpt'n."

„Sehr gut, Sonar. Alle Mann auf Manövrierstation."

Davic und Willie Joe griffen nach ihren Asbestanzügen und gingen nach vorn zu ihren Lecksicherungsposten. Die *Barracuda* beschleunigte und ging auf Parallelkurs zu dem großen US-Raketen-U-Boot, das aus der Bucht herauskam. Die beiden U-Boote fuhren im Abstand von hundert Metern aneinander vorbei, brachten die See zum Schäumen wie eine Schule von Walen, drehten dann um und fuhren wieder aneinander vorbei. Sie wiederholten das noch einmal.

Fogarty schüttelte den Kopf. „Warum schicken wir den Russen denn nicht gleich ein Telegramm und teilen ihnen mit, wo wir sind?"

„Genau das ist beabsichtigt."

„Aber das ist doch hirnrissig. Können die uns denn nicht auseinanderhalten?"

„Nein. Unsere Kennungen sind fast identisch. Im Augenblick sind wir der Köder. Wir wollen, daß der Rußki auf uns Jagd macht, damit die *Vallejo* entkommen kann. So läuft das Spielchen. Wir helfen der *Vallejo* dabei, ihren Verfolger abzuschütteln. Paß auf, du wirst es gleich kapieren. Mitten in der Straße von Gibraltar liegen britische Kriegsschiffe mit Hochleistungssonar. Kein russischer Kommandant hat sich so einen Spießrutenlauf je zugetraut, bis auf den verfluchten Alpha. Vielleicht wird's das russische Boot da draußen auch probieren, wenn es auf uns reinfällt und sich an uns dranhängt."

„Vielleicht ist das Wachboot der Alpha."

Sorensen verzog das Gesicht langsam zu einem Lächeln. „Und wenn? Bist du deshalb nervös?"

Fogarty zuckte die Schultern. Er war bemüht, lässig zu wirken. „Der hat uns doch schon einmal gerammt. Ich würde ihm lieber keine zweite Chance geben."

„Weißt du, was ich glaube, Fogarty? Ich glaube, deine hochherzigen Ideale sind über Bord gegangen. Jetzt bist du so weit, daß du Krieg mit ihnen anfangen möchtest."

„Aber das hier ist schon ein Krieg, Sorensen ..., ein elektronischer Nervenkrieg."

„Nein, es ist bloß ein Spiel, Fogarty, nur Cowboys und Kosaken. Glaub's mir."

NACH einer halben Stunde, zu einem genau vorausberechneten Zeitpunkt, verstummten plötzlich beide U-Boote und trieben im Wasser, von ihrer Eigendynamik in entgegengesetzte Richtungen getragen. In dem jähen Schweigen nach dem Abschalten der Maschinen hörte Sorensen ein schwaches Maschinengrollen. Einen Augenblick später war es weg.

„Ich hab sie! Das sind sie! Sonar an Zentrale, Kontakt mit Peilung zwo-drei-null Grad. Entfernung unbekannt. Aber sie sind ein gutes

Stück weit weg. Sie haben die Maschinen ebenfalls gestoppt, Käpt'n. Ich habe noch keine Identifikation. "

In der Zentrale erschien die Peilung des sowjetischen U-Boots auf dem Navigations- und auf dem Gefechtsmonitor.

„Treffer!" rief Kapitänleutnant Hoek.

„Wo ist die *Vallejo?*" fragte Springfield.

„Genau hier", antwortete Pisaro und zeigte auf einen Leuchtpunkt auf seiner elektronischen Karte. Die *Vallejo* glitt in einem weiten Bogen nach rechts, weg von der *Barracuda*, und ging auf dreihundert Meter Tiefe.

Springfield sprach leise ins Mikrofon. „Alle Mann Achtung. Klarmachen für Schleichfahrt. Ruhe auf dem Boot. "

Im Sonarraum hörte die Klimaanlage zu surren auf. Sorensen sagte leise zu Fogarty: „Wir versuchen diesem Iwan vorzuspielen, daß wir die *Vallejo* sind. Wir fahren Richtung Norden. Wenn der Russe den Köder schluckt und sich an uns dranhängt, kann sich die *Vallejo* davonmachen. "

Sorensen spielte die kurze Bandaufnahme des Wachboots ab, spulte zurück und ließ sie durch eine Reihe von Filtern laufen, die Verzerrungen korrigierten und irrelevante Geräusche entfernten. Dann verglich er das Band mit dem Kennungsprogramm.

„Na, Fogarty, was ist das?"

„Ich bin mir nicht ganz sicher. Sowjetisch, Typ November, also nicht der Alpha. "

NOVEMBER blitzte es auf dem Schirm auf.

„Sehr gut, Fogarty. Siehst du, so geheimnisvoll sind diese Russen mit ihren lauten Booten gar nicht. Lassen wir das Band noch mal laufen. Es könnte ein Alpha sein, der einen November simuliert. "

Während das Band lief, stand Sorensen auf und sah sich die Schaubilder der sowjetischen U-Boote an. Er tippte auf die Zeichnungen der Jagd-U-Boote vom Typ November. „Moment, Moment. Ich erkenne das Boot. Das ist unser alter Freund *Archangelsk*. Die müssen das Ding aus der Mottenkiste geholt haben. Na, um die *Archangelsk* aufzuspüren, brauchen wir keine Sonare. Da reicht ein Geigerzähler. "

„Was meinst du damit?"

„Ich meine, das Boot ist heiß. Es ist so radioaktiv, daß ich wetten möchte, daß es im Dunkeln glüht. Die russischen Matrosen kriegen in einem Monat so viel Strahlung ab, wie wir in fünfhundert Jahren abkriegen würden. Sonar an Zentrale, wir haben die Kennung. Typ November, es ist die *Archangelsk*. "

„Sehr gut, Sonar. "

Sie warteten in völliger Stille und trieben langsam in der schwachen Strömung. Die *Vallejo* war drei Meilen südlich, zweihundert Meter tiefer, und trieb ebenfalls. Der Russe war acht Meilen westlich und machte keinerlei Geräusch.

Sorensen beugte sich über den Terminal und summte und pfiff leise zu den schwachen Geräuschen des Lebens im Meer, die aus den Kopfhörern kamen.

NACH zwei Stunden beschloß Sorensen, Fogarty ablösen zu lassen. „Es langt, Kleiner", flüsterte er, „hau dich in die Falle."

Fogarty schüttelte den Kopf.

„Das ist ein Befehl. Raus –"

„Alle Mann Achtung. Klarschiff zum Gefecht, Klarschiff zum Gefecht. Gefechtsstationen besetzen. Klarmachen zum Manövrieren."

Auf dem Schirm sahen sie, daß sich die *Vallejo* schon in Bewegung gesetzt hatte.

„Okay, Fogarty, ich nehm an, du mußt noch eine Weile durchhalten. Bist du wach?"

„Hab mich nie im Leben besser gefühlt."

Das Boot bebte kurz und setzte sich in Bewegung. Die *Vallejo* fuhr nach Süden, die *Barracuda* nach Norden. Der Russe zögerte, dann hielt er auf die *Vallejo* zu.

„Verdammt", sagte Sorensen. „Er hat den Köder nicht geschluckt."

In der Zentrale rief Springfield den Funker. „Boje hinaufschicken."

„Boje unterwegs."

Oben auf dem Turm löste sich ein kleiner Schwimmkörper vom Schiff und stieg an die Oberfläche. Ein leistungsstarkes Funkgerät gab die verschlüsselte Nachricht nach Rota durch. Dreißig Sekunden später schrillte der Alarm auf dem spanischen Flugzeugträger *Dédalo*, und Hubschrauberrotoren dröhnten in die Nacht.

„Zentrale an Gefechtsstand. Rohre drei und sechs laden, Kapitänleutnant. Konventionelle Sprengköpfe, elektronisch gesteuert."

Hoek spürte, wie sein Blutdruck stieg. Er begann zu schwitzen. „Konventionelle Sprengköpfe, elektronisch gesteuert, aye. Gefechtsstand an Torpedoraum. Rohre drei und sechs mit Mark-Siebenunddreißigern laden, elektronische Steuerung. Das ist keine Übung, Chief. Ich wiederhole: Das ist keine Übung."

Lopez drückte eine Taste auf seinem Keyboard, und im Torpedoraum begann ein rotes Licht zu blinken. Die Torpedoschützen nahmen hastig Haltung an.

„Johnson", brüllte Lopez durch den Raum, „drei und sechs laden! Das ... ist ... keine ... Übung!"

Die Torpedoschützen lösten zwei Torpedos aus den Halterungen und schoben sie in die Rohre. Sobald die inneren Verschlußklappen verriegelt waren, fütterte der Zielcomputer die Computer der Torpedosprengköpfe mit den Peildaten.

„Zentrale an Gefechtsstand, auf Sonar schalten."

„Auf Sonar schalten, aye." Hoek drückte Tasten auf seiner Tastatur, und die Kennung des sowjetischen U-Boots wurde den Sprengkopfcomputern eingegeben.

„Rohre fluten."

„Rohre fluten, aye."

Fogarty hörte, wie das Meerwasser in die Torpedorohre strömte, und dachte, daß es jetzt nicht mehr nur ein Nervenkrieg war ... „Wir können es doch nicht versenken", murmelte er, „es ist in internationalen Gewässern –"

„Und wenn die Hölle losbricht, der Käpt'n läßt es auf keinen Fall zu, daß die *Archangelsk* oder sonst ein russisches U-Boot eins unserer Raketen-U-Boote verfolgt", schnitt ihm Sorensen das Wort ab. „Das ist nicht erlaubt, egal, was passiert. Wir wissen das, und der Kommandant der *Archangelsk* weiß es auch. Angenommen, die Russen hätten einen Verfolger hinter jedem unserer großen ‚Knaller'. Sie könnten alle auf einen Schlag versenken. Ergebnis – kein Zweitschlag, keine Abschreckung. Deshalb geben wir ihnen gar nicht erst die Chance. Genau, wie sie uns auch keine Chance geben würden –"

„Zentrale an Sonar. Echolot einschalten, auf Maximum, Zielsuchfrequenz. Geben Sie's ihm, As."

Sorensen nickte, und Fogarty holte tief Luft. Der Russe auf seinem Schirm war jetzt sehr viel mehr als ein Leuchtpunkt. Im Bruchteil einer Sekunde dachte Fogarty an den ersten Sonarangriff auf seine Ohren, an den Zusammenstoß und Sorensens Bandaufnahme. Jetzt war er bereit. Sein Mitgefühl für die Russen war fort. Sie waren sowieso nicht gesunken, hatten es nur vorgetäuscht ... Sorgfältig stellte er das Echolot auf das russische Boot ein, drehte es auf volle Stärke und drückte auf die Taste. Das Echo kam mit einem nachhallenden Pfeifton zurück.

In der Zentrale füllte sich jeder Monitor mit den Daten des Ziels. Alle Männer an Bord hielten den Atem an. Sie waren allein, nicht länger ein sogenanntes „Werkzeug der nationalen Politik", sondern ein Staat für sich auf dem offenen Meer. In wenigen Augenblicken konnten sie sich Schande oder den Tod einhandeln.

Dieses Mal zögerten die Russen nicht. Das kurze Pfeifen des Zielsuchsonars kündigte ihnen an, daß sie als nächstes einen Torpedo hören würden. Die *Archangelsk* drehte sich jäh um neunzig Grad, und plötzlich explodierte das Meer von ihrem Maschinengebrüll. Mit aller Kraft machte das Boot Fahrt, und Sekunden später ging es mit dreißig Knoten auf Westkurs. Die *Vallejo* konnte jetzt unbehelligt auf Patrouille ins Mittelmeer fahren.

Es ging so schnell ..., niemand hatte Zeit dazu, Erleichterung zu empfinden.

Fogartys Herz hämmerte so hart gegen seine Rippen, daß ihm die Brust weh tat. „Das war knapp." Er steckte sich mit zitternden Fingern eine Zigarette an. „Ist es vorbei?" fragte er.

„Ja, es ist vorbei. Unter den gegebenen Umständen war es das Klügste, was sie tun konnten." Sorensen grinste. „Denen hast du, weiß Gott, kräftig eingeheizt, Fogarty. Du hast sogar mir kräftig eingeheizt."

Fogarty stand auf und nahm die Kopfhörer ab. Er lockerte Arme und Hände, machte Fäuste und öffnete und schloß sie wieder und wieder. Sorensen sah, daß seine Augen immer noch fiebrig glänzten. Vielleicht hatte er dem Jungen zu hart zugesetzt.

„Ich hab selber Angst vor mir gekriegt", sagte Fogarty.

„Nimm's leicht, es ist vorbei."

Fogarty schüttelte den Kopf. „Sie werden zurückkommen, und wir werden sie jagen und –"

„Und solange wir die Schlachten gewinnen, brauchen wir nicht den Krieg zu gewinnen."

„Du hast auch auf alles eine schlaue Antwort, Sorensen. Warum verfolgen wir sie denn nicht, jagen sie bis zum Eis hinauf –"

„Gleich wirst du mich fragen, warum wir sie nicht in die Hölle gepustet haben. Was hast du bloß gemacht? Hast du 'ne Pille geschluckt, die dich umgedreht hat?"

„Hör mal, Sorensen, du hast mir gesagt, ich soll mich zusammen-reißen und meinen Job machen. Genau das tue ich. Okay?"

„Klar, Killer, okay." Sorensen lächelte, als er das sagte. „Aber werd nicht so wie Davic. Bleib ruhig dabei."

„An einem Zielsuchsonar kann man keine ruhige Kugel schieben. Das ist die heißeste Sache, die man sich denken kann."

„Klar, und dir hat's so eingeheizt, wie ich's mir nie von dir gewünscht hätte ... Hör mal, Fogarty, du hast Angst vor dir selber gekriegt, ich hab Angst vor dir gekriegt. Das ist okay, früher oder später kriegen wir hier unten alle Angst vor uns selber. Wir alle

kommen uns manchmal wie Killer vor. Aber sperr das wilde Tier
wieder in den Käfig, und sorg dafür, daß es drinbleibt ... Du bist
müde, du hast einen anstrengenden Tag hinter dir. Gönn dir ein
bißchen Schlaf. "

Fogarty griff nach der Türklinke und lächelte. „Okay, Cowboy, ich
versuch, das wilde Tier zu bändigen. Ganz wie du willst. " Er machte
die Tür auf und sah sich Pisaro gegenüber, der aus der Zentrale kam
und eben in den Sonarraum wollte.

„Entschuldigen Sie, Sir", sagte Fogarty, als er vorbeiging.

Pisaro machte die Tür zu und setzte sich neben Sorensen.

„Ziemlich haarig, meinen Sie nicht auch, As?"

„Ja, Sir. "

„Wie hat sich der Kleine gehalten?"

„Er ist noch nicht so weit, daß er allein Wache halten könnte. Hat
sich ziemlich aufgeregt, aber er wird sich dran gewöhnen, genau wie
alle anderen auch. "

„Hören Sie mal, As, sind Sie wirklich sicher, daß es die *Archangelsk*
war?"

„Ja, Sir. Das war der alte Dreckskerl von Iwan persönlich, der den
Atlantik verseucht. Muß eine neue Mannschaft sein. Die alte benutzen
sie jetzt wahrscheinlich dazu, Leningrad zu beleuchten. "

„Keine schmutzigen Tricks mehr?"

„Ich glaube nicht, Sir. Dieses Mal nicht. "

„In Ordnung. Wir bleiben an der *Vallejo* dran und bewachen sie, bis
sie sicher an Gibraltar vorbei und im Mittelmeer ist. Sie werden
abgelöst. Davic ist auf dem Weg hierher. Sehen Sie zu, daß Sie was
zwischen die Zähne kriegen. "

DIE Anzeigen für geographische Länge und Breite auf dem
Navigationsmonitor hörten zu flackern auf und kamen zur Ruhe. Die
Barracuda schwebte in zweihundert Meter Tiefe im Atlantik vor der
Straße von Gibraltar. Über ihr durchquerten Dutzende von Schiffen
eine der verkehrsreichsten Wasserstraßen der Welt, ohne das U-Boot
zu bemerken.

„Alle Mann Achtung, hier spricht der Kommandant. Wir sind jetzt
vier Meilen westlich der Straße von Gibraltar stationiert. Es ist möglich, daß wir hier längere Zeit auf das U-Boot Typ Alpha warten
müssen. Wenn es herauskommt, haben wir Befehl, es in den Atlantik
zu verfolgen. Ich weise darauf hin, daß drei weitere sowjetische
U-Boote im östlichen Nordatlantik gemeldet worden sind. Eins
davon ist ohne Zweifel die *Archangelsk*. Vor zwölf Stunden wurden

die beiden anderen etwa dreihundert Meilen nordöstlich von Rota
gemeldet. Klarmachen für Gefechtsübungen. Das ist alles."

Zwei Tage ließ Springfield die Mannschaft üben; der endlose Strom
von Schiffen bot reichlich Gelegenheit dazu. Am dritten Tag saß
Willie Joe, der sich für sein Oberbootsmannspatent vorbereitete, am
Sonarterminal, verfolgte ein riesiges Containerschiff und gab die
Daten an Hoeks Gefechtsterminal weiter. Hoek fühlte sich wie im
siebten Himmel: In zwei Tagen hatte er – auf dem Monitor – mehr
Schiffstonnage versenkt, als in allen Seekriegen dieses Jahrhunderts
zusammen versenkt worden war.

Das Containerschiff fuhr eine Meile entfernt vorbei. Hoek simulierte die Zerstörung des Schiffes und schickte dabei Zehntausende
von japanischen Fernsehapparaten auf den Meeresgrund – wenigstens
in der Phantasie.

Der Rest der Sonarmannschaft war beim Abendessen in der Messe.
Es gab gebratenes Huhn mit Soße, Erbsen und Kartoffelbrei. In der
Messe ging es munter zu. Es wurde von zu Hause, von Frauen,
Freundinnen und Kindern gesprochen.

„Sag mal, Fogarty", meinte Sorensen, „hast du schon Pläne
gemacht für die dreißig Tage Urlaub, die wir kriegen werden?"

„Ich hab gedacht, ich fahr nach Hause und besuch meinen Vater."

„Warst du schon mal in Japan?" fragte Sorensen.

„Nein. Zu weit weg."

„He, Mann, du bist in der Navy. Du kannst jederzeit beim Militär
mitfliegen, wohin du willst. Hör mal, ich will mir einen neuen
Kassettenrecorder besorgen. Hast du Lust mitzukommen?"

„Vielleicht. Ich überleg's mir."

„Schön, mach das. Denk dran, ein bißchen Vergnügen tut dir gut.
Es macht Spaß, wenn dir ein kleines Frauchen mit winzigen Füßen auf
dem Rücken herumläuft." Sorensen zwinkerte.

„Fährst du eigentlich nie nach Hause, Sorensen?"

„Nach Hause?"

„Nach Oakland."

„Das hier ist mein Zuhause, Fogarty. Ich würd's nicht jedermann
empfehlen, aber es hat was für sich … Die meisten von den Typen hier
haben Familie oder hatten eine. Sie alle haben Ärger mit ihren Frauen,
und über die Hälfte ist geschieden. Sie haben Kinder, die sie nie zu
sehen kriegen, und Eltern, die nicht wissen, wo sie stecken. Zu Hause,
das ist für die meisten ein Reihenhaus in einem Marinestützpunkt
mit einer kaputten Waschmaschine und einem Pontiac, der zuviel
Öl verbraucht. Ich hab's probiert, und es hat nicht geklappt. Da oben

bin ich ein Außenseiter. Hier unten bin ich ein Außenseiter, der wenigstens gut zu den andern Außenseitern paßt."

Das trug ihm am Tisch ein paar Lachsalven ein. Sorensen sprach weiter und beschrieb einen Abend, der im Vergnügungsviertel von Tokio begann, und alle hörten zu bis auf Davic, der eine russische Zeitschrift gegen eine Wasserkaraffe gelehnt hatte und pedantisch die Seiten umblätterte. Als Sorensen zu Ende erzählt hatte, fragte Fogarty: „Was lesen Sie da, Davic?"

„Einen Artikel über die Tschechoslowakei."

„Interessant. Was steht drin?"

Sorensen drehte sich um und hörte ebenfalls zu.

„Hier steht drin: ‚Der sowjetische Kulturattaché verließ entrüstet die Prager Kunstausstellung, nachdem er erfahren hatte, daß die von mehreren Künstlern vorgestellten farbenfrohen abstrakten Kompositionen als antisowjetisch interpretiert werden konnten.'"

„Du meine Güte, wie unhöflich!" rief Sorensen.

„Was ist mit den Künstlern passiert?" fragte Fogarty.

„Davon steht hier nichts. Aber bei denen bedeutet das Straflager."

„He, Davic", sagte Sorensen, „ich kenne eine Menge Typen, die was gegen die Russen haben, aber Sie sind wirklich ganz besessen."

Davic faltete die Zeitschrift zusammen und beugte sich über den Tisch. „Stört Sie das, Sorensen?"

„Ja. Von uns wird erwartet, daß wir Profis sind. Tiefgehende Emotionen verfälschen Entscheidungen."

„Wollen Sie wissen, warum ich die Russen hasse? Sie haben meinen Vater umgebracht, als ich zwölf Jahre alt war."

Sorensen war das Ganze ein bißchen peinlich. „Wie ist das passiert?"

Niemand hatte Davic je mehr als ein paar Worte auf einmal sagen hören – und dann war es meistens eine Gehässigkeit gewesen. Als er merkte, daß alle Mann am Tisch zuhörten, beschloß er, seine Geschichte zu erzählen.

„Es war 1956. Meine Familie hatte einen kleinen Lebensmittelladen in Budapest. Als die russischen Panzer in die Stadt rollten, wollte mein Vater, daß ich im Haus blieb, aber ich wollte die Panzer sehen und den Kanonendonner hören. Ich stand auf der Straßenseite gegenüber dem Laden, als der erste Panzer in unsere Straße einbog. Eine Gruppe von Jungen griff den Panzer mit Steinen an. Einer warf einen Molotowcocktail, der gegen die Kette des riesigen Panzers prallte und in die Brüche ging. Der Schütze gab einen Schuß über die Köpfe der Jungen weg ab, um sie fortzuscheuchen. Das Geschoß schlug im Laden ein. Zwei Soldaten kletterten aus dem Panzer und gingen hinein. Als sie herauskamen, hatten sie die Arme voller Lebensmittel, so viel sie nur tragen konnten: Schinken, Obstdosen, Honiggläser. Als der Panzer endlich weiterfuhr, ging ich hinein. Sie hatten den Leichnam meines Vaters nicht einmal aus dem Weg geräumt, hatten einfach ein paar kaputte Kisten über ihn geschoben, damit sie an den Rest auch noch herankamen ..." Die letzten Worte sprach Davic mit zitternder Stimme.

„Das ist schlimm", erklärte Sorensen ruhig. „Aber nicht mal das ist ein Grund, sich zu wünschen, daß alle Menschen in Moskau bei einem Atomangriff umkämen –"

„Doch", erwiderte Davic, „und in Leningrad, in Kiew und in Odessa auch. Die Russen tun solche Dinge seit Hunderten von Jahren. Die Kommunisten sind auch nicht anders als die Zaren. Sie herrschen durch Furcht und Schrecken. Sie gehen mit der ganzen Welt um wie mit dem Lebensmittelladen meines Vaters. Was ist denn los mit Ihnen, Sorensen? Sind Sie blind? Wir legen die Hände in den Schoß und schauen zu, wie ihre Macht von Tag zu Tag wächst. Mehr Soldaten, mehr Waffen, mehr U-Boote. Wie dieser neue Alpha. Wir können uns nur retten, wenn wir sie jetzt aufhalten ..."

Davic lehnte sich im Stuhl zurück und schaute sich in der Messe um. Alle Gespräche hatten aufgehört. Jeder Matrose schaute ihn an. Johnson, der Torpedomaat, beugte sich herüber und sagte: „Klasse, Davic."

Davic lächelte und nickte. Zum erstenmal, seit er an Bord war, hatte er Zustimmung geerntet, und das war ein berauschendes Gefühl. Sorensen glaubte, er habe noch zwei Köpfe nicken sehen, zwei Torpedoschützen. Fogarty stand auf und wollte hinausgehen.

„Hiergeblieben, Kleiner!" rief Sorensen. „Schau dem alten Ungeheuer in die Augen. Das ist die beste Methode, es wieder in den Käfig zu sperren."

Pisaro, der durch die Kombüse gegangen war und einen Teil des Wortwechsels mitbekommen hatte, kam jetzt durchs Luk herein.

„Achtung!" befahl Sorensen.

Der Erste lächelte und strich sich mit den Händen über den kahlen Schädel. „Meine Herren, versuchen wir doch, Ruhe zu bewahren. Sie auch, Davic."

„Ja, Sir. Aye, aye, Sir."

„Der Dritte Weltkrieg hat noch nicht angefangen. Unser Job besteht darin, ihn zu verhindern." Kopfschüttelnd ging Pisaro wieder hinaus.

Im Sonarraum unterhielt sich Willie Joe über die Gegensprechanlage mit Hoek. „Wann ist das nächste U-Boot fällig?"

„In drei Stunden kommt ein Italiener."

„Okay. Ich habe einen Tanker auf dem Schirm. Den schnappen wir uns."

„Mit Vergnügen", sagte Hoek, und drei Minuten später war der Tanker auf dem Monitor erledigt; in Wirklichkeit wäre so viel Rohöl ausgelaufen, daß die Wasserstraße für hundert Jahre verseucht gewesen wäre.

Als das Geräusch des Tankers sich verlor, blitzte auf Willie Joes Schirm ein heller Streifen auf. Er blinzelte und überprüfte die Liste der U-Boote, deren Durchfahrt eingeplant war. Durch die Kopfhörer kamen deutliche Schraubengeräusche. Ein nicht gemeldetes U-Boot näherte sich von Westen her mit hoher Geschwindigkeit der Wasserstraße.

„Sehen Sie es, Kapitänleutnant? Das ist nicht unser Italiener."

„Ganz Ihrer Meinung."

„Sonar an Zentrale, wir haben einen Kontakt. Peilung zwo-fünf-fünf, Kurs eins-zwo-eins, Fahrt drei-null Knoten, Entfernung zehn Meilen, sich verringernd."

„Zentrale an Sonar. Haben Sie seine Kennung?"

„Sowjetisch, Typ November. Das ist wieder die *Archangelsk*."

„Alle Mann Achtung. Alle Mann Achtung. Klarschiff zum Gefecht, Gefechtsstationen besetzen. Zentrale an Funk, Boje hinaufschicken."

Innerhalb von zehn Sekunden war die Messe leer. Sorensen und Fogarty waren im Sonarraum.

Willie Joe stand auf. „Er gehört dir, As."

„Wer ist es?" fragte Sorensen und setzte sich.

„Wer soll's schon sein? Die *Archangelsk*", sagte Willie Joe auf dem Weg hinaus. „Wenn sie hinter der *Vallejo* her ist, kommt sie drei Tage zu spät."

Sorensen hatte sich kaum gesetzt, als ein zweiter Streifen auf dem Schirm auftauchte, im Winkel leicht vom ersten abweichend.

„Sonar an Zentrale, wir haben noch einen Kontakt. Gleiche Peilung, gleicher Kurs, gleiche Fahrt."

Dann tauchte ein dritter Streifen auf. Das Geräusch der drei U-Boote zusammen war lauter als die Niagarafälle.

Sorensen hatte noch nie etwas Derartiges gehört. „Die Russen stürmen das Mittelmeer", sagte er zu Fogarty.

„Wie die Kosaken?"

Die Russen richteten sich nach den Nato-Unterwasserbaken für die

Durchfahrt nach Osten. Das Leitboot, die *Archangelsk*, war direkt
darüber, die beiden anderen flankierten es. Sorensen lehnte sich auf
dem Stuhl zurück und starrte auf den Schirm, während die Russen drei
Meilen südlich von rechts nach links vorbeifuhren. Es war eine
erstaunliche Demonstration der Arroganz und der Macht, wie sie
durch die Wasserstraße ins Mittelmeer eindrangen.

Fogarty beugte sich vor und beobachtete seinen Schirm. „Wenn das
ein Schachspiel wäre", sagte er, „würde ich sagen, daß die Russen ein
paar Bauern opfern wollen."

„Könnte schon sein, Fogarty, könnte sein."

Springfield schickte eine Funkmeldung nach Rota, die nach
Gibraltar weitergeleitet wurde. Wenige Augenblicke später stiegen
britische Hubschrauber in die Luft.

Die Hubschrauber überholten die russischen U-Boote schnell. Sie
rasten über das Meer und warfen einen Kordon aus Sonarbojen ab.
Die Hydrophone an den Bojen nahmen das laute Geräusch der drei
U-Boote mühelos auf. Innerhalb einer Stunde waren die U-Boot-
Abwehrkräfte der Sechsten US-Flotte auf die lauten russischen
U-Boote eingepeilt.

Die *Barracuda* blieb westlich der Wasserstraße stationiert.

„Ich bin nicht Davic", sagte Fogarty, „aber ich begreife nicht,
warum wir sie nicht verfolgen, statt hier herumzusitzen und unseren
Blutdruck in die Höhe klettern zu lassen."

„Falls das ein Bauernopfer ist, wie du sagst", entgegnete Sorensen,
„brauchen wir ihr Spielchen nicht mitzumachen. Diese alten U-Boote
sind so laut, daß sie sich nicht verstecken können. Die Briten werden
aufpassen, daß sie sich ordentlich benehmen. Wir wollen den Alpha,
und wir bleiben hier sitzen, bis er rauskommt."

KAPITEL 11

IN DER *Potemkin* stank es wie in einem alten Kerker. Weil sie seit dem
Zusammenstoß langsam und leise fuhr, war auch der Frischwasserde-
stillierapparat abgeschaltet, so daß sich niemand mehr waschen oder
duschen konnte. Wegen der defekten Lufterneuerungsanlage war es
zu einer wahren Epidemie von Kopfschmerzen gekommen.

Die *Potemkin* war jetzt fünfundachtzig Tage auf See. Das war die
längste Unterwasserfahrt in der sowjetischen Marinegeschichte. Die
Männer sahen wie zottige, verdreckte Albinos aus. Zwölf Tage bei
langsamer, tiefer Fahrt, in denen sie giftige Luft eingeatmet hatten,

waren an ihre Substanz gegangen. Im Maschinenraum litten die Reaktoroperatoren unter Immunschwäche, dem ersten Symptom der Strahlenkrankheit. Es lag nur an Kapitän Federows äußerer Ruhe, daß sie nicht die Beherrschung verloren.

Vor Wochen, als Federow mit seinem Boot in östlicher Richtung durch die Straße von Gibraltar gefahren war, hatte er sich die günstigen Bedingungen von Flut und Strömung zunutze gemacht, dazu den Zufall, daß ein riesiger Tanker hindurchfuhr, und war lautlos über die auf dem Meeresgrund montierten Sonare hinweg- und an dem Nato-Wachboot vorbeigetrieben.

Beim Entkommen in den Atlantik würde der *Potemkin* keine derart glückliche Kombination von Umständen helfen. Die vorherrschende Strömung lief gegen sie, und sie würden in der Wasserstraße die Maschinen anwerfen müssen. Jedes Sonar auf dem Grund würde ihre Durchfahrt registrieren.

Die Operatoren an Land würden die U-Boot-Abwehrkräfte alarmieren, und die westlichen Wachboote würden die *Potemkin* in den Atlantik verfolgen.

Bevor die *Potemkin* aus Murmansk ausgelaufen war, hatte Admiral Gorschkow die Schwierigkeiten vorhergesehen, die sie bei der Ausfahrt aus dem Mittelmeer haben würde, und er hatte drei U-Booten, der *Murmansk*, der *Odessa* und der *Archangelsk*, Befehl gegeben, zu einem im voraus festgelegten Zeitpunkt durch die Straße zu fahren, um die Wachboote abzulenken. Aber wer wußte schon, ob das auch gelingen würde?

Die *Potemkin* bewegte sich langsam, fuhr weite Bögen und hielt oft an. Kurnatschow, der noch immer an seine Koje gefesselt war, nahm an, daß sie auf dem Kurs nach Gibraltar und nach Hause waren.

Von Zeit zu Zeit wechselte der Bordarzt Kurnatschows Verband. Federow brachte ihm das Essen, aber niemand sprach mit ihm. Sogar Kurnatschow selbst fühlte sich als Unperson. Wenn er in den Spiegel schaute, sah er einen toten Mann.

Nach zehn oder elf Tagen – Kurnatschow war sich nicht sicher über die genaue Zahl – stoppte das Boot und blieb mehrere Stunden lang liegen. Als Federow ihm das Essen brachte, fragte er: „Wo sind wir?"

„Dreißig Kilometer östlich von Gibraltar", antwortete der Kommandant und wandte sich zur Tür.

„Bitte", flehte Kurnatschow, „gehen Sie nicht. Bleiben Sie einen Augenblick. Das Schweigen ist eine Folter."

Federow sah seinen Gefangenen mit kaltem Blick an. Kurnatschow saß teilnahmslos in der Koje und schaute weg. Federow zog sich einen Stuhl heran.

„Also gut, was wollen Sie wissen?"

„Was ist nach dem Zusammenstoß aus dem amerikanischen U-Boot geworden?"

„Sie haben es nicht geschafft, es zu versenken, Kurnatschow. Sie haben bloß erreicht, daß die Amerikaner wütend sind."

„Wie sind wir entkommen?"

„Wir haben einen Tricktorpedo abgeschossen, ein akustisches Tarnsystem, das sie getäuscht hat. Zunächst waren sie überzeugt davon, daß wir gesunken sind. Ich glaube aber nicht, daß ihre Überzeugung lange anhalten wird."

Ein längeres Schweigen entstand. „Muß ich ganz allein hier drin bleiben?" fragte Kurnatschow schließlich.

„Mehrere Männer sind bei dem Zusammenstoß verletzt worden, einer starb. Wenn ich Sie rauslasse, geht die Mannschaft auf Sie los."

„Das wäre vielleicht besser als das, was mich erwartet ..."

Als Federow gegangen war, dehnte Kurnatschow die Mahlzeit aus, als ob es seine letzte wäre. Die lebenslängliche Hingabe an die Partei würde ihm jetzt nicht helfen. Es würde zwar zu einer Gerichtsverhandlung kommen, aber er würde von keinem Erschießungskommando hingerichtet werden, sondern einfach eine Kugel in den Hinterkopf bekommen.

AUF einem Schirm in der Zentrale der *Potemkin* leuchteten von Westen her drei Streifen auf.

„Ich habe Kontakte. Sie kommen genau nach Plan. Die *Murmansk*, die *Odessa* und die *Archangelsk*", teilte der Leitende Ingenieur Alexis Rolonow, der jetzt an Kurnatschows Stelle Erster Offizier war, seinem Kommandanten mit. Das Trio der sowjetischen U-Boote dröhnte vorbei. Dicht dahinter folgte ein Wachboot der Nato. „Noch eins, dann ist der Heimweg frei."

Eine Stunde lang warteten sie darauf, daß das zweite Wachboot der Nato durchkam, aber das U-Boot westlich von Gibraltar blieb dort stationiert. Als es nicht kam, wußte Federow, daß der Trick, alle westlichen U-Boote wegzulocken, nicht funktioniert hatte.

„Bring uns rauf auf zweihundert Meter", befahl Kapitän Federow, „wir müssen durchfahren. Hier würden wir sterben. Langsame Fahrt voraus."

„Langsame Fahrt voraus", wiederholte Rolonow.

Zum erstenmal seit dem Zusammenstoß sprangen die großen

Maschinen der *Potemkin* dröhnend an. Ohne die Silikonschallisolierung wurde der Alpha zum lautesten U-Boot im Mittelmeer.

Die Sonare auf dem Grund der Wasserstraße meldeten seine Anwesenheit sofort. Auf halbem Weg durch die Straße hörte Popow das erste Pfeifen eines aktiven Sonars. In schneller Folge kamen weitere Pfeiftöne, scheinbar aus allen Richtungen gleichzeitig.

„Sie haben uns auf den Schirmen, Käpt'n."

„Auf dreißig Knoten gehen", befahl Federow. „Es hat keinen Sinn, uns zurückzuhalten."

Im Maschinenraum stopften sich die Männer Wattebällchen in die Ohren. Die Dampfpumpen begannen zu hämmern, und die Turbine brüllte wie das Triebwerk eines Jets. In den Turbulenzen der Meerenge schlingerte und hüpfte die *Potemkin* wie ein Überwasserschiff. Als sie bei dreißig Knoten war, schrie Federow über den Höllenlärm hinweg: „Fahrt beschleunigen! Fünfunddreißig Knoten!"

Sobald sie aus der Meerenge heraus auf der Höhe von Tanger waren, befahl Federow: „Volle Kraft voraus. Fünfzig Knoten. Sollen sie uns doch bis zu den Azoren jagen."

Für Sorensen hörte sich die vier Meilen entfernte *Potemkin* wie eine Panzerdivision an, die einen Wald niederwalzt. Sie allein war fast so laut wie die drei U-Boote, die in entgegengesetzter Richtung die Wasserstraße durchfahren hatten.

„Sperr die Ohren auf, Fogarty. Sag mir, was du hörst."

„Ein Erdbeben? Weltkrieg zweieinhalb?"

„Du bist ja so ein kluger Junge ... Ist das die *Archangelsk*, die zurückkommt?"

Fogarty nahm die Kopfhörer ab und schaltete die Lautsprecher ein. „Schluß mit dem Spielchen, Sorensen. Es ist der Alpha."

„Stimmt. Sonar an Zentrale, Kontakt hat Peilung null-neun-zwo Grad, Entfernung sieben-fünf-null-null Meter, Kurs zwo-sieben-null, Fahrt vier-vier Knoten."

„Zentrale an Sonar, Fahrt wiederholen."

„Fahrt vier-vier Knoten, Sir, und beschleunigt. Vier-sieben, vier-neun, fünf-null Knoten. Bleibt bei fünf-null Knoten."

„Du meine Güte", stöhnte Pisaro. „Ich hätte zur Luftwaffe gehen sollen. Wir brauchen Nachbrenner, wenn wir das Ding da einholen wollen."

„Zentrale an Sonar. Sorensen, haben Sie eine Identifikation?"

„Ja, Sir. Das ist der Knabe, hinter dem wir her sind."

„Steuermannsmaat, lassen Sie Sonar über alle Lautsprecher laufen."

„Aye, aye, Sir."

Einen Augenblick später hörte jeder auf der *Barracuda* das Dröhnen der *Potemkin*.

„Alle Mann Achtung, hier spricht der Kommandant. Meine Herren, Sie alle hören das Geräusch eines U-Boots, das in unserer unmittelbaren Nähe operiert. Hören Sie gut hin. Es handelt sich um das U-Boot, das mit uns zusammengestoßen ist. Wie Sie wissen, haben wir Befehl, es zu verfolgen, jedes Geräusch aufzunehmen, das es von sich gibt, und es, wenn irgend möglich, an der Oberfläche zu überraschen und ein hübsches Bild von ihm zu schießen. In den nächsten zwanzig Jahren werden wir es mit U-Booten wie diesem zu tun bekommen, deshalb müssen wir alles darüber wissen. Ende."

Springfield sah zu Hoek hinüber, der wie ein Raubvogel über seinem Gefechtsterminal hing und ohne Erfolg versuchte, das schnell vorübereilende Ziel in die Schußlinie zu bekommen.

Als die *Potemkin* am Bug der *Barracuda* vorbeifuhr, Richtung Westen in den Atlantik hinein, war das Brüllen ihrer Maschinen durch die Druckkörperwand hindurch zu hören, ohne die Hilfe von Hydrophonen.

„Zentrale an Maschinenraum. Geben Sie mir hundert Prozent. Legt los! Volle Kraft voraus, Kurs zwo-sieben-null. Ruder hart steuerbord."

Die *Barracuda* schob sich ins Kielwasser der *Potemkin* und beschleunigte hinter dem schnellen Russen. Als die *Barracuda* ihre Höchstgeschwindigkeit von siebenundvierzig Knoten erreicht hatte, war der Abstand zwischen den U-Booten schon auf neun Meilen angewachsen.

Bei Höchstgeschwindigkeit wurde jedes System des Boots bis an die äußerste Grenze belastet. In den Maschinenräumen stieg die Temperatur durch die Hitze der Dampfleitungen auf zweiunddreißig Grad.

Aber die *Potemkin* zog davon.

Stunde um Stunde stieß der Alpha weiter in den Atlantik vor. Sorensen stand vor seiner Konsole, die Arme verschränkt, und nickte wie in Trance. Auf dem Sonarmonitor blieb der Russe ein fest umrissener Leuchtpunkt im Westen, eine Sonne, die nicht untergehen wollte. Schließlich sagte Sorensen zu Fogarty: „Von diesem U-Boot habe ich schon oft schlecht geträumt. Ich hatte das Dröhnen seiner Maschinen beim Aufwachen noch in den Ohren. Das Rätsel-U-Boot. Jetzt ist es kein Rätsel mehr. Der Alptraum ist Wirklichkeit geworden."

„Hast du Angst, As?"

„Ja, verflucht noch mal. Dieser Alpha ist schnell und kann tief hinunter. Aber das Schlimmste ist vielleicht, daß die Russen so fest an das Ding glauben und entschlossen sind, alles aufs Spiel zu setzen, um den Alpha vor uns geheimzuhalten. Das macht sie doppelt gefährlich –"

Während die *Potemkin* vorausraste und ihren Vorsprung ständig vergrößerte, löste sich der fest umrissene Leuchtpunkt auf den Schirmen der *Barracuda* allmählich auf. Nach vier Stunden, zweihundert Meilen weit im Atlantik, ging die *Potemkin* tiefer. Ohne die Fahrt zu verringern, tauchte sie auf vierhundertfünfzig Meter Tiefe und legte eine Thermalschicht zwischen sich und ihren Verfolger.

„Sonar an Zentrale, Kontakt wird undeutlich. Er geht tiefer. Empfehle Abstieg auf zweihundertvierzig Meter."

„Na gut, Sonar, wenn Sie meinen, daß das etwas nützt."

Die *Barracuda* kippte nach vorn und ging hundertzwanzig Meter tiefer. Sorensen schürzte die Lippen und behielt seinen Monitor im Auge. Als sich das Boot geradelegte, war der Kontakt nicht deutlicher sichtbar geworden. „Verflucht noch mal, wir werden's verlieren."

„Wie können wir das Boot denn verlieren, wenn es einen solchen Lärm macht?" fragte Fogarty.

„Es ist uns jetzt zwanzig Meilen voraus. Wir haben mit Nebengeräuschen zu tun und einem Signal, das sich verschlechtert. Vielleicht hören wir auch weiterhin die Maschinengeräusche, aber wir wissen nicht genau, woher sie kommen. Sie können einen Köder abfeuern, auf Schleichfahrt gehen, tiefer tauchen. Wenn sie mit fünfzig Knoten weiterfahren, sind sie in vier bis fünf Stunden völlig außer Hörweite, dann hören wir nur noch uns selbst."

„Aber was ist mit den Sonaren auf dem Meeresgrund?"

Sorensen nickte. „Die werden den Alpha aufspüren, das schon, aber mit einer Ungenauigkeit bis zu fünfzig Meilen. Die kriegen nur dann die genaue Position, wenn das U-Boot direkt über ein SOSUS-Gerät wegfährt."

„Sie müssen doch mal anhalten, um sich umzusehen, nicht wahr?"

„Ausgeschlossen. Die laufen auf Teufel komm raus vor uns davon. Die werden wegen gar nichts anhalten, und wir auch nicht, nehm ich an, bis wir sie verloren haben. Früher oder später wird der russische Kommandant merken, daß wir das Boot sind, das er gerammt hat, und das, mein Freund, wird ihn ganz schön nervös machen, wenn er das nicht jetzt schon ist."

D<small>IE</small> *Potemkin* fuhr in den nächsten sieben Stunden weiter nach
Westen und vergrößerte in dieser Zeit den Abstand zwischen den
beiden U-Booten auf über vierzig Meilen. Allmählich wurde das
Dröhnen zu einem schwachen Surren, dann zu einem unregelmäßigen
Summen. Schließlich, elf Stunden und fünfzehn Minuten nachdem die
Potemkin in den Atlantik eingefahren war, verschwand sie ganz von
den Bildschirmen.

„Sonar an Zentrale, sie ist fort", teilte Willie Joe mit, der inzwischen
im Sonarraum Dienst tat.

„Zentrale an Sonar. Klarmachen für langsame Fahrt. Boje zum
Hinaufschicken klarmachen."

Die *Barracuda* drehte sich langsam im Kreis und schickte eine
Funkboje hinauf. Springfield gab seine Positionsmeldung durch und
die letzte ihm bekannte Position der *Potemkin*. Einen Augenblick
später kam eine Antwort aus Norfolk, die Springfield und Pisaro in
der Kajüte des Kommandanten entschlüsselten. Darin hieß es, die
Sonare auf dem Meeresgrund hätten beide U-Boote durch den
Atlantik verfolgt, und der Alpha fahre immer noch mit großer
Geschwindigkeit westwärts.

Springfield breitete eine Karte des Atlantiks aus. Eine Kette von
Bergen im Meer, die Nordatlantische Schwelle, verlief von Norden
nach Süden und teilte den Ozean in zwei Hälften. Ein U-Boot, das tief
unten fuhr, konnte sich endlos zwischen den Berggipfeln verstecken
und durch die tiefen Täler nordwärts und südwärts fahren.

„Der russische Kommandant hält direkt auf die Schwelle zu", sagte
Pisaro. „Er wird nach Norden fahren, an Island vorbei, und dann
unter das Eis gehen."

„Da bin ich mir nicht so sicher, Leo. Wenn er ins Packeis wollte,
würde er jetzt schon Kurs nach Norden nehmen. Es ist unmöglich,
daß er den Zusammenstoß völlig unbeschadet überstanden hat. Er hat
bestimmt was abgekriegt und kann nicht unter das Eis. Außerdem ist
er schon lange auf See. Wahrscheinlich sind die Matrosen erschöpft
und anämisch, vielleicht sogar strahlenkrank. Er braucht eine neue
Mannschaft." Springfield tippte mit dem Finger auf die Karibik. „Er
fährt nicht nach Norden, Leo. Er fährt nach Süden. Er versucht, es
nach Kuba zu schaffen."

Pisaro schüttelte den Kopf. „Wo das sowjetische Raketen-U-Boot
stationiert ist? Die würden uns doch nicht dahin führen! Sie glauben,
daß wir darüber nicht Bescheid wissen."

„Da bin ich deiner Meinung. Aber sie könnten versuchen, sich auf
See mit dem Raketen-U-Boot zu treffen, das durch den Puerto-Rico-

Graben kommen könnte. Dieser U-Boot-Unterschlupf ist eine eindeutige Verletzung unserer Abkommen. Das könnte zum Krieg führen. Netts meinte, es sei das beste, sie gewähren zu lassen, ihr Raketen-U-Boot ständig im Auge zu behalten und Gewehr bei Fuß zu stehen. Der springende Punkt ist, wenn wir es ihnen auf den Kopf zusagen, haben wir die nächste Kubakrise am Hals."

„Glauben Sie wirklich, die ziehen ein stationiertes Raketen-U-Boot ab, um ein Treffen zu arrangieren?" fragte Pisaro.

„Dieser Alpha ist ihnen offenbar ganz besonders wichtig, und das U-Boot hat Probleme. Wenn wir die beiden in flagranti erwischen, sie über Wasser fotografieren und dann verfolgen, kann das Raketen-U-Boot nicht in die Karibik zurückkehren. So kriegen wir die Russen aus der Karibik raus, ohne eine Krise zu provozieren. Der Preis dafür ist, daß sie unser neues Sonarsystem auf dem Grund des Atlantiks entdecken werden. Aber wenn sie erst mal begriffen haben, daß wir sie überall aufspüren können, ziehen sie sich vielleicht in die heimischen Gewässer zurück. Wie auch immer, ich glaube, daß uns der Alpha zu seinem großen Bruder führen wird. Das ist immerhin ein Pluspunkt."

AN BORD der *Potemkin* stand Kapitän Federow mit unbewegtem Gesicht vor den Reaktorkontrollinstrumenten im Maschinenraum; die Ohren hatte er mit Wattebällchen verstopft. Die Matrosen trugen keine Dosimeter, aber Federow war es gelungen, sich einen Geigerzähler zu beschaffen, den er geheimhielt. Dieser bestätigte, was er schon gewußt hatte: Er war radioaktiv verseucht und so sicher zum Tod verurteilt wie Kurnatschow. Bei ihm konnte es noch einige Jahre dauern, aber schließlich würde er Leukämie bekommen. Als echter Patriot betrachtete Federow den Verlust seines Lebens als angemessenes Opfer, aber nur dann als sinnvoll, wenn er sein Boot sicher nach Hause brachte. Die *Potemkin* war das Allerwichtigste – sie war die Zukunft der sowjetischen Kriegsmarine.

Federow nahm an, daß die Amerikaner das Geheimnis der Titanhülle der *Potemkin* schließlich entdecken würden. Vermutlich würde die Leistung der *Potemkin* sie dazu zwingen, sich aufs neue mit der Konstruktion einer Titanhülle zu beschäftigen, ein Projekt, das sie anscheinend zurückgestellt hatten. Wenigstens auf diesem Gebiet hatte sein Land einen Vorsprung. Die Amerikaner durften auf keinen Fall noch mehr von der *Potemkin* zu Gesicht bekommen.

Er las die Werte der Atemluftzusammensetzung ab. Die Kohlendioxidkonzentration lag bei unbehaglichen dreieinhalb Prozent. Die halbe Mannschaft hatte Kopfschmerzen, die vom Dröhnen und von der Vibration der rasenden Turbinen noch verschlimmert wurden.

Federow war sich ziemlich sicher, daß ihm das amerikanische Wach-U-Boot in den Atlantik gefolgt war, aber er wußte nicht, wie lange und wie weit. Nach zwölf Stunden entschied er, er könne jetzt ungefährdet den Kurs ändern. Die *Potemkin* machte einen weiten Bogen nach links und fuhr weitere drei Stunden in südöstlicher Richtung. Schließlich befahl er: „Maschinen stopp!"

In der jähen Stille hörten die Männer den angestrengten eigenen Atem.

Das Boot fuhr einen vollen Kreis. „Kein Kontakt, Käpt'n", meldete Popow. „Die Luft ist rein."

„Bring uns rauf, Alexis. Schnorcheltiefe."

Dreißig Minuten ragte der Schnorchel über die Oberfläche. Die kohlendioxidreiche Luft wurde aus dem Boot herausgepumpt und durch frische Meeresluft ersetzt. Während der Ventilation blieb Federow mit Rolonow in der Kajüte und studierte Atlantikkarten.

„Wir brauchen Kalkfilter, wenn wir's nach Murmansk schaffen wollen", sagte Federow. „Unter dem Packeis können wir nicht schnorcheln."

„Wer kann uns helfen? Wir haben keine Versorgungsboote im Atlantik."

„Ich weiß, aber wir haben was Besseres. Als Erster Offizier hast du das Recht, ein paar Geheimnisse zu erfahren, mein Freund."

Federow schloß den Safe auf und holte versiegelte Dokumente heraus, in denen die Positionen aller Schiffe der sowjetischen Marine verzeichnet waren. Er brach das Siegel, faltete eine Karte der Karibik auseinander und legte den Zeigefinger auf Kuba.

„Aber dorthin können wir doch nicht fahren –"

„Da hast du recht, aber von dort aus operiert die *Dserschinski*, und die kann sich mit uns treffen, und zwar hier, wo es die Amerikaner am wenigsten erwarten."

Federow fuhr mit dem Zeigefinger an eine Stelle fünfzehnhundert Meilen südöstlich der Azoren.

FÜNFZEHNHUNDERT Meilen westlich von diesem Punkt lag die *Dserschinski*, ein sowjetisches Raketen-U-Boot vom Typ Hotel, achthundert Meter tief im Puerto-Rico-Graben, dem tiefsten Teil des Atlantiks. In ihrem langgestreckten Turm zielten drei riesige Raketen, mit Wasserstoffsprengköpfen bestückt, auf Washington, auf Norfolk in Virginia und Charleston in Süd-Carolina.

Kapitän Felix Andrejewitsch Olonow konnte auf eine erfolgreiche neunzehntägige Patrouille ohne Zwischenfälle zurückblicken. Ein Schachturnier hielt die Mannschaft in Atem. Im Maschinenraum bauten die Ingenieure ein zwei Meter langes Modell des zaristischen Panzerkreuzers *Fürst Potemkin* während der berühmten Meuterei von 1905.

Das detailliert ausgeführte Modell zeigte zaristische Offiziere, die an der Takelage hingen, Maden im Essen und das Blut der Revolution und näherte sich seiner Vollendung.

Olonow und sein Erster Offizier Piznoschow verschwendeten kaum einen Gedanken an die Raketen. Seit einem Jahr fuhr die *Dserschinski* regelmäßig einundzwanzigtägige Patrouillen von Havanna aus, wobei sie direkt unter sowjetischen Frachtschiffen aus dem Hafen auslief und ihn auch so wieder ansteuerte. Das riesige, achtundneunzig Meter lange U-Boot kam nie an die Oberfläche, und die Satelliten, die oft über Kuba wegzogen, hatten es noch nie fotografieren können. Es lag auch im Hafen unter Wasser, verankert unter einem sowjetischen Frachter mit doppeltem Boden, und nahm Vorräte und neue Mannschaftsmitglieder über einen versenkbaren Aufzug an Bord, der auf das vordere Luk aufgesetzt wurde. Die Matrosen hatten nie Ausgang in Havanna. Wenn sie von Bord gingen, wurden sie direkt in die Sowjetunion geflogen.

Seit über einem Jahr hatte Olonow weder die Sonne noch die Sterne gesehen. Nach seiner Zählung hatte er sein Boot siebzehnmal in den Hafen gesteuert, unter dem Frachter angehalten und zugeschaut, wie seine Mannschaft durch das Luk in den wasserdichten Aufzug stieg.

Der Aufzug fuhr nach oben, hielt an und kam dann voll mit unbekannten Seeleuten zurück, und die *Dserschinski* ging wieder auf Patrouille.

OLONOW las in seiner Kajüte, als ihn die nervös klingende Stimme des Funkers aus dem Lautsprecher in den Funkraum rief.

„Was ist denn los?" fragte Olonow dort gereizt.

„Hier ist eine Nachricht aus Leningrad, auf extrem niedriger Frequenz."

„Welcher Code?"

„Dringlichkeitsstufe eins, Buch drei."

Olonow runzelte die Stirn. Seine Kehle war wie ausgedörrt. Das war der Code für den Kriegsfall! Er kehrte in seine Kajüte zurück und entschlüsselte die Nachricht.

Olonow, *Dserschinski*: Treffen an der Oberfläche, 52 West 33 Nord. In 36 Stunden Sonischer Code zwei. Kalkfilter für CO_2-Reiniger M7 übergeben. Acht Kranke und Verletzte übernehmen. Acht Reaktortechniker zur Verfügung stellen. Gorschkow.

Olonows erste Reaktion war Erleichterung. Die Nachricht war kein Befehl, seine Raketen abzuschießen, aber im Grunde war sie fast genauso schlimm. Er rief Piznoschow, seinen Ersten, der auch der politische Offizier an Bord war.

„Ein Treffen an der Oberfläche? Mit einem unserer U-Boote? Das kann nicht Ihr Ernst sein", sagte Piznoschow heftig.

„Ich weiß", erwiderte Olonow. „Offenbar ist die Lufterneuerungsanlage auf dem Boot defekt, und sie scheinen Probleme mit dem Reaktor zu haben. So was ist schon öfter vorgekommen."

„Ja, aber Gorschkow hat noch nie ein Raketen-U-Boot von seiner Stationierung abgezogen. Die *Dserschinski* ist im Augenblick das wichtigste Boot der sowjetischen Marine –"

„Vielleicht nicht." Olonow war nicht offiziell über die Existenz der *Potemkin* unterrichtet, aber er hatte Gerüchte über ein Jagd-U-Boot mit Titanhülle gehört.

„Wenn die Lufterneuerungsanlage auf diesem geheimnisvollen Boot ausgefallen ist, warum schnorchelt es dann nicht einfach nach Murmansk zurück? Warum wird die *Dserschinski* gefährdet?"

„Es ist nicht unsere Sache, nach Gründen zu suchen, Genosse Piznoschow, aber ich kann mir denken, um was es hier geht. Und es besteht kein Zweifel daran, daß wir in fünfunddreißig Stunden und zwanzig Minuten eine Verabredung haben. Klarmachen zum Auslaufen."

KAPITEL 12

ZWEIUNDZWANZIG Stunden waren vergangen, seit sie den Kontakt mit dem Alpha verloren hatten. Die *Barracuda* war bei voller Fahrt weiter nach Südwesten vorgestoßen und befand sich jetzt hundert Meilen südlich der Azoren.

„Wir werden eine Positionsmeldung durchgeben. Bringen Sie uns rauf, Mr. Pisaro", befahl Kapitän Springfield.

Als sie an die Oberfläche kamen, war es sieben Minuten nach Mitternacht, am 21. Mai. Die Sterne schimmerten über der klaren Meeresluft wie Perlen. Im Westen bereitete sich Amerika auf einen unruhigen Schlaf vor. Viel weiter westlich, in Südostasien, starben amerikanische und vietnamesische Soldaten in der Mittagssonne. Im Nordosten, in der Sowjetunion, übten Panzerbataillone für den Einmarsch in die Tschechoslowakei, der für den Sommer geplant war.

Sie waren jetzt weit draußen im Atlantik, allein im großen Ozean. Sorensen hörte keine Schiffe, keine Wale, keinerlei Anzeichen von Leben. Allein. Fogarty war in der Zentrale und lernte von Hoek, wie man ein Ziel am Gefechtsterminal verfolgte. Sorensen war müde. Er hatte drei Wachen hintereinander ausgeharrt, und jetzt war er seit einer Stunde in der vierten, weil er sich weigerte, seinen Sonarterminal weniger erfahrenen Händen zu überlassen, solange die Möglichkeit bestand, daß die *Barracuda* zufällig auf den Alpha traf. Er glaubte, die *Barracuda* habe die besseren Karten. Wenn nötig, konnte sie den Alpha bis nach Murmansk verfolgen. Natürlich wurde das riskanter, je näher sie an Mütterchen Rußland herankamen. Dabei war die Verfolgung an sich nicht riskant. Aber ihr Befehl lautete: verfolgen, beobachten – und fotografieren.

Einen Moment später durchstieß die Funkantenne der *Barracuda* die Oberfläche, und die Position des Bootes wurde nach Norfolk durchgegeben. Sofort kam eine Antwort zurück. Springfield und Pisaro entschlüsselten die Nachricht in der Kommandantenkajüte.

Oberkommando an *Barracuda SSN 593*. Sowjetisches U-Boot Typ Alpha von SOSUS entdeckt. 22.00 Uhr, 20.5.68. Breite 35 N Länge 30 W. Kurs zwei-drei-null. Fahrt unbekannt. Spektrographische Untersuchung der Hülle von *Barracuda* zeigt Spuren von Titan. Sowjetisches Raketen-U-Boot Typ Hotel *Dserschinski* von SOSUS entdeckt. 22.30 Uhr 20.5.68. Breite 27 N Länge 53 W. Fahrt drei-null Knoten, Kurs null-fünf-null. Weiterfahren auf Kurs zwei-drei-null. *Dserschinski* abfangen, fotografieren, verfolgen. Wenn sie in kubanische Gewässer zurückkehrt, sofort Oberkommando verständigen. Netts

„Wir haben ins Schwarze getroffen! Die *Dserschinski* kommt direkt auf uns zu. Sie muß zu einem Treffen mit dem Alpha unterwegs sein. Wir werden sie alle beide erwischen."

Pisaro klang aufgeregter, als er es in Springfields Erinnerung je gewesen war. Springfield war um besonders viel Ruhe bemüht, als er sagte: „Rufen Sie die Offiziere in die Messe. Wir müssen jedem genaue Anweisungen geben. Gehen Sie mittlerweile auf Kurs zwo-drei-null. Wir wollen keine Zeit vergeuden."

KAPITÄNLEUTNANT HOEK ging von der Einsatzbesprechung direkt in den Sonarraum, wo er Sorensen antraf, der fasziniert auf den leeren Monitor starrte.

„Sie wollen wohl einen Weltrekord im Dienst aufstellen, As? Jetzt sind Sie schon seit dreizehn Stunden hier drin."

„Was hat Norfolk denn durchgegeben, Sir?"

„Sie haben den Alpha vor drei Stunden aufgespürt. Er war zweihundertzwölf Meilen von unserer gegenwärtigen Position entfernt."

„War's das?"

„Nein. Sie haben Titanspuren an den Teilen gefunden, die sie aus unserem Bug herausgeschnitten haben."

„Titan? Soso. Aha. Das erklärt natürlich, warum sie so tief hinunterkönnen und warum sie die Kollision überlebt haben. Titan. Das Zeug ist unglaublich fest. Sonst noch was, Mr. Hoek?"

„Sie haben die *Dserschinski* geortet. Sie kommt uns entgegen."

„Die *Dserschinski?* Das ist das Raketen-U-Boot vor Kuba. Letztes Jahr haben wir es ein paar Tage überwacht. Herr im Himmel, da kommen wir ja vom Regen in die Traufe."

„Genau. Aber hören Sie, As. Sie sind todmüde. Willie Joe ist auf dem Weg hierher. Machen Sie eine Pause, verschwinden Sie."

„Aye, aye, Sir." Sorensen stand auf, streckte sich und ging hinaus. In der Zentrale blieb er kurz stehen, um Fogarty zuzuschauen, der am Gefechtsterminal übte. In der Mitte des Schirms simulierte ein pulsierender roter Leuchtpunkt ein Ziel, ein russisches Raketen-U-Boot. Rote Flecken tanzten in Fogartys Augen, als er mit dem Finger auf die Tastatur einstach.

Der rote Leuchtpunkt verschwand. „Sehr gut, Fogarty. Bloß haben wir diesmal uns selber mit in die Luft gejagt. Dafür kriegst du posthum das Marinekreuz verliehen."

Fogarty drehte sich auf dem Stuhl um. „Wenn wir je so einen Befehl kriegen ..., dann gibt es keine Verleihungszeremonie mehr."

„Was spielst du denn jetzt, Kleiner? Kamikaze?"

„Das ist doch bloß der Simulator, Sorensen. Nur ruhig Blut."

„Ja, schon gut. In ein paar Stunden brauchst du keinen Simulator mehr. Dann hast du einen echten ‚Knaller' auf dem Schirm. Laß besser alle Bänder von sowjetischen Raketen-U-Booten laufen. Das von der *Dserschinski* wird dir gefallen. Ich hab es letztes Jahr gemacht."

Sorensen schlurfte nach achtern. In seiner Strandkabine schaltete er die Höhensonnen ein, setzte die italienische Sportsonnenbrille auf, zog den Overall aus und machte in den roten Bermudashorts Liegestütze.

Er wollte die dreizehn Stunden Russenjagd aus seinen Poren schwitzen.

Nach fünf Minuten machte er Schluß und holte den Liegestuhl aus dem Schrank. Er klappte ihn lässig auseinander, stellte ihn auf und wühlte im Zeitschriftenstapel. Als er sich setzen wollte, sah er den lange verschollenen Zapata.

Der Skorpion lag im Liegestuhl und beäugte ihn mit zuckendem Schwanz.

„Heiliger Strohsack, fast hätte ich mich auf dich draufgesetzt . . . "

Sorensen wußte nicht, ob er den Skorpion töten, fangen oder hinausgehen und ihn in Ruhe lassen sollte. Bevor er es sich überlegt hatte, kletterte Zapata vom Stuhl und verschwand unter den Rohren an der Rückseite des Raums.

Sorensen ließ sich auf alle viere nieder und suchte im Dunkel unter den Rohren, aber das kleine Biest war nicht zu sehen. Vorsichtig ging er rückwärts zum Liegestuhl und streckte sich aus, wobei er die Rohre unter seinen Füßen im Auge behielt.

„Ich mach einen Handel mit dir, du Vieh. Du läßt dich nicht blicken, und ich trete dich nicht. "

Die Hitze der Höhensonne tat gut. Nachdem Sorensen eine Weile völlig reglos dagelegen hatte, sah er den Skorpion aus dem Schatten eines Rohrs herauskrabbeln. Im warmen Lichtschein blieb er ruhig liegen.

„Du kleiner Teufel, jetzt hab ich's kapiert", sagte Sorensen zu Zapata. „Du hast dich hier reingeschlichen, weil es warm ist. Diese Dampfrohre sind wirklich gemütlich, nicht wahr? Wie die Wüste. Ich wette, daß dir die Wüste fehlt. Vielleicht sollte ich dich nach Mexiko runterbringen und dich dort freilassen. Würde dir das gefallen? Du kannst es dir überlegen, bis wir in Norfolk sind, aber auf dem Boot hier kannst du nicht bleiben. Das geht auf die Werft. Sie werden es in Stücke schneiden und für Zielübungen verwenden. Die einzige *Barracuda*, die übrigbleiben wird, ist die hier. " Sorensen klopfte gegen seine Tätowierung.

Er griff nach einer naturwissenschaftlich-technischen Zeitschrift, blätterte sie durch und wußte, daß er den Artikel, den er gern gelesen hätte, hier nicht finden würde: „Der Alpha – im Innern des neuen sowjetischen Tauchwunders". Er fragte sich, wie es heißen mochte. Die Russen nannten ihre U-Boote nach Städten oder nach Volkshelden. Es hatte geklungen wie eine Panzerdivision. Was für eine Vorrichtung es auch haben mochte, die es zunächst leise gemacht hatte, sie war ausgefallen. – Er ertappte sich, daß er es offenbar nicht schaffte, die Russen auch nur für eine Stunde zu vergessen. Jedesmal, wenn er seine Gedanken an sie fünf Minuten aus seinem Kopf verbannte, kam wieder einer ganz unerwartet zum Vorschein – ähnlich wie Zapata.

„Hör mal, du Vieh, sie wollen mich zum Chief auf einem Boot machen. Was hältst du davon? Wenn ich Chief wäre, würde wenigstens einmal alles richtig gemacht. Mann, der Chief hat's besser als der Käpt'n. Ach was, ist doch alles Schaumschlägerei. Chief auf dem Boot, und was dann? Noch mal fünf Jahre Cowboys und Kosaken? Die Welt auf den Dritten Weltkrieg vorbereiten? . . . Nein, alter Kumpel, ich denk nicht dran, Chief auf einem Boot zu werden. Nein, nein. Ich mach irgendwo ein eigenes Tonstudio auf. ‚Sorensen Sound‘, dreihundert Dollar pro Stunde. Schluß damit, die Russen in der Gegend herumzujagen. Außerdem will niemand, der richtig im Kopf ist, dauernd unter Wasser leben. Warum mache ich es dann?“ Er grinste. „Ich weiß schon, warum. Weil ich hier unten auflebe. Und weil ich das Leben hier liebe. Dann muß ich eben lernen, oben zu leben und was anderes zu lieben.“

Sorensen merkte, daß Zapata ihn ignorierte. „Hör mal, du Vieh. Ich rede mit dir. Ich hab meinen Job gemacht. Der kleine Fogarty hat Talent. Soll er doch der neue Sorensen werden, das As der Flotte für die nächsten zehn Jahre. Ich hab genug von Cowboys und Kosaken. Du und ich, Zapata, wir werden uns wie die Westernhelden im Schein der untergehenden Sonne aus dem Staub machen.“

Sorensen schloß die Augen und schlief zum erstenmal seit Jahren ohne Alpträume. Zapata aalte sich in der Wärme und beobachtete ihn.

ACHT Stunden später traten Sorensen und Fogarty im Sonarraum ihre nächste Wache an. Sorensen hatte zu lange unter den Höhensonnen geschlafen und daher einen Sonnenbrand.

Als Willie Joe seinen Platz räumte, fragte Sorensen: „Hast du schon Pläne für die dreißig Tage Urlaub, Willie Joe?“

„Klar doch. Ich und meine Alte fahren mit den Kindern nach Baton Rouge. Da wohnt ihre Familie. Die haben ein hübsches Haus mit einer Riesenveranda nach hinten und 'nem schönen Garten.“

Sorensen nickte, und Willie Joe machte die Tür auf. „Ich bin schon weg. Vielleicht habt ihr Glück und fangt einen Russen.“

Die *Barracuda* fuhr langsam und leise. Sie hatte noch zwei Nachrichten aus Norfolk erhalten. Die *Dserschinski* behielt ihren Kurs bei, aber zwischen der ersten und der zweiten Nachricht war der

Alpha fünfzehnhundert Meilen südwestlich der Azoren verschwunden.

Weil er annahm, der Alpha warte irgendwo auf dem Kurs der *Dserschinski*, blieb der Kommandant der *Barracuda* auf einem Kurs, der fünfzig Meilen südlich und parallel zum vorausberechneten Kurs der *Dserschinski* verlief.

Zwischen den Wachen hatte Fogarty Stunden damit verbracht, sich die Bänder der sowjetischen Raketen–U–Boote anzuhören. Das Band der *Dserschinski* hatte er sich mehrmals angehört.

„Sag mal, As, wie ist dieses Boot denn überhaupt nach Kuba durchgekommen?"

„Es muß von Wladiwostok aus durch den Pazifik, um Kap Hoorn herumgefahren und durch den Südatlantik heraufgekommen sein. Eins kann ich dir sagen. Wetten, daß der Kommandant der *Dserschinski* stinksauer ist? Ich könnte wetten, daß der Lust hätte, selber einen Aal auf den Alpha loszulassen, weil er dazu gezwungen wird, sich an der Oberfläche sehen zu lassen."

Fast vier Stunden lauschten sie und tranken Kaffee. Sie hörten einen einsamen Wal ein trauriges Lied singen, aber sie hörten weder Überwasserschiffe noch U–Boote. Ihre Wache war fast zu Ende, als Fogarty den Streifen auf seinem Schirm aufblitzen sah. Er erkannte das Geräusch sofort.

„Sonar an Zentrale. Kontakt, Peilung zwo–acht–acht, Entfernung vierzehntausend Meter, Kurs null–sieben–sechs, Fahrt achtzehn Knoten. Identifikation: sowjetischer Typ Hotel, Raketen–U–Boot, die *Dserschinski*."

„Maschinen stopp. Ruhe auf dem Boot!" befahl Springfield. Die *Barracuda* kam zum Stillstand. Fogarty machte die Augen zu und lauschte dem Rattern der Maschinen, die durch den Ozean glitten. Die Raketen der *Dserschinski* waren wie die der *Vallejo* Fogartys schlimmster Alptraum. Und ihm ging durch den Kopf, daß eine Möglichkeit, sie loszuwerden, darin bestand, die *Dserschinski* jetzt gleich zu versenken – und bei diesem Gedanken brach ihm der Schweiß aus. Was war nur mit ihm los?

Sorensen steckte sich eine Zigarette an und blies Rauch in die Klimaanlage.

„Wissen die, daß wir hier sind?" fragte Fogarty.

„Das glaube ich nicht. Wir sind zu leise. Wenn sie uns hören, macht der Kommandant ein Ausweichmanöver, oder er bedroht uns."

„Was werden wir tun?"

„Der *Dserschinski* folgen. Sie wird uns zu dem Alpha führen. In ein paar Stunden sind wir bei den zwei geheimsten Booten der sowjetischen Marine. Wenn wir Glück haben, erwischen wir beide an der Oberfläche."

„Was haben die vor?"

„Ich kann nicht hellsehen. Aber ich weiß, daß Springfield seinen Befehl ausführen wird, auch wenn uns das nicht den Leninorden eintragen wird –"

„Zentrale an Sonar."

„Sonar, aye."

„Wir spielen Fangen. Abstand zwischen zehntausend und zwölftausend Meter halten."

„Sonar an Zentrale, aye, aye."

Die *Barracuda* legte sich hinter die *Dserschinski* und folgte dem riesigen Raketen-U-Boot im Abstand von sechs Seemeilen. Die *Dserschinski*, auf östlichem Kurs, stampfte durchs Meer wie der Leviathan, die Zielcomputer unablässig auf Städte an der zweitausendfünfhundert Kilometer entfernten Ostküste der USA gerichtet. Der Maschinenlärm des „Knallers" war so laut, daß seine Sonaroperatoren das amerikanische U-Boot nicht hören konnten.

Sorensen lauschte schweigend den Maschinengeräuschen. „Weißt du, Fogarty", sagte er dann, „von jetzt an verfolgen wir einen Teil der Abschreckungsstrategie der Sowjetunion. Die Raketen des Boots können unsere Küstenstädte treffen, und es ist in unserer Sichtweite. Wenn es auch bloß ein Raketenrohr flutet ..., wir dürfen denen auf keinen Fall die Chance geben, eine Rakete abzuschießen. Bei so was kriege ich Muffensausen."

Fogarty starrte stumm auf den Leuchtpunkt auf seinem Bildschirm.

FÜNFZIG Meilen entfernt schwebte die *Potemkin* in zweihundert Meter Tiefe und wartete auf die *Dserschinski*. Die Luft im U-Boot war zum Schneiden dick. Sechs Reaktortechniker litten an heftiger Erkältung, und es ging ihnen immer schlechter. Die ständige Neutronenstrahlung zerstörte ihr Knochenmark. Sie und die zwei Verletzten sollten von der *Dserschinski* übernommen und durch Techniker des Raketen-U-Boots ersetzt werden, und dazu war es höchste Zeit.

Popows Stimme tönte durch die Gegensprechanlage. „Zentrale ruft den Kommandanten. Wir haben Kontakt zur *Dserschinski*."

Federow stürzte in die Zentrale und beugte sich über Popows Sonarterminal. Die *Dserschinski* schickte ein Signal über die vorbereitete Frequenz, die der *Potemkin* zur Zielsuche dienen sollte.

„Klarmachen zum Auftauchen. Langsame Fahrt voraus!" befahl

Federow. „Alexis, zieht den Männern, die wir austauschen wollen, Schwimmwesten an. Ich schicke eine versiegelte Abschrift des Logbuchs und einen Bericht über Kurnatschows Verhalten mit. Beides ist nur für Gorschkow persönlich bestimmt. Ich brauche deine Unterschrift."

„Ja, Käpitän."

Auf der *Barracuda* hörten Sorensen und Fogarty das Signal der *Dserschinski*.

„Sonar an Zentrale. Die *Dserschinski* hat das Echolot eingeschaltet."

„Sehr gut, Sonar. Langsame Fahrt. Wir müssen jetzt nah an dem Alpha dran sein. Wenn die *Dserschinski* im Kreis fährt, drehen wir uns mit."

Sorensen stand auf. „In den nächsten Sekunden wird das Echolot der *Dserschinski* den Alpha aufspüren. Wenn das Echo zurückkommt, müßten wir es hören. Dann könnte eins der Boote uns aufspüren. Drück die Daumen, Fogarty. Wenn sie uns orten, kommen sie nicht an die Oberfläche. Und das heißt, daß wir die hübschen Bilder, die der Admiral haben will, nicht knipsen können."

Es knisterte vor Spannung in dem amerikanischen U-Boot. In der Zentrale sagte Springfield: „Sie dreht sich. Drei Grad backbord." Ein zweiter Leuchtpunkt tauchte auf den Schirmen auf. „Da ist der Alpha. Maschinen stopp."

Die beiden russischen U-Boote waren eine Meile auseinander, sechs Meilen von der *Barracuda* entfernt. Langsam näherten sich die beiden Leuchtpunkte einander.

„Klarschiff zum Gefecht, Klarschiff zum Gefecht. Alle Mann klarmachen zum Manövrieren. Gefechtsstand: Rohr zwei und vier laden mit Mark-Siebenunddreißigern, akustisch gesteuert."

„Wenn sie uns jetzt entdecken", sagte Pisaro, „dann werden sie auf uns schießen, glaub ich ..."

Springfield nickte. „Leo, wenn wir ein Zielsuchsonar hören, dann müssen wir abhauen. Sag dem Steuermannsmaat, er soll die Kamera bereithalten. Sobald wir die Sehrohre ausfahren, soll er den Film in Null Komma nichts verschießen. Dann machen wir, daß wir wegkommen, und tun später unser Bestes, die *Dserschinski* aufzuspüren. Wir werden diesen Alpha nicht auch noch dazu einladen, auf unsere Kosten zum Helden der Sowjetunion zu werden. Langsame Fahrt voraus."

Die *Barracuda* kroch auf die im Wasser schwebenden U-Boote zu. Als sich der Abstand auf vier Meilen verringert hatte, hörte Sorensen seltsame, erstickte Laute. Die Russen verständigten sich über ein Unterwassertelefon miteinander.

„Sonar an Zentrale. Sie telefonieren."

„Sehr gut, Sonar. Wir schicken Davic zu euch rein."

Einen Augenblick später stieß Davic die Tür zum Sonarraum auf. Sorensen begrüßte ihn mit einem breiten Lächeln. „Sie sind dran, Davic. Sperren Sie die Ohren auf."

Davic quetschte sich hinter den dritten Terminal, setzte Kopfhörer auf und schüttelte den Kopf. „Unterbrochen. Sie sind zu weit weg. Moment, Moment. Ich krieg was mit – irgendwas über Kohlendioxid ... Kalk ..., jetzt ist es wieder weg."

„Einer bläst die Tauchzellen an", meldete Fogarty. „Das ist die *Dserschinski*, sie steigt nach oben. Und jetzt der Alpha. Sie kommen beide an die Oberfläche."

Sorensen beobachtete immer noch den Schirm. „Okay, es sieht so aus, als wüßten sie immer noch nicht, daß wir hier sind. Sonar an Zentrale. Sie tauchen jetzt auf. Entfernung konstant sechstausend Meter."

„Langsame Fahrt voraus. Bringt uns auf tausend Meter ran. Sehrohrtiefe, Rotlicht einschalten."

Die Lichter in der Zentrale wechselten von fluoreszierendem Grün zu Rot.

„Steuermannsmaat, beide Sehrohre ausfahren, die Kamera an Sehrohr eins montieren."

„Aye, aye, Sir. Da oben wird es dunkel sein."

„Restlichtverstärker einschalten. Wenn wir Zeit dazu haben, können wir's noch mit Infrarot probieren."

„Aye, aye, Käpt'n."

„Zentrale an Maschinenraum. Dampfdruck erhöhen auf neunzig Prozent. Vielleicht müssen wir schnell von hier abhauen."

Die *Barracuda* ging schräg nach oben, und bei achtzehn Metern durchstießen die Sehrohre die Oberfläche. Springfield beugte sich über das Okular von Sehrohr zwei.

KAPITÄN OLONOW stand auf der Brücke des geduckten, häßlichen Turms der *Dserschinski* und schaute hinunter auf das kurze, elegante U-Boot, das zwanzig Meter entfernt in der ruhigen See schaukelte. Er rief durch einen Lautsprecher: „Wer sind Sie?"

„*Potemkin*", kam Federows Antwort. „Haben Sie die Kalkfilter?"

Olonows Stimme war düster. „Dann sind Sie also Federow. Gorschkows blonder Prinz der Nordflotte. Ich bin hoch erfreut."

Federow wußte den Sarkasmus nicht zu schätzen. „Schicken Sie uns die Rettungsleine rüber."

Von der Brücke feuerte Olonow die kleine Rakete ab, mit der die Leine hinüberkatapultiert wurde.

Federow machte die Leine an einer Klampe fest und sprach in das Mikrofon seines Kopfhörers. „Bringt den ersten Kranken rauf. Macht die anderen transportfertig."

Olonow befestigte den Beutel mit den Filtern an der Leine, und Federow zog ihn langsam herüber. Als die kostbare Fracht sicher an Bord der *Potemkin* war, band Federow einen bewußtlosen Reaktortechniker auf einer Bahre fest und schob ihm die Abschrift des Logbuchs in die Jacke. Olonow zog den Mann zur *Dserschinski* herüber.

Der Kranke hing noch über dem Meer, als Federow in der Gegensprechanlage Popows Stimme hörte. Sie hatten mit Radar in tausend Meter Entfernung Sehrohre entdeckt.

Federow war wütend auf Olonow, der nicht verhindert hatte, daß die *Dserschinski* aufgespürt worden war und so auch die *Potemkin* gefährdete. „Identifikation?" fragte er Popow.

„Nein, Kapitän. Wir haben das U-Boot nie gehört."

„Alexis, klarmachen zum Tauchen. Torpedos laden und Rohre fluten, sofort." Er brüllte in den Lautsprecher: „Olonow, nehmen Sie den Mann an Bord. Sie tauchen zuerst und fahren genau fünfhundert Kilometer auf Nordkurs voraus. Wir treffen uns in vierundzwanzig Stunden wieder und schließen den Austausch ab."

Olonow war genauso verstimmt. Auch er lief Gefahr, sich bloßzustellen; vielleicht wurde ihm sogar der Rückweg zu seinem Schlupfwinkel in Kuba abgeschnitten. Durch ein Nachtsichtgerät konnte er jetzt die Sehrohre sehen. Die *Dserschinski* war enttarnt.

Durch das Okular des Sehrohrs erblickte Springfield einen gesprenkelten Umriß, der tausend Meter entfernt im Meer schlingerte wie ein gestrandeter Wal. Die *Dserschinski*. Während das große Boot in den Wellen schaukelte, sah Springfield, daß sich eine Rettungsleine zu einem zweiten, viel kleineren U-Boot spannte. Pisaros Kamera schoß rasend schnell eine Aufnahme nach der anderen.

„Wir haben einen ‚Knaller' vom Typ Hotel, und der andere muß der Alpha sein", sagte Pisaro. „Ein Mann hängt an der Rettungsleine."

„Sonar an Zentrale. Sie haben das Echolot eingeschaltet. Sie haben uns."

„Radar an Zentrale. Sie haben die Sehrohre geortet."

„Jetzt werfen sie die Rettungsleine los", meldete Pisaro. „Sie schließen das Luk."

„Alle Mann Achtung. Hier spricht der Kommandant. Klarmachen für große Tauchtiefe. Zentrale an Funk, Positionsmeldung und folgende Nachricht vorbereiten: ‚Sowjetisches Raketen-U-Boot *Dserschinski*, Typ Hotel, und sowjetisches Jagd-U-Boot, Typ Alpha, an der Oberfläche fotografiert. Werden befehlsgemäß dem Raketen-U-Boot folgen.'"

„Funk an Zentrale. Aye, aye."

„Sonar an Zentrale. Ein U-Boot flutet die Tauchzellen und macht Fahrt. Es ist die *Dserschinski*."

„Auf Position bleiben", befahl Springfield. „Wir warten, bis der Alpha auch unten ist, ehe wir die Nachricht durchgeben. Wir wollen nicht, daß sie unsere Nachricht abfangen. Zentrale an Sonar. Bleibt an dem ‚Knaller' dran. Wir hängen uns hinter ihn, sobald wir sicher sind, daß sich der Alpha nicht hinter uns hängt. Wir müssen erst den Alpha loswerden."

„Sonar an Zentrale. Die *Dserschinski* macht sechs Knoten. Der Alpha ist noch an der Oberfläche."

Durch das Sehrohr sah Springfield, wie Federow durch ein Infrarot-Nachtsichtgerät zu ihm herüberstarrte. Er wußte, der Russe wartete darauf, daß er eine Nachricht durchgab.

„Sonar an Zentrale, der Alpha flutet die Torpedorohre."

„Wir bleiben, wo wir sind. Er wird nicht an der Oberfläche schießen. Das wäre Selbstmord. Zentrale an Gefechtsstand. Rohre fluten. Mr. Hoek, programmieren Sie Ihre Aale auf den Alpha."

„Ja, Sir."

„Vorsicht mit dem Auslöser, Kapitänleutnant. Seien Sie vorsichtig. Geben Sie ihm die Chance zurückzustecken."

Im Sonarraum verlor Davic jede Beherrschung. „Knallt ihn ab!
Sofort!" brüllte er.

Fogarty drehte sich zu ihm um. „Hören Sie auf! Halten Sie bloß die
Klappe, Mann. "

Da fuhr Sorensen herum, kaum fähig, sich zu beherrschen. „Raus
hier, Davic! Nehmen Sie Ihren weißen Anzug, und gehen Sie auf Ihren
Lecksicherungsposten. Sofort!"

Davic zögerte einen Augenblick, dann zog er den Asbestanzug an
und knallte die Tür hinter sich zu.

KAPITEL 13

FEDEROW starrte durch das Sichtgerät auf die vier dünnen, senkrechten
Linien, die eine halbe Seemeile entfernt aus dem Meer ragten – Radar-
und Funkantenne und zwei Sehrohre. Er war sich sicher, daß es das
Boot war, das sie von Gibraltar an verfolgt hatte.

Die *Potemkin* war ihm davongefahren, war tiefer getaucht und hatte
es ausmanövriert, aber sie war ihm nicht entkommen. Die Amis sollte
der Teufel holen! Die List, mit der das amerikanische U-Boot operierte,
machte ihm schwer zu schaffen, und er konnte sich nicht erklären,
wieso er die Amerikaner nicht hatte abschütteln können. Und was noch
schlimmer war: Der amerikanische Kommandant machte Fotos von
ihm. Er durfte nicht zulassen, daß dieser Film je im Pentagon ankam.

Aber erst mußte er alles, was ihm möglich war, tun, um das Boot zu
vertreiben, damit die *Dserschinski* entkommen konnte. Dann mußte er
versuchen, sich wieder einen Vorteil zu verschaffen, indem er sich die
Schnelligkeit und das Tauchvermögen der *Potemkin* zunutze machte.
Beide Seiten kannten die Regeln: Raketen-U-Boote galten als tabu.
Trotzdem hatten jetzt beide dieses stillschweigende Abkommen
verletzt. Seine Seite, indem sie die *Dserschinski* von ihrem versteckten
Posten abgezogen hatte, und die Amerikaner, indem sie das Raketen-
U-Boot hartnäckig verfolgt und es, daran gab es keinen Zweifel,
sogar fotografiert hatten, ebenso wie die *Potemkin*.

Er würde sie bedrohen, dann tauchen. Wenn er an der Oberfläche
angriff, hatten die Amerikaner die Gelegenheit, zurückzuschießen und
die *Potemkin* möglicherweise zu zerstören. In einem Winkel seines
Verstandes wünschte er sich insgeheim, daß der Amerikaner verschwinden und es ihm ersparen würde, was er sonst tun mußte. Doch
dann schüttelte er den Kopf und zwang sich, sich auf seine Aufgabe zu
konzentrieren.

Er sprach ins Mikrofon. „An Funk. Haben die Amerikaner eine Nachricht durchgegeben?"

„Nein, Kapitän, noch nicht."

Er holte tief Luft, wischte sich die Augen. „Entfernung zum Ziel?"

„Entfernung tausend Meter."

„Torpedosteuerung auf Sonar stellen."

„Steuerung auf Sonar gestellt."

Federow hätte am liebsten über das Meer hinweg zu den Amerikanern hinübergeschrien, was er verzweifelt dachte: Das ist doch Wahnsinn!

IM SONARRAUM der *Barracuda* konnten sich Sorensen und Fogarty gerade noch rechtzeitig die Kopfhörer herunterreißen. Das Kreischen des sowjetischen Zielsuchsonars explodierte in den Lautsprechern. „Sonar an Zentrale. Sie haben die Zielsuchfrequenz eingestellt."

„Sehrohre und Antennen einfahren. Ruder hart steuerbord. Volle Kraft voraus. Bringen Sie uns auf hundertzwanzig Meter runter, Leo. Alle Mann klarmachen zum Ausweichmanöver."

Die Schraube der *Barracuda* verwandelte die See jäh in Gischt. Der Rudergänger stieß den Bedienungshebel nach rechts und kippte ihn nach vorn.

Das Boot ging in die Querlage, kippte nach vorn und schoß in die Tiefe hinunter.

Springfield beobachtete den Tiefenmesser, während sich die *Barracuda* schnell der Tiefe von hundertzwanzig Metern näherte.

„Zentrale an Sonar. Ultraschalltorpedosuchfrequenz aktivieren."

Ultraschallimpulse durchsuchten das Wasser nach einem harten, sich schnell bewegenden Objekt. „Sonar an Zentrale. Kein Kontakt. Er hat nicht geschossen."

„Sehr gut. Echolot abstellen. Auf Kurs null-vier-fünf gehen. Tiefe zweihundertsechzig Meter. Wir gehen unter die Thermalschicht und zeigen denen was für ihr Geld. Wir haben einen eindeutigen Beweis für ihre Existenz, Leo. Ich sage Ihnen, sie werden uns verfolgen. Zentrale an Sonar. Wo ist die *Dserschinski* jetzt?"

„Sonar an Zentrale. Entfernung fünftausendzweihundert Meter. Fahrt fünfzehn Knoten. Sie taucht, aber unter der Thermalschicht werde ich sie gleich alle beide verlieren. Der Alpha ist noch an der Oberfläche."

Die *Barracuda* ging auf zweihundertsechzig Meter hinunter, drehte nach Nordosten ab und zog sich von der *Potemkin* zurück.

FEDEROW kletterte von der Brücke hinunter, stieg die Leiter hinab und kam in die Zentrale. Ein flüchtiger Blick auf die Tauchschalttafel zeigte ihm, daß alle Luks geschlossen waren.

„Welche Kennung, Popow?"

„Es ist die *Barracuda*, Kapitän."

„Welcher Kurs?"

„Null-vier-fünf. Sie fährt uns davon. Ich werde sie unter einer Thermalschicht verlieren."

„Wir müssen sie einholen." Damit die Aufnahmen von der *Potemkin* nicht nach Washington gelangten und die *Dserschinski* sicher zu ihrem Schlupfwinkel zurückkam! „Maschinenraum, hier spricht der Kommandant. Schnelle Tauchfahrt. Auf dreihundert Meter runtergehen."

Rolonow öffnete alle Salzwasserventile, und die *Potemkin* fiel hinunter wie ein Stein, ein äußerst gefährliches Manöver. Bei hundertfünfzig Metern, als das U-Boot immer noch schnell nach unten sank, befahl Federow: „Trimmzellen anblasen. Boot durchpendeln. Alexis, fang uns bei dreihundert Metern ab."

Rolonow brauchte sein ganzes technisches Können, um den Abstieg der *Potemkin* zu verlangsamen, ohne daß sie plötzlich zur Oberfläche hinaufschoß oder völlig außer Kontrolle geriet, auf den Grund hinunterraste und implodierte.

Die *Potemkin* hörte zu sinken auf bei genau dreihundert Metern.

„Popow, haben wir die *Barracuda* wieder auf dem Schirm?"

„Ja, wir sind jetzt unter der Thermalschicht – da ist sie, Peilung null-vier-fünf. Fahrt schätzungsweise fünfzehn Knoten, wird schneller. Und da ist die *Dserschinski*." Auf Popows Schirm hielt die *Dserschinski* direkt nach Norden, schon fast aus der Sonarreichweite heraus.

Rolonow betrat die Zentrale. „Kapitän", sagte er leise, damit die anderen nicht mithören konnten, „werden wir uns wieder mit der *Dserschinski* treffen? Wir müssen die kranken Männer von Bord bringen. Sie können nicht arbeiten, und ich brauche Ingenieure."

Federow schaute ihn nicht an, als er sagte: „Erst müssen wir das amerikanische U-Boot eliminieren. Es gibt keine andere Möglichkeit. Du kennst unsere Befehle genausogut wie ich."

„Dieser Ami ist nicht blöd, Kapitän, und er hat ein leises Boot ..."

„Alle Maschinen zwei Drittel voraus" war Federows Antwort. „Kurs null-vier-fünf. Wir sind direkt hinter seinem Heck."

IM SONARRAUM der *Barracuda* fluchte Sorensen vor seinem Monitor. Der Alpha schoß geradezu in die Tiefe und machte sich dabei seine Titanhülle voll zunutze. Dreißig Sekunden später war er verschwunden. „Sonar an Zentrale, der Alpha ist fort. Die letzte vom Tiefensuchsonar geortete Tiefe liegt schätzungsweise bei dreihundert Metern. Er ist in unserem toten Winkel."

„Sehr gut, Sonar. Langsame Fahrt voraus. Zwanzig Grad steuerbord."

Nach neunzig Sekunden Kreisfahrt tauchte der Alpha wieder auf dem Schirm auf.

„Ich hab's gewußt", sagte Sorensen. „Sonar an Zentrale. Kontakt hat Peilung eins-vier-acht. Entfernung drei-zwo-fünf-null Meter, verringert sich. Fahrt zwanzig-vier Knoten, Tiefe drei-null-null Meter."

„Sehr gut, Sonar. Wir haben ihn auch auf dem Monitor."

Springfield ging durch die Zentrale zum Gefechtsterminal und stellte sich hinter Hoek. „Wir müssen drohen, damit er zurücksteckt, sonst versucht er uns fertigzumachen ... Zentrale an Sonar. Zielsuchsonar klarmachen."

Während Sorensen die Tastatur bediente, hatte Fogarty das Gefühl, das Leben habe ausgesetzt. Würde jetzt das Unmögliche geschehen? Würde keiner von beiden zurückstecken?

Der Alpha wurde plötzlich langsamer und drehte scharf nach rechts ab.

Sorensen reagierte sofort, als er begriff, daß der Alpha schießen wollte. „Sonar an Zentrale, empfehle Ausweichmanöver!"

„Ruder hart steuerbord! Alle Maschinen volle Kraft voraus! Dreißig Grad aufwärts! Sonar: Torpedosuchfrequenz aktivieren!"

Der Torpedoraum der *Potemkin* war mittschiffs backbord. Federow ließ die Schraube anhalten; das Boot lag reglos im Wasser. „Torpedo mit akustischer Steuerung abschießen."

Rolonow zögerte, dann drückte er mit dem Daumen auf den roten Knopf auf seiner Tastatur. Ein Torpedo mit Gasturbinenantrieb schoß aus dem Rohr. Mit vierzig Knoten steuerte er auf die *Barracuda* zu, die eingebauten Ultraschallsonare auf das Ziel gerichtet. Als der Torpedo unterwegs war, befahl Federow im selben Augenblick: „Hintere Tiefenruder auf Maximum abwärts, alle Maschinen ein Drittel Kraft voraus. Bringt uns runter auf tausenddreihundert Meter."

Er durfte der *Barracuda* keine Chance geben, ihn zu finden und zurückzuschießen. Er durfte nicht an den Torpedo denken, den er abgefeuert hatte. Er durfte überhaupt nicht denken.

„ACHTUNG! Torpedo, Peilung eins-acht-null!"

Die *Barracuda* raste im Winkel von dreißig Grad nach oben, versuchte, in eine kühlere Wasserschicht zu kommen. Springfield rechnete damit, daß der Torpedo das Wasser im üblichen Spiralmuster absuchen würde. Seiner Schätzung nach hatte er zehn Minuten, bis dem Torpedo entweder der Treibstoff ausging oder er die *Barracuda* einholte und in ihr Heck einschlug.

„Zentrale an Gefechtsstand, Köder laden." Als sein Boot bei hundertzwanzig Metern war, befahl Springfield: „Köder abfeuern!"

Ein Stoß Preßluft trieb den Köder aus dem Rohr, und sofort sendete er elektronische Impulse aus, die das Zielsuchsonar der *Barracuda* imitierten. Während die *Barracuda* weiter nach oben stieg, sank der Köder in Spiralen tiefer.

Der russische Torpedo war auf zweihundertvierzig Meter Tiefe geblieben, weil die Thermalschicht seine Zielsuchimpulse ablenkte. Als das Sonar den Köder aufnahm, stellte sich der Torpedo darauf ein.

Zwei Minuten nachdem sie den Köder abgefeuert hatten, hörten Sorensen und Fogarty die Explosion.

„Es hat funktioniert!" rief Sorensen. „Laßt den Schirm nicht aus den Augen, Jungs. Vielleicht kommt noch einer."

Einen Augenblick lang herrschte in der Zentrale Erleichterung. Als der Köder den Torpedo zur Explosion brachte, gestattete sich sogar Springfield ein bißchen Jubel. Doch gleich darauf empfand er ungeheure Wut. „Leo, bringen Sie uns auf vierhundertfünfzig Meter. Wir müssen diesen Kerl erwischen, ehe er uns erwischt. Er hat zuerst geschossen."

„EINTAUSENDDREIHUNDERT Meter. Hier bleiben wir."

Die *Potemkin* fuhr mit zwölf Knoten fast dreizehnhundert Meter unter der Meeresoberfläche. Bei dieser ungeheuerlichen Tiefe war sie in einem Geräuschkanal zwischen zwei thermischen Schichten, und Popows Sonare wurden mit dem donnernden Getöse des eigenen Boots bombardiert. Er konnte weder die *Barracuda* noch den Torpedo hören, aber er hörte das unverwechselbare Geräusch einer Explosion.

„Wir haben ihn getroffen, Kapitän!"

Federow sah auf den Monitor und schaute dann Rolonow an, der den Kopf schüttelte. „Seien Sie sich da nicht so sicher, Popow. Noch wissen wir nicht, was wir getroffen haben."

SORENSEN stand vor seinem Terminal und betätigte die Tiefensuchsonare. „Komm schon, Iwan, du hast deinen Knallfrosch abgeschos-

sen, komm zurück und schau dir an, was du angerichtet hast …"
Dann meldete er sich bei Springfield: „Sonar an Zentrale. Empfehle
Maschinen stopp und Ruhe auf dem Boot."

„Alle Mann Achtung. Maschinen stopp. Ruhe auf dem Boot."

Die *Barracuda* schwebte bei vierhundertfünfzig Metern. Fogarty
erwartete einen weiteren Torpedo, Sorensen nicht. Die Tiefensuchsonare reagierten äußerst empfindlich auf Frequenzen, die sich in den
verschiedenen Thermalschichten brachen.

Ein verschwommener Leuchtpunkt tauchte auf einer Seite des
Monitors auf. „Da ist er! Sonar an Zentrale. Kontakt, Entfernung
sechstausend Meter, Tiefe zwölfhundertsechzig Meter, Peilung eins-
eins-drei, Fahrt zwölf Knoten. Er kommt direkt auf uns zu, Käpt'n,
aber er ist sehr tief."

Fogarty schlug mit der Faust gegen das Ablagebord. „Aber in dieser
Tiefe können wir doch gar nicht auf ihn schießen. Ein Mark-
Siebenunddreißiger implodiert bei siebenhundertfünfzig Metern."

Sorensen nickte. „Da hast du recht, Fogarty, aber als der Alpha auf
uns geschossen hat, hat er sich den Atomtorpedo selber eingehandelt.
Jetzt geht's drum zu überleben …, er oder wir."

Fogarty starrte auf den Schirm. „Wir werden doch nicht … Springfield würde doch nicht … Allmächtiger, wir können doch nicht …"

„Fogarty, Steuerungsdaten für einen Mark-Fünfundvierziger klarmachen."

Fogarty zögerte. Sorensen starrte ihn nur an, und Fogarty drückte
wie betäubt auf die Tasten.

„Alle Mann Achtung. Gefechtsstationen: Atomtorpedos. Zentrale
an Torpedoraum, Rohr sechs mit einem Mark-Fünfundvierziger
laden."

Im Torpedoraum durchbiß Lopez seine Zigarre. Er stand auf und
bekreuzigte sich. „Johnson, einen Mark-Fünfundvierziger losma-
chen. Verschlußklappe öffnen."

Vier Torpedoschützen lösten den Torpedo aus der Halterung. Ein
fünfter entriegelte die Verschlußklappe. Vorsichtig ließen sie den
Torpedo ins Rohr gleiten. Lopez stellte die elektronische Steuerung
ein und überprüfte die Schaltung. „Torpedoraum an Zentrale", sagte
er ins Mikrofon. „Mark-Fünfundvierziger in Rohr sechs geladen."

„Zentrale an Gefechtsstand, Sprengkopf entsichern."

Hoek bekam kaum Luft. Er antwortete in einem kaum hörbaren
Flüstern und gab die kodierten Zahlen in die Tastatur ein. „Mark-
Fünfundvierziger-Sprengkopf entsichert und schußbereit."

„Rohr fluten."

„Rohr fluten, aye."

Im Sonarraum blieb Sorensen und Fogarty nichts mehr zu tun, als den Kommandos zuzuhören, die über die Sprechanlage hin- und hergingen.

DIE Lufterneuerungsanlage auf der *Potemkin* funktionierte wieder, und die Luft war gut. Federow beobachtete den Sonarmonitor.

Die *Barracuda* war nicht auf dem Schirm. Federow wußte nicht, ob sie gesunken war oder ob der Geräuschkanal verhinderte, daß er sie hörte. Er hatte weder Implosionen gehört noch das Aufprallen von Trümmern auf dem Meeresgrund.

„Maschinenraum. Klarmachen zum Manövrieren. Langsame Fahrt. Ruhe im Boot."

AUF Sorensens Monitor nahm der Alpha die Fahrt zurück; außerdem wurde er leiser.

„Sonar an Zentrale, Entfernung jetzt viertausend Meter, gleichbleibend. Er sucht nach uns. Tiefe eins-eins-vier-null Meter."

„Zentrale an Sonar, Zielsuchsonar einstellen." Und betet, daß er zur Vernunft kommt und zurücksteckt . . ., fügte Springfield in Gedanken hinzu.

Sorensen schaute Fogarty an, drückte auf eine Taste, und ein geballtes Geräuschbündel schoß aus dem Bug der *Barracuda* direkt auf die *Potemkin* zu.

Popow schrie vor Schmerz auf. Das Zielsuchsonar hatte sein Trommelfell durchbohrt. Federow stürzte an den Sonarmonitor. Das pulsierende Geräusch, das auf dem Schirm als breiter Streifen erschien, war wie ein Stoß in seine Eingeweide. Ihr Sonar hatte sie aufgespürt.

„Alle Maschinen volle Kraft voraus. Ruder hart steuerbord. Tiefenruder null Grad."

Das amerikanische Zielsuchsonar gab Federow einen genauen Anhaltspunkt für die *Barracuda*. Die *Potemkin* drehte und glitt auf die *Barracuda* zu. Die Frage, die in seinem Kopf dröhnte, war die, ob die amerikanischen Torpedos so große Fortschritte gemacht hatten wie ihre Sonare. Falls ein Torpedo direkt auf ihn zukam, hatte er die Chance, ihm durch ein Tauchmanöver auszuweichen. Ihm blieb die Wahl, zurückzustecken und die Flucht zu ergreifen oder zu kämpfen. Wenn er die Flucht ergriff, würden die *Dserschinski* und die *Potemkin* durch die Fotos bloßgestellt werden, und die *Barracuda* würde auftauchen und melden, daß die *Potemkin* bereits einen Torpedo abgeschossen hatte. Dann würde die ganze US-Marine ihn jagen und zur Strecke bringen ... Er schaute Rolonow an, der seinen Posten am Gefechtsmonitor eingenommen hatte.

„Zielsuchsonar einstellen."

„Zielsuchsonar eingestellt. Ich bekomme ein Signal. Von der *Barracuda*, Kapitän. Sie hat nicht geschossen."

Federow ging zu seinem Ersten Offizier hinüber. Diese Aufgabe mußte er selbst erledigen. „Alexis, übernimm das Ruder."

„Ja, Kapitän ..."

Federow drückte auf die Taste. „Torpedo unterwegs." Er steuerte den Torpedo mit vierzig Knoten auf die *Barracuda* zu.

AUF den Sonarschirmen der *Barracuda* blitzten rote Punkte auf. „Sonar an Zentrale, er hat einen Torpedo abgefeuert, elektronisch gesteuert, Fahrt vierzig Knoten. Torpedoentfernung drei-sieben-null-null Meter, verringert sich."

Kein Zögern mehr. Keine Wahl. Die Russen hatten nicht zurückgesteckt. „Maschinen stopp. Mark-Fünfundvierziger klarmachen zum Feuern. Detonation auf maximale Tiefe einstellen."

Hoek beobachtete auf seinem Schirm, wie der rote Leuchtpunkt, der die *Potemkin* war, zu blinken begann. Seine Hand zitterte über der Tastatur, dann schoß ein stechender Schmerz seinen linken Arm hinunter. Er konnte kaum flüstern: „Detonation auf maximale Tiefe eingestellt, aye."

„Feuern."

Hoek wollte auf die Tasten drücken, aber er erreichte sie nicht. Er preßte die Hand in der Herzgegend auf die Brust, keuchte nach Luft und fiel zu Boden.

„Gütiger Gott, ich glaube, er hat einen Herzinfarkt!" rief Springfield und rannte zum Gefechtsstand. Er drückte die Tasten. „Feuern, Chief."

Lopez murmelte ein Stoßgebet und drückte den Knopf. Der Mark-Fünfundvierziger schoß aus dem Rohr und legte sich sofort schräg, um schnell auf maximale Tiefe zu gehen.

„Ausweichmanöver. Alle Maschinen volle Kraft. Ruder hart backbord."

Der Sprengkopf würde in zwei Minuten explodieren. Bis dahin mußte die *Barracuda* drei Meilen weit entfernt sein; bei diesem Abstand würde sie der Druckwelle, die durchs Wasser laufen würde, entgehen – abgesehen davon, daß der russische Torpedo immer noch mit vierzig Knoten hinter ihr herlief.

Springfield schaute auf Hoek hinunter, über den sich der Steuer-

mannsmaat gebeugt hatte, um ihn künstlich zu beatmen. Die
Barracuda ging bei voller Fahrt in eine scharfe Kurve, und der Boden
legte sich schief. Der Torpedoalarm schrillte, aber Springfield war
zumute, als wäre das ein Echo von einem anderen Boot in einem
anderen Ozean auf einem anderen Planeten. Plötzlich ging die Tür
zum Sonarraum auf, und in der Türöffnung stand Sorensen, schaute
sich mit glasigem Blick in der Zentrale um. Der Torpedo, der auf sie
zusteuerte, werde schneller, sagte er.

POPOW war vom heftigen Schmerz der durchlöcherten Trommelfelle ohnmächtig geworden. Federow riß ihm die Kopfhörer ab und
preßte sie sich gegen die Ohren. Auf dem Schirm sah er, daß die
Barracuda einen Torpedo abfeuerte, sich um hundertachtzig Grad
drehte und mit voller Fahrt davonmachte. Konnte sie seinem Torpedo
entkommen? Einen kurzen Augenblick lang steuerte er sein Geschoß
weiter, aber dann hörte er das aktive Sonar in dem Mark-Fünfundvierziger – er hatte noch nie etwas Derartiges gehört. Da wußte er
Bescheid. Der amerikanische Torpedo tauchte und war schon unter
sechshundert Meter.

„Ausweichmanöver!" befahl er. „Ruder hart backbord. Tauchen!
Tauchen! Höchstgeschwindigkeit! Es ist ein Atomsprengkopf!"

Die *Potemkin* drehte ab und beschleunigte, und obwohl die hinteren
Tiefenruder nicht sofort reagierten, reichte die Vorwärtsbewegung
aus, den Steuerungsdraht des russischen Torpedos durchzureißen.
Der Aal hatte sich selbständig gemacht, Federow konnte ihn nicht
mehr steuern.

„DER Draht ist gerissen!" brüllte Pisaro. „Der Torpedo hat keine
Steuerung mehr!" Auf den Sonarschirmen legte sich der russische
Torpedo schief.

In der Zentrale der *Barracuda* wagten die Männer zu hoffen.

Sorensen, der noch immer in der Tür zur Zentrale stand, wandte
sich zu Fogarty um. Von dessen Gesicht war abzulesen, daß ihm nicht
nach Feiern zumute war.

„Ruhe auf dem Boot!" befahl Springfield. „Ruder hart steuerbord.
Maschinenraum, gebt alles, was ihr habt."

DAS Echolot in dem Mark-Fünfundvierziger-Torpedo erkannte die
Potemkin sofort und ließ die Frequenzen der *Barracuda* und des
russischen Torpedos unbeachtet.

Die beiden Torpedos rasten aneinander in einem Abstand von

fünfzig Metern vorbei. Der Mark-Fünfundvierziger hatte nur die *Potemkin* im Visier.

In dem russischen Torpedo schaltete die Steuerung auf ein aktives Sonarzielsystem um. Der Transduktor nahm die Pumpengeräusche der *Barracuda* auf und identifizierte sie, und der eingebaute Computer legte das Ruder nach links. Der Torpedo peilte den Maschinenraum der *Barracuda* an.

Sorensen hörte das hohe Sonargeräusch des Torpedos, als es von der Hülle der *Barracuda* widerhallte. Sie fuhr jetzt mit zwanzig Knoten; der Torpedo kam schnell näher. Drei Minuten, vier? ... Er stand auf, nahm die Kopfhörer ab und schaltete die Lautsprecher aus.

„Ich glaub, ich geh an den Strand. Was meinst du, Kleiner, kommst du auf ein paar Sonnenstrahlen mit?"

Fogarty konnte nicht sprechen. Er fühlte sich wie ein Zombie, als er aufstand und Sorensen folgte. Er spürte nichts, während er mit Sorensen durch die Zentrale ging, hörte kaum, wie Springfield mit seltsam hohler Stimme befahl: „Höchstgeschwindigkeit, Tiefenruder zwanzig Grad abwärts!"

Der Rudergänger starrte auf den Sonarmonitor; er konnte nicht glauben, was er sah. Springfield stürmte auf den Mann zu und schob den Hebel selbst zur Seite.

Die Funker versuchten, eine Boje hinaufzuschicken. Pisaro sah aus, als habe er seine Zunge verschluckt. Colby, der Backschafter, stand erstarrt in einem Luk, ein Tablett mit Kaffee in den Händen. Das Tablett entglitt ihm und fiel scheppernd auf den Boden. Er blieb reglos stehen.

Sorensen und Fogarty gingen weiter nach achtern.

Im Manövrierraum herrschte Stille. Die Reaktortechniker widmeten sich mit voller Konzentration ihren Instrumenten. Schließlich war das Boot noch nie bis zur äußersten Belastungsgrenze getestet worden – der Traum jedes Technikers.

Im Maschinenraum zog Sorensen den Overall aus und ging in den roten Bermudashorts in seine Strandkabine. Er schaltete die Höhensonne ein und setzte die Sonnenbrille auf.

Fogarty kam herein. Sie zogen eine Liegematte aus dem Schrank und setzten sich darauf. Zapata krabbelte aus dem Schatten der Rohre heraus und schaute die beiden an.

DER Mark-Fünfundvierziger erreichte seine Maximaltiefe etwa hundertachtzig Meter über der *Potemkin*. Ein kugelförmiges Hochexplosivgeschoß zündete und brachte eine Plutoniumkugel zum Implodieren, die sofort kritisch wurde.

Der Sprengkopf explodierte.

Eine Millionstelsekunde später detonierte ein Feuerball mit einem Durchmesser von dreißig Metern in einer Masse aus überhitztem Dampf. Die jähe Energieentladung erzeugte eine Druckwelle, die in die *Potemkin* raste wie ein Güterzug. Ihre Titanhülle war nicht imstande, derart asymmetrischen Überdruck auszuhalten, und riß an einem Dutzend Stellen auf. Bei zwölfhundert Meter Tiefe tötete der Druck von einhundertzweiundzwanzig Atmosphären die *Potemkin* innerhalb von acht Sekunden.

Federows letzter Gedanke galt der Hand Gottes, die sein Boot packte und in der Faust zerquetschte.

Die gigantische Blase aus hochradioaktivem Wasserdampf breitete sich weiter aus und jagte Wassermassen nach oben, die dreißig Meter hoch in die Luft stiegen. Die Blase folgte schnell an die Oberfläche, wo sie über einer Fläche platzte, die so groß war wie ein Fußballfeld. Eine riesige Welle lief über die Meeresoberfläche, und der Dampf löste sich langsam in der Atmosphäre auf. Als die Wassermassen nach wenigen Sekunden ins Meer zurückfielen, waren alle sichtbaren Anzeichen einer Atomexplosion verschwunden. Übrig blieb nur die sonische Meldung, die von SOSUS und den Sonaroperatoren auf der zwanzig Meilen entfernten *Dserschinski* aufgefangen wurde.

SORENSEN und Fogarty hörten die Explosion im selben Augenblick, in dem die Druckwelle die *Barracuda* durchlief.

Fogarty saß wie betäubt da, vor seinen Augen die Erinnerung an sein Spielzeug-U-Boot, das in einen der vielen Seen von Minnesota eintauchte.

Der russische Torpedo funktionierte nicht ganz einwandfrei. Er schlug sechs Meter neben dem Reaktorraum der *Barracuda* ein.

Der Sprengkopf, der beim Aufprall explodierte, riß ein Loch von zwei Meter Durchmesser in die Druckkörperwand, direkt in der Zentrale. Die Risse um das Loch herum sprengten die Druckkörperwand auf. Die *Barracuda* brach auseinander.

Eine Achttausendstelsekunde nach der Explosion gaben ihr das Meer und die Gesetze der Schwerkraft den Rest.

KAPITEL 14

EIN unauffälliger Mercedes ohne besondere Kennzeichen stand für Netts bereit, als er auf einem Militärflughafen in der Nähe von Hamburg aus dem Flugzeug stieg. Drei Tage waren vergangen, seit sich die *Barracuda* und die *Potemkin* gegenseitig zerstört hatten.

Ein junger Offizier hielt die Fondtür auf. Der Vizeadmiral winkte den Leutnant beiseite, setzte sich hinters Steuer und fuhr am Westufer der Elbe entlang nach Süden.

Es war ein herrlicher Frühlingsmorgen, und der breite Fluß bot einen wunderschönen Anblick. An dieser Stelle ist die Elbe die Grenze zwischen West- und Osteuropa. Netts fuhr durch Lauenburg mit seinen alten Fachwerkhäusern und hielt vor einer Brücke an, die den Fluß überspannte. Zwei Wachen vom Bundesgrenzschutz, die sonst an der Brücke stationiert waren, saßen ein gutes Stück weiter weg im Kübelwagen. Auf der anderen Seite des Flusses wartete ein zweiter Mercedes hinter einer geschlossenen Schranke. Mitten auf der Brücke, allein, stand Sergei Gorschkow, Oberbefehlshaber der Flotte der Sowjetunion.

Netts ging zu Fuß zu ihm hin. Sie waren sich noch nie begegnet. Netts schaute ihn an und traute sich nicht, das Wort zu ergreifen.

Gorschkow war ein großer, schwerer Mann, der einen dunklen maßgeschneiderten Anzug trug. Sein Gesicht war ausdruckslos. Er schaute minutenlang den Flußschiffern zu, als bewundere er sie bei ihrer harten Arbeit. Schließlich sprach er in fehlerlosem Englisch mit starkem russischem Akzent. „Es freut mich, daß Sie mit unserem Treffen einverstanden waren."

„Es schien mir angebracht. Sagen Sie mir, was Sie mir mitzuteilen haben", erwiderte Netts.

„Sie werden Ihre Nachrichtenagenturen nicht über das Vorgefallene informieren?" fragte Gorschkow.

„Selbstverständlich nicht." Es schien unnötig, sich dasselbe von Gorschkow versichern zu lassen.

„Die *Dserschinski* ist auf dem Rückweg nach Murmansk. Sie ist nicht mehr stationiert in –"

„Das wissen wir", unterbrach ihn Netts. „Sie ist heute morgen zwischen Island und Großbritannien ins Europäische Nordmeer gefahren. Admiral Gorschkow, Ihr Kapitän hat unser Boot versenkt. Er hat eine Kriegshandlung begangen. Sie sind verantwortlich –"

„Er war provoziert worden", erwiderte Gorschkow. „Ihr Boot ist sehr nahe an die *Dserschinski* herangekommen –"

„Die *Dserschinski* befand sich in unseren Gewässern. Jedenfalls ist klar, daß Ihr Versuch, mit Patrouillen in der Karibik gegen unser Kuba-Abkommen zu verstoßen, beendet ist. Aber ich glaube nicht, daß Sie vor allem die *Dserschinski* schützen wollten. Sie haben versucht, Ihren neuen Typ von Jagd-U-Booten zu schützen. Wie hieß das Boot, das die *Barracuda* versenkt hat?"

„*Potemkin.*"

„Warum war es Ihnen so wichtig, die *Potemkin* zu schützen?"

Gorschkow lächelte. „Vizeadmiral Netts, ich bin sicher, daß Sie eine solche Frage nicht stellen würden, wenn Sie die Antwort nicht schon wüßten. Inzwischen haben Sie bestimmt die Bugsegmente untersucht, die in Rota von der *Barracuda* entfernt worden sind, und haben Titanspuren gefunden. Wir wollen Ihre U-Boote nicht versenken", fügte Gorschkow hinzu. „Wir wollen dem allen Einhalt gebieten, ehe es außer Kontrolle gerät."

„Sie wollen nur Zeit gewinnen, Admiral. Sie warten ab, bis Sie eine Flotte von tieftauchenden Titan-U-Booten haben."

Gorschkows Gesichtsausdruck wirkte inzwischen etwas freundlicher, fast liebenswürdig. „Sie sind ein Spieler, Vizeadmiral Netts. Ich würde gern einmal mit Ihnen Poker spielen. Aber es ist eine Tatsache, daß jeder von uns ein U-Boot verloren hat und daß keiner von uns noch eins verlieren – oder einen Krieg provozieren möchte."

Sie wandten sich beide dem Fluß zu. „Und so sind wir uns wieder einmal einig darüber, daß keiner von uns über das Vorgefallene sprechen wird", schloß Gorschkow.

Netts nickte. „Ganz meine Meinung. Die *Barracuda* ist unter ungeklärten Umständen verschwunden."

„Für uns ist es noch einfacher. Die *Potemkin* hat nie existiert."

Sie bekräftigten den Handel nicht mit einem Händedruck. Er war durch Eigeninteresse besiegelt. Im Augenblick. Heute wollten sie keinen Krieg gegeneinander anfangen.

Unter ihnen tutete das Signalhorn eines Flußschiffes. Sie sahen sich einen Augenblick lang an, dann drehten sie sich um und gingen in entgegengesetzte Richtungen davon. Das Spiel war aus.

Das Spiel hatte eben erst angefangen.

Foto: Mike Phillips

Mark Joseph

In Vallejo, Kalifornien, traf Mark Joseph zum ersten Mal auf den „Fall" *USS Scorpion:* Nahe einem Marinestützpunkt liegt dort die *Horse & Cow Bar;* zwei Plaketten an einer Wand der Bar erinnern an die Verluste, die die Marine mit den Atom-U-Booten *Thresher* und *Scorpion* erlitten hat. Während die *Thresher*-Katastrophe 1963 in der Öffentlichkeit große Aufmerksamkeit erregte, wurde das Schicksal der *Scorpion* 1968 weit weniger beachtet.

Aber Mark Joseph begann sich sofort dafür zu interessieren und Fragen zu stellen; die Antworten, die er in dem Marinestammlokal erhielt, ließen ihn schnell zur Überzeugung gelangen, daß er hier den Stoff für einen Roman gefunden hatte.

Der 1946 in Indianapolis geborene Autor wollte immer schon Schriftsteller werden. Um mehr Zeit zum Schreiben zu haben, gab er seinen Lehrerberuf auf und verdiente sein Geld als Taxifahrer. Er schrieb Kurzgeschichten und Zeitschriftenartikel, bis er nach fünfjähriger Recherche und Niederschrift *Jagt die Potemkin!* vorlegen konnte.

Bei seinen Nachforschungen mußte Mark Joseph sich nicht nur über Atom-U-Boote, strategische Konflikte der Großmächte und geographische Details kundig machen; das größte Problem war und blieb, Auskünfte über die *USS Scorpion*, das Vorbild der *Barracuda*, zu erhalten; von der US-Marine bekam er nämlich nur spärliche Antworten – zu brisant scheint der Fall nach zwanzig Jahren noch zu sein.

Mark Joseph, der mit seiner Frau Nancy und seinem siebenjährigen Sohn Jesse heute in San Francisco lebt, hat mindestens drei weitere Romanprojekte im Kopf. Welchen Roman er als nächsten in Angriff nimmt, hängt wohl wieder von einem unmittelbar im Alltag wirkenden Anstoß ab. „Mit der Marine oder gar U-Booten", versichert der Autor, „wird er allerdings nichts zu tun haben."